Raimund Müller

Die Sterne der Freiheit

Historischer Roman

Meiner Tochter

Magdalena

gewidmet

Inhaltsverzeichnis

Prolog

Sommer 1777
Rinteln / Nordhessen

Das Land, die Luft, das Licht – alles war von der Sonne durchflutet
und sommerwarm, alles Laute und Lebhafte war verstummt. Hin und
wieder flogen Lerchen über die blühenden Wiesen, um im nächsten
Moment flatternd in der Luft zu stehen. Vielfarbene Schmetterlinge
taumelten von einer Blüte zu nächsten, Bienen und Libellen gaben
sich ein Stelldichein. Es waren die Tage, in denen die Natur auf dem
Höhepunkt ihrer Schönheit ausruhte, bevor sie ihr letztes Geschenk
vorbereitete – die Reifung ihrer Früchte und das Buntwerden der
Blätter. Auf den Feldern färbte sich das Getreide bereits gelb, in
wenigen Wochen konnte geerntet werden.

Durch die leicht hügelige Landschaft führte eine beinahe schnur-
gerade Straße, die von breitkronigen, vor Jahrzehnten gepflanzten
Linden, eingerahmt wurde. In ihrem Schatten wanderte ein etwa zehn
Jahre alter Junge, barfuß, was ihm nichts auszumachen schien. Er
hatte die Hosenbeine hoch gerollt, so dass seine braun gebrannten
Waden zu sehen waren. Auch die Ärmel seines Leinenhemdes, das
ihm sichtlich zu groß war, hatte er hochgekrempelt und den langen
Saum vor seinem Bauch zu einem Knoten verschlungen. Seine
Habseligkeiten waren in einem Leinensack verstaut, den er sich auf
den Rücken gebunden hatte.
Der Knabe schien keine Eile zu haben, denn so manches Mal hielt er
inne, um seine Aufmerksamkeit den Schmetterlingen, Käfern oder
Ameisen am Wegrand zu widmen. Gelegentlich stimmte er Lieder an,

die den Sommer rühmten. Einmal umkreiste ihn neugierig eine große, grüne Libelle, direkt vor seiner Brust blieb sie in der Luft stehen, was ihn über die Maßen erfreute.

„Brüderlein, komm, tanz mit mir. Einmal hin, einmal her, Brüderlein, das ist nicht schwer...", sang er voll Freude. Doch die Libelle verlor nach kurzer Zeit das Interesse an ihm und flog davon.

Seit drei Jahren, an jedem zweiten Wochenende, ging er diesen Weg. Solange lebte er bereits bei der Familie des Herzoglichen Hofkapellmeisters Johann Christoph Friedrich Bach, der ein enger Freund des Vaters war. Es war der Wunsch seiner Eltern gewesen, dass der Sohn des berühmten Thomaskantors Johann Sebastian Bach ihn in allen Belangen der Tonkunst unterrichten sollte.

Auf seinem Weg zu seinen Eltern nach Rinteln, wo sein Vater als Organist und Kantor an der Nikolaikirche wirkte, erreichte er schließlich den Grenzposten, der ihn aus dem Herzogtum Schaumburg-Lippe in die Landgrafschaft Hessen-Kassel führte. Zum Grenzposten gehörte auch ein Gasthof mit Biergarten, der den Namen „Zur Linde" trug, bei dem seit einigen Jahren regelmäßig hessische Soldatenwerber ihr Unwesen trieben. Für die Tageszeit war der Biergarten gut besucht.

Auf der hessischen Seite wurde gerade eine Linienkutsche abgefertigt.

„Ha, da kommt ja der kleine August", empfing ihn ein bereits ergrauter Schaumburger Sergeant, „spiel' uns ein wenig mit der Flöte auf und lass hören, was Du hinzu gelernt hast, denn bis die Hessen die Post freigeben, kann es noch dauern."

„Gerne, werter Herr Sergeant", gab August zurück, „was soll ich zu Gehör bringen?"

„Tänze und lustige Volksweisen, wenn es beliebt."

„Mit Verlaub, doch sind Ihro Ansprüche heute recht gering, Herr Sergeant."

„Dennoch, ich wünsche etwas, das die Beine bewegt, denn im Biergarten sind einige reizende Demoiselles zugegen."

„Gut, wenn dem weiter nichts ist." Aus seinem Leinensack holte er ein Etui hervor, öffnete es und setzte die einzelnen Glieder einer Querflöte zusammen. Während er die Flöte warm blies, gesellte sich ein Tambour zu ihm, den er mit Meister Beck begrüßte.

„Zunächst schlage ich eine Gavotte vor, Dreivierteltakt - einverstanden?"

Meister Beck nickte. Der Gavotte folgten drei weitere Tänze. „Der Marsch des Prinzen Eugen" rundete das Ganze ab. Inzwischen hatten sich einige der Biergartenbesucher als Zuhörer eingefunden und spendeten begeistert Applaus. Manch einer von ihnen warf dem kleinen August Geldstücke in das geöffnete Flötenetui. Meister Beck schlug seinen Anteil jedoch aus, das Geld solle allein dem kleinen Künstler gehören. Zwei fahrende Musikanten, zweifellos Juden, brachten ihre Fiedeln herbei und baten, mitspielen zu dürfen. Der Wirt, ein gutes Geschäft witternd, forderte zum Tanzboden auf.

„Gut, für vier Groschen die Stunde habt ihr uns engagiert", gab sich August geschäftstüchtig.

„Mit Verlaub, doch spielen wir nicht unter einem Viertel Taler", korrigierte ihn einer der Juden. Der Wirt verzog ein wenig das Gesicht, willigte aber ein. Nachdem auch der Tambour vom Wachdienst befreit war, begann das improvisierte Quartett mit lustigen Weisen. Als gute Musiker verstanden sie sich auf Anhieb und ihre Musik reichte bei weitem aus, um die Tänzer nicht nur zu Bocksprüngen heraus zu fordern. Bald fanden sich Leute der unterschiedlichsten Couleur ein, die ein Tänzchen miteinander wagten. August erlaubte sich auch, das ein oder andere Solo zum Besten zu bringen.

„So wie der kleine Kerl spielt, ist er vom Teufel besessen", bemerkte
ein Reisender zu dem Sergeanten.
„Da irrt er gewaltig, denn er ist der Sohn des Kantors Matthäus
Müller in Rinteln und Schüler des Bückeburger Hofkapellmeisters
Ihr solltet ihn einmal hören, wenn er mit der Orgel das ganze
Kirchenschiff zum Vibrieren bringt."
Mit der Zeit wurde die Stimmung ausgelassen und zur Freude des
Gastwirtes stieg der Umsatz an Gebrannten, Apfelwein und Bier
gewaltig. Selbst die Disziplin der ansonsten dienstbeflissenen Zöllner
ließ zu wünschen übrig: auf beiden Seiten hatten sie die Schlagbäume
für einen kleinen Grenzverkehr einfach geöffnet und sich dem Tanz-
boden angeschlossen.
Nach gut zwei Stunden nahm August seinen Abschied, dankte dem
Ensemble und dem Publikum, strich den vereinbarten Lohn ein und
ging, ohne einen Pfennig Wegzoll zu entrichten, fröhlich vor sich hin
pfeifend seines Weges.

Bereits eine Stunde später stand er auf einem Hügel oberhalb der
Weser und blickte auf die befestigte Universitätsstadt Rinteln herab,
die am gegenüberliegenden Flussufer lag. Die untergehende Sonne
tauchte die kleine Stadt und die Landschaft in weiche Farben und
ließ die Wolken am Horizont leuchten.
Während er versonnen das Farbenspiel um sich herum betrachtete,
fiel ihm ein, dass sich bei seinen Eltern der Besuch einer leibhaftigen
Komtesse angekündigt hatte. Schon vor Tagen musste sie eingetroffen sein. Obwohl er die ganze Woche immer wieder daran gedacht hatte, die Eindrücke des heutigen Tages hatten sein kindliches
Gemüt doch zu sehr von den Gedanken an den Besuch abgelenkt.
Umso nachdrücklicher kam es ihm nun wieder in den Sinn. Bei
seinem letzten Aufenthalt war die Mutter bereits ganz aufgeregt, die,
solange er zurückdenken konnte, mit Maria von Wierusz, so hieß der

angekündigte Besuch, einen regen Schrift-verkehr unterhielt. Die
Komtess lebte seit Jahren in Philadelphia im fernen Amerika unter
dem Namen Richter und kehrte nur selten in ihre alte Heimat zurück.
Er und seine Geschwister wollten immer Geschichten über sie hören.
Um die Neugier der Kinder zu besänftigen, erzählte die Mutter so
manches Mal von heiteren Ereignissen aus ihrer gemeinsamen Zeit.
Doch hatte August immer wieder den Eindruck, dass sich die Mutter
dabei auch an traurige Dinge erinnerte. Auf ihre
Nachfrage beim Vater erfuhren sie auch nichts näheres, manchmal
gab er ihnen gar keine Antwort. Die Kinder verstanden und forsch-
ten nicht weiter nach, denn niemand wünschte, die Mutter weinen zu
sehen.
Über eine recht steile Straße mit drei engen Kehren gelangte August
zur Schiffsbrücke, die den Wasserweg sperrte und bei heraufziehen-
der Gefahr schnell abgebaut werden konnte.
Die Amseln stimmten bereits ihr Abendlied an - er hatte sich erheblich verspätet. Am Zollhaus entrichtete er den Brückenpfennig,
rannte das letzte Stück bis zur Stadt und durchquerte sie in aller Eile,
bis er den Kirchplatz erreichte, auf dem einige Kantoreimitglieder,
die gerade die Generalprobe für den Sonntagsgottesdienst hinter sich
hatten, zusammen standen oder sich auf den Heimweg machten.
Gegenüber der Nikolaikirche, von Patrizierhäusern eingerahmt, stand
das kleinste Haus am Platze, das Haus des Organisten, sein Eltern-
haus.
Zwei junge Leute kamen auf ihn zu. Es waren seine „große" Schwester Franziska und sein Bruder Heinrich, der trotz seines Alters - er
war im Frühjahr einundzwanzig geworden - noch immer sehr
kindisch sein konnte, besonders dann, wenn er ihn ärgern wollte.
August liebte und bewunderte ihn sehr, denn er hatte ihm das
Flötenspiel gelehrt. Obwohl er ein guter Flötist und Geiger war,
vermisste der gestrenge Vater bei seinem Ältesten die Leidenschaft

für die Musik. Seinen Bruder konnte man viel eher in den Flussauen oder in den umliegenden Wäldern sehen, sofern man ihn in seinem grünen Gewand überhaupt erkannte. Er besaß sogar ein kleines Fischernetz, in das er frische Laubzweige und Schilf einflocht, das er sich bei Bedarf überwarf, um, so maskiert, vom Ufer aus die Tierwelt besser beobachten zu können. Heinrich kannte alle Pflanzen und ihre lateinischen Zuordnungen, was ein Verdienst der Mutter war; denn sie war nicht nur eine gute Pflanzenkennerin, sie hatte in der Dachkammer auch eine Kräuterküche eingerichtet und ihre Arzneien waren auf dem wöchentlichen Markt sehr gefragt. Von Kindesbeinen an begleiteten er und seine Geschwister die Mutter bei der Kräutersuche. So lernten sie auch den Forstmeister Ewald kennen, dem sich Heinrich bald anschloss. August erinnerte sich lebhaft, dass darüber der Haussegen nicht nur einmal schief hing. Schließlich wurde Heinrich erlaubt, nach Abschluss der Lateinschule die Forstmeisterschule in Göttingen zu besuchen. Das Studium dort sollte er in diesem Herbst mit dem Magister abschließen, um danach in Landgräflich Hessische Dienste zu treten.

„Du kommst spät, der Vater ist bereits in großer Sorge", wurde August von seiner schönen Schwester gemaßregelt, die im Wesen und Gebaren der Mutter so ähnlich war.

„Ich hab' noch etwas Geld für uns verdient, doch sag, ist sie da?"

„Von wem sprichst Du?", gab sich Heinrich unwissend.

„Von der Komtess natürlich."

„Ach ja, die - ja - die, sie ist vor einer Woche eingetroffen."

„Sag schon, wie ist sie?"

„Im Grunde ganz nett", antwortete Heinrich gelangweilt.

„Eumel, ist das alles, was Dir dazu einfällt?"

„Pass auf, was Du sagst, Rotznase!"

„Müsst ihr immer gleich aneinander geraten", versuchte Franziska zu beschwichtigen, „in der Tat", fuhr sie fort, „die Komtess ist wirklich eine zuvorkommende Person, die sich nie über uns erhebt. Mutter und mir ist sie gar jeden Tag im Haushalt behilflich."

„Wie in einem Märchen", ergänzte Heinrich, beugte sich zu seinem Bruder hinunter und flüsterte ihm hörbar ins Ohr, „übrigens nächtigt sie im Schlafgemach der Eltern, in einer 'ménage à trois', wie die modernen Franzosen sagen."

Entrüstet stieß ihm Franziska den Ellenbogen in die Rippen.

„Halte gefälligst Dein vorlautes Maul!", fuhr sie ihn an, um sich danach wieder August zu zuwenden. „Sicher geht sie mit der Mutter am Weserufer spazieren, wie jeden Abend, nachdem das Tagwerk verrichtet ist. Leider verlässt uns der liebe Gast nächste Woche bereits wieder, um in wichtigen Angelegenheiten nach Paris zu reisen - doch such jetzt lieber den Vater auf, bevor er sich noch weiter um Dich sorgt", ermahnte ihn Franziska.

August nahm sie beim Wort und ging mit schnellen Schritten zur Kirche. Im Hintergrund fuhr ein Donnerwetter auf Heinrich herab. Das Kirchenschiff war dämmerig und erfüllt vom Geruch ausgeblasener Kerzen. Leise erklang getragene Orgelmusik. August stieg die Empore zum Orgelwerk hinauf. Im Schein von vier Kerzen saß sein Vater mit geschlossenen Augen vor dem Orgeltisch und war ganz in seine Musik vertieft.

August verharrte auf der letzten Stufe und schaute seinem Vater zu, wie er mit geschlossenen Augen der Orgel diese sanften Töne entlockte. Der Vater trug keine Perücke, so sah er im Kerzenlicht die ersten graue Haare im straff zurück gekämmten dunklen Haar, auch die ersten Falten auf der Stirn und rechts und links der Nase waren jetzt deutlicher zu sehen als bei Tageslicht.

Als der letzte Akkord verklungen war, entließ er seinen Assistenten, der die Luft in die Orgel gepumpt hatte.

„Du kommst spät, August, ich habe mir bereits große Sorgen gemacht", wandte sich der Vater an ihn, als sie alleine waren.

„Verzeih, lieber Vater, dafür habe ich für uns am Grenzposten einen Viertel Taler verdient." Voller Stolz reichte er ihm das Geld.

„Das ist edel gehandelt und ich danke Dir dafür. Aber wegen Deiner Unpünktlichkeit hast Du das Abendbrot versäumt. Nun sieh zu, wie Du auskommst - möchtest Du morgen zum Kirchausgang spielen?" „Sehr gerne! Eine Melodie zu Paul Gerhardts Gedicht „Geh aus mein Herz und suche Freud" würde gut zur Jahreszeit passen", antwortete August begeistert.

„Vortrefflich gewählt. Es wird den Familien, deren Angehörige im fernen Amerika kämpfen, sicher Trost spenden - so lass hören, mein Sohn."

Als der Orgeltisch für August eingerichtet war, pumpte der Vater Luft in die Orgel. August zog die Register. Das Gebälk ächzte - der Auftakt erklang.

'Wie stolz ich auf ihn bin', dachte Matthäus, 'in wenigen Jahren vermag selbst ich ihm nichts mehr beizubringen'.

Während er dem meisterlichen Spiel seines Sohnes lauschte, wanderten seine Gedanken von der Musik weg in die Vergangenheit.

Der Besuch der Freundin Maria weckte Erinnerungen an die bewegteste Zeit seines Lebens. Gemeinsam mit seiner Frau Elisabeth standen sie während des Siebenjährigen Krieges in geheimen Diensten der Könige von Großbritannien und Preußen. Die Schwester Friedrichs des Großen, die Herzogin Philippine Charlotte von Braunschweig-Wolfenbüttel, hatte als Dank dafür die Anstellung hier in Rinteln veranlasst. Zuvor lebten sie zwölf Jahre in Northeim, das in diesem langen Krieg sehr gelitten hatte. Die ganzen Jahre über war er dort Kantor und konnte an der größten Orgel Norddeutschlands spielen. Allerdings reichte sein Verdienst nicht aus, um das Auskommen seiner Familie zu gewährleisten. Hier in Rinteln lebten sie in gesicherten Verhältnissen, aber die Bedürfnisse der Kinder wuchsen mit den Kindern. Gott sei Dank war Elisabeth nicht nur eine nimmermüde Ehefrau und liebevolle Mutter seiner Kinder, sondern auch eine hervorragende Pianofortespielerin und ausgebildete Sängerin. So konnten sie in der Umgebung Gastspiele geben und bei festlichen Anlässen auftreten. Der Erlös daraus war für die Familie ein gutes Zubrot.

Ein großes Glück für ihn und jetzt auch für seinen begabtesten Sohn war die Bekanntschaft mit dem Hofkapellmeister in Bückeburg. Die Entscheidung, die weitere musikalische Ausbildung und Förderung von August in die Hände des Bachsohns zu legen, hat er nie bereut. Denn jedes Mal, wenn er August spielen hörte, schien nicht nur sein Können sondern auch seine Leidenschaft für die Musik gewachsen zu sein.

Auf dem Treidelpfad am flachen Ufer der Weser gingen in gemächlichem Schritt, manchmal Arm in Arm, zwei schlanke, nicht mehr ganz junge, etwa gleichaltrige Frauen spazieren. Immer wieder unterbrachen sie ihr Gespräch, blieben stehen, schwiegen und verfolgten mit nachdenklichem Blick den Lauf des schnell fließenden Flusses. Zwischen beiden war eine Vertrautheit zu erkennen, wie sie nur eine langjährige Freundschaft erwachsen lässt.

Die beiden Spaziergängerinnen waren Elisabeth „Nanni" Müller und ihr derzeitiger Gast, die Komtess Maria von Wierusz. Waren sie in ihrer äußeren Erscheinung sich ähnlich, konnten sie in ihren Anlagen und Interessen nicht verschiedener sein. War Elisabeth fast schwarz haarig, sehr naturverbunden, sehr musikalisch, verheiratet und Mutter von sechs Kindern, so hatte Maria blonde Haare, kleidete sich nach der neusten Mode, liebte das gesellschaftliche Leben und pflegte Beziehungen zum französischen und preußischen Hochadel, zu Politikern und hohen Militärs, zu Vertretern der Kontinentalmacht Großbritannien wie auch zu Repräsentanten der jungen Vereinigten Staaten von Amerika.

Im seichten Wasser nahe dem Flussufer lauerte ein Graureiher regungslos auf seine Beute. Das anschwellende Surren des Flügelschlages vorbei fliegender Schwäne schreckte die Frauen aus ihren Erinnerungen.

„Die Sache für die Amerikanische Revolution steht schlecht, Nanni, wenn nicht ein Wunder geschieht, ist es im nächsten Frühjahr damit vorbei. Daher habe ich schon vor Monaten beschlossen, meinen Einfluss geltend zu machen."

„Reist Du deshalb nach Paris?"

„In der Tat, um aus einem desolaten Haufen, dessen Degen Griff und Klinge fehlen, eine Armee zu formen. Denn abgesehen von einigen wenigen Erfolgen, haben die amerikanischen Milizen und die Continental Army bis jetzt nur Fersengeld bezahlt."

„Wahrlich, eine große Aufgabe. Weißt Du schon, wie Du sie lösen willst?"

„Nicht ich, sondern Friedrich Wilhelm von Steuben."

„Du hast Kontakt zu ihm?" Erstaunt sah Elisabeth ihre Freundin an.

„Die ganzen Jahre über, ist er doch ein alter Freund und war ein vortrefflicher Liebhaber."

„Du hast mir nie davon geschrieben."

„Du hast auch nie nach ihm gefragt."

„Ich habe versucht, ihn zu vergessen, doch gelungen ist es mir nie."

„Fritz ist ein außergewöhnlicher Mensch. Davon gibt es nur wenige." Verträumt sah Nanni über die Flusslandschaft. Der Reiher verharrte noch immer, als wäre er zu Stein erstarrt. Glutrot ging die Sonne hinter den Hügeln unter.

„Nach all den Jahren werde ich Fritz in Paris endlich wieder sehen", fuhr Maria fort, "mit allen wichtigen Persönlichkeiten ist das Notwendige bereits ausgehandelt. Auch der amerikanische Gesandte Mr. Benjamin Franklin befürwortet seine Anstellung. Im Grunde muss Fritz nur noch zustimmen, um Generalinspekteur der Armee der

Vereinigten Staaten zu werden. Entsprechende Empfehlungsschreiben von höchster Stelle führe ich aus Berlin mit."

„Ist das der Franklin, der die Elektrizität erforscht?"

„In der Tat."

„Sie ist nicht gut für die Menschen und auch gefährlich. Ihre Spannung stört die innere Ausgewogenheit. Sag ihm, er soll es bleiben lassen."

„Wie soll ich das? Es liegt in der Natur des Menschen, nach Neuem und immer Höherem zu streben. Die Zeit galoppiert und bald werden Dinge, die für uns noch alltäglich sind, der Vergangenheit angehören."

„Muss das denn unbedingt sein? Die Indianer in Amerika denken doch auch so, wie ich gelesen habe."

„Nanni, die Indianer sind tumbe Gesellen und ihr befremdlicher Naturglaube wird auch ihr Untergang sein. Denn in der Welt, in der ich lebe, zählt, wie überall, allein die Macht des Geldes. Daran wird auch die Revolution nichts ändern, denn sie ist aus einem Streit unter Reichen geboren."

„Sind Habgier, Rücksichtslosigkeit und Neid die Sterne, nach denen wir greifen?"

„Du denkst zu viel in grellen Farben, meine Liebe. Die Revolution vertritt hohe Ideale und eine Demokratie wird in ihrer Entwicklung niemals zum Stillstand kommen."

„Man muss immer an das Gute im Menschen glauben, vielleicht siegt doch noch die Vernunft und die Briten geben ihre nordamerikanischen Kolonien frei."

„Weit gefehlt. Die Briten besitzen eine grenzenlose Überheblichkeit gegenüber den Rebellen und glauben, mit dem Bürger- und Bauernpack leichtes Spiel zu haben. Sie sprechen auch nicht von einem Krieg, sondern von einem Konflikt. Droht Gefahr, schicken sie gerne die gekauften Deutschen vor. Gibt es dagegen etwas zu gewinnen, stehen die Briten vorne an, damit allein nur ihnen der Ruhm gehört."

„Warum soll es denn gerade Fritz für die Revolution richten? Er ist doch kein Mann von Einfluss."

„Sei unbesorgt Nanni, ich werde aus ihm einen machen. Seit seinem Abschied aus der preußischen Armee ist ihm das Glück nicht gerade hold gewesen. Zunächst war er Hofmarschall am Hofe von Hohenzollern-Hechingen und später beim Markgrafen von Baden. Inzwischen haben Intrigen dazu geführt, dass er kein Bein mehr auf den Boden bekommt."

„Wie schrecklich. Was wirft man ihm denn vor?"

„Nanni, von zweifelhaften Individuen sind Lügen in die Welt gesetzt wo

rden, sie hoffen, daraus Vorteile für sich ziehen zu können. Lassen wir es dabei bewenden, im Grunde sind sie keiner Rede wert."

„Gut, ich glaube Dir. Aber hat Fritz überhaupt signalisiert, nach Amerika gehen zu wollen?"

„Ihm bleibt nichts Anderes übrig. Es geht um seine Existenz. Er war schon einmal in Paris. Nur wollten die Amerikaner wegen schlechter Erfahrungen keine Verbindlichkeiten eingehen. Daher ist er unverrichteter Dinge wieder abgereist."

„Sollte er wirklich nach Amerika gehen, muss er gegen die Hessen und andere deutsche Verbände kämpfen."

„Wie mir scheint, ziehen diese Halbknechte hier wohl gerne in den Krieg. Elende, deutsche Söldnerseelen, denn über Klagen liest man nur wenig in den Staaten."

„Da täuscht Du Dich aber. Der Landgraf hat einen vortrefflichen Vertrag mit den Briten ausgehandelt, der ihm eine Unsumme Geld mit seinem Soldatenhandel einbringt. Um seinen Verpflichtungen nachzukommen, lässt er mit unlauteren Mitteln die Leute zwangsausheben oder anwerben, selbst vor Überfällen schrecken seine

Werber nicht zurück. Hinzu kommt, dass in den letzten Jahren die Ernten schlecht ausgefallen sind und viele Bauern und Handwerker haben nur ein karges Auskommen. Etliche sind verschuldet. Soll man es ihnen verdenken, wenn sie sich verkaufen, um mit dem Sold ihre Familien vor noch größerer Not zu bewahren?"

„Wess' Brot ich ess', dess' Lied ich sing - aber vielleicht mag das unser zerrissenes Schicksal sein, dass der Boden Europas und jetzt auch Amerikas mit deutschem Blut getränkt ist", bemerkte Maria nachdenklich.

„Stimmt es denn, was berichtet wird, dass es viele deutsche Siedler in Amerika gibt und dass sie auf der Seite der Aufständischen kämpfen."

„In der Tat, sie stellen die Mehrheit der Truppen und des niederen OffiziersCorps. Die hohen Offiziere hingegen sind meist Grossgrundbesitzer britischer Abstammung."

„Warum sind es gerade die Deutschen, die bereit sind, ihr Leben für die Revolution zu opfern?"

„Das lässt sich ganz einfach erklären. Es sind ehemals Unterjochte, die in Amerika zum ersten Mal das Wort 'Freiheit' hören und in Freiheit leben können. Es ist ihre Freiheit, die sie bis zum letzten Blutstropfen verteidigen werden. Im Gegensatz zu den meisten britischen Siedlern, die sich Loyalisten oder Torries nennen und wie der Name schon sagt, zum König halten. Nanni, mein Angebot gilt noch immer. Möchtest Du mit Deiner Familie zu mir nach Amerika kommen und die Freiheit atmen? Was erwartet Dich schon hier?"

„Matthäus ist so sehr mit seiner Arbeit hier verbunden, dass ihm dies nicht einmal im Traum einfallen würde. Er ist hier in Amt und Würden. An der Universität achtet ihn jeder. Langsam beginnen die Kinder, auf eigenen Beinen zu stehen. Verstehst Du, was ich damit sagen möchte?"

„Ja, doch für Euch wird meine Tür zu diesem weiten Land mit seinen unbegrenzten Möglichkeiten immer offen stehen."

„Ich danke Dir. Lass uns jetzt nach Hause gehen. Von meinem Sohn August, der inzwischen angekommen sein wird, werden wir gewiss mit Ungeduld erwartet. Er soll uns den Abend mit einem Vorspiel auf dem Pianoforte verschönern. Sein musikalisches Talent ist bemerkenswert - Du wirst erstaunt sein."

Auf dem Rückweg hing jede ihren eigenen Gedanken nach, bis Maria leise, fast zögerlich das Gespräch wieder aufnahm.

„Denkst Du manchmal auch an Sophia, die für uns vor dem Feind geblieben ist?"

„Sie erscheint mir jeden Tag und bestärkt mich in meiner Entscheidung, mein Leben so zu nehmen, wie es ist."

„Mir ergeht es ebenso."

„Ja, denn nur wer vergessen wird, stirbt wirklich."

1.Kapitel

Spätsommer 1777
Steuben - Diplomatie in Paris

In einer der neumodischen, doppelstöckigen Kutschen der Eilpost,
die von einem Achtergespann gezogen wurde, saß in der oberen
Etage ein schlanker, in gutem Bürgerzivil gekleideter Fahrgast, dessen
Alter auf Mitte Vierzig geschätzt werden konnte. Unter den übrigen
Fahrgästen fiel er durch seine aufrechte Haltung und seine strengen
Gesichtszüge auf, die noch unterstrichen wurden durch eine hohe
Stirn und eine leicht gebogene Nase. Auch seine großen braunen
Augen, die mit ihrem feurigen und durchbohrenden Blick einen
Gesprächspartner fraglos in ihren Bann ziehen konnten, vermittelten
den Eindruck eines befehlsgewohnten Menschen. Im Gegensatz zu
der Strenge der Gesichtszüge stand allerdings die weiche Unterlippe,
die von einer langen, wohl in einem Kampf zugezogenen Wunde
gezeichnet war.
Der ansonsten schweigsame Fahrgast hatte sich seinem Nachbarn als
Friedrich von Steuben vorgestellt, der in Begleitung seines Dieners
Carl Volger und seines Hundes Azor, einem italienischen Windhund,
nach Paris reisen wolle.
Gegen Abend sollte die Kutsche in der französischen Hauptstadt
eintreffen.
Zum wiederholten Male holte Fritz, wie Freunde ihn nannten, aus
der Rocktasche zwei Billetts hervor, deren Inhalt er bereits auswendig
konnte. Es bereitete ihm Genugtuung, dass er die französische
Sprache perfekt beherrschte, hatte er sie doch bereits in frühester
Jugend erlernt. Bei den bevorstehenden Gesprächen bedarf es also
keiner Dolmetscher.

Schon einmal war er diesen Weg gefahren - umsonst. Doch die Briefe, die ihn in den letzten Wochen am Badischen Hof in Karlsruhe erreicht hatten, deuteten eine erfreuliche Wendung seines Schicksals an. Von einer herzlichen Einladung war die Rede und man wolle nähere Details über seine Zukunft erörtern. Das zuletzt gelesene Billett in der Hand, das vom französischen Kriegsminister Saint-Germain, seinem einstigen Feind und jetzigen Freund, stammte, sah er in Gedanken versunken aus dem Fenster. Landvolk brachte die Ernte ein. Staub lag in der Luft.

Den Grafen Saint-Germain kannte er seit nunmehr zwanzig Jahren. Damals waren sie sich auf dem Schlachtfeld von Roßbach nahe Leipzig gegenüber gestanden, wo die französische Armee binnen weniger Stunden von den Preußen vernichtend geschlagen wurde. Der Graf geriet in Gefangenschaft. Anlässlich eines Banketts, das zu Ehren der gefangenen Offiziere gegeben wurde, machte er, damals noch als junger Leutnant, seine Bekanntschaft. Im Laufe der Jahre begegneten sie sich zu den unterschiedlichsten Anlässen, so dass mit der Zeit eine Freundschaft entstand. Doch während der eine bis zum Kriegsminister von Frankreich emporstieg, musste er nach der Demobilisierung als Stabskapitän seinen Abschied nehmen.

Am späten Nachmittag des 18. August traf die Kutsche in Paris ein. Fritz mietete eine Droschke, ließ das Gepäck umladen und fuhr mit Carl und Azor zu Caron de Beaumarchais, der ihn für die Dauer seines Aufenthalts in sein Palais eingeladen hatte.

Von seinem Gastgeber, den er während seines letzten Aufenthalts in Paris kennen gelernt hatte, wusste er nur drei Dinge: Zum Einen, dass er durch zwei vorteilhafte Heiraten wohlhabend geworden war, zum Anderen, dass er, von Beruf Uhrmacher und jetzt Hoflieferant, als solcher geadelt und ein in vielen Bereichen erfolgreicher Geschäftsmann war. So war er Inhaber der Reederei Rodrigue Hortalez

& Cie, die unter anderem im Geheimauftrag der französischen
Regierung Kriegsmaterial an die amerikanische Armee lieferte. Und
zum Dritten, dass seine Liebe der Literatur und Musik gehörte. Er
dilettierte als Musiklehrer, der die Kinder des Königspaars im
Harfenspiel unterrichtete, zugleich war er ein erfolgreicher Drama-
tiker und Bühnenautor.
Fritz hatte in ihm einen gradlinigen und ehrenhaften Freund und
Fürsprecher gewonnen.
Zur sechsten Stunde erreichten sie den Boulevard Saint-Antoine und
die Auffahrt zum Palais de Beaumarchais.
Einer der vielen Diener des Hauses bat Fritz in ein Kabinett, wo ihn
der blendend aussehende und nach dem letzten Schrei der Mode
gekleidete Hausherr auf das Herzlichste empfing.
„Machen Sie sich zunächst einmal frisch, lieber Baron, mein Kammerdiener wird Sie in Ihre Räumlichkeiten geleiten. Ich würde mich
glücklich schätzen, mit Ihnen zu dinieren. Bereits morgen früh
fahren wir zu Saint-Germain, der Sie in Versailles brennend vor Ungeduld erwartet.“
Die Zimmer, in denen Fritz die nächsten Tage wohnen sollte, waren
im Stil der Zeit eingerichtet und spiegelten den ganzen Luxus des
Hauses wieder. Es fehlte ihm an nichts.
Ausgiebig bereitete er seine Toilette zu, legte frische Kleidung an und
rauchte, in einem Schaukelstuhl sitzend, genüsslich und entspannt
eine Pfeife, während er die Aussicht vom Balkon auf die Parklandschaft genoss.
Ein Diener erschien und bat ihn zu Tisch. Im Salon erwartete ihn
sein bestens aufgelegter Gastgeber, der ihn zur Tafel führte, die für
zwei Personen gedeckt war.
Nebst zahlreichen Beilagen gab es Wild und Geflügel. Nach sieben
Gängen bei vortrefflichem Wein kam Beaumarchais fast beiläufig auf
den Zweck seiner Einladung zu sprechen.

„Teurer Freund, sämtliche Unklarheiten betreffend Ihrer Anstellung sind ausgeräumt."

„Wie geschieht der schnelle Sinneswandel?"

„Ich denke, dass unsere gemeinsame Freundin, die Komtesse von Wierusz, über ein diplomatisches Geschick verfügt, welches unsereins weit in den Schatten stellt. Sie kennen sie wohl schon recht lange?"

„Gut zwanzig Jahre."

„Sie überraschen mich immer wieder, lieber Baron, denn für mich sind Sie ein Buch mit sieben Siegeln. Von mir wissen Sie alles, von Ihrer Biographie hingegen weiß ich nur wenig, im Grunde gar nichts. Sie dürfen vermuten, dass dies meine Phantasie anregt."

Fritz verstand die Aufforderung, aber im Gegensatz zu ihm brauchte Beaumarchais als kunstschaffender Freigeist aus seiner bürgerlichen Herkunft keinen Hehl zu machen. Zunächst lenkte er ein wenig vom Thema ab, scherzte, trank ein Glas Rotwein und beschloss, seinem Gastgeber nur Bruchstücke aus seinem Leben zu erzählen. So verbrachten sie den Abend in angeregter Stimmung, bis auch die letzte Tabakspfeife ausgeraucht war.

Spät in der Nacht stand Fritz auf seinem Balkon, er genoss die leichte Brise, die von Westen her wehte. Nachdenklich sah er zum sternenübersäten Nachthimmel empor. Was wusste Beaumarchais wirklich über ihn? Doch bevor er sich an diesen Gedanken zerrieb, beschloss er, schlafen zu gehen.

Das Frühstück fiel, wie alles im Hause Beaumarchais, üppig aus. Schließlich erschien ein Diener und meldete, dass die Droschke nach Versailles bereitstünde.

Zur neunten Stunde fuhren sie ab. Ihr Ziel, die Sommerresidenz des Königs Ludwig XVI, lag etwa eine Stunde von Paris entfernt. Die

einst bäuerliche Siedlung Versailles war schon während der Bauzeit
des Schlosses zu einer ansehnlichen Stadt angewachsen und inzwischen ein umfangreiches und vielseitiges Wirtschaftsgut geworden, welches das Schloss und seine zahlreichen Bewohner mit allem,
was benötigt wurde, versorgen konnte.
Fritz erinnerte sich an frühere Besuche in Versailles. Immer wieder
haben ihn die gigantischen Ausmaße des Schlosses mit seinen Gärten
beeindruckt.
So hatte der Großvater des derzeitigen Regenten Ludwig XVI, der
„Sonnenkönig" Ludwig XIV, den Fritz verächtlich „den zahnlosen
Halunken" nannte, in seiner grenzenlosen Macht gar eine Schneise
durch Paris und Versailles brechen lassen, damit seine königlichen
Augen ungehindert den Lauf der Sonne verfolgen konnten.
Unzählige Häuser waren dieser Inspiration zum Opfer gefallen. Fritz
war immer wieder empört über dieses menschenverachtende Ver-
halten. Konnte er dem einfachen, beinahe armseligen Leben der
Landbevölkerung noch eine gewisse Idylle abgewinnen, stach ihm
der Gegensatz zwischen Reich und Arm immer mehr ins Auge, je
näher sie der Hauptstadt kamen, hier war die Armut der einfachen
Menschen unübersehbar. Doch weder die Obrigkeit noch die feine
Gesellschaft in ihren Stadtpalais schien das zu bemerken.
Die Droschke erreichte den Haupteingang zum Schlosshof, ein
kunstvoll geschmiedetes und teilweise vergoldetes, zweiflügeliges,
hohes und breites Tor. Baumarchais händigte dem wachhabenden
Offizier die Einladung des Kriegsministers aus. Über den weiträum-
igen Vorhof, den ein imposantes Reiterstandbild des Sonnenkönigs
schmückte, gelangten sie zum Haupteingang des „Cour de Ministre".
Beaumarchais ließ die Droschke halten.
In allen Räumen, die sie in dem weitläufigen Schloss durchquerten
mussten, sahen sie die üppigste Prachtentfaltung an Decken und
Wänden, nach dem Geschmack des Erbauers und seiner Nachfolger

gestaltet. Unzählige Sitzgelegenheiten standen den Gästen zur Verfügung.

Auch wenn sein Auge überwältigt war, so wurde seine Nase auf unangenehmste Weise beleidigt: es roch, milde gesagt, streng. Denn für die etwa 5.000 Menschen, die in diesem riesigen Schloss lebten, hatte der Architekt bei der Planung die Einrichtungen für die Hygiene vergessen. Eine Unschicklichkeit, die inzwischen in vielen Fürstenhäusern Europas als eine nachahmenswerte Mode betrachtet wurde. Nach kurzem Anflug einer Ohnmacht staunte Fritz über die Anpassungsfähigkeit seines Geruchssinns.

Auf ihrem Weg durchquerten sie den berühmten Spiegelsaal, der als Wartezimmer zu den Audienzen diente und in dem unzählige Höflinge darauf hofften, eine solche zu erhalten.

Beaumarchais grüßte den einen oder anderen, ließ sich aber auf kein Gespräch ein. Endlich standen sie vor den Räumlichkeiten des Kriegsministers von Frankreich. Nach der üblichen Prozedur der Ankündigung bat sie ein Diener in das Kabinett. Claude Louis Comte de Saint-Germain schloss seinen Freund hocherfreut in die Arme, befragte ihn nach dem Verlauf der Reise und seinem gesundheitlichen Befinden.

„Bestens, Bruder. Mein Tatendrang ersehnt eine neue Aufgabe, die es zu bewältigen gilt. Für die Freiheit der Menschheit bin ich jederzeit bereit, mein Leben zu geben."

„Dein Idealismus ehrt Dich, doch sehen wir die Sache nicht ganz so teutonisch wie Du", antwortete der Minister lächelnd, „wir denken, dass für Deine Überfahrt das Wichtigste geregelt ist. Die Reederei Rodrigue Hortalez & Cie wird Dich beim nächsten Waffentransport als Passagier befördern. Leider ist meine Zeit, die ich Dir heute widmen kann, begrenzt, da mir in einer Stunde eine Unterredung mit dem König bevorsteht, die gewiss nicht einfach sein wird. Lassen wir daher sämtliche diplomatischen Schönfärbereien beiseite und sprechen Klartext. Deine selbstmörderische Begeisterung für die idealen Ziele der jungen amerikanischen Republik können wir allein schon aus ökonomischen Gründen nicht mit Dir teilen. Wir unterstützen die aufrührerischen Kolonien aus reinem Eigennutz, damit wir Großbritannien schaden können. Seit dem letzten Krieg haben wir noch eine Rechnung mit den Briten offen. Es geht uns allein um Großmachtpolitik und um nichts anderes. Und unser Freund Beaumarchais macht es, von seiner idealistischen Begeisterung abgesehen, um einen Haufen Geld zu verdienen. Somit führen wir allein die pragmatischen Erwägungen Frankreichs ins Feld."

„Eine Hand wäscht die andere", bemerkte Fritz.

„In der Tat. Gut, dass wir uns einig sind, denn Du wirst als Freiwilliger nach Amerika reisen."

„Wie soll ich das verstehen? Ohne Garantien? In Baden habe ich meinen ganzen Besitzstand aufgelöst, nur allein um diese Chance zu nutzen."

„Du kannst davon ausgehen, dass ich durch meinen Geheimdienst ausreichend über Deine finanzielle Liquidität unterrichtet bin."
Fritz blieb der leicht spöttische Unterton, der bei diesen Worten seines Freundes mitschwang, nicht verborgen.

„Die Reederei Rodrigue Hortalez & Cie wird Ihnen ein zinsloses Darlehen von 1.000 Louis d`Ors gewähren, das ausreichen müsste, um für´s Erste in Amerika Fuß zu fassen. Halten Sie das Geld möglichst zusammen und tauschen Sie nur kleine Beträge in das amerikanische Revolutionsgeld um, die so genannte Continental Currency. Diese Währung ist äußerst instabil, sie wird nur in Papierform ausgegeben und die Inflation dieses "Papierdollars" schreitet rapide voran, man könnte fast sagen, sie galoppiert", warf Beaumarchais ein.

„Sei unbesorgt, Bruder, Du wirst mit Empfehlungsschreiben von allerhöchsten Stellen versehen, die entsprechend Deine Talente und

Tugenden hervorheben, so dass der Kongress der Vereinigten
Staaten Deine Anstellung gar nicht ausschlagen kann. Denn in dieser
Versammlung sitzen fast nur Großgrundbesitzer und wohlhabende
Kaufleute, die sich um ihre Pfründe sorgen. Doch lasst uns die
näheren Einzelheiten dazu morgen festlegen. Sollte Dein Vorhaben
dennoch scheitern, was ich nicht glaube, wirst Du vom französischen
Staat für Deine Bemühungen entschädigt werden", gab sich Saint-
Germain optimistisch.
„Das hätte ich gerne mit Brief und Siegel."
Der Kriegsminister legte ein wissendes Lächeln auf.
„Du brauchst an meiner Ehre nicht zu zweifeln, zumal ich weiß, dass
die Amerikaner einen hohen Posten für Dich innehaben."
„Der wäre?"
„Es wird dringend ein Mann benötigt, der die Truppen nach einem
einheitlichen Reglement ausbildet. Man hat versucht, das Muster der
französischen Armee einzuführen, doch es geht nicht voran, mehr
oder weniger ist es gescheitert. Die Offiziere dieser jungen Armee
sind größtenteils nur mangelhaft geschult. Die meisten haben ihr
Offizierspatent gekauft und verfügen kaum über militärische Qualitäten. Selbst Washington muss man dazu zählen. Du besitzt eine
interessante Biographie und die Ausbildung der Truppe gehört zum
kleinen Einmaleins eines jeden preußischen Offiziers. Doch leider
wurdest Du als Stabskapitän aus den preußischen Diensten entlassen
und genau darin liegt das Problem."
„In der preußischen Armee spielt der Rang nicht die entscheidende
Rolle, sondern die Fähigkeiten. Ich kenne Hauptleute, die, wie ich,
Regimenter und in äußerster Not gar ganze Brigaden geführt haben."
„Als ehemaliger Leidtragender ist mir das nur all zu gut bekannt",
bestätigte Saint-Germain, „dennoch können wir Dich unmöglich als
Stabskapitän dem amerikanischen Kongress vorstellen. Man würde
Dich nicht einmal vorlassen. Immerhin sollst Du Generalinspekteur

der Truppen der Vereinigten Staaten werden. Du wirst dem Kongress als ehemaliger preußischer Generalleutnant und Generalquartiermeister des Königs von Preußen vorgestellt, der die allerhöchsten Empfehlungsschreiben vorzuweisen hat. Ich denke, dass die Komtesse von Wierusz, die inzwischen aus Berlin eingetroffen ist, die entsprechenden Unterlagen mit sich führt. Auch der amerikanische Delegationsführer Benjamin Franklin stimmt dem Schwindel zu. Manchmal muss man eben dem Schicksal ein wenig auf die Sprünge helfen."
„Die Abgeordneten im amerikanischen Kongress besitzen nicht die geringste Kenntnis vom preußischen Militärwesen. Allein Rang, bedeutende Orden und Auftreten zählen und letzteres haben Sie, mein werter Baron, als Hofmarschall gelernt", fügte Beaumarchais an, „morgen Abend wird in meinem Palais ein Ball gegeben, bei dem sämtliche maßgebende Persönlichkeiten in dieser Angelegenheit anwesend sein werden, auch die Komtesse von Wierusz, die in Passy als Gast der amerikanischen Delegation weilt. Übermorgen werden Sie von unserem Außenminister Graf Vergennes empfangen, der bei meiner kleinen Festlichkeit leider nicht zugegen sein kann. Unser Freund Prinz Montbarey wird Sie zu Vergennes begleiten. Im Übrigen werden Sie und ich von Montbarey im Anschluss an unser Gespräch erwartet."
Fritz stand auf. „Geben Sie mir zwei Minuten, Messieurs."
Langsam ging er zu einem der Fenster. Er sah auf die weite, in Terrassen angelegte Parklandschaft.
'Sollte meine zukünftige Existenz wieder einmal auf einer Lüge aufgebaut werden?'
Als er den „Bassin d` Apollon", den prunkvollsten Brunnen des Parks, erblickte, blieben seine Augen lange daran haften. In einer Allegorie auf Louis XIV krönte der Brunnen das goldfarbene Standbild des Gottes Apoll in einem Sonnenwagen.

'Gut, dieses eine Mal noch gehe ich das Wagnis ein, vielleicht ist Amerika meine Zukunft, dieses große, weite Land, wo ein Volk für seine Freiheit und Unabhängigkeit gegen seinen Unterdrücker kämpft.' Langsam drehte er sich um. Erwartungsvoll sahen ihn Saint-Germain und Beaumarchais an.

„Das ganze Leben ist ein Blendwerk, bei dem die Ehrlichen bestraft werden. Nun denn, Messieurs, ich gehe auf den Schwindel ein. Was gibt es für mich denn schon zu verlieren?"

„Bravo!", applaudierte Beaumarchais dezent, „wie sagt man bei Ihnen: „Jeder ist seines eigenen Glückes Schmied" und für Sie werden wir das Feuer in der Schmiede schon zu schüren wissen, teurer Freund."

Saint-Germain warf einen Blick auf seinen Chronometer. Dabei runzelte er ein wenig die Stirn und bemerkte, dass die fortgeschrittene Zeit ihn nötige, seine Freunde zu entlassen. Bis zum morgigen Abend versah er sie mit seinen besten Empfehlungen, ohne zu versäumen, ihnen für die offenen Worte zu danken.

Die Gemächer des Prinzen Montbarey lagen im entgegen gesetzten Südflügel. Über belebte Treppen und Korridore erreichten sie schließlich dessen Suite.

Der Prinz war nicht allein in seinem Kabinett, er hatte den spanischen Gesandten Graf Aranda zu Gast, der von den aktuellen Plänen Frankreichs unterrichtet war und Spaniens Unterstützung für jede Aktion zusicherte, die dem alten Feind Großbritannien Schaden zuführen konnte.

Bei einem vortrefflich mundenden Diner zog sich die Audienz über mehrere Stunden hin. Bevor sie sich trennten, legten ihm Montbarey und Aranda nochmals nahe, diese eine große Chance, die sein Leben entscheidend wenden könnte, nicht ungenutzt verstreichen zu lassen.

Als Beaumarchais und Fritz wieder in der Droschke saßen, die sie nach Paris zurück brachte, vergrub sich Fritz in seine Gedanken.

Lange sprachen sie kein Wort. Sie überholten einen Bauernwagen,
der Kräuter transportierte - Düfte von Lavendel, Thymian, Salbei
und Basilikum streichelten ihre Sinne.
„Sollte das Unternehmen gelingen, werde ich Sie nicht enttäuschen",
unterbrach Fritz schließlich das lange Schweigen.
Gemeinsam speisten sie zu Abend. Zur Unterhaltung hatte Beaumarchais zwei Schauspielerinnen eingeladen, die sich als Jeanette und
Simone vorstellten. Beide waren schicklich anzusehen, Galanterien
gegenüber aufgeschlossen und geizten nicht mit ihrem freizügigen
Wesen. Fritz fand Gefallen an der vollbusigen, brünetten Jeanette. An
ihren Qualitäten gemessen hatte Beaumarchais keine Kosten ge-
scheut.

Am nächsten Morgen ließ Fritz für sich und Jeanette die Pferde
satteln. Mit Proviant versehen, ritten sie den kürzesten Weg durch die
Stadt. Nachdem sie die Festungswälle hinter sich gelassen hatten,
galoppierten sie zum westlich der Stadt gelegenen Bois de Boulogne,
dem Jagdrevier des Königs und einem beliebten Ausflugziel der
Pariser Gesellschaft. Im Wald angekommen, begegnete ihnen kein
Mensch.
Ihr Ritt endete an einem der vielen kleinen Seen. Sie stiegen ab und
führten ihre Pferde auf die angrenzende Wiese. Nahe dem Ufer
fanden sie einen Platz unter einer mächtigen Trauerweide, deren
feines Geäst bis ins Wasser reichte und sie vor den Blicken anderer
verbarg. Es war windstill. Die Wasserfläche wurde nur von Bles-
shühnern und einigen Enten bewegt, die nach Futter suchten. Am
gegenüber liegenden Ufer, den ein lichter Kiefernwald säumte,
schwebte dichter Bodennebel, der dem See etwas Verwunschenes
gab.
Sie zogen sich aus und schwammen in diesen geheimnisvollen Nebel
hinein. Bevor sie sich zu verlieren drohten, kehrten sie zu ihrem Platz

zurück. Als sie sich von der Anstrengung des Schwimmens erholt hatten und ihre Haut getrocknet war, begann Jeanette, ihn zärtlich zu liebkosen.

Während er mit seinen Händen durch ihr Haar fuhr, erinnerte er sich an die großen Momente der Liebe in seinem Leben. Sein Herz flog zu Sophia, die er vor dem Feind nicht retten konnte, und zu Nanni, die für ihn verloren war.

Er verbannte seine wehmütigen Gedanken und wandte seine aufkommende Begierde seiner Begleiterin zu. Ihre anfänglichen Zärtlichkeiten endeten in einer leidenschaftlichen Vereinigung ihrer beiden Körper.

Am Spätnachmittag kehrten sie in den Boulevard Saint-Antoine zurück. Im Park bemerkten sie die Vorbereitung für eine Illumination. Auch im Palais herrschte geschäftiges Treiben, da die Säle für den abendlichen Ball vorbereitet wurden.

In seinen Gemächern angekommen, nahm er Jeanette zärtlich in seine Arme und zeigte sich untröstlich, sie nicht zu dem Ball einladen zu können. Sie zeigte Verständnis und gab ihm ihre Adresse.

In seiner besten Garnitur gekleidet, betrachtete sich Fritz mit kritischem Auge im Spiegel. Um seinen Hals hing an einem blauen Band der „Pour Le Mérite", zuletzt heftete er den „Stern der Treue" an seine linke Brust.

'Ein Spiegel besitzt kein Gedächtnis', dachte er, 'jung bleibt man nur in der Phantasie'. Noch wenige Jahre und er würde die Fünfzig überschritten haben. Seine Reserven waren aufgebraucht, sein Geldbeutel fast bis zur Naht leer gefegt. Heute würde sich sein Schicksal entscheiden - das wusste er.

Fritz beschloss, in der verbleibenden Zeit seine Gedanken in einem Gebet zu sammeln und anschließend an seinen betagten Vater, der noch immer im aktiven Dienst stand, ein Billett zu schreiben. Sein Vater befehligte als Oberstleutnant und Kommandeur die Festung

Küstrin an der Oder, wo er ihn bis zu dessen Lebensende versorgt
wusste. Diesen Posten hatte ihm der König von Preußen noch
während des Siebenjährigen Krieges übertragen aus Würdigung und
Anerkennung für seine heldenhafte Verteidigung der Festung gegen
eine vielfache russische Übermacht.
Da er noch genügend Zeit bis zur Eröffnung des Balls hatte, begann
er mit der Lektüre eines in deutscher Sprache gedruckten Büchleins,
dass er in Straßburg erworben hatte. Der Titel lautete: „Common
Sense – Der gesunde Menschenverstand", verfasst von dem Amerikaner Thomas Paine, der sich darin mit der Demokratie auseinander
setzte.
Zur festgesetzten Zeit schritt Fritz die Stufen zum festlich erleuch-
teten Saal herab. Trotz seines Alters und seiner Erfahrung mit derartigen Situationen pochte sein Herz. Der Hausmarschall kündigte
ihn als Baron Friedrich Wilhelm von Steuben an.
Beaumarchais hatte seine Freunde, einige Geschäftspartner und die
wichtigsten Persönlichkeiten der Pariser Gesellschaft geladen. In
kleinen Gruppen standen die Gäste beisammen und genossen den
Champagner, der ihnen von den zahlreichen Dienern angeboten
wurde. Die Kapelle spielte dezente Musik. Zwischen den Adligen
und wohlhabenden Bürgen erkannte Fritz Dr. Franklin mit seinem
Gefolge, bei dem Mr. Dean wohl der Gewichtigste war, und den
Grafen Saint-Germain. Auch Simone befand sich unter den Gästen,
allem Anschein nach eine wirklich gefeierte Bühnenschauspielerin.
Fritz schloss aus der Ungezwungenheit, mit der die amerikanischen
Gesandten sich zwischen den Gästen bewegten und an den Gesprächen teilnahmen, dass auch sie der französischen Sprache
mächtig waren, was die in Aussicht gestellten Verhandlungen sehr
erleichtern würde.
Diese Feststellung hielt ihn nicht davon ab, seine Aufmerksamkeit
den überaus attraktiven weiblichen Gästen zu widmen.

An einer von ihnen blieb sein Blick haften. Sie war groß, von schlanker Gestalt und hatte ein schmales Gesicht von makelloser Schönheit. Sie trug ein tief ausgeschnittenes, hellblaues Kleid aus Satin, das ihre Taille und die wohlgeformte Brust auf das Vorteilhafteste betonte. Ihre großen, blauen Augen sahen ihn erwartungsvoll an. Vor Bewunderung stand er für einen Moment still..
Dann nahm er sein Herz in beide Hände und ging auf die Frau zu, die ihn so faszinierte.
„Bonsoir, ma chère", begrüßte er sie, ergriff ihre dargebotene Hand und deutete dezent einen Handkuss an. Ein Hauch von Rosen umgab sie.
„Die Zeit scheint an Dir vorbei gegangen zu sein und Deine Schönheit kann nur die Tugend der Bewunderung dienen", fuhr er fort.
„Auch mein Herz ist erfreut, Dich zu sehen, mon cher", entgegnete ihm Maria, „doch schmeichle mir nicht über Gebühr, denn inzwischen sind viele Jahre vergangen."
Sie legte ein entwaffnendes Lächeln auf. Ihre Augen wollten voneinander nicht lassen. Fritz suchte nach Worten, die er nicht fand. Obwohl er mit Maria die intimsten Geheimnisse teilte, lag in diesem Moment viel Unausgesprochenes zwischen ihnen.
„Ich bin überwältigt", waren schließlich die Worte, die alles ausdrückten, was er empfand.
„In Amerika werden wir genügend Zeit füreinander finden, mon cher", versprach sie.
Es wurde zur Tafel gebeten. Die Tischordnung ergab, dass sich Fritz und Maria gegenüber saßen. Links neben ihm hatte Saint-Germain, der ohne Gattin erschienen war, Platz genommen. Zu seiner Rechten saß die junge Marquise de Rochefort, galant und vortrefflich anzusehen. Etwas entfernt wurde Simone von zwei Bankiers eingerahmt. Immer wieder trafen sich seine und Marias Blicke.

Das Diner wurde von Musik untermalt. Zwischen den Gängen unterhielten sich die Gäste und der Hausmarschall mit geistreichen Rezitationen und Wortspielereien, eine Unterhaltungsform, die groß in Mode war.

Als nach dem letzten Dessert der Ball eröffnet wurde, schenkte ihm Maria die ersten drei Tänze. Danach widmete er der hübschen Marquise de Rochefort seine ganze Aufmerksamkeit.

Schließlich bemerkte er, dass Maria, Beaumarchais, Graf Saint-Germain, Dr. Franklin und Mr. Dean den Ballsaal verlassen hatten.

Sobald das Orchester eine Pause einlegte, meldete ihm ein Diener, dass er erwartet werde. Zur Marquise gewandt, beteuerte Fritz, wegen der unerwarteten Nachricht untröstlich zu sein, doch zwängen ihn unaufschiebbare Geschäfte, dem Ball für einige Zeit fern bleiben zu müssen. Doch versprach er ihr nach seiner Wiederkehr die nächsten Tänze.

Der Diener führte ihn in das Kabinett des Hausherrn, wo er Maria und ihre Begleiter wieder sah.

„Wir freuen uns, Sie abermals in Paris zu sehen, Generalleutnant, zumal wir vernommen haben, dass Sie unserem Lande nun doch als Freiwilliger zu Hilfe eilen wollen“, ergriff Dr. Franklin als Erster das Wort.

„Baron von Steuben wird bereits mit dem nächsten Schiff der Reederei Rodrigue Hortalez & Cie nach Boston aufbrechen“, bestätigte Beaumarchais.

„Gestatten Sie, doch was geschieht, wenn der ganze Schwindel auffliegt?“, äußerte Fritz seine Bedenken.

„Aus Preußen wird kein Dementi erfolgen, sollte der amerikanische Kongress anfragen“, gab Maria zur Antwort.

„Welche Garantien habe ich?“

„Das Wort Seiner Majestät, des Königs von Preußen.“ Maria händigte ihm ein versiegeltes Billett aus. „Lies es, es ist an Dich ge-

richtet“, forderte sie ihn auf, während sie mehrere Dokumente auf
den Tisch legte, die allesamt das Siegel des Königs von Preußen
trugen.
Fritz ging zu einem der Kandelabern, die auf dem Arbeitstisch
standen. Er brach das königliche Siegel.

'Geehrter Kapitän', las er, 'wie mir die Komtesse von Wierusz
berichtet hat, haben Sie sich entschlossen, den aufständischen
Kolonien in Nordamerika Beistand zu leisten. Eine höchst löbliche
Aufgabe, die Sie, wie ich Sie kenne, nach bestem Gewissen erfüllen
werden.
Ihre Entscheidung erfüllt mich mit Stolz. Meine Auffassung zu
diesem Freiheitskrieg, in dem einige deutsche Fürsten ihre Landeskinder wie Vieh an die Briten verkaufen, dürfte hinlänglich bekannt
sein. Daher habe ich angeordnet, die preußische Landesgrenze für
Menschentransporte schließen zu lassen. Das wird die Transporte
zwar nicht verhindern, aber erheblich verzögern. Die dadurch gewonnene Zeit wird General Washington zur Reorganisierung seiner
angeschlagenen Armee dringend benötigen. Dies hat mir den
Argwohn Großbritanniens eingebracht. Es ist mir einerlei, denn ich
habe den schmählichen Verrat der Briten an unserem Vaterlande
nicht vergessen.
Sollte der amerikanische Kongress Anfragen zu Ihrer Person an
meine Regierung richten, werden Sie als Generalleutnant und
Generalquartiermeister in der Armee des Königs von Preußen bestätigt. Mein Empfehlungsschreiben an den Kongress der Vereinigten Staaten und Ihr Offizierspatent als Generalleutnant der
preußischen Armee nebst entsprechenden Zeugnissen liegen meinen
anderen Schreiben bei.
Wir hoffen, dass Sie inzwischen Ihre Lektion in Sachen Chorgeist
und Disziplin gelernt haben, denn es geht nicht umhin, dass ein

Stabskapitän in Kriegszeiten den Flügeladjutanten des Königs zum
Duell fordert. Damit haben Sie sich entschieden disqualifiziert, selbst
dann, wenn Sie noch so große Fähigkeiten besitzen. Zügeln Sie Ihr
Temperament, bringen Sie das, was Sie bei mir gelernt haben, in die
Armee der Vereinigten Staaten ein und Sie werden Karriere machen.
Noch eines: richten Sie niemals ein Schreiben an mich, sondern
ausschließlich an meinen Bruder Heinrich, unter dessen Kommando
Sie lange Zeit dienten. Durch ihn oder die Komtesse von Wierusz
sowie durch die Presse werde ich über Ihre Fortschritte unterrichtet
sein.
Stabskapitän von Steuben, ich wünsche Ihnen bei Ihrer großen
Aufgabe das Glück des Tüchtigen. Für die Freiheit der Menschheit
zu streiten ist die ehrenvollste Aufgabe, die einem zu Teil werden
kann. Leider haben das Schicksal meiner Geburt und die damit
verbundene Staatsraison mir auferlegt, oft gegen meine persönlichen
Ideale handeln zu müssen. Sie, Kapitän, besitzen die einmalige
Chance, daran Teil zu haben, ein neues Ideal zu formen.
Zuletzt lege ich Ihnen eine kleine Lektüre nahe. Sie heißt:
„Common Sense - Der gesunde Menschenverstand" und ist von
Thomas Paine, einem Amerikaner, geschrieben. Es gibt eine
französische Übersetzung davon. Unter Pseudonym habe ich eine
deutsche in Auftrag geben lassen, doch wird Sie diese wahrscheinlich
vor Ihrer Abreise nicht mehr erreichen.
Des Weiteren empfehle ich Ihnen den "Gesellschaftsvertrag" von
Jean Jacques Rousseau.
Nachdem Sie mein Billett gelesen haben, übergeben Sie es dem
Feuer, denn nichts soll jemals darauf hindeuten, dass der König von
Preußen an Ihrer Sache beteiligt war.
Gehaben Sie sich nun wohl, Generalleutnant Friedrich Wilhelm
Baron von Steuben, ich bewundere Sie. Gerne würde ich mit Ihnen
gehen.

Bereiten Sie Preußen Ehre!

Bonne fortune
Friedericus Rex etc.

P.S. Bis Sie in Amerika über ein eigenes Konto verfügen, werde ich mit sofortiger Wirkung Ihre jährliche Pension auf das Konto der Komtesse von Wierusz in Philadelphia transferieren lassen.'

Langsam ging Fritz zum offenen Kamin und legte fast sanft den Brief in das Feuer. Während die Flammen das Papier zerfraßen, stiegen Tränen der Wehmut in ihm auf. Die klaren und aufmunternden Worte seines Königs haben ihn doch mehr berührt, als er erwartet hatte. Mit dem Feuerhaken zerteilte er die Asche.
„Majestät, ich nehme den Auftrag an", sprach er leise.
Als er sich wieder gefasst hatte drehte er sich um.
„Sie haben mein Wort, Messieurs, Madame. Da ich weiß, dass in der amerikanischen Armee eine große Unzufriedenheit über die Bevorzugung ausländischer Offiziere herrscht, bin ich bereit, einen anderen Weg einzuschlagen. Ich werde der amerikanischen Regierung meinen Dienst als Freiwilliger anbieten ohne Anspruch auf Rang und Gehalt und den Posten annehmen, der mir zugewiesen wird."
„Das ist ein Wort!", rief Dr. Franklin geradezu entzückt, „ich bin zwar kein Militär, doch wurde ich vom französischen Außenminister Graf Vergennes, vom Kriegsminister Saint-Germain, vom Prinzen Montbarey sowie in schriftlicher Form von Seiner Majestät König Friedrich II. von Preußen und seinem Bruder, General Prinz Heinrich von Preußen, über Ihre außergewöhnlichen Fähigkeiten unterrichtet. Gerne stelle auch ich Ihnen ein Empfehlungsschreiben an den Kongress und an General Washington aus."

Fest reichten sie einander die Hände, umarmten sich und besiegelten das Bündnis.

„Bravo!" rief Beaumarchais, „einen besseren Anlass, die Illumination zu eröffnen, kann es nicht geben."

Sie traten auf den Balkon. Der Hausherr gab ein Zeichen, das Orchester und die gesamte Gesellschaft zogen daraufhin auf die weiträumige Terrasse. Sobald sie sich dort eingerichtet hatten, ließ der Cheffeuerwerker das erste Bild, das einen Hirsch mit einem ausladenden Geweih darstelle, entzünden. Erstauntes Raunen war zu hören.

„Lassen Sie uns hinab gehen", forderte Saint-Germain seine Gäste auf, „unser Separatismus könnte von etwaigen Spionen interpretiert werden."

„Sie haben recht", bestätigte Beaumarchais, „gehen wir."

Auf der Terrasse suchte Fritz die Nähe von Maria. Auch hier reichten Diener vorzüglichen Champagner. In den verschiedensten Farben wurden etliche Figuren erleuchtet. Zum Finale erstrahlte der Park geheimnisvoll in Blau.

Spät in der Nacht, die meisten Gäste hatten sich verabschiedet, gingen Fritz und Maria Arm in Arm durch die Parklandschaft. Sie sprachen polnisch miteinander, die Sprache ihres Vaters und seiner Mutter, damit sie nicht ein verborgener Spion verstehen konnte.

„Gut, dass Du Dich zu Deinem Glück entschieden hast, mon cher".

„Es soll die letzte Lüge in meinem Leben gewesen sein. Aber sei unbesorgt, denn Lügner benötigen ein gutes Gedächtnis und das meine ist geübt darin."

„Ist das Leben in dieser so genannten guten Gesellschaft nicht eine einzige große Lüge?"

„In der Tat. Im Übrigen hat mich Beaumarchais nach meiner Biographie befragt."

„Was hast Du ihm gesagt?“

„Die offizielle Version, was sonst.“

Maria lächelte dezent. „Ich wusste gar nicht, dass Du in der Zwischenzeit zum Baron erhoben worden bist. Du hast mir nie davon geschrieben?“

„Ach den“, antwortete Fritz mit einer abwinkenden Handbewegung, „den Titel habe ich aus Gewohnheit beibehalten, da man mich in den Hochadelskreisen, in denen ich mich bewegt habe, aus Höflichkeit damit angesprochen hat.“

„Und wie bist Du eigentlich zu einer der höchsten Auszeichnung gekommen, den das Heilige Römische Reich Deutscher Nation zu vergeben hat?“ Maria deutete auf den Stern der Treue, den Fritz unterhalb der Brust trug. „Dieser Orden wird doch nur an Adelige von einwandfreiem Leumund verliehen.“

Verschmitzt sah Fritz auf Maria hinunter.

„Beeindruckend, nicht? Bei der Abfassung meines Stammbaums habe ich etwas nachgeholfen, dabei einige unbedeutende, aber wirkungsvolle Änderungen vorgenommen und auch an meinen Vornamen gefeilt, damit sie aristokratischer klingen.“

„Alter Betrüger.“ Zärtlich drückte Maria seinen Arm und legte den Kopf für einen Moment an seine Schulter.

„Mit Betrug kennst Du Dich wohl am besten aus, ma chère“, entgegnete er charmant, wobei er ihre Hand zu seinen Lippen führte und ihr einen zärtlichen Handkuss gab.

„Gut, dass Beaumarchais von all dem nichts weiß“, antwortete Maria amüsiert „sonst würdest Du Dich noch in einem burlesken Bühnenstück wieder finden.“

Fritz schüttele seine Rechte, als ob er sich gerade die Finger verbrannt hätte. „Grand malheur, allein schon der Gedanke daran ist beängstigend.“

„Denkst Du auch manchmal an uns?“

„In all den Jahren ist die Erinnerung an Dich mein ganzer Halt gewesen und hat in einsamen Stunden mein Herz erwärmt." Wieder gab er ihr einen zärtlichen Handkuss.

Eine Zeitlang gingen sie schweigend durch den Park, wobei vor ihren inneren Augen Momente aus gemeinsamen Tagen erschienen.

Maria seufzte.

„Wie geht es Nanni? Du hast sie doch besucht", nahm Fritz den Seufzer zum Anlass, ein heikles Thema anzusprechen.

„Es geht ihr gut und sie fühlt sich trotz des kargen Lebens in ihrer kleinen Welt geborgen. Ungeachtet der sechs Kinder sieht sie noch immer sehr gut aus, ist gesund und die Jahre scheinen an ihr kaum Spuren hinterlassen zu haben, so fein und faltenlos ist ihre Haut. Einer ihrer Söhne scheint wie seine Eltern ein großer Musiker zu werden. Sein Name ist August Eberhard, Nannis viertes Kind, Du solltest ihr einmal schreiben."

„Ich möchte ihr Leben nicht in Unordnung bringen."

„Ist Nanni der Grund, warum Du nicht geheiratet hast?"

„Nein, nein, für eine Ehe war mein Leben viel zu unstet. In all den Jahren habe ich mich als Liebhaber gelangweilter Adelsdamen hervorgetan. Das hat mich schließlich den Posten in Hechingen gekostet. Um mich los zu werden, wurde zuletzt sogar versucht, mir homosexuelle Handlungen vorzuwerfen, was man sogar öffentlich gemacht hat. Stell Dir einmal vor – das mir! Das ist ungeheuerlich! Doch ich hatte genug vom höfischen Leben und seiner Scheinwelt voller Intrigen."

„Gut' Gerücht man schnell vergisst, bös' Gerücht man nie vergisst - ich weiß, was Dir unterstellt worden ist, das hast Du nicht verdient. Schließ dieses Kapitel endgültig für Dich ab und zerbrich Dir nicht weiter den Kopf darüber."

„Weiß Nanni von diesen Vorwürfen?"

„Natürlich nicht."

„Das ist gut, ich danke Dir.“

„Fritz, sieh von jetzt an nach vorne. Einen Fähigeren wie Dich können die Vereinigten Staaten nicht bekommen. Das wird selbst dem ungebildetsten Abgeordneten aus South Carolina einleuchten. Im zerstrittenen amerikanischen Kongress gibt es nicht einen Vertreter, der über militärischen Sachverstand verfügt. Entsprechend vernachlässigt sind die Truppen. Auf eines musst Du Dich gefasst machen, mit Organisation und Disziplin wie bei der preußischen Armee hat die amerikanische Armee nicht das Geringste gemein. Das Einzige, was sie zusammenhält, sind Mut, Opferbereitschaft und ihr grenzenloser Optimismus. Ein einheitliches Waffensystem gibt es nicht, geschweige denn eine entsprechende Ausrüstung. Die Meisten verpflichten sich auf Zeit und bringen ihre eigenen Waffen mit. Exerzieren und eine geordnete Schlachtordnung sind ihnen völlig fremd. Allein der Marsch ins Gefecht verläuft einigermaßen geordnet.“

„Wahrlich, das sind keine guten Aussichten.“

„Ich denke schon. Du kannst etwas erschaffen und der Revolution Dein Siegel aufdrücken. Mache etwas daraus.“

„Wann reist Du ab?“

„Übermorgen. Mein Schiff, das mich nach Philadelphia bringt, geht in einer Woche von Emden ab. Seit der Eroberung Philadelphias durch die Briten gibt es dort interessante Neuigkeiten zu erfahren. Die Briten denken, dass ich die Amerikaner ausspioniere. Das ermöglicht mir auf beiden Seiten Reisefreiheit.“

„Du bist unverbesserlich.“

„Mein Leben wäre sonst langweilig.“

„Vermisst Du Sophia?“

„Ich werde sie für immer in dem Schatzkästlein meines Herzens bewahren, denn nur wer vergessen wird, stirbt wirklich.“

Lange sahen sie sich in die Augen. Im unwiederbringlichen Augenblick innigster Gefühle küssten sie sich - lang und leidenschaftlich.

In das Palais zurückgekehrt und in seinen Gemächern angekommen, wurde die Sehnsucht aufeinander immer stärker. Marias seidenweiche Haut glänzte im Schein der Talglichter. Im sanften Affekt der Liebe bedeckten seine Küsse ihren sinnlichen Körper. Der Sturm und Drang ihrer Leidenschaft erhob sie weit zum Olymp empor.
Nach dem Petit Déjeuner verließ sie ihn. Der Abschied geschah mit wenigen Worten. Als die Droschke abfuhr, nur ein Handzeichen und ein letzter Blick.

Wenig später fuhr Prinz Montbarey in einem eleganten Einspänner vor, um ihn nach Versailles zu begleiten. Der gestrige Ball sorgte für genügend Gesprächsstoff und die Fahrt geriet zu einer kurzweiligen Angelegenheit.
Als sie in das Kabinett des Außenministers vorgelassen wurden, waren bereits Saint-Germain und Graf Aranda anwesend. Vergennes schätzte Fritz kurz ab.
„Sie sind also entschlossen, sich nach Amerika zu begeben“, eröffnete Vergennes das Gespräch, „die Pläne dazu sind durchaus bemerkenswert.“
„Befinden Ihro Exzellenz mein Vorhaben anmaßend?“
„Keineswegs, Sie besitzen die besten Referenzen. Jedoch sollten Sie Ihren Vertrag schwarz auf weiß machen und sich nicht auf die Generosität einer zweifelhaften Republik verlassen“, riet er ihm.
„Den amerikanischen Agenten kann ich keine Bedingungen stellen, Exzellenz. Doch sollten sich die Vereinigten Staaten als undankbar erweisen, erwarte ich, vom König von Frankreich entschädigt zu werden.“

„Sie wissen sehr wohl, Baron, dass der französische Staat mit Ihnen keinen Vertrag abschließen kann. Aber reisen Sie und das bald. Die Reederei Rodrigue Hortalez & Cie stellt Ihnen für die Überfahrt zwei Waffentransporter zur Verfügung. Der eine geht von L´Orient, an der bretonischen Küste gelegen, ab, der andere vom Mittelmeerhafen Marseilles.“
Aranda riet ihm zu dem Schiff, das von Marseilles aus segeln sollte, da er dessen Kapitän Landais persönlich kannte, der als sehr erfahren galt und den Atlantik schon mehrmals überquert hatte.
Nach Paris zurückgekehrt, traf Fritz seine Reisevorbereitungen. Beaumarchais ließ einen Schneider kommen, um seinen Gast eine Generalsuniform anpassen zu lassen. Da selbst Dr. Franklin und Mr. Dean nicht wussten, in welchen Farben die Armee der Vereinigten Staaten gekleidet war, vermutete Fritz, dass sie ähnlich der Britischen aussehen müsse und orderte einen roten Rock mit blauen Aufschlägen an. Dazu eine elfenbeinfarbene Kniebundhose.

Am 18. September verließ er Paris und fuhr mit seinem Diener Carl und drei Adjutanten durch Burgund nach Lyon und durch das Rhônetal nach Marseille. Da Fritz der englischen Sprache nicht mächtig war, sollte ihm der erst siebzehnjährige Pierre Duponceau als Sekretär und Dolmetscher zur Seite stehen. Des Weiteren wurden sie von Rittmeister de Pontière, einem verdienten Offizier und Beauftragten von Saint-Germain, und von Monsieur de Froney, einem Neffe Beaumarchais, begleitet, der die Interessen der Firma Rodrigue Hortalez & Cie. vor dem Kongress vertrat. Fritz nahm auch Azor, den er nicht zurücklassen wollte, mit auf die gefahrvolle Reise.
In Marseille erreichte ihn gerade noch rechtzeitig ein Schreiben seines Vaters aus der Festung Küstrin, das dieser in der Gewissheit geschrieben hatte, dass sie einander nicht mehr wieder sehen sollten. Darin beglückwünschte er ihn zu seiner Entscheidung und erbat,

auch im Namen seiner verstorbenen Ehefrau und Mutter seines
Sohnes, Gottes Segen für ihn.

Am 25. September gingen sie an Bord der Fregatte „L`Heureux", die
für diese Fahrt, als Handelsschiff umgerüstet, den neuen Namen „Le
Flamand" trug.
Fritz ließ sich in die Schiffsliste als Monsieur Frank eintragen. Sollte
das Schiff von britischen Kreuzern aufgebracht werden, galt er als
Privatmann, der Depeschen an den Gouverneur von Martinique,
Marquis de Bouilly, mit sich führt. Seine neue Uniform und sämtliche
wichtigen Dokumente wurden in einem sicheren Versteck in der
Kapitänskajüte verstaut.
Die Fregatte beförderte brisante Ladung: 52 Kanonen, 19 Mörser,
5.000 Musketen, eine Menge Flinten, Karabiner und Pistolen, 1.700
Zentner Pulver, 22 Tonnen Schwefel und 2.500 Bomben für die
Mörser.
Die Mannschaft bestand aus Handelsmatrosen, insgesamt 84 Mann,
die aus Sicherheitsgründen erst nach Aufnahme der Fracht
angeheuert wurden.

Am Morgen des 26. September lief die „Le Flamand" mit der Flut
aus. Es war ein schöner Tag, den ein günstiger Wind begleitete.
Spät in der Nacht, die Passagiere hatten mit den Schiffsoffizieren in
der Kapitänskajüte diniert, stand Fritz alleine an der Bordwand.
Der Wind war abgeflaut, es herrschte Windstille. Schlaff hingen die
Segel von den Gestängen herab.
Ein feiner, fast durchsichtiger Bodennebel lag dicht über dem Meer
auf dem das Schiff zu schweben schien. Am Nachthimmel funkelten
unzählige Sterne.
„Welcher Stern von diesen mag mir, dem Hochstapler, wohl
leuchten?"

So stand er noch lange und sah, in seinem alten preußischen
Offiziersmantel gehüllt, auf die unendliche Weite des Meeres
hinaus...

2.Kapitel

Winter 1777/78
Neubeginn in Amerika

Die Überfahrt geriet zum reinsten Abenteuer und Alptraum. Bereits
im Mittelmeer wurden sie von einem heftigen Sturm heimgesucht.
Erst nach drei fehlgeschlagenen Versuchen konnten sie die Meerenge
von Gibraltar passieren.
Während der Weiterfahrt brach im Vorschiff ein Brand aus, dessen
Ursache nicht geklärt werden konnte. In der Offiziersmesse sprach
man gar von Sabotage. Bei den Löscharbeiten entdeckten die
Matrosen die ganze Brisanz ihrer Ladung, woraufhin eine Meuterei
ausbrach, die jedoch schnell durch die Offiziere und Passagiere mit
Waffengewalt im Keim erstickt werden konnte. Die beiden Rädelsführer wurden gehängt und die Mitläufer zu je zwölf Peitschen-
hieben verurteilt.
Südlich von New Scottland, auf der Höhe des 40. Breitengrades,
stürzte ein Unwetter von gewaltigen Ausmaßen über sie herein. Das
Schiff wurde zum Spielball turmhoher Wellen. Genauen Kurs zu
halten war nicht mehr möglich. Dazu brach der Hauptmast und
konnte nur unter Lebensgefahr neu gerichtet werden.
Als der Sturm abflaute und die See sich langsam zu beruhigen begann, meldete der Ausguck am Horizont eine gigantische Welle, die
auf ihren Bug zurollte. Der Kapitän kannte dieses Naturphänomen
der plötzlich auftretenden Riesenwellen und beorderte die Besatzung
und Passagiere unter Deck. Mit einigen Männern blieb er zurück, um
in aller Eile das Ruder zu fixieren. Danach suchten auch sie Schutz
unter Deck.

Die „Le Flamand" lag hart am Wind, den Bug im rechten Winkel auf die sich bedrohlich schnell nähernde Welle gerichtet. Das Schiff fuhr gut sieben Knoten.

Dann brach die Hölle über sie herein. Das Schiff lief Gefahr, endgültig unter Wasser gedrückt zu werden, doch wie ein Korken tauchte es aus den Fluten wieder auf. Nach wenigen Minuten war der Spuk vorbei - der Schaden erschreckend.

Sämtliche Masten bestanden nur noch aus Stümpfen - das Deck ein einziges Trümmerfeld. Doch zur Erleichterung von Monsieur de Froney und des Kapitäns hatte sich die gut gesicherte Ladung unter Deck nicht gelöst und auch sonst keinen sichtbaren Schaden genommen. Allerdings war kaum einer der Besatzung und der Passagiere ohne Verletzungen davon gekommen. Es gab allein fünf Knochenbrüche und beinahe ein Viertel der Mannschaft war vorerst nicht mehr dienstfähig, so dass die weniger verletzten Passagiere als Hilfsmatrosen mit anpacken mussten.

Das Wetter zeigte sich von jetzt an von seiner freundlicheren Seite. Der Sturm war weiter in Richtung Osten gezogen. Bereits am nächsten Tag war das havarierte Schiff notdürftig wieder seetüchtig gemacht.

Endlich, nach 66 Tagen, am 1. Dezember, fuhren sie am frühen Morgen in den Hafen von Portsmouth in New Hampshire ein. Glücklich stand Fritz neben Kapitän Landais an der Reling und sah zur Hafenstadt hinüber.

'Dort drüben liegt also das Land, für das zu kämpfen deine letzte Chance ist.'

Um die Bedeutung des Augenblicks zu unterstreichen, hatte er seine Kleidung gewechselt. Anstelle seines Bürgerzivils trug er seine neue, ordensgeschmückte Generaluniform.

Die Barkasse wurde klargemacht, der Erste Offizier der le Flamand"
und Duponceau sollten ihre Ankunft dem Hafengouverneur melden.
Als das Boot zu Wasser gelassen wurde, rief Duponceau im Über-
schwang seiner Gefühle de Portière zu:
"Die erste Amerikanerin, die mir begegnet, werde ich küssen!"
„Eine Flasche Champagner, dass Du einen Korb erhältst"
„Die Wette gilt."
Die Barkasse legte ab.
Fritz beobachtete, wie eine Menge Volk zusammen lief, um das
Schiff mit seiner seltsamen Takelage zu bestaunen.
„Jetzt kann ich es Ihnen ja sagen, General, dass in all meinen Jahren
auf See diese Überfahrt die bei weitem gefährlichste gewesen war.
Zwar sind wir nicht in Boston, doch Portsmouth ist auch gut."
Erleichterung war aus der Stimme des Kapitäns zu hören.
„Kapitän, dass wir hier lebend angekommen sind, ist allein Ihrer
Seemannskunst und der Ihrer Offiziere zu verdanken. In Ihrer
Gesellschaft habe ich mich stets sicher gefühlt, dennoch war es die
schrecklichste Reise meines Lebens."
„Abgesehen von dieser Riesenwelle, bei der wir durch Gottes
Fügung gut am Wind geblieben sind, standen wir nicht nur einmal
davor, von den Wellen zertrümmert zu werden. Danken und loben
wir Gott, dass wir die Fahrt gut überstanden haben."
„Das habe ich bereits getan und nicht nur einmal, Kapitän."
„Ist mir eine Frage gestattet?"
„Nur zu, Kapitän."
„Warum tragen Sie eine rote Uniform, wie sie die Briten tragen? Die
Continental Army trägt blaue Röcke mit roten Aufschlägen und
strohgelben Westen, ähnlich der preußischen Infanterie. Die Offi-
ziere tragen goldfarbene Aufschläge wie bei den Preußen."
„Wie erstaunlich! In Paris konnte mir niemand über das Aussehen
der Uniformen Auskunft geben. Doch betrachten wir es als gutes

Omen. Bleibt zu hoffen, dass auch ihr Zustand dem der preußischen Armee gleicht."

„Weit gefehlt, denn die Continental Army ist ein erbärmlicher Haufen und ihr Ende nur noch eine Frage der Zeit." Landais versuchte vergeblich, ein Lachen zu unterdrücken.

Fritz beschlich ein ungutes Gefühl, was seine zukünftige Aufgabe betraf.

Nach gut einer Stunde legte die Barkasse wieder an der "Le Flamand" an.

Die Wette habe ich gewonnen", rief Duponceau bereits von weitem, „eine Flasche von Deinem Besten, wenn ich bitten darf."

Noch erfüllt von seinem beglückenden Erlebnis, berichtete er, dass ihnen, als sie an Land gegangen waren, eine schöne Mademoiselle mit brünetten Locken begegnet sei. Er habe ihr die Angelegenheit erklärt und tatsächlich habe sie ihm ihren Mund zu einem Kuss dargeboten, was vom ersten Offizier bestätigt wurde und der schmunzelnd hinzufügte, dass er die schöne Unbekannte daraufhin auch um einen Kuss gebeten habe, den sie ihm bereitwillig gewährte.

Mit an Bord der Barkasse war auch der Hafengouverneur Laugdon, der Fritz und Kapitän Landais herzlich willkommen hieß und die Offiziere in sein Haus zum Mittagessen einlud.

Während sie übersetzten, schossen die Kanonen Salut. Solch eine Ehre war dem frisch ernannten Generalleutnant und falschen Baron noch nie zuteil geworden. Die Bevölkerung brachte Hochrufe auf die Männer aus, die den weiten und gefährlichen Weg auf sich genommen hatten, um für die Freiheit der Vereinigten Staaten zu streiten. Der „Stern der Treue" wurde allseits bestaunt. Vielen standen Tränen in den Augen.

Das Diner bei Hafengouverneur Laugdon wurde von der Dame des Hauses festlich gestaltet und die Speisen verwöhnten die an karge Seemannskost gewöhnten Gaumen der Gäste.

Fritz unternahm erste Versuche, seine frisch erworbenen Englischkenntnisse anzuwenden. Die Gesellschaft war höflich und sah über
die Flut seiner Fehler hinweg.
„Wir müssen noch gewaltig daran üben“ bemerkte Duponceau, der
neben ihm saß.
„Unbedingt, und das jeden Tag gleich mehrere Stunden, wie während
der Überfahrt“, forderte ihn Fritz auf. Die weiteren Gespräche be-
fassten sich alle mit einem Thema, dem ersten großen Sieg der
Continental Army.
General Gates hatte Mitte Oktober mit seinem Corps den berüchtigten britischen Befehlshaber General Burgoyne besiegt und gefangen genommen. Ausdrücklich wurde betont, dass es auch ein Sieg
der deutschen Siedler gewesen sei, besonders derer vom Mohawktal,
die unter ihrem Milizgeneral Herkimer die Brigade des Colonel St.
Leger, die von 1.000 Irokesen unterstützt wurde, nach erbittertem
Kampf zum Rückzug gezwungen habe. Herkimer selbst sei dabei
schwer verwundet worden und wenige Tage darauf gestorben. Auch
General Stark, der die Milizen von New Hampshire geführt hatte,
habe mit seinen Truppen großen Anteil am Sieg über Burgoyne
gehabt.
Fritz erhob sein Glas und sprach einen Toast auf die gerechte Sache
des amerikanischen Freiheitskampfes aus.
Nachdem für alle Quartier besorgt war, ging die Gesellschaft am
späten Abend auseinander.
Am nächsten Tag setzte Fritz drei Schreiben auf. Das erste war an
den amerikanischen Kongress gerichtet, das zweite an General
Washington. Darin betonte er, der Armee der Vereinigten Staaten
freiwillig als Volontär dienen zu wollen. Sein Rang solle dabei kein
Hindernis darstellen, da er bereit sei, hinter den verdienten amerikanischen Offizieren zu stehen. Beiden Briefen legte er Ab-schriften
seiner Empfehlungsschreiben bei. Das dritte Billett sandte er an

Beaumarchais, dem er seine glückliche Ankunft mitteilte und ihm
nochmals für all seine Mühen dankte.

Am 12. Dezember reiste Fritz in Begleitung seines Dieners Carl,
seines Sekretärs und Dolmetschers Pierre Duponceau, des
Rittmeisters de Pontière, des Agenten Monsieur de Froney und
seines Hundes Azor nach Boston.
Auch hier fiel der Empfang überschwänglich aus und Fritz war bald
Mittelpunkt jeder Gesellschaft. Er machte die Bekanntschaft von
John Hancock, den ehemaligen Präsidenten des Kongresses, der ihn
umfassend und ohne Schönfärberei über den Stand der Dinge
unterrichtete.
„Die Revolution ist das Aufbegehren des wohlhabenden amerikanischen Bürgertums, um noch reicher zu werden", gab er einmal
unumwunden zu, „an die Ideale des Thomas Paine, dem Philosophen
der Revolution, glaubt im zerstrittenen Parlament keiner mehr. Viele
der ehrwürdigen Gründerväter dieser Republik haben inzwischen
dem Kongress enttäuscht den Rücken gekehrt. Zu meinem Erstaunen sind es die Deutschen, die in dieser Krise das Banner der
Revolution aufrecht halten. Sie stellen fähige Offiziere und die
einfachen Soldaten nehmen selbst die größten Entbehrungen auf
sich. Bedauerlicherweise interessieren sich nur die Wenigsten von
ihnen für die Politik. Woran liegt das?"
„Sie sind ehemals Unterdrückte und haben es nie gelernt",
entgegnete ihm Fritz, „daher überlassen sie die Politik lieber der
Obrigkeit. Hier in Amerika erleben sie zum ersten Mal, was Freiheit
bedeutet und diese neue Freiheit werden sie bis zuletzt verteidigen."
„Verfügen Sie in Deutschland nicht über Eigentum, das Sie dort
bindet, Baron?"
„Warum fragen Sie?"

„Da ich befürchte, dass Sie, sobald Sie genügend Einblicke in die
Missstände hierzulande gewonnen haben, wieder abreisen werden."
„Mr. Hancock", antwortete ihm Fritz mit einem Schmunzeln, „durch
die Vielzahl der Kriege, die mein Heimatland heimgesucht haben, ist
meine Sippe verarmt."
„Oh, das bedauere ich."
„Sie brauchen das nicht zu bedauern. Es macht flexibel, dem Stand
der Besitzlosen anzugehören."

Nach vier Wochen traf endlich die Antwort des Kongresses mit der
Aufforderung ein, Baron von Steuben möge sich umgehend nach
York in Pennsylvania begeben, da dort seit dem Fall der Hauptstadt
Philadelphia das Parlament tage.
John Hancock selbst besorgte Proviant, Wagen, Schlitten, Pferde und
Wagenknechte. Ein Kommissar sollte unterwegs für Quartiere
sorgen. Inzwischen hatte Fritz seine britisch anmutende Uniform
gegen die blaue Uniform der Revolutionstruppen getauscht, darüber
trug er seinen alten preußischen Offiziersmantel.
Kurz vor ihrer Abreise erreichte Fritz ein Billett von General
Washington, der ihn ebenfalls aufforderte nach York zu reisen, da
allein der Kongress dazu befugt sei, über seine Verwendung zu entscheiden.
Mit John Hancock legte er die Reiseroute fest. Dieser riet ihm, die
Küstengegend weiträumig zu meiden, da die Einwohner dieses
Landstrichs treue und verlässliche Anhänger der Briten seien, die sich
selbst als Loyalisten oder Tories bezeichneten. Auch vor den Indi-
anern warnte er ihn, da sie meist auf Seiten der Briten kämpften.
Er riet zu der Route über Springfield, Hartfort, Fishkill, Bethlehem,
Reading und Mannheim. Für die Zeit ihres Aufenthalts in York
werde er ihnen sein Haus zur Verfügung stellen, das er während
seiner Zeit als Vorsitzender des Kongresses bewohnt hatte.

„Was wird mich in York erwarten?", fragte Fritz ihn am Tag vor der Abreise.

„Man wird Sie mit offenen Armen empfangen. Die Krise ist groß und Sie kommen zur rechten Zeit. Der heldenhafte Ruf des Königs von Preußen, der unsere Sache so edel unterstützt, eilt Ihnen voraus. Doch wenn ich Ihnen einen Rat mitgeben darf: Halten Sie sich aus sämtlichen Streitereien im Kongress heraus. Treten Sie freundlich und souverän auf wie Sie es hier in Boston getan haben und zeigen Sie sich keiner wichtigen Persönlichkeit besonders zugeneigt. Vor allem sollten Sie die Nähe von General Gates und seinem Hand-langer Conway meiden, da er sich seit seinem Sieg bei Saratoga für den besseren Oberkommandierenden hält und gegen General Washington die übelsten Intrigen spinnt. Inzwischen hat Gates sogar erreicht, dass Conway den Posten des Generalinspekteurs erhalten hat. Doch kümmert er sich kaum um sein Amt und hält sich mit Gates in York auf, um am Ast des Oberbefehlshabers zu sägen."
Bei diesen Worten stockte ihm der Atem, Fritz sah sich um seine Zukunft bei der Continental Army betrogen, Allerdings konnte im August in Paris niemand ahnen, dass der Posten, für den dringend ein fähiger Offizier gesucht wurde, wenige Monate später vergeben sein sollte.

Die Intrigen im Bürgertum der Revolution scheinen sich überhaupt nicht von denen bei Hofe zu unterscheiden, stellte Fritz für sich fest. Er versuchte, seine Enttäuschung zu verbergen, obwohl er, wie so oft, in seinem Inneren mit seinem Schicksal haderte und des Nachts in Selbstmitleid versank.

Am 14. Januar 1778 brach er mit seinem Gefolge nach York auf. Inzwischen war es bitterkalt geworden. Das ganze Land lag unter einer dicken Schneedecke. Sie reisten zu Pferde, in Fellmänteln ge-hüllt. Bei Mensch und Tier bildete die Atemluft kleine weiße Wolken.

Die Zugpferde vor den mit Gepäck und Proviant schwer beladenen
Schlitten hatten große Mühe, durch den Schnee ihren Weg zu bahn-
en.
Nachdem sie den zugefrorenen Hudson überquert hatten, nahm die
Landschaft das Aussehen deutscher Mittelgebirge an. Nur war weit
und breit kein Haus zu sehen. Uralte Bäume säumten ihren Weg.
Verloren wirkte ihre kleine Reisegruppe inmitten dieser gewaltigen
Natur.
Als sie auf einem Bergkamm Rast machten, breitete sich vor ihnen
das schier unendliche Land aus. Wohin Fritz auch sah, nichts als
Wälder, nur in den Tälern waren hin und wieder zugefrorene Fluss-
läufe zu sehen. „Wie klein und nichtig und dazu noch von viel Volk
bewohnt ist mein Heimatland und hier schaue ich in eine nicht enden
wollende Weite, in die kein erschaffender Geist zu dringen vermag",
sprach er leise.
Auf ihrer weiteren Reise kreuzten Indianer ihren Weg. Es waren
Oneida, einer der Stämme vom Volk der Irokesen, auf dem Weg
nach Valley Forge, wo sich das Winterlager der Continental Army
befand. Auf ihren Schlitten führten sie eine große Menge Lebensmittel mit sich, um damit die Armee zu versorgen. In freundlicher
Gesinnung tauschten sie mit den Indianern Geschenke aus.
Tags darauf zog ein heftiger Schneesturm auf. Sie befanden sich
gerade in der Nähe eines Gasthofes, von dessen Besuch ihnen
Hancock nachdrücklich abgeraten hatte, da dieser von einem eingefleischten Loyalisten bewirtschaftet wurde. Doch das Wetter ließ
ihnen keine andere Wahl, sie sahen sich gezwungen, hier um ein
schützendes Quartier zu suchen.
Der Wirt gab gleich zu verstehen, dass er weder mit Essen und
Trinken noch mit einer angemessenen Schlafstatt dienen könne,
außer der nackten Erde habe er ihnen nichts zu bieten. Zwischen
Duponceau und dem Gastwirt entbrannte ein heftiger Disput.

Schließlich riss Fritz der Geduldsfaden und er goss sämtliche deutsche Flüche, denen er mächtig war, über den Herrn des Hauses aus.

„Carl, meine Pistolen! Wir werden dem Herrn einmal zeigen, wie wir Preußen in Kriegszeiten dergleichen Dinge zu regeln pflegen!“, befahl er und setzte dem völlig überraschten Wirt die entsicherten Pistolen auf die Brust. Dabei legte Fritz sein gefährlichstes Lächeln auf und sprach in aller Ruhe: "I think that we finish this conference now. I ask you for the last time. Do you have bread, cheese, meat, milk and beds for us? "

Der Wirt wurde aschfahl im Gesicht, nickte stumm und ließ alles auffahren, was die Küche zu bieten hatte, und auch die Betten wurden zu ihrer besten Zufriedenheit gerichtet.

„Was die richtigen Worte doch bewirken.“ stelle Fritz mit Genugtuung fest.

„Ich muss schon sagen, die Grammatik war ordentlich, dennoch muss dringend an Ihrem deutschen Akzent gefeilt werden, Ihre Aussprache ist Schrecken erregend“, bemerkte Duponceau.

„Immerhin hat sie seinen Zweck erfüllt.“

Sicherheitshalber teilten sie Nachtwachen ein, doch der Wirt war dermaßen eingeschüchtert, dass kein Versuch unternommen wurde, sie zu überrumpeln oder Boten an die Briten zu senden. Als sie am nächsten Morgen mit amerikanischem Inflationsgeld bezahlten, hatte der Wirt auch dagegen nichts einzuwenden.

Viele Gasthäuser, die sie während ihrer Reise aufsuchten oder an denen sie vorbei kamen, trugen deutsche Namen wie: „Linde“, „Löwen“, „Adler“, sogar „Zum König von Preußen“.

In Mannheim hing in der Wirtschaft „Zum Ochsen“ ein vergilbtes Bild, das einen Preußen zeigte, der einen Franzosen zu Boden schlug. Darunter stand geschrieben: „Für einen Preußen ist ein Franzose nur eine Mücke“.

Fritz ließ sich den Gastwirt kommen.

„Hat Er gedient?", fragte er ihn.

„In der Tat. Mein Name ist Polycarpus Bode, gewesener Kanonier im Regiment „Herzog Ferdinand von Braunschweig". Bei Leuthen verwundet, doch bis zum Schluss im Feld geblieben."

„Wahrhaft, ein tapferes Regiment, eines der besten", bestätigte ihm Fritz.

„Das will ich wohl meinen."

Unbeschadet erreichte Fritz mit seiner Begleitung am 5. Februar die Stadt York in Pennsylvania. Wie erwartet, war sein Ruf als Generalleutnant der preußischen Armee ihm vorausgeeilt. Jeder, der sich für wichtig hielt, suchte seine Nähe.

General Gates, der Sieger von Saratoga, umwarb ihn und lud ihn ein, in seinem Haus zu logieren. Fritz, klug genug, lehnte höflich ab und bezog mit seinem Gefolge Quartier in John Hancocks Haus.

An diesen schrieb er einen Tag nach seiner Ankunft:

„Empfangen Sie meinen herzlichsten Dank für die vielen Zeichen Ihrer Freundschaft, die Sie mir während meines Aufenthalts in Boston erwiesen haben...,"

Gegen Nachmittag machte ihm eine Abordnung des Kongresses, bestehend aus Dr. Whiterspoon, Mr. Henry und Mr. Mc Kean, ihre Aufwartung. Nachdem man sich unter Beachtung der üblichen Höflichkeitsformeln bekannt gemacht hatte, sprach Mr. Henry den Grund ihres Besuches an. Er fragte nach einem bestehenden Vertrag zwischen Mr. Franklin, Mr. Dean und ihm, den Baron von Steuben. Fritz verneinte einen Vertragsabschluss und betonte, dass er als Freiwilliger dienen wolle und nur General Washington solle bestimmen, welchen Rang und Funktion er in der Armee einzunehmen habe. Allerdings gehe er davon aus, für sein Engagement vom

Amerikanischen Staat mit einem entsprechenden Gehalt entschädigt
zu werden.

Wie hoch denn sein Einkommen in Deutschland gewesen sei, wollte
Dr. Whiterspoon wissen.

„In französischer Währung 1.800 Louisdor im Jahr."

Das Komitee verabschiedete sich und lud ihn für den nächsten Tag
zu einer Anhörung vor den Kongress.

Der Aufwand, den das Parlament betrieb, glich einem Staatsempfang.
Fritz vermutete, dass Maria entsprechend vorgearbeitet hatte. In
seiner Generaluniform, geschmückt mit dem Orden „Pour le
Mérite" und dem „Dem Stern der Treue" trat er selbstbewusst auf,
wie es der König von Preußen nicht hätte besser machen können.
Zuletzt bat er um die Ausstellung zweier Patente, eines für Duponceau als Rittmeister und eines für de Pontière als Ingenieurhaupt-
mann.

Zu seinen Ehren wurde auch ein festliches Essen gegeben, in dessen
Verlauf der neue Vorsitzende des Kongresses, Mr. Laurens, feierlich
das Wort ergriff.

„Das Urteil des Königs von Preußen und seiner Generalität über
Ihre außerordentlichen Verdienste sind dem Kongress durchaus
bekannt und wir möchten Ihre hehre Absicht, für unsere Sache zu
kämpfen, besonders hervorheben und dafür danken. Daher ergeht
folgender Beschluss:

Da Baron von Steuben, Generalleutnant in fremden Diensten, sich in
durchaus heroischer Weise den Vereinigten Staaten angedient hat, sei
beschlossen, dass der Vorsitzende des Kongresses im Namen der
Vereinigten Staaten dem Herrn Baron von Steuben seinen Dank
aussprechen soll für den Eifer, den er für die amerikanische Sache
gezeigt hat, und für das edle Anerbieten, derselben seine militärischen Talente zur Verfügung zu stellen, dass der Vorsitzende ihn
ferner davon in Kenntnis setzen soll, dass der Kongress seine

Dienste in der Armee der Vereinigten Staaten mit Freuden annimmt
und dass er ihn ersucht, sobald es ihm möglich ist, nach dem Hauptquartier abzureisen."
Beifall von allen Seiten.
In seiner Sache herrschte ausnahmsweise Einverständnis. Denn von
John Hancock wusste Fritz, dass es in diesem hohen Haus schon seit
einiger Zeit keinen Frieden gab, dass bei den Debatten die Mein-
ungen weit auseinander gingen und nicht wenige Abgeordnete mit
Intrigen gegeneinander agierten. Und damit so wenig wie möglich
von den heftigen Disputen nach außen gelangen konnte, wurden die
Versammlungen seit geraumer Zeit hinter verschlossenen Türen
abgehalten, was wiederum die Bevölkerung mehr belustigte als ver-
ärgerte. Die Tage der Revolution schienen gezählt. Allein nur die
freie Presse hielt eisern zur Revolution.
In York erwarb Fritz eine neue, in deutscher Sprache verfasste
Kampfschrift von Thomas Paine. Sie lautete: „Die Krise" und der
Autor nannte die desolaten Zustände im Kongress beim Namen.

Am 19. Februar reiste Fritz mit seinen Getreuen in das Winterlager
der Armee nach Valley Forge ab.
Am späten Nachmittag trafen sie in Lancaster ein. Mit seinem
Gefolge bezog Fritz im Gasthaus „Zum König von Preußen"
Quartier. Der Platzkommandant suchte ihn auf und lud ihn und
seine Begleitung zu einem abendlichen Ball ein.
Die deutschen Einwanderer bangten um ihre Reputation, doch als sie
sahen, wie trefflich der General zu repräsentieren verstand, erhoben
sie stolz ihr Haupt.
Fritz fühlte sich in dieser Gesellschaft sehr wohl, zumal er von den
schönen, jungen Töchtern der deutschen Familien umgarnt wurde.
Dann erschien sie - seine Prinzessin, deren Ritter er war. Wie so oft
trug sie dezentes Blau, was die Farben ihrer ausdrucksstarken,

großen, tiefblauen Augen hervorhob. Sie kam in Begleitung eines
noch jungen Mannes, der einige Schritte hinter ihr stehen blieb.
Zielstrebig ging Fritz auf Maria zu und deutete einen Handkuss an.
„Ich bin so glücklich, Dich hier zu sehen, ma belle amie."
„Ich freue mich, Dich in der neuen Welt begrüßen dürfen, mon
ami", antwortete sie mit einem entwaffnenden Lächeln, das sie so
vollkommen wie kaum eine andere beherrschte. „Ich hoffe, dass
Dich der Kongress gebührend empfangen hat."
„In der Tat, das hat er - wohin ich auch kam, Dein Einfluss war zu
spüren."
„Nicht der Rede wert – ich möchte Dir einen jungen Enthusiasten
aus Deutschland vorstellen. Er spricht perfekt Englisch und Franz-
ösisch und möchte unbedingt in Deine Dienste treten. Du könntest
ihn als Deinen Sekretär einstellen."
Maria winkte den jungen Mann herbei, der, für Fritz völlig uner-
wartet, vor ihm auf die Knie fiel.
„Mein Name ist Wilhelm North und ich biete Ihnen, Herr General,
meine Dienste an und folge Ihnen bis in den Tod."
Fritz bat ihn, sich zu erheben.
„Wir wollen doch nicht gleich so tragisch germanisch sein, junger
Freund, noch fließen keine Ströme von Blut, doch sei er mir als
Mitstreiter und Sekretär herzlich willkommen."
William North, wie er sich in Amerika nannte, zeigte sich über-
glücklich und dankte überschwänglich für die empfangene Ehre.
Nachdem ihr von den anwesenden Herren ausgiebig die Honneurs
gemacht wurden, zog sich Maria in ihre Gemächer zurück und ließ
Fritz wissen, dass sie ihn erwarten werde.
Fritz forderte noch die eine oder andere Dame zum Tanze auf und
sparte nicht mit Komplimenten. Strahlende Augen waren der Lohn.
Durch einen Hausdiener wurde ihm ein Billett überreicht - Maria
erwartete ihn.

Fritz verabschiedete sich nach der Lektüre dieser Nachricht formvollendet von seinen Gastgebern, nicht ohne William North zu
bitten, ihn bei den jungen Damen der Gesellschaft würdevoll zu
vertreten.
Als Fritz die Tür zu Marias Zimmer hinter sich geschlossen hatte,
umfing ihn der betörende Duft von Rosenöl. Maria, von einem
durchsichtigen, blauschwarzen Schleier bedeckt, unter dem nichts
verborgen blieb, lehnte am Sims des offenen Kamins, in dem ein
wärmendes Feuer loderte. Der Widerschein der Flammen spiegelte
sich auf ihrem glänzenden Körper. Die Knospen ihrer wohlgeform-
ten Brüste zeichneten sich auf dem Schleier ab. Mit einem zärtlichen
Lächeln forderte sie ihn auf, zu ihr zu kommen - .

Als die Gesellschaft zwei Tage darauf ihre Reise fortsetzte, trug
Maria unter ihrem Fellmantel die Uniform eines Captains der Con-
tinental Army. Sie führte die Gruppe an, da sie den Weg nach Valley
Forge gut kannte. Das Winterlager befand sich etwa 20 Meilen
nordwestlich von Philadelphia und somit außerhalb des britischen
Einflussgebietes.
„Ich muss schon sagen, Deine Verwandlungsfähigkeit war schon
immer beeindruckend. Doch bist Du früher nicht als Leutnant
gereist?" Fritz sah Maria bewundernd an.
„Mit zunehmenden Alter und Verdienst steigt man auch im Rang",
entgegnete sie lächelnd.
Da zur Mittagszeit ein Schneesturm einsetzte, brachen sie die Weiter-
reise am Nachmittag ab und übernachteten in einem der Gasthöfe,
die geschäftstüchtige Wirte an der Straße nach Valley Forge errichtet
hatten.

Zwei Tage später - es war der 23. Februar - ließ der Schneefall nach
und sie setzten ihren Ritt ins Winterlager fort. Plötzlich sahen sie in

der Ferne einen Trupp Reiter, der sich ihnen näherte. Fritz ließ seine Gefährten anhalten, die sicherheitshalber ihre Waffen bereithielten, und begutachtete die Fremden durch sein Okular.

„Briten?", fragte William.

„Nein, es sind die Unseren, ein hoher Offizier ist darunter", antwortete Fritz erleichtert.

Die Pferde stoben durch den Schnee. Als sich die Gruppen gegenüber standen, ritt Maria auf den ranghöchsten Offizier zu. Ihr Umgang miteinander schien vertraut.

Schließlich winkte sie Fritz herbei.

„Darf ich vorstellen, Generalleutnant Baron von Steuben - General Washington."

„Ich bin überglücklich, Sie zu sehen, Baron", ergriff der General das Wort.

„Auch für mich ist es ein beglückender Augenblick, nach einer langen und gefahrvollen Reise Ihnen, Herr General, gegenüber zu treten."

Bei ihrem Händedruck gaben sich beide als Freimaurer zu erkennen. Sie musterten einander mit kritischen Blicken. Der General war etwa im gleichen Alter wie Fritz, aber gut einen halben Kopf größer. Sein direkter Blick vermittelte ihm Aufrichtigkeit, Vertrauen und Verlässlichkeit.

Washington stellte seine Adjutanten vor, die Oberstleutnants John Laurens, Sohn des Kongressvorsitzenden, und Alexander Hamilton, ebenfalls Sohn wohlhabender und politisch einflussreicher Eltern. Fritz sah höflich über das jugendliche Alter der beiden Militärs hinweg, denn an preußischen Maßstäben gemessen mussten sie Genies sein, da dort der Rang eines Oberstleutnants frühestens nach zehnjähriger Dienstzeit bekleidet werden konnte.

Das letzte Wegstück ritt er mit dem Oberkommandierenden Seite an Seite. Washington sprach kein Deutsch und nur wenige Worte

Französisch. Fritz hingegen kaum Englisch. So mussten Maria und
William als Dolmetscher agieren.

„Das Eintreten des Königs von Preußen für unsere Sache ist mehr
als eine gewonnene Schlacht. Da er seine Landesgrenzen für die
Menschentransporte zu den Briten geschlossen hat, gewinnen wir
Zeit, die wir dringend benötigen.“

Washington versuchte, ihm die Lage der Armee darzulegen. Dabei
gewann Fritz den Eindruck, dass es dem Oberkommandierenden
unangenehm war, einen Generalleutnant der Preußischen Armee in
das Feldlager der Continental Army zu führen.

In Valley Forge angekommen, bot sich Fritz der Anblick eines
Zigeunerlagers, das gar noch einiges bedurfte, um als ein solches
bezeichnet zu werden. Gleichwohl wurde ihm ein Empfang zuteil,
der einem Herzog würdig gewesen wäre.

Fortan diente ihm William North bei sämtlichen Dienstgesprächen
und Unterhaltungen als Dolmetscher.

General Washington stellte ihm die anwesenden Offiziere vor. Da
waren die Generäle Greene, Knox, Scott, Vanum sowie de Kalb und
Wayne, zwei Offiziere, die akzentfreies Deutsch sprachen, Lord
Stirling, die Franzosen Marquis de la Rouérie und de Coudray, ein
Artillerieoberst, und die Iren Fitzgerald, Sullivan und Meade, die
selbst im fernen Amerika für die Freiheit ihres unterdrückten Volkes
kämpften, und schließlich den polnischen Grafen Pulaski, mit dem
sich Fritz zu dessen Freude fließend auf Polnisch verständigen
konnte.

Zu Ehren von Fritz wurde ein festliches Essen gegeben. Er gab sich
staatsmännisch, was sichtlich Eindruck hinterließ. Washington selbst
geleitete ihn in sein Quartier, eines der wenigen Häuser, das im Lager
vorhanden war. Er teilte es mit William, seinem Diener Carl und
Maria. Auch seine anderen Weggefährten wurden den Verhältnissen
entsprechend angemessen untergebracht.

„Ist mir erlaubt, morgen die Truppen zu besichtigen?"
Im ersten Moment wirkte der General etwas verlegen, seine Ver-
unsicherung hielt aber nicht lange an.
„Ich werde die Armee antreten lassen. Während der nächsten Tage
werden Sie genügend Gelegenheit haben, die Soldaten in ihren
Quartieren aufzusuchen und genau zu inspizieren. Generalmajor de
Kalb und Brigadegeneral Wayne sollen Sie dabei begleiten. Erstatten
Sie mir danach Bericht."

In der Nacht erfüllte sich die Lust aufeinander, die sich seit Lancaster
zwischen Maria und Fritz angestaut hatte. Glücklich und erschöpft
schlief Maria ein, ihren Kopf an seiner Brust gelehnt.
Fritz lag noch eine Zeit lang wach und dachte über die Inhalte der
Nebensätze nach, die er an diesem Tag vernommen hatte.

Am nächsten Morgen hallten Trompeten- und Trommelsignale durch
das Feldlager. Die Armee hatte den Befehl, regimentsweise anzutreten.
Die gesamte Generalität saß zu Pferde und ritt langsam die Front ab.
An der Spitze zwischen dem Oberkommandierenden und Fritz ritt
William als Dolmetscher.
Fritz konnte nicht glauben, was er zu sehen bekam. Denn das, was in
gänzlicher Unordnung aufmarschiert war, war der reinste Alptraum -
es präsentierte sich ihm ein verdreckter, verwahrloster Haufen. Eine
einheitliche Uniformierung gab es nicht, die meisten Soldaten trugen
zerschlissenes Bürgerzivil, etliche erbeutete britische oder hessische
Uniformteile, andere wiederum das Wildleder der Waldläufer und gar
manche hatten sich Säcke übergestülpt, um ihre Blöße zu bedecken.
Die Regimenter standen ungeordnet, drei, fünf, sieben Glieder tief.
Bajonette hatten nur wenige, zum einen passten diese nicht auf die

unterschiedlichen Gewehre, zum anderen konnten die Männer mit dieser Waffe gar nicht umgehen.

Als sich ein Regiment mit nur zwölf Mann meldete, aber 402 Männer abgängig waren, erkundigte sich Fritz mit Williams Hilfe bei dem Regimentskommandeur, einem Iren, wo sich denn der Rest befände.

„Abwesend sind zwölf Mann als Burschen für Offiziere, einunddreißig liegen im Lazarett, acht Männer sind als Knechte einem Quartiermeister zugeteilt, sechzehn sind Fuhrleute, dreiundvierzig als Bäcker, Kohlenträger, Zimmerleute und Schmiede abgestellt, die anderen haben nach ihrer sechs- oder neunmonatigen Dienstzeit ihren Abschied genommen."

„Warum werden die Entlassenen dann noch immer in der Regimentsliste geführt?"

„So ist das nun einmal", antwortete der Ire, „wer gestrichen wird, muss entweder gefallen oder desertiert sein."

„Aha!", stellte Fritz trocken fest.

Beim nächsten Regiment, das sich als ein solches bezeichnete, stieg Fritz vom Pferd, um einige Gewehre zu inspizieren, die meisten waren in einem desolaten und verrosteten Zustand.

„Gibt es denn niemanden, der die Waffen regelmäßig inspiziert?", fragte er den Regimentskommandeur.

„Die Leute sind für ihre Bewaffnung selbst verantwortlich", erhielt er zur Antwort.

„Aha!", stellte Fritz wiederum fest.

„Über wie viel Mann verfügt ihr Regiment?"

„Im Groben geschätzt etwa 480."

„Würden Sie mir die exakte Stärke nennen?"

„Bei dem ständigen Kommen und Gehen ist das schwer zu sagen. Die meisten sind den Winter über nach Hause gegangen, vielleicht kommen sie ja im Frühjahr wieder."

Fritz war völlig ernüchtert, der Zustand des Heeres spottete jeder
Beschreibung. Er musste erkennen, dass in diesem Moment auch der
letzte Schimmer seiner Vorstellung über die amerikanische Armee
verschwunden war. In seiner Verzweiflung begann Fritz zu lachen,
immer lauter wurde sein Lachen. Washington war sichtlich irritiert.
„Was stimmt Sie so heiter, Baron?"
„Mit Verlaub", Fritz rang nach Luft, „ich habe noch nie eine solche
verwahrloste Truppe gesehen."
„Dann sollten Sie es ändern, sofern Ihnen etwas daran liegt, Baron."
Stolz und Selbstbewusstsein sprach aus seinen Worten.
„Ich werde mir über das „Wie" Gedanken machen, General."
Anschließend begutachteten sie den Artilleriepark, der in einem
einigermaßen brauchbaren Zustand befand. Aber auch hier hätte
jeder preußische Offizier die Verantwortlichen zur Rechenschaft
gezogen.
Bei der Kavallerie besaß nur jeder Dritte ein Pferd.
„Warum sind nicht genügend Pferde vorhanden? Auch die Artillerie
verfügt über viel zu wenig Pferde."
„In der Not mussten wir viele schlachten", antwortete Brigadegeneral Wayne.
„Soll denn die Kavallerie auf selbst geschnitzten Holzpferdchen
angreifen? Organisiert hier überhaupt jemand den Nachschub?",
richtete sich Fritz direkt an den Oberkommandierenden.
„Ich habe bereits mehrere Denkschriften an den Kongress verfasst,
damit unsere Lage verbessert wird. Es wird auch eine Kommission
im Lager erwartet, die einen Bericht über den Zustand der Armee
erstellen soll. Allerdings wird es dauern, bis der Kongress einen
Beschluss gefasst hat."
„Denkschriften – eine Kommission – endlose Debatten im Kongress
– ist das Ihr Ernst? Gibt denn die Gegend nichts her, sie ist doch gut

besiedelt? Können die Siedler im Umland nicht Pferde liefern und
Futter und Stroh? Und andere notwendige Dinge?"
„Die hier ansässigen Quäker verweigern sich gegenüber der Armee
und wollen uns nichts geben."
„Warum fouragieren Sie nicht einfach gegen Quittungen, damit die
Besitzer nach dem Krieg ihr Eigentum gegen Bargeld zurückfordern
können."
„Das widerspräche den Grundsätzen der Demokratie. Im Grunde ist
das einzige, was wir an geordnetem Nachschub beziehen, die Versorgung mit Lebensmittel durch die Oneida, einem der Irokesen-
stämme. Die Oneida stehen auf unserer Seite, während die anderen
Irokesenstämme die Briten unterstützen. Ihre Heimat ist der Norden
des Staates New York, östlich des Erie- und Ontariosees. Sie legen
lange und beschwerliche Märsche zu uns zurück. Ihr Häuptling
Shenandoa ist ein bemerkenswerter Mann. Eine Squaw der Oneida
unterrichtet sogar meine Frau in der Zubereiten ihrer Mahlzeiten."
„Darf ich Ihnen meine persönliche Beurteilung der Situation dar-
legen?"
„Jederzeit."
„Sollte auf diese Art und Weise weiter verfahren werden, wird ihre
Demokratie im Frühjahr nicht mehr existieren!
Um mir einen vollständigen Überblick zu verschaffen, werde ich
morgen die Truppen in ihren Unterkünften aufsuchen. In zwei Tagen
lege ich Ihnen meinen Bericht über den derzeitigen Zustand der
Truppen und eine Auflistung der notwendigen Maßnahmen zur
Verbesserung ihrer Lage vor. Ich möchte mich wegen der Vorbe-
reitungen deshalb verabschieden."
„Halt, warten Sie, Baron", bat ihn Washington.
Der Oberkommandierende sah Fritz lange an.

„Sie sind ein von Grund auf aufrichtiger Mensch, der frank und frei
die Dinge beim Namen nennt, das findet man selten. Haben Sie
meinen Dank, Baron."
Für den nächsten Vormittag verabredete sich Fritz mit den Generäl-
en de Kalb und Wayne zur Inspektion der Mannschaftsunterkünfte.

Wieder in seinem Quartier angekommen, schlug er wortlos die Türen
hinter sich zu. In seinem Zimmer landeten Dreispitz und Perücke
auf dem Bett. Verzweifelt und ratlos sank Fritz in den Sessel, der
neben dem Arbeitstisch stand und vergrub sein Gesicht in den
Händen.
„Warum habe ich mich nur auf dieses Abenteuer eingelassen. Das ist
der tiefste Abgrund, in den ich je geschaut habe. So sehr hatte ich
mir gewünscht, mit freiem Volk auf freiem Feld zu kämpfen. Doch
die, die sich Kämpfer für die Freiheit nennen, sind ein verwahrloster
Haufen und ihre unfähigen Generäle elende Sklavenhalter, die allein
nur um ihre Gewinne besorgt sind."
Zärtlich fuhr ihm eine Hand durch das kurz geschorene Haar.
Es war Maria, die unbemerkt das Zimmer betreten hatte.
„Mon cher, der erste Anblick muss für Dich niederschmetternd
gewesen sein."
„Unzählige Generäle haben sich hier um einen Saustall versammelt,
der nicht einmal 5.000 Mann zählt. Haben diese so genannten
Generäle sich alle aufgrund ihrer hohen Besitzstände und aus eigen-
en Gnaden zu diesem Rang erhoben? Warum besitzt keiner dieser
Dilettanten die Fähigkeit diesen Saustall zu organisieren? Hier
werden nicht einmal Rechnungsbücher geführt. Somit kann auch
niemand nachprüfen, was aus den Lieferungen geworden ist und in
welch dunkle Kanäle sie geflossen sind."

„Sieh den Männern, die Du morgen inspizieren wirst, in die Augen und frage sie, warum sie dennoch bleiben. Dann wirst Du wissen, ob es sich für Dich lohnt, für die Freiheit zu kämpfen."

„Für die Reichen in diesem Land, für die eitlen Dandys wohlgemerkt und die Sklavenhalter hält diese Handvoll zerlumpter und unterernährter Gestalten da draußen noch ihre Köpfe hin! Ist Dir übrigens aufgefallen, dass von den hohen Offizieren nur Washington, Wayne, de Kalb und Greene bei den Soldaten im Feldlager leben. Der Rest logiert teilweise meilenweit entfernt, in komfortablen Häusern, wie ich annehme. Das hätte es in Preußen einmal geben sollen! Der König hätte sie alle umgehend degradiert", stellte Fritz verbittert fest.

„Bedenke, ob das Ganze hier nicht der Anfang sein könnte, um unsere Welt zu verändern. Eine neue Regierungsform wird entstehen, in der ein freies Volk bestimmt, und Du wirst von Dir sagen können, dass Du dabei warst und eine schlagkräftige Armee geschaffen hast, die selbst die Weltmacht Großbritannien in die Knie zwang."

„Welchen Unsinn erzählst Du da? Erstens ist der Posten des Generalinspekteurs bereits vergeben und zweitens werden mir diese bedauernswerten Lumpengestalten nach dem ersten Schusswechsel auseinander laufen!"

„Du müsstest mich lange genug kennen, um zu wissen, dass ich bereits entsprechende Gegenmaßnahmen getroffen habe. Als Generalinspekteur wird sich Conway nicht mehr lange halten, dafür bürge ich, und sein Förderer Gates soll ruhig das Kommando im Süden übernehmen, denn dort trifft er auf einen wirklich ernstzunehmenden Gegner."

Zur gesetzten Zeit erwartete Fritz Generalmajor de Kalb und Brigadegeneral Wayne, die sich beinahe eine Viertelstunde verspäteten. Provozierend hielt Fritz sein Chronometer in der Hand und

wünschte einen „Guten Morgen". Auf Wunsch von Wayne schloss sich ihnen ein Hauptmann Benjamin Walker von der New Yorker Infanterie an, der fließend deutsch sprach.
Die Quartiere der Soldaten fand Fritz in einem erschreckenden Zustand vor. Windschiefe Hütten, Zelte in allen Größen, viele davon notdürftig geflickt.
„Es müssen unbedingt Blockhütten nach einem einheitlichen Muster errichtet werden. Wald, um das Holz dafür zu schlagen, gibt es doch genug. Außerdem haben dann die Leute eine sinnvolle Beschäftigung."
Auch die Kleidung und Ausrüstung waren ein einziges Desaster. Das untere OffiziersCorps kleidete sich in Uniformen sämtlicher Couleur. Ein Offizier nannte sogar ein zurecht geschnittenes Bettlaken sein eigen.
Eine Befragung der Offiziere ergab, dass die Verwaltung eines Regiments eine völlig unbekannte Sache war. Nur eines schien in dieser Armee einheitlich geregelt: Bajonette wurden ausschließlich als Bratspieße verwendet, die Soldaten hatten überhaupt keine Erfahrung mit dieser Waffe.
Den Männern blieb nicht verborgen, dass Fritz, de Kalb, Wayne und Walker Deutsch miteinander sprachen, woraufhin sich mehr als die Hälfte dieses elenden Haufens als deutsche Einwanderer zu erkennen gaben.
„Warum bleibt Ihr und geht nicht einfach nach Hause, wie es so viele getan haben?", fragte er sie.
„Wer schützt denn sonst den Kongress?" - oder - „diesen aufgeblasenen Briten werden wir es schon zeigen", erhielt er zur Antwort.
„Wie werdet Ihr von den höheren Offizieren behandelt?"
„Die Meisten von denen sind doch selbst gebürtige Briten, also gehen sie mit uns um, als wären wir Dreck", antwortete ein Pfälzer.
„Aus welchen Ländern stammt der Rest von Euch?"

„Es gibt viele Iren, Holländer, Franzosen, Schweden, Dänen, auch
Schweizer, selbst Polen und Russen, es sind auch Waliser und
Schotten hier, die felsenfest behaupten, keine Briten zu sein.
Engländer gibt es bei den Mannschaften nicht, das sind Tories, die
halten zum König."
Trotz der Not, die allseits herrschte, waren ihre Blicke fest und
strahlten Entschlossenheit und Zuversicht aus, was Fritz sehr beein-
druckte.
„Das sind zähe Männer, zumal noch Freiwillige, aus denen sich eine
gute Truppe formen ließe, sie müssen nur richtig geführt werden",
stellte Fritz gegenüber seinen Begleitern fest.
Als letztes inspizierten sie das Lazarett, das sich etwas abseits vom
Lager befand und völlig überfüllt war, obwohl keine Schlacht ge-
schlagen war. Auf den ersten Blick sah Fritz, dass an allem ein großer
Mangel herrschte. Viele Soldaten litten an Erfrierungen oder hohem
Fieber, meist verursacht durch Unterernährung.
Eine Pockenepidemie konnte erst kürzlich nach großen Verlusten an
Menschenleben eingedämmt werden.
Er ließ sich die Liste der Toten des letzten Monats bringen - sie war
lang.
Zu seinem Erstaunen traf er auf Mrs. Washington, die ihrem Mann
ins Feld gefolgt war, um im Lazarett als Krankenpflegerin zu arbeiteten. Dabei wurde sie tatkräftig von Maria Ludwig-Hays unterstützt,
die von allen „Molly Pitcher" genannt wurde, was, wie ihm erklärt
wurde, auf Deutsch „Mariechen Krug" hieße, denn sie hatte, bevor
es zu diesen erschreckenden Zuständen gekommen war, bei der
Armee als Marketenderin einen Ausschank geführt. Sie stammte aus
der Pfalz und hatte den Dialekt ihrer Heimat nicht verlernt. Beide
Frauen galten als die Seelen des Lazaretts. Von ihrem hingebungs-
vollen Einsatz war Fritz tief berührt.

Nach Abschluss dieser ersten und umfangreichen Inspektion bedankte sich Fritz bei seinen Begleitern für ihre geopferte Zeit mit der Ankündigung, dass er seine gewonnen Erkenntnisse zu Papier bringen und seine Vorschläge für die Beseitigung dieser Zustände ausarbeiten werde.

In seinem Quartier angekommen, dachte Fritz lange über die heutigen Eindrücke nach. Wieder befielen ihn Zweifel. Doch je länger er überlegte, desto mehr gelangte er zu der Überzeugung, dass er diese immense Aufgabe annehmen muss, aus diesen verwahrlosten Männern eine schlagkräftige Armee zu formen, die den Kampf für die Freiheit ihrer Nation gewinnen wird.

Er dachte an seinen König. 'Bereiten Sie Preußen Ehre' hatte dieser ihm geschrieben.

„Majestät, ich werde Sie nicht enttäuschen."

Umgehend ging Fritz mit Marias und Williams Hilfe daran, seinen Bericht zu verfassen. Schließlich entstand ein ganzes Memorandum, das er General Washington vorlegen konnte.

Bereits am nächsten Tag bestellte ihn der Oberkommandierende zu sich. William fungierte wieder als Dolmetscher bei diesem Gespräch.

„Ihr Memorandum ist sehr detailliert und dokumentiert schonungslos den Zustand der Armee. Die Verbesserungsvorschläge sind bemerkenswert. Nur um diese durchzusetzen, bedarf es einer Person von außerordentlichen Qualitäten".

Sein Blick ruhte lange auf Fritz.

„Was halten Sie von der Armee?", fuhr er schließlich fort.

„Das, was Sie Armee nennen, besteht aus den besten Soldaten, die ich jemals gesehen habe."

„Halten sie denn selbst dem Vergleich mit der berühmten preußischen Armee stand?" Washington war sichtlich erstaunt.

„Mit Verlaub, in der preußischen Armee würden solche Zustände niemals existieren."

Der General schwieg betroffen. Fritz sah, wie er nach Worten suchte. „Werden Sie dennoch bleiben, Baron?", kam es ihm fast zögerlich über die Lippen.

„Sofern Sie es wünschen."

„Bei Gott, und ob das mein Wunsch ist! Sie hat mir der Himmel geschickt!" Der General erhob sich aus seinem Sessel, ging auf Fritz zu und legte seine Hände auf dessen Schultern.

„Ich biete Ihnen den Posten eines Inspekteurs an. Diese Vollmacht steht mir zu, nur kann ich nicht über Ihr Gehalt bestimmen, das obliegt allein dem Kongress."

„Noch besitze ich einige Reserven, doch werden diese bald aufgebraucht sein."

„Gut, dann beschaffen Sie sich entsprechende Referenzen, damit Ihnen ein Gehalt bewilligt wird. Meine besitzen Sie bereits. - Auf welche Weise werden Sie mit der Umgestaltung der Armee beginnen?"

„Durch Multiplikatoren."

„Multi - was?"

„Multiplikatoren", wiederholte Fritz.

„Können Sie mir das näher erklären, Baron?"

„Wir werden eine Musterkompanie bilden, mit der ich die wichtigsten Handhabungen und Manöver nach preußischem Vorbild einübe. Nach ihrer Ausbildung werden diese Soldaten auf die Armee verteilt und bilden die einzelnen Kompanien nach diesem einheitlichen Muster aus. Damit keine Abweichungen entstehen, inspiziere ich die Regimenter in regelmäßigen Abständen und übe mit der Musterkompanie einmal wöchentlich weiter. Zudem sollen mir Unterinspektoren zur Seite gestellt werden, die mit mir exerzieren und denen ich auch theoretischen Unterricht erteile. Gleichzeitig erstelle ich eine

Dienstvorschrift, die allgemeine Gültigkeit hat. Auch was den Zustand des Feldlagers betrifft, müssen unverzüglich ent-scheidende Maßnahmen getroffen werden."

„Welche wären das?"

Washington war bereits gefangen von der klaren Sprache und der Entschlossenheit, mit der Fritz seine Vorschläge darlegte.

„In ihren notdürftig zusammengeschusterten Behausungen wird die Hälfte der Männer bis zum Frühjahr gestorben sein. Daher schlage ich vor, dass in drei bis vier Reihen und in regelmäßigen Abständen Blockhütten nach einem baugleichen Muster errichtet werden. Die Mannschaften, die in den einzelnen Hütten wohnen werden, sollen diese unter Mithilfe von Zimmermännern selbst errichten, das schweißt zusammen und sie sind zudem noch sinnvoll beschäftigt. Eine Blockhütte muss 12 Mann beherbergen. Das bedeutet: vier Zimmer und eine Feuerstelle mit Rauchabzug, damit sie es einigermaßen warm haben. Außerdem müssen im Freien in regelmäßigen Abständen wettergeschützte Backöfen entstehen, damit die Mannschaften darin kochen und backen können."

„Und woher soll das Holz für dieses Vorhaben kommen?"

„Sehen Sie sich um, Wald gibt es hier überall und Lehm zum Bau der Öfen lässt sich sicherlich auch auftreiben."

„Die Grundbesitzer sind Quäker. Sie verweigern uns sogar Lebensmittel, wenn wir darum bitten."

„Der Oberkommandierende der Truppen der Vereinigten Staaten von Amerika hat sich nicht mit Religionsfragen zu beschäftigen. Es geht hier um die Existenz der Armee. Also lassen Sie abholzen und für die Truppe stabile Blockhütten errichten. Außerdem müssen für das Nachschubwesen dringend gut befestigte Magazine in gleichmäßigen Abständen über das ganze Land vorhanden sein, die von starken Garnisonen bewacht und verwaltet werden. Nur so kann die Armee flexibel manövrieren und erhält sich dadurch am Leben.

Sind diese Magazine nicht vorhanden oder nur unzureichend ausgerüstet, brauchen sie an einen Sieg erst gar nicht zu denken. Für die
Errichtung dieser Depots müssen die Staatsgouverneure persönlich
verantwortlich sein, die allein nur ihnen und mir Rechenschaft schuldig sind. Sonst debattieren sie noch in ihren Parlamenten, obwohl sie
schon längst gefangen genommen worden sind."
„Sie fordern viel! Und was soll ich dem Kongress schreiben?"
„Pfeifen Sie auf den Kongress. Es geht hier um den Sieg, denn allein
Idealismus und Opfermut genügen nicht. Damit haben es in meinem
Heimatland schon einmal die Bauern versucht und sind kläglich gescheitert - gestatten Sie mir eine Frage?"
„Jederzeit, Baron."
„In dem Feldlager befinden sich grob geschätzt 5.000 Mann. Die
genaue Zahl konnte mir niemand nennen. Dagegen sind hier mehr
als zwei Dutzend Obristen und Generäle vertreten. Warum hat sich
von diesen hochrangigen Offizieren keiner um die Ausbildung der
Truppe und die Abschaffung dieser furchtbaren Zustände bemüht?"
„Weil sie es nie gelernt haben, wie ich es auch nicht gelernt habe.
Nach britischem Vorbild wurden die Sergeanten damit beauftragt.
Doch diese sind gewählt und besitzen selbst keine Erfahrung hinsichtlich der Ausbildung und Organisation einer Armee."
Aha!", stellte Fritz wieder einmal trocken fest.
„Ich wüsste jemanden, der die Erstellung der Blockhütten beaufsichtigen könnte, während Sie die Musterkompanie ausbilden und das
Reglement für die Armee verfassen."
„Der wäre?"
„Oberst von Lutterlok, ein Landsmann von Ihnen, mein Quartiermeister."
„Gut, dann entstehen keine Verständigungsschwierigkeiten da ich die
Oberaufsicht über die Baumaßnahmen führen werde."
„Muten Sie sich da nicht etwas viel zu, Baron?"

„Ein Inspekteur hat sich auch um das körperliche Wohl seiner Soldaten zu kümmern, General."

„Wann können Sie mit der Ausbildung der Musterkompanie beginnen?"

„Bereits morgen früh kann damit begonnen werden."

Nachdenklich sah Washington auf das Memorandum, das vor ihm auf seinem Arbeitstisch lag. Nach einem kurzen Moment des Innehaltens wandte er sich wieder Fritz zu.

„Muss es für Sie nicht eine große Demütigung sein, einer Armee wie dieser zu dienen?"

„Im Grunde haben wir keine Chance, doch wir werden diese zu nutzen wissen. Dafür bürge ich. Ja, General, für diese Staaten, die für Freiheit und Gleichheit kämpfen, ziehe ich mein Schwert und lege es erst dann wieder nieder, wenn wir gesiegt haben oder ich tot vor dem Feind geblieben bin. Sie können bis zuletzt auf mich zählen."

„Die Komtesse von Wierusz, - pardon - Captain Richter teilte mir mit, dass Sie gesagt haben sollen, „Selbst wenn der König von Preußen seine letzte Streitmacht unter einem Apfelbaum versammeln müsste, stände ich mitten unter ihr."

„In der Tat, ja, das sind meine Worte."

„Gut Baron. Übermorgen, neun Uhr, wird Ihnen die Kompanie zur Verfügung stehen. Wie viel Mann benötigen Sie?"

„120, diese Anzahl ist in Preußen bei einer Ausbildungskompanie üblich. Nur sollten die Männer nicht an Erfrierungen leiden und über längere Zeit marschieren können."

„Dafür will ich Sorge tragen. Oberst von Lutterlok wird sie morgen wegen der Blockhütten aufsuchen."

„Das ist ein Wort."

Zum Abschied umarmten sie einander.

Am nächsten Tag meldete sich Oberst von Lutterlok in Begleitung von vier Zimmermännern.

Gemeinsam entwarfen sie den Plan für eine Musterblockhütte. Unverzüglich ordnete General Washington das Fällen der notwendig-en Bäume und den Baubeginn an.

Pünktlich, wie angeordnet, war die Musterkompanie in zwei Linien angetreten. In Begleitung seines Dolmetschers stellte sich Fritz vor die Front. Über seiner Uniform trug er seinen frisch gewachsten preußischen Offiziersmantel.
Es war ein nasskalter Tag, es fiel Nieselregen, der Schnee taute. Dennoch hatten sich eine Menge Zaungäste eingefunden. Zumindest wollten die Offiziere wissen, was der preußische Generalleutnant mit den Leuten vorhatte. Beabsichtigte er, wirklich mit Gemeinen zu exerzieren und damit den Offiziersstand zu entehren?
"Good morning, soldiers. My name is Lieutenant General von Steuben. For the next months I am your Drill Instructor", rief er den Männern zu, "always you have to call me: Sir, Lieutenant General, Sir. Do you have understood me? "
„Yes, Sir, Lieutenant General, Sir", kam es einhellig zurück.
„Mit uns könnet Se ruhig deutsch schwätze, gell", warf ein Schwabe in seiner unverkennbaren Mundart ein.
„Schweig Er, solange Er nicht gefragt ist!"
„Halts Maul, Küchlischwob", gebot ihm sein Nebenmann, ein Schweizer.
„I schwätz so lang, wie's mr passt."
„Wie heißt Er?", fragte Fritz den vorlauten Schwaben.
„Knoepfle."
„Er hat etwas vergessen."
„Hä?"
„Es muss heißen: Knoepfle, Sir, Lieutenant General, Sir! Wiederhole Er!"
„Knoepfle, Sir, Lieutenant General, Sir", kam es halbherzig zurück.

'Müssen mich denn diese Schwaben mit ihrem lächerlichen Dialekt bis in den letzten Winkel der Welt verfolgen? Schwaben in der amerikanischen Armee!' Eine größere Herausforderung konnte sich Fritz gar nicht vorstellen. Es war deren Eigensinn, um nicht zu sagen Unbelehrbarkeit, die ihn aus seiner Zeit am Hofe von Hohenzollern-Hechingen nachhaltig in Erinnerung geblieben ist.

„Auch ich würde gerne meine Instruktionen auf Deutsch geben", wandte sich Fritz in aller Ruhe an seine Landsleute, „doch würden mich die anderen Nationen, die hier vertreten sind, nicht verstehen. Da ich des Englischen nur unzureichend mächtig bin, habe ich die Kommandos, die wir heute einüben, auswendig gelernt. Ansonsten wird mir Mr. North als Dolmetscher zur Seite stehen."

Mit William wechselte er einige Worte, die dieser auf Englisch an die Kompanie weiter gab.

Zunächst ließ Fritz durchzählen und teilte anschließend Sektionen zu zwölf Mann ein, mit denen er zunächst die Kommandos „Habt Acht! - Präsentiert das Gewehr! - Gewehr über! - Gewehr ab! - Gewehr sichern! - Gewehr laden! – Gewehr aufnehmen! - Gewehr entsichern! – Schlaget an! - Gebt Feuer! - Gewehr nachladen!" übte. Als Musketen dienten Holzstöcke. Er selbst machte die Übungen zunächst mehrmals vor und ließ dann Sektion für Sektion exerzieren. Dabei inspizierte er jeden Einzelnen und korrigierte ihn falls nötig solange, bis die Kompanie in der Lage war, einzelne Kommandos geschlossen auszuführen.

Wie erwartet, fragte der vorlaute Schwabe Knoepfle, was denn diese lächerliche Prozedur zu bedeuten habe, da sich doch nur die Briten und ihre gekauften Hessen mit solch einem Stumpfsinn abgeben würden. Zumindest müsse darüber diskutiert und abgestimmt werden.

„Mit diesen Lächerlichkeiten gewinnt man einen Krieg und ohne einheitliche Disziplin geht das nun einmal nicht, Mr. Knoepfle", gab

Fritz besonnen zurück, "bis jetzt haben die Briten jede offene
Feldschlacht gegen uns gewonnen. Und warum? Weil sie uns in der
Kunst des Manövrierens weit überlegen sind. Um sie schlagen zu
können, müssen wir ihnen zumindest ebenbürtig sein."
Es kam zu keiner weiteren Diskussion und Fritz beschloss, diesen
aufmüpfigen Mr. Knoepfle im Auge zu behalten.
„Erstes und zweites Glied habt acht!" befahl er als Nächstes. "Erstes
Glied, Gewehr nehmt auf!- Gewehr entsichern! - schlaget an! - gebt
Feuer! - zurücktreten und nachladen! – Zweites Glied, tretet vor! -
Gewehr nehmt auf! - Gewehr entsichern! - schlaget an! - gebt feuer! -
zurücktreten und nachladen..."
Nachdem die Kommandos zu seiner Zufriedenheit ausgeführt
waren, fragte er Mr. Knoepfle, was er von dem Manöver halte?
„Des isch ganz gut. So kann ein Haufe Männer auf einmol schieße,
gell."
„Das ist richtig! Doch so kämpfen die Briten, die nach jeder Salve in
dichtem Pulverqualm stehen und das Schlachtfeld lange Zeit nicht
überblicken können. Wir hingegen werden lernen, exakt und in
fortlaufender Kette zu feuern. Dieses Manöver nennt man „Pelotonfeuer". Das heißt: Von der linken Flanke des ersten Glieds wird
schnelles Einzelfeuer zur rechten Flanke hin eröffnet. Derjenige, der
geschossen hat, tritt nach links durch eine Lücke von zwei Ellen
hinter das zweite Glied zurück und beginnt, nachzuladen. Ist das
Feuern des ersten Glieds abgeschlossen, beginnt das zweite Glied
ebenfalls von links nach rechts mit schnell verlaufendem Einzelfeuer.
Dieses wird solange wiederholt, bis weitere Befehle erfolgen, verstanden?"
„Hä?"
„Macht nichts", winkte Fritz ab, „wir lernen das, um bei relativ guter
Sicht den Gegner mit Dauerfeuer einzudecken. Doch bis wir soweit
sind, müssen wir noch geraume Zeit täglich mindestens sechs

Stunden üben. Auch das richtige Marschieren in Formation, das korrekte Laden der Gewehre, das Vorrücken in aufgelockerter Formation, der Nahkampf mit dem Bajonett, das Verbessern unserer Konstitution und noch vieles mehr werden wir üben."
„Das Lade von dene Schießprügel hat uns scho der Sergeant Mc Gregor eingebläut, gell."
„Wie oft durfte Er bis jetzt mit dem Ladestock nachstoßen?"
„Dreimol habe wir g'lernt."
„Wie wir heute geübt haben, genügt einmal. Die gewonnene Zeit kann für Euer Leben entscheidend sein, nur müssen sämtliche Handgriffe sitzen, denn innerhalb von zwanzig Sekunden muss ein Gewehr wieder feuerbereit sein und nicht in einer Minute."
„Das bringe Se uns doch bei, gell?"
„In der Tat und zwar dermaßen exakt, dass ich jedem nachts als Alptraum erscheinen werde, das verspreche ich Euch - noch eines, Mr. Knoepfle, spreche Er künftig in einem Deutsch zu mir, das ich auch gut verstehen kann, und unterlasse Er künftig dieses unnütze Wort „gell". Es strapaziert meine Gefühlsnerven."
„Scho recht, gell, Herr General."
„Mr. Knoepfle, was habe ich Ihm soeben gesagt? Außerdem heißt es: Sir, Lieutenant General, Sir!", rief Fritz, der Verzweiflung nahe.
Nach dem Mittagessen begann die Truppe in Formation zu marschieren. Inzwischen regnete es in Strömen und das Exerzierfeld hatte sich in einen morastigen Acker verwandelt. Zuschauer gab es nur noch wenige.
„Kompanie in Marschordnung antreten! - Kompanie Marsch! - Kompanie links schwenkt Marsch! - Kompanie rechts schwenkt Marsch! - Kompanie halt! - Kompanie links um, in Gefechtsordnung antreten!", lauteten einige der Kommandos.

Das Exerzieren geriet zur Tortur, bei dem Vieles verkehrt lief.
Dennoch stapfte Fritz unverdrossen der Truppe voran und geizte
nicht mit Lob, sobald etwas gelungen war.
Um vier Uhr erbarmte er sich schließlich. Die Soldaten waren er-
schöpft, einige taumelten. Er ließ die Männer antreten, um für heute
das Exerzieren zu beenden.
„Für das erste Mal ward Ihr gar nicht so schlecht, Männer, wir sehen
uns Morgen um acht Uhr, ich dulde keine Verspätungen. Wer sich
verspätet, fliegt raus, wegtreten zum Essen fassen!"
Auf eigene Kosten hatte Fritz für die Kompanie bei der Feldküche
Bratwürste mit Brot zubereiten lassen. Er selbst sorgte dafür, dass die
Männer diszipliniert in Reih und Glied anstanden, bis auch er als
Letzter seine Wurst mit Brot erhalten hatte.
Dann geschah etwas, mit dem Fritz niemals gerechnet hätte: die
Leute klatschten Beifall. Ein Russe trat hervor und sagte in gebroch-
enem Englisch, dass sie von einem hohen Offizier noch nie so
menschlich behandelt worden seien. Als Fritz ihm auf Russisch
antwortete und ihn nach seinem Befinden befragte , platzte er fast
vor Stolz, denn in seinen Augen war dieser Generalleutnant nicht nur
ein Deutscher, sondern auch ein Russe.
„Sind auch Polen hier?", fragte Fritz.
Acht Hände erhoben sich.
„Gut gemacht Männer", sagte er in ihrer Landessprache.
„Sprechen Herr General Polnisch?", fragte einer von ihnen ganz
erstaunt.
„Meine Mutter war Polin, von ihr habe ich es gelernt."
Nun trugen auch die Polen selbstbewusst ihr Haupt.
Noch einmal ließ Fritz die Männer antreten.
„Wir sehen uns morgen zur festgesetzten Zeit. Ich erwarte, dass
jeder bis dahin seine Uniformen oder das, was er so nennt, in
Ordnung gebracht hat, sonst kann er gleich wieder heraustreten,

putzen gehen und erhält keine Essensration - wegtreten", befahl Fritz und verließ, nachdem sich die Truppe verzogen hatte, mit William North das Exerzierfeld.

Auf dem Weg in sein Quartier lief ihm Mr. Knoepfle über den Weg. „Mr. Knoepfle, inwieweit versteht Er sich auf Englisch?", fragte er ihn.

„So gut wie auf Schwäbisch, Chef."

„Es heißt nicht „Chef", sondern "Sir, Lieutenant General, Sir!" Das habe ich der Kompanie bereits heute Morgen erklärt und da war Er dabei - aber nichtsdestotrotz, ich erwarte von Ihm, dass Er mich künftig bei den Inspektionen der Truppe begleitet. Ist Er damit ein-verstanden?"

„Klar Chef, wenn ich dafür mehr zu essen bekommen kann, äh..., Sir, Lieutenant General, Sir!"

„Wir werden sehen. Das hängt ganz davon ab, wie Er sich führt. Sein Deutsch ist bemerkenswert und für mich verständlich, gut, mache Er weiter so, Er kann gehen."

„Was bezwecken Sie damit, Herr Generalleutnant, der Kerl macht doch nur die ganze Kompanie rebellisch", stellte William nüchtern fest.

„Vielleicht gewinne ich ihn auf diese Weise. Außerdem wird er da-durch einiges über das Militärwesen lernen."

Nach dem Exerzieren inspizierte Fritz mit Generalquartiermeister von Lutterlok das Lager und die ersten geschlagenen Waldschneisen. Inzwischen waren die Parzellen für die Blockhütten abgesteckt und die Hausgemeinschaften eingeteilt. Eifrig machten sich die Soldaten an die Arbeit.

„Warum wurde diese Maßnahme nicht bereits früher getroffen? Es hätte etliche Menschenleben gerettet. Immerhin handelt es sich um ein Winterlager."

„Ich habe bereits mehrmals beim Oberkommandierenden vor-
gesprochen, damit diese unzumutbaren Zustände beseitigt werden.
Doch ist er ein Basisdemokrat und verlässt sich viel zu sehr auf den
Kongress, der ihn meist boykottiert, da Gates inzwischen als Favorit
für den Oberbefehl gilt. Außerdem ist Washington recht stur und
nennt die Dinge beim Namen, was ihm natürlich keine Freunde
einbringt. Daher war dieses Feldlager von Beginn an eine einzige
Flickschusterei. Ich danke dem Himmel, dass Sie gekommen sind.
Ihre Überzeugungskraft bewirkt bei Washington Wunder, zumal er
von sich sehr überzeugt ist und keine Kritik duldet. Bei Ihnen,
Baron, muss selbst er erkennen, dass Sie ihm um Längen überlegen
sind.“
„Na ja, wir stehen erst am Anfang. - Gab es von den Quäkern bereits
Beschwerden?“
„Davon können Sie ausgehen, eine ganze Abordnung ist erschienen.“
„Was haben Sie ihnen gesagt?“
„Dass sie ein christliches Werk verrichten, wenn sie uns gestatten,
auf ihrem Grund und Boden Holz zu schlagen. Mit ihrer Barm-
herzigkeit würden sie vielen Menschen das Leben retten, auch wenn
es das von Soldaten und Marketender sei. Außerdem würden wir
auch für ihre Glaubensfreiheit kämpfen.“
„Was geschah weiter?“
„Sie zogen sich zur Beratung zurück. Nach zwei Stunden erschienen
sie wieder und erklärten sich einverstanden. Sie beschlossen, auch
keine Beschwerde an den Kongress zu richten. Im Gegenzug versprach ich, Quittungen auszustellen, damit sie ihren Verlust nach
dem Krieg gegen Geld zurückfordern können. Eine Entschädigung
lehnten sie ab.“
„Lutterlok, an Ihnen ist ein Diplomat verloren gegangen.“ Fritz sah
ihn mit ehrlicher Bewunderung an.

„Ich übe nur meine Pflicht als Quartiermeister aus, Herr General-
leutnant."
„Gut, machen Sie weiter so."
Sie beschlossen, ihre Inspektionsritte nach dem Exerzieren zur
Gewohnheit werden zu lassen.
In seinem Quartier angekommen, warf Fritz die Eingangstür hinter
sich zu, stellte sich breitbeinig hin, hob die Arme, ballte beide Hände
zu Fäusten und stieß einen gewaltigen Schrei aus.
Die Tür zu seinem Zimmer wurde aufgerissen. Generalmajor Greene
und General Washington, gefolgt von Maria, stürmten heraus.
„Was ist geschehen?", rief Washington.
Fritz zeigte sich keineswegs überrascht von dem hohen Besuch.
„Noch nie in meinem Leben habe ich mich so beherrscht. In Preus-
sen hätte ich die Leute dermaßen geschliffen, dass sie jetzt nicht
mehr wüssten, ob sie Männlein oder Weiblein sind. Vielleicht können
Sie nachvollziehen, welch eine Überwindung mich das gekostet hat."
„Ich kann das sehr gut nachvollziehen", bestätigte Maria seine Worte,
die ein weiteres Mal als Dolmetscher diente.
„Waren Sie dennoch zufrieden, Baron?" Fragend sah ihn der General
an.
„Ihr Quartiermeister ist ein sehr fähiger Mann. Sie müssen ihm nur
freie Hand geben. Und in den Soldaten steckt Potential. Morgen früh
üben wir weiter. Nur sollen die Soldaten in den nächsten Tagen anständige Uniformen tragen und über funktionstüchtige Musketen mit
Bajonetten verfügen. Was soll denn der Feind von uns denken?! -
Außerdem kann ich sonst keinen Kleider- und Waffenappell durchführen. Es muss auch regelmäßig genügend Putzzeug ausgegeben
werden. Für 120 Mann ist das doch sicher einzurichten. Außerdem
müssen die Soldaten eine angemessene Verpflegung erhalten."

„Oberstleutnant Laurens wird sich darum kümmern", verfügte
Washington und bat Fritz mit einer Handbewegung zu einer Be-
sprechung in dessen Zimmer.
Nachdem alle Anwesenden Platz genommen hatten, wandte sich
Washington an seinen Gastgeber.
„Wie mir Captain Richter berichtet hat, konnten Sie sich inzwischen
einen Überblick über den Zustand unserer Armee verschaffen.
Welche Vorschläge können Sie mir unterbreiten, Baron?"
„Neben der einheitlichen Ausbildung der Truppe muss ein Inspek-
tionswesen für die Armee erarbeitet werden", kam Fritz sogleich auf
das Wesentliche zu sprechen, „des Weiteren müssen Abteilungen
gebildet werden, die übersichtlich und effektiv organisiert sein müssen, um die, verzeihen Sie, erschreckenden Missstände auszuräumen.
Divisionen, Brigaden, Regimenter,
Bataillone und Kompanien haben auf gleichen Stand zu sein, jeder
größeren Einheit müssen Inspektoren, beginnend beim Brigade-
inspekteur, zugeordnet werden. Ihr oberster Befehlshaber ist der
Generalinspekteur, der allein Ihnen, dem Oberbefehlshaber unterstellt ist. Damit kein Schlendrian entsteht, wird jeden Monat eine
komplette Inspektion der Truppe durchgeführt. Bei Ver-säumnissen
werden die Verantwortlichen zur Rechenschaft gezogen. Gesetzte
über Disziplin und Ordnung müssen geschaffen werden. Ebenso ist
ein System zu bilden, das Beförderungen, Begnadigungen und Be-
lohnungen regelt. Das sind, grob skizziert, meine weiteren Vorschläge."
Washington und Greene sahen sich nachdenklich an. Maria nickte
zustimmend.
„Das, was Sie vorschlagen, Baron, wird in diesem Umfang kaum
möglich sein", lautete der nüchterne Kommentar Greenes zu diesen
Forderungen.

„Unmöglich gibt es nicht, wollen Sie siegen oder nicht?", entgegnete Fritz.

„Was mir auffällt, Baron, ist, dass Sie nie im Konjunktiv sprechen", ergriff General Washington nach einer Pause das Wort.

„Mit Verlaub, General, in der preußischen Armee existiert diese Form der Grammatik nicht", bemerkte Fritz mit einem leichten Lächeln.

„Gut, Baron, erstellen Sie mir eine Dienstvorschrift über das Inspektionswesen, das System und Einheitlichkeit in die Ausbildung und Befehlsstrukturen bringen soll. Damit Ihre Entwürfe für die Armee der Vereinigten Staaten umsetzbar sind, stelle ich Ihnen Generalmajor Greene und meine Adjutanten Laurens und Hamilton zur Seite, die Sie dabei beraten sollen, denn sie sind mit den Gegebenheiten von Land und Leuten besten vertraut."

Fritz war erleichtert, dass Washington seine Empfehlungen positiv aufgenommen hat. Er dankte ihm für diesen Auftrag und sicherte ihm zu, seine Vorschläge schriftlich zusammen zu fassen.

Im Anschluss an diese Unterredung lud Generalmajor Greene die Versammelten zum Abendessen in sein Haus ein.

Auch die junge Frau von Generalmajor Greene war ihrem Mann ins Feldlager gefolgt. Sie war sehr gebildet, bezaubernd anzusehen und eine vorzügliche Gastgeberin.

Da sie vor ihrer Ehe einige Monate in Paris lebte und weil sie wusste, dass sowohl der Baron als auch Maria längere Zeit dort verbracht hatten, ließ sie ein typisch französisches Gericht zubereiten. Es gab Kapaun mit feiner Gemüsebeilage und zur Abrundung des Menüs Käse und Obst.

Das Elend der Truppe noch frisch in Erinnerung veranlasste Fritz zu der Bemerkung, dass mit Sauerkraut und Kartoffeln, notfalls auch ohne Fleisch, eine ausreichende Ernährung für die Truppe gesichert werden könne, was auch dazu führen werde, den hohen Krankenstand zu reduzieren. Doch sei dies nun wirklich seine letzte militärische Bemerkung für heute gewesen, fügte er mit einem Schmunzeln an.

Bei gutem Essen lockerte die Stimmung bald auf. Man unterhielt sich über belanglose und weltbewegende Dinge. Zuletzt ließ Generalmajor Greene Whisky servieren.

Dabei erinnerte sich Fritz an eine russische Sitte, die bereits sein kindliches Gemüt in den Feldlagern beeindruckt hatte. Die Russen zündeten den Wodka im Glas an, bevor sie ihn tranken. Fing er kein Feuer, kippten sie ihn achtlos beiseite. Nur fiel ihm der Name dieses Brauchs nicht mehr ein und so gab er ihm den Namen "Salamander reiben", den er aus seiner Studentenzeit kannte und dessen eigentlicher Ritus sicher keinem der Anwesenden bekannt war.

Sie machten die Probe aufs Exempel. Der Whisky brannte mit flacher, bläulicher Flamme. In einem Zug schütteten sie sich den brennenden Whisky in die Kehlen. Das Ritual verlangte nach fortlaufender Wiederholung.

Dieser „heißen" Sitte wenig zugetan, bevorzugten Mrs. Greene, Mrs. Washington und Maria dezenten Likör.

Als die Zungen der Männer schwerer wurden, nahm dies die Gesellschaft zum Anlass, den in jeder Hinsicht anregenden Abend abzuschließen und wünschte sich gegenseitig eine gute Nachtruhe.

Den Weg zu ihrer Blockhütte legten Fritz und Maria Arm in Arm zurück.

„Morgen, mon cher, werde ich Zivil anlegen, um nach Philadelphia zu reisen". Nüchtern und geschäftsmäßig klang ihre Stimme.

„Was wirst Du den Briten berichten?"

„Das ein preußischer Generalleutnant mit Namen Baron Friedrich Wilhelm von Steuben im Feldlager der Continental Army angekommen sei, um dort Ordnung und Disziplin einzuführen. Das wird

ihnen zu denken geben. Den Winter über werden sie sich nicht aus
ihrem Bau heraus trauen, also nutze die Zeit."
„Hast Du Dich deswegen hier im Feldlager aufgehalten, um mich am
Gehen zu hindern?"
„Ja, aber mit General Washington war vereinbart, dass ich Dich
bereits in Lancaster erwarten soll, um meinen Einfluss auf Dich
geltend zu machen."
„Das ist Dir gelungen, Du hast Deinen Auftrag erfüllt, Du kannst
Dich dem nächsten zuwenden."
„Sei nicht so hart. Du weißt genau, was ich für Dich empfinde."
„Du warst schon immer kalt und glatt wie Marmor, unter dessen
Oberfläche ein Vulkan brodelt."

Spät in der Nacht saß Fritz lange an seinem Schreibtisch und stützte
seinen Kopf in beide Hände.
„Oh mein Gott, bitte hilf mir, denn ich werde es wagen, bin unverzagt und will das Ende erwarten. Diese armseligen Leute haben es
verdient. Fortan werde ich ein Teil von ihnen sein. Das höchste Gut
ist, für die Freiheit zu streiten, wie mein König mir schrieb, und er
hat Recht damit. Ja, ich werde mein Schwert erst dann wieder nieder-
legen, wenn wir gesiegt haben, oder ich tot vor dem Feind geblieben
bin", sprach er leise zu sich.
Zwei Arme legten sich zärtlich um ihn.
„Zerbrich Dir nicht weiter den Kopf, komm schlafen, Liebster."
„Verzeih, sollte ich Dich geweckt haben."
„Es ist nicht der Rede wert."

Beim Frühstück wechselte er mit Maria viele Blicke. Der Uhrzeiger
rückte gegen die achte Stunde. Fritz hatte die englischen Kommandos für heute wieder auswendig gelernt und fühlte sich gewappnet.
Kein Wort des Bedauerns fiel zwischen ihnen.

Sie unterhielten sich über das unangenehme Wetter, das für diese
Region und für diese Jahreszeit so typisch sei, über die vielen jungen
Offiziere, die ohne Verdienste in diesen Rang erhoben wurden und
über seinen neuen Sekretär William North, dessen Sprachkenntnisse
ihm zweifelsohne von Nutzen sein werden.
Als er ging, wünschte er ihr "bon voyage."

Auf dem Exerzierfeld war die Kompanie vollzählig in zwei Reihen
angetreten. Die Soldaten applaudierten, als er zusammen mit William
vor die Front trat. An dem elenden Aufzug der Soldaten hatte sich
nichts geändert. Auch ihr "Schießzeug" bestand weiterhin aus
Stöcken.
Der Regen hatte aufgehört. Der Frost war zurückgekehrt und die
Erde auf dem Exerzierplatz gefroren. Blass zog die Wintersonne am
Horizont herauf.
„Good morning, soldiers!", begrüßte Fritz die Truppe.
„Good morning, Sir, Lieutenant General, Sir", antworteten die aus-
gemergelten Gestalten.
„Was üben wir heute?", fragte ihn der Vorlauteste aller Schwaben,
Mr. Knoepfle, in korrektem Deutsch.
„Das gleiche wie gestern und noch einiges darüber hinaus, Mr.
Knoepfle."
„Das ist aber langweilig, gell", stellte dieser fest.
„Ich rate Ihm, mein Nervenkostüm nicht bereits am Morgen zu
strapazieren. Hat er mich verstanden?", gab Fritz drohend zurück.
„So können Sie mir schon mal gar nicht kommen, gell, auch wenn
ich jetzt keinen Dialekt spreche, geh ich einfach, wenn es mir nicht
passt."
„Dann geht Er eben. Nur wird Er dann nicht in den Genuss einer
anständigen Uniform, funktionstüchtiger Waffen und gesonderter
Verpflegung kommen."

Das Wort Verpflegung wirkte Wunder.

„Heidenei! Sagen Sie bloß, dass Sie das uns beschaffen können?“

„Ist bereits in Arbeit."

Bei diesen rosigen Zukunftsaussichten rieb sich Mr. Knoepfle erwartungsvoll den Bauch und beschloss zu bleiben.

Wie tags zuvor teilte Fritz die Kompanie in Sektionen ein und intensivierte das Exerzieren. Bald waren die Ausführungen der Kompanie soweit fortgeschritten, dass sie einige Übungen hintereinander durchführen konnte.

In dem Moment, als die Soldaten zum dritten Mal eine Marschformation wiederholten, bemerkte Fritz, dass Maria im Begriff war, mit einem Packpferd im Gefolge aus dem Lager zu reiten. Für einen Augenblick trafen sich ihre Blicke. Fast unmerklich verbeugte er sich vor ihr.

„Links schwenkt, Marsch!“, befahl er danach der Kompanie auf Deutsch, statt auf Englisch, was zur Folge hatte, dass zwei Drittel der Truppe seinen Befehl befolgte, der Rest marschierte entweder geradeaus oder blieb verunsichert stehen.

Sofort gebot er Halt und ergoss sämtliche deutsche Flüche, denen er mächtig war, über die Truppe. Nachdem sich sein Gemüt beruhigt hatte, stemmte er die Arme in die Hüfte, begann, beim Anblick seines Missgeschicks schallend zu lachen, und entschuldigte sich bei den Männern.

„Darf ich Ihnen als Dolmetscher behilflich sein, Herr Generalleutnant, damit die Kompanie wieder Grundstellung einnimmt?“, fragte ihn William.

„In der Tat, damit wäre mir geholfen.“

Wenige Kommandos genügten. "Meinen Respekt“, bemerkte Fritz anerkennend, „wo haben Sie das gelernt?“

„Durch das Studium der preußischen Heeresdienstvorschrift, Herr Generalleutnant.“

„Sehr lobenswert – machen Sie weiter so."
Von nun an war Fritz darauf bedacht, sich durch nichts mehr ab-
lenken zu lassen. Als er am Nachmittag die Kompanie in Linie
antreten ließ, um das Exerzieren für heute zu beenden, wurde wieder
applaudiert. Fritz dankte, lobte die Truppe und stellte fest, dass ihnen
die Manöver bereits weit besser gelungen seien als gestern.
Unterdessen fuhren zwei Planwagen vor, die von einem kleinen
Pikett Kavallerie begleitet wurden. Oberstleutnant Laurens führte sie
an und meldete, dass die geforderten Uniformen und Armierung
nebst Putzzeug eingetroffen seien. Der Jubel war groß.
Auch Fritz war erfreut und zugleich zufrieden darüber, dass auch
Washington nicht nur die Not der Leute sondern auch die Dringlichkeit seiner Forderungen erkannt hatte.
Allerdings konnte mit der Ausgabe nicht begonnen werden, da keine
Quittungsbögen vorhanden waren. Alles Bitten der Soldaten half
nichts, Fritz blieb eisern.
„Versteht doch. Männer", ließ er übersetzen, „jeder Gegenstand, der
ausgegeben wird, muss quittiert sein, denn jeder Einzelne von Euch
ist für den einwandfreien Zustand seiner Ausrüstung verantwortlich.
Zudem erlauben die Quittungen auch, dass das dazugehörende Teil
nach den vorgeschriebenen Regeln inspiziert werden kann."
Widerwillig und murrend akzeptierten die Leute schließlich die Entscheidung und ließen sich auf den nächsten Tag vertrösten.
„Und was ist mit dem versprochenen Essen, Sir, Lieutenant General,
Sir?", forderte Mr. Knoepfle die Extraverpflegung ein.
William erkundigte sich sogleich, erhielt aber zur Antwort, dass damit
erst morgen zur Mittagszeit zu rechnen sei.
„Das ist doch immer wieder das Gleiche mit den Herren Offizieren,
die versprechen einem immer alles und halten nichts. Ist doch so,
oder? Und wenn sich nicht augenblicklich etwas daran ändert, falle

ich sofort wieder in meinen Dialekt zurück, gell!", drohte Mr.
Knoepfle.
Er hatte Recht, Fritz stand bei den Leuten im Wort, deren Enttäuschung ihnen deutlich ins Gesicht geschrieben stand. Er holte aus seiner
Rocktasche einen Louisdor hervor und rief Mr. Knoepfle herbei.
„Damit gehe Er mit der Kompanie zum Schlachthof und zur Feldbäckerei. Dort lässt Er sich jeweils ein halbes Pfund Fleisch und
einen Laib Brot für jeden Mann ausgeben. Sollte dort wegen Versorgungsengpässen gejammert werden, kündige Er an, dass ich persönlich dort erscheinen werde, um den Laden auseinander zu nehmen,
klar?"
„Jawohl, Herr Generalleutnant!", schmetterte Mr. Knoepfle.
„Holla, Er kann es ja", stellte Fritz verwundert fest.
„Wenn es ums Essen geht, ist alles möglich. Hauptsache der Ranze
spannt, gell, Chef."
„Mr. Knoepfle, unterlasse Er gefälligst - außerdem hat Er mich nicht
mit „Chef" anzusprechen."
Zu mehr kam er nicht, der wackere Schwabe begann zu übersetzen.
Sobald die Kompanie verstand, um was es ging, brach frenetischer
Jubel aus und kaum, dass sich Fritz versah, war das Exerzierfeld
leergefegt.
„Die Kompanie hat in Reih und Glied zu warten, bis ich befehle:
"Wegtreten", murmelte Fritz leise, als er über den leeren Platz sah.
Fritz wandte sich an Oberstleutnant Laurens.
„Ich erwarte, dass die Ausgabe der Ausrüstung bis morgen vorbereitet ist. Wie konnten nur die Quittungsbögen vergessen werden?"
„So etwas führen wir nicht", antwortete Laurens.
„Dann wird sich das ab sofort ändern. Vorerst genügen formlose
Blätter. Lassen Sie einige Tische und Stühle aufstellen und nehmen
Sie ein paar Männer, die lesen und schreiben können. Auf dem Blatt
muss als Überschrift das Wort "Quittung" stehen. Darunter werden

die einzelnen Ausrüstungsgegenstände aufgeführt, die der Soldat erhält und für die er gegenzeichnet. Die Dokumente sind in einem Ordner aufzubewahren, der mir zu übergeben ist. Verstanden?"
„Warum die ganze Prozedur?"
„Es handelt sich um Staatseigentum, das aus Steuergeldern finanziert ist. Wir haben dafür Rechenschaft abzulegen. Außerdem muss der Soldat wissen, für was er Sorge zu tragen hat."
Oberstleutnant Laurens versprach, sich augenblicklich auf die Suche nach fähigen Männern und Schreibmaterial zu begeben.
„Immer mit der Ruhe. Eines nach dem anderen", entgegnete ihm Fritz, "Sie müssen zuerst Wachen für die Wagen besorgen und einteilen, sonst gibt es bald nichts mehr, das morgen ausgegeben werden kann."
Aufgrund dieses weiteren Missgeschicks war Oberstleutnant Laurens den Tränen nahe.
„Na ja, Sie sind noch recht jung und dienen in einer Armee, die noch keine ist. Aber wir werden eine erschaffen, die den Briten ordentlich einheizen wird, klar?"
„Jawohl!", antwortete ihm Oberstleutnant Laurens auf Deutsch.
„Woher kennen Sie das Wort?"
„Ihre deutschen Rekruten bestätigen auf diese Weise."
„Merkwürdig, ist mir noch gar nicht aufgefallen", stellte Fritz fest, „noch eins, junger Freund, abgesehen von Ihren Bemühungen erwarte ich akzeptable Ergebnisse."
Sobald Oberstleutnant Laurens mit vier Wachen zurückkehrt war, bestieg Fritz sein Pferd und ritt zur Feldbäckerei, die er in Belagerungszustand vorfand.
Bei seinem Erscheinen brannte der ihm bereits vertraute Beifall auf. Der Chef der Backstube hingegen wurde in Erwartung einer drohenden Revision ganz bleich.

Mit der Brotausgabe war bereits begonnen und sämtliche Öfen
kräftig angeheizt worden.

Mr. Knoepfle trat vor.

„Melde gehorsamst, Geld bewirkt Wunder. In einer Stunde soll
Essensausgabe abgeschlossen sein, Herr Generalleutnant!"

„Gut", stellte Fritz zufrieden fest, „sollten diese korrupten Gesellen
Ärger machen, Meldung an mich."

„Jawohl, Herr Generalleutnant!"

„Mr. Knoepfle, Sein einwandfreies Deutsch ist bemerkenswert."

„Jetzt übertreibe Se aber a bißle, gell, Chef."

„Es heißt nicht Chef, verdammt noch mal! Und „gell" schon gar
nicht! Außerdem hat Er sich nicht in seinem Dialekt an mich zu
richten, klar!"

„Jawohl, Chef, äh, Herr Generalleutnant."

„Übe Er es!"

Als Fritz nach Besichtigung der Baumaßnahmen in seine Unterkunft
kam, roch es dort bereits sehr bekömmlich. Oberst von Lutterlok
sowie die Oberstleutnants Hamilton, Laurens, Duponceau und
Hauptmann Walker, der ihm bei seiner ersten Inspektion sehr behilflich war, sollten in zwei Stunden seine Gäste sein.

„Welch appetitlicher Duft in dieser Hütte", stellte er zufrieden fest,
"was gibt es zu essen?"

„Als Vorspeise Borschtsch, danach Blut- und Leberwurst mit
Sauerkraut und Kartoffeln. Als Nachtisch empfehlen wir Apfelkom-
pott", schlug Carl vor.

„Wunderbar! Endlich einmal gediegene Hausmannskost. Wo hat Er
diese Köstlichkeiten organisiert?"

„War gar nicht so schwer, Herr Generalleutnant, ich musste nicht
einmal die überteuerten Preise bei den Marketendern bezahlen. Wir
haben erfahren, dass eine Stunde zu Pferde von hier ein Bauer, der
mit seiner Familie vom preußischen Niederrhein stammt, eine große

Farm betreibt. Er stammt von den Hugenotten ab, ist Calvinist und weiß, was es heißt, für die Freiheit zu kämpfen. Natürlich wittert er auch ein Geschäft, anders als die Quäker, die der Armee nichts geben wollen. Mit einem Fuhrwerk brachte ein ortskundiger Soldat mich und Hauptmann Walker dorthin, der sich angeboten hatte mich zu begleiten. Wir unterhielten uns lange mit dem Bauer, tranken heiße Milch und aßen frisches Brot. Gegen Papierdollars gab er uns einige Würste, ein kleines Fass Sauerkraut, acht Scheffel Kartoffeln, Steckrüben, Rotkraut und Blumenkohl. Er forderte uns sogar dazu auf, bald wieder zu kommen, da er über genügend eingelagertes Gemüse verfüge. Fleisch und Wurst müssten wir allerdings rechtzeitig bestellen. Er sei auch bereit selbst anzuliefern."

„Bestens, bei dem braven Mann sind wir ab sofort Stammkunden."

„Allerdings wird unser Essen nicht den angelsächsischen Geschmack treffen", stellte William nüchtern fest.

„Papperlapapp", entgegnete Fritz, „hätten Sie lieber süßlich gewürztes Beefsteak und Plumpudding als Nachtisch?"

„Gott bewahre, doch bei der Zubereitung unserer Hausmannskost rümpft selbst unser französischer Freund die Nase."

„Ist dem wirklich so?", fragte er Duponceau, der, obwohl Gast, bei der Zubereitung half.

Duponceau stieß einen tiefen Seufzer aus. „Grand malheur", stöhnte er theatralisch.

„Banausen", befand Fritz und beschloss, noch einmal die Bäckerei und den Schlachthof aufzusuchen, um nach dem Rechten zu sehen. Als Begleitung nahm er Azor mit.

Die Leute grüßten, zogen ihre Hüte, schwenkten sie, ganze Bataillone stießen Hochrufe aus. Zunächst wusste Fritz nicht, was hier geschah. Galt die Begrüßung ihm? Nur langsam begriff er, dass dem wirklich so war. Beim Schlachthof angekommen, konnte er feststellen, dass inzwischen fast alle Männer ihre Verpflegung erhalten hatten. Mr. Knoepfle streckte ihm einen Stapel wertloser Papierdollars entgegen.

„Der Oberbäcker und der Schlachtermeister möchten nicht der Korruption beschuldigt werden, Herr Generalleutnant, deswegen haben sie mir den umgerechneten Gegenwert ausbezahlt."

„Behalte Er das Papier und verteile Er es gerecht unter die Leute. Hat Er schon Essen gefasst?"

„Mit Verlaub, Herr Generalleutnant, mir steht als Verantwortlicher nach Ihrem Vorbild dieses Recht als Letzter zu."

„Sein Verhalten ist sehr lobenswert, sobald Er ausgebildet ist, wird Er einen guten Sergeanten abgeben."

„Heidenei, meinen Sie das etwa im Ernst?"

„In der Tat! Aufmüpfigkeit verabscheue ich, aber für berechtigte Kritik besitze ich stets ein offenes Ohr. Wie ich sehe, ist Er sehr pflichtbewusst. Das zeugt von Charakter."

„Jetzt übertreiben Sie aber gehörig, Chef."

„Es heißt nicht Chef, sondern?"

„Herr Generalleutnant, oder Sir, Lieutenant General, Sir, Chef."

„Er bringt mich noch einmal zur Weißglut. Was ist Er von Beruf?"

„Uhren- und Instrumentenmacher, Herr Generalleutnant."

„Und was stellt Er her?"

„Uhren und Messgeräte, auch Sextanten für die Schifffahrt."

„Handwerk hat goldenen Boden, dazu ist das Seine eine filigrane Kunst, die Zeit und die Ortsbestimmung festzuhalten. Er hat es gut gewählt."

„Das will ich wohl meinen. Was haben Sie gelernt?"

„Ich habe Ingenieurwesen, Philosophie und die alten Sprachen studiert. Danach bin ich Soldat geworden und schließlich nach Amerika gekommen, um einem Volk zu dienen, das frei von Unterdrückung sein will. Denn die Freiheit ist das höchste Gut, für das es sich zu kämpfen lohnt."

„Das haben Sie aber schön gesagt, Herr Generalleutnant. Als das
Ganze hier losgegangen ist, hab' ich meinen Schießprügel geschnappt
und mich freiwillig gemeldet, obwohl meine Frau dagegen war. Doch
hab' ich das erst gemacht, nachdem ich gewusst hab', dass alles mit
dem Geschäft geregelt ist. Bei den hohen Steuern lassen wir uns
nimmer von den Briten unterdrücken. So etwas nennt man geschäfts-
schädigend. Das ist für mich ein großer Moment gewesen, als ich
mich als Freiwilliger zur Continental Army gemeldet hab'."
„Das sind vortrefflich gewählte Worte, Mr. Knoepfle. Außerdem ist
sein korrektes Deutsch bemerkenswert."
„Was denken Sie, wie mich das anstrengt!"
Über diese Antwort musste Fritz schmunzeln.
„Gut, Mr. Knoepfle, wo ist Er zu Hause?"
„Mit meiner Familie lebe ich in Boston, doch geboren bin ich in
Baiersbronn, das liegt im Schwarzwald. In Schramberg, das auch im
Schwarzwald liegt, hab ich mein Handwerk gelernt. Bin dann mit den
Schwarzwalduhren auf Wanderschaft gegangen, um zu verkaufen, zu
reparieren und neue Kenntnisse zu erwerben. Über viele Jahre war
ich Geselle bei einem Uhrmacher in Ulm. Schließlich hat mich das
Schicksal nach Amsterdam verschlagen. Dort hab' ich auch meine
Frau kennen gelernt. Sie ist Jüdin. Für die Hochzeit ist sie pro forma
evangelisch geworden. Ihre Familie ist nicht streng gläubig, die beachten nur die wichtigsten Feiertage, dann gehen sie alle in die
Synagoge und so recht koscher leben die auch nicht. Schließlich
haben meine Frau und ich beschlossen, nach Amerika zu fahren, da
es hier für Uhren- und Instrumentenmacher eine Marktlücke gibt.
Mein Geschäft in Boston läuft gut. Wissen Sie, deutsche Qualität
verbunden mit jüdischem Geschäftssinn, das ist ein Uhrwerk, das
präzise funktioniert."
„Das kann ich mir denken. Wer führt zu Hause während Seiner Abwesenheit die Geschäfte?"

„Ha, das macht meine Frau. Im Aushandeln ist die viel besser als ich,
dafür bin ich viel zu gutmütig. Auch hab' ich acht gute Instrumenten-
und Uhrmacher in der Werkstatt, auch zwei Lehrbuben. Die sind
alles Schwaben, Badener oder Schweizer und absolut zuverlässig."
„Dass Seine Manufaktur ausschließlich aus Schwaben, Badenern und
Schweizern besteht, dachte ich mir bereits. Hat Er Kinder?"
„Das will ich schon meinen, ein Bub und zwei Mädle. Acht, sechs
und drei Jahr sind sie alt. Mal sehen, ob noch was kommt, wenn das
hier rum ist, gell."
„Das hoffe ich für Ihn und seiner Frau. Er kann wegtreten und lasse
Er sich das Essen gut schmecken."
„Auf mich können Sie immer zählen, Sie wissen doch, Hauptsache
der Ranze spannt, gell Chef", bestätigte Mr. Knoepfle.
„Unterlasse Er endlich dieses unnütze Wort "gell" und außerdem
heißt es „Herr Generalleutnant" oder „Sir, Lieutenant General, Sir."
„Klar, Chef."
„Falsch!"
„Herr Generalleutnant", kam es halbherzig über seine Lippen.
„Gut, übe Er es!"
Auf dem Rückweg begegnete ihm General Washington mit Oberst
von Lutterlok und einigen ihm unbekannten Offizieren. Der Ober-
befehlshaber wollte sich nun selbst einen Überblick verschaffen.
„Wie mir scheint, Baron, sind Sie innerhalb weniger Tage zum popu-
lärsten Offizier in der Armee aufgestiegen", begrüßte ihn Washing-
ton mit großer Freundlichkeit.
„Womit verdiene ich diese Ehre?"
„Baron, Sie sind in der bittersten Zeit der Armee gleich einem retten-
den Engel erschienen. Ich weiß nicht, wie ich Gott dafür danken soll.
Wie ich hörte, sind die Oberstleutnants Hamilton und Laurens,
Oberst von Lutterlok und Captain Walker bei Ihnen heute Abend zu
Gast?"

„In der Tat.“

„Das ist sehr erfreulich.“

„Ist mir erlaubt, eine Bitte zu äußern, General?“

„Jeder Zeit.“

„Captain Walker dient bei der New Yorker Infanterie und ist ein fähiger Mann. Ich hätte ihn gerne als einen meiner Adjutanten, zumal er fließend Deutsch spricht und mir bereits mehrfach behilflich gewesen ist.“

„Ich werde sehen, ob ich es einrichten kann, Baron. Im Übrigen habe ich entschieden, für den morgigen Tag Ihren Namen als Parole für die Armee auszugeben.“

„Welch eine Ehre, die mir nicht gebührt.“

„Doch, doch, sie gebührt Ihnen, seien Sie sich dessen gewiss“, versicherte Washington und verabschiedete sich von ihm.

Am Exerzierplatz angekommen, suchte Fritz die Wachen bei den mit so wichtiger Fracht beladenen Planwagen auf. Die Mannschaft war inzwischen auf acht Mann angewachsen und einem Sergeanten unterstellt. Sie grüßten vorschriftsmäßig oder versuchten es zumindest, denn gleich zweien fiel dabei das Gewehr aus der Hand.

„Macht nichts, Männer, der Versuch war es wert. Ihr werdet es fortan üben, bis ihr es beherrscht. Haltet die Augen offen“, munterte Fritz sie auf.

Danach gedachte er einen kleinen Erkundungsritt zu unternehmen der ergab, dass die Absicherung des Lagers nicht unzureichender sein konnte. Regimentspiketts als schnelle Eingreiftruppe, wie sie in der preußischen Armee üblich waren, gab es nicht. Sollte das Lager unverhofft angegriffen werden, war keine Einheit vorhanden, die sich dem Feind sofort hätte entgegenstellen können. Das Ausmaß der Katastrophe wäre nicht auszudenken. Er sah auch kaum Feldwachen, geschweige denn absichernde Kavallerie.

Von seinem Erkundungsritt zurückgekehrt, erschienen in seinem
Quartier in kurzen Abständen seine Gäste, die, soweit sie von ihrem
Dienst kamen, den Vollzug aller angeordneten Maßnahmen meldeten.
Wie William und Duponceau befürchtet hatten, schien den Gästen
britischer Herkunft das herzhaft gewürzte Menü nicht so recht zu
schmecken. Ganz anders die deutsche Fraktion, die nach Herzenslust
zulangte -.

Am nächsten Tag war Fritz bei General Washington zu einem besonderen Abendessen eingeladen, denn es wurde die von Fritz als Mahlzeit geforderte Verpflegung für die Soldaten aufgetragen.
Wie stets diente William als Dolmetscher. Sie alle befanden das
Essen, das Carl und Benjamin Walker zubereitet hatte, als nahrhaft
und wohlschmeckend.
„Wie nennen Sie dieses zubereitete Weißkraut, Baron, es schmeckt
vorzüglich.“
„Man nennt es Sauerkraut, das ist ein gegorener Weißkohl, es ist sehr
reich an Nährstoffen. Man kann es mit vielerlei Speisen kombinieren
und kochen. Vor allem mit gekochtem Fleisch, Speck und Würsten,
selbst Fisch ist möglich, wenn man es nur lange genug kocht, damit
es seinen starken Eigengeschmack verliert, der sonst die des Fisches
überlagern würde. Als ergänzende Beilage eignen sich besonders
Kartoffeln. Durch die Gärung kann das Sauerkraut sehr lange haltbar
gemacht werden. Die deutschen Seefahrer schwören darauf, da sie
nie an Skorbut erkranken.“
„Es soll als ein Bestandteil der Mannschaftsverpflegung eingeführt
werden. Für seine Beschaffung werde ich den Bäckereiinspektor
Christoph Ludwig beauftragen. Er ist ein Organisationstalent und ein
Landsmann von Ihnen. Wie kann ich Ihnen bei Ihren weiteren Vorhaben behilflich sein, Baron?“

„Stellen Sie mir für jede Brigade einen Stab von fähigen Offizieren zusammen, die mir als Unterinspektoren zugewiesen werden. Sie sollen beim Exerzieren anwesend sein. Auf diese Weise lernen sie jede einzelne Übung selbst kennen. Nach dem Exerzieren und der Inspektion der Baumaßnahmen mit Oberst von Lutterlok werde ich meinem Stab theoretischen Unterricht erteilen. Anschließend verfasse ich dann den nächsten Abschnitt des Exerzierreglements, der am nächsten Tag eingeübt werden soll - und so fort. Es gibt viel zu tun."
„Sie müssen auch einmal schlafen, Baron."
„Fünf Stunden sind durchaus genug, General - ich habe mir als Ziel gesetzt, bis zum Frühjahr das Regelwerk für die Armee vollendet zu haben. Außerdem müssen bis dahin die wichtigsten Punkte zur Ordnung des Verwaltungswesens festgelegt sein. Die Dienstvor-schriften müssen so abgefasst sein, dass diese für die Soldaten der Vereinigten Staaten anwendbar sind. Das heißt: jeder Artikel des Reglements muss von Ihnen, General, überarbeitet werden, bevor er zur Veröffentlichung kommt. Ist Ihnen das möglich?"
„Baron, Sie sind ein Teufelskerl. Sollte unser Vorhaben gelingen, können wir gar nicht verlieren."
„Deshalb bin ich hier."
„Die Oberstleutnants Laurens und Hamilton stehen Ihnen weiterhin jederzeit zu Verfügung, Baron."
„Gut, wann kann ich über die notwendige Zahl an Unterinspektoren verfügen?"
„In einer Woche. Dafür bürge ich", unterstrich Washington.
„Zu bedenken wäre noch, dass es im Lager zur Vervielfältigung der Instruktionen keine Druckerpresse gibt, wie mir Oberstleutnant Laurens mitteilte. Warum nicht?"
„Wir haben nie eine benötigt."
„Aha!", stellte Fritz wieder einmal fest. „Wie wurden bis jetzt die Bekanntmachungen an die Armee weitergeleitet?"

„Mündlich oder handschriftlich in einem Exemplar.“

„Dann machen wir eben aus der Not eine Tugend. Bis wir eine Druckerpresse aufgetrieben haben, sollen alle Offiziere jede erlassene Instruktion abschreiben, bis diese in ausreichender Zahl vervielfältigt worden ist. Das optimiert auch das Verständnis dafür.“

„Eine vortreffliche Idee“, befand General Washington, dessen Gemüt sich während des Gesprächs merklich aufgehellt hatte.

Sie besprachen noch einige Einzelheiten, rieben „Salamander“ und gingen frohen Mutes auseinander.

Spät in der Nacht, das Haus schlief bereits, saß Fritz an seinem Sekretär, das Schreibzeug vor sich zurecht gelegt. Zwei Talglichter brannten. Lange blickte er auf das Fensterglas, in dem sich der Lichtschein spiegelte.

Aus einer Schublade holte er ein Medaillon hervor, auf dem sich das Portrait einer jungen Frau befand. Zärtlich streichelte Fritz über ihr Antlitz. Bevor er es wieder zurücklegte, setzte er einen flüchtigen Kuss darauf.

Abermals fiel sein Blick auf das Fensterglas und vor seinem inneren Auge erschienen ihm Sophia, Maria und Nanni darin, wie sie ihm zulächelten.

Ja, Sophia, die bei einer riskanten, geheimen Mission im Siebenjährigen Krieg ihr Leben für sie gelassen hatte.

„Nun denn, mes chères, gehen wir es an.“

Auf dem Blatt, das vor ihm lag, setzte er in deutscher Sprache die Überschrift:

„Regulative für die Ordnung und Disziplin der Truppen der Vereinigten Staaten von Amerika...“

3. Kapitel

Winter 1777 bis Frühsommer 1778,
Heinrich – ungewollter Neubeginn

Der hohe Schnee verbarg die Konturen der Landschaft. Die Luft
stand starr und fror vor Kälte. Hinter tief hängenden Wolken blieb
die Wintersonne verborgen. Das Land schien tot. Kein Leben weit
und breit. Doch Heinrich, dem von Kindheit an die Natur zur Neigung geworden war, entdeckte genug Spuren im Schnee.
Mit dem schweren Tornistern auf dem Rücken und trotz des Ein-
satzes ihrer Wanderstöcke kamen er und sein Studienfreund Julius
Schulze nur mühsam voran. Ihr Ziel war Rinteln an der Weser, ganz
im Norden der Landgrafschaft Hessen gelegen. Die Weihnachts-
feiertage standen vor der Tür und das Heimweh trieb sie in den
Schoss ihrer Familien zurück.
In Göttingen hatte Heinrich das Studium an der Forstmeisterschule
abgeschlossen und durfte sich fortan "Magister des Forstwesens"
nennen. Einer der Professoren hatte ihm gar angeboten, sein Assi-
stent zu werden um bei ihm zu promovieren. Nur zu gerne willigte
Heinrich ein und so würde er nach den Ferien fortan fest in Lohn
und Brot stehen.
Nicht weit entfernt von der Forstmeisterschule logierte er mit vier
jungen Studenten der Jurisprudenz unter dem Dach eines Geizhalses.
Doch alles in allem hatte es Heinrich gut getroffen, so dass er während seiner Studienjahre den Eltern nicht zur Last gefallen war.
An einfache Kost gewöhnt, stellte er nur wenige Ansprüche an das
Essen. Wasser, Obst, Gemüse, Käse und ein dunkles Brot galten ihm
als bester Genuss. Bier und Wein trank er nur selten und dem Tabak
konnte er noch nie etwas abgewinnen. Auch das Wohlgefallen am

anderen Geschlecht erhöhte nur zögernd die Spannung seiner Seele, obwohl er bereits 21 Jahre zählte. Doch stach ihm mit der Zeit die älteste Tochter des Hausherrn ins Auge und ihn durchfuhr so mancher Wonneschauer, wenn er sie sah oder des Nachts an sie dachte. Um sein Auskommen zu verbessern, gab er drei Schülern Unterricht im Querflötenspiel, ein Instrument, das er meisterlich beherrschte. Zudem war er erster Flötist bei der Stadtmusik und bekleidete die Stelle eines Hilfsorganisten an St. Johannis. Auf diese Weise kamen monatlich sieben Taler zusammen. Das war zwar nicht viel, um weit zu greifen, doch genug, um zu leben. Seine Einnahmen ermöglichten ihm, zweimal in der Woche den Fechtboden aufzusuchen und sich regelmäßig ein Pferd zu mieten, mit dem er weite Ausritte unternahm. Auch besuchte er immer häufiger das Theater und wurde mit der Literatur vertrauter. "Die Leiden des jungen Werther“ von Goethe war in Mode, eine traurige Geschichte, die unter unglücklich Liebenden eine Selbstmordwelle auslöste, und auch die drei Bände des „Siegwart“ von Johann Martin Miller wühlten seine Seele auf. Shakespeares „Hamlet“ erlebte er, nachdem er ihn gelesen hatte, gleich mehrmals im Theater. Schließlich begann er, selbst Verse und kurze Geschichten zu schreiben, die er aber für sich behielt.
Am Waldrand hielt Heinrich inne. Eine Spur im Schnee weckte seine Aufmerksamkeit.
„Sieh Dir diese mächtigen Abdrücke an, „canis lupus" der Wolf. Auch die Forstwissenschaft gebraucht das Latein, wie du weißt. Die Spur ist frisch, keine Stunde alt.“
„Erzähl mir kein Jägerlatein“, entgegnete Julius, seines Zeichen Student der Rechtswissenschaften, „Wölfe gibt es hier doch schon lange nicht mehr.“
„Die Spur trügt nicht, sieh selbst.“
Er ging in die Hocke und deutete auf einige der Abdrücke.

„Ein Wolf tritt mit den Hinterläufen stets in die Abdrücke seiner
Vorderläufe, dadurch gehen die Wölfe gerade und nicht leicht schräg
wie ein Hund. Sieh Dir die Spur an, sie verläuft kerzengerade."
„Mag sein, dass Du als Naturbursche die Welt mit anderen Augen
betrachtest, doch warum sieht man die Wölfe nie?"
„Wölfe sind schlau und schlagen um den Menschen einen großen
Bogen. Es sind auch keine blutgierigen Bestien, wie gerne behauptet
wird. Sie jagen Wild und fressen Aas. Selbst der Genuss von Beeren
ist für sie ein Schmaus."
„Warum stellt ihnen dann der Mensch nach?"
„Aus Futterneid, weidmännisch verpackt."
„Du bist mir ja so ein Forstmeister."
„Na ja, Schafe und Ziegen reißen sie ganz gerne, auch manchmal ein
Kalb, aber die sind auch einfach zu blöde."
Als sie der Weg über eine Bergkuppe führte, sahen sie, wie sich im
Nordwesten die Wolken eines gewaltigen Wetters aufgetürmten.
„Wir sollten schleunigst eine schützende Unterkunft finden", mahnte
Heinrich zur Eile.
Bis Höxter war es noch eine Postmeile.
Gerade rechtzeitig erreichten sie die Stadt, das Unwetter konnte
jederzeit über sie hereinbrechen. Am Stadttor entrichteten sie eiligst
den Wegzoll. Die Stadtwache empfahl ihnen, Obdach im Gasthof
„Löwen" zu nehmen, in dem Durchreisende mit schmalem Geld-
beutel gerne Quartier beziehen würden.
Die ersten Böen kamen auf. Heftiges Schneetreiben setzte ein. Bevor
das Wetter mit seiner ganzen Macht hereinbrach, fanden sie endlich
das Gasthaus. Außer Atem stürzten zur Tür herein.
Die Kommersche war gut besucht, meist war es einfaches Volk, das
wie sie Schutz vor dem nahenden Sturm suchte.
Während die beiden Neuankömmlinge sich den Schnee von den
Mänteln klopften, schätzte sie der Wirt kurz ab und kam dabei zur

Erkenntnis, dass von ihnen nicht viel zu holen war. Er vermietete ihnen zwei Plätze in einem mit Stroh ausgelegten Schlafsaal, der im ersten Stockwerk lag und der dem dort abgestellten Gepäck nach fast voll belegt war. Für sechs Pfennige richteten sie sich auf dem Strohlager ein.

Als sie in die Schenke zurückkehrten, war dort inzwischen eine Truppe von hessischen Werbern eingetroffen, die offen ihr Unwesen trieb. Vorsicht war geboten, denn List, Betrug, Gewalt - alles galt. Wo dieser Abschaum auftauchte, war jedem wehrhaften Mann geraten, das Weite zu suchen.

Sie beschwerten sich beim Wirt, der ordinäre Huren zur Unterstützung der Werber ins Feld geschickt hatte und wohl eine ordentliche Provision dafür kassierte. Mit einem lakonischen Lächeln bedauerte er, doch sei den Hessen per erzbischöflichen Dekret erlaubt, für die Kampagne in Übersee in der Stadt zu werben.

An einem der Tische fanden sie noch Platz neben anderen Wandergesellen. Draußen tobte das Wetter und rüttelte an Fenstern und Türen.

Sie ließen sich Rührei mit Speck nebst Brot und eine Kanne Bier bringen.

Es dauerte nicht lange und zwei dieser aufdringlichen Werber näherten sich mit einer Flasche Hochprozentigen, denen sie aber gleich unmissverständlich zu verstehen gaben, dass sie Studenten seien, schlechten Fusel ablehnten und nicht danach strebten, eine Exkursion in die nordamerikanischen Kolonien zu unternehmen.

Die beiden Werber versuchten es mit blumigen Attributen und hoben hervor, dass die gelehrten Herren englischen Sprachunterricht in Wort und Schrift erhalten würden. Auch sei das Leben nach der Rekrutenzeit ein recht bequemes. Selbst die Überfahrt auf komfortablen Schiffen gestalte sich, sofern das Wetter mitspiele, als reinstes Vergnügen. Allein schon der doppelte Sold, der während der Kam-

pagne ausgezahlt werde, sei doch verlockend genug. Außerdem
könne heute jeder nach Belieben über eine der Dirnen verfügen.
„Wir brauchen kein Menscher, das uns die Kur besorgt", gab Julius
zurück, „bei den feilen Dingern hier kann man sich höchstens was
holen."
„Wo denkt Ihr hin, vom Feldscher sind sie sämtlich für tadellos
befunden worden. Schließlich braucht der Landgraf ja gesunde
Soldaten", unterstrich einer der Werber.
„Bemühe Er sich nicht weiter, wir besitzen keine Amphibienseele
und das Bedürfnis zur See zu fahren, ist uns fremd. Uns steht der
Sinn nach festem Grund und Boden. Wir sind auch keine Wind-
beutel, die bei den Seelenverkäufern des Landgrafen Unterschlupf
suchen", versetzte ihnen Heinrich.
Die Abfuhr wirkte. Die Werber erkannten wohl die Aussichtslosigkeit
ihres Unterfangens und setzten sich zum Landvolk am Tisch neben-
an. Dort schienen sie mit ihrem Schnaps mehr Erfolg zu haben, denn
es dauerte nicht lange, dass zwei Wandergesellen trotz warnender
Worte auf den ausgelegten Köder mit den Huren eingingen.
„Ein jeder ist seines Glückes Schmied", bemerkte Heinrich und
schüttelte seinen Kopf.
Am Tresen standen zwei ältere Unteroffiziere mit zerfurchten und
vernarbten Landknechtsvisagen, die sie aus den Augenwinkeln musterten. Die Sache kam Heinrich und Julius nicht geheuer vor und so
beschlossen sie, zeitig ihre Schlafstatt aufzusuchen. Nach und nach
füllte sich der Schlafsaal mit mehr oder weniger angetrunken Gestalten. Manche schnarchten erbärmlich. Zur Sicherheit hielten sie
abwechselnd Wache.

In aller Frühe brachen sie auf. Das Unwetter hatte sich verzogen,
dunkle, bizarr geformte Wolken jagten als Nachwehen des Sturms
über den Himmel.

In den Straßen kämpften sich die Bürger durch teils mannshohe Schneewehen und beseitigten die Trümmer, die der Sturm hinterlassen hatte wie umgestürzte Bäume, beschädigte Fensterläden, heruntergefallenen Dachziegel. An manchen Hauswänden hingen zerrissene Plakate, die den Weg nach Amerika wiesen. Im Schnee fanden sie ein unversehrtes Exemplar. Auf dem Plakat war ein proper ausstaffierter, sehr zufrieden aussehender Soldat mit einer geschulterten Muskete zu sehen. Markante Sprüche umrahmten ihn. „Gut Sold, Weib, Wein und Gesang, niemals besser klang" lautete einer, „Wenn einer eine weite Reise tut, dann kann er was erzählen. Frisch auf! Hurra!, nach Amerika!", ein anderer.

„Nur ein tumber Thor sitzt solchem Schwachsinn auf, bei dem alles versprochen, aber nichts gehalten wird", stellte Heinrich nüchtern fest.

„Oder er ist ein Schuft, dem das Gesetz an den Fersen haftet", ergänzte Julius, „dem Landgrafen gehen die Soldaten aus. In den ersten beiden Jahren konnte er noch genug ausheben lassen. Viele haben sich auch freiwillig gemeldet. Doch letztes Frühjahr hat die Grafschaft nicht einmal vierhundert Mann nach Amerika geliefert. Das schmälert den Geldbeutel des Landgrafen und das soll sich schnellstens ändern. Jetzt greifen die Werber nach allem, was sie kriegen können."

„Komm, lass uns das Weite suchen."

„In der Tat, es wäre angebracht. In Holzminden nehmen wir die Schneckenpost oder schiffen uns auf einem Lastkahn ein."

Als sie das Stadttor erreichten, war es zu ihrer Überraschung verschlossen.

Aus den Seitengassen näherten sich Hessische Werber und Soldaten der Stadtwachen. Kaum, dass sie sich versahen, waren sie umstellt. Rücken an Rücken, die Wanderstöcke drohend mit festem Griff umklammert, begegneten sie den Angreifern.

„Lasst uns passieren. Wir sind Studenten, haben nichts unterschrieben und werden auch jetzt nicht unsere Seele an den Landgrafen verkaufen!", rief ihnen Heinrich entgegen.
Einer der hessischen Sergeanten, der sie am gestrigen Abend im Gasthaus schon angesprochen hatte, konnte sich ob ihres Widerstandes nur ein mildes Lächeln abgewinnen.
„Ihr wisst sehr wohl, dass wir über Mittel und Wege verfügen, Euch gefügig zu machen und diese könnten schmerzhaft sein."
„Auch wenn Ihr uns foltert, werdet Ihr uns nicht brechen können, denn das, was Ihr macht, ist Unrecht!", antwortete Julius. Drohend schwangen sie ihre Wanderstöcke, doch gegen den scharf geschliffenen Stahl der Säbel war ihre Gegenwehr aussichtslos. Schnell waren sie überwältigt, an Hand- und Fußschellen gekettet, ein Joch um ihren Hals gelegt. Als die Werber sie abführten, warf der Sergeant einem der Stadtwachen einen Lederbeutel zu.
„Judas!", rief Heinrich. Sie schrien um Hilfe, doch ihre Schreie verhalten - niemand kam. Die Leute sahen betroffen drein oder wandten den Blick zur Seite. Einige Mütter zogen ihre verstörten Kinder ins Haus.
Dem Sergeanten wurde der Lärm bald zufiel und er gab Order, die Gefangenen mit Knebeln mundtot zu machen.
Als der Auftrieb das Werbeamt erreichte, wurden sie vom Joch befreit, in den Keller gezerrt und dort einzeln in niedrige Kammern geworfen. Die Türen wurden hinter ihnen zugeschlagen und mehrfach verriegelt.
Das finstere Loch, in dem sich Heinrich wiederfand, war bereits das Zuhause einiger Ratten. Mehr als sich halb aufzurichten war nicht möglich. Der Knebel raubte ihm den Atem, Speichel rann ihm aus dem Mund. Er spürte, wie ihn die Nager beschnupperten.
'Bleib ruhig, sonst werden die Biester noch aggressiv', dachte er in seiner Verzweiflung.

Stunden zerrannen, die für Heinrich zur Ewigkeit wurden. Er glaubte, schon langsam zu ersticken oder vom Ungeziefer zerfressen elend zu Grunde zu gehen, als unverhofft die Tür aufgerissen wurde. An der Fußkette zogen ihn zwei Wärter aus dem Loch, einer entfernte den Knebel. Heinrich schnappte nach Luft. Trotz seiner schmerzenden Glieder zerrten ihn die groben Kerle die Treppe hinauf und stießen ihn vor einen Tisch, hinter dem der verhasste Sergeant saß, und drückten ihn auf einen Schemel. Auf dem Tisch lagen neben einem Schriftstück ein Gänsekiel, ebenso ein Tintenfässchen und ein Salzstreuer. Im Schein zweier Öllampen schimmerte ein Reichstaler. Die Wärter nahmen ihm die Handfessel ab.

„Er würde es sich einfacher machen, sollte Er sich einsichtig zeigen", eröffnete sein Häscher das Gespräch. "Der Sold ist hoch und da der Konflikt nicht mehr lange währen wird, ist die Aussicht, unbeschadet zurück zu kehren, groß. Danach steht es Ihm ja frei, den Abschied zu nehmen, um seine Studien fortzusetzen."

„Wer garantiert mir das?"

„Dies Schreiben hier, im Namen Ihro Hoheit des Landgrafen verfasst."

Heinrich setzte ein verächtliches Lächeln auf.

„Wer mit Menschen handelt, dem ist Menschenblut nichts wert."

„Euer Kommilitone gab sich weit einsichtiger."

„Lug und Trug sind der Welt Acker und Pflug. Zeigt mir den Packt, den er unterschrieben haben soll."

„Genug der Posse!" Der Sergeant wurde zunehmend ungeduldiger. Aus Heinrichs Tornister holte er die Bulle hervor, die seine Legitimation zum Magister enthielt, öffnete den Deckel, zog das Dokument hervor und entrollte es. „Unterschreibt Er?"

„Niemals!"

„Gut, Er hat es so gewollt." Mit einem sarkastischen Lächeln auf den Lippen zerriss er das Dokument.

Entsetzt sah Heinrich auf die zerrissene Urkunde.

„Verbrecher!" entfuhr es ihm. Von Wut gepackt, sprang er auf, um sich auf den Sergeanten zu stürzen. Der Schlag eines Gewehrkolbens streckte ihn zu Boden. Für einen Moment verlor er das Bewusstsein. Die Wärter zerrten ihn auf den Schemel zurück. Halb ohnmächtig musste er mit ansehen, wie der Sergeant seinen Namen auf den Werbeschein setzte.

„Das ist Urkundenfälschung", röchelte er, "bei seinem Vorgesetzten werde ich Ihn zur Meldung bringen und beweisen dass dies nicht mein Schriftzug ist."

"Das steht Ihm frei, doch werden alle in diesem Raum bezeugen, dass dies Sein Schriftzug ist. Schafft ihn fort. Sollte er sich aufsässig zeigen, stellt ihn ruhig."

Die Zellentür wurde aufgestoßen und Heinrich wieder ins Loch geworfen.

Verzweifelt über sein Schicksal, begann er, bitterlich zu weinen. Es war ein lautloses Weinen, denn niemand sollte den Aufschrei seiner Seele hören.

Nach einiger Zeit schob ein Wärter einen halben Laib Graubrot und einen Krug Wasser in die Zelle. Die Hälfte gab er den Ratten ab, damit sie friedlich blieben. Seine Gedanken kannten nur eins - Flucht. Aber in seiner Verzweiflung fand er keinen Plan, wie es gelingen könnte. Schließlich verlor er das Zeitgefühl, irgendwann übermannte ihn der Schlaf.

Lärm riss ihn aus unruhigen Träumen. Abermals wurde Heinrich aus dem Loch gezogen und grob ins Freie getrieben. Sämtliche Glieder taten ihm weh. Das Licht blendete, die Augen schmerzten. Unsicher blickte er um sich. Langsam erkannte er einen offenen, nach allen Seiten hin vergitterten Gefängniswagen, in dem bereits Julius saß. Die Wärter stießen Heinrich mit ihren Gewehrkolben in den Wagen, wo er, auf allen Vieren kriechend, einen Platz neben seinem Weggefährten fand.

„Nun heißt es, "ab nach Kassel", wie der Volksmund sagt", empfing ihn dieser.

Aus der Gaststube kam gut gelaunt eine Truppe Freiwilliger, wohl an die zwanzig Mann, die Amerika als willkommenes Abenteuer zu betrachten schienen. Hinter dem Gefängniswagen nahmen sie Aufstellung. Etliche nahmen Abschied von ihren Liebsten, denen sie versprachen, regelmäßig Geld zu schicken.

Ein berittener Offizier erschien. Es wurde Befehl zum Ausrücken gegeben.

Soldaten mit geschulterten Musketen flankierten die kleine Kolonne. Zwei Gepäckwagen folgten. Unter dem klingenden Spiel dreier Pfeifer und dem gleichmäßigen Trommelschlag des Tambours ging es zur Stadt hinaus. Das Spektakel wurde von neugierigen Kindern verfolgt, die neben dem Tross herliefen und zum Abschied begeistert winkten.

„Weißt Du, wohin man uns bringt?"

„In die Festung Ziegenhain. Alle, die für Amerika bestimmt sind, kommen dorthin."

„Kann man daraus entkommen?"

„Träumer! Aus einer Festung, die von breiten Wassergräben umgeben ist? Dazu ist das ganze Umland versumpft. Es gibt nur einen Zugang und der führt über Brücken und Dämme."

„Dann werden die Stechmücken zu einem ernsten Problem werden."

„Solange bleiben wir nicht. Es heißt, dass wir im Frühjahr nach Amerika verschifft werden sollen."

„Woher weißt Du das?"

„Ein Wärter hat es mir erzählt."

Während der ganzen Fahrt saßen sie schweigend nebeneinander, beide froh, frische Luft zu atmen.

Am Spätnachmittag erreichte der Transport ein Gasthaus und bezog
dort Quartier. Mit dem Wirt schienen die Soldaten bestens vertraut.
„Wohl Stammkundschaft", bemerkte Heinrich.
Unter Bewachung verbrachten sie die Nacht im Gefängniswagen.
Die Eimer für die Notdurft wurden ausgetauscht, ein Stapel Papier
und zwei Decken hineingeworfen. Zu essen bekamen sie eine wäs-
srige Graupensuppe mit Brot und einen Krug Wasser. Nach dem
dürftigen Mal wickelten sie sich in die Decken ein und versuchten,
trotz der Kälte zu schlafen.
In einem Eisenkorb entfachten die Wachen ein Feuer, um sich daran
zu wärmen.
In den nächsten Tagen blieb das Wetter trüb. Tauwetter setzte ein.
Vor der Stadt Wolfhagen war ein Sammellager errichtet worden, in
das ihr Transport eingegliedert wurde.
Es begann zu regnen. Das nasskalte Wetter machte ihnen schwer zu
schaffen. Einer der Wachen zeigte Erbarmen und gab ihnen gewachste Decken. Julius begann zu weinen. Tröstend legte Heinrich
den Arm um seine Schultern.
„Wir werden alle zu Grunde gehen", schluchzte er.
„Du wirst doch Advokat. Eine juristische Winkeltür lässt sich für uns
doch sicher öffnen, oder? Immerhin sind wir gegen unseren Willen
hier", appellierte Heinrich an Julius' erworbene Kenntnisse.
„Es ist aus. Wir haben unsere Seelen an den Teufel verkauft", hielt
ihm dieser entgegen, ohne einen Funken Hoffnung in der Stimme.
„Wenigstens werden wir gefahren und müssen nicht wie die anderen
zu Fuß marschieren."
„Welch ein Trost!", schnaubte Julius.

Nach vier Tagen erreichten sie zur Mittagszeit die südlich von Kassel
gelegene Festung Ziegenhain. Sie galt als uneinnehmbar, denn sie lag

auf einer Insel, umgeben von ausgedehnten Wasser- und Sumpf-
flächen.

'Fest wie Ziegenhain', kam es Heinrich beim Anblick der gewaltigen
Anlage über die Lippen.

Nachdem der Weg sie über Brücken und befestigte Wege durch die
Sumpflandschaft geführt hatte, endete Ihre Fahrt vor einem wehrhaften Tor, neben dem sich ein mächtiges Rondell befand.

Als sie in die Festung einfuhren, trafen sie auf ein Szenario, das sie
nicht erwartet hatten: die Mauern beherbergten ein ganzes Dorf, das
ausschließlich aus Verkaufsständen, Zelten und Transportwagen der
Marketender zu bestehen schien. Wohin man auch sah, überall
herrschte geschäftiges Treiben, es wurde gekauft, verkauft, gepackt
und beladen, Ware von der einen Seite zur anderen befördert, auf
Karren, Eseln oder einfach nur auf den Schultern von Trägern
beiderlei Geschlechts, wobei auch Kinder sich für diese schwere
Arbeit andienten.

Bei der Kommandantur angekommen, wurden Heinrich und Julius
aus ihrem Transportkäfig geholt und voneinander getrennt in ihre
Unterkünfte gebracht.

Beide waren froh, endlich in trockene Räume zu kommen, das lange
Sitzen in der nassen Kälte in dem offenen Gitterwagen hat ihre
Kleider kalt und klamm und ihre Glieder fast steif werden lassen.

In Gruppen zu sieben Mann wurden sie in ihre Quartiere einge-
wiesen. Für die Neuankömmlinge schien alles gut organisiert.

Jeder Stube stand ein Altgedienter vor. Heinrichs Stube unterstand
einem Korporal Neumann, der ihnen Pritsche und Spint zuwies.

Trotz seines militärischen Umgangstons zeigte er sich recht umgängl-
ich - vorerst jedenfalls.

Im Hof wurde eine Triangel geschlagen: das Signal zum Essen
fassen. In einem angrenzenden Bau, in dem eine große, von Marketendern betriebene Garküche eingerichtet war, konnten die Rekruten

und die Neuankömmlinge für einen Pfennig ein Mittagessen bekommen.

Auch hier war alles rationalisiert und auf eine schnelle Abfertigung
eingerichtet, Widerrede oder gar Sonderwünsche wurden erst gar
nicht in Erwägung gezogen.

Jede Stubengemeinschaft erhielt eine Schüssel Gemüsesuppe, Holzlöffel, zwei Laib Brot und drei Krüge Wasser. Das Brot brachen sie
in gleiche Teile, gemeinsam aßen sie aus der Schüssel und die Wasser-
krüge reichten sie reihum.

Bald fanden sich gut dreihundert Mann ein, manche, so vermutete
Heinrich, waren schon länger als ein Monat in der Garnison. Dabei
fiel ihm auf, dass der eine oder andere nicht dem soldatischen
Stockmaß entsprach und gar einige an die vierzig Jahre zählen mussten. Aber er sah auch Milchgesichter, bestenfalls sechzehn Jahre alt.
Zwischen den Reihen gingen Unteroffiziere prüfend hin und her, die
offen den Corporalstock zeigten.

Seine Augen suchten Julius. Er fand ihn zwei Tische entfernt. Für
einen Moment begegneten sich ihre Blicke.

Nach dem Essen kam Befehl, wieder in die Quartiere zu gehen.

Gleich zu Beginn machte sich die Stubengemeinschaft miteinander
bekannt und wie sich herausstellte, befand sich Heinrich in illustrer
Gesellschaft: neben zwei verschuldeten und dadurch zwangs-
ausgehobenen Bauern waren ein bankrotter Krämer aus Jena, ein
entlaufener preußischer Grenadier, dem die Hessen für seine amerikanische Zukunft wohl mehr Geld boten, als er bei den Preußen je
bekommen würde, ein entlassener Schulmeister und ein unglücklich
verliebter Student aus Marburg seine Stubengenossen. Bis auf die
ausgehobenen Bauern träumten alle von Amerika und hofften, für
immer dort bleiben zu können.

In der Nacht, als Heinrich keinen Schlaf fand, wanderten seine
Gedanken zu seinen Eltern, seinen Geschwistern und zu seinem

Onkel Johann, den jüngeren Bruder seines Vaters, der Zimmermann
gelernt hatte und den Meisterbrief besaß, und der wie er, das Flötenspiel beherrschte. Im Siebenjährigen Krieg hatte er als Musketier bei
den Preußen gekämpft. Bei einer der Schlachten wurde er schwer
verwundet, sein steifes linkes Bein zeugte davon. Heinrich hatte ihn
nie anders als mit einer Krücke gehen sehen. Sein Onkel lebte jetzt in
Magdeburg und bekleidete dort das Amt des städtischen
Gefängnisdirektors als Major der preußischen Polizei. Einmal im Jahr
besuchte er sie in Rinteln. Stets ermahnte der Vater die Kinder, ihn
nicht nach dem Kriege zu befragen. Trotz des Verbotes geschah es
dann doch, dass er ihn einmal nach seinen Heldentaten befragte.
Daraufhin antwortete ihm der Onkel mit bebender Stimme, dass der
Krieg das furchtbarste Verbrechen sei, dass Menschen einander
antun könnten. Wenn kein Recht und Ordnung mehr besteht und
nur noch die Willkür des Stärkeren gilt.
Seine mahnenden Worte hatte er sich gut eingeprägt.

Nach dem Morgenappell befahl man die Neuankömmlinge zur
Kleiderkammer. Aus der Schlange wurde Heinrich bald herausgeholt
und in die Amtsstube des Kompaniechefs Premierleutnant von Gilsa
geführt. Er schätzte den Premierleutnant auf ungefähr dreißig Jahre.
Unerwartet lange wurde er von diesem gemustert.
„Er gibt offen kund, mit Gewalt kassiert worden zu sein, und zeigt
sich aufsässig", stellte der Premierleutnant fest.
„In der Tat! Denn es entspricht der Wahrheit. Der Student Julius
Schulze und ich wurden brutal von Werbern überfallen.
Unterschrieben habe ich gar nichts und meine Urkunde als Magister
wurde vor meinen Augen zerrissen."
„Ist das nicht Seine Signatur?", fragte von Gilsa, der ihm den Werbe-
schein präsentierte.

„Dieser Fetzen, den Herr Premierleutnant in der Hand halten, ist
nichts wert. Als ich mich weigerte, diesen liederlichen Wisch zu
unterschreiben und das Handgeld anzunehmen, hat dieser Hundsfott
von Sergeant einfach meinen Namen darunter gesetzt."
Der Premierleutnant seufzte. Aus seiner Rocktasche holte er einen
Reichstaler hervor, den er auf den Tisch legte.
„Ich weiß, dass heutzutage die Werber in ihren Methoden nicht gerade zimperlich sind, besonders bei Leuten, die körperliche Vorzüge
aufweisen. Selbst wenn ich es wollte, könnte ich Ihm keinen Laufpass
ausstellen, sondern kann Ihm nur raten, sich zu fügen. Der Sold ist
hoch und, wenn man sich geschickt anstellt, lässt sich viel ansparen.
Er ist Magister des Forstwesens und wird den neuen Kontinent, der
frei von Enge und Kleinheit ist, gewiss mit anderen Augen sehen. Ich
spreche aus Erfahrung, denn ich war schon dort und kehre mit dem
nächsten Kontingent in dies wunderbare Land zurück. Nehme Er
das Traktat an. Nach der Kampagne ist Ihm ja erlaubt, Seinen
Abschied zu nehmen."
„Was geschieht, wenn ich mich weigere?"
„Dass ich mich mit Rekruten abgebe, gehört im Allgemeinen nicht
zu meinen Pflichten. Das erledigen die Unteroffiziere. Entsprechend
sollte Er dies Gespräch bewerten und mich beim Wort nehmen,
zumal ich Ihn für einen intelligenten Menschen halte, ansonsten wird
Er zur Raison gebracht. Mehr kann ich für Ihn nicht tun."
Nachdenklich sah Heinrich ihn an. 'Der Offizier hat Recht, in meiner
aussichtslosen Lage macht weitere Gegenwehr vorläufig keinen Sinn'.
„Ich danke Herrn Premierleutnant für die offen gesprochenen
Worte. Da mir wohl keine andere Wahl bleibt, werde ich unter
Protest vor dem Unrecht kapitulieren."
Premierleutnant von Gilsa nahm es wohlwollend zur Kenntnis, nahm
den Taler und drückte ihn Heinrich in die Hand.

„Hier, Rekrut." Der Packt war besiegelt, „Er wird es nicht bereuen
und reichhaltige Erfahrungen sammeln. Seine Effekten können Ihm
ausgehändigt werden, auch die Bücher. Sie wurden für unbedenklich
erklärt. Sie liegen in der Kleiderkammer für ihn bereit."
„Wie ich hörte, bin ich den Briten 52 Reichstaler wert und sollte ich
vor dem Feind bleiben, bezahlen sie nochmals 52 Reichstaler, allerdings nicht als Entschädigung an meine Eltern, sondern an den
Landgrafen."
„Das ist richtig."
„Dennoch besitzen weder der Landgraf noch die Briten meine
Seele."
„Hüte Er sich davor, künftig Unachtsames auszusprechen, es könnte
sonst unangenehme Folgen für Ihn haben! - Bonne chance, Rekrut!"
Heinrich biss sich auf die Unterlippe, damit ihm nicht doch noch ein
unachtsames Wort entschlüpft, versuchte widerwillig den militär-
ischen Gruß und verließ wortlos den Raum.

Vor der Kleiderkammer traf er nur noch wenige Leute an.
Er war der Letzte in der Reihe, aber auch an ihm wurde gewissenhaft
Maß genommen und gemäß des Ergebnisses händigte ihm ein im
Dienst ergrauter Soldat eine passende Füsilier-Uniform nebst Stiefe-
letten, Gamaschen und sonstige Ausrüstungsgegenstände aus. Wie
versprochen gab ihm dieser auch seine Habseligkeiten zurück. Den
Erhalt der neuen Utensilien und die Rückgabe seines Eigentum
musste er quittieren mit der Aufforderung in zwei Stunden sein
Bürgerzivil abzugeben. Schwer bepackt kehrte er in sein Quartier
zurück.
In der Stube angekommen, herrschte dort reges Treiben. Unter
Anleitung von Korporal Neumann mühten sich die Rekruten im
korrekten Anlegen der Uniform. Ein Sergeant beobachtete das
Geschehen mit aufmerksamem Blick.

Heinrich entledigte sich seines Gepäcks, nahm auf seiner Pritsche
Platz und begutachtete die burleske Szene ständigen Missgeschicks,
bis er nicht mehr an sich halten konnte und in Gelächter ausbrach.
Augenblicklich herrschte Stille.
„Warum so erheitert?", fragte der Sergeant gereizt.
„Verzeiht, das Bemühen, aus Zivilisten Soldaten zu machen, sieht
einfach lächerlich aus."
„Aha, ab sofort hat Er selbst das Vergnügen. Alle ziehen sich wieder
aus und legen die Uniformteile der Vorschrift nach ordentlich zu-
sammen!", befahl er.
Wer beim Ankleiden bereits fortgeschritten war, warf Heinrich wü-
tende Blicke zu.
„Was schaut Ihr auf mich? Ich war zum Kompaniechef bestellt.
Fragt lieber den da drüben, welcher Hund ihn geritten hat!"
„Das reicht!" rief der Sergeant, „dem vorlauten Kerl zwölf über!"
Dienstbeflissen ging Korporal Neumann mit seinem Stock ans Werk
und drosch wacker auf Heinrich ein. Unter den Schlägen sank er auf
die Knie und als die Tortur endlich vorüber war, brannte seine Haut
wie Feuer und das Atmen fiel im schwer.
„Steh Er auf, Kerl!", befahl der Sergeant.
Heinrich wankte.
„Nimm Er gefälligst Haltung an oder will er als Schießbudenfigur in
die Annalen der Garnison eingehen?"
Nach diesen schmerzhaften Impressionen riss sich der Rekrut
Heinrich Christian Müller zusammen und legte Stück für Stück seiner
Vergangenheit auf die harte Pritsche des Soldatentums.
Schließlich stand er nackt wie alle anderen da.
„Na ja, vor Gott sind wir am Ende alle gleich", schmunzelte der
Sergeant, „doch bis es soweit ist, seid Ihr Soldaten und damit Euer
Leben dem Landgrafen so lange wie möglich erhalten bleibt, werdet

Ihr geschliffen, bis Euch Hören und Sehen vergeht – habt Ihr verstanden?!"

„Jawohl!", erschallte es einhellig.

Das Ankleiden begann von neuem. Die Rekruten schlüpften zunächst in ein grobes, weißes Leinenhemd, über das sie die Hemdbrust zogen. Als nächstes folgte eine strohfarbene Kniebundhose, an deren Saum sie die Wollstrümpfe mit einem Band befestigten. Danach kamen die Stiefelletten an die Reihe, schwarze, an der Spitze rechteckig geformte Stiefel mit niedrigem Schaft und klobigen Absätzen, die schon beim Anblick unbequem saßen. Dann ging es daran, die eng anliegenden, weiß gegerbten Gamaschen anzulegen. Dies war nur mit Unterstützung eines Gehilfen möglich, der mit einem Haken die Ösen über die Knöpfe am Hosensaum zog. Nachdem die Rekruten sich hierbei gegenseitig geholfen hatten, mussten sie eine strohfarbene Weste anziehen, eine dunkelgrüne Halsbinde umbinden und zuletzt den dunkelgrünen Uniformrock überziehen, dessen rote Aufschläge, Manschetten und Rockschöße dem Ganzen ein farbenfrohes Aussehen gaben. Nachdem sie sich das breite Lederband der Patronentasche und den Brotbeutel umgehängt hatten, setzten sie sich zum Schluss noch die Füsilier-mütze auf, die an der Stirnseite mit dem metallenen Landeswappen beschlagen war.

„Diese Reihenfolge werdet Ihr stets beibehalten", ordnete der Sergeant an, „und, weil es so schön war, das Ganze noch einmal, doch innerhalb von fünf Minuten. Bis Ende der Woche werdet Ihr es in zwei schaffen." Herausfordernd sah er die künftigen Soldaten an, zückte sein Chronometer und gab das Startzeichen.

Als der Sergeant befand, dass die Rekruten genug geübt hatten, beorderte er sie zur Kleiderkammer, wo sie ihre Zivilkleidung abgeben mussten.

Auf dem Weg dorthin begegneten sich Heinrich und Julius.

„Hast Du auch Prügel bezogen?", fragte ihn Julius.

„Zwölf hat man mir übergezogen, da ich mein Maul nicht bezwingen konnte."

„Mir ist nur die Hälfte verabreicht worden."

„Glückspils! Glaubst Du, wir können eine Nachricht heraus schmuggeln, um unsere Nächsten zu verständigen?"

„Das wird sicher eine Stange Geld kosten."

Einem Korporal schien die Unterhaltung nicht geheuer zu sein und kam auf sie zu. Sie legten ein unschuldiges Lächeln auf und gingen weiter.

Von den Frisören wurden ihre Haare nach Läusen und Nissen durchsucht, dann durchgekämmt und eingefettet. Dies galt als bester Schutz vor Ungeziefer. Da keiner der Rekruten die vorgeschriebene Haarlänge hatte, flochten die Gehilfen Fremdhaar in den Soldatenzopf. Mit geübten Griffen wurde Heinrich auf beiden Seiten eine Schläfenlocke geformt.

Zuletzt erhielten sie für die Nacht hölzerne Haarröllchen zum Aufrollen ihrer Schläfenlocken, eine Zipfelmütze, ein Pfund Puder, einen Zerstäuber zum täglichen Bestäuben der Haare, ein Model, um bei der Prozedur das Gesicht abzudecken, Haarwachs und verschiedene Kämme, versehen mit dem Hinweis, dass künftig die Frisörrechnung aus eigener Tasche zu begleichen sei.

Nach dem Mittagessen, einer kräftigen Brotsuppe mit Fleischstücken, befahl sie lauter Trommelschlag zum Sammeln auf den Exerzierplatz.

Mit gellenden Kommandos trieben die Unteroffiziere die Rekruten an. Bei den Flaggenmarkierungen richteten sich die Kompanien aus. Die Neuankömmlinge wurden gesondert aufgestellt. Mitten auf dem Platz lagen ihre Kleider und Schuhe, zu einem Haufen aufgeworfen. Soldaten mit brennenden Fackeln standen daneben. Mehrere Offiziere zu Pferde ritten vor die Front. Der Ranghöchste unter ihnen hob zu einer Begrüßungsrede an. Er hieß die Rekruten willkommen, die es gelte, in den nächsten drei Monaten auf Vor-dermann zu bringen. Danach sprach er etwas von Pflichterfüllung und einen Eid auf den Landgrafen, den es zu leisten galt. Er befahl ihnen, die Schwurhand zu heben. Während ein Fähnrich in die Mitte trat und die Regimentsfahne schwenkte, sprach der Offizier die Eidesformel. Heinrich hörte die Worte kaum. Er sah zum Himmel empor und seine Phantasie malte ihm die Unendlichkeit aus.

„...als Zeichen, dass Ihr fortan das Privileg besitzt, Seiner Hoheit, dem Landgrafen von Hessen-Kassel, dienen zu dürfen und Euer schnödes Zivillistendasein nun ein Ende hat, wird Euer Bürgerzivil verbrannt werden!"

Mit einer Handbewegung gab der Offizier Zeichen. Die Soldaten warfen ihre Fackeln auf den Kleiderhaufen, der, mit Pech und Teer bestrichen, rasch Feuer fing.

'Die Freiheit ist ein zartes Gut, das schnell in Rauch aufgeht, beson-ders hier zu Lande', ging es Heinrich durch den Kopf, der dem Ver-brennen seines Eigentums teilnahmslos zusah.

„Um acht ist Zapfenstreich. Ab neun herrscht Ruhe im Bau – wegtreten!" Die Stimme des Offiziers schien aus weiter Ferne zu kommen.

In der Nacht weinte Heinrich auf der harten Pritsche still seine Seele aus. Er schien nicht der Einzige zu sein.

Tage und Wochen vergingen. Der Frost kehrte zurück und mit ihm auch der Schnee. Inzwischen war aus Heinrich ein Soldat geworden, der sämtliche Manöver beherrschte. Damit er sich in dem fernen Land, für das er bestimmt war, auch zurecht finden konnte, hatte er sich bei einem findigen Marketender ein englisches Wörterbuch mit Lautschrift samt Grundzüge der Grammatik besorgt sowie zwei Bücher mit englischsprachigen Texten für Anfänger. In der freien

Zeit, die ihm zwischen den Appellen, dem Exerzieren und den
Manövern blieb, übte er eifrig und stellte schnell fest, dass die
Sprache mit dem Deutschen sehr verwandt war.
Ansonsten vertrieb er sich den Freigang mit dem Spiel auf seiner
Querflöte oder auf der Orgel der Garnisonskirche. Denn kurz nach
seiner Ankunft war er zu deren Organisten avanciert, da der Amts-
inhaber, betagt und kränkelnd, schon seit geraumer Zeit seinen
Dienst nicht mehr regelmäßig versehen konnte. Die Anstellung
brachte ihm im Monat vier Taler ein.
Er erhielt auch das Angebot, der Militärmusik beizutreten. Heinrich
lehnte dankend ab, da er diese Musik nie erlernt habe. Er hatte ge-
zwungenermaßen sein ziviles Leben aufgeben müssen, seine Musik
sollte nicht der Musik des Kriegs und des Todes dienen.
Auch vom allseits beliebten Karten- und Würfelspiel hielt er sich
fern, denn die elterliche Ermahnung, das Glücksspiel zu meiden,
dahinter stecke der Teufel und ein guter Christ vergeude sein Geld
nicht mit Teufelswerk, hatte er stets befolgt und er gedachte nicht
dies zu ändern, zumal es sich jetzt auszahlte - während bei anderen
die Geldbeutel schwindsüchtig wurden, häuften sich bei ihm Taler,
Groschen und Pfennige an.
Als sie zum ersten Mal mit scharfer Munition schossen, setzte
Heinrich noch auf einer Entfernung von 200 Schritt präzise Treffer,
was umgehend dem Kompaniechef von Gilsa gemeldet wurde.
Dieser verlangte die Probe aufs Exempel und zeigte sich beeindruckt
von der Treffgenauigkeit wie auch von der Ladegeschwindigkeit, da
Heinrich dafür gerade einmal zwanzig Sekunden benötigte.
„Wo erlernte Er diese außerordentliche Fertigkeit im Schießen?"
„In der Lehre bei unserem Forstmeister habe ich bereits früh den
Umgang mit Waffen gelernt. - Ist mir eine Bemerkung gestattet, Herr
Premierleutnant?"
„Nur zu."

„Die Musketen des Landgrafen sind schlecht. Zum einen verfügen sie über keine Zielausrichtung, zum andern ist ihr Schwerpunkt nicht zentriert und dadurch ist das Gewehr stark kopflastig."
„Es ist durchaus bekannt, dass sie eher für die Nahdistanz geeignet sind. Womit hat Er denn bis jetzt geschossen?"
„Das kam ganz darauf an, auf welches Wild Jagd gemacht wurde. Wir verwendeten durchweg gute Flinten, die weit bequemer zu handhaben waren als dieser Ausschuss hier."
„Bis zu welcher Entfernung hat Er mit einem guten Jagdgewehr getroffen?"
„Mehr als 400 Schritt waren durchaus möglich und von einem guten Standort aus noch darüber hinaus."
Die Antwort gewann dem Premierleutnant ein ungläubiges Lächeln ab.
„Er wird von mir hören", sicherte er Heinrich zu, bevor er sich anderen Aufgaben zuwandte.
Im Allgemeinen waren die Offiziere ungebildete Kerle, denen die blanke Eitelkeit ins Gesicht geschrieben stand, doch gewann Heinrich den Eindruck, dass Premierleutnant von Gilsa aus einem anderen Holz geschnitzt war.

Zu ihren Stubengenossen und den anderen Rekruten pflegten Heinrich und Julius vorsichtshalber nur oberflächlich Kontakt. Denn es gab, wie stets im Leben, gute und schlechte unter ihnen und manche waren, je nach Notwendigkeit, beides davon. Der größte Teil fand Geschmack am Soldatenleben, ihnen war es einerlei, warum und für wen sie kämpften. Allein nur der Sold und die Aussicht auf Beute zählten. Ein geringer Teil zeigte sich immer wieder einmal renitent mit der Folge, dass sie die allseits übliche Prügelstrafe erhielten, wurden krumm geschlossen oder, je nach Widersetzlichkeit, bei Wasser und Brot in den Bau verbannt.

Zum Wachdienst nach dem Abendbrot meldeten sie sich Heinrich und Julius gerne freiwillig, da man von der erhöhten Warte des Rondells bei gutem Wetter die untergehende Sonne und den sich langsam abbildenden Sternenhimmel beobachten konnte.
Die Einteilung geschah willkürlich. Heute hatten sie Glück und schoben gemeinsam Dienst.
Vom blassen Abendrot umrahmt, näherte sich die Sonne langsam dem Horizont. Vereinzelt zogen Wolken am Himmel entlang. Für einige Minuten erschien der Schnee rosafarben. Eis bedeckte den Wassergraben. Doch der Eindruck einer festen Eisdecke war trügerisch, da jeden Tag mehrere Bootsbesatzungen damit beschäftigt waren, das Eis aufzubrechen, denn am gegenüber liegenden Ufer, nicht einmal zweihundert Schritt entfernt, lag die Freiheit.

Den Eltern hatte Heinrich etliche Briefe geschickt, aber nie eine Antwort erhalten und die Vermutung lag nahe, dass die Billetts Opfer der Zensur geworden waren.
Vor zwei Wochen konnte Heinrich gegen eine stattliche Summe einen Marketender bestechen, damit dieser die Post von ihm und Julius beförderte.
„Glaubst Du, man kann dem Hefner trauen?“, fragte Julius.
„Wer verrät schon eine Kuh, die er melken kann? Ich möchte nicht wissen, wer alles auf seiner Kundenliste steht.“
„Vielleicht wäre Lisa doch die bessere Wahl gewesen.“
„Ein Menscher, das im Garnisonsbordell anschafft? Wer weiß, für wen die Lisa spioniert. Jedenfalls hat man uns bis jetzt noch nicht krumm geschlossen. Folglich hat der Hefner uns nicht verraten.“
„Ich habe noch nie eine Dirne erlebt, die indiskret wäre. Immerhin sind wir ihre Kundschaft. Der Hefner könnte die Billetts auch verbrannt haben“, gab Julius zu bedenken.

„Wie auch immer, ich habe mich entschieden. - Sieh, die Venus erscheint, bald werden die anderen Planeten folgen. Sobald ich gen Himmel schau, erscheint er mir grenzenlos und frei, denn ich habe mehr Träume in meiner Seele, als die Realität vernichten kann."

Am Tag darauf, kaum dass die Mannschaften gefrühstückt hatten, forderte Korporal Neumann Heinrich auf, unverzüglich sein Quartier zu räumen.

„Warum?", erkundigte er sich. Unwillkürlich durchforstete er sein Gewissen. Bis auf die heraus geschleusten Briefe konnte er sich keines Vergehens erinnern.

„Er wird es schon früh genug erfahren", entgegnete der Korporal. Nichts Gutes ahnend, schnürte Heinrich seinen Tornister. Im Korridor traf er Julius. Er sah besorgt aus. Der Korporal trieb zur Eile. An der Amtsstube des Kompaniechefs vorbei führte man ihn ins Freie. Sollte er ohne Anhörung in eine der finsteren Zellen der Kasematten gesperrt werden? Für einen Moment sah es so aus. Doch dann musste Heinrich auf einen von zwei Eseln gezogenen Karren steigen. Er war der einzige Insasse. Einem berittenen Jäger, der das Gefährt begleitete, händigte der Korporal ein Schreiben aus und befahl, loszufahren.

Der Karren fuhr zur Festung hinaus. Während das Fuhrwerk über die Brücken und Dämme holperte, hatte Heinrich den Eindruck, dass außerhalb der Festungswälle die Luft weitaus frischer roch.

'Das ist der Geruch der Freiheit', dachte er. 'Immerhin befördern sie mich nicht in Ketten'.

„Wohin werde ich gebracht?", fragte er.

„In ein Außenwerk", antwortete der Jäger, der sich sonst in Schweigen hüllte.

Nach einer knappen halben Stunde hatten sie das Ziel erreicht. Zu
Heinrichs Erleichterung beherbergte das Fort kein Straflager sondern
eine Schwadron berittener Jäger.
Der Jäger führte ihn zum Leutnant vom Dienst, der ihn an einen
Sergeanten namens Krull schickte. Dieser gab sich recht aufgeräumt,
stellte einige Fragen und wies ihm sein Quartier zu, das er mit drei
Stubengenossen teilen musste, die gerade ihre Waffen reinigten. Sie
stellten sich als Jakob Pfeiffer, Abraham Weiß und Christian Lilienthal vor. Es waren große, stämmige Kerle, die recht vertrau-ensvoll
wirkten. Heinrich bemerkte schnell, dass der Umgangston in dieser
Gemeinschaft ein ganz anderer war als der unter dem zusammen-
gewürfelten Haufen der Füsiliere im Hauptwerk der Festung.
Nachdem die Waffen den Ansprüchen ihrer Besitzer wieder genügten und sich Heinrich eingerichtet hatte, führten ihn seine
Stubengenossen durch die Bastion. Die Stallungen nahmen den
meisten Platz ein. Selbst eine Reithalle mit Markierungen für die
Hohe Schule war vorhanden. Die weiträumigen Pferdekoppeln befanden sich außerhalb des Forts. Auch einen Fechtboden für Mannschaften und Offiziere gab es. Um sein leibliches Wohl musste sich
jeder Jäger selbst kümmern. Gegen ein stattliches Entgelt, wie ihm
seine Begleiter versicherten, deckten sich die Stubengemeinschaften
bei einer Sippschaft von Marketendern mit Lebensmittel ein. In
Feuerlöchern wurde gekocht, das Holz hierfür wurde aus den umliegenden Wäldern beschafft und lag ausreichend bereit. In Nähe der
Feuerlöcher gab es auch einen Ziehbrunnen.
„Für die Verpflegung gibt jeder wöchentlich fünf Groschen in die
Gemeinschaftskasse, die Verwaltung dafür liegt als Stubenältester in
meiner Hand“, instruierte ihn Christian Lilienthal, "gekocht wird
reihum. Wer kocht, geht auch einkaufen. Töpfe sind in unserer Stube
vorhanden. Dein Essgeschirr erhältst Du mit Deiner neuen Uniform

in der Kleiderkammer, die Du umgehend aufsuchen solltest, um Dich neu einzukleiden."

In der Kleiderkammer tauschte Heinrich seine alte Uniform gegen die eines Berittenen Hessischen Jägers ein, die aus grünem Rock, grüner Weste und gegerbter, lederner Reithose von guter Qualität bestand. Als Schuhwerk besaß er fortan kniehohe, bequem sitzende Reitstiefel und anstelle der Füsiliermütze erhielt er einen dunkelgrünen Dreispitz.

Als Nächstes musste sich Heinrich bei ihrem Kompaniechef, Rittmeister von Dithfurt, melden.

Nach kurzer Wartezeit in einem Vorzimmer wurde er in die Amtsstube zitiert. Heinrich grüßte militärisch. Der Rittmeister forderte ihn auf, vor seinen Schreibtisch zu treten.

„Er ist mir als vortrefflicher Schütze empfohlen worden, der bereits als Heranwachsender im Forstdienst stand", eröffnete der Rittmeister das Gespräch.

„Das ist zutreffend."

„Kennt Er auch Früchte, Kräuter und Pilze, von denen man sich ernähren kann?"

„Gewiss."

„Ist Er mit der Kunst der Tarnung vertraut?"

„Ein guter Forstmeister sollte darin versiert sein."

„Versteht Er sich im Spurenlesen?"

„Sicher."

„Wie gut ist Er zu Pferde?"

„Den Umgang mit Pferden und das Reiten habe ich schon als Kind gelernt".

„Wir werden sehen - und Fechten?"

„Mein Vater hat es mir beigebracht, damit ich jederzeit einen möglichen Feind eine Armeslänge vor mir weiß, - und mein Vater, Herr Rittmeister, ist ein wahrhaft guter Fechter. Außerdem habe ich in

Göttingen regelmäßig den Fechtboden aufgesucht, um mich in dieser
Kunst weiter zu vervollkommnen. Allerdings verstehe ich mich allein
auf den Degen, den Pallasch der Berittenen zu führen ist mir fremd."
„Bei genügend Fleiß und Talent wird Er ihn bald zu gebrauchen
wissen. In Amerika kämpfen wir in kleinen, selbstständigen Verbän-
den. Die für das dortige Klima untauglichen Uniformen, die wir hier
tragen, tauschen wir in Übersee gegen das Wildleder der Waldläufer.
Es ist ein entbehrungsreiches Leben, das viele Gefahren birgt. Fühlt
Er sich dazu bereit?"
„Jawohl, Herr Rittmeister, doch bin ich nicht aus freien Stücken
hier."
„Seine Biographie ist mir bekannt – ich las, dass Er, bevor Er sein
Studium aufgenommen hat, bei Forstmeister Ewald in die Lehre
gegangen ist."
„Ja, das stimmt, denn ich habe ihn schon als Kind bei seinen Erkun-
dungen im Wald begleitet."
„Sein Neffe, Hauptmann Johann Ewald, zählt in Amerika mit seiner
Eskadron zu unseren Besten. Hat Er ihn einmal kennen gelernt?"
„In der Tat, das habe ich. Wenn er in Rinteln zu Besuch bei der
Familie seines Onkels war, sind wir oft gemeinsam auf die Pirsch
gegangen. Er hat mich viel gelehrt und war wie ein großer Bruder zu
mir."
„Gut, der Berittene Hessische Jäger Heinrich Christian Müller wird
seinen Weg bei uns schon machen."

Das Leben bei den Jägern gestaltete sich ganz nach Heinrichs Geschmack. Stupider Drill war selten. Dafür gab es täglich in den nahen
Wäldern und Fluren Manöver, zu denen sämtliche Facetten des
Kleinkriegs gehörten. Heinrich bewährte sich vorzüglich und bald
verstand er immer mehr, was es bedeutet, der verschworenen Gemeinschaft einer Elitetruppe anzugehören.

Beim Präzisionsschießen gehörte Heinrich zu den Besten. Dazu
verwendeten sie die "Kentucky Rifle", ein Jagdgewehr mit hoher
Zielgenauigkeit, das von Deutschen und Schweizer Büchsenmachern
in Amerika entwickelt worden war. Die aufständischen Scharfschützen schossen damit und da dieses Gewehr gegenüber allen
anderen überlegen war, hatten es die Berittenen Hessischen Jäger
übernommen. Zu ihrer weiteren Bewaffnung zählten ein Karabiner,
zwei Pistolen, der Pallasch, ein stabiles Jagdmesser und ein Säbel mit
kurzer Klinge, der sich bei ihren Manövern im Nahkampf zu Fuß
hervorragend bewährte. Auch eine Anzahl von Wurfmessern gehörte
dazu, für deren vortrefflichen Gebrauch sie viel üben mussten. Die
Pferde der Mannschaften und Unteroffiziere waren kräftige Olden-
burger, die Offiziere bevorzugten hingegen die edlen Rassen der
Hannoveraner, Trakehner oder Württemberger.
Einige ihrer Ausbilder, wie sein Stubengenosse Christian Lilienthal,
waren bereits in Amerika gewesen und zurück beordert worden, um
die Rekruten auf das Leben in dem fernen Land vorzubereiten. Oft
lauschte Heinrich ihren Berichten. Wenn diese von Indianern und
deren Sitten oder der schier unendlichen Weite der Natur handelten,
hing Heinrich gebannt an ihren Lippen und sein inneres Auge malte
sich aus, wie er mit stolzen Rothäuten an seiner Seite die Wälder
durchstreifte oder mit ihnen kühn in einem Kanu die neue Welt erkundete. Manchmal war er ganz besoffen davon. Seine Gedanken an
Flucht wurden immer seltener, bis sie mit der Zeit langsam verblassten und er sie wie einen guten Freund zur Tür hinaus begleitete. Was
war schon das gegängelte Leben hier, in diesem kleinen Land, gegen
das große Abenteuer in Amerika.
Von den Eltern hatte er noch immer keine Nachricht erhalten.
Mit Julius konnte er nur nach dem Gottesdienst Billetts austauschen.
Der Inhalt seiner Briefe erschreckte ihn. Julius schrieb vom harten
Drill, Prügel und sonstigen Demütigungen, denen er und seine

Kameraden ausgesetzt waren. Nachdem er mehrfach Briefe solchen
Inhalts erhalten hatte, wurde Heinrich bei Rittmeister von Ditfurth
vorstellig, von dem er wusste, dass er in dessen Gunst stand und
fragte an, ob dieser nicht Julius als Bursche bei den Jägern anfordern
könne. Der Rittmeister befragte Heinrich nach der Biographie seines
Freundes.

„Einen angehenden Advokaten! Das sind doch allesamt Stuben-
hocker! Wie stellt er sich das vor? Wir bilden hier die Elite der Armee
aus und können keine Leute gebrauchen, die nur hinderlich sind und
womöglich noch das Leben anderer gefährden. Als Burschen benötigen wir kräftige Kerle, die ein entbehrungsreiches Leben ertragen
können und keine Winkeladvokaten, die nur unnütze Fragen stellen.“
„Auch ich war Student“, warf Heinrich ein.
„Bei Ihm liegt der Fall ganz anders, außerdem ist Er ein Mann von
echtem Schrot und Korn. Ich kann Seinen Freund nicht nehmen,
beim besten Willen nicht! Die Sicherheit meiner Männer hat abso-
luten Vorrang! – Er kann wegtreten.“ Alles Mühen war zweck-los, er
konnte Julius nicht helfen.

Mitte März setzte Tauwetter ein. Waren zuvor die Schneeglöckchen
durch den Schnee gebrochen, so begannen jetzt die Krokusse zu
blühen und die Weidenkätzchen brachen ihre Knospen aus und
klebten wie übergroße Schneeflocken an den jungen Ruten. In
Meilenschritten begann die Natur zu erwachen. Wohin man auch sah,
zeigte sich frisches Grün. Die Waldtiere gaben ihr heimliches Leben
auf und das Pfeifen und Zwitschern der Vögel war allgegenwärtig.
Bald sollten die inzwischen voll ausgebildeten Soldaten nach Kassel
marschieren, um von dort auf Fulda und Weser nach Bremerlehe
verschifft zu werden. Aufbruchstimmung machte sich breit. Die Jäger
verpackten ihre gesamte Habschaft und jeder schien guter Dinge.

Drei Tage vor dem geplanten Abmarsch wurde Heinrich in die Kommandantur bestellt. Als er die Amtsstube des Kompaniechefs betrat, stand er dort unvermittelt seinem Vater und seinem Onkel Johann, in der Offiziersuniform eines Majors der preußischen Polizei, gegenüber.

Als seien sie Wesen aus einer anderen Welt, sah Heinrich sie an, bis ihm endlich bewusst wurde, keinem Trugbild aufzusitzen. Im Überschwang der Gefühle fielen sie sich in die Arme und in ihrer Wiedersehensfreude schämten sie sich ihrer Tränen nicht. Rittmeister von Ditfurth wandte sich diskret ab und sah unbeteiligt aus dem Fenster, auch er war von dem Geschehen berührt.

Als Erster fand der Vater seine Sprache wieder. "Was kostet es, meinen Sohn frei zu bekommen?"

„Pardon, der Berittene Hessische Jäger Heinrich Christian Müller hat sich mit Brief und Siegel dem Landgrafen für die Kampagne in Nordamerika verschrieben", entgegnete ihm der Rittmeister.

„Hinterrücks überfallen wurde ich und der Wisch von Werbeschein ist nichts wert und was darauf geschrieben steht, eine plumpe Fälschung!", entfuhr es Heinrich.

„Entsprechen die Anschuldigungen den Tatsachen?", fragte Onkel Johann, ganz Polizist.

„Mag sein, dass heutzutage die Werber zu harten Methoden greifen", gab der Rittmeister offen Auskunft.

„Dann liegt das Unrecht wohl auf der Hand, was den Kontrakt für Null und Nichtig erklärt."

„Es gibt Befehl von höchster Stelle, der untersagt, auch nur einem den Laufpass auszustellen."

„Dem Landgrafen gehen wohl die Soldaten aus." Die Ironie in der Stimme des Onkels war nicht zu überhören.

„Dann werden wir vor Gericht ziehen."

„Mit Verlaub, in einem Monat befinden wir uns auf hoher See und solch ein Prozess zieht sich hin. Auch sollten die werten Herren bedenken, dass bereits genügend Kläger in gleicher Sache wegen Ungehorsam wider dem Staat gerügt worden sind." Ungläubig sah Onkel Johann seinen Bruder an.

„Er hat Recht", bestätigte der Vater dessen Aussage.

„Welch menschenverachtender Unrechtsstaat", stellte der Onkel fest.

„Hat Preußen im Siebenjährigen Krieg nicht ebenso mit unlauteren Mitteln Soldaten geworben?"

„Pardon, mein Herr, die Situation war eine ganz andere. Damals kämpfte Preußen gegen eine vielfache Übermacht um seine Existenz. Ich weiß, wovon ich rede, denn ich war selbst dabei. Hier dagegen geht es für den Landgrafen allein nur darum, Geld anzuhäufen mit dem Blut seiner Landeskinder."

„Womit wir wiederum beim Maß aller Dinge angelangt sind", bemerkte der Vater, „denn Geld regiert nun einmal die Welt. Ich denke, dass wir auf diesem Weg zu einer gütlichen Übereinkunft finden, denn wir bieten für meinen Sohn das Doppelte von dem, was Großbritannien pro Kopf bezahlt."

„Wollen mich die werten Herrschaften bestechen?"

„So möchte ich es nicht nennen, doch könnte es helfen, dass meinem Sohn in einem günstigen Moment die Flucht gelingt."

„Bemüht Euch nicht länger", warf Heinrich ein, „bevor die Familie am Hungertuch nagt, füge ich mich in mein Schicksal."

„Mach Dich nicht unglücklich!", warnte der Vater.

„Ihr habt hohe Schulden aufnehmen müssen, lieber Vater. Wie wollen wir das je wieder zurück bezahlen?"

„Mitnichten", entgegnete der Onkel, „jeder in der Familie hat gegeben, was er entbehren konnte."

„Das ist sehr ehrenhaft. Dennoch mache ich mir nichts vor. Ich weiß, wie viel ich den Hessen inzwischen wert bin. Selbst wenn ich frei käme, könnte ich nicht eher ruhen, bis meine Schuld abgetragen wäre."

„Gott bewahre!", fuhr der Vater auf, „unsere Familie hat stets wie Pech und Schwefel zusammengehalten, da gibt es nicht einen, der auch nur einen Pfennig zurückverlangt."

Heinrich lächelte verlegen und schüttelte den Kopf.

„Der Sold ist hoch, lieber Vater. Von Amerika aus könnte ich Euch jeden Monat Geld schicken. Wir haben es doch dringend nötig und wie man hört, kommt das Geld bei den Empfängern auch an."

„Mein Sohn, Deine Mutter wünscht, Dich an ihr Herz zu drücken, ohne dass Du Dich am Tod eines Mitmenschen schuldig gemacht hast."

„Meine Ehre verlangt es."

Entgeistert sahen ihn der Vater und Onkel Johann an.

„Bedenke, wer freiwillig zum Schwert greift, kommt dadurch um", versuchte es der Onkel erneut.

„Lieber Onkel, in Amerika herrscht doch nur der kleine Krieg. Wenn dort 5.000 aufeinander treffen, spricht man dort schon von einer Schlacht. Die Briten werden auch darauf bedacht sein, uns nicht zu verheizen, da sie laut Vertrag für jeden getöteten Deutschen einen ordentlichen Nachschlag zu berappen haben. Und wo so viele von uns durchkommen, werde auch ich durchkommen."

„In der Tat, der Vertrag ist vortrefflich ausgehandelt", versicherte der Rittmeister, „zudem ist es jedem Soldaten ausdrücklich gestattet, nach der Kampagne seinen Abschied zu nehmen."

„Durch diese Großzügigkeit könnten böse Zungen behaupten, dass der Landgraf in einer Geheimklausel darauf besteht, seine Truppen an den Brennpunkten eingesetzt zu wissen, um doppelt zu kassieren", stellte der Onkel, ganz Polizeioffizier, nüchtern fest.

„Herr Major sprechen eine gewagte Formulierung aus", bemerkte der Rittmeister mit gerunzelter Stirn.

„Es ist mir erlaubt, zu sagen, was ich denke! Zumal mein König den hessischen Menschenhandel offen verurteilt und jegliche Menschentransporte über sein Territorium verbietet.“

„Genug davon, bevor Ihr Euch weiter ereifert!“, fuhr Heinrich dazwischen, "denn ich habe mich bereits dem Unrecht gebeugt.“ Die Augen des Vaters flehten ihn an.

„Dein letztes Wort?“

„Glaubt mir, es ist besser so.“

„Nun denn, ein jeder ist seines eigenen Glückes Schmied“. Der Vater, den Tränen nah, schien sich mit der Entscheidung seines Sohnes abzufinden. Schon einmal hat er sich Heinrichs Wahl gebeugt, damals, als dieser sich für den Beruf des Försters entschied und nicht Musiker werden wollte, wie es sein innigster Wunsch war.

„Vergiss Deine Flöte nicht", ermahnte ihn der Onkel, „ich hatte meine im Feld auch dabei und oft hat mich das Flötenspiel von all dem Elend abgelenkt und mir Trost gespendet.“

„Täglich spiele ich darauf, sie ist mein größter Schatz. Es gibt hier auch eine Orgel, auf der ich zum Gottesdienst spiele.“

„Es ist gut, auch als Soldat ein rechter Christ zu bleiben.“ Der Onkel wusste, dass seine Ermahnungen bei Heinrich auf fruchtbaren Boden fielen.

„Ist uns erlaubt, mit meinem Sohn privat zu sein?“

„Bedauere, doch kann der Jäger Müller die werten Herren zum Tor geleiten. Ich denke, dass dafür eine Stunde ausreicht.“ Für den Weg benötigte man nicht einmal fünf Minuten. Nachdem sie sich gegenseitig ihrer Hochachtung versichert hatten, wandte sich der Rittmeister an den Polizeimajor, der mit seinen Krücken aufrecht und stolz vor ihm stand.

„Darf ich meine Neugier befriedigen und Sie fragen, bei welchem Regiment Sie gedient haben?“

„Ich habe als Musketier beim Regiment Herzog Ferdinand von Braunschweig gedient, habe in vielen Schlachten gefochten und wurde bei Torgau verwundet, daher stammt auch meine Beeinträchtigung.“

„Wahrhaft, ein berühmtes Regiment, das viel Ruhm und Ehre an seine Fahnen geheftet hat.“

„Das will ich wohl meinen! Doch bleibt ein Krieg das größte Unrecht, das Menschen einander antun können, es sei denn, dass sich ein Volk gegen seinen Tyrannen erhebt.“

„Herr Major sind wohl Parteigänger der aufsässigen Amerikaner?“

„Das haben Herr Rittmeister gesagt.“

Im Hof herrschte geschäftiges Treiben. Gepäck wurde gebracht und die Fuhrwerke beladen. Heinrich führte seinen Besuch auf den Laufsteg der Brustwehr, um ungestört zu bleiben. Schweigend sahen sie über die Sumpflandschaft. In den Senken hielten sich hartnäckig Schneereste. Es roch nach Leben. Zwei Amseln verabschiedeten mit ihrem Gesang den Tag.

„Es ist mir die liebste Tageszeit“, begann Heinrich das Gespräch.

„Wie ist es Dir ergangen, mein Sohn?“

„Im Hauptwerk bei den Füsilieren war es schlimm, da wurden wir jeden Tag hart geschliffen, doch hier bei den Jägern lebt es sich ganz gut, das sind gediegene Kerle und die Kameradschaft ist groß. - Jeden Tag habe ich auf ein Billett von Euch gehofft.“

„Lange wussten wir nicht, wo Du überhaupt steckst. Selbst die Polizei hat nach Dir und Julius gesucht, bis uns endlich ein Billett von Dir erreichte und es zur Gewissheit wurde, dass Ihr Euch in der Festung Ziegenhain befindet. Erst ein Schreiben von Johann, versehen mit der Empfehlung, Unterschrift und Siegel des Prinzen Heinrich von Preußen, gewährte uns schließlich Zugang.“

„Durch meine eigene Dummheit bin ich hierher geraten und es gibt
kein Zurück, die Würfel sind gefallen. - Verzeiht mir. Es schmerzt
mich, dass Ihr, lieber Onkel, meinetwegen so viel Mühe auf Euch
genommen haben und letztendlich den weiten Weg von Magdeburg
nach hier umsonst gereist seid."
„Umsonst ist nie ein Weg, denn ein jeder bereichert an Erfahrung."
„Hör zu!", forderte der Vater Heinrichs Aufmerksamkeit, „wegen der
preußischen Blockade wird der Transport von Hessisch-Oldendorf
bis nach Nienburg über Land geführt. Noch während sich der Transport auf dem Fluss befindet, steht hinter Hameln, nah der Grenze
zum preußischen Gebiet, am rechten Ufer ein schnelles Pferd für
Dich bereit. Damit rechnet keiner. In dem kalten Wasser kann man
es gut fünf Minuten aushalten. Die Zeit müsste reichen. Ich habe es
selbst erprobt. Nach gelungener Flucht schleusen wir Dich nach
Preußen durch. In Magdeburg wirst Du eine gute Zukunft finden.
Mein Bruder wird schon dafür sorgen."
„Bedenke Heinrich, dass ich Mitglied der Loge bin und über gute
Kontakte verfüge", bekräftigte der Onkel.
„Gut, sofern sich die Gelegenheit bietet, werde ich es wagen."
„Du musst diese Chance ergreifen, es ist die Einzige, denn auf dem
langen Landweg werdet ihr streng bewacht."
Die noch verbleibende Zeit nutzte der Besuch, um über die letzten
familiären Neuigkeiten sowie die Ereignisse, die sich in der Zwi-
schenzeit in Magdeburg und Rinteln zugetragen hatten, zu berichten.
Schließlich gingen sie gemeinsam zum Tor. Zum Abschied umarmten
sie einander.
„Grüßt meine Geschwister und sagt meiner Mutter, dass ich sie
liebe." Heinrichs Stimme erstickte in Tränen.
Als sich das Tor schloss, fühlte er sich so verlassen wie schon lange
nicht mehr. Die Trennung von seiner Familie schien ihm endgültig.

Er ging in sein Quartier, holte sein Flötenetui aus dem Spind und kehrte auf den Laufsteg zurück. Mit Blick auf den Weg, den sein Vater und der Onkel genommen hatten, spielte er melancholische Weisen, von denen es im deutschen Volksgut so viele gab.

An einem strahlend blauen Frühlingstag erhielt die Truppe den Marschbefehl nach Kassel. Besonders die Offiziere waren glücklich, endlich dem eintönigen Garnisonsdienst zu entrinnen, und selbst die gestrengen Unteroffiziere wurden von der allseits guten Laune angesteckt. Viele Marketender schlossen sich bis Kassel dem Heer-zug an.

Unter klingendem Spiel rückten gut 800 Mann aus, nur die neu angekommenen Rekruten blieben zurück. Nach einer Weile wandte Heinrich sein Pferd und verweilte einen Augenblick. Er sah zum Festungswerk und nahm einen tiefen Atemzug. Ein leichtes Lächeln lag auf seinen Lippen. Die Festung Ziegenhain gehörte der Vergangenheit an.

Die Füsiliere marschierten unbewaffnet. Um Fahnenflucht vorzubeugen, deckten Dragoner und die berittenen Jäger die Flanken. Durch diese Maßnahme glich die Marschkolonne eher einem Gefangenentransport.

In den Reihen der Füsiliere suchte er nach Julius. Er sah Gesichter, die er kannte oder von denen er glaubte, sie zu kennen. Im hinteren Drittel entdeckte er ihn endlich. Heinrich winkte ihm zu. Bestätigend hob Julius die Hand.

Gegen Abend, als das Feldlager aufgeschlagen war und Heinrich dienstfrei hatte, traf er Julius an einem der Feuerlöcher hinter der Zeltstadt, wo sich die Soldaten das Essen zubereiteten.

„Du hast es weit gebracht, Bruder. Welch Gesinnungswandel!", empfing ihn Julius, während er seine Brotsuppe löffelte, „all Deine Vorsätze, wo sind sie geblieben?"

„Manchmal zwingt einem das Schicksal, aus der Not eine Tugend zu machen."
„Indem wir uns für eine üble Sache an den Landgraf verkaufen?"
„Der Konflikt soll ja nicht mehr lange währen. Vielleicht kommen wir ja gar nicht mehr zum Einsatz und können, noch ehe wir uns versehen, unseren Abschied aus der Armee nehmen."
„Welchen Spruch plapperst Du nach?"
Heinrich ging auf seine Frage nicht ein. „Sag, besitzt Du Nachricht von Deinen Eltern?", fuhr er stattdessen fort.
"Ein Brief kam durch. Sie können mir nicht helfen. Hinzu kommt, dass ich, im Gegensatz zu Dir, gebürtiger Hesse bin."
„Wir alle sind Gefangene, egal wie man es dreht und wendet", antwortete Heinrich.
„Sollte eine Gruppe desertieren, würdest Du Dich anschießen?"
„Nein."
„Schick Dich fort, Jäger! Siehst Du nicht, dass wir unter unseres Gleichen bleiben wollen?", herrschte ihn Julius an.
Heinrich wusste nun, dass sich die Welt zwischen ihm und Julius verschoben hatte.

Der Aufenthalt im Feldlager bei Kassel dauerte fünf Tage. Vor der Stadt herrschte Volksfeststimmung.
Landgraf Friedrich ließ die Truppen Revue passieren. Bei der Parade schien die halbe Einwohnerschaft versammelt.
Nach Beendigung der Heerschau versuchten einige Füsiliere zu fliehen. Die Unglücklichen hatten wohl gehofft, bei der Bevölkerung Unterschlupf zu finden, doch weit gefehlt. Deserteuren zu helfen stand unter hoher Strafe. Dagegen kassierte jeder, der einen Flücht-enden fing oder anzeigte, Kopfgeld. Einer der Deserteure kam bis zu einer Wirtschaft durch. Dort wurde er gestellt und, als er Gegenwehr leistete, wie ein tollwütiger Hund niedergeschossen.

Der Landgraf ließ im Feldlager einen Galgen errichten und die Leiche für alle weithin sichtbar daran aufknüpfen.

Noch am Abend mussten die Eingefangenen, sieben an der Zahl, zwölf Mal durch die Gasse gehen. Die Vollstrecker wurden per Los aus den Kompanien der Delinquenten bestimmt, die sich in zwei Reihen gegenüber aufzustellen hatten. Durch diese Gasse mussten die Fahnenflüchtigen laufen, während sich hinter der Gasse in gleichmäßigen Abständen Unteroffiziere postierten, die den Mannschaften mit dem Corporalstock drohten, sollten sie nicht herzhaft genug mit den gewachsten Weidenzweigen zuschlagen.

Bei der Tortur spielte die Feldmusik lustige Weisen, damit man die Schreie nicht hörte. Unter den Hieben gerieten die Fahnenflüchtigen bald ins Wanken und stürzten zu Boden. Eimerweise wurde über sie Wasser ausgekippt und sie solange wieder aufgerichtet, bis sie, blutüberströmt, die Prozedur überstanden hatten. Wachen schleppten die Geschundenen auf einen Transportkahn.

Nach kurzer ärztlicher Versorgung legte man sie in Ketten.

Am nächsten Morgen wurde Befehl zum Einschiffen gegeben. Den Transport führte Oberst von Hatzfeld, ein altgedienter Militär. Am Ufer spielte das Musikcorps. Die Frachtkähne, "Bremer Böcke" genannt, gut fünfzig Fuß lang und zwölf Fuß breit, wurden mit je achtzig Mann und der dazugehörenden Ausrüstung beladen.

Dem Konvoi schlossen sich vier große Frachter an, die das Waffenarsenal transportierten.

Ein Marketender, der über drei Versorgungsschiffe verfügte, besaß das Monopol, auf dem Wasserweg für das leibliche Wohl der Soldaten und Bootsknechte zu sorgen.

Von den Brücken und beiden Ufern winkten unzählige Menschen. Glocken läuteten.

Die Kähne nahmen rasch Fahrt auf. Bald lag die Stadt hinter ihnen.

Auf engstem Raum richteten sich die Soldaten ein. Nachdem dies
unter etlichen Komplikationen gelungen war, setzte sich Heinrich an
den Bug seines Kahns, der inmitten des Konvois fuhr. Er staunte
über das Geschick und die Gelassenheit der Schiffer, die trotz der
starken Strömung mit langen Stangen die Boote in Linie hielten.
Die Ufer waren mit Buschwerk und hohen Pappeln bewachsen.
Doch am meisten erfreute ihn der Anblick von Trauerweiden, deren
langes, feingliedriges Geäst sich im Wasser wiegte. Von abgestorben-
en Bäumen sahen Kormorane auf sie herab. Bussarde kreisten und
gelegentlich entdeckte Heinrich Eisvögel oder gar einen Fischadler.
Auf den Wiesen blühten Schlüsselblumen und an den Uferrändern
leuchtete das satte Gelb der Sumpfdotterblumen.
Bei Hannovrisch-Münden floss die Werra, von Südosten kommend,
in die Fulda, beide bildeten fortan die Weser. Gut eine Meile war die
unterschiedliche Färbung beider Flüsse noch zu erkennen.
Das hügelige und teilweise bewaldete Land schien fast unberührt und
ließ den stillen Betrachter denken, eine Urlandschaft zu durchfahren.
Die anfänglich gute Stimmung schlug nach den ersten Essensaus-
gaben um, da sich der Marketender offensichtlich für einen hohen
Betrag für eine kaum genießbare und geringe Kost an den gemeinen
Soldaten bereichern wollte.
Am Spätnachmittag, nach dem Zufluss der Diemel, legte der Konvoi
nahe Beverungen an. Der Platz war gut ausgewählt und hatte bereits
bei früheren Transporten als Quartier gedient.
Unter den Bootsbesatzungen gab es viele Füsiliere, die nicht freiwillig
den bunten Rock trugen, und weil sie weiterhin wie Gefangene behandelt wurden und die Verpflegung der Gewinnsucht des Marketenders zum Opfer fiel, begannen die Mannschaften, aufsässig zu
werden. Schließlich zitierten die Offiziere das Alarmpikett herbei.
Erst beim Anblick angeschlagener Musketen gaben die Mannschaften nach. Die Rädelsführer wurden herausgeholt, es setzte Stok-

khiebe - das Exempel zeigte Wirkung. Die Nacht blieb ruhig und beim Morgenappell wurde Vollzähligkeit gemeldet.

Als sie ablegten, hatte die Sonne den Horizont erreicht. Bodennebel schwebte über dem Fluss. Ein Orchester von Vogelstimmen erhob sich. Graureiher, die auf Erlen am Flussufer übernachtet hatten, stiegen auf.

Am Nachmittag landete der Transport bei Hameln an.

Nach einem dürftigen Abendbrot erhielt Heinrich bis zum Morgenappell dienstfrei. Am Ufer, das von Wachen gesichert wurde, legte er sich ins Gras und blickte in den Abendhimmel. Mit der Zeit konnte er immer mehr Sterne am dunkler werdenden Himmel erkennen. 'Welcher von diesen mag mir den Weg wohl leuchten?' Sein Herz war zerrissen - 'hinter Hameln steht ein gutes Pferd für dich bereit', hatte der Vater gesagt. Für einen Augenblick sah er eine Sternschuppe vorüber huschen und verglühen.

„Ich darf mir etwas wünschen - .“

Als der Morgen dämmerte, hatte sich Heinrich entschieden. Die Trommeln schlugen zum Weckruf.

Für die nächste Etappe hatten die Offiziere strenge Vorsichtsmassnahmen getroffen. Wer aus der Gegend stammte, wurde auf die Kähne an der Spitze des Konvois verlegt.

Leichter Regen setzte ein.

Der Kahn, auf dem sich Heinrich wiederfand, stand unter Bewachung von Grenadieren. Einer saß ganz in seiner Nähe. Ihn wäre er gezwungen auszuschalten.

Hinter Hameln bestimmten viele Windungen den Flusslauf und durch die tückische Strömung geriet die Linie der Kähne so manches Mal in Unordnung.

Bald erkannte Heinrich jeden Winkel wieder. Die nahe Heimat, er meinte sie zu riechen.

Mitschiffs konnten einige nicht länger ihr Maul über die schlechte
Verpflegung bezwingen. Als Schlachtvieh wollten sie wenigstens gut
ernährt werden, beschwerten sie sich und präsentierten dem befehls-
habenden Leutnant den gestreckten Fraß, der ihnen durch das
Beiboot des Versorgungsschiffs gebracht worden war. Der Offizier
rief zur Ordnung und als sich die Lage nicht beruhigen wollte,
wurden die Wachen zitiert.
Kaum war der Grenadier zum Geschehen geeilt, wurde Heinrich von
der Seite angesprochen.
„Diese vorlauten Maulaffen schaden unserer Sache nur.“
Es war Michael Thees, zwei Jahre älter als Heinrich, ein gelernter
Zimmermann, Solist im Chor der heimatlichen Nikolaikirche, ein
herausragender Tenor, der sich aufgrund unglücklicher Umstände
verschuldet hatte, zwangsausgehoben wurde und nun als Füsilier
nach Amerika fahren sollte.
Bei einer Biegung verengte sich der Fluss und Heinrich spürte, wie
eine Seitenströmung ihren Kahn erfasste und ihn langsam gegen das
rechte Ufer drückte. Die Schiffer mühten sich, das Gefährt in Linie
zu halten.
Am Ufer entdeckte Heinrich seine Mutter. Von Schilf umgeben war
sie kaum zu erkennen.
Ein kalter Schauer durchfuhr ihn. Sein Herz begann zu rasen. Kurz
winkten sie einander zu.
Kaum, dass er sie gesehen hatte, war sie im Schilf verschwunden.
„Zieh mir die Stiefel aus!“, forderte er Michael mit leiser, aber be-
stimmter Stimme auf.
Verwirrt sah ihn dieser an.
„Was soll ich?“
„Zieh mir die Stiefel aus, verdammt noch mal!“
„Sag bloß, Du willst türmen?“
„Mach schnell!“

Mit geübtem Griff packte Michael den linken Stiefel zwischen seine Beine, Heinrich stemmte den rechten gegen Michaels Gesäß. Ein Ruck, dann war er den Stiefel los. Auch das Ausziehen des rechten Stiefels bereitete keine Schwierigkeiten.

„Ist Deine Flucht auch gut vorbereitet?"

„Das will ich wohl meinen."

In der Ferne wurde ein grüner Leuchtsatz abgefeuert, der den Anlegeplatz markierte.

„Verdammt!", entfuhr es Heinrich.

Seine Befürchtung bewahrheitete sich. Das unerwartete Leuchtfeuer setzte dem kulinarischen Disput ein Ende, was den Leutnant veranlasste, die Wachmannschaft wieder abzuziehen.

Es ging um Sekunden. Die schnell fließende Weser erschien Heinrich jetzt unendlich langsam.

Mit seiner Muskete kam der Grenadier unausweichlich näher.

„Vergiss es!", raunte ihm Michael zu.

„Alles, was mir lieb ist, es ist so nah."

„Such lieber nach einer Ausrede!"

Eine Bucht mit flachem Ufer kam in Sicht. Es wuchs kein Buschwerk dort, nur Bäume.

Nah dem Ufer standen sein Vater und Küster Kolbe. Keine dreißig Schritte lagen zwischen ihnen.

Heinrich warf sein Pallaschgehenk ab und knöpfte den Rock auf. In diesem Moment hörte er, wie hinter ihm ein Abzugshahn gespannt wurde.

„Da versucht ein Kerl, Reißaus zu nehmen!", rief der Grenadier, „Verstärkung zu mir!"

Mit leicht erhobenen Händen und einem unschuldigen Lächeln drehte sich Heinrich um.

„Was soll das Bruder?", fragte er.

„Eine falsche Bewegung und ich schieße Dich über den Haufen."

„Hast Du noch alle Tassen im Schrank!", rief Michael ihm zu.
„Halt Dein Maul, ich weiß, was ich gesehen habe!"
Inzwischen befand sich der Kahn in Höhe der Bucht. Spätestens
jetzt müsste er handeln.
Von Mittschiffs kam der Leutnant mit einem Korporal herbei.
Heinrich wandte seinen Kopf zur Seite. Der Vater schien die Situ-
ation erkannt zu haben. Langsam entfernte er sich mit dem Küster
vom Ufer, Heinrichs Chance war vertan. Hilfe suchend sah er zum
rettenden Ufer.
„Was ist jetzt schon wieder?" erkundigte sich der Leutnant gereizt.
„Der Kerl da wollte ins Wasser springen. Seine Fluchthelfer standen
schon am Ufer bereit."
Der Leutnant sah zur Bucht hinüber, die gerade ihren Blicken ent-
schwand.
„Ich sehe niemanden", stellte er fest.
„Der Kerl da hat sich bereits die Stiefel ausgezogen, das Pallaschgehenk abgeworfen und den Uniformrock aufgeknöpft."
„Treffen die Anschuldigungen zu?", wandte sich der Leutnant an
Heinrich, der versuchte, gelassen drein zu blicken.
„In seinem Eifer scheint der Grenadier wohl übereilt gehandelt zu
haben", antwortete er, „wir landen bald an und ich möchte nicht,
dass mir die Stiefel verdrecken oder gar Wasser hineinläuft, wie schon
einmal geschehen. Den Pallasch habe ich abgelegt, um es beim Sich-
ern des Kahns bequemer zu haben. Aus gleichem Grund öffnete ich
mir auch den Rock."
„So zeitig? Bis wir anlegen, dauert es doch noch gut eine halbe
Stunde. Was hat der Füsilier beobachtet?", befragte der Leutnant nun
Michael Thees.
„Die Dinge verhalten sich so, wie es der Jäger Müller behauptet. Die
Stiefel habe ich ihm selbst ausgezogen. Sicher, auch ich sah Leute am

Ufer. Doch standen sie wohl aus Neugier dort. Ein Transport wie dieser ist ja nicht gerade alltäglich."

„Hat einer von Euch etwas Verdächtiges bemerkt?" Prüfend sah der Leutnant die Leute in der nächsten Umgebung an. Einhelliges Kopfschütteln war die Antwort.

„Nun gut", lenkte er schließlich ein, „dem Anschein nach handelt es sich um ein Versehen. Dennoch gibt der Berittene Jäger Müller seinen Pallasch ab", befahl der Leutnant.

Ohne Widerspruch händigte Heinrich das Pallaschgehenk aus.

Der Leutnant und sein Korporal entfernten sich Richtung Mittschiffs. Auch der Grenadier begab sich wieder auf seinen Posten.

Heinrich atmete tief durch.

„Danke, Brüder."

„Einem Bruder fällt man nicht in den Rücken, auch wenn er ein Jäger und was Besseres ist", antwortete einer der Füsiliere.

„Das war verdammt knapp", befand Michael, „und Deine Geistesgegenwart bemerkenswert."

„Lieber die Waffen weg und bis Nienburg zu Fuß marschiert als Gassenlaufen. Doch von jetzt an gibt es kein Entrinnen mehr."

„Du irrst. Man munkelt von einem Massenausbruch."

„Gemunkelt ist bereits verraten", stellte Heinrich fest. Dabei ließ er es bewenden.

Nach dem Abendbrot wurde Heinrich zu Rittmeister von Ditfurth bestellt, der ihm mitteilte, dass er erst wieder in Amerika seine Waffen zurück erhalten werde.

In der Nacht ging er noch einmal ans Ufer hinunter, bis an den äußersten Rand des bewachten Areals. Er hoffte auf ein Zeichen der Eltern. Doch nichts, was darauf hindeuten könnte, entdeckte er. Hatten sie sich nach dem Fehlschlag mit der Unausweichlichkeit seines Schicksals abgefunden?

'Sicher wollen sie nicht, dass ich noch größere Schwierigkeiten bekomme'.
Je mehr er darüber nachdachte, desto mehr verfing er sich in Grillen,
die ihm schließlich einen unruhigen Schlaf bescherten.

Am nächsten Tag wurde die Truppe für den Fußmarsch ausgerüstet.
In Hessisch-Oldendorf, nah der Grenze zu preußischem Gebiet,
wurde ein Fuhrpark unterhalten, der das Gepäck, die Gerätschaften
und den Tross beförderte. Die Bremer Böcke fuhren ohne Men-
schenfracht weiter. Die Preußen ließen die Kähne gegen einen Wegzoll passieren.
Beim Marsch über Berg und Tal kam die Truppe nur langsam voran.
Gegen Abend schlug sie bei Hattendorf das Lager auf.
Die Stimmung in der Mannschaft war erstaunlich gut. Wahrscheinlich
lag es zum einen an der Verpflegung, die sich deutlich gebessert
hatte, und zum anderen an dem Wetter, denn es hatte aufgehört, zu
regnen.
Im Schankzelt schloss sich Heinrich mit seiner Querflöte einer
illustren Gesellschaft von Musikanten an, die zum Tanz aufspielte.
Viel Publikum fand sich ein, so dass der Wirt Freibier für die Kapelle
ausschenken ließ. In einer der Pausen klopfte ihm jemand auf die
Schulter. Es war Julius.
„Komm mit nach draußen, ich muss mit Dir sprechen", forderte er
Heinrich auf.
Unter einem Baum fanden sie einen ungestörten Platz.
„Endlich scheinst Du wieder zur Vernunft gekommen zu sein",
begann Julius das Gespräch, „Dein Fluchtversuch hat sich herum-
gesprochen."
„Kläglich gescheitert ist er."

„Hör zu“, fuhr Julius fort, „morgen, wenn wir uns nah der Grenze zum Herzogtum Schaumburg-Lippe befinden und das Lager beziehen, kommt es zu einem Massenausbruch.“
„Was heißt "Massenausbruch"?“
„70 sind es bestimmt und - ich bin einer von ihnen. In einer Stunde findet ein geheimes Treffen statt, um letzte Einzelheiten zu besprechen.“
„Bei 70 sind es der Mitwisser zu viele.“
„Wir sind eine verschworene Gemeinschaft.“
„Dieser Haufen, den das Schicksal zusammen gewürfelt hat?! Greifst Du da nicht etwas hoch?“
„Du zauderst?“
„Nur selten geht solch ein Unternehmen gut. Stürze Dich nicht in Dein Unglück!“
„Den Letzten beißen die Hunde, bedenke, allein nur dem Mutigen gehört die Welt.“
„Dem habe ich nichts hinzuzufügen.“
„Du schlägst ab?“
„Außer der Uniform sollte man noch mehr die Gasse oder den Galgen fürchten.“
Ungläubig schüttelte Julius den Kopf.
„Du tumber Tor!“ Er ließ Heinrich stehen und ging davon.

Am darauf folgenden Tag kam die Kolonne etwas zügiger voran, die Anstiege wurden weniger und die Wege breiter.
Am Spätnachmittag, nachdem bei Nenndorf zwischen den Bückebergen und dem Deister Quartier gemacht wurde, deutete nicht das Geringste auf einen Ausbruch hin. Doch als die Gemeinen an den Feuerlöchern das Abendbrot zubereiteten, schlugen die Trommeln zum Appell.

Als die Soldaten auf dem Appellplatz ankamen um Aufstellung zu nehmen, waren dort bereits vier Kanonen in Stellung gebracht worden. Die Kanoniere trugen brennende Lunten. Neben den Geschützen lagen Kartätschen bereit. Das Alarmpikett marschierte auf. Aus dem nahe gelegenen Dorf erschien die bewaffnete Bürgermiliz. Vor der Front standen Unteroffiziere mit ihren Hellebarden. Dahinter hatte sich hoch zu Ross das Offizierscorps formiert. Mit strenger Mine ritt Oberst von Hatzfeld die Front ab. Danach setzte er zur Rede an.

Der Oberst sprach von einer geplanten Revolte und Desertion, die von rechtschaffenden Männern, getreu ihrem Eid, angezeigt worden sei. Sobald er seine Abscheu über das verachtenswerte Vorhaben geäußert hatte, entrollte sein Adjutant ein Schriftstück und las daraus Namen vor.

„Vor die Front treten!", befahl er jedem Aufgerufenen - „ergreift ihn!"

So ging es fort, an die sechzig Mann mussten vortreten, allesamt Füsiliere, darunter auch Julius.

Die Gefangenen wurden gebunden und wie Schafe in ein Gatter gepfercht.

Den Delinquenten stand die Verzweiflung ins Gesicht geschrieben und auch manch Unbeteiligter war von dem Geschehen tief betroffen.

Als die Mannschaften entlassen wurden, ging Heinrich zum Zelt und holte die „Geschichte Gottfriedens von Berlichingen" von Goethe hervor. Mit dem Buch kehrte er zu einem der Feuerlöcher zurück, legte Holz nach und begann, laut aus dem ersten Kapitel zu lesen: „Eine Herberge - zwei Reiterknechte an einem Tisch, ein Bauer und ein Fuhrmann am anderen Ende beim Bier.

Erster Reiter: Trink aus, dass wir fortkommen, unser Herr wird auf uns warten. Die Nacht bricht herein; und es ist besser eine schlimme Nachricht als keine, weiß er doch, woran er ist...."
Das Lesen tat ihm gut, es lenkte ihn von dem Geschehenen ab.
Bald scharten sich einige Zuhörer um ihn, die gebannt an seinen Lippen hingen, bis ein Hauptmann geritten kam und befahl, dass er diesen Unsinn zu unterlassen habe, da, außer der Dienstvorschrift, Literatur Gift für die Seele eines jeden Gemeinen sei.
„Mit Verlaub, Herr Hauptmann, doch steht an keiner Stelle in der Dienstvorschrift geschrieben, dass Bildung schädlich sei", widersprach ihm Heinrich, „bei der Werbung hieß es gar, dass man uns in der englischen Sprache unterrichten werde und dies nicht nur in Wort, sondern auch in Schrift."
Der Hauptmann lachte herzhaft auf.
„Die Grammatik wird Ihm mit Sicherheit beim ersten Treffen mit den Amerikanern beigebracht."
Erheitert ritt er davon.
„Potzblitz, diesem Hundsfott hast Du aber gekontert", rief einer der Leute anerkennend.
„In der Tat, das war sehr tapfer, Bruder. Er hätte Dir das Buch auch abnehmen können", bestätigte Christian Lilienthal.
Heinrich setzte seine Lesung fort, bis ihm die Zunge schwer wurde und er seine Hörerschaft auf den nächsten Abend vertrösteten musste.

Tags darauf tagte nach dem Morgenappell das Standgericht. Die Sache musste umfassend verraten worden sein. Die drei Rädelsführer sollten hängen und achtzehn durch die Gasse gehen. Die Mitläufer wurden dazu verurteilt, nach fünfundzwanzig Hieben mit dem Corporalstock über Nacht krumm geschlossen zu werden. Unter diesen befand sich Julius. Auszulosen, wer zum Spalier gehörte, war nicht nötig, jeder der Füsiliere musste schlagen.

Haselnusszweige wurden geschnitten und in großen, mit Salz angereicherten Wasserkesseln weich gekocht und anschließend in flüssiges Wachs getaucht.

Nahe dem Dorf errichteten die Zimmermänner die Galgen. Die Exekution sollte unter den Augen der gesamten Mannschaft vollstreckt werden.

Die Hinrichtung war vortrefflich inszeniert. Die Verurteilten übten sich gottesfürchtig in Demut. Sie hatten nicht wenige Fürsprecher, - doch allein - es half nichts. Zur langen Tortur verurteilt, erhielten die Henker Order, mit Bedacht vorzugehen. Sie legten die Schlingen knapp unter das Kinn und zogen sie fest, damit das Genick nicht brach. Langsam sollten sie ersticken.

„Gott sei Euren armen Seelen gnädig", sprach der Oberst zuletzt. Trommelwirbel setzte ein. Heinrich erstarrte. Er kämpfte mit einer Ohnmacht. Es war die erste Hinrichtung, der er beiwohnen musste, bisher hatte er derartige Vorstellungen gemieden. Seine Knie gaben nach. Sein Nebenmann fing ihn auf.

„Ich muss gleich kotzen", röchelte er.

„Halt Dich wacker, Bruder, vor diesen Seelenverkäufern wollen wir doch standhaft bleiben."

Der Trommelwirbel brach ab.

Die Henker stießen die Schemel um. Wie voraus zu sehen, tanzten die Delinquenten ordentlich den Galgentanz. Bald liefen ihre Gesichter rot an. Als sie sich bläulich zu färben begannen, trat der Auditor hervor und verlas ihre Begnadigung. Augenblicklich gingen die Henker daran, die Stricke zu durchzutrennen. Für Heinrich dauerte es unendlich lange, bis die Verurteilten endlich zu Boden fielen und die Henker die Schlingen lösten, um die würgenden, nach Luft schnappenden Halbtoten ins Leben zurück zu holen.

Applaus wurde laut. Auf dem Schafott brachte ein Leutnant ein Hoch auf den Landgrafen und Oberst von Hatzfeld aus, viele Soldaten stimmten mit ein.

'Diese Heuchler, reines Geschäftsinteresse, denn Tote bringen ja kein Geld', dachte Heinrich.

Auch die zur Gasse Verurteilten erhielten Gnade vor Recht gesprochen und sollten mit den anderen über Nacht krumm geschlossen werden.

Das Durchgreifen zeigte Wirkung. Von Desertieren sprach fortan niemand mehr. Die aufsässige Herde war zur Raison gebracht.

Nach zwei Wochen erreichte der Transport die Stadt Nienburg. Inzwischen war aus dem Fluss ein Strom geworden, der sich träge seinen Weg durch das flache Land bahnte. Im Hafen warteten die Bremer Böcke auf sie, aber auch der gewinnsüchtige Marketender, um ihren Geldbeutel leer zu fegen.

Durch die vielen Windungen, die von nun an den weiteren Lauf der Weser prägten, verzweigte sich der Strom in etliche Arme und trotz der eingerammten Markierungspfähle mussten die Schiffer auf der Hut sein, um nicht in einen Seitenarm zu fahren oder gar auf einer Sandbank aufzusitzen. Die Auwälder entlang des Flusses wurden immer seltener, bis sie schließlich ganz verschwanden und sich an ihrer statt eine Sumpflandschaft ausbreitete. Auf den wenigen Wiesen weideten Kühe und Schafe.

Die Stimmung an Bord glich der Stille der Landschaft, deren Melancholie Heinrichs Seele zutiefst berührte.

So fuhren sie bis Bremen, in dessen Hafen die Truppe auf Küstenboote umquartiert wurde, die mit ihren hohen Bordwänden die See abhalten konnten.

In der Luft lag ein neuer Geruch - es war die salzige Luft der See. Doch bevor sie auch nur ein Stück von ihr zu Gesicht bekamen, zog ihnen die einsetzende Ebbe binnen weniger Minuten das Wasser unter dem Kiel fort. Gerade noch rechtzeitig erreichten sie das Ufer, um die nächsten Stunden auf dem Trockenen zu sitzen, bis die Boote von der einsetzenden Flut wieder angehoben wurden. Die meisten, so auch Heinrich, erlebten dieses Naturschauspiel zum ersten Mal.

Der Strom führte die Boote weiter in Richtung Meer. Bald wehte ihnen eine stramme Brise entgegen.

Am frühen Nachmittag fuhr der Konvoi in die Bucht von Bremerlehe ein.

Die Schiffe für den Weitertransport zum britischen Marinehafen Portsmouth hatten an der Pier bereits festgemacht.

Hinter einem vor dem Wind schützenden Hügel, unweit des Hafens, wurde das Feldlager errichtet.

Gegen Abend stand Heinrich am Strand und lauschte dem Gleichklang der Wellen. Die Luft war klar und roch nach Salz.

Das Licht der glutrot untergehenden Sonne spiegelte sich auf dem Wasser wider, einer Straße gleich wies sie ihm den Weg nach Westen.

Die nächsten Tage vergingen damit, die Schiffe zu beladen und sich auf die Besichtigung durch den britischen Makler, Lord Fawcett, vorzubereiten. Es wurde poliert, gewienert, gewaschen und alles dreifach kontrolliert. Die Soldaten putzten ihr Äußeres auf, das während des Marsches gelitten hatte. Fortan hatten Frisöre und Wäscherinnen Hochkonjunktur. Das gute Wetter hielt an und jeder hoffte auf eine ruhige Überfahrt nach Portsmouth.

Als willkommene Abwechslung erwies sich ein pfiffiger, jüdischer Buchhändler, der, wie sein Kollege in Ziegenhain, den Zeitgeist erfasst hatte. Im Feldlager bot er englische Wörterbücher und Sprachführer mit Grammatik feil, die reißenden Absatz fanden, und auch Heinrich nutzte die Gelegenheit, seine Grundausstattung aufzurüsten.

Nach Dienstschluss, während Heinrich zwischen gestapeltem Stückgut neue Vokabeln einübte, wurde er unfreiwillig Zeuge eines Gesprächs, das Rittmeister von Ditfurth mit dem Quartiermeister führte. Entweder schienen sie ihn hinter den Kisten nicht zu bemerken oder sie hielten seine Person für unbedeutend. Die Offiziere waren bereits sehr in ihr Gespräch vertieft, als sie keine fünf Schritte entfernt neben ihm stehen blieben, woraufhin Heinrich sich gezwungen sah, die Übungen des Zungenbrecher-„th" auf später zu verschieben.

„Sie sind ein Mensch von gleichem Schlag, Ditfurth", hörte er den Quartiermeister sagen, „daher nehme ich kein Blatt vor den Mund. Das, was den Briten hier abgeliefert wird, grenzt schon an Ausschuss, allein nur ihre Jäger sind gut anzusehen."

„In der Tat! Ich bin stets darauf bedacht, nur über die Besten zu verfügen. Doch hinsichtlich der Füsiliere, hier befinden sich die jungen, gut gewachsenen Kantonisten bereits alle in Amerika."

„Gottlob stellen die Briten keine hohen Ansprüche, da sie inzwischen selbst ihre Armenhäuser und Gefängnisse nach tauglichen Leuten durchkämmen müssen."

„Sollte der amerikanische Konflikt noch länger währen, werden auch wir bald auf diese Anstalten zurückgreifen müssen", räumte der Rittmeister ein.

Die Offiziere gingen weiter. Bald verstand Heinrich ihre Worte nicht mehr und so fuhr er mit den Zungenbrechern fort.

Die Besichtigung durch Lord Facette fand tags darauf an der Hafenpier statt. Mit Oberst von Hatzfeld, Rittmeister von Ditfurth und einigen britischen Offizieren schritt er die Reihen ab, musterte den einen oder anderen und ließ die Truppe Revue passieren. Er hatte nichts zu beanstanden. Vielmehr schien er erleichtert zu sein, dass die geforderte Anzahl Soldaten geliefert worden war. Die Truppe brachte ein dreifaches Hoch auf König Georg III. aus und schwenkte ordentlich die Hüte. Dabei halfen die Unteroffiziere gelegentlich mit einem Stockstich in den Rücken nach.

Als die Zeremonie vorüber war, wurde Befehl zum Einschiffen gegeben. Das Vollschiff „Bornholm" nahm die Kompanie Jäger auf. Die Bootsknechte wiesen die Truppe in die notwendigsten Handgriffe ein. Die Schlafstatt der Soldaten befand sich in der Back, hier mussten sich jeder in einer Hängematte einrichten, die dicht nebeneinander und in zwei Reihen übereinander befestigt waren. Für manche Landratte wurde es zum Erlebnis, sich einen Liegeplatz darin zu erobern.

Am nächsten Morgen liefen sie mit der Flut aus. Die gesamte Kompanie stand an der Bordwand der „Bornholm" und jeder nahm die Eindrücke des Abschieds in sich auf.

Der Konvoi fuhr unter britischer Flagge, wobei die Schiffe zwar in der Hansestadt Bremen ansässigen Reedereien gehörten, diese sie aber für den Transport an die Briten verpachtet hatten.

Von einem der Seeleute erfuhr Heinrich, dass in der Hansestadt keine Soldaten geworben werden durften, da die Stadt keine Seeleute an die Briten verlieren wolle. Anderseits habe sie aber keine Bedenken, von den Briten viel Geld zu kassieren, um die geworbenen Soldaten nach Portsmouth zu transportieren. Offiziell wollte der Magistrat mit den Menschentransporten nichts zu tun haben, weswegen die Schiffe auch unter britischer und nicht unter der Flagge der Hanse segelten.

„Hauptsache das Geld stimmt", bemerkte Heinrich.

„So ist es", schloss sich dem der Seemann an.

Wind und Wetter zeigte sich ihnen wohl gesonnen und brachte die Schiffe bald auf See. Möwen begleiteten sie, die auf Abfälle jeglicher Art hofften und sich augenblicklich darauf stürzten, sobald diese leeseits über Bord gekippt wurden.

Die zwölf Transporter kreuzten in gehöriger Entfernung zur Friesischen Küste und hielten auch zueinander großen Abstand. Die Verständigung zwischen den Schiffen geschah durch Flaggensignale. In dem Gewässer gab es viele Untiefen, denn ein Bootsknecht lotete in regelmäßigen Abständen die Fadentiefe aus, die er dem Steuermann auf der Brücke zurief.

Die Wellen wurden steiler und die Täler enger, wodurch der Eindruck entstand, das Schiff rühre sich nicht von der Stelle.

Es dauerte nicht lange und die ersten Soldaten wurden seekrank. Bald hingen reihenweise hart gesottene Jäger über der Reling und fütterten mit ihrem Mageninhalt die Möwen, worüber die Seeleute ihre derben Scherze rissen.

Heinrich gehörte zu den wenigen, denen die Widrigkeiten der See nichts anzuhaben vermochte, was ihn selbst verwunderte. Er blieb den ganzen Tag über auf Deck und beobachtete von einem sicheren Platz aus die Seeleute bei ihrer Arbeit. Schließlich erkannte er das System, mit dem die Fahrtrichtung und damit die Geschwindigkeit des Schiffs geändert wurde: auf Kommando nahm jeder Seemann seinen Platz an einem der Taue ein, die das Gestänge der Takelage mit der Bordwand verbanden. Die Führung der Taue geschah über nach innen ausgehöhlte Holzblöcke. Sobald der Befehl kam, wurde das Steuerrad hart herumgerissen, die Leinen verkürzt oder verlängert, je nachdem, welche Stellung die Segel einnehmen sollten. Der mitgenommene Schwung reichte aus, die Bornholm erneut in den Wind zu drehen.

„Sag, Schwager, haben die Masten, Segel und Taue denn besondere Namen, da ich von den Kommandos zur Wende gar nichts verstanden habe?", wandte sich Heinrich nach einem der Manöver an den Bootsmann. Es war ein groß gewachsener Endvierziger mit einem von Wind und Wetter gegerbten Gesicht. Auf der rechten

Wange war deutlich eine lange Narbe zu sehen. Mit Skepsis in den
Augen sah er Heinrich an.
„Das war keine Wende, sondern eine Halse, Du Landratte",
antwortete er mit rauer Stimme, „wir kreuzen gegen den Wind, da
fährt man Halsen. Eine Wende führt man aus, wenn wir zurück
segeln wollen. Was hast Du noch mal gefragt?"
„Ob die Masten, Segel und Tau.."
„Ja klar, das haben sie. Direkt neben Dir steht der Fockmast. Wenn
Du an ihm hoch siehst, kommt zunächst das Focksegel, darüber liegt
das Vormarssegel und oben unter dem Top das Bramsegel - ja, ja, so
ist das."
In der nächsten halben Stunde erklärte ihm der Bootsmann die
Namen und die Bedeutung von Masten und Segeln, ihre fachgerechte
Handhabung, erläuterte die Manöver beim Kreuzen, Halsen und
Wenden. Heinrichs Interesse war geweckt.
„Sagt, kann ich, bis wir in Portsmouth sind, als Volontär bei Euch
lernen?"
„Warum?", fragte ihn der Bootsmann ungläubig.
„Damit mir die Zeit nicht zum Müßiggang wird?"
„Gut, ich werde den Alten fragen."
„Wie heißt der Kapitän?"
„Viersen – guter Skipper – kennt den Atlantik und die Nord- und
Ostsee wie seine Westentasche. Wenn Du mit uns segeln willst, musst
Du Dich freistellen lassen."
„Das werde ich sofort in Angriff nehmen, um zur nächsten Halse
nicht zu spät zu kommen", Heinrich war bereits Feuer und Flamme.
„Gut, dann lass uns zum Kapitän auf die Brücke gehen. Der Ritt-
meister logiert in seiner Kajüte, dem kannst Du Dich erklären."
Kapitän Viersen war ein Baum von einem Mensch und strotzte vor
Gesundheit. Eine große Adlernase verlieh seinem Gesicht etwas
Herrisches. Aus schmalen Augenschlitzen sah er Heinrich aufmerk-

sam an, stellte einige Fragen und gab schließlich zu dessen Vorhaben seine Einwilligung. Er brachte ihn persönlich zu Rittmeister von Ditfurth. Dieser lag, von der Seekrankheit geplagt, auf seiner Pritsche und verfluchte die Seefahrt.

In seinem Zustand war es ihm egal, welche seemännischen Pläne den Berittenen Jäger umtrieben.

Die nächsten Manöverbefehle hatte Heinrich schnell verstanden und führte sie zur Zufriedenheit des Bootsmanns aus. „Gut gemacht, Junge“, lobte er ihn.

Immer mehr fand Heinrich Gefallen an der Seefahrt.

Als gegen Abend der Wind etwas abflaute, erschienen die ersten Seekranken wieder an Deck, um etwas Luft zu schnappen.

Der Wache, der Heinrich angehörte, hatte die nächsten vier Stunden dienstfrei, oder, wie er inzwischen gelernt hatte, nach seemännischer Ausdrucksweise acht Glasen Freiwache.

Nach dem Abendbrot ging Heinrich mit seinem Flötenetui unter dem Arm an Deck, wo sich auch die übrige Freiwache einfand. Er fühlte sich wohl unter den Bootsknechten, mit denen er bisher zusammen gearbeitet hatte.

Versonnen sah Heinrich aufs Meer. Längst war kein Land mehr zu sehen. Das Mondlicht spiegelte sich silbern auf dem Wasser. Am Nachthimmel leuchteten in verschwenderischer Zahl Sterne.

Einzelne Wolken zogen vorbei. Am Horizont waren die Positionslichter der anderen Schiffe zu erkennen. Gleichmäßig tauchte der Bug in die Wellentäler ein.

„Sag mal, fährst Du freiwillig nach Amerika? Oder haben sie Dich kassiert?“, fragte ihn ein Bootsknecht.

„Hinterrücks überfallen wurde ich“, antwortete Heinrich.

„Dann hilfst Du ihnen noch?“

„Nach Amerika müssen wir eh, ich kann es nicht ändern. So ist es
doch besser, sich nützlich zu zeigen und Neues hinzu zu lernen, denn
wer weiß, wozu es einmal von Nutzen sein wird."
„Klug gesprochen - ja, ja so ist das", bemerkte der Bootsmann, der
sich gerade eine Pfeife stopfte.
„Ich verstehe mich auf der Querflöte und würde gerne darauf
spielen", fuhr Heinrich fort, „denn sobald das Tagwerk verrichtet ist,
gibt es nichts Schöneres, als zu musizieren. Seid ihr damit einver-
standen?"
Dankbar pflichteten ihm die Leute bei. Er begann, nachdem er die
Flöte warm geblasen hatte, seine frisch gewonnen Eindrücke in
Musik umzusetzen.
„Ja, ja so ist das", meinte der Bootsmann mit belegter Stimme.
Zwei der Seeleute holten ihre Gitarren, drei ihre Fiedeln, andere be-
sorgten Holzlöffel und bald setzte sich ein kleines Orchester zus-
ammen.
Aus rauen Kehlen erklangen Lieder - bis weit in die Nacht hinein.
„Fahrt Ihr noch weiter als Portsmouth?", wollte Heinrich vom
Bootsmann wissen, bevor sie auseinander gingen.
„Das will ich wohl meinen, unser Ziel sind einige Inseln in der
Karibik. In Portsmouth nehmen wir Ladung auf. Ich war schon
öfters in diesem Paradies. Dort sind die meisten Weiber kaffeebraun
oder hispanischer Abstammung, verführerisch und zu allem bereit,
sag ich Dir. Na ja, wir haben gutes Geld in unseren Taschen. Mit
Sicherheit würde Dir das gefallen – ja, ja, so ist das."

In den nächsten drei Tagen versah Heinrich eifrig seinen Deckdienst.
Schnell lernte er hinzu. Während der Freiwachen beobachte er die
Bootsknechte bei der Arbeit, musizierte im Bordorchester oder fuhr
mit seinen englischen Studien fort.

Schließlich passierten sie früh morgens die vor der Südküste von England liegende Isle of Wight. Drei Stunden später fuhren sie in den Hafen von Portsmouth ein, der als Flottenstützpunkt entsprechend großzügig angelegt war und von mächtigen Forts geschützt wurde.

Die Schiffe mussten im Hafenbecken ankern, da sämtliche Piers mit Fracht- und Kriegsschiffen belegt waren.

Beim Reffen der Segel stand Heinrich zum ersten Mal in schwindelerregender Höhe in den Wanten, neben ihm der Bootsmann, der ihm genaue Anweisungen gab, wie er jeden Handgriff zu setzen habe. Etliche Stunden später legten längsseits Frachtkähne an, um Ausrüstung und Waffen zu übernehmen. Die Jäger sollten als Letzte übersetzen. Heinrichs Abschied von den Bootsknechten war rau und herzlich. Der Bootsmann umarmte ihn.

„Ich wünsche Dir, dass Du stets eine Handbreit Wasser unter dem Kiel hast. Und solltest Du in der Seefahrt Deine Liebe finden, werden wir uns gewiss wieder sehen, denn die Welt ist kleiner, als man denkt - ja, ja, so ist das. Sieh zu, Junge, dass Du am Leben bleibst."

„Sorge Dich nicht, wenn alle Kugeln träfen, möchte der Teufel Soldat sein", beschwichtigte ihn Heinrich.

„Dann sei vor dem Teufel auf der Hut."

Als die Jäger wieder festen Grund unter sich spürten, kehrte auch das Leben wieder in sie zurück.

Nahe der Stadt, zwischen den flachen Hügeln und vor dem Wind geschützt, sollte das Feldlager errichtet werden. Doch bis das nötige Gepäck an Land geschafft war und sie mit dem Aufbau der Zeltstadt beginnen konnten, vergingen zwei Tage, in denen sie unter freiem Himmel kampierten mussten. Zum Glück blieb ihnen das Wetter gewogen. Als ihr Lager schließlich stand, brach tags darauf ein heftiger Sturm, begleitet von sintflutartigem Regen, über sie herein.

Nach einer halben Woche ließ der Sturm nach. Heinrich, in eine gewachste Decke gehüllt, stieg auf einen der Hügel und beobachtete, wie die „Bornholm", jetzt unter der Flagge der Hanse, bei gutem Wind mit vollen Segeln auslief. Seine Gedanken waren bei diesen harten Kerlen, die mit ihren Schiffen jedem Wind und Wetter trotzten. Während Regentropfen sein Gesicht entlang liefen, blieb er mit Fernweh im Herzen zurück.

Nicht nur, dass die hessischen Soldaten den Eindruck gewannen, bei den Briten würde der Schlendrian die Geschäfte führen, es sprach sich auch herum, dass die Überfahrt nach Amerika verschoben sei, da es an Transportschiffen mangele.
„Der Konflikt in Amerika scheint die Gentlemen wohl wenig zu berühren", hörte Heinrich denn auch einen Offizier der Füsiliere zu Rittmeister von Ditfurth sagen.
„In der Tat! Bei ihren weltweiten Interessen sind die Nordamerikanischen Kolonien wohl eher ein Nebenschauplatz", gab ihm der Rittmeister zur Antwort.
Die Tage vergingen. Das Wetter blieb wechselhaft. Meist regnete es. Die Stimmung im Feldlager glich der Wetterlage. Damit die Gemüter sich etwas aufheiterten, wurde die Lagerordnung gelockert. Wer dienstfrei hatte, erhielt Ausgang und konnte dorthin gehen, wohin ihm der Sinn stand.
Bei der ersten Gelegenheit stattete Heinrich zusammen mit seiner Zeltgemeinschaft Portsmouth einen Besuch ab, deren Fachwerk und Geschäftsschilder den Städten in seiner Heimat glichen. Es wimmelte von Bootsknechten, die nach Kurzweil suchten. Für die körperlichen Vergnügungen boten sich etliche Häuser der Venus unterschiedlichster Kategorie an. Mit der Zeit hatte Heinrich immer weniger Begleiter, bis auch die Letzten in einem der Freudenhäuser hängen geblieben waren. Die feilen Dirnen bezirzten auch Heinrich, der sich

mit ihnen wacker in Englisch übte. Seine Fehler in Aussprache und
Grammatik erheiterten sie und wirkte gleichzeitig so anziehend, dass
sie ihn mit Komplimenten überschütteten. Obwohl sich die Begierde
in ihm regte, blieb er zurückhaltend, beinahe schüchtern, was ihm
anzügliche Spötteleien einbrachte.
Schließlich ging Heinrich, allein gelassen, mit einem Kopfhänger
durch die Straßen, wo ihm unerwartet Christian Lilienthal über den
Weg lief.
„Na, mein Junge, Dich scheinen wohl Grillen gefangen zu haben",
begrüßte ihn dieser.
„Gut, dass Du es bist. Die Weiber verdrehen mir den Kopf, aber im
Umgang mit ihnen bin ich gänzlich unerfahren."
Christian Lilienthal schenkte ihm ein väterliches Lächeln.
„Dem lässt sich abhelfen, mein Sohn, komm mit, damit aus Dir ein
Mann wird, bevor Du in den Krieg ziehst."
Nachdem sie einige Straßen und Gassen durchquert hatten, führte er
Heinrich in ein Etablissement der besseren Kategorie, das sauber
und ansehnlich eingerichtet war.
Die Dirnen waren hübsch anzusehen und besaßen gute Manieren.
Am Tresen bestellte Christian zwei „Pints" Porterbier und ließ nach
einem Mädchen namens Victoria schicken.
„Viele Offiziere und selbst Schiffseigner verkehren hier. Victoria ist
die Attraktion des Hauses. Ich kenne sie von meinem letzten Aufenthalt - ich sag Dir, große Klasse. Sie stammt aus Irland und hat
eine Zeit lang in Hamburg gearbeitet. Sie spricht ganz passabel
deutsch, zumindest versteht sie es gut. Leider ist ihre Taxe recht
hoch, doch kenne ich keine, die geschickter in der Liebe ist."
Christian deutete zur Treppe und wahrhaftig - von dort schritt selbstbewusst eine äußerst attraktive junge Frau die Stufen herab. Die "fille
de joie" hatte kupferrotes, kunstvoll hochgestecktes Haar und strahlend blaue Augen. Sie trug ein tief dekolletiertes, schwarz-blaues

Negligee, das sie elegant umhüllte und die Farbe ihrer Augen hervorhob. Als sie Christian entdeckte, huschte ein Lächeln über ihre Lippen.

„Hallo, Christian, so soon here again? Do you want anything more, darling?"

„Es geht um meinen viel versprechenden jungen Freund, der in der Liebe noch unerfahren ist. Du weißt schon, was ich meine. Könntest Du den Jungen mit Deiner Kunst bereichern?"

Heinrich spürte, wie in diesem Moment seine Wangen vor Verlegenheit zu glühen begannen.

Mit einem betörenden Lächeln sah ihn Victoria an und berührte zärtlich seine Hand.

"One Shilling for every hour, sweetheart, all right? "

"All right, Miss Victoria", willigte Heinrich ein.

Sie ergriff seine Hand und orderte eine Flasche Wein auf ihr Zimmer.

„Lass Dich nicht ausnehmen, das Gesöff kostet Dich zwei weitere Shilling", rief Christian ihm nach.

„Ich werde darauf bedacht sein."

Das Zimmer der Mademoiselle war luxuriös eingerichtet. Das von einem Baldachin überspannte und ausladende Bett sprang Heinrich als Erstes ins Auge. An den Wänden, die mit einer roten Strukturtapete bespannt waren, hingen drei frivol gestaltete Gemälde, die verliebte Paare in aufreizenden Szenen zeigten. Durch zwei Fenster fiel Licht in den Raum. Eine Zofe hatte in einer hölzernen, mit einem Laken ausgelegten Wanne ein Bad vorbereitet.

Victoria wechselte mit ihr einige Worte, dankte ihr und schickte sie fort.

Heinrich holte aus seinem Geldbeutel drei Schillinge und legte sie auf den Nachttisch.

„Wir werden für die erste Lektion wohl längere Zeit benötigen."
Obwohl er sich wieder gefangen hatte, war es ihm nicht möglich, sich
weiter mit ihr auf Englisch zu unterhalten, zu sehr berührte die
innere Spannung seine Seele. Selbst als er deutsch sprach, spürte er
das leichte Zittern in seiner Stimme.
„Indeed, that`s right, my sweetheart", bemerkte Victoria, verschwand
hinter einer spanischen Wand und forderte ihn auf, es sich in der
Wanne bequem zu machen.
„And relax", fügte sie mit sanfter Stimme hinzu.
Heinrich entledigte sich seiner Uniform und stieg in die Wanne,
neben der auf einem Beistelltisch weiche Tücher und zwei Schwämme bereit lagen. Das Wasser duftete nach Rosen. Es betörte seine
Sinne. Heinrich schloss die Augen. Ihm war wohl zumute.
Als er sie wieder öffnete, stand Victoria vor ihm, nackt. Sie war
wunderschön und ihr Anblick erregte den Stachel seiner Leiden-
schaft.
Seine Augen glitten über ihren makellosen Körper, über ihre langen
Beine, ihre schmalen Hüften und ihre Wespentaille und blieben an
ihrem rasierten Geschlecht haften. Ihre Brüste waren handlich ge-
formt und von erregten, dunkelroten Knospen gekrönt.
Verführerisch lächelte sie ihn an.
„Dein Körper ist das Abbild der Aphrodite, so vollkommen ist er."
Heinrich war von Bewunderung ergriffen.
„I know", flüsterte Victoria mit einem bezaubernden Lächeln und
stieg zu ihm in die Wanne. Sie besaß sehr viel Fantasie und mit ihrem
Geschick erwies sie sich als vortreffliche Lehrmeisterin, die ihn sanft
in einem langen Liebesspiel zum Höhepunkt führte, und beim
Erkunden ihres Körpers lernte Heinrich für gewisse Körperteile und
Handlungen Begriffe kennen, die nicht in seinem Wörterbuch
standen.

Fortan besuchte er Victoria, wann immer es ihm danach verlangte. So lernte er durch sie nach und nach die hohe Kunst der Liebe kennen.
Ihr Verhältnis währte mehr als einen Monat, bis die Admiralität der Homefleet schließlich die nötigte Anzahl an Truppentransporter zusammengestellt hatte und das Gepäck verladen werden konnte.
Ihr Verband bestand aus drei Vollschiffen und neun Briggs, ein Schiffstyp, der eher für den Handel in der Nord- und Ostsee entwickelt worden war. Mit diesen sollten sie nun den gewaltigen Ozean überqueren.
Von Victoria nahm er bewegt Abschied. Die beiden Verlorenen tauschten Artigkeiten und wünschten einander Glück im Leben.
Zum ersten Mal schien Victoria etwas verlegen, die tapfer gegen ihre aufsteigenden Tränen ankämpfte.

Am nächsten Morgen liefen sie mit der Flut aus. Es war ein schöner, sonnendurchfluteter Tag.
Die Admiralität hatte dem Konvoi drei Fregatten als Geleitschutz gestellt. Die Kompanie Jäger war auf einer Brigg einquartiert, die den Namen „Henrietta“ trug. Als ihr Schiff ablegte, entdeckte Heinrich Victoria an der Pier. Sie winkte ihm zu. Auch Heinrich winkte und er glaubte zu sehen, wie sie sich ihre Tränen abwischte.
Jemand klopfte ihm auf die Schulter. Es war Christian Lilienthal, der sich zu ihm gesellte.
„Wir segeln gerade zur rechten Zeit, mein Junge, sonst würdest Du in einer Woche Deinen Bankrott erklären müssen“, bemerkte er nüchtern.
„Victoria ist ein guter Mensch, auch sie muss leben und für ihr Alter vorsorgen."
„In der Tat, ein jeder muss zusehen, wo er bleibt“, stimmte ihm Christian zu, wandte sich ab und ging unter Deck, um dort nach dem Rechten zu sehen.

Heinrich sah noch lange zu Victoria hinüber, bis er sie schließlich aus
den Augen verlor.
Seine erste Liebe würde er wohl nie vergessen können, auch wenn sie
ihre Liebe für Geld vielen Männern schenkte.
Den ganzen Tag kreuzten die Schiffe bei einer leichten Brise vor der
Isle Of Wight. Als sich der Konvoi endlich zu einer Formation zusammen gefunden hatte, ging es in den Atlantik hinaus.

Bereits in der ersten Nacht kam bei den Soldaten Unmut auf. Statt
der Hängematten hatten die Briten in der ohnehin schon niederen
Back doppelstöckige Kästen einbauen lassen, die entfernt an Betten
erinnerten. Darin sollten die Mannschaften jeweils zu sechst schlafen.
Allerdings fand man nur kriechend und in Seitenlage darin Platz, lag
dann dicht gedrängt wie gepökelter Fisch nebeneinander. An ein
Aufrichten war nicht zu denken. Bald fehlte in der bedrückenden
Enge auch die nötige Luft zum Atmen. Die Unteroffiziere genossen
dagegen den Luxus, im Achterschiff jeweils zu acht in Kabinen zu
schlafen.
Wieder trat Seekrankheit auf. Hatten zuvor die Hängematten auf der
„Bornholm" die rollenden Bewegungen des Schiffes noch ausge-
glichen, so waren jetzt die Männer in den fest eingebauten Kästen
dem Schwanken der Brigg vollends ausgeliefert. Nur wenige waren
gegen die Seekrankheit gefeit, wer aber daran laborierte, hatte mit
schwerer Übelkeit zu kämpfen und erbrach seinen Mageninhalt in die
Aborteimer. Auf Dauer wurde der Gestank unerträglich.
Linderung zu schaffen war kaum möglich. So nahm Heinrich seine
Decke und ging auf Deck, um sich dort ein Nachtlager zu suchen. Er
war nicht der Einzige, der zwischen Segeln und Tauen sein Quartier
nahm.
Die frische Seeluft wirkte wie Balsam auf seine Seele. Der Wind
hatte leicht aufgefrischt.

Gleichmäßig bahnte sich das Schiff seinen Weg durch die See und Heinrich begann, den Moment zu lieben, wenn das Schiff nach der Talfahrt auf die nächste Welle traf, um von ihr wieder empor gehoben zu werden.

Am Himmelszelt wurden die Sterne von dahin jagenden Wolken immer wieder verdeckt.

Ein zusammengerolltes Tau diente ihm als Schlafstatt. Er wickelte sich eng in seine Decke und, während ihn langsam das Schiff in den Schlaf wiegte, gehörten seine Gedanken Victoria und den Liebsten in Rinteln.

Als er am nächsten Morgen erwachte, stellte er fest, dass kein Land mehr zu sehen war. Es überkam ihn ein sonderbares Gefühl, verloren zu sein in einer fremden Welt, die außer Wasser, Wind und Himmel nichts kannte. Die tief hängenden, bleifarbenen Wolken verliehen dieser Welt etwas Majestätisches - Erhabenes und beim Anblick der unheimlichen Weite stand Heinrichs Geist vor Ehrfurcht still.

Ein leichter Wind wehte aus Nordwest. Die Flotte fuhr unter voller Takelage.

Heinrich beschloss, seine Flöte zu holen, um seine Impressionen in Musik setzen.

Mitschiffs entdeckte er Kapitän Stanley, der mit Rittmeister von Ditfurth das Schiff inspizierte. Beide wechselten einige Worte und gingen daraufhin direkt auf Heinrich zu.

„Na, Müller, Er scheint wohl gegen das Schaukeln geeicht zu sein", begrüßte ihn der Rittmeister, dem die Seekrankheit abermals stark zusetzte.

„In der Tat! Meine Konstitution ist wohl auch für die See geschaffen."

„Wie Er weiß, ist es mir vergönnt, in der Kajüte von Kapitän Stanley zu logieren", fuhr der Rittmeister fort, „die Offiziere nehmen dort

auch ihre Mahlzeiten ein. Während des Lunches kam ich nicht um-
hin, dem Kapitän über Seinen seemännischen Drang zu berichten.
Wenn es Ihm beliebt, kann er während der Überfahrt fortan als
Volontär bei den Seeleuten Dienst tun."
„Herzlich gerne! Wann soll ich mit dem Dienst beginnen?", willigte
Heinrich sogleich ein und war erleichtert, Enge und Eintönigkeit in
der Back zu entkommen.
Kapitän Stanley hieß ihn in gebrochenem Deutsch in seiner Crew
willkommen. Heinrich antwortete auf Englisch. Erleichtert, dass die
Verständigung sich einfacher gestaltete als er befürchtet hatte, teilte
ihm der Kapitän mit, dass er sich zum Wachwechsel in acht Glasen
bei ihm melden solle.
In seiner Aufregung vergaß Heinrich die Melodie, die er gerade
eingefangen hatte, doch glaubte er, sie im rechten Moment wieder zu
finden.
Zur vorgeschriebenen Zeit meldete er sich bei Kapitän Stanley, der
ihn vom dritten Offizier zum Bootsmann Mr. Braddock bringen
ließ, der den Neuen einem Seemann mit Namen John Foguerty in
Obhut gab. Ihren Dienst sollten sie am Fockmast versehen.
Viele der Handgriffe kannte Heinrich bereits, er sollte aber noch weit
mehr in den nächsten Tagen und Wochen hinzu lernen. Das Reffen
der Segel in schwindelerregender Höhe war ihm schon vor Portsmouth leicht von der Hand gegangen. Bald verstand er auch die
Kommandos und konnte zunehmend die Gegenstände auf Englisch
benennen.
In den ersten Tagen war die Verpflegung noch reichlich. Es gab Brot
und Zwieback, etwas Fleisch und Gemüsebeilage. Die Seeluft machte
hungrig und da den Seekranken schon beim Anblick der Köstlichkeiten speiübel wurde, konnte es sich Heinrich nach Herzenslust an
deren Rationen gütlich tun.

Doch bald sollte diese komfortable Zeit für ihn vorbei sein. Die Seekranken kamen langsam wieder auf die Beine und so kehrte auch ihr Appetit wieder zurück. Von nun ab wurde jedem klar, wie knapp die Rationen bemessen waren. Als dann auch noch die Frischvorräte aufgebraucht waren, bestand fortan ihre warme Mahlzeit aus Bohnen mit Speck oder Speck mit Bohnen, wie auch immer man es nennen wollte. Der Speck schien mehr als ein Jahrzehnt gereift, sein Rand war fast schwarz, in der Mitte war er gelb verfärbt und hatte nur einen schmalen, weißen Fettstreifen. Mit dem gepökelten Fleisch, das sie wie rohen Schinken aßen, verhielt es sich nicht anders. Das Brot war steinhart, musste mit Kanonenkugeln gebrochen werden und besaß ein reges Innenleben aus Maden.

„In der Not frisst der Teufel Fliegen oder auch Maden", stellte Heinrich ernüchtert fest.

Für ihn gerieten die nächsten Tage zur Tortur. Da er als Bootsknecht hart arbeiten musste, aber in der Schiffsliste als Soldat geführt wurde, erhielt er auch deren magere Verpflegung. Der Schiffskoch, der die Offiziere bewirtete, zeigte Erbarmen mit dem Hungerleider und steckte ihm regelmäßig etwas zu, bis auch der Kapitän auf den Missstand aufmerksam wurde. Er veranlasste, den Berittenen Jäger Müller auf Schiffsration zu setzen. Von nun an war sein permanenter Hunger wenigstens zeitweise gestillt.

Auf Grund seines umgänglichen Wesens verstand es Heinrich, mit jedem ein gutes Auskommen zu finden und denen, die ihm unangenehm erschienen, aus dem Weg zu gehen. Im Englischen wie im Segeln machte er gute Fortschritte. Kapitän Stanley wechselte täglich einige Worte mit ihm und schlug sogar vor, ihn in Nautik zu unterrichten. Heinrich nahm das Angebot nur allzu gerne an. Als Gegenleistung sollte er die abendliche Runde in der Offiziersmesse mit Musik unterhalten.

Sofern es das Wetter erlaubte, widmete sich der Kapitän gewissenhaft
der Ausbildung seines Schülers und lehrte ihn, Kompass und Sextant
zu gebrauchen. Auch das Studium der Seekarten und das Berechnen
von Kurs und Geschwindigkeit wurden Bestandteil des Unterrichts.
Die Abende, an denen Heinrich vorspielte, verliefen immer nach dem
gleichen Ritual. Kapitän Stanley saß am Kopfende des Tisches und
Rittmeister von Ditfurth ihm gegenüber. Erster, zweiter und dritter
Schiffsoffizier saßen rechts vom Kapitän, der Schiffsarzt und die
zwei Jägerleutnants links von ihm. Gegessen wurde eine gute Stunde.
Als Getränk wurde Wein gereicht. Nach dem Essen rauchten die
Herren Pfeife und tranken Punsch auf die Gesundheit des Königs
und des Landgrafen, auf die Gattinnen, ihren Kindern, gute Seefahrt
und auf eine erfolgreiche Expedition in Amerika. Danach wurde
Whist gespielt. Wer wollte, trank und rauchte weiter. Gegen elf Uhr
unternahm man die ersten Anstalten, zu Bett zu gehen.
Spätestens jetzt wurde Heinrich entlassen, um wieder in die enge und
miefende Back zu kriechen oder bei gutem Wetter auf Deck zu
schlafen.
Solange sich das Wetter günstig zeigte, wurde täglich die Back
geräuchert, damit der Gestank nicht überhand nahm.
Um sich zu waschen, schöpften die Mannschaften Meerwasser an
Bord, das die Haut so stark reizte, dass sie sich an den empfindlichen
Stellen entzündete.
Nach zwei Wochen wurde das Trinkwasser faul und vier Mann waren
den ganzen Tag damit beschäftigt, das stinkende Wasser zu filtrieren,
wofür es aber zu wenig Destilliersteine gab. Viele kochten das Wasser
deshalb ab, dennoch nahmen Koliken überhand. Daraufhin ließ der
Kapitän täglich drei Flaschen Porter pro Kopf ausgeben. Das Bier
schmeckte süßlich und bekam einem gut. Langsam nahm der
Krankenstand wieder ab.

Nach vier Wochen auf See kam schlechtes Wetter auf. Als Vorboten jagten düstere Wolken am Himmel entlang. Stunde um Stunde nahm der Wind zu. Die Flaggenmaate gaben Signale. Die Schiffe vergrößerten den Abstand zueinander. Es kam der Befehl, Sturmsegel zu setzen. Von nun an hatte jeder an Bord alle Hände voll zu tun, Zeit für eine Pause hatte niemand. Mit allen Sinnen erfasste Heinrich die unbändige Naturgewalt, der sie auf Gedeih und Verderb ausgeliefert waren. Schließlich stand er im festen Glauben an Gott mit den Seeleuten in den Wanten und holte die Großsegel ein, um kleinere stabilere zu setzen.

Kapitän Stanley war allgegenwärtig und fand für jeden ein aufmunterndes Wort. Die Fracht wurde doppelt gesichert und als auch das letzte Stück fest gezurrt war, erwartete die Besatzung den Sturm, der über sie kommen sollte. Und er kam mit einer solchen Macht, als ob sich der gewaltige Ozean mit ganzer Wut gegen sie empören wollte. Die Masten ächzten unter der Sturmgewalt und der Wind heulte durch die Takelage, dass einem das Mark gefror.

Als die ersten Brecher über das Vordeck schlugen, befahl der Kapitän die gesamte Crew auf Deck. Die Mannschaft stellte sich breitbeinig und gebückt in den Wind und hielt sich an allem, was nicht locker war, fest.

Der Kapitän rief Heinrich zu, ob er zu den Soldaten in die Back gehen wolle. Doch allein schon der Vorstellung, in bedrückender Enge und stickiger Luft untätig zwischen Landvolk, das sein Ende nahen sah, ausharren zu müssen, ließ ihm die Entscheidung leicht fallen.

„All right, Henry, on your position sailor", befahl ihm der Kapitän. Mächtige Wellen donnerten gegen das Vorschiff und schlugen nun regelmäßig über die Bordwand. Hohe Gischt hüllte die Männer ein. Unablässig hämmerte der Regen auf sie nieder und der Sturm tobte, als ob er das Hohngelächter der Hölle sei. Das Schiff rollte und stampfte durch die aufgebrachte See. Die Geschirre klirrten. Wer seinem Nebenmann etwas sagen wollte, schrie es ihm ins Ohr. Die „Henrietta" ächzte in allen Fugen. Unter Deck rumpelte es unheilvoll und Heinrich glaubte, dass der Sturm die Brigg bald zerschlagen würde.

Er begann zu beten.

„Don't worry, Henry, it`s not strong enough", rief ihm sein Nebenmann John Foguerty zu.

Nur zu gern wollte ihm Heinrich glauben.

Kurz vor Wachwechsel brach das Gestänge des Untermars am Fockmast in zwei Teile, das vom Sturm hin und her geschleudert wurde und die Segel zu zerreißen drohte. Die „Henrietta" verlor an Fahrt und begann, trotz Gegensteuern, längsseits in den Wind zu drehen. Mächtige Wellen brachten das Schiff in starke Seitenlage. Eisiger Schreck fuhr Heinrich in die Glieder. Knappe Befehle folgten. Mit Äxten bewaffnet, kämpfte sich die Mannschaft, an Seilen gesichert, zum Vorschiff. Stets auf der Hut vor den gefährlichen Brechern kappten sie die Taue und warfen die Trümmer über Bord. Unter Deck wurde neues Gestänge herbeigeholt und mit vereinten Kräften neu gesetzt. Für Heinrich grenzte es an ein Wunder, dass es ihnen gelang, bei diesem Wetter den neuen Untermarsbaum zu setzen und die Sturmsegel aufzuziehen.

Als die „Henrietta" wieder stabil am Wind fuhr, hielt sich Heinrich an einem gesicherten Tau der Großwanten fest und bestaunte ihr Werk, zu dem auch er seinen Teil beigetragen hatte.

Kapitän Stanley kam und klopfte ihm anerkennend auf die Schulter. Er wies den Bootsmann an, für Heinrich Quartier beim Schiffsvolk zu besorgen. Erschöpft und bis auf die Haut durchnässt, wechselte die Mannschaft unter Deck ihre Kleider. Auch Heinrich erhielt Hemd und Hose sowie eine Decke und eine Hängematte zugewiesen. Seine neue Kleidung stammte aus Peter Braddocks Bestand, der reichhaltig ausgestattet war.

Während Heinrich sich in seiner schaukelnden Hängematte von den Anstrengungen erholte, verlor er langsam die Furcht vor den Gewalten des Ozeans, zumal er erlebt hatte, was menschlicher Wille, Entschlossenheit und Tatkraft vermochte. Inmitten seiner heroischen Gedanken wurde ihm bewusst, dass er keine Uniform mehr trug – und ihm war wohl dabei.

Tag um Tag, Nacht um Nacht verging. Der Sturm wollte kein Ende nehmen. Die Mastgestänge hielten, doch zerriss es die Sturmsegel in gleich bleibender Regelmäßigkeit.

Bald führte unter Deck die klamme Nässe das Regiment, auf Dauer blieb nicht ein Kleidungsstück trocken. Schimmel breitete sich aus. Heftige Kopfschmerzen und Atembeschwerden waren die Folgen. Die Feuerstellen blieben gelöscht. Folglich ernährte sich die Besatzung von gepökeltem Fleisch, Zwieback und steinhartem Brot mit Maden. Quälend war der ständige Durst und nicht selten waren die Männer so gierig, dass sie nicht filtriertes, faules Wasser tranken. Etliche wurden krank und ein Schiffsknecht bekam solch hohes Fieber, dass er daran starb.

In einen Leinensack eingenäht, schob man seinen Leichnam über ein Brett in die aufgewühlte See. Kapitän Stanley las dabei einige Worte aus der Bibel.

Abgesehen von dauernden Kopfschmerzen und zeitweiser Übelkeit, unter denen alle mehr oder weniger litten, blieb Heinrich gesund, er wurde aber im Laufe der Überfahrt immer schweigsamer. Auch der stets optimistische Peter Braddock sparte mit Worten. Allein Kapitän Stanley blieb zuversichtlich und war überzeugt, dass alle Schiffe des Verbandes ihr Ziel erreichen werden, obwohl die „Henrietta" bereits in der ersten Sturmnacht den Kontakt zum Konvoi verloren hatte.

Endlich, nach sechs Tagen tobender See, ließ der Sturm merklich nach, um am nächsten Tag soweit abzuflauen, dass man beginnen konnte, die schlimmsten Schäden zu beheben. Die Feuerstellen in den Kombüsen wurden wieder entfacht und nicht nur Heinrich wusste fortan, Bohnen mit ranzigem Speck zu schätzen. Zur Freude aller wurde auch wieder der schmackhafte Porter ausgegeben.
Unter Deck wurde geputzt und geschrubbt und mit der Glut aus den Feuerstellen das ganze Schiffsinnere ausgeräuchert, um damit dem Schimmel Herr zu werden. Auch die feuchten Kleider und Decken hingen an Deck und wurden von einer leichten Brise getrocknet.
Die Positionsbestimmung ergab, dass die „Henrietta“ durch den Sturm weit nach Südwesten bis nah an die Azoren gedriftet war und sie dadurch mehr als eine Woche Reisezeit verloren hatten. Kapitän Stanley ließ Angelhaken auswerfen, denn die Gegend war für ihren Fischreichtum bekannt. Als Köder diente der ranzige Speck, doch wollte kein Fisch anbeißen. Die hessischen Jäger, von der britischen Seemannskost nicht gerade verwöhnt, hatten für die erfolglosen Angelversuche nur Spott übrig, bis aus dem Nichts ein Schwarm Köhler das Schiff umkreiste und an die Haken ging. Die Laune hob sich hörbar. Die Fische wurden ausgenommen, gebraten oder für magere Zeiten eingesalzen und in Fässern gelagert. Eine halbe Woche hielt das Anglerglück an.
Wind und Wetter zeigten sich von jetzt an von ihrer besten Seite und Kapitän Stanley fand wieder Zeit, sich seinem wissbegierigen Schüler zu widmen.
Einen Tag lang begleiteten sogar Delphine die „Henrietta“. Heinrich stand am Bug, bestaunte ihre Schnelligkeit und ihre weiten Sprünge, die sie mit einer Leichtigkeit über dem Wasser vollführen konnten. Die Töne, die sie dabei ausstießen, berührten ihn tief und ein Glücksgefühl überkam ihn, wie er es in seinem Leben nur selten

erfahren hatte. Als sie in der Weite des Ozeans verschwanden, wurde ihm ein wenig schwer ums Herz.

Noch immer blieb der Konvoi unauffindbar. Dafür hatten sie eine Begegnung mit einem Seeungeheuer, oder besser gesagt, waren es sogar mehrere.
Am 68.Tag auf See, als Heinrich faules Wasser filtrierte, rief der Ausguck im Krähennest: „Wale!, he blows there!" Sein Arm zeigte nach Nordwesten. Jeder an Deck lief nach Steuerbord.
Heinrich glaubte, seinen Augen nicht zu trauen. Eine riesige Seeschlange, mehr als eintausend Schritt lang, die aus ihrem Körper hohe Wasserfontänen ausstieß, kam auf die „Henrietta" zu.
Den Jägern stand das blanke Entsetzen im Gesicht.
„Sie will uns verschlingen", rief sein rechter Nebenmann.
„Wir müssen die Geschütze besetzen und uns verteidigen", forderte ein anderer.
„Es sind Wale, das hat jedenfalls der Ausguck gerufen", versuchte Heinrich zu beruhigen, „sie sollen friedliebende Tiere sein, die Menschen und Schiffen nichts antun."
„Woher weißt Du das?"
„Aus einer Enzyklopädie."
„Klugscheißer, wer sagt, dass Dein Lexikon recht hat?"
Obwohl sich das Rätsel um das Meeresungeheuer bald gelöst hatte – wie ihnen die Seeleute versicherten, waren sie einer Gruppe Blauwalen begegnet – blieben die Eindrücke für alle dennoch be-klemmend. Zu fremdartig waren diese Riesen des Meeres und wer unter Deck ging, konnte dort die unheimlichen Laute, die diese Tiere von sich gaben, hören. Manch einer ertrug dies nicht und begab sich lieber wieder an Deck.

Das Wetter zeigte sich weiterhin günstig. Hin und wieder konnte erfolgreich gefischt werden, nur nicht mehr in einem solchen Ausmaß wie nahe der Azoren.

Stets beklemmend blieben die Begegnungen mit größeren oder kleineren Gruppen von Walen, die es fortan immer wieder gab.

Das faule Wasser blieb der gefährlichste Krankheitsherd. Von Koliken wurde nicht einer verschont. Drei Männer starben, darunter ein Jäger. Obwohl Heinrich nur filtriertes Wasser oder Porter trank, lag auch er zwei Tage in seiner Hängematte und krümmte sich vor Schmerzen.

Nahe der amerikanischen Küste zog wieder ein Sturm auf. Doch war dieser nicht so heftig und richtete nur wenig Schaden an.

Endlich, nach neunundachtzig Tagen auf See, kam Land in Sicht.

Zwei Tage kreuzten sie gegen den Nordwind die Küste entlang, bis die „Henrietta" in die breite Mündung des Hudson River einfuhr, um im Hafen von New York festzumachen.

Durch den Orkan war der Konvoi in vier Gruppen zersprengt worden. Die letzten Schiffe hatten elf Tage vor Ankunft der „Henrietta" New York erreicht, so dass die loyalistisch gesinnte Bevölkerung der Stadt den Verlorengeglaubten einen großen Empfang bereitete.

Noch an Bord verabschiedete sich Heinrich von Kapitän Stanley, der ihm ein Empfehlungsschreiben aushändigte und zutiefst bedauerte, einen so viel versprechenden Seemann zu verlieren, der das Zeug zu einem vortrefflichen Schiffsoffizier habe.

Die Jäger marschierten in Formation zum Heerlager, das nördlich des Stadtgebiets lag. Die Soldaten, die Europa im Frühjahr verlassen hatten, stellten erstaunt fest, dass es hier bereits Hochsommer war. Wiesenblumen blühten, Ähren reiften heran, Bäume und Hecken standen in saftigem Grün.

Zum Abend hin hatten sie ihre Zeltstadt bezogen. Heinrich blieb kaum Zeit, sich einzurichten, denn er wurde unverzüglich in das Hauptquartier des Rittmeisters einbestellt, das etwas entfernt in einem Bauernhaus untergebracht war.

Als die Wache Heinrich Einlass gewährte und er die Wohnstube betrat, stockte sein Schritt. In einem der Sessel saß die Komtess Maria von Wierusz. Er fand keine Worte der Begrüßung, sondern sah Maria, wie er sie nennen durfte, nur bewundernd an – sie war so schön und elegant, so wie er sie von ihrer letzten Begegnung vor einem Jahr in Erinnerung behalten hatte.

Er wäre dem unerwarteten Besuch aus der Heimat am liebsten um den Hals gefallen, aber die Etikette und militärische Raison verboten ihm derartige emotionale Ausbrüche.

Abrupt wurde er aus seiner Sprachlosigkeit gerissen.

„Jäger Müller, Er hat eine einflussreiche Fürsprecherin, meinen Respekt. Gehe Er mit seiner Tante ein wenig spazieren und erstatte Er mir danach Bericht.“

Damit entließ sie der Rittmeister.

Vor dem Haus fielen sie sich in die Arme.

„Deine Mutter hat mir geschrieben und von Deinem Unglück berichtet, auch davon, dass Dein Fluchtversuch gescheitert war.“

Heinrich musste ihr alles berichten, was ihm widerfahren war.

„Gut, dass Du wenigstens wohlbehalten in Amerika angekommen bist. Ich hatte Dich schon tot geglaubt.“

„Ein Sachse geht nicht so schnell auf See verloren.“

„Es erscheint mir möglich, Dich freizukaufen.“

„Wie soll das geschehen?“

„Durch die Abstinenz während der langen Seereise genügte eine Stunde, den Rittmeister um den Finger zu wickeln. Und vergiss nicht, ich bin vermögend und besitze Einfluss, bis hin zum Oberkommando – Heinrich, in diesem Land steht Dir jede Zukunft offen und dazu musst Du nicht einmal von Adel sein.“

„Ich würde später gerne zur See fahren. Denn die See ist etwas Wunderbares, Freies, Geheimnisvolles, das unseren Verstand stets neu herausfordert, denn dort kennt die Welt weder Ecken noch Kanten, noch Vergangenheit und Zukunft, nur den Moment. Mein Wunsch ist es, eines Tages Kapitän eines Schiffes zu sein, die Ozeane zu überqueren und mit gelehrten Männern fremde Länder zu erkunden. Denn mein Wissensdrang und mein Verlangen, die Zusammenhänge der Welt zu verstehen, sind während meiner Überfahrt noch größer geworden.“

„All das kannst Du haben, ich kann Dir viele Türen öffnen, nur hindurchgehen, um Dein Glück zu finden, musst Du schon selbst.“

„Maria, ich danke Dir aus tiefstem Herzen, für Deine Bereitschaft, mir in der neuen Welt den Weg ebnen zu wollen, doch ich stehe zu meinen Kameraden, ich werde sie nicht im Stich lassen. Wir Jäger haben uns einen Eid geschworen, dass jeder bis zuletzt für den anderen einsteht und dass keiner von uns vor dem Feind zurückgelassen wird, solange wir noch leben.“

„Ein Nibelungenschwur?“

„Mag sein.“

„Ist das Dein letztes Wort.“

„So ist es.“

„Gut, ich akzeptiere Deine Entscheidung, denn die Ehre ist das höchste Gut, das es zu bewahren gilt, denn sie gilt mehr als der Tod.“

Aus ihrem Täschchen holte sie zwei Billetts hervor.

„Deine Eltern haben Dir geschrieben.“

Mit einem Lächeln nahm Heinrich die Briefe entgegen.

Sie gingen zum Bauernhaus zurück.

Dort angekommen, teilte Heinrich dem Rittmeister mit, dass er bleiben werde.

Zunächst nahm dieser Heinrichs Entscheidung wohlwollend zur Kenntnis, doch dann sah er enttäuscht zu Maria hinüber, woraufhin sie ihm zu verstehen gab, dass er durchaus noch mit ihrer Gesellschaft rechnen könne.
Darüber zeigte er sich hoch erfreut und gab Heinrich mit einer Handbewegung zu verstehen, dass er wegtreten kann.

4. Kapitel

Amerika im Frühjahr und Sommer 1778
Erfolg und Widerstand

Valley Forge, Montag, 30. März 1778, neun Uhr morgens.
Die gesamte Armee war aufmarschiert. Zur Ausgabe des Tages-
befehls standen die Offiziere vor ihren Einheiten.
Seit mehr als zwei Monaten hatte Fritz mit der Musterkompanie
jeden Tag geübt. Stets war er der erste, der morgens auf dem Exer-
zierfeld erschien, und abends der letzte, der es wieder verließ. Bei
Verfehlungen schonte er die Offiziere weit weniger als die ein-fachen
Soldaten. Nach Dienstschluss besuchte er die Männer in ihren
Unterkünften, sprach ihnen Mut zu und versuchte, ihre kümmerlichen Verhältnisse aufzubessern, notfalls mit eigenem Geld. Und so
schmolz das Darlehen seines Freundes Beaumarchais langsam dahin.
Nachts arbeitete Fritz an der Dienstvorschrift, übersetzte sie ins
Französische, Duponceau korrigierte und schrieb sie auf Englisch
nieder. Die einzelnen Abschnitte wurden General Washington vorgelegt, der sie nach Durchsicht genehmigte und zur Veröffentlichung
freigab.
Washington hatte ihm die Oberstleutnants Davis, Barber und Brooks
als Divisionsinspektoren zugeteilt, alle in Amerika geboren. Dazu
den französischen Offizier de Ternant, der schon lange in Amerika
lebte und deswegen als eingebürgert galt.
Auch bei den Unterinspektoren, die für die Umsetzung der Instruktionen auf Brigadeebene die Verantwortung tragen sollten,
achtete Fritz darauf, dass sie gebürtige Amerikaner waren.

Weiterhin lernte er mit Eifer die englische Sprache und verstand sich
mittlerweile leidlich darin, war aber immer noch der Letzte, der bei
Witzen lachte.
Heute sollte die gesamte Armee damit beginnen, nach dem von ihm
entworfenen einheitlichen Muster zu exerzieren.
Zunächst hielt Washington eine schmetternde Rede, hob die Kriegs-
erfahrung Steubens hervor und betonte, wie wichtig es sei, dass ein
einheitliches Verfahren für die Manöver und für die Erhaltung der
Manneszucht eingeführt werde. Außerdem teilte er mit, dass es
Generalleutnant Baron von Steuben jederzeit erlaubt sei, sämtliche
Divisionen und Brigaden zu Manövern heranzuziehen, um so die
Armee auf einen einheitlichen Ausbildungsstand zu bringen. Die von
ihm, dem Oberbefehlshaber, ernannten Inspektoren und Unterinspektoren seien dem Baron direkt unterstellt und dieser allein nur
ihm, dem Oberbefehlshaber, verantwortlich.
„Somit erteile ich nun Befehl, dass die Inspektoren und Unterin-
spektoren sich zu den Kommandeuren begeben sollen, um die
Organisation und den Ablauf zu bestimmen." Mit diesen Worten
beendete er seine Ansprache und ließ die Truppen wegtreten.
Fritz dankte dem General für die eindeutigen Worte. Anschließend
suchte er mit William und Benjamin die Musterkompanie auf. Auf
dem Weg dorthin begegnete ihnen Generalmajor de Kalb.
„Gut gemacht, altes Schlachtross", rief dieser ihm im Vorbeireiten
zu. Anerkennend tippte er an seinen Hut.
„Danke Johann."
Als Fritz die Musterkompanie erreichte, war diese, in frisch ge-
waschenen Uniformen gekleidet, bereits in einer Front zu zwei
Reihen angetreten. Mr. Knoepfle stand vor der Front und befahl:
„Präsentiert das Gewehr! - Augen links!"
Wie aus einem Guss wurde das Kommando ausgeführt.
„Good morning, Soldiers!", rief Fritz.

„Good morning, Sir, Lieutenant General, Sir!“

„Gewehr ab! - rührt Euch!“

Fritz schwang sich vom Pferd und begann, jeden einzeln zu inspizieren. Mit festem Blick sahen ihn die Männer an. Als er den Letzten inspiziert hatte, setzte er sich wieder auf sein Pferd und sichtlich zufrieden mit dem Ergebnis seiner Besichtigung setzte er zur Rede an:

„Männer! Heute werdet Ihr als Rekruten entlassen und seid zu Sergeants ernannt. Ihr werdet fortan die Arbeit der Brigade-inspektoren unterstützen. Von jetzt an seid Ihr die Drill-Instructors der Kompanien, die es auszubilden gilt. Dennoch werden wir uns jeden Montagvormittag um acht Uhr hier auf dem Exerzierfeld einfinden, um bis zur Mittagszeit das Erlernte zu vertiefen.

Oft wurden wir belächelt, wenn wir in dichtem Schneetreiben oder bei strömendem Regen und Sturm zur festgesetzten Zeit geübt haben. Das Ergebnis unserer Bemühungen hat sich ausgezahlt. Ihr habt eine hohe Pflicht zu erfüllen. Denn Ihr werdet diese Armee erschaffen, die den Briten lehrt, Fersengeld zu bezahlen. Also enttäuscht mich nicht! Auf Ihre befohlenen Positionen, Sergeants! – Danke! – Wegtreten!“

Die Kompanie rührte sich nicht.

„Im Namen der Kompanie möchte ich gerne das Wort an Sie richten Sir, Lieutenant General, Sir“, wandte sich Sergeant Knoepfle auf Englisch an ihn.

„Bitte.“

Der Sergeant räusperte sich und versuchte, würdevoll zu erscheinen.

„Bevor Sie kamen, Sir, schwand unter den widrigen Umständen, in denen wir leben mussten, unsere Hoffnung von Tag zu Tag“, begann er. „Verwahrlost und in militärischen Dingen ungebildet haben Sie uns vorgefunden. Zu jeder Zeit verstanden Sie es, uns Mut zu machen und haben selbst niemals verzagt. Ihr Tatendrang und

Optimismus waren ansteckend. Sie sind der erste hohe Offizier, der
uns mit Respekt behandelt. Für Nichts waren Sie sich je zu schade
und Sie sind uns stets ein leuchtendes Vorbild. Jeden von uns haben
Sie mehrmals in seinem Quartier besucht, Mut zugesprochen und
gar Ihr Geld geopfert, damit es den Ihnen anvertrauten Soldaten
besser geht. Mehr Edelmut kann man von einem Menschen nicht
erwarten. Wir lernten die verschiedenen Formationen und Abläufe
einer Einheit, das Gefecht in aufgelockerter Linie, arbeiteten fest an
unserer Konstitution und übten den Bajonettangriff, einer Waffe,
mit der wir zuvor nicht vertraut waren. Inzwischen haben wir auch
gelernt, die Muskete innerhalb von zwanzig Sekunden zu laden und
gezielt abzufeuern, zehn Sekunden schneller als es die Briten vermögen. Durch Sie, Sir, glauben wir wieder fest an einen Sieg und sind
stolz darauf, die einzige Kompanie der Welt zu sein, die von einem
Lieutenant General ausgebildet worden ist. Empfangen Sie, Sir,
unseren aufrichtigen Dank, Sir!"
„Lieutenant General Baron von Steuben, dem Vater unserer Armee,
Hurra, Hurra, Hurra!", rief die Kompanie.
Fritz zog den Hut und beugte tief sein Haupt.
„Habt Dank, Sergeants", antwortete er, "mit Eurer Hilfe habe auch
ich viel hinzu gelernt. Dafür schulde ich Euch meinen aufrichtigen
Dank. Ich verlasse mich auf Euch. Bereitet mir keine Schande. Ein
jeder gehe nun auf seinen Posten, der ihm zugeteilt ist. Wegtreten!"
Als die Männer aufbrachen, wischte sich Fritz verschämt die Augen.
Benjamin reichte ihm ein Taschentuch.
„Es ist nur ein Staubkorn, Benjamin. Danke."
„Gewiss, Herr Generalleutnant."
Fritz beschloss, das Lazarett aufzusuchen, um dort nach dem
Rechten zu sehen. In diesem Teil der Armee blühte die Korruption
und Fritz hatte es sich angewöhnt, den Verantwortlichen dort auf

die Finger zu sehen, auch wenn er deren Machenschaften nicht vollends beseitigen konnte.

Vor dem Lazarett traf er Molly Pitcher, die mit einem langstieligen Holzlöffel in einem mit siedendem Wasser gefüllten großen Kessel rührte, der in einer Feuerstelle auf glühenden Holzscheiten stand, um darin gebrauchte Verbände auszukochen.

„Schön, Sie zu sehen, Herr Generalleutnant", empfing sie ihn.

„Wie stehen die Geschäfte, Molly?"

„Dank Ihnen sind genug Verbandszeug, Stroh und Decken vorhanden. Auch Medizin gibt es jetzt, es reicht aber immer noch nicht aus."

„Gut zu wissen Molly. Ich arbeite daran. Ich möchte die Kranken besuchen und eine Revision des Magazins vornehmen."

„Ich bin so froh, dass Sie hier sind, Herr Generalleutnant. Vor Ihnen hat sich außer Generalmajor Mühlenberg, Oberst von Lutterlok und General Washington noch nie ein hoher Offizier im Lazarett blicken lassen. Durch Sie wendet sich alles zum Guten."

„Na ja, Molly, es gibt immer noch viel zu tun."

Unterdessen kam Mrs. Washington herbei, die einen Korb mit gebrauchtem Verbandszeug zum Auskochen brachte.

Fritz bat die Frau des Oberbefehlshabers, ihn bei der Inspektion zu begleiten.

In der Tat, die Versorgung der Kranken war inzwischen eine ganz andere geworden. Alle, mit denen er sprach, bestätigten das. Auch die Anzahl der Verstorbenen war weit geringer als in den Monaten zuvor. Allein die Buchführung wurde noch immer vernachlässigt. Er mahnte dies an und verdeutlichte zum wiederholten Male, wie wichtig es sei, mittels einer guten Buchführung und Revision rechtzeitig erkennen zu können, wann Nachschub angefordert werden muss. Er notierte den aktuellen Bestand und musste erneut feststellen, dass vor allem die nötigsten Medikamente noch immer auf

dubiose Weise verschwanden. Für die nächste Inspektion forderte er
korrekt geführte Bücher ein, ansonsten werde er die Verantwortlichen zur Rechenschaft ziehen. Die Feldscher gelobten Besserung
und Fritz kündigte weitere unangekündigte Inspektionen an. Zuletzt
bat er Molly und Mrs. Washington, ihm jeden Missstand zu melden.
Am Nachmittag beobachtete Fritz von einer Anhöhe aus, wie die
einzelnen Brigaden versuchten, den verschiedenen militärischen
Anweisungen ihrer Drill-Instructors Folge zu leisten und solange
übten, bis die Armee wie eine Einheit aussah.
Mit ihm beobachteten Washington, Wayne, Greene und de Kalb das
Geschehen, die mit Genugtuung Disziplin und Ausdauer der Soldaten bestaunten. Fritz war stolz auf seine Musterkompanie, die dies
alles für die Freiheit ihres Landes auf sich nahmen. Ein kalter Schauer lief ihm über die Haut. Über Minuten sprach keiner ein Wort.
Entfernt gellten Kommandos und Fritz glaubte, darunter Sergeant
Knoepfle zu hören.

Seitdem sich Fritz ihm Heerlager aufhielt, hatte er auch einige
Landsleute kennen gelernt, die gleicher Gesinnung mit ihm waren
und mit denen er sich abwechselnd zum Essen traf.
Da waren die Generalmajore de Kalb und Wayne, Brigadegeneral
Mühlenberg, Colonel von Lutterlok, die Colonels Daniel und Joseph
Heister sowie Christoph Ludwig, der Bäckerei-Inspektor, der eben-
falls einen nicht enden wollenden Kampf gegen die Korruption
focht. Auch in Major Bartholomäus von Heer fand Fritz einen
Gleichgesinnten, der ein berittenes Freicorps Pennsylvania-Deut-
scher führte. Vor zwei Wochen hatte von Heer mit seiner Truppe im
Feldlager Quartier bezogen. Fritz kannte ihn, wenn auch nur flüchtig,
denn von Heer war ein waschechter Preuße, der gegen Ende des
Siebenjährigen Krieges Leutnant bei den leichten Dragonern gewesen war. Da Fritz in den ersten Kriegsjahren selbst einem Frei-

corps angehört hatte, ging ihnen der Gesprächsstoff über ihre
"preußische Zeit" nie aus. Bis vor einigen Wochen gehörte ihrem
Kreis noch Major Paul Schott an, der in der preußischen Armee
ebenfalls ein berittenes Freicorps geführt hatte. Zurzeit operierte er
mit seiner Einheit im Großraum New York.
Es dauerte nicht lange, bis die enge Zusammenarbeit der deutsch-
stämmigen Offiziere allgemein „Kraut Connection" genannt wurde.
Inzwischen hatte Fritz auch die Bekanntschaft des Oneida Häupt-
lings Shenendoah gemacht, den er immer mehr schätzen lernte. Ihre
Gespräche waren von gegenseitigem Respekt geprägt. Der Häuptling
sprach sehr gut Englisch, Fritz dagegen konnte nur unzureichend
eine andere als eine militärische Unterhaltung auf Englisch führen.
Sergeant Knoepfle hatte dann die Aufgabe eines Dolmetschers zu
übernehmen, da er mit den Oneida auf bestem Fuß stand, denn ihr
Eintreffen im Lager bedeutete für ihn zuallererst, dass seine Verpflegung wieder für Wochen gesichert war.
Die Oneida kamen in einer Regelmäßigkeit, die Fritz beeindruckte.
Sie brachten gepökelten Fisch, getrocknetes Fleisch und Gemüse
sowie den vielen bis dahin unbekannten Mais mit, dessen leicht
süßlicher Geschmack Fritz und die Soldaten sehr bekömmlich
fanden.
Wie schon oft geschehen, hatte General Washington, Fritz, Greene,
Wayne, de Kalb und Mühlenberg zum Abendessen eingeladen.
Nach dem Dinner saßen sie im Arbeitszimmer des Oberbefehls-
habers, rauchten Pfeife und tranken Whisky.
„Wenn ich ehrlich bin, habe ich vor dem Krieg nur wenig von ihren
Landsleuten gehalten", eröffnete General Washington das Gespräch,
„unter der britischen Kolonialverwaltung bin ich eine Zeit lang
Landvermesser gewesen. Einige meiner Aufträge führten mich in die
Appalachen. Dort, im Grenzgebiet zu den Indianern, siedeln fast nur
Deutsche. Sie empfingen uns stets sehr gastfreundlich. Allerdings

sprachen sie kaum ein Wort Englisch und ihr Wesen erschien mir recht grob gestrickt. Ich war jung, hochfahrend und fühlte mich durch und durch als Brite. Entsprechend habe ich sie auch behandelt. Heute bedauere ich das zutiefst, da in unserem Freiheitskampf gerade die Deutschen die Zuverlässigsten sind. Ich möchte meinen Fehler gegenüber diesen Menschen, die große Entbehrungen auf sich nehmen und fest in ihrem Glauben sind, wieder gut machen und Ihnen, Gentlemen, hierzu meinen Plan unterbreiten.

Als Oberbefehlshaber der Armee war mir eine berittene Life Guard für den Kurierdienst zugeteilt, die ausnahmslos aus britischen Kolonisten bestand. Leider musste ich die Life Guard wieder auflösen, zu viele Verräter befanden sich darunter. Ich möchte sie nun wieder ins Leben rufen. Dieses Mal soll die Life Guard aber ausschließlich aus Deutschen bestehen, da sie über jeden Verdacht des Verrats erhaben sind. Von einigen Offizieren wird es zwar als eine weitere Bevorzugung der „Kraut Connection" angesehen werden, was mir in diesem Fall aber egal ist. Als ihr Kommandeur kann ich mir gut Major von Heer vorstellen. Was halten Sie davon, Baron?"

„In der Tat, Major von Heer ist ein verwegener Reiterführer. Wie viele Männer benötigen Sie für den Kurierdienst, General?"

„150".

Fritz sah den Oberbefehlshaber nachdenklich an.

„Die Leute aus den Freicorps abzuziehen würde bedeuten, die Kampfkraft dieser im kleinen Krieg so nützlichen Einheiten zu schwächen. General, darf ich Ihnen stattdessen vorschlagen, für den Dienst in der Life Guard geeignete Leute neu anzuwerben?"

General Washington lächelte.

„Baron, Sie sprechen meine Gedanken aus. Sollte von Heer einwilligen, werde ich ihn damit beauftragen, die Truppe persönlich in den Counties Berks und Lancaster zu rekrutieren."

„Eine vortreffliche Idee, General, die meinen Landsleuten dort sicher schmeicheln wird.“

„Gut, dann soll es so geschehen.“

Es war April, die Tage wurden bereits wärmer, der Schnee begann zu schmelzen und die Natur erwachte zu neuem Leben. Neue Rekruten meldeten sich und viele Männer, die den Winter über zu Hause geblieben waren, nahmen ihren Dienst wieder auf. Die Versorgung besserte sich, dennoch blieb es ein harter Kampf, die Armee am Leben zu erhalten. Unter Aufsicht der Offiziere übten die Drill-Instructors unverdrossen mit der Armee weiter.

Mitten in dieser Zeit kündigte sich Generalmajor Marquis de Lafayette an. Unruhe erfüllte das Lager und es gab Äußerungen, dass mit seiner Ankunft unnützes Blut fließen werde.

Noch vor Lafayettes Ankunft lud Johann de Kalb Fritz zum Abendessen ein. Er ließ dessen Leibgericht, Blut- und Leberwurst mit Kartoffelbrei und Sauerkraut, auftischen.

„Die guten Zeiten werden mit Lafayette vorbei sein, Fritz. Mit ihm regiert nun Frankreich die Armee. Der Marquis ist ein Günstling des Hofes und repräsentiert inoffiziell die französische Regierung. General Washington weiß ganz genau, dass ohne die materielle Hilfe Frankreichs die Revolution verloren ist.“

„Wie ist denn der Marquis als Mensch? Von allen Offizieren hier im Feldlager kennst Du ihn doch wohl am besten?“

„Was denkst Du, warum ich Dich gerade heute Abend zu einem Essen unter vier Augen eingeladen habe?"

„Du machst mich neugierig, Johann. Washington lobt ihn ja in den höchsten Tönen.“

„Er hat sich sogar zu dessen Patenonkel erhoben. Seitdem schreibt sich der junge Marquis selbst auch nicht mehr La Fayette, sondern Lafayette, damit es nicht so aristokratisch aussieht. Versteh mich bitte nicht falsch, das, was ich Dir jetzt sage, hat nichts mit gekränkter Eitelkeit zu tun, obwohl man es so deuten könnte.

Die Biographien von Lafayette und mir können unterschiedlicher nicht sein. Er wurde als Marie-Josèphe de Motier Marquis de La Fayette am 6. September 1757 in einem Schloss an der Loire geboren. Ich dagegen in einer elenden Bauernkate in Hüttendorf unweit von Erlangen. Das war vor siebenundfünfzig Jahren. Mein Lebensweg schien vorbestimmt, trotzdem beschloss ich, nicht länger der untersten Klasse anzugehören. Ich ging auf Wanderschaft, schlug mich als Tagelöhner und Kellner durch und versuchte, wo immer ich nur konnte, mir Wissen anzueignen. So kam ich nach einigen Jahren auch nach England und von dort später nach Frankreich. Mit gefälschten Papieren trat ich einem der deutschen Soldregimenter bei, wo ich mich als verarmten elsässischen Adligen namens Johann de Kalb ausgab, was mir aufgrund meiner erlernten Umgangsformen leicht abgenommen wurde. Ich diente in Flandern, im Elsass und in den Niederlanden, im Siebenjährigen Krieg focht ich gegen die Kombinierte Armee der Braunschweiger, Hannoveraner, Hessen und Briten. Ich stieg zum Oberst auf, heiratete sehr einflussreich und erhielt Zutritt bei Hofe. In den Jahren 1767 und 1768 bereiste ich im Geheimauftrag des französischen Außenministeriums die Nordamerikanischen Kolonien, um zu erkunden, wie weit die Stimmung für einen Aufstand gediehen sei. Nach meiner Rückkehr von dieser Exkursion habe ich nahe Paris einen Landsitz erworben. Ein paar Jahre später gehörte dort auch der jugendliche Marquis zu meinen Gästen, der sich sehr für die Zustände in Amerika interessierte. Er besuchte mich häufig und betrachtete mich als seinen väterlichen Freund und Mentor.

Als der Aufstand in den Kolonien ausbrach, war ich bereits Brigadegeneral und musste vor zwei Jahren abermals im Auftrag des Königs hierher reisen. Diesmal in Begleitung des jungen La Fayette, der ein

Jahr zuvor als Seconde Lieutenant seinen Dienst quittiert hatte. Er führte einen Stapel Briefe mit sich, deren Absender ich nicht kannte. Zu meiner Überraschung wurden wir beide durch Beschluss des Kongresses in der Continental Army als Generalmajore angestellt. Für einen achtzehnjährigen, ehemaligen Seconde Lieutenant war das eine Blitzkarriere.

Von Beginn an stand er bei General Washington in hoher Gunst. Mir hingegen wurden eher die undankbaren Aufgaben zugewiesen. So erlebte ich in New Jersey und Pennsylvania die größten Rükkschläge der Armee, bis wir schließlich in Valley Forge dieses kümmerliche Winterlager errichteten. Bei meinem Kampf gegen die Desorganisation, Intrigen und Standesdünkel waren mir bald die Hände gebunden und meine Vorschläge verhalten ungehört. Im Gegensatz dazu wurde La Fayette dort eingesetzt, wo es Ruhm zu ernten gab. In seiner jugendlichen Begeisterung hat er einige Aufträge auch glücklich zu Ende gebracht, die allerdings einen hohen Blutzoll forderten. Musste er dagegen retirieren, stand er oft am Rande der Niederlage und seine Truppe konnte nur durch Hilfe anderer Einheiten gerettet werden. Inzwischen scheint er seinen ehemals väterlichen Freund vergessen zu haben, denn er braucht mich nicht mehr."

„Der feine Herr scheint für seine Karriere wohl über Leichen zu gehen", bemerkte Fritz.

„Zumindest könnte man das hinsichtlich seiner amerikanischen Aktivitäten vermuten."

Fritz lächelte, genehmigte sich einen Schluck des vorzüglichen Whiskys und begann seinerseits vom Aufstieg seiner Familie zu berichten.

„Du befindest Dich in bester Gesellschaft. Mein Großvater war der Sohn eines abhängigen Pachtbauern in Hessen, dessen Hof die Franzosen im Dreißigjährigen Krieg ausgeplündert und niedergebrannt hatten. Er nutzte die Nachwirren des Krieges, um sich als verarmten Adeligen auszugeben. Fortan hieß meine Sippe nicht mehr Steube, sondern „von Steuben". Dazu entwarf er einen Stammbaum, in dem unser angeblicher Adelsstand bis zurück ins Mittelalter fein säuberlich dokumentiert ist. Mein Vater hat ihn weiter verfeinert und ich gab ihm den letzten Schliff."

Johann begann zu lachen und da ihn Fritz dabei mit gespielter Unschuldsmine erstaunt ansah, wurde er für die nächsten Minuten von einem tränenreichen Lachkrampf außer Gefecht gesetzt.

„Fürwahr, eine noble Gesellschaft von Hochstaplern, die für die Freiheit der Unterdrückten kämpft!", kommentierte er, nach Atem ringend, die Sachlage.

„Na ja, vielleicht sind wir so eine Art Spartakus, denn auch er hat als ehemals Unfreier für die Freiheit gekämpft. Doch im Gegensatz zu ihm werden wir siegen.- Wie zeigt sich denn Lafayette im persönlichen Umgang?", wollte Fritz wissen.

Es dauerte eine Weile, bis Johann die richtigen Worte für den anpassungsfähigen Charakter des Marquis fand.

„Oh, er gibt sich äußerst liebenswürdig", antwortete er schließlich, „stets von seiner besten Seite. Geht es allerdings um seinen Vorteil, schreckt er vor Nichts zurück. Er ist ein Meister der Intrige und hat schon manchem aus Neid das Messer in den Rücken gestoßen. Sei also auf der Hut."

„Ich werde darauf bedacht sein, Johann."

„Wie wäre es mit einigen Partien Schach."

„Eine treffliche Idee", stellte Fritz zufrieden fest.

Zwei Tage später wurde zu Ehren des inzwischen zwanzigjährigen Generalmajors Lafayette ein großer Empfang bei General Washington gegeben, bei dem nicht wenige Lobreden auf den Marquis und

die französische Regierung gehalten wurden. Bei Tisch platzierte
Washington seinen französischen Gast zwischen Fritz und de Kalb.
„Sie sind also der Deutsche, der hier alles auf den Kopf stellt?",
begann Lafayette die Konversation.
„Marquis, ich versuche, den Kopf nur dort zu platzieren, wohin er
auch gehört."
Lafayette lachte vergnügt.
„Trefflich, wie weit ist die Operation denn fortgeschritten?"
„Die Physiognomie ist noch etwas grob, doch gewinnt sie täglich an
Kontur."
Wiederum war Lafayette erheitert.
„Sieh an, ein wahrhaft großer Wissenschaftler."
„Mitnichten, Marquis, sonst befände ich mich an der Sorbonne."
„Eine gut gewählte Antwort, Baron. Was hat Sie dazu bewogen, nach
Amerika zu gehen?"
„Mein Enthusiasmus einer gerechten Sache zu dienen."
„Damit hätten wir bereits unsere erste Gemeinsamkeit."
Die Unterhaltung plätscherte dahin. Man tauschte Artigkeiten aus
und Lafayette bat ihn, seiner Division ebenfalls einen Inspektor
zuzuteilen. Auf die Verbesserung wäre er bereits jetzt gespannt. Fritz
schlug ihm Colonel de Fleury vor, der zurzeit keinen festen Posten
innehabe. Seine Verdienste seien allgemein bekannt, zudem spräche
er fließend Englisch.
Lafayette war geschmeichelt, dass Fritz für diesen Posten einen
Franzosen vorschlug, er erhob sein Trinkglas und sprach einen Toast
auf den preußischen Generalleutnant aus. Seinen ehemals väterlichen
Freund und Mentor, Generalmajor de Kalb, beachtete er kaum.

Die Tage vergingen. Die Truppen exerzierten, der Bajonettangriff
im großen Verband wurde geübt und auch das Gefecht in aufgelockerter Linie. Fritz maß diesem besonders viel Gewicht bei, da

diese Gefechtsform dem Kampfverständnis der amerikanischen
Soldaten entgegenkam.
Das Regelwerk für die Infanterie und für den Nachschub hatte er
inzwischen abgeschlossen und ein solches für die Kavallerie begonnen.
Generalmajor Kazimierz Pulaski, der mit Lafayette im Feldlager
eingetroffen war und mit dem sich Fritz bald angefreundet hatte,
sollte die Kavallerie anschließend nach diesen Richtlinien ausbilden.
Außer de Kalb, Mühlenberg, Pulaski und Wayne besaßen die hohen
Offiziere keinerlei Kenntnisse über die Ausbildung der Truppe noch
interessierten sie sich dafür, was Fritz nicht davon abhielt, Brigadegeneräle und Divisionskommandeure auf ihre Versäumnisse hinzu-
weisen. Doch erschien es ihm oft, als spräche er gegen eine Wand.

Müde und erschöpft betrat Fritz sein Blockhaus. Sorgenfalten
standen auf seiner Stirn. Während der letzten Tage dachte er immer
öfters an seine prekäre Lage, denn in seinem Geldbeutel griff er
immer mehr auf die Naht. Johann hatte sich bereits angeboten, mit
200,- Louisdors auszuhelfen. Noch lehnte Fritz stolz ab. Sollte er
allerdings nicht bald bei der Armee fest angestellt werden, wäre er
genötigt, auf das Angebot zurückzugreifen.
In seinem Zimmer angekommen, nahm Fritz einen Schatten wahr.
Zwei Hände legten sich um seine Augen. Ein Hauch von Rosen
schwebte in der Luft.
„Bon soir, mon cher", hörte er Maria flüstern.
„Quelle surprise, Du hier?"
„Nimm mich."
Maria zog ihn zum Bett. Fritz vergaß seine desolate Finanzlage,
spürte nur noch Marias warmen Körper und ihre zärtlichen Hände.
Das Verlangen nach dem anderen wurde immer mächtiger und im
Affekt der Begierde fanden sie in einer ersten leidenschaftlichen

Begegnung zueinander. Sie liebten sich – lange - bis sie erschöpft neben einander lagen.

„Die Liebe ist der Quell allen Ursprungs und eine Kunst, deren Phantasie nie versiegen wird."

„Wie schön du das sagt, ma chérie."

Maria lächelte. „Deine jährliche Pension aus Preußen ist eingetroffen. Aufgrund Deiner Verdienste in Amerika wurde sie um das Doppelte erhöht. Ich habe sie dabei, denn das Geld von Beaumarchais wird wohl bald aufgebraucht sein."

„Das ist meine Rettung! Noch eine Woche und ich müsste bei einem Freund Kredit aufnehmen." Fritz zog ihre Hände an seine Lippen und bedeckte sie mit unzähligen Küssen. Maria blickte ernst drein.

„Wie kommst Du voran?"

„Gut, trotz etlicher Widerstände."

„Auch bei den Briten hat es sich herumgesprochen, dass seit Deiner Ankunft ein anderer Wind in der Continental Army weht. Doch Erfolg bringt Neider hervor. Achte vor allem auf Lafayette. Er duldet niemanden neben sich."

„Das hat mir bereits Johann de Kalb gesagt. Zurzeit poliert mir der Grünschnabel die Knöpfe."

„Lafayette sägt bereits an Deinem Stuhl, auf dem Du noch gar nicht sitzt."

„Maria, Du denkst zu dramatisch. Dieser aufgeblasene französische Gockel ist erst zwanzig Jahre alt und seine militärische Erfahrung grenzt an Lächerlichkeit."

„Er ist der Patensohn Washingtons und der inoffizielle Vertreter der französischen Regierung. Wenn er sich räuspert, steht Washington stramm. - Im Übrigen hat Frankreich Großbritannien den Krieg erklärt, was seinen Einfluss noch weiter stärken wird."

„Das sagst Du mir erst jetzt?! Das ist doch grandios!"

„Du irrst! Für die Briten befinden sich gerade deutsche Verstärkungen auf See und die Franzosen können sich nicht rühren, da ihre Flottenstützpunkte von den Briten blockiert werden."
„Weiß Washington von dem Bündnis?"
„Noch nicht. Mein erster Weg führte mich zu Dir."
„Dann wird es Zeit."
„Morgen ist früh genug. Solange gehören nur wir einander, denn wer weiß, wann wir uns wieder sehen. Sobald ich mit Washington gesprochen habe, muss ich wieder zu den Briten reisen. Aber sei unbesorgt, mein Schicksal führt mich immer wieder zu Dir, mon amour."

Wie stets geschah ihr Abschied voneinander während des Frühstücks mit wenigen Worten.
Fritz sah auf sein Chronometer.
„Verzeih, aber ich muss zum Dienst."
„Gewiss."
„Übertreib es nicht, ma chère, begib Dich nicht unnötig in Gefahr, ich bitte Dich!"
„Ich werde darauf bedacht sein. Pass auch Du auf Dich auf, chéri."
„Du kennst mich doch."
„Eben darum."
Ein flüchtiger Kuss, danach ging jeder seines Weges.

Zur Mittagsstunde wurde Fritz in das Quartier von General Washington gebeten. Sämtliche Divisionskommandeure und Brigadegeneräle waren anwesend. Einige waren als Indianer verkleidet, da am 1. Mai eine Art Karneval, der „Saint Tammany Day", begangen wurde.
Auf dem Esstisch stand eine ganze Batterie gefüllter Whiskygläser. General Washington nahm eines davon in die Hand.

„Gentlemen", erhob der Oberbefehlshaber feierlich die Stimme, „wie
mir heute mitgeteilt wurde, hat das Königreich Frankreich dem
Königreich Großbritannien den Krieg erklärt. Erheben Sie nun das
Glas, Gentlemen - Seine Majestät Ludwig XVI, König von Frank-
reich, Er lebe hoch! Hoch! Hoch!".
Im Überschwang der Gefühle fielen sich etliche in die Arme. Den
Whisky stürzten sie in einem Zug hinab.
„Baron", wandte sich Washington an Fritz, nachdem sich der erste
Enthusiasmus gelegt hatte, „glauben Sie, dass die Armee inzwischen
soweit ist, um im Verband größere Manöver durchzuführen?"
„Sicher, General, das kann sie."
„Bestens! Denn wir gedenken, nach Eintreffen der offiziellen Nach-
richt das freudige Ereignis mit einer großen Feier zu begehen. Dabei
soll die gesamte Armee in Schlachtordnung aufmarschieren.
Erarbeiten Sie den nötigen Plan dazu, Baron."
Fritz fühlte sich geehrt.

Am 4. Mai wurde von einer Abordnung des Kongresses eine be-
glaubigte Abschrift der Kriegserklärung Frankreichs an Großbritannien überbracht.
Es war ein schöner und warmer Frühlingstag. Wohin das Auge auch
reichte, zeigte sich eine verschwenderische Blütenpracht. Die Armee
marschierte zur Parade auf. Das Exerzierfeld säumten die Frauen der
Soldaten und sämtliche im Lager anwesenden Marketender. Auch
war viel schaulustiges Volk aus der Umgebung gekommen.
Die Revue gelang vortrefflich. Anschließend marschierten die einzelnen Brigaden auf die befohlenen Positionen, sobald sie diese
erreicht hatten, wurde ein Kanonenschuss abgegeben. Die Armee
bildete Gefechtslinien und rückte vor. Die Artillerie gab eine Salve
ab. Die Infanterie feuerte mehrmals in Kette und führte einen
Bajonettangriff durch. General Washington war beeindruckt.

„Dank Ihnen, mein lieber Baron, erlebe ich, dass Träume Wirklichkeit werden können."

„Dazu bin ich hier, General", antwortete Fritz selbstbewusst.

An die Mannschaften wurden Extrarationen Verpflegung und Rum ausgegeben.

Für die Offiziere nebst deren anwesenden Ehefrauen und einigen angereisten Kongressabgeordneten fand ein festliches Bankett im Freien statt.

Bei Tisch erhob General Washington sein Trinkglas, sah in die Runde und begann seine wohl durchdachte Rede.

„Ladies und Gentlemen, es ist mir ein besonderes Vergnügen Ihnen mitzuteilen, dass die Haltung der Armee bei dem heutigen Manöver meinen vollen Beifall gefunden hat. Genauigkeit und Ordnung, mit der die einzelnen Manöver ausgeführt wurden, zeugen von den Fortschritten der Armee, die ausschließlich den enormen Bemühungen von Generalleutnant Baron von Steuben mit seinen Offizieren und Drill-Instructors zu verdanken sind und die in dieser kurzen Zeit kaum für möglich gehalten wurden. "Unmöglich gibt es nicht", pflegen Sie, lieber Baron, stets zu sagen und genau das haben Sie mir heute deutlich vor Augen geführt. Binnen weniger Monate sind Sie zum "Vater der Armee" geworden, wie Sie die Soldaten inzwischen nennen. Sie haben den Truppen aus den verschiedenen Bundesstaaten gezeigt, dass sie zusammengehören und ein geschlossenes Glied zum Wohle des ganzen Landes bilden. In Anerkennung der Ausführung Ihrer Amtspflicht, die Sie mit besonderer Sorgfalt und äußerster Gewissenhaftigkeit versehen, erheben wir nun unser Glas auf Major General Friedrich Wilhelm Baron von Steuben, Generalinspekteur der Truppen der Vereinigten Staaten von Amerika, zu dem Sie, Kraft dieser Urkunde, die ich Ihnen nunmehr überreiche, der Kongress der Vereinigten Staaten ernannt hat."

Tief gerührt über das Lob und die Anerkennung seiner Arbeit und gleichzeitig erstaunt ob seiner festen Anstellung als Generalinspekteur erhob sich Fritz und nahm unter dem Beifall der Versammelten die Ernennungsurkunde entgegen. Alle erwarteten, dass auch er eine Rede halten würde. Peter Mühlenberg, Johann de Kalb, Kazimierz Pulaski und Anthony Wayne sahen ihn aufmunternd an. Für einen Moment legte sich Fritz die Worte zurecht.

„Ladies und Gentlemen, mein Englisch ist leider noch nicht fest genug, als dass ich mit meinen groben Worten eine Rede wie die vorhergehende halten könnte. Doch lerne ich, wie die Armee jeden Tag hinzu. Es ist mir eine große Ehre, diese Ernennung entgegen nehmen zu dürfen. Seien Sie sich dessen gewiss, dass ich Kraft meines neuen Amtes meine Pflicht gewissenhaft erfülle und mein Leben bis zuletzt zum Wohle der Vereinigten Staaten von Amerika einsetzen werde. Haben Sie meinen aufrichtigen Dank.“

Die Runde klatschte Beifall.

Lafayette ließ es sich nicht nehmen, im Namen des OffiziersCorps eine wahre Lobeshymne über den neuen Generalinspekteur anzustimmen.

In der Nacht wurde von einer Höhe aus ein großes Feuerwerk gegeben, zu dem die Feldmusik mit Marschmusik aufspielte.

Das Bündnis mit Frankreich ließ so manchen hohen Offizier glauben, dass die Briten den Kampf nun bald aufgeben müssten. Wie eine Epidemie griff der Enthusiasmus um sich, so dass die gerade in Ansätzen geschaffene Disziplin nachzulassen drohte. Für Fritz galt es, dem entschieden entgegen zu wirken. Seinen Inspekteuren gab er die Anweisung, dass zum Morgenappell die Mannschaftsstärke einer jeden Einheit gemeldet werden muss. Dabei stellte sich heraus, dass in kürzester Zeit annähernd ein Viertel der Soldaten den Offizieren als Dienstboten zugeteilt worden waren oder auf entfernte, unbedeutende Posten versetzt wurden. Auch sonst gab es Unregelmäßigkeiten, was bei Fritz den Eindruck erweckte, dass mehrere Brigadegeneräle versuchten, seine Kompetenzen zu untergraben. Umgehend setzte er General Washington davon in Kenntnis.

„Es kann doch nicht sein, dass die Armee, sollte sie kurzfristig zum Kampf gezwungen werden und umgehend gehandelt werden muss, nur einen Bruchteil ihrer Gesamtstärke einsetzen kann", beschwerte er sich.

„Sie gehen wohl von der Annahme aus, dass der Krieg länger währen könnte."

„In der Tat, das wird er, General."

„Was bewegt Sie zu dieser Annahme, Baron?"

„Ein Bauer gibt niemals kampflos seinen Hof auf. Zudem verfügen die Briten über erhebliche Reserven, die sich noch auf See befinden. Außerdem erfolgte der offizielle Kriegseintritt Frankreichs überstürzt, zumal Frankreich fast vor dem Staatsbankrott steht. Nur wollen der französische König und sein Finanzminister das nicht wahrhaben."

„Woher wissen Sie das?"

„Ich habe meine Informanten."

„Könnte uns dann nicht Preußen noch massiver unterstützen. Dort sind die Staatsgeschäfte doch bestens geregelt und auch der Handel blüht."

„Mit Verlaub, Preußen verfügt zwar über eine große Handelsflotte, doch nicht annähernd über genügend Kriegsschiffe, um ein Weltmeer zu beherrschen."

„Sie haben Recht, Baron. Doch warten wir den Bericht von Captain Richter ab."

„General, mit der Ausbildung der Armee muss weiter fortgefahren werden. Außerdem werden meine Inspektoren und Drill-Instructors zunehmend an der Ausübung ihrer Pflichten behindert."

General Washington nickte, als wüsste er von diesen Vorgängen. „Sie müssen wissen, Baron, es gibt ein großes Problem für unsere Armee - und das ist die Anstellung ausländischer Offiziere. Besonders aus Frankreich schwemmt seit Beginn des Krieges eine Flut beschäftigungsloser Offiziere heran, die allesamt hohe Posten einnehmen möchten. Und davon gibt es drei Kategorien, erstens: bloße Abenteurer ohne Empfehlungen, oder empfohlen durch Personen, die nicht wissen, was sie mit ihnen anfangen sollen. Zweitens: Spione. Drittens: Leute von großem Ehrgeiz, die alles für ihren persönlichen Glanz opfern würden. Mit Bevorzugung der dritten Gruppe hat der Kongress einen großen Fehler begangen, was die einheimischen Offiziere zurecht aufgebracht hat. Auch ich kann nicht nachvollziehen, dass ein achtzehnjähriger Seconde Lieutenant, dem jede militärische Erfahrung fehlt, als Generalmajor angestellt wurde. Gut, der Marquis hat wohl gewichtige Papiere vorgelegt. Bei Ihnen, Baron, besteht ein anderer Sachverhalt. Sie haben nach Ihrer Ankunft nie Amt und Würden eingefordert, sondern sich allein auf Ihre Fähigkeiten berufen. Ihr gerechtes und fürsorgliches Wesen hat Sie bei den Soldaten beliebt gemacht. Doch bei vielen Brigadiers genießen Sie diese Sympathie nicht. Sie fühlen sich von Ihnen bloßgestellt, beschweren sich über Ihre Befugnisse und unterstellen Ihnen gar die Absicht, mich aus dem Amt drängen zu wollen. Selbst einige Generalmajore schließen sich dieser Vermutung an."
Von seinem Schreibtisch nahm General Washington ein geöffnetes Billett, das er demonstrativ dem Generalinspektor entgegen hielt.
„Dies ist nur einer der Beschwerdebriefe, die mich erreichen. Unter anderem steht hier: Die ständig zunehmenden Eingriffe einer neumodischen Befehlsgewalt, die sich als verderblich für die Armee erweisen."
„Mit Verlaub, General, meine Maßnahmen erfahren bei vielen Kommandeuren vollste Unterstützung", erwiderte Fritz.

„Ja, ja, die Kraut Connection", stellte Washington lakonisch fest.
„Baron, einige Brigadiers haben sogar gedroht, ihren Dienst aufzu-
kündigen, sollten Sie weiterhin über solch weit reichende Befugnisse
verfügen."
„Ich versuche nur, der Armee und dem amerikanischen Volk mit
bestem Wissen und nach bestem Gewissen zu dienen."
„Als alten Soldaten ist Ihnen wohl klar, dass ich mich nicht gegen das
hohe OffiziersCorps stellen kann, zumal es mir gerade erst gelungen
ist, eine gefährliche Intrige gegen mich abzuwenden. Gottlob,
Conway ist entlassen und Gates als Vorsitzender des Kriegsausschusses abberufen und auf einen unbedeutenden Posten versetzt
worden. Doch kursieren bereits die ersten Gerüchte, dass er das
Kommando über die Armee im Süden erhalten soll."
„Ich verstehe, General. Aus diesem Grunde wünsche ich zum Wohle
der Armee, dass die Befugnisse des Generalinspekteurs endgültig
geregelt werden, obwohl diese schon seit der Anstellung Conways
durch den Kongress festgelegt worden sind."
„Diese Vollmachten waren das Werk von Intriganten, die versuchten,
mich zu stürzen!"
„Dann soll der Kongress die Kompetenzen des Generalinspekteurs
eben neu ordnen."
„In den nächsten Tagen werde ich eine Anweisung erlassen, die Ihren
Dienst vorläufig regelt. Sie können gewiss sein, dass es nicht zu
Ihrem Nachteil sein wird. - Im Übrigen steht in meinem Schrank ein
zwanzig Jahre alter Whisky. Darf ich Sie, mein lieber Baron, zu einigen Drinks bei einer Pfeife einladen?"
Die nächsten Stunden sprachen sie über angenehmere Dinge. Fritz
blieb bis spät in der Nacht. Als er ging, ertappte er sich dabei, dass
sein Gang nicht ganz gleichmäßig war.

Wie wenn ihn die Worte Washingtons nicht getroffen hätten, fuhr
Fritz unverdrossen mit der Ausbildung fort. Als dann aber der Befehl
des Oberkommandierenden veröffentlicht wurde, dass ab sofort die
Generalmajore und Brigadegenerale die unter ihrem Kommando
stehenden Truppen einzeln exerzieren sollten, war Fritz wie vor den
Kopf gestoßen. All das, was er geschaffen hatte, war durch diesen
Befehl gefährdet. Die Gruppe um Lafayette hatte es darauf abge-
sehen, ihn kalt zu stellen - das war ihm nun klar.
Nach einer schlaflosen Nacht, in der er seine Seele kasteite und an
Zweifeln laborierte, beschloss er, seinen Feinden mit Freundlichkeit
zu begegnen und er hoffte sehr, dass ihm das auf Dauer auch ge-
lingen möge. Denn niemand sollte wissen, wie er in Wirklichkeit
fühlte und dachte.
'Lasse Dich nicht vom Bösen überwinden, sondern überwinde das
Böse mit Gutem', las er im Brief des Apostel Paulus an die Römer.
Dem Oberbefehlshaber der Armee antwortete er schriftlich:
'Es gewährt mir großes Vergnügen zu sehen, dass Sie, ehrwürdige
Exzellenz, in meinem Departement eine so weise Maßregel ergriffen
und die Brigadiers angewiesen haben, bei unseren täglichen Übungen
selbst das Kommando zu führen. Inzwischen bemühe ich mich mit
meinen Inspektoren und Drill-Instructors, die Soldaten weiter zu
vervollkommnen, damit die Brigadiers zu den großen Manövern
übergehen können und sich nicht mit den beschwerlichen Details
abzugeben brauchen.
Steuben.'
Das Ergebnis dieser Anordnung war, dass, bis auf seine Freunde,
keiner der Brigadiers es für nötig fand, auf den Exerzierplätzen zu
erscheinen. Dafür wurden die Inspektoren nach besten Kräften in
ihrer Arbeit behindert.
Immerhin berief General Washington Fritz als ständiges Mitglied in
den Kriegsrat. Bereits bei der ersten Sitzung, an der er teilnahm und

die in einem Gasthaus stattfand, kam es zu heftigen Kontroversen. Washington fragte seine Generäle, was sie von einer Frühjahrsoffensive hielten, die entweder gegen New York oder Philadelphia zu richten sei.

Geblendet durch das Bündnis mit Frankreich, pflichteten etliche der Anwesenden dem Oberbefehlshaber begeistert bei. Die Mehrheit sprach sich natürlich für die Hauptstadt Philadelphia aus. Fritz schwieg vorerst und schüttelte, nachdem bereits die ersten enthusiastischen Pläne geschmiedet wurden, den Kopf. Schließlich erbat er das Wort.

„Bitte, Baron", erteilte es ihm der Oberbefehlshaber.

„Mit Verlaub, Gentlemen, doch sollten wir das Bündnis mit Frankreich nicht überbewerten, noch ist kein französisches Kontingent hier gelandet. Des Weiteren frage ich Sie, ob jemand von Ihnen Kenntnis in der Belagerungstaktik besitzt?"

Niemand meldete sich. Auch de Kalb nicht.

„Nun denn, da das nicht der Fall ist, möchte ich bemerken, dass ich an der Universität in Breslau Ingenieurwesen studiert habe und am Ausbau der kriegswichtigen Festung Schweidnitz beteiligt war. Während des Siebenjährigen Krieges habe ich an mehreren Belagerungen teilgenommen. Die dabei gemachten Erfahrungen sagen mir, dass unsere Armee weder von ihrer Bewaffnung her noch personell in der Lage ist, eine stark befestigte Stadt zur Übergabe zu zwingen."

„Baron, wir werden die Stadt im Sturm nehmen. Unsere Leute sind heiß darauf, sich mit den Rotröcken zu messen!", entgegnete ihm Lafayette.

„Heiß sein, wie Sie es nennen, genügt nicht. Denn ein solches Unternehmen würde in einem Debakel für uns enden. Die Zeit arbeitet doch gegen die Briten. Wir haben es nicht nötig, zur Offensive überzugehen. Sollten die Briten diesen Schritt wagen und den Feldzug eröffnen, bevor unsere französischen Verbündeten gelandet sind, weichen wir einfach aus und legen solange Hinterhalte, bis der Feind dermaßen geschwächt ist, dass er sich entweder zurückzieht oder wir in der Lage sind, ihm eine Feldschlacht zu unseren Bedingungen aufzuzwingen. Für die Briten in Philadelphia wird doch die Lage zunehmend kritisch, zumal sich die Mündung des Delaware leicht durch eine französische Flotte blockieren lässt. Wenn wir es geschickt anstellen, wird uns die Hauptstadt wie ein reifer Apfel in die Hand fallen."

„Ihr Vorschlag verletzt mein Ehrgefühl!", echauffierte sich Lafayette. Damit beschuldigte er Fritz indirekt der Feigheit.

Über diese Beleidigung sah Fritz mit einem kurzen Räuspern hinweg und fuhr fort: „Gentlemen, einen guten Heerführer zeichnet es auch aus, sich in Geduld zu üben und zu warten, und zwar solange, bis der Feind einen entscheidenden Fehler begeht."

„Baron von Steuben hat Recht", warf Brigadegeneral Wayne ein, „seine Beurteilung ist realistisch und nüchtern. Bei einem direkten Angriff auf New York oder Philadelphia würden wir nur Prügel beziehen."

„Ich bin der gleichen Auffassung", unterstützte ihn de Kalb, „ein solches Unterfangen ist von vorne herein zum Scheitern verurteilt."

„Die Armee ist genug gedrillt", warf Lafayette ein.

„Das ist sie eben nicht!", entgegnete Fritz, „um die Armee stünde es weit besser, würden meine Inspektoren und Drill-Instructors nicht permanent boykottiert werden!"

„Ich habe genug gehört, Gentlemen", unterbrach General Washington den Disput, „geben Sie mir Bedenkzeit. Meine Entscheidung, wie wir verfahren werden, teile ich Ihnen morgen Abend um sechs Uhr in diesem Hause mit. Gehaben Sie sich nun wohl, Gentlemen – Major General Baron von Steuben bitte ich noch zu bleiben."

Sobald die Offiziere das Gasthaus verlassen hatten, sah der Oberkommandierende Fritz lange nachdenklich an.

„Ihre Worte haben mich sehr berührt, Baron. Wie war das noch ein-
mal mit dem Warten?"
„So, wie ich es gesagt habe, General. Wir müssen nur Geduld auf-
bringen, bis der Feind einen entscheidenden Fehler begeht und dann
schlagen wir erbarmungslos zu."
„Gut, Baron, Sie können gehen."
Mit militärischem Gruß verabschiedeten sie sich.
Vor dem Gasthaus wartete Kazimierz Pulaski auf ihn.
„Du wagst Dich weit vor, Fritz. Sollte es darauf ankommen, kannst
Du voll auf mich zählen."
„Ich danke Dir, teurer Freund, es wird uns schon gelingen, diese
tumben Thoren von einem entscheidenden Fehler abzuhalten."
Zum Abschied umarmten sie einander.
Inzwischen war es dunkel geworden. Als Fritz sich seinem Blockhaus
näherte, bemerkte er einen Lichtschein im Fenster seines Zimmers.
In der Wohnstube befand sich niemand. Leise öffnete er die Tür zu
seinem Zimmer. Im offenen Kamin brannte ein Feuer. Davor saß
Maria auf einem Bärenfell, in transparenter, blauer Seide gehüllt und
sah versonnen ins Feuer.
„Bonsoir, mon ami."
„Ich bin überglücklich, Dich bei mir zu wissen, in einer Zeit, in der
die Zeichen schlecht für mich stehen."
Er beugte sich zu Maria hinunter, rückte ein Stück der Seide beiseite
und küsste sie zart auf ihre nackten Schultern.
„Du hast mit Intrigen zu kämpfen."
„In der Tat – woher weißt Du?"
„Die Briten verfügen über gute Spione. Auch ich bin einer."
Maria stand auf. Im Lichtschein des Feuers brannten ihre Augen vor
Leidenschaft. Sie ließ die zarte Seide fallen - sie war nackt. Der Feu-
erschein streichelte ihre Haut und ihre Leidenschaft ließ ihn seine
Sorgen vergessen.

Fritz ließ das Frühstück in sein Zimmer bringen. Es war Sonntag. Beinahe die gesamte Armee hatte dienstfrei und Fritz beschloss, sich nach Wochen endlich auch einmal einen freien Tag zu gönnen.

„Die Briten werden Philadelphia räumen, um ihre Basis in New York zu verstärken", bemerkte Maria zwischen zwei Bissen.

„Das war abzusehen. Wann wird das der Fall sein?"

„Frühestens im Sommer nehme ich an. Die Franzosen haben Schwierigkeiten mit der Einschiffung der Truppen, denn die Briten blockieren mit ihrer Flotte weiterhin die Häfen."

„Im Kriegsrat sprechen sich viele für einen Angriff auf Philadelphia aus. Der Frühling weckt Tatendrang und die Saat der Vernunft ist ein zartes Pflänzlein, das schnell zertreten ist."

„Was sagt Washington dazu?"

„Nach der gestrigen Besprechung mit dem Kriegsrat möchte er sich heute entscheiden."

„Dann sollte ich ihn zuvor aufsuchen."

„Das wäre angebracht, chérie."

Gegen Mittag hatte Maria ihren Aufputz beendet und war nun wieder Captain Richter.

„Wie sehe ich aus, Fritz?"

„Du weißt doch, dass Du zu den schönsten Geschöpfen auf Erden zählst, auch wenn Du jetzt wie ein junger Mann aussiehst."

„Charmant, aber Komplimente waren ja schon immer Deine Stärke."

Abends um sechs Uhr trat der Kriegsrat zusammen. Demonstrativ stellten sich de Kalb, Mühlenberg, Greene, Pulaski und Wayne neben Fritz. Nach einer kurzen Ansprache des Oberbefehlshabers, in der er die Ansichten beider Seiten lobend hervorhob, teilte er mit, dass ihm heute aus verlässlicher Quelle zugetragen worden sei, dass die Briten in geraumer Zeit Philadelphia räumen würden. Daher habe er be-

schlossen, vorerst abzuwarten, um die Briten auf ihrem Marsch nach New York zur Schlacht zu stellen.
„Dennoch muss die Stadt observiert werden“, fiel ihm Lafayette ins Wort.
„In der Tat, und diese Aufgabe habe ich Ihrem Corps zugedacht, Marquis.“
Mit stolz geschwellter Brust warf sich Lafayette in Positur.
„Wenn diesem aufgeblasenen französischen Gockel dabei nicht die Flügel gestutzt werden“, ließ Anthony Wayne leise vernehmen.

Im Blockhaus erwartete ihn Maria. Ihre Nähe und ihre Poesie der Liebe führten ihn bald weit fort von den Pflichten und Intrigen, die ihn umgaben.
Nach dem Frühstück reiste sie ab.

Die bevorstehende Observierung Philadelphias zwang Fritz, die Armee auf den von ihm befürchteten Notfall vorzubereiten. Sie musste in der Lage sein, schnell zu handeln, sollte das Corps Lafayette von den Briten angegriffen werden.
Er erklärte dies General Washington, der daraufhin beschloss, seine Tagesbefehle so unmissverständlich zu formulieren, dass jede Brigade an den Manövern teilzunehmen habe, was diese dann auch befolgten. Nur glänzten, bis auf seine Freunde, die anderen hohen Offiziere weiterhin durch Abwesenheit.
An den Kriegsausschuss richtete Fritz eine schriftliche Eingabe, in der er seine Vorschläge zur Regelung des Inspektionswesens niederschrieb. Die Bewilligung erfolgte auch bald und der Vorsitzende des Kriegsausschusses, Richard Peters, legte den Beschluss dem Kongress vor, der ihn auf unbestimmte Zeit vertagte.
Der von Fritz befürchte Notfall trat weit schneller ein, als ihm lieb war. Denn gleich zu Beginn seines Unternehmens wagte sich Lafa-

yette mit seinem Kontingent viel zu weit vor. Statt die Truppe in kleinen, beweglichen Einheiten operieren zu lassen, überschritt er am 18. Mai im geschlossenen Verband den Shuykillriver und bezog bei Barren Hill Stellung, die er dazu auch noch unzureichend sicherte. Als die Briten von der Sache Wind bekamen, erkannte General Clinton sogleich, dass sich Lafayette selbst in die Falle manövriert hatte. Noch in der Nacht entsandte er zwei starke Corps, um die Amerikaner in die Zange zu nehmen und vom Rückzug abzuschneiden. Er selbst marschierte mit dem Gros der Armee direkt auf das Lager zu. Clinton witterte leichte Beute, denn nur zu gut war ihm bekannt, dass die Amerikaner von Taktik und Disziplin wenig verstanden und leicht in Unordnung gerieten.

Von einem der Vorposten wurde Lafayette gemeldet, das sich die Briten im Anmarsch befänden. Dieser vertrieb sich gerade mit einer schönen Mademoiselle die Zeit und schenkte der Meldung solange keine Beachtung, bis ein Offizier beherzt das Liebesspiel unterbrach und meldete, dass die Briten bereits den Weg nach Valley Forge zu besetzen drohten und ihre Hauptmacht nur noch eine Meile vom Lager entfernt sei. Lafayette befahl daraufhin den sofortigen Rückzug, ließ die Kanonen Alarm schießen und sandte einen Meldereiter nach Valley Forge.

Als dort die schlechte Nachricht bekannt gegeben wurde, war die Armee binnen einer halben Stunde marschbereit. Unentwegt ritt Fritz die Kolonnen ab und teilte Befehle aus. Von der Life Guard begleitet, setzten sich Washington mit Fritz, Greene, Mühlenberg, de Kalb, Pulaski und Wayne an die Spitze der Armee. Die anderen Brigadiers fehlten, logierten sie doch meilenweit entfernt.

Inzwischen versuchte das Beobachtungscorps von Lafayette, die Furt durch den Shuykillriver vor den Briten zu erreichen. Das Ganze geschah in zuvor noch nie gekannter Ordnung und Disziplin, so dass es ihnen gelang, den Fluss unbehelligt zu überqueren. Am gegenüber liegenden Ufer bezogen sie wieder Stellung. Als dann noch die Vorhut der Hauptarmee eintraf, mussten die enttäuschten Briten unverrichteter Dinge wieder abziehen.

Lafayette wurde wie ein Held gefeiert.

Nach und nach trafen bei der Truppe auch die restlichen Brigadiers ein.

In der anschließenden Lagebesprechung formulierte Washington Worte vorsichtiger Kritik.

„Schön, dass auch Sie, Gentlemen, inzwischen den Weg zu uns gefunden haben", empfing er sie, „sonst müssten Ihre Captains und Lieutenants mit ihren Truppen allein dem Feind aufwarten. Zu meiner größten Zufriedenheit haben ihre Offiziere die Truppen, die vortrefflich ausgebildet sind, bis hierher geführt."

Danach wandte er sich Lafayette zu.

„Ich ziehe meinen Hut vor Ihrer schnellen Auffassungsgabe und Entscheidungskraft, die Ihr Corps sicherlich in letzter Minute gerettet haben, Marquis."

Lafayette setzte ein selbstbewusstes Lächeln auf. Applaus wurde laut.

„Dieser aufgeblasene gallische Gockel", Anthony Wayne konnte sich nicht zurückhalten.

„Sicher wissen Sie selbst, Marquis", fuhr Washington fort, „dass allein die exakte Umsetzung Ihrer Befehle das Corps gerettet hat. Dass unsere Truppen auf einen solch guten Fuß stehen, haben wir allein einem Manne zu verdanken, dem Generalinspekteur der Truppen der Vereinigten Staaten von Amerika, Major General Baron Friedrich Wilhelm von Steuben - er lebe hoch!", rief Washington aus und erhob das Trinkglas.

Die Verbündeten des Generalinspekteurs fielen kräftig mit ein.

Dagegen reagierten die Intriganten eher verhalten.

„Marquis", setzte Washington seine Rede fort, „künftig erwarte ich von Ihnen, dass Sie solch unüberlegte Schritte unterlassen. Sie haben

ihr Corps den Briten auf einem Silbertablett serviert und auf das
höchste gefährdet. Ich hoffe, Sie ziehen Ihre Lehren daraus. Wie Sie
mit der Observierung weiter zu verfahren haben, werde ich morgen
mit Ihnen besprechen. - Guten Abend, Gentlemen. Ich wünsche, gut
zu ruhen.“
Sichtlich verstimmt verließ der junge Marquis die Besprechung.

Fritz setzte das Exerzieren der Truppe fort. Die Kontrolle über das
Nachschubwesen und die Verwaltung der Einheiten wurden ihm
weiterhin verwehrt, obwohl Misswirtschaft und Korruption ohne
eine effiziente Verwaltung offensichtlich waren. Bäckerei-Inspektor
Christoph Ludwig, Molly Pitcher und Mrs. Washington beschwerten
sich immer wieder bei ihm. Fritz bat die Frau des Oberbefehlshabers,
bei ihrem Mann zu intervenieren, denn seine eigenen Eingaben
beantwortete Washington nur halbherzig. Fritz hegte den Verdacht,
dass dem General entweder die Hände gebunden waren oder er
sogar die Korruption deckte.
Da die Briten in Philadelphia noch immer keinerlei Anzeichen
zeigten, die Stadt zu räumen, reichte Fritz im Juni schließlich Urlaub
ein, um mit Unterstützung des Kriegsausschusses seine Forderungen
vor den Kongress zu bringen. Sobald er seine Vertretung geregelt
wusste, reiste er mit seinem Adjutanten Benjamin Walker und seinem
Sekretär William North nach York ab.
Von Maria fehlte jedes Lebenszeichen. 'Nun gut, sie muss vorsichtig
sein und wird ihre Gründe dafür haben', dachte er.
In York polierte Fritz Klinken. Aber wie zu erwarten war, waren
seine Feinde nicht minder aktiv. So teilte ihm ein Vertreter des Kongresses mit, dass der Inspekteur von General Gates, ein Franzose
namens de La Neufville, sich weigere, die Anweisungen des Generalinspekteurs entgegen zu nehmen. Vielmehr strebe de La Neufville
selbst diesen Posten an. Im Kongress fand diese Forderung breite

Unterstützung. Immerhin galt General Gates als Kriegsheld und
Washington war als Zauderer bekannt.
Doch bevor über die Forderungen des Generalinspekteurs ernsthaft
debattiert werden konnte, meldete das BeobachtungsCorps, dass sich
die Briten auf dem Marsch von Philadelphia nach New York befän-
den.
Unverrichteter Dinge brach Fritz seinen Aufenthalt ab, um zur
Armee zu eilen.
Nach dem Abzug der Briten aus Philadelphia war das Feldlager der
Hauptarmee umgehend nach Princetown, einer kleinen Stadt auf
halbem Weg zwischen Philadelphia und New York, verlegt worden.
Auf seiner Reise dorthin wollte sich Fritz einen Eindruck über die
Lage in Philadelphia verschaffen – die Stadt sah schrecklich aus.
Überall lag Unrat herum. Selbst ihre Notdurft hatten die abziehen-
den Truppen mitten auf den Straßen hinterlassen, was unzählige
Fliegen anzog. Zuletzt hatte man die Geschäfte und Häuser der
"notorisch Aufsässigen" geplündert und niedergebrannt. Besonders
hart traf es den Herausgeber des "Staatsboten", Heinrich Miller und
den Bäckerei-Inspektor Christoph Ludwig, den Fritz vor den trau-
rigen Überresten seines Geschäfts antraf.
Bei der Begrüßung fielen sie sich in die Arme.
„Eigentlich bin ich hier hergekommen, um die Öfen für die Armee
anzufeuern. Kein Stein steht mehr auf dem anderen, Fritz. All das,
wofür ich gearbeitet habe, liegt in Trümmern."
Tränen rannen ihm über die Wagen.
„Dann baue es wieder auf und besser, als es je zuvor gewesen war.
Darin sind wir geschundenen Deutschen doch geübt. Wir haben es
noch immer geschafft, wieder aufzustehen. Unmöglich gibt es für
uns nicht."
„Du hast Recht, wir lassen uns nicht unterkriegen."

„Na also, halte Dich wacker, alter Junge und mach weiter. Für Dein
Geschäft wird es gewiss eine gute Zukunft geben, Du musst nur fest
an Dich glauben."
Fritz hatte mit Benjamin und William im "Slate House", dem besten
Hotel am Platze, Quartier bezogen. Hier wartete bereits ein Bote,
der ihm ein Billett überreichte.
„Mit den besten Empfehlungen von Miss Richter, Ihro Hochwohl-
geboren Herr Baron."
Hastig öffnete Fritz das Billett.
'Geliebter', schrieb sie, 'ich erwarte Dich heute Abend, acht Uhr,
Maria.'
Fritz sah auf sein Chronometer. Noch zwei Stunden. Genug Zeit,
um sich auf das Rendezvous vorzubereiten.
„Wo finde ich das Anwesen von Miss Richter?"
„In der New Street. Ich werde Ihro Hochwohlgeboren dorthin be-
gleiten, sollte der hochlöbliche Herr Baron der Einladung nachkom-
men können."
„'Baron' genügt guter Mann, wir befinden uns nicht im Feudalismus.
Wie lange brauchen wir dorthin?"
„Zehn Minuten."
„Wie lautet Sein Name, guter Mann?"
„Schmitt, Herr Baron."
„Gut, Herr Schmitt, treffen wir uns viertel vor acht, hier an der
Rezeption."
Die Gegend um die lang gezogene New Street wurde fast nur von
Deutschen bewohnt. Die Sprache der Menschen auf den Straßen
und die in Deutsch geschriebenen Geschäftsschilder ließen Fritz
glauben, in seiner Heimat zu sein.
Mr. Schmitt brachte ihn zu einem ansehnlichen Herrenhaus. Eine
hübsche Zofe öffnete.

Der repräsentativen Ausstattung des Foyers widmete Fritz wenig
Aufmerksamkeit. Über eine breite Treppe führte ihn die Zofe zum
Schlafgemach.
Die Fensterläden waren geschlossen. In Kandelabern leuchteten
Talglichter. Ein Duft von Rosen lag in der Luft. Diskret wurde hinter
Fritz die Tür geschlossen.
Aus dem Halbdunkel klang Harfenmusik. Fritz erkannte eine schöne
junge Frau, in einer Toga gekleidet, die der Harfe die lieblichen
Klänge entlockte.
Auf einem breiten Bett mit Baldachin lag Maria, verführerisch anzu-
sehen, im zarten Nichts eines durchsichtigen Negligés.
„Das ist Jana, unsere Gespielin für diese Nacht, sie wird unser
Liebesspiel bereichern. Wenn Du uns morgen früh verlassen wirst,
mon cher, soll Dir diese Nacht unvergessen bleiben.“
Maria hatte nicht zu viel versprochen - .

Am 23. Juni traf Fritz im Feldquartier der Hauptarmee in Princetown ein, das er zu seinem Erstaunen fast verwaist vorfand.
Umgehend ließ er sich über den Stand der Dinge unterrichten:
Demnach blieben den Briten und ihren deutschen Hilfstruppen auf
dem Marsch nach New York zwei Wege offen. Der eine führe über
Monmouth nach Sandy-Hook, einem Hafen am Ende einer schmal-
en Landzunge, der andere etwas westlicher über Brunswik und
South-Amboy. Ihre Kolonne käme nur langsam voran und zöge sich
über zwölf Meilen hin, da sich der Armee ein großer Tross loya-
listischer Flüchtlinge angeschlossen habe. Zudem würde die unerträgliche Sommerhitze den Briten sehr zusetzen. Brigadegeneral
Maxwell, von Washington beauftragt den Rückzug der Briten zusätzlich zu erschweren, ließe Brücken zerstören und attackiere den
Heerzug mit kleinen beweglichen Verbänden, die sich schnell wieder

zurückziehen könnten. Die Hauptmacht der Amerikaner folge den Briten im Abstand von zwei Stunden.

Unterdessen sei bei der Armee ein alter Freund und Mitstreiter General Washingtons, Generalmajor Charles Lee, eingetroffen, der aus britischer Kriegsgefangenschaft entlassen worden sei und für dessen Austausch sich der Oberbefehlshaber persönlich verwendet habe.

Unverzüglich begab sich Fritz zur Hauptarmee, wo ihn die Aufforderung erreichte, ohne Verzug sich in Hopewell, fünf Meilen von Princetown entfernt, einzufinden.

Dort angekommen, wurde er zur Sitzung des Kriegsrats einbestellt. In seiner Rede drängte Washington zur Schlacht, doch rieten ihm viele Offiziere, so auch Fritz, von der Strategie der Nadelstiche so-lange nicht abzuweichen bis feststehe, welchen Weg Clinton wählen würde.

Generalmajor Lee vertrat gar die Meinung, dass sich die Briten mit Sicherheit nach Süden wenden würden und riet von einer Schlacht dringend ab, da die schlecht ausgebildeten Amerikaner den Briten und Hessen nicht standhalten könnten. Vielmehr sollte man dem Feind nur folgen.

Ein heftiger Disput entbrannte, bei dem ihm Wayne Feigheit vorwarf und es fehlte nicht viel, dass er Lee forderte.

Fritz empfahl, die Vorhut durch zwei Brigaden zu verstärken. Zudem müssten die Briten durch einen Spähtrupp zuverlässiger und ge-schulter Leute aus nächster Nähe observiert werden, die regelmäßig die Bewegungen des Feindes zu melden hätten. Sollte sich die Lage günstig erweisen, wären sie schnell in der Lage, den Briten eine Schlacht aufzuzwingen. Washington konnte dieser Strategie nur zu-stimmen.

„Für diese Aufgabe wüsste ich niemand Geeigneteren als Sie, Baron. Sie sind mit der Taktik des Kleinen Krieges aufs Beste vertraut und

haben, wie ich durch die mir vorliegenden Empfehlungsschreiben aus Preußen weiß, solch gefährliche Aufträge bereits mehrfach erfolgreich durchgeführt."
„Das stimmt, General."
„Wie viele Männer benötigen Sie?"
„Zwei, die mit mir vor den Feind gehen und sechs Meldereiter der Life Guard."
„Gut, Ihre Begleiter suchen Sie sich selbst aus. Major von Heer soll die Meldereiter bestimmen. Lee und Wayne bitte ich noch zu bleiben - Gentlemen, ich wünsche, gut zu ruhen."
Damit war der Kriegsrat beendet.
Zunächst bat Fritz Benjamin, von dem er wusste, dass er ein guter Reiter war, ihn zu begleiten, danach suchte er Sergeant Knoepfle auf.
„Wie gut ist Er zu Pferde, Sergeant?", fragte er ihn.
„Pferd war mein erstes Wort, das ich hab' spreche könne. Mit Rösser bin ich so zu sage per du."
„Vortrefflich, Sergeant."
„Warum frage Sie, Chef?"
„Wir werden die Briten aus nächster Nähe observieren und ihre Bewegungen an General Washington melden. Will Er mich und Captain Walker bei dem Unternehmen begleiten?"
„Klar Chef."
„Gut, dann suche Er sich eines meiner Pferde aus. Einen Braunen, sie sind aus der Entfernung nicht so leicht auszumachen."
„Genauso hab' ich mir das mit Ihne vorgestellt, Chef." Sergeant Knoepfle war hoch erfreut.
„Sergeant Knoepfle, es heißt Sir, Major General, Sir, oder auf Deutsch, Herr Generalmajor. Merke Er sich das endlich."
„Scho recht, Chef."
Zwei Stunden später traf sich der Erkundungstrupp. Als Letzter kam breit grinsend Sergeant Knoepfle geritten.

„So, Chef, wir könne loslege, gell.“

„Sergeant, es heißt...“

„Ist mir aber zu umständlich, Chef.“

Wieder einmal gab es Fritz auf.

Gegen Abend befanden sie sich auf gleicher Höhe mit der britischen Hauptmacht.

Sie ritten durch eine flache, sandige Landschaft, zwischen denen vereinzelt lang gezogene, niedrige, teilweise unbewaldete Hügel herausragten.

'Als sei es die Mark Brandenburg', dachte Fritz. Ihm wurde weh ums Herz.

Vom Waldrand aus beobachteten sie das feindliche Feldlager. Gemeinsam mit den Briten bereitenden sich die deutschen Soldtruppen auf die Nacht vor. Zelte wurden errichtet, Lagerfeuer entfacht.

„Selbst hier, weit von der Heimat, kämpfe Deutsche gege Deutsche“, bemerkte Sergeant Knoepfle nachdenklich, „immerhin sind keine Schwobe bei denen.“

„Man hat sie wie Vieh an die Briten verkauft. Manche unserer Fürsten haben sich für den Handel mit den Briten geradezu angebiedert. Was bleibt nun den armen Hunden dort drüben anderes übrig, als ihr Leben so teuer wie möglich zu verkaufen. Doch eines Tages wird unsere Heimat ein freies, einiges und mächtiges Land werden und nicht mehr Spielball anderer Nationen sein. Wir werden es nicht mehr erleben aber vielleicht unsere Enkel oder Urenkel. Noch eins: sollten wir entdeckt werden, versucht jeder, sich auf eigene Faust zum Hauptquartier durchzuschlagen. Niemand wartet auf den anderen -verstanden?“

„Klar, Chef“.

„Gehen wir zu den anderen in den Wald zurück und richten das Nachtlager ein. Uns stehen harte Tage bevor.“

Die Nacht war schwül. Fritz fand keinen Schlaf, gedankenverloren
saß er am Fuße einer Kiefer. Neben ihm lag Azor. Er erinnerte sich
an die letzte Liebesnacht, an Maria und Jana, die schöne Harfen-
spielerin.
Ein tiefes Grollen riss ihn aus seinen Gedanken – es braute sich ein
Gewitter zusammen. Es musste gehandelt werden, schnell errichteten sie eine notdürftige Schutzhütte. Das Unwetter entlud sich im
Morgengrauen. Es regnete in Strömen. Die Pferde blieben ruhig.
Als sich das Gewitter verzogen hatte, ritten sie weiter.

Gegen Mittag, des 25. Juni, war eindeutig zu erkennen, dass der
Feind den Weg über Monmouth nach Sandy-Hook wählen würde.
Umgehend schickte Fritz einen Meldereiter mit einer Depesche zu
Brigadegeneral Scott, der ihnen mit seiner Einheit, die zur Vorhut
gehörte, in wenigen Meilen Abstand folgte. Fortan fand zwischen
Fritz und dem Brigadegeneral ein reger Schriftverkehr statt.
Eine dieser Meldungen lautete:
'Hightstown, 25 Juni, 3 Uhr nachmittags.
Sir!
Eine frühere Meldung wird Sie zweifelsohne schon davon
benachrichtigt haben, dass der Feind sicher den direkten Weg von
Allentown zum Monmouth Courthouse eingeschlagen habe. Sie
werden selbst darüber entscheiden, ob es nicht das Beste sei, mit
Ihrer Brigade hierher vorzurücken, und zugleich werden Sie ohne
Zweifel diese Mitteilung allen kommandierenden Offizieren der vor-
geschobenen Brigaden und General Washington zukommen lassen.
Steuben'.
General Clinton kam mit seinen Truppen weiterhin nur mühsam
voran. Sengende Hitze und Mückenschwärme setzten seinen Män-
nern zu. Immer mehr der loyalistisch gesinnten Flüchtlinge waren

den Strapazen nicht gewachsen, sie kapitulierten vor den Anstrengungen und zogen sich in die schattigen Wälder zurück.

Die Hitze wurde so unerträglich, dass die Briten nicht, wie erwartet, ihr Lager wie gewohnt abbrachen, sondern sich und den Tieren einen Tag Ruhe gönnten.

Dies veranlasste Fritz, folgende Meldung an General Washington aufzusetzen:

'Etwa zwei Meilen links von Monmouth Courthouse,

27. Juni, 11.30 Uhr.

General!

Wir kamen hier heute Morgen an und machten Halt, weil diese Position gut geeignet zur Beobachtung der feindlichen Bewegungen ist. Habe unsere Posten soweit vorgeschoben, dass wir die feindlichen Reiter, während diese ihre Pferde fütterten, mit der Pistole hätten erreichen können. Ihr gegenwärtiges Lager erstreckt sich einerseits entlang der Hauptstraße, die am Courthouse vorbei führt, und dehnt sich andererseits zur Linken, beginnend an der Spitze ihrer Kolonne, aus. Letztere ist keine 150 Schritt über das Courthouse vorgerückt. Zelte sind aufgeschlagen. Ihre Pferde sind auf der Weide. Es ist nicht der geringste Anschein eines Aufbruchs vorhanden.

Steuben'.

Gegen Nachmittag kam etwas Bewegung bei den Briten auf.

Fritz vermutete, dass sich Clinton zur Schlacht entschlossen hatte. Das Terrain dazu hatte er für seine Truppen günstig ausgewählt.

Sofort leitete Fritz seine Beobachtungen an das Hauptquartier weiter. Der Meldereiter kam mit der Nachricht zurück, dass Generalmajor Lee das Kommando über die Vorhut übernommen habe.

„Ausgerechnet Lee, der am liebsten die Briten ungehindert nach New York spazieren lassen würde, das soll noch einer verstehen", bemerkte Fritz gegenüber seinen beiden Begleitern.

Der Morgen des 28. Juni brach heran. Es war ein Sonntag und die
aufgehende Sonne kündigte abermals einen heißen und schwülen
Tag an.
Sobald es die Sichtverhältnisse erlaubten, ritten Fritz, Sergeant
Knoepfle und Benjamin auf Erkundung. Fritz wählte eine Position
auf einem Hügel, wo er von Büschen und einem angrenzenden
Wald gedeckt war. Gerade heute konnte jede Einzelheit, die er beobachtete, entscheidend sein. Fritz verließ sich ganz auf Azor, der
jede Gefahr bereits von weitem witterte. Nah am Waldrand standen
die Meldereiter bereit, die er auf Wink herbei beordern konnte.
Benjamin und Knoepfle pirschten sich durch das hohe Gras am
Fuß des Hügels an den Feind heran.
Nachdem die Briten und Hessen im Feldlager gefrühstückt hatten,
traf dort der Gepäcktransport der Nachhut ein. Die Zelte wurden
abgebrochen und die Marschkolonnen formiert. Die Hessen bildeten
mit dem Tross nun die Vorhut und setzten sich nordwärts in Be-
wegung, während die Briten sich nach Süden, in Richtung Middle-
town, in Marsch setzten.
Nun war es gewiss: Clinton stellte sich zur Schlacht.
Sofort schickte Fritz eine Meldung an General Washington.
'28. Juni, 8 Uhr, etwa eine Viertelmeile links von Courthouse,
General!
Soeben marschiert das Gros des Feindes unter voller Armierung auf
Middletown zu.
Empfehle, unverzüglich anzugreifen, bevor der Feind die für ihn vor-
teilhaften Höhenzüge um Middletown besetzten kann.
Steuben'.
Fritz beschloss, sich dem Feind noch mehr zu nähern, aber Azor, der
ihn bisher folgsam begleitete, blieb stehen und begann zu knurren.

Fritz konnte nichts Ungewöhnliches feststellen, alles schien ruhig.
Weit hinter sich sah er einen seiner Meldereiter.
Aber auf Azor war Verlass. Etwas musste nicht geheuer sein. Fritz
entsicherte beide Pistolen.
Er hörte Äste knacken. Im nächsten Augenblick brach ein Trupp
Reiter aus dem Wald, der direkt auf ihn zuhielt. Fritz schoss die
Pistolen auf die Angreifer ab, wendete sein Pferd, sprang über eine
Hecke, verlor dabei seinen Hut und setzte im vollen Galopp zur
Flucht an. Er war ein vortrefflicher Reiter und Lizzy ein gutes Pferd.
Merkwürdigerweise schossen die Verfolger nicht auf ihn. Dem
Anschein nach wollten sie ihn lebend, doch hatten sie die Rechnung
ohne ihn gemacht, denn schnell gewann er Boden und die Hecken-
reiter gaben die Verfolgung auf.
Fritz glaubte, seine Gefährten verloren. Höchstens die Meldereiter
hätten sich noch retten können. Er überlegte kurz, ob er zurück
reiten sollte. Doch damit würde er gegen seinen eigenen Befehl
verstoßen.
Jeder wusste um seinen Auftrag und die Gefahr, in die er sich begab.
Er selbst hatte noch einmal Glück gehabt. Schweren Herzens gab er
Lizzy die Sporen. Azor folgte aufgeregt.
Auf dem Weg zum Hauptquartier begegneten ihm einzelne Miliz-
verbände. Fritz riet ihnen, sich den Briten an die Fersen zu heften.
'Wann rücken die Unseren endlich vor?', fragte er sich.
In Englishtown traf Fritz auf Teile der eigenen Vorhut. Sie waren
viel zu weit von den Briten entfernt, um sie noch vor Middletown
zum Kampf zu stellen. Kopfschüttelnd kehrte er in ein Wirtshaus im
Ort ein und aß eine Kleinigkeit. Vor dem Wirtshaus standen vier
Zwölfpfünder, die zur Division Lee gehörten und deren Bedienungs-
mannschaften bereits den ganzen Vormittag vergeblich auf eine
Order warteten.

Zur Mittagszeit suchte er General Washington auf, der südlich von Englishtown ankommende Regimenter in Schlachtordnung stellte. Noch während er ihm Rapport erstattete, begann nordöstlich von ihnen eine heftige Kanonade. Von dem Hügel, auf dem sie standen, sahen sie wenig später durch ihre Okulare Teile der Division Lee in großer Unordnung retirieren, verfolgt von einem Infanterie- und Dragoner-Regiment der Briten.

„Wie kann das sein? Lee sollte doch angreifen! Wir sind doch in der Überzahl!", rief Washington verärgert.

„General, auf dem Marktplatz befindet sich eine Batterie Zwölfpfünder. Ich schlage vor, diese auf der Anhöhe neben uns zu postieren, um die Avantgarde der Briten gebührend in Empfang zu nehmen. Sehen Sie den Bach hinter Englishtown? Er stellt ein natürliches Hindernis dar. Davor erstreckt sich weites, offenes Gelände, ideal um unsere retirierenden Truppen aufzufangen und neu zu formieren", schlug Fritz vor.

„Gut, leiten Sie das umgehend ein, Baron."

Als Fritz den Marktplatz von Englishtown erreichte und dem Captain der Batterie entsprechende Order gab, ritt ohne Gruß Generalmajor Lee an ihm vorbei. Im Eifer des Gefechts maß Fritz dem keine Bedeutung bei. In aller Eile führte er die Batterie den Hügel hinauf. Binnen weniger Minuten waren die Kanonen in Stellung gebracht und feuerbereit. Der Captain meldete, dass die Briten in Reichweite seien.

„Meinen Respekt, Gentlemen. Geben Sie Feuer, Captain."

Kommandos gellten. Krachend spie die Batterie ihre erste Lage gegen den Feind. Beißender Pulverqualm - die Einschläge lagen inmitten der Briten. Etliche Feinde stürzten zu Boden.

„Neues Ziel, Entfernung 3.500 Schritt, richtet aus!", befahl Fritz, der nun beabsichtigte, die vordersten Linien der Briten aufs Korn zu nehmen.

„Ziel erfasst, Geschütze feuerbereit", meldete der Captain.

„Habt Acht! - gebt Feuer!"

Die Luft bebte. Die Räder der Kanonen stemmten sich in die eingeschlagenen Keile.

Inzwischen hatten weitere Batterien zu feuern begonnen. Der feindliche Vormarsch geriet ins Stocken.

„Das Gleiche noch einmal!", befahl Fritz.

In Begleitung mehrerer Offiziere galoppierte General Washington den Hügel hinauf. Fritz übergab das Kommando an den Captain der Batterie und wandte sich den Ankommenden zu.

„Baron, unsere gesamte Vorhut retiriert und das in größter Unordnung. Bringen Sie die Leute zum Stehen! Die Soldaten kennen Sie, auf Sie werden Sie hören. Für das Unternehmen gebe ich Ihnen Oberstleutnant Ternant und zehn Offiziere mit."

Die Batterie feuerte die nächste Salve ab.

Davon beeindruckt, begannen die Briten, sich zurück zu ziehen, um außer Reichweite der Kanonen zu kommen.

„Es wird uns schon gelingen, General!"

„Sobald die Brigade Peterson eingetroffen ist, werde ich sie Ihnen zur Unterstützung zuteilen. Übernehmen Sie das Kommando über unseren linken Flügel, Baron, und rücken Sie, sobald es Ihnen möglich erscheint, gegen den Feind vor. Mit Ihrer Hilfe werden wir das Ganze noch zu unseren Gunsten wenden." Der General empfahl sich kurz und ritt davon.

„Schön, Sie hier zusehen, Monseignieur Ternant", empfing Fritz seinen Inspekteur.

„Auch mich erfüllt es mit Freude, Sie nach dem Himmelfahrtskommando, auf das Sie sich eingelassen haben, wohlbehalten wieder zu sehen."

„Leider befürchte ich, dass wir künftig auf die Gesellschaft von Captain Walker und Sergeant Knoepfle verzichten müssen. Sie gelten als vermisst, ebenso die Meldereiter.“
„Wie bedauerlich, Sir.“
Die Batterie feuerte abermals. Nachdem sich der Qualm verzogen hatte, setzte Fritz sein Okular an, um sich ein Bild von der Lage zu machen.
„Sehen Sie den Bach, der hinter Englishtown am Fuß des Hügels vorbei fließt und über den zwei Brücken führen?“, fragte er Ternant.
„Ja, Sir.“
„Das Feld davor ist weit. Dort fangen wir die Unseren ab und stellen sie neu auf.“
Auf ihrem Weg durchquerten sie Englishtown. An einem Haus gelehnt, trafen sie General Lee an, der sehr erschöpft wirkte. „Wohin reiten Sie, Baron.“
„Wir werden versuchen, Ihre Division zum Stehen zu bringen, um sie erneut aufzustellen.“
„Es erfüllt mich mit Freude, dass gerade Sie diese Aufgabe übernehmen wollen, da ich durch die Hitze doch sehr ermattet bin.“
Sie ritten weiter. Die Offiziere verteilten sich auf dem vorgelagerten Feld. Fritz postierte sich etwas vorgeschoben im Zentrum des Geländes. Die Kanonen hielten die Briten weiter auf Distanz.
Bald kamen die ersten der in Unordnung geratenen Truppen an. Sie gehörten zur Brigade Scott.
In aller Ruhe hob Fritz gebietend seine Hand und befahl ihnen, sich in Schlachtordnung aufzustellen. Sobald sie ihn erkannten, wurden Hochrufe laut. Sein Erscheinen weckte Vertrauen. Die Regimenter begannen, sich neu zu formieren.
Unentwegt ritt Fritz die sich bildende Front ab, rief Kommandos und nahm weiter retirierende Einheiten in Empfang.
„Seid Ihr zum Kampf gekommen?“, fragte er viele.

„Nein", lautete fast einhellig die Antwort, „nicht einen Schuss haben wir abgegeben."

„Warum retiriert Ihr dann?"

„Man hat es uns befohlen. Die Briten haben wir erst zu Gesicht bekommen, als sie uns im Nacken saßen."

So etwas hatte Fritz noch nie erlebt.

General Maxwell erschien mit seiner Brigade, die bis auf wenige Geplänkel ebenfalls keine Feindberührung gehabt hatte. Auch für ihn kam der Rückzugbefehl unerwartet. Er führte zwei Batterien Sechspfünder mit, die Fritz an den Flanken der Infanterie in Stellung bringen ließ. Den Kanonieren befahl er, Kartätschen bereitzuhalten. Vom Zentrum der Armee war heftiger Gefechtslärm zu hören.

Zwei Reiter hielten auf Fritz zu. Als sie näher kamen, fiel ihm ein Stein vom Herzen.

Sergeant Knoepfle setzte ein breites Grinsen auf. An seiner Seite ritt Benjamin Walker.

„Sodele, da staune Sie aber, Chef, den Englishmen sind wir auf klassisch schwäbische Weise entwischt. Auch alle Männer von der Life Guard habe's g'schafft."

„Genauso isch es g'wese, gell", bestätigte Benjamin.

„Captain Walker, ich weiß, dass Sie durchaus der deutschen Sprache in korrekter Weise mächtig sind."

„Bitte um Vergebung, Herr Generalmajor, aber meine Eltern sind Schwaben und in Begleitung von Sergeant Knoepfle ist dieser Dialekt nun einmal ansteckend."

„Wie bedauerlich. Doch reißen Sie sich gefälligst zusammen! Sonst breitet sich diese lächerliche Mundart noch wie eine Epidemie aus und untergräbt die Moral der Truppe, klar?"

„Jawohl, Herr Generalmajor!"

„Meine Herren! Es freut mich, Sie lebend wieder zu sehen. Mir fehlen noch Adjutanten. Es wäre mir eine Ehre Sie an meiner Seite zu wissen."

„Es erfüllt uns mit Stolz, gerade mit Ihnen, Herr Generalmajor, in die Schlacht zu ziehen", bekräftigte Benjamin.

„Heidenei, Chef, zwische dene Hügele kommt an Heerhaufe rauf, gell", stellte dagegen Sergeant Knoepfle in breitem Schwäbisch fest.

Fritz sah sich um. Es konnte sich nur um die Brigade Peterson handeln.

„Sergeant Knoepfle, eine militärische Einheit, die aus verschiedenen Waffengattungen besteht, nennt man Brigade und nicht Heerhaufen. Mindestens zwei Brigaden bilden eine Division. Zudem haben Sie in einem verständlichen Deutsch mit mir zu sprechen! Merken Sie sich das endlich! Außerdem heißt es nicht, gell, verdammt noch mal!"

„Klar, Chef."

„Und Chef schon gar nicht! Sie rauben mir noch den letzten Nerv, Sergeant!"

„Aber Chef ist einfacher, gell."

Wieder einmal gab es Fritz auf.

„Folgen Sie mir, meine Herren!"

Mit seinen Adjutanten meldete sich Brigadegeneral Peterson bei Fritz und fragte an, wo er mit seinem starken 8.deutschen Regiment Pennsylvania Aufstellung zu nehmen habe. Der Kommandeur des Regiments war Peter Mühlenberg, der an ihrem Sieg keinen Zweifel ließ.

„Mit Dir an der Spitze dieses Flügels kann nichts mehr schief gehen, Fritz."

„Sobald wir die Gelegenheit dazu haben, machen wir aus den Briten Kleinholz."

Fritz beorderte die Brigade Peterson hinter dem Bach auf die An-höhe. Am rechten Flügel ließ er eine starke Batterie von acht Sechs-

pfündern in Stellung bringen, die bald darauf das Feuer eröffnete, da
die Briten einen neuen Angriff starteten. Aber bei dem Sperrfeuer,
das ihnen entgegen schlug, kamen sie nicht weit. Daraufhin zogen sie
sich erneut zurück und brachten ihrerseits Geschütze in Stellung.
Eine heftige Kanonade entbrannte, bei der die Vorteile deutlich auf
Seiten der Amerikaner lagen.
„Sie haben die Geschütze vortrefflich postiert, Herr Generalmajor“,
bemerkte Benjamin, „in solch konzentriertes Feuer habe ich noch nie
erlebt. Sie gehen mit Kanonen um, als seien es Pistolen.“
„Gelernt ist gelernt, zudem sind die Kanoniere gut ausgebildet“,
erwiderte Fritz nicht ohne Stolz.
„Sollten wir nicht angreifen?“
„Noch ist der Feind nicht sturmreif geschossen. Allerdings werde ich
umgehend eine entsprechende Empfehlung an General Washington
senden, denn bis seine Antwort eintreffen wird, haben wir die Briten
soweit.“
Fritz holte seinen Schreibblock und Stift aus seiner Weste hervor und
schrieb:
'Eine Viertelmeile hinter Englishtown, 3:15 Uhr.
General!
Wir stehen in gefestigter Schlachtordnung und haben Feindberührung. Die Lage erweist sich als günstig. Empfehle mit meinem Corps
unverzüglich anzugreifen, um den feindlichen rechten Flügel zu
werfen und anschließend gegen das Zentrum der Briten einzu-
schwenken um dieses von der Flanke her aufzurollen.
Steuben'.
Einer der Meldereiter nahm das Schreiben entgegen und galoppierte
davon.
Das Zentrum wurde noch immer hart umkämpft. Unentwegt
krachten Salven. Auch Pelotonfeuer war zu hören, was Fritz glauben
ließ, dass ein preußisches Regiment im Gefecht stand.

Nach einer dreiviertel Stunde kehrte der Meldereiter mit einer
Nachricht von General Washington zurück, gerade als sich Fritz in
einer Lagebesprechung mit den Kommandeuren seines Corps befand, um den bevorstehenden Angriff vorzubereiten.
'Baron,
der Feind retiriert. Führen Sie mir umgehend zur Verfolgung des
Gegners die Brigade Peterson als Verstärkung zu', las Fritz.
„Mein Gott, was macht er da?", entfuhr es ihm, „der Feind retiriert
doch, wozu braucht er dann noch Verstärkung. Was soll das? Sobald
wir den rechten Flügel geworfen haben, würden wir doch das feindliche Zentrum von der Flanke her aufrollen und einen umfassenden
Sieg erringen."
„Wie lautet Ihre Order?", fragte ihn Peterson.
„Laut eingegangenem Befehl werde ich Ihre Brigade zur Verstärkung
unseres Zentrums General Washington zuführen – begeben Sie sich
auf Ihre Posten, Gentlemen!"
Die Zeit drängte. Fritz ließ die Brigade Peterson sammeln und
marschierte mit ihr in Richtung Zentrum ab. Das Kommando am
Platz übergab er an Maxwell.
Auf ihrem Weg durchquerten sie erneut Englishtown, wo Fritz aber-
mals auf Generalmajor Lee traf, der sich danach erkundigte, ob er
vorhabe, den Briten direkt in die Arme zu laufen.
Fritz teilte ihm seine Order mit und erstattete einen kurzen
Lagebericht.
„Das kann nicht sein, dass sich die Briten zurückziehen. In einer
offenen Feldschlacht sind sie uns an Ordnung und Disziplin doch
weit überlegen. Sicher ruhen sie sich nur aus, um uns dann erneut
anzugreifen. Bei der Order, von der Sie berichten, kann es sich nur
um ein Missverständnis handeln."
„Lesen Sie selbst."
Fritz reichte ihm seine erhaltene Order, die keinen Zweifel zuließ.

„Wenn dem so ist, müssen Sie marschieren."
„Genau das habe ich auch vor."
Bald trafen sie auf das Zentrum der Hauptarmee, das die Briten auf ganzer Linie zum Rückzug zwang. Fritz ritt unverzüglich zu General Washington.
„Vielen Dank, Baron, dass Sie so schnell erschienen sind", empfing er ihn, "die Brigade soll mein Zentrum verstärken. Übergeben Sie das Kommando wieder an Perterson. Er soll vorrücken, kehren Sie zu ihrem Corps zurück, Baron, und greifen Sie ebenfalls an. Um Mitternacht sollen sich die Kommandeure zum Kriegsrat im Rathaus von Englishtown einfinden."
„General, warum haben Sie mir trotz meiner Empfehlung diesen Befehl gegeben, womit Sie meinen Flügel entscheidend schwächen? Wir sind dabei einen umfassenden Sieg zu verschenken."
Washington sah ihn unverwandt an.
„Nach dem unorganisierten Rückzug der Vorhut, den Sie glücklich zum Stehen gebracht haben, ist es mir wichtiger, unser Zentrum zu verstärken! – Guten Tag, Baron", teilte er Fritz forsch mit und ritt mit seinen Offizieren davon.
„Das soll noch einer verstehen", befand Fritz leise.
Bis zum Einbruch der Dunkelheit rückte Fritz mit seinem Corps vor. Dabei trafen sie nur auf vereinzelten Widerstand, der stets schnell gebrochen werden konnte.
Fritz ließ die Verfolgung einstellen und ein befestigtes Feldlager errichten. Morgen, so hoffte er, sollte es zur Entscheidung kommen. Zur Sicherung sandte er Aufklärer aus und stellte weiträumig vorgeschobene Posten auf. Zudem musste ein starkes Alarmpikett als schnelle Eingreiftruppe einsatzbereit bleiben. Jede auffällige Bewegung sollte ihm umgehend gemeldet werden.
Wie befohlen, fand er sich um Mitternacht im Rathaus ein, wo bereits sämtliche hohe Offiziere versammelt waren.

Washington entschuldigte sich für die Einladung zu solch später
Stunde, doch hätten die Umstände keinen früheren Zeitpunkt zuge-
lassen.

„Gentlemen, der heutige Tag hat gezeigt, dass wir uns auch in
offener Feldschlacht mit den Briten messen können. Es war mir
vergönnt, den ersten erfolgreich durchgeführten Bajonettangriff
gegen britische Regulars zu beobachten. Dies zeugt von dem hohen
Ausbildungsstand unserer Soldaten, obwohl der Ausbildung stets
durch Eitelkeit geprägte Widerstände entgegengestellt werden.
Besonders möchte ich die Brigade Wayne hervorheben, die den
ganzen Tag mit Bravour in vorderster Linie gekämpft hat. Des Weiteren möchte ich den Generalinspekteur der Truppen der Vereinigten
Staaten lobend erwähnen, der sich selbst nicht zu schade war, den
Feind über Tage hinaus aus nächster Nähe zu observieren. Ein wag-
halsiges Unternehmen, dem er sich mit wenigen Getreuen ausgesetzt
hat. Zudem gelang es ihm Kraft seiner Souveränität und des Res-
pekts, den ihm die Männer entgegen bringen, die sich in Auflösung
befindliche Vorhut aufzuhalten und neu zu formieren, um schließlich
selbst zum Angriff überzugehen. Mit dieser Tat wandten Sie eine
ernstzunehmende Krise von der Armee ab. Haben Sie meinen aufrichtigen Dank, Baron!
Major General Lee, von Ihnen würde ich gerne erfahren, welcher
Hund Sie geritten hat, mir erstens: Nur eine Tagesmeldung zukommen zu lassen, die dazu noch im Widerspruch zu meinen Befehlen stand, und zweitens: Warum Sie ohne nennenswerte Feindberührung den Rückzug der gesamten Vorhut angeordnet haben, der
noch dazu in gänzliche Unordnung geriet?“
General Lee räusperte sich.
„Am frühen Morgen standen die Zeichen für uns noch günstig.
Doch als wir aufmarschierten, musste ich feststellen, dass der Gegner
weit stärker war, als wir angenommen hatten. Dennoch entschloss

ich mich zu kämpfen, doch wurden meine Anordnungen falsch gedeutet und die Brigadegeneräle Maxwell und Scott handelten so, wie es ihnen gerade günstig erschien. Brigadegeneral Scott befahl gar eigenmächtig den Rückzug. Daher habe ich Order zum Retirieren gegeben, zumal uns die Briten auf breiter Front angriffen. Unsere Truppen wären niemals in der Lage gewesen, ihnen Stand zu halten.“

„Sie haben es ja nicht einmal versucht! Zu Ihrer Unterstützung war die Hauptarmee keine zwei Meilen entfernt. Des Weiteren frage ich Sie, wie es möglich sein konnte, dass der Rückzug in eine Flucht ausarten konnte?“

„Unsere Soldaten sind einfach zu undiszipliniert und in allen Belangen den Briten weit unterlegen.“

„So spricht ein Verräter! Warum sind Sie nicht gleich bei Ihren Freunden, den Briten, geblieben!“, rief der ansonsten besonnene de Kalb voller Zorn.

Washingtons Hand gebot Mäßigung.

„Major General Lee, diese undisziplinierten Soldaten hat Baron von Steuben binnen kurzer Zeit zum Stehen gebracht. Nicht einer von ihnen ist desertiert. Im Gegenteil, sie formierten sich neu und das in bester Ordnung und Disziplin - nun zu Ihnen Scott. Hat Ihr eigenmächtiges Verhalten dieses Chaos zu Beginn der Schlacht ausgelöst?“

„Nicht eine Order habe ich von Major General Lee erhalten!“, empörte sich Scott. „Alle meine Depeschen an ihn sind unbeantwortet geblieben. Deshalb befürchtete ich, mit meiner Brigade durch den Feind abgeschnitten zu sein. Daher befahl ich den Rückzug. Die einzige Korrespondenz, die ich regelmäßig unterhielt, war die mit dem Kommandeur der Aufklärer, Major General von Steuben.“

„Auch mir erging es nicht anders“, bestätigte Maxwell.

„Danke, Gentlemen. Major General Lee, mit sofortiger Wirkung entbinde ich Sie Ihres Kommandos und veranlasse, dass ein Kriegsgerichtsverfahren gegen Sie eingeleitet wird. Bis auf weiteres sind Sie

beurlaubt. Das Kommando über Ihr Corps wird vorerst Major
General von Steuben übernehmen. Es war ein großer Fehler, Ihnen
die Vorhut anzuvertrauen, zumal Sie sich von Beginn an gegen unser
Vorhaben ausgesprochen haben. Dank Ihrer Inkompetenz ist uns
heute ein umfassender Sieg versagt geblieben.
Uns bleibt nur, auf Morgen zu hoffen."
In diesem Moment wurde die Tür aufgestoßen. Ohne Anmeldung
eines Postens, der ihm etwas hilflos folgte, betrat Sergeant Knoepfle
den Saal. Er sah schmutzig und übermüdet aus. Ohne militärischen
Gruß ging er auf Fritz zu.
„Chef, die Briten hauen ab, lesen Sie selbst." Er streckte Fritz einen
gefalteten Zettel entgegen.
„Sehr diszipliniert und militärisch", ließ sich Major General Lee ver-
nehmen.
„Danke, Sergeant."
Die Nachricht war auf Deutsch verfasst. Fritz versuchte sich im
Übersetzen.
„Links von Monmouth Courthouse, eine Viertelmeile vom Feind
entfernt, dreiviertel vor zwölf Uhr.
Soweit wir es einsehen können, brechen die Briten ihr Lager ab. Die
Feuer lassen sie brennen und stellen Attrappen auf.
Walker".
Fritz reichte die Meldung an General Washington und wandte sich
an Lee.
„Major General Lee, hätte die Armee mehr von diesen Männern wie
Captain Walker und diesen Sergeanten hier, bräuchten wir keinen
Feind auf der Welt zu fürchten."
Er wandte sich an Sergeant Knoepfle.
„Sergeant Knoepfle, ich weiß, dass es Ihnen und Captain Walker an
Schlaf mangelt. Dennoch bitte ich Sie, den Feind weiterhin zu obser-

vieren und uns über sein Vorgehen in Kenntnis zu setzen. Nächste
Meldung in einer Stunde. Ist das machbar?"
„Jawohl, Herr Generalmajor!"
„Holla, Sie können es ja."
„Klar, Chef."
„Wegtreten!"
Sergeant Knöpfle grüßte militärisch, machte auf dem Absatz kehrt
und verließ den Saal.
„Verdammt", entfuhr es dem Oberbefehlshaber, „einen besseren
Zeitpunkt hätten die Briten nicht wählen können. Bis wir unsere
Truppen marschbereit haben, vergeht mehr als eine Stunde, dazu
führen die Briten kaum Gepäck mit sich."
„Mit Verlaub, General, mein Corps steht nahe am Feind und verfügt
über ein Alarmpikett von 580 Mann, das sofort nachsetzten kann.
Dazu ist das gesamte Corps in Bereitschaft gesetzt", warf Fritz ein.
„Wie sieht es bei den anderen Truppenteilen aus, Gentlemen?"
Die Befragung ergab, dass die Kommandeure die Soldaten ruhen
ließen, war der Tag doch ungewöhnlich heiß und strapaziös für alle
gewesen. Etliche hatte gar der Hitzschlag zu Boden gestreckt, wie
den Mann von Molly Pitcher, die daraufhin selbst dessen Position an
der Kanone eingenommen hatte.
„Da wir die gesamte Bagage mit uns führen, kämen wir nur langsam
voran. Ihr Corps wäre demnach lange auf sich allein gestellt, Baron."
„Nur wer wagt, gewinnt. Schneller Angriff, schneller Rückzug und
das solange, bis uns die Hauptarmee eingeholt hat und wir die Briten
zur Schlacht stellen können", schlug Fritz vor.
Einen Moment dachte Washington nach.
„Ihre Vorkehrungen und Eifer ehren Sie, Baron, doch die Männer
sind erschöpft. Gönnen wir ihnen noch einige Stunden Ruhe. Um
vier Uhr wird die Armee marschbereit gesetzt."

„Dann wird es zu spät sein, um die Briten vor Sandy Hook noch einzuholen."

„Ich weiß. Die Befehlsgewalt über die Armee wird wie folgt geregelt: Das Zentrum führt de Kalb, den linken Flügel Baron von Steuben, den rechten Flügel der Marquis de Lafayette. Gentlemen, ich wünsche, gut zu ruhen! Morgen steht uns ein harter Tag bevor."

Wie es Fritz befürchtet hatte, war das Lager der Briten geräumt. Nicht nur, dass sie einen Tag zuvor das Gepäck vorausgeschickt hatten, um noch beweglicher zu sein, sie ließen auch sämtliche Verwundeten zurück, sogar ihre Offiziere.
Zur Verfolgung rückte das Corps Steuben als erstes ab. Fritz machte sich nichts vor. Obwohl er die erschöpften Soldaten immer wieder zur Eile antrieb, wusste er, dass der Feind nicht mehr einzuholen war. Seine Aufklärer meldeten, dass die Briten einen Vorsprung von sechs Stunden hätten und ihre Marschrichtung, wie vermutet, auf Sandy Hook ziele, wo bereits britische Transport- und Kriegsschiffe warteten.
Nach Sonnenuntergang fand die nächste Lagebesprechung statt. Whisky wurde getrunken und Reden auf die gewonnene Schlacht bei Monmouth gehalten. Schließlich bat Fritz um das Wort.
„Gentlemen, von einer Schlacht kann nicht die Rede sein und von einem Sieg schon gar nicht. Es handelte sich lediglich um ein Rückzuggefecht. Unser Ziel war es, die Briten zur Entscheidungsschlacht zu stellen. Leider ist uns das trotz der vorzüglichen Disziplin der Truppen misslungen. Gut, der Feind hat hohe Verluste erlitten. Dennoch haben sich die Briten durch einige geschickte Manöver vortrefflich aus der Affäre gezogen. Vor Sandy Hook können wir sie jedenfalls nicht mehr stellen."
Mit zweifelndem Blick sah ihn Washington an. Für einige Momente herrschte betroffenes Schweigen.

„Sie haben den Nagel auf den Kopf getroffen, Baron. Dennoch ist es ein bedeutender Achtungserfolg, der General Clinton zu denken geben wird, und dieses Rückzuggefecht, wie Sie es nennen, Baron, ist ein Meilenstein in unserer Geschichte. Darauf möchte ich das Glas erheben, Gentlemen - auf die künftigen Siege unserer Streitkräfte!"

Während des gesamten New Jersey-Feldzuges behielt Fritz das Kommando über das Corps des suspendierten General Lee. Ihr Marsch führte sie über Brunswick, Bergen, Paramus und Haverstraw zum westlichen Ufer des Hudsons, den die Armee bei Kingsferry überschritt. Am 20. Juli errichtete die Armee ihr neues Hauptquartier in Whiteplans. Gefechte gab es nur noch vereinzelt mit Loyalistenverbänden.

In Philadelphia, wohin die Regierung zurückgekehrt war, wurde unterdessen der Prozess gegen General Lee eröffnet. Sämtliche Brigadegeneräle, die für die Militärjustiz von Nöten waren, hatten sich eingefunden, entweder als Richter oder als Betroffene und Zeugen.
Von nun an traf aus der Hauptstadt eine Flut von Beschwerdebriefen bei General Washington ein. Etliche Parlamentsabgeordnete führten Beschwerde darüber, dass die Armee von Ausländern geführt werde. Der öffentliche Druck auf Washington wuchs, was ihn schließlich veranlasste, Fritz zu sich einzubestellen.
Nach einigen Höflichkeiten kam Washington auf den Kern der Sache zu sprechen.
„Sie müssen verstehen, Baron, dass ich Sie unter den gegebenen Umständen von Ihrem Kommando ablösen und einen Amerikaner an Ihre Stelle setzen muss."
„Warum gerade ich?"

„Wen außer Ihnen soll ich denn als Befehlshaber opfern? Sie sind mein fähigster Mann, Baron, das haben Sie bei Englishtown erneut bewiesen. Kein anderer hätte die fliehende Vorhut zum Stehen gebracht. Ihnen allein haben wir diese Disziplin zu verdanken. Sie sind der Generalinspekteur und Organisator der Armee. Fahren Sie mit dieser segensreichen Arbeit fort, was nicht ausschließen soll, Ihnen bei Gelegenheit wieder ein eigenes Kommando anzuvertrauen.“

„Damit sind wohl die eher heiklen und undankbaren Aufgaben gemeint, nicht wahr?“

„In der Tat, da ich solch ein Kommando keinem anderen außer Ihnen anvertrauen würde.“

„Wenigstens sind Sie ehrlich, General. Doch möchte ich meine Kompetenzen als Generalinspekteur vom Kongress endlich geregelt wissen, zumal Gates hat wissen lassen, dass er seinen eigenen Generalinspekteur unterhält."

„Bei der Ausbildung der Armee kann es nur ein Haupt geben und das ist das Ihre, Baron. Dies werde ich dem Kongress auch unmissverständlich zu verstehen geben, selbst wenn sich Gates für den besseren Oberbefehlshaber hält.“

„General, ich bitte, nach Philadelphia reisen zu dürfen, um meine Angelegenheit vor dem Kongress zu bringen. Sollte sich der Kongress immer noch nicht festlegen wollen, werde ich meinen Abschied einreichen, da dieser ständig schwebende Zustand für mich auf Dauer unerträglich ist.“

„Sobald Sie Ihre Vertretung geregelt haben, können Sie reisen, Baron.“

Fritz war verbittert, beschloss aber, seine schlechte Laune niemanden anmerken zu lassen, was allerdings gewaltig fehlschlug.

Mit einem kräftigen Fußtritt stieß er die Tür zu seinem Quartier auf. William, Benjamin, sein Diener Carl, die frisch angestellte Magd

Anna und Azor schreckten auf, solch ein unbeherrschtes Verhalten waren sie von ihm nicht gewohnt. Ohne ein Wort ging Fritz in sein Zimmer und knallte mit Wucht die Tür hinter sich zu. Da fiel ihm ein, dass er etwas vergessen hatte. Einen Spalt breit öffnete er die Tür und brüllte: „Bis morgen Mittag bin ich für jeden indisponiert! Verstanden?"

„Jawohl, Herr Generalmajor!", erklang es einstimmig.

Danach fiel die Tür endgültig ins Schloss.

Als der erste Groll verflogen war, fasste Fritz den Entschluss, an Maria einen Brief zu schreiben. Er legte sein Schreibzeug zurecht und schrieb einige Zeilen, um alsbald festzustellen, dass es ihm im Moment an Sentimentalität fehlte. Außerdem wollte er Maria nicht mit falsch gewählten Worten gefährden. Wer weiß, in welche Hände seine Korrespondenz gelangen könnte. Fritz knüllte das Papier zusammen.

Schließlich erbarmte er sich des Inhalts einer Flasche Genever. Um Mitternacht warf er sich auf sein Bett und schlief augenblicklich ein.

Die Sonne stand bereits hoch am Himmel, als Carl versuchte, seinen Dienstherrn zu wecken. Das Tablett, auf dem er das Frühstück angerichtet hatte, stellte er auf den Beistelltisch.

Fritz brummte der Schädel.

„Raus! Ich will niemanden sehen!", knurrte er.

Der anregende Duft von Kaffee und Spiegelei mit Schinken weckten langsam seine Lebensgeister.

Halb benommen nahm er das Frühstück ein. Manches wollte ihm dabei noch nicht so recht gelingen. Nach und nach machte sich Fritz wieder für das Leben zurecht.

In der Wohnküche warteten Benjamin, William und Oberstleutnant Laurens auf ihn. Es roch nach einer kräftigen Rindfleischsuppe. Fritz murmelte etwas, das nach Entschuldigung klang.

„Schon gut, Herr Generalmajor", antwortete Benjamin, „das Mittagessen ist bald angerichtet. Sehen Sie zu, dass Sie wieder zu Kräften kommen. Wir wissen um die Intrigen gegen Sie. Doch die Armee braucht Sie, Herr Generalmajor, dringender als je zuvor."
„Niemand braucht mich. Das Inspektionswesen wird nach besten Kräften boykottiert und auf die Organisation des Nachschubs besitze ich keinen Einfluss. Das Kommando von Lees Truppen hat man mir weggenommen und selbst ein neues Kommando gibt man mir nicht. Was soll ich noch hier?"
„Um Gottes Willen!", rief Benjamin, „sollten Sie Ihren Abschied nehmen, wird die Armee in ihr altes Phlegma verfallen."
„Könnte mich jemand aufklären, um was es geht?", fragte Laurens, der außer „Jawohl" kein Wort Deutsch verstand.
Fritz informierte ihn über die letzten Ereignisse.
Der Oberstleutnant wurde bleich. Langsam kam er auf Fritz zu und kniete vor ihm nieder.
„Wie kann der Vater der Armee, die noch nicht erwachsen ist, sein Kind verlassen? Baron, im Namen der Armee bitte ich Sie inständig, bei uns zu bleiben", appellierte er den Tränen nahe, „ohne Sie, Sir, sind wir doch verloren."
Fritz bat Laurens, sich zu erheben. Gerührt schloss er ihn in die Arme.
Danach wandte er sich an William.
„In den nächsten Tagen werde ich mein Anliegen bezüglich der Generalinspektion dem Kongress in Philadelphia vortragen. Ich bitte Sie, mich zu begleiten."
„Jawohl, Herr Generalmajor."
„Und Sie, Benjamin, begleiten mich als meinen Adjutant."
„Sie wissen doch, dass Sie jederzeit auf mich zählen können, Herr Generalmajor!"

„Gut. Doch lasst uns jetzt speisen. Nach meinem nächtlichen Exkurs in das Reich des Bacchus verspüre ich einen Bärenhunger."

Am nächsten Morgen, Fritz feilte an seinem Memorandum für den Kongress, betrat ein Meldereiter der Life Guard die Wohnstube und händigte ihm ein Billett aus, das Peter Mühlenberg schickte, der dem Militärgericht gegen Lee angehörte.
'Mein teurer Freund!', schrieb er, 'ich hoffe, dass Dich diese Nachricht bald erreicht, zumal ich sie einem guten Mann anvertraut habe. Zu seiner Verteidigung bezeichnet Dich Lee 'als bei der Schlacht weit entfernten Zuschauer, der sich anmaßte, Handlungen zu kommentieren'. Solltest Du bei der Armee abkömmlich sein, schlage ich Dir vor, sofort nach Philadelphia zu reisen, die Gerichtsakten einzusehen und für diese Denunziation Rechenschaft zu fordern. Als Dein Sekundant stehe ich Dir jederzeit zur Verfügung.
Sei umarmt,
Peter'.
Der Inhalt reichte, um in Fritz den Kampfgeist neu zu wecken.
„Welch ein elender Schuft!", entfuhr es ihm.
Unverzüglich suchte er General Washington auf, der nach dem Studium des Billetts nur ein mildes Lächeln übrig hatte.
„Würde ich wie Sie reagieren, Baron, müsste ich beinahe jeden Tag ein Duell austragen. Seien Sie souverän, jeder weiß um Ihre Verdienste."
„In Preußen würde ich das auch, dort ist mein Leumund einwandfrei und unbestritten. Doch hier gelte ich als Ausländer. Meine Ehre muss wieder hergestellt sein. Sonst wird mir der „entfernte Zuschauer" ewig anhaften."
„Wenn es Ihre Ehre verlangt, dann tun Sie das, was Sie nicht lassen können. Regeln Sie glücklich diese Angelegenheit und tragen Sie die Belange bezüglich der Generalinspektion dem Kongress vor. Nur

bitte ich Sie, zwei Tage mit der Abreise zu warten, damit ich noch mehrere Schreiben an den Vorsitzenden und einige Abgeordnete aufsetzen kann, die ich Sie bitte zu befördern."
„Das kommt mir gelegen, da ich nochmals mein Memorandum an den Kongress überarbeiten möchte."
„Noch etwas: Lee versteht sich gut auf Pistolen und den Degen."
„Seien Sie unbesorgt, General, auch ich bin darin versiert."
„Bon voyage et bonne fortune, Baron."

Umgehend setzte sich Fritz an das Memorandum. Er befand die erste Fassung für gut, doch änderte er den Anfang, den er mit zwei Fragen einleitete, damit die Abgeordneten gleich genötigt wären zu antworten. 'Das gibt mir von Beginn an das Heft in die Hand'.
'Es ist absolut notwendig, dass die Amtspflichten eines Generalinspekteurs in Zukunft bestimmt gefasst werden. Dazu ist notwendig, zu erwägen:
1. Welche Motive veranlassten die Staaten zur Einführung einer Inspektion bei der Armee?
2. In welcher Weise kann diese Inspektion im Einklang mit dem Geiste des Landes und der Verfassung errichtet werden?'.....

Am Nachmittag nahm er Schieß- und Fechtübungen. Selbst noch auf dreißig Schritt traf er mit jedem Schuss aus der Pistole mitten ins Ziel. Beim Fechten musste er zu seinem Bedauern feststellen, dass sowohl John Laurens, Duponceau, Benjamin, William und auch Sergeant Knöpfle keine ernstzunehmenden Gegner für ihn waren – er hätte sie nach Belieben niederstechen können.
„Diese jungen Leute von heute haben eben nichts mehr auf der Pfanne", lautete sein Resümee.

Am nächsten Morgen fuhr er mit den Übungen fort. Zum Fechten
boten sich ihm Johann de Kalb, Anthony Wayne und Oberst von
Weißenfels an, die ihm wenigstens einige Zeit Paroli boten.
„An uns Alten kommt eben so schnell niemand heran", stellte Fritz
mit Genugtuung fest.
Tags darauf reiste er, von Washington mit einem Stapel Briefe
versehen, mit Benjamin, William und Carl nach Philadelphia ab.
Als sie dort eintrafen, präsentierte sich die Hauptstadt in einem weit
freundlicheren Bild als bei ihrem letzten Aufenthalt.
Die Straßen waren sauber und auf vielen Fensterbänken standen
Blumenkästen, auch die Bäckerei von Christoph Ludwig war wieder
in Betrieb und weiter im Aufbau begriffen. Nur waren jetzt die
Häuser der Loyalisten ausgeplündert und manch eines gar niedergebrannt.
„So ist das, wenn aus guten Nachbarn Feinde werden und der Teufel
der Rache keine Hemmungen mehr kennt", bemerkte Fritz seinen
Begleitern gegenüber.
Im Slate House logierten sie sich ein. Fritz schickte Carl zu Maria,
um seine Ankunft anzukündigen. Unverrichteter Dinge kehrte er
zurück.
„Miss Richter befindet sich auf Geschäftsreise und wird frühestens
in einer Woche zurückerwartet", teilte ihm Carl mit.
Nachdem die erste Enttäuschung verflogen war und Fritz die ihm
anvertraute Post geregelt wusste, schickte er Benjamin mit seinem 20
Seiten umfassenden Memorandum zu Richard Peters, den Vorsitzenden des Kriegsrates. Noch am gleichen Abend empfing ihn dieser
in seinem Haus und bestätigte ihm, dass der Kriegsrat Kraft seines
Beschlusses vom 2. Juni 1780 seine Belange im vollen Umfang
unterstützen werde. Bereits Morgen wolle er die Denkschrift dem
Kongress zur Anhörung vorlegen und dafür sorgen, dass die Geschäfte des Inspektionswesens endlich geregelt werden.

Die anschließende Plauderei zog sich bis spät in die Nacht hinein.

Am nächsten Morgen suchte Fritz den Militärgerichtshof auf, wo er sich mit Peter Mühlenberg traf. Gemeinsam sahen sie die Akten des Verfahrens gegen Generalmajor Lee ein.
Bald wurden sie fündig und tatsächlich: Mit vorsichtigen Worten bezeichnete ihn Lee als inkompetent und indirekt als Feigling.
Weit unmissverständlicher urteilte er über Oberstleutnant John Laurens, der als Washingtons Adjutant während der Schlacht die Kommunikation zwischen diesem und der Vorhut zu gewährleisten hatte.
„Wir sollten John umgehend über diese boshaften Verleumdungen informieren", forderte Fritz aufgebracht.
„General Washington habe ich bereits davon in Kenntnis gesetzt. Wir sind übereingekommen, den jungen Oberstleutnant, der noch recht unerfahren und zudem der Sohn des Kongressvorsitzenden ist, nicht der Gefahr eines Duells auszusetzen und vor ihm die Sache zu verheimlichen. Lee würde den Jungen über den Haufen schießen oder ihn mit dem Degen genüsslich abstechen."
„Ich sehe das anders, Peter. John wurde nicht nur beleidigt, Lee hat seinen Charakter diffamiert. Das kann ein Mann von Ehre niemals hinnehmen. Was wird er von uns denken, sollte er eines Tages die Wahrheit erfahren? Und wie beurteilen ihn künftig die Offiziere, die dem Kriegsgericht angehören? Das höchste Gut, das ein Offizier besitzt, ist die Ehre und diese gilt mehr als der Tod."
„In seinem Antwortscheiben teilte mir General Washington mit, dass für unsere Sache nur lebende Offiziere nützlich sind", entgegnete Peter.
„Diese Worte habe ich schon einmal gehört, als ich gegen Ende des Siebenjährigen Krieges den Chefadjutanten des Königs forderte."
„Wie endete die Angelegenheit?"

„Wie Du siehst, lebe ich noch. Aber wegen des Duells fiel ich bei
meinem König in Ungnade."
„Wir sind eine Demokratie, jeder kann sich frei entscheiden."
„Gut, dann werde ich John schreiben und darauf hoffen, dass ich als
Erster diesen Lee vor die Klinge bekomme, damit die Angelegenheit
bereinigt ist, bevor ihm der Oberstleutnant aufwartet."
Im Slate House setzte Fritz seine Forderung auf.
Mit der Überbringung des Billetts beauftrage er Benjamin.
Der Inhalt war unmissverständlich:
'Es ist mir mitgeteilt worden, mein Herr, dass Sie sich in Ihrer
Verteidigung unziemliche Bemerkungen über mich erlaubt haben.
Ich bin daraufhin nach Philadelphia geeilt, um dem Sachverhalt auf
den Grund zu gehen. In dem Protokoll des Kriegsberichts, welches
ich vor einer Stunde eingesehen habe, fand ich die Bestätigung jener
Mitteilung, und zwar in dem Satze, der also anfängt: "Von allen in
sehr weiter Ferne stehenden Zuschauern etc."
Wäre ich jetzt in meinem Heimatlande, wo mein guter Ruf seit langer
Zeit festgestellt ist, so würde ich mich über Ihre Bemerkungen
hinweggesetzt und Sie einfach verachtet haben. Jedoch hier bin ich
ein Fremder und fordere deshalb von Ihnen Genugtuung für die mir
angetane Beleidigung.
Sie werden Ort, Zeit und Wahl der Waffen bestimmen. Aber da
ich nicht gerne „ein fern stehender oder träger Beobachter" bin,
wünsche ich, Sie so nahe und so schnell wie möglich zu sehen.
Sie werden sich Captain Walker, dem Überbringer, gegenüber erklären, ob es Ihnen Ihre gegenwärtige Lage erlaubt, diese Angelegenheit so rasch wie möglich zum Schluss zu bringen.
Ich bin, mein Herr etc.'
Nachdem Fritz auch eine Kopie für das Militärgericht angefertigt
hatte, verfasste er den Brief an Oberstleutnant Laurens. Der Überbringer dieses Briefes war sein Sekretär William North.

„Schonen Sie Ihr Pferd, William, das Billett eilt nicht“, gab er ihm
mit auf den Weg.
Lee wurde sichtlich unruhig, als er die Forderung des General-
inspekteurs gelesen hatte.
„Um Himmels willen!“, stieß er aus und beeilte sich mit der Antwort.
'Ich glaube, mein Herr', schrieb er, 'dass Sie den Sinn des betreffen-
den Satzes in meiner Verteidigung missverstanden haben.
Höchstwahrscheinlich ist Ihnen der Ausdruck "sehr entfernte Zuschauer" als ein Bezweifeln Ihres Mutes erschienen. Wenn dies der
Fall ist, so versichere ich Ihnen, dass ich nicht im Entferntesten
daran gedacht habe. Ich bin bereit, dies gegenüber sämtlichen Herren
Ihrer Bekanntschaft und, wenn Sie wollen, vor der ganzen Welt zu
bezeugen. Es ist wahr, dass Ihre, wie mir schien, allzu eifrige Bereit-
willigkeit, gegen mich zu zeugen, mir missfiel, so dass ich mich verletzt und berechtigt fühlte, jene Worte zu gebrauchen. Aber ich
wiederhole, dass ich nicht die geringste Absicht hatte, Ihren Mut in
Zweifel zu ziehen.'
Das Billett erreichte Fritz auf dem Fechtboden, wo er sich gerade
mit den fähigsten Fechtmeistern Philadelphias in Form brachte.
Die Antwort Lees war vorsichtig gehalten und so formuliert, dass
ihm nichts anderes übrig blieb, die Entschuldigung zu akzeptieren.
Auch seine Freunde rieten ihm dazu.
„Er hat wohl kein großes Verlangen nach einem „tête-à-tête“ mit
Dir“, stellte Peter Mühlenberg fest, „so sehr Du es Dir auch wün-
schst. Doch wird dieses Schreiben vor dem Militärgerichtshof
bekannt werden und Generalmajor Lee keine Ehre einbringen.“
„Auch wenn er sein Gesicht verliert, ich hätte ihn nur zu gern vor
dem Lauf meiner Pistole oder vor die Klinge bekommen. Damit
wäre John geschützt. Bleibt nur zu hoffen, dass Lee ihm gegenüber
ebenso unterwürfig reagiert.“

„Vielleicht erklärt General Washington John auch für unabkömmlich“, bemerkte Benjamin.

„Benjamin, hier handelt es sich um eine Sache der Ehre“, entgegnete ihm Fritz, „nicht um eine Weiberangelegenheit oder um Dinge, die man im Suff daher gesagt hat. Seine Beschuldigung hat er vor einem Militärgericht geäußert und diese Aussage ist im Protokoll für jedermann einsehbar.“

Nach sieben Tagen vergeblicher Mühe, den Kongress endlich zur Anhörung des Beschlusses des Kriegsrats in der Angelegenheit des Inspektionswesens der Armee zu bewegen, traf John Laurens mit William im Slate House ein. John verlangte umgehend, die Gerichtsakten einzusehen. Fritz, Peter Mühlenberg und Anthony Wayne begleiteten ihn.

Der Vorwurf war eindeutig, zumal ihn General Lee als unfähig betitelte. Das Wort Feigheit umschrieb er dezent. John musste ihn fordern, daran führte kein Weg vorbei.

„Baron von Steuben, Brigade General Mühlenberg, hätten Sie bitte die Güte, mir die Ehre zu erweisen, als meine Sekundanten mir zur Seite zu stehen?“

Bestätigend nickten ihm Fritz und Peter zu.

„Es ist uns eine große Ehre, John. Doch sollten Sie die Forderung nicht übereilen; denn wir müssten zuvor noch einige Tage intensiv üben“, antwortete Peter, „sind Sie schon einmal in einem Duell gestanden?“

„Noch nie, Gentlemen.“

„Dann wäre es umso mehr angebracht.“

Oberstleutnant Laurens nahm das Angebot seiner Sekundanten gerne an und war sichtbar bemüht, sich im Gebrauch von Degen und Pistole zu verbessern und konnte trotz der kurzen Zeit, die ihm zu Verfügung stand, dank seiner Lehrmeister erkennbare Fortschritte erzielen.

Wie erwartet, versuchte auch sein Vater, ihn von seiner Absicht ab-
zubringen - vergebens.
John Laurens setzte seine Forderung auf, die postwendend beant-
wortet wurde. Zwar halte er, Lee, die Empörung des Oberstleutnant
für übertrieben, doch werde er der Forderung nachkommen. Er legte
sich auf Pistolen im Abstand von 24 Schritt fest. Es sollte abwechselnd geschossen werden. Wer mit dem Schießen zu beginnen habe,
solle durch das Los entschieden werden. Als Ort bestimmte er ein
freies Feld hinter Germantown, in zwei Tagen, um sechs Uhr in der
Frühe.
Im Gegenzug dankte John dem Generalmajor, die Angelegenheit so
schnell geregelt zu wissen. Als Schiedsgericht schlug er Scott, Lincoln
und als Vorsitzenden Wayne vor, dem Lee zustimmte.

„Eines muss man ihm lassen, der Junge hat Stil, auch wenn er ein
miserabler Schütze ist", bemerkte Peter Mühlenberg.
„Du sagst es", bestätigte Fritz trocken.
Im nächsten Augenblick krachte ein Schuss.
„Verdammt, schon wieder daneben", hörten sie Oberstleutnant
Laurens fluchen.
Die Zielscheibe, auf der die Umrisse eines Menschen in
Seitenansicht abgebildet waren, sah recht zertrümmert aus, nur nicht
dort, wohin die Kugeln hätten treffen sollen.
„Wie oft muss ich es Ihnen noch sagen, John!", rief Fritz, "Sie heben
den Arm senkrecht in die Höhe und senken dann den ausgestreckten
Arm in einer fließenden Bewegung, bis der Lauf der Pistole auf
Augenhöhe angekommen ist. Sobald das der Fall ist, visieren Sie kurz
an. Beide Augen bleiben geöffnet. Kneifen sie keines zu. Wie sieht
das denn aus! Außerdem haben Sie dadurch ein geändertes Gesichts-
feld. Sind Sie sich sicher, feuern Sie zwischen zwei Atemzügen. Aber
warten Sie damit nicht zu lange. Durch das Gewicht der Pistole

beginnt Ihre Hand sonst zu zittern und Sie werden nervös. Und was haben wir dann?"

„Einen Schuss ins Blaue", antwortete Peter Mühlenberg mit todernster Miene.

„Genau! Das Ganze noch einmal!", ordnete Fritz an.

Carl reichte dem Oberstleutnant die nächste geladene Pistole.

„Ich gebe mein Bestes", versicherte John den Tränen nahe.

„Es kann nur noch besser werden. Und lassen Sie sich gefälligst nicht gehen! Sie haben ein Duell auszutragen!", stellte Fritz erbost fest.

Das Ergebnis von Johns Bemühungen war vernichtend, jedenfalls für die Zielscheibe, die mit einem Ruck auseinander brach. Frustriert warf der Oberstleutnant die Pistole zur Seite.

„Gib es auf, sonst hat der Junge morgen früh noch Muskelkater", bemerkte Peter.

„Du hast Recht, jetzt hilft nur noch eins."

„Das wäre?"

„Ich gehe mit ihm ins Puff."

„Haltet Ihr Euch wieder einmal mit Kinderkram auf?",vernahm Fritz eine vertraute Stimme aus dem Hintergrund.

Fritz fuhr herum. Inmitten eines Lichtstrahls, der durch eine Baumkrone fiel, stand graziös und schön Maria. Etwas entfernt, unweit der Straße, war ihr Pferd angebunden.

„Es geht um eine Sache der Ehre.", rechtfertigte Fritz die Schiessübungen.

„Deswegen sage ich ja 'Kinderkram'", antwortete sie mit einer Leichtigkeit in der Stimme, die fast schon überheblich klang.

„Der Puffbesuch fällt für mich heute aus", flüsterte Fritz, dabei sah er fragend seinen Freund an „würdest Du mich vertreten?"

„Im Zivilleben bin ich evangelischer Pfarrer", gab dieser zu be-enken, „doch werde ich mich in diesem Fall notgedrungen opfern."

„Haltet Maß", riet ihm Fritz, bevor er sich seinem unerwarteten Gast
zuwandte.
„Wir packen ein. Möge morgen die Gerechtigkeit siegen“, rief Peter
John zu.
„Seit wann weilst Du in der Stadt, ma chère?“ Galant deutete Fritz
einen Handkuss an.
„Seit gestern, Fritz. Es gilt, einer wichtigen Angelegenheit auf den
Grund zu gehen. Kannst Du heute Abend um acht Uhr bei mit
sein?“
„Jederzeit, ma chère.“
„Gut, dann erwarte ich Dich. - Messieurs“, empfahl sich Maria, die
zum Abschied der Gesellschaft ihr betörendes Lächeln schenkte.
„Die Mademoiselle hat Dich wohl fest im Griff, Herr General-
major“, stellte Peter amüsiert fest.
„Mag sein.“
John Laurens näherte sich festen Schrittes.
„Diesem Schuft werde ich es morgen zeigen.“
John, ich bitte Sie, kämpfen Sie mit dem Verstand, nicht mit dem
Herzen. Emotionen können für einen Duellanten endgültig sein“,
ermahnte ihn Peter.
„Gott steht auf meiner Seite, denn das Gute wird siegen.“
„'Gott steht auf der Seite der besseren Regimenter', pflegte mein
König zu sagen“, gab Fritz zu bedenken.
„Wie stehen meine Chancen?“
„Man hat immer eine Chance.“
„Wir sollten uns heute Abend noch ein wenig die Zeit vertreiben“,
schlug Peter vor, „leider ist der Baron verhindert, dennoch kann ich
versprechen, das er kurzweilig geraten wird.“
„Eigentlich wollte ich noch ein wenig in mich gehen und in der Bibel
lesen. Doch wenn ich es recht bedenke, könnte ein wenig Ablenkung

sicher nicht schaden. Bedauerlich nur, dass uns der Baron nicht begleiten kann."

„Verpflichtungen, Sie verstehen? Morgen früh ist für fünf Uhr dreißig die Kutsche bestellt."

Zum Abschied umarmten sie einander.

Das Wiedersehen mit Maria war eine weite Reise in die Phantasie ihrer leidenschaftlichen Liebe -.

Der Morgen erwachte. Zärtlich lagen sie eng umschlungen und die Gewissheit nahte, bald voneinander getrennt zu sein. Wie Strohhalme, an denen sie sich vergeblich klammerten, brachen die Minuten ab.

„Die Liebe, ma chère, ist der Quell allen Ursprungs und eine Kraft, deren Phantasie nie versiegen wird."

„Wie schön Du das sagst", hauchte sie.

„In einer Stunde fährt die Kutsche am Slate House vor."

„Dann wird es Zeit, Dich zu richten."

„Ich bin untröstlich, chérie."

„Ich weiß."

Fritz stand auf und begann mit der Morgentoilette.

„Hat der Junge überhaupt eine Chance?"

„Man hat immer eine Chance, auch wenn man im Grunde keine hat."

„Er sollte nicht durch die Hand eines Verräters fallen."

Erstaunt sah Fritz sie an.

„Wie soll ich das verstehen?"

„Lee ist ein Verräter! - Ich habe Beweise, die ich allerdings noch nicht offen legen kann, zumal ich sonst enttarnt bin."

„Kannst Du mir das näher erklären?"

Maria richtete sich auf. Sein Blick blieb an ihrer wohl geformten
Brust haften, deren Knospen sich aufrichteten, wie stets in den
Momenten ihrer Erregung.
„Wie Du weißt, war Lee lange Zeit Offizier in der britischen Armee.
Des eigenen Profits willens schloss er sich schnell der Revolution an.
Die anfänglichen Misserfolge und der Mangel an Disziplin ließen
ihn bald nachdenklich werden. Schließlich ließ er sich durch einen
fungierten Handstreich gefangen nehmen. Bei seinen britischen
Freunden reifte bald der Gedanke, ihn bei den Amerikanern für ihre
Zwecke zu verwenden. Gerne willigte er ein, zumal man ihm große
Ländereien versprach. Sein Auftrag ist, wo immer es geht, die
amerikanische Armee in ihrer Entwicklung zu hindern, und wenn
möglich, ihre endgültige Niederlage herbeizuführen."
„Das ist ungeheuerlich!" Fritz konnte es nicht fassen.
„Sicher ist es das. Doch es kommt immer auf den Blickwinkel an,
von dem man einen Gegenstand aus betrachtet. Und bedenke, dass
allein der Sieger die Goldfeder der Geschichtsschreibung führt! -
Aber ich bin noch einem weit größeren Verrat auf der Spur. Und
glaube mir, ich werde dieser Bande von Verrätern auf die Schliche
kommen. Sehe ich Dich heute Abend? Jana könnte uns Gesellschaft
leisten."
„Superbe, ein verlockender Gedanke. Nichts würde ich mir sehn-
licher wünschen."
Zum Abschied küssten sie sich - lange.

Als Fritz das Slate House erreichte, stand die bestellte Kutsche bereit.
Peter Mühlenberg und John Laurens lehnten lässig gegen das Gehäuse. Beide trugen eine kräftige Whiskyfahne vor sich her.
„Fahren wir, Baron, damit ich diesem Kerl endlich eins überbraten
kann", empfing ihn John, der schwungvoll einstieg, dabei aber über
das Trittbrett stolperte und im Inneren der Kutsche aufschlug.

Nachdem auch Brigadegeneral Mühlenberg, der von einem Schluk-
kauf heimgesucht wurde, gemeinsam mit Fritz die Sitzbank erobert
hatte, nahm die Kutsche Fahrt auf. Zum Glück kurierte das Holpern
der Kutsche den Schluckauf.
„Ich sagte doch, Maß halten", erhob Fritz vorwurfsvoll die Stimme.
„Haben wir auch, zunächst jedenfalls. Als Erstes waren wir im besten
Puff der Stadt - ich sage Dir, Mademoiselle Fiffi - olala!"
„Ich habe mir gleich zwei mit aufs Zimmer genommen." John, der
sich inzwischen eingerichtet hatte, lächelte selig.
„Bemerkenswert", stellte Fritz trocken fest.
„Wir haben dann noch das ein oder andere Gasthaus aufgesucht",
schloss Peter Mühlenberg seine Ausführungen ab.
„Ich denke, Du bist evangelischer Pfarrer?", setzte Fritz dezent zum
Tadel an.
„Es gibt die Zeit zu predigen, und wenn es denn sein muss, gibt es
auch die Zeit des Kampfes, und diese Zeit ist gekommen. Den Talar
habe ich gegen die Uniform eingetauscht, um das Leben eines
Soldaten zu führen", wurde Peter philosophisch.
„Sehen Sie doppelt, John?", fragte Fritz.
„Manchmal, doch gedenke ich, auf die Mitte zu zielen."
„Eine gute Idee."
„Immerhin hat er durch den Whisky eine ruhige Hand."
„Das Wort eines Pfarrers in Gottes Ohr."
„Mir dreht sich der Magen um, gleich muss ich kotzen!" rief John,
dessen Gesicht im nächsten Augenblick aschfahl wurde.
Fritz gebot dem Kutscher zu halten. John stieß die Türe auf, stieg aus
und schüttete seinen Mageninhalt in mehreren Schüben auf den
Wegesrand.
Wortlos reichte ihm der Kutscher eine Wasserflasche. Der Oberst-
leutnant spülte seinen Mund aus und stellte zu seinem Glück die
Unversehrtheit seiner Uniform fest.

„So, jetzt geht es mir besser."

„Bestens, das hätte ja noch gefehlt, voll gekotzt zum Duell zu erscheinen."

Die Kutsche rollte weiter über die Straße, durchquerte Germantown
und erreichte schließlich offenes Feld. Bodennebel lag über den
Wiesen, den die aufgehende Sonne mit einem sanften Rosa färbte.
Unzählige Vögel begrüßten den heraufziehenden Tag.

Generalmajor Lee war mit seinen Sekundanten bereits eingetroffen,
ebenso das Schiedsgericht. Auf einem Klapptisch lag das Etui mit
den Pistolen und dem Schießbesteck.

Etwas entfernt stand ein Feldscher mit seinem Gehilfen.

Die Kutsche hielt. Auf dem Weg zum Schiedsgericht versuchten
John Laurens und seine Sekundanten, möglichst würdevoll aufzu-
treten. Dort angekommen, wünschte man allseits einen guten
Morgen.

Die Parteien nahmen Aufstellung. General Lee setzte ein über-
hebliches Lächeln auf. Die beiden Sekundanten, die ihn begleiteten,
waren seine Adjutanten. Wohl niemand sonst hätte sich bereit erklärt,
ihm zur Seite zu stehen.

„Gentlemen, besteht die Möglichkeit einer Aussöhnung?", fragte
Anthony Wayne als oberster Schiedsrichter.

„Keine", gab John zurück.

„Wie Sie wünschen."

Daraufhin öffnete er das Etui mit den baugleichen Pistolen und
präsentierte sie den Duellanten, die diese kurz prüften.

„Gentlemen, werden die Waffen von Ihnen akzeptiert? Oder gibt es
Beanstandungen?"

Es gab keine.

„Major General Lee, als Geforderter haben Sie die Wahl."

Lee entschied sich kurz entschlossen für die Pistole, die im Futteral
zu oberst lag.

Scott und Lincoln begannen, am Tisch unter Aufsicht der Sekundanten die Pistolen zu laden.

Die Sekundanten prüften nach, es gab keine Reklamationen.

„Die Regeln, Gentlemen", fuhr Anthony Wayne fort, „zum Schusswechsel stellen Sie sich mit ihren Pistolen auf den Platz, den ich Ihnen zuweisen werde, Rücken an Rücken auf. Nachdem ich mein Kommando gegeben habe, schreitet jeder zwölf Schritte voran und wendet. Derjenige, auf den das Los gefallen ist, schießt zuerst. So geht es in wechselnder Folge fort, bis jemand getroffen ist. - Gibt es noch Fragen?"

Beide Seiten verneinten.

Das Los wurde geworfen. Die Wahl fiel auf John Laurens.

„Gentlemen, wenn Sie mir nun folgen würden", forderte Wayne die Kontrahenten auf.

Peter Mühlenberg klopfte John aufmunternd auf die Schulter und versuchte ein gewinnendes Lächeln.

„Immer auf die Mitte zielen", gab ihm Fritz mit auf den Weg.

Als sich an der festgelegten Stelle die Rücken der Duellanten berührten, konnte sich Lee nicht einer ironischen Bemerkung enthalten.

„Sie scheinen wohl etwas viel herumgehurt zu haben, wie mir zugetragen wurde. Außerdem stinken Sie eine Meile gegen den Wind. Da kann einem ja schlecht werden."

„Seien Sie versichert, Major General", gab John zurück, „um Ihnen dies zu ersparen, werde ich Ihnen die Strafe zufügen, die Ihnen gebührt."

„In Ihrer Verfassung sind Sie bereits schon jetzt ein toter Mann."

„Gentelmen, einjeder schreite nun zwölf Schritte voran!", befahl Wayne und zählte dabei laut die Schritte ab.

„Gentlemen, wenden Sie nun und richten Sie sich ein."

Lee stellte sich im rechten Winkel zu seinem Kontrahenten, um eine möglichst kleine Trefferfläche zu bieten.

John hob seine Waffe, streckte den Arm aus und senkte ihn langsam ab. Mehrere Sekunden nahm er den Gegner ins Visier.

„Schieß endlich! Verdammt, John, Du wartest zu lange!" Fritz war unerwartet nervös.

Im nächsten Moment krachte der Abschuss. Wie befürchtet, ging die Kugel vorbei.

Nun war Lee an der Reihe.

Auch John stellte sich geschickt zum Schützen auf. Trotz lag in seinen Augen. Lee nahm kurz Maß und schoss. Fritz schloss die Augen. Als er sie wieder öffnete, konnte er nicht glauben, was er sah, denn auch die Kugel Lees hatte sein Ziel verfehlt.

Ungläubig schüttelte Lee den Kopf.

Das Schiedsgericht trat an die Duellanten heran und nahm die Pistolen entgegen, um sie nachzuladen.

„Das war schon ganz gut, John", lobte ihn Fritz, „nur sollten Sie beim nächsten Gang bereits nach dem ersten Anvisieren schießen und vergessen Sie nicht, erst in dem Moment zu schießen, wenn Sie ausgeatmet haben."

„Genau", ergänzte Peter Mühlenberg, „sonst bleibt dieser Feigling noch ungestraft. Zögern Sie nicht, sobald Sie ihn im Visier haben, schießen Sie."

„Ich werde mich bemühen, Gentlemen."

„Nur Verlierer bemühen sich. Ich erwarte Ergebnisse und zwar vortreffliche, ist das klar!" Herausfordernd sah ihn Fritz an.

„Jawohl, Sir, Major General, Sir!"

„Na also, geben Sie es ihm."

Das Schiedsgericht näherte sich und händigte die nachgeladenen Pistolen aus. Sobald sie von den Sekundanten überprüft waren, begann der Ablauf aufs Neue.

Wie gehabt, stellte sich General Lee seitlich auf, John Laurens streckte die Pistole in die Höhe, senkte sie ab und - schoss.

General Lees weißes Hemd färbte sich an der Schulter rot. Die
Pistole glitt ihm aus der Hand. Verwundert griff er nach der Wunde.
Augenblicklich lief der Feldscher, gefolgt von seinem Gehilfen, zu
dem Verwundeten. Lees Sekundanten und das Schiedsgericht be-
eilten sich weit weniger.
Unterdessen gingen Fritz und Peter, beide sichtlich erleichtert, zu
John.
„Wahrlich ein guter Schuss", beglückwünschte ihn Peter.
„Na ja, auch ein blindes Huhn findet einmal ein Korn." Fritz lachte
erleichtert und schloss John in die Arme.
„Sollte er weitermachen wollen, mache ich ihn fertig", gab sich John
heroisch.
Anthony Wayne kam zurück.
„Gentlemen, Major General Lee verlangt, seinen Schuss abzugeben."
„Wie stark ist die Verwundung?", fragte ihn Peter Mühlenberg.
„Der Feldscher meint, es sei nur ein Streifschuss."
„Jetzt heißt es, die Nerven zu behalten, die Wunde ist unerheblich."
„Soll er ruhig seinen Schuss abgeben. Dann verlange ich eben nach
einem dritten Gang."
„Fordern Sie das Glück nicht heraus, es kann leicht wurmstichig
werden", gab Fritz zu bedenken, „sollte er daneben schießen, lassen
Sie es gut sein. Damit ist der Ehre genüge getan."
„Ich werde Ihre Worte bedenken."
„Sekundanten, begeben Sie sich auf Ihre Positionen", ordnete Wayne
an.
Die Sekundanten nebst Feldscher und Gehilfen überließen das Feld
den Protagonisten. Oberstleutnant Laurens wandte dem Schützen
seine rechte Schulterseite zu. Ein Verband bedeckte den Oberarm
Lees.
„Gentlemen, sind Sie bereit?", fragte Anthony Wayne.
„Bereit", gaben beide zurück.

„Ihr Schuss, Major General."
Lee hob die Pistole, senkte sie ab, hielt den Lauf kurz vor seinen
Augen und schoss. Dichter Pulverqualm umgab ihn. John Laurens
zuckte, drehte sich halb um seine Achse, blieb aber stehen. Auf den
ersten Blick war kein Blut zu sehen. Fritz befürchtete bereits das
Schlimmste. Zu ihrer Erleichterung stellten sie fest, dass die Kugel
nur eine seiner Schläfenlocken abgetrennt und ihn leicht an der
Kopfhaut verletzt hatte.
„Keine Bange", beruhigte sie John, „mein Friseur wird es schon zu
richten wissen."
Fritz sah zum Kontrahenten hinüber, dieser lag, umgeben von seinen
Sekundanten und dem Feldscher, am Boden.
Anthony Wayne kam auf sie zu.
„Gentlemen, Major General Lee ist ohnmächtig geworden."
„Ha! Der Feigling blufft doch nur, zumal ich nun wieder an der Reihe
bin."
„Selbst mit Riechsalz kommt er nur langsam wieder zu Bewusstsein.
Daher bieten seine Sekundanten an, das Duell für beendet zu er-
klären. Der Ehre ist genüge getan!"
„Ich bitte Sie, gehen Sie darauf ein", ergriff Fritz das Wort, "denn
sollten Sie daneben schießen, werden Sie staunen, wie agil er auf
einmal ist."
„Der Baron hat Recht. Unserer Sache dient es nicht, Sie womöglich
zu verlieren."
„Lee ist ein Lügner und gehört zur Rechenschaft gezogen!"
„Das Gericht wird der Sache nachgehen, das versichere ich Ihnen",
bekräftigte ihm Peter.
„Gut, Sie haben mich überredet, Gentlemen", lenkte Oberstleutnant
Laurens endlich ein und händigte seine Pistole aus.

„Brigadegeneral Wayne, lassen Sie bitte ausrichten, dass ich nicht gewillt bin, gegen einen Wehrlosen anzutreten. - Gehen wir, Gentlemen, diese burleske Veranstaltung widert mich an."
Auf dem Weg zur ihrer Kutsche bemerkten sie in der Nähe eine Droschke.
„Sicher mein Vater, obwohl ich ihn gebeten habe, dem Duell fern zu bleiben."
„Zeugt diese Geste denn nicht von seiner Liebe zu seinem Sohn?", fragte Fritz.
„Als Vorsitzender des Kongresses hat er Wichtigeres zu tun."
„Er ist Ihr Vater."
„Ja - und ein guter."
Sie fuhren zurück. Am Slate House trennten sich ihre Wege. Sie umarmten einander. Oberstleutnant Laurens rannen Tränen über die Wagen. Die ganze Anspannung der letzten Tage fiel von ihm ab. Während des Frühstücks überreichte ein Parlamentsdiener Fritz ein Billett - der Kongressvorsitzende Henry Laurens dankte dem Generalinspekteur, seinem Sohn beigestanden zu haben. Des Weiteren bat er ihn um drei Uhr vor den Kongress, da eine wichtige Angelegenheit zu besprechen sei, die keinen Aufschub dulde.
Fritz ahnte nichts Gutes, nur lange Debatten, die zu keinem Ergebnis führten.
Zur gesetzten Zeit erschien er vor dem Kongress, jedoch waren nur die Mitglieder des Kriegsausschusses anwesend, die anderen Abgeordneten des Kongresses glänzten durch Abwesenheit. Es wurde ihm mitgeteilt, dass der Angriff der französischen Flotte unter Admiral d`Estaing auf Newport vollends gescheitert sei und die Franzosen hohe Verluste erlitten hätten.
Aufgrund der veränderten Lage müsse die Division Sullivan, die Newport belagere, retirieren, um nicht selbst in Gefahr zu geraten. Für dieses Manöver bedürfe es aber eines erfahrenen und kompe-

tenten Offiziers, der Sullivan dabei beraten solle. Der Kongress habe niemand Geringeren als ihn, den Generalinspektor der Truppen der Vereinigten Staaten von Amerika, für diese Aufgabe als geeignet bestimmt.
Fritz dankte für das ihm entgegen gebrachte Vertrauen und war für einen Moment eitel genug, sich geschmeichelt zu fühlen. Doch als er den Kongress verließ, wurde ihm bewusst, dass man ihn nur loswerden wollte.
Carl und William trug er auf, alles Notwendige für die Reise zu veranlassen. Danach setzte er an Maria ein Billett auf.

'Ma chérie, mon amour,
ich bedauere zutiefst....'

5. Kapitel

1778/79
Ruhe im Norden - Krieg im Süden

Maria hatte ihren Ritt nach Middlebrok unterbrochen. Sie stand auf
einem der Hügel und sah vor sich das weitläufige Winterlager der
amerikanischen Armee. Wie zuletzt in Valley Forge war auch dieses
Lager gleichmäßig und übersichtlich angelegt – die Arbeit von Fritz
trug gute Früchte. Stolz nahm sie es zur Kenntnis.
Es war Ende November und die Erde war hart gefroren, doch es lag
kaum Schnee. Die Sonne schien auf eine winterkalte Landschaft.
Maria trug die Uniform eines Captains der Life Guard, sie ritt einen
braunen Wallach, an dessen Sattel ein Packpferd angebunden war.
Sie reiste auf ausdrücklichen Wunsch des britischen Oberkommandierenden Clinton, der hoffte, durch sie Wissenswertes über die
geplanten Unternehmen der Amerikaner in Erfahrung zu bringen.
General Washington seinerseits erhoffte, gleiches über die Gegenseite
zu erfahren.
Seitdem die Briten auf Kosten Philadelphias New York zu einer
mächtigen Basis ausgebaut hatten, waren die Fronten entlang des
Hudsons zum Stillstand gekommen. Die Gegner verhielten sich
abwartend und übten sich im „Kleinen Krieg", der von Angriffen aus
dem Hinterhalt und Terror gegen die Zivilbevölkerung geprägt war.
Maria ritt den Hang zum Lager hinab. Auf halbem Weg wurde sie
von zwei Posten angehalten, denen sie den Passepartout vorzeigte,
der sie als Captain Richter und als Sonderbeauftragte General
Washingtons auswies. Ohne weitere Kontrolle konnte sie passieren.

Das Feldlager glich einer gut organisierten Stadt. Aus etlichen Schornsteinen und Feuerlöchern stieg Rauch auf. Auf dem Exerzierfeld beendeten die letzten Einheiten ihre Übungen.

Der Weg führte sie zum Hauptquartier des Oberkommandierenden, das in einem ansehnlichen Herrenhaus untergebracht war. Von einem der Stallburschen ließ sie die Pferde versorgen. An den Wachposten vorbei betrat sie das Haus, in dem sich eine größere Anzahl Ordonanzen und Dienstboten aufhielten. Im Vorzimmer des Generals meldete sie sich beim diensthabenden Sergeanten, der sie auf den nächsten Tag vertrösten wollte.

„Nehme Er gefälligst Haltung an! Und melde Er mich unverzüglich bei General Washington an! Ich führe wichtige Nachrichten mit mir, deren Überbringung keinen Aufschub dulden!", fuhr ihn Maria an und warf ihren Mantel auf einen Stuhl.

Wie aus einem Traum gerissen starrte der Sergeant auf die Hauptmannsuniform, sprang auf, stammelte etwas, das wie „Yes, Sir!" klang und verschwand im Arbeitszimmer des Generals. Kurz darauf hielt er die Tür weit geöffnet und meldete, dass der Captain unverzüglich empfangen werde.

Ohne ihn weiter zu beachten, betrat Maria den Raum. Hinter ihr wurde die Tür geschlossen.

Der Raum war in gleißendes Sonnenlicht getaucht, das durch die drei Glastüren schien, die auf einen großen Balkon führten.

General Washington war allein in seinem Arbeitszimmer. Bei ihrem Anblick unterbrach er die Lektüre eines Dokuments, erhob sich und kam lächelnd entgegen. Seine Augen leuchteten.

„Etwas Angenehmeres kann mir nicht geschehen, als Ihnen ansichtig zu werden, Madame!"

Er ergriff Marias dargebotene Hand und deutete einen Handkuss an.

„Auch für mich ist es stets ein Vergnügen und eine große Ehre, von Ihnen empfangen zu werden, General."

„Ich hoffe, dass Sie eine angenehme Reise hatten, die ohne Zwischenfälle verlief?“

„Gewiss, denn es ist von Vorteil den Leibgarden beider Parteien
anzugehören.“

„In der Tat“, bemerkte Washington mit einem wissenden Lächeln.

„Madame, zu meinem Bedauern ist die Zeit, uns zu besprechen,
begrenzt, denn bald wird das Diner aufgetragen. Ich erwarte einige
Gäste aus dem OffiziersCorps. Nach überstandener Reise werden Sie
sicher reichlich Appetit mitbringen. Erlauben Sie mir, Sie an unseren
Tisch zu bitten? Zumal wir ihre geistreiche Konversation sehr zu
schätzen wissen.“

„Meine verstaubte Erscheinung wäre eine Zumutung. Vorrangig
erscheint mir aber, dass ich Ihnen meine neuesten Informationen
und Erkenntnisse mitteile. Sie sind so beunruhigend, dass ich Sie
noch vor dem Diner darüber in Kenntnis setzen möchte.“

„Wie soll ich das verstehen?“

„Es besteht der dringende Verdacht, General, dass sich ein
hochkarätiger Verräter in unseren Reihen befindet, - wenn es deren
nicht gar mehrere sind.“

„Unmöglich, Madame, da gibt es nicht einen, der abtrünnig ist!“

„Unmöglich gibt es nicht“, stellte Maria lakonisch fest.

Washingtons sah sie verunsichert an, mit einer Handbewegung
forderte er Maria auf, sich zu setzen und nahm ihr gegenüber Platz.
„Ich höre.“

„Es gibt immer wieder Hinweise, dass gewisse Personen ihre Gesinnung geändert haben und den Briten Informationen zukommen
lassen, die umfangreicher und ausführlicher sind als diese, die ich den
Briten vorlege.“

„Hegen Sie Vermutungen?“

„Jedenfalls muss der Verräter aus einer sehr einflussreichen Familie
britischer Herkunft stammen.“

„Vom Colonel aufwärts trifft das beinahe auf jeden zu. Mehr haben Sie mir nicht zu bieten?"

„Allerdings. In zwei Wochen wird von New York aus ein Corps, bestehend aus 3.500 Mann, in See stechen mit dem Ziel, Savannah in Georgia einzunehmen, um den Süden wieder in eine britische Kolonie zu verwandeln."

„Wenn das stimmen sollte, dann treffen sie uns da, wo wir am schwächsten sind! Benjamin Lincoln verfügt dort nur über ein kleines Corps."

„Ich selbst weiß es erst seit fünf Tagen. Daraufhin bin ich nach hier geeilt. Den Truppen wird das Ziel erst auf See mitgeteilt. Nur die engsten Vertrauten um General Clinton sind in den Plan eingeweiht."

„Ist die Expedition gut vorbereitet?"

„Zweifelsfrei. General Clinton ist ein Mann der Tat. Transporter und Proviant sind genügend vorhanden. Unter den Kriegsschiffen befinden sich auch Linienschiffe mit schwerem Geschütz. Diese werden die Stadt in Stücke schießen. General, Savannah wird nicht zu halten sein!"

„Nach dem Essen werde ich eine Depesche an Lincoln aufsetzen und General Pulaski mit einer starken Kavallerieeinheit nebst Artillerie zu seiner Verstärkung in Marsch setzen. Pulaski gehört heute zu meinen Gästen, das trifft sich gut. Im Anschluss daran werde ich mich mit ihm besprechen."

„General, dieser Plan wurde mit Sicherheit nicht vom britischen Oberkommando alleine entworfen", blieb Maria hartnäckig, „die Briten verfügen über mindestens einen zuverlässigen Informanten, der aus unserem hohen OffiziersCorps rekrutiert wurde. Daher empfehle ich Ihnen dringend, ausschließlich nur General Pulaski darüber in Kenntnis zu setzen! Auch soll er seine Offiziere erst über den Marschbefehl informieren, wenn die Truppen die Grenze zu South Carolina überschritten haben!"

„Gut, ich werde darauf achten."

„Ist der Baron bereits abgereist?" brachte Maria die Unterhaltung aus ein anderes Thema.

„Major General von Steuben hält sich seit Anfang November wieder in Philadelphia auf, damit sein Amt vom Kongress endlich geregelt wird. Gleichzeitig kümmert er sich um die Drucklegung der Reglements für die Armee, diese sind bis jetzt ja nur in Abschriften verbreitet. Nur lässt sich in ganz Philadelphia und Umgebung keine Kartonage für den Einband auftreiben. Auch fehlt es an gutem Papier und einer Druckerpresse, dies teilte er mir in seinem letzten Schreiben mit."

„Dem lässt sich abhelfen", warf Maria mit einem Lächeln ein.

„Inwiefern?"

„Sie vergessen, dass ich Teilhaberin an einem bedeutenden Handelshaus mit Sitz in Philadelphia und New York bin."

„Verzeihen Sie mir, Gnädigste, ich vergaß."

Zum Abschied tauschen sie noch einige unerlässliche Höflichkeiten aus.

Maria beabsichtigte, ihr Quartier in der Unterkunft ihres Geliebten einzurichten und wurde dort von William North auf das herzlichste empfangen. Von ihm erfuhr sie, dass Benjamin Walker, Duponceau und Carl den Generalmajor nach Philadelphia begleitet haben.

Nach dem Essen bereitete ihr die Magd ein Bad und ließ ihre Uniform von einer Wäscherin reinigen.

Als sich ihr Körper im warmen Wasser entspannte und auch ihre Gedanken endlich zur Ruhe kamen, überfiel sie eine ungewohnte Melancholie. Ihr wurde weh ums Herz. Außer dem Mobiliar erinnerte nichts in dem Zimmer an Fritz. Selbst der Geruch seines Pfeifentabaks schwebte nicht mehr im Raum. Er hatte sich wohl auf einen längeren Aufenthalt in Philadelphia eingerichtet. Wie gerne hätte sie ihn in die Arme geschlossen und ihn geliebt. Tränen liefen

über ihre Wangen, sie wehrte sich nicht gegen die Trauer über die
verlorene gemeinsame Zeit.

Inzwischen hatte das neue Jahr begonnen, es war Mitte Januar und
Fritz hielt sich noch immer in Philadelphia auf.
Aus dem Süden hatten ihn von Kasimierz Pilaski schlechte Nachrichten erreicht. Mit der Einnahme von Savannah besaßen die Briten
einen strategisch wichtigen Hafen und das Corps Lincoln war trotz
seiner Verstärkung nicht in der Lage, die Briten und Hessen an ihrem
weiteren Vordringen zu hindern. Sie seien im Begriff, sich nach
Charleston zurück zu ziehen, schrieb er.

Wie jeden Abend saß Fritz an seinem Schreibtisch. Vor ihm lag das
Regelwerk für die Amerikanische Armee in englischer Sprache, es
war zur Drucklegung fertig gestellt. Er hatte noch einmal das letzte
Kapitel durchgelesen und verstand nur noch wenig von dem, was
darin geschrieben stand. Ihm blieb nur die Hoffnung, dass sein Text,
den er auf Deutsch niedergeschrieben hatte und der danach durch
viele Hände gegangen war, auch exakt in der englischen Sprache
wiedergegeben worden war. Benjamin und Duponceau versicherten
ihm immer wieder, dass alles seine Ordnung habe und nicht ein einziges Wort verloren gegangen sei. Doch wann es gedruckt werden
konnte, das stand weiterhin in den Sternen, da es noch immer an
einer Druckerpresse fehlte.
Nach dem Abzug der Briten und Hessen gab es in der Stadt nur eine
Druckerei und diese war ausgelastet mit dem Herstellen der Zeit-
ungen und der Proklamationen des Kongresses. Der Kongress
wiederum sah sich außerstande, eine Druckerpresse zum Druck des
Regelwerkes für die eigene Armee zur Verfügung zu stellen.
Unabhängig davon geriet Fritz bald in finanzielle Schwierigkeiten.
Die Briten hatten bei ihrem Abzug alles mitgenommen, was sie für

verwertbar erachteten und dabei auch viele Läden und Werkstätten
zerstört. Die Stadt erholte sich nur langsam, zumal Kriegsgewinnler
jeglicher Couleur ihr Unwesen trieben. War die Inflation im ganzen
Land nicht schon
hoch genug, so wucherte sie in Philadelphia geradezu, beinahe täglich
stiegen die Preise für den Lebensunterhalt. So waren die 136 Dollar
Monatsgehalt, die Fritz als Generalmajor erhielt, zurzeit nur noch
15 Dollar wert. Er musste mehr und mehr auf seine Pension aus
Preußen zurückgreifen, was ihm sehr zum Nachteil geriet, da ihm die
Bank die abgehobenen Beträge zum offiziellen Nennwert in wertlosen Papierdollars ausbezahlte. Auf diese Weise zerrann ihm seine
für dieses Jahr erhaltene Pension zwischen den Fingern, äußerste
Sparsamkeit war angesagt. Allein die ihnen zugeteilten
Lebensmittelrationen, die vom Armeedepot ausgegeben wurden,
verhinderten, dass er und sein Stab hungern mussten. Wegen seiner
Geldnot mied er die gesellschaftlichen Empfänge, bei denen sich
auch gerne die Kriegsgewinnler zeigten. Diese Menschen waren Fritz
zuwider, außerdem war man bei solchen Veranstaltungen nie vor
Spionen sicher.
Auch vom Stadtkommandanten, General Benedikt Arnold, der für
seine rauschenden und ausschweifenden Feste bekannt war, erhielt er
regelmäßig Einladungen. Derartige Lustbarkeiten in Kriegszeiten
hielt er für nicht angebracht und so ließ er sich regelmäßig entschuldigen. Dagegen bevorzugte er die gemütlichen Abende beim Kriegs-
ratsvorsitzenden Richard Peters, der eine Villa oberhalb der Stadt
besaß, von deren Veranda man einen herrlichen Blick auf Philadelphia genießen konnte.

Es klopfte. Duponceau kam herein und kündigte mit einem viel
sagendem Lächeln Besuch an. Einen Augenblick später stand Maria
in der Tür. Fritz vergaß, seinen Adjutanten zu entlassen, so über-

rascht war er von ihrer unerwarteten Anwesenheit. Leise schloss Duponceau die Tür hinter sich. Maria und Fritz fielen sich in die Arme, küssten sich und hielten sich lange umschlungen.
Nachdem die erste Leidenschaft ihres Wiedersehens gestillt war, fand Fritz seine Sprache wieder.
„Du hier?! Nicht ein Billet habe ich von dir erhalten!"
„Es wäre zu gefährlich gewesen. Spione gibt es in diesen Zeiten überall. Auch ich bin einer."
„Aber für die gerechte Sache."
„Vielleicht, wer weiß das schon? Jedenfalls weiß ich, dass ich auf meiner Seite stehe. - Wie mir zu Ohren gekommen ist, gibt es Schwierigkeiten mit dem Druck des Regelwerkes."
„Dem ist leider so. Inzwischen ist zwar gutes Papier vorhanden, doch sieht sich der Kongress nicht in der Lage, mir eine Druckerpresse und die Typen dafür zu stellen, und ich selbst verfüge nicht über die finanziellen Mittel, diese Dinge auf meine Kosten anzuschaffen. Und dann schlage ich mich immer noch mit dem Kongress wegen meiner Kompetenzen herum."
„Dem Ersten kann abgeholfen werden. Vor dem Haus steht ein Fuhrwerk, Du wirst darin alles finden, was Du für den Druck benötigst. Dazu begleiten mich ein Druckermeister, zwei Gesellen und ein Lehrling. Du musst nur noch für die entsprechende Örtlichkeit sorgen."
„Wie ist dir das gelungen?" Ungläubig sah Fritz sie an.
„Mit den entsprechenden Beziehungen bekommt man alles, eine Druckerpresse, die Typen dazu, bis hin zur Druckerfarbe, Schneidegeräte, Kleber, blaue Kartonage - eine andere Farbe war nicht aufzutreiben, - gutes Papier und reißfesten Faden."
„Dich hat mir der Himmel als rettender Engel geschickt, der fast alle meine Sorgen sind mit Deinem Erscheinen verflogen. Wir werden noch heute Nacht erste Vorkehrungen treffen."

„Nicht heute Nacht, diese soll allein nur uns gehören, mon cher."
„Verzeih! Welch Affront! Ich vergaß mich. Wie kann ich das je wieder
gut machen?"
„Indem Du mir Deine Liebe schenkst und mich glücklich machst."

Woche um Woche ging ins Land, ohne dass im Kongress in seiner
Sache konkrete Entscheidungen getroffen wurden.
Endlich, am 18. Februar 1779, beschloss der Kongress, die dienst-
lichen Zuständigkeiten des Inspektionswesens zu definieren und sie
allein nur dem Generalmajor Baron von Steuben zu übertragen.
Ende März gab der Kongress auch seine Zustimmung zu dem von
Fritz verfasstem Regelwerk, das fortan als bindend galt.
Damit war der von General Gates eigenmächtig eingesetzte General-
inspektor Neufville entmachtet.

Am 27. April traf Fritz im Hauptquartier ein, das sich inzwischen in
der Festung West Point, ungefähr vierzig Meilen nördlich von New
York am Westufer des Hudsons gelegen, befand. Diese Festung war
erst vor einem Jahr von dem polnischen Oberst Tadeusz Kosciuszko
vortrefflich angelegt worden, dessen Bekanntschaft Fritz zu seinem
Bedauern noch nicht machen konnte, da er der Armee von General
Gates angehörte, die im Norden operierte.
Fritz schien zur rechten Zeit in West Point angekommen zu sein,
denn die Briefe, die ihm William nach Philadelphia geschickt hatte,
enthielten nichts Gutes. Von altem Schlendrian, der wieder ausge-
brochen sei, schrieb er, und dass man die Inspektoren nicht ernst
nehmen würde. Einige Brigadegeneräle hätten es ihren Leuten überlassen, selbst zu entscheiden, ob sie an den Übungen überhaupt
teilnehmen wollen.
General Washington war hoch erfreut, Fritz wieder im Lager begrüßen zu können. Er gab Befehl, dass das gesamte anwesende

höhere OffiziersCorps sich im Kartenraum zur Entgegennahme der neuesten Beschlüsse des Kongresses einzufinden habe.

„Gentlemen, am 18. Februar hat der Kongress Major General Baron Friedrich Wilhelm von Steuben zum alleinigen und uneingeschränkten Generalinspektor der Truppen der Vereinigten Staaten von Amerika ernannt. Inzwischen wurde auch Kraft des Beschlusses durch den Kongress vom 26. März das Regelwerk für die Ordnung und Disziplin der Truppen der Vereinigten Staaten als alleinige Grundlage der Ausbildung und Aufgaben aller Soldaten jeglichen Ranges beschlossen und verabschiedet, dessen Drucklegung Major General Baron von Steuben noch in Philadelphia ermöglicht hat. Gentlemen, ich habe dieses „Blaue Buch" hier, in dem das Regelwerk dokumentiert ist, eingehend studiert und bin dabei sehr nachdenklich geworden. Denn so, wie den Winter über in einigen Brigaden verfahren wurde, kann es nicht weiter gehen. Auf Dauer würde das unseren Ruin bedeuten. Deshalb erwarte ich, dass die Anweisungen des Generalinspektors Major General Baron von Steuben kraft seines Amtes buchstabengetreu und widerspruchslos befolgt werden. Ein dahingehender schriftlicher Befehl wird morgen an alle Einheiten ergehen, dem jeweils ein Exemplar des Regelwerkes beigefügt ist."

Die meisten Offiziere nahmen die veränderte Situation und deren Folgen zähneknirschend zur Kenntnis, denn sie sahen in Fritz immer noch den ausländischen Offizier, dem sie sich nur widerwillig unterordneten, dagegen war die Schar seiner Anhänger erleichtert.

Fortan wehte im Heerlager ein ganz anderer Wind. Es wurde wieder täglich exerziert und die regelmäßigen Inspektionen förderten nachhaltig Ordnung und Disziplin. Das gesamte Versorgungswesen wurde häufiger und gründlicher kontrolliert, wodurch sich der eine oder andere korrupte Offizier seiner Einnahmequellen beraubt sah.

Molly Pitcher, die Heldin des Gefechts von Monmouth, und Mrs.
Washington waren noch immer die Seelen des Lazaretts, beide
meldeten Fritz sofort jeden Missstand.
In der Ausbildung galt sein besonderes Augenmerk weiterhin der
aufgelockerten Gefechtsordnung und dem überraschenden Vorstoß
in kleinen Verbänden.

Bei General Washington setzte Fritz die Schaffung eines weiteren
Freicorps leichter Kavallerie durch. Dieser Einheit wurden nur aus-
gesuchte Leute zugeteilt, deren Ausbildung Fritz persönlich leitete.
Bei den einfachen Soldaten war er wegen seines Gerechtigkeitssinnes
sehr geachtet, wenn nicht sogar beliebt.
Vergehen strafte er unnachgiebig, war aber jederzeit bereit, eigene
Fehler vor versammelter Mannschaft einzugestehen und um Ent-
schuldigung zu bitten.

Die Lage an der Hudsonfront blieb unverändert. Die Bundesstaaten
stellten der Armee einfach nicht genügend Soldaten, um zur Offensive übergehen zu können. Außerdem war Washington gezwungen,
Einheiten nach Süden zu entsenden, wo die Briten seit der Einnahme
von Savannah Vorteil um Vorteil erzielten. Nur bei Charleston
wurden sie am 10. Oktober von General Pulaski und dessen Kavallerie besiegt. Danach trafen von dort wochenlang keine Nachrichten
ein und wenn, dann waren es keine erfreulichen. In South Carolina
und Georgia tobte der Kleine Krieg mit einer von beiden Seiten
unvorstellbar geführten Grausamkeit.
Britische Sonderkommandos hatten die Indianer in den Appalachen
mit Geschenken, reichlich Alkohol und Aussicht auf fette Beute
gegen die Siedler aufgehetzt. Entsetzliche Massaker waren die Folge
davon. Auch der von den amerikanischen Offizieren hochgelobte
Freiheitsheld Francis Marion ließ unschuldige Frauen, Kinder und

Sklaven vergewaltigen und regelrecht abschlachten. Der Hass aufeinander war tief und unumkehrbar.

Die aufgezwungene Passivität der Armee an der Hudsonfront kam
Fritz gelegen. So konnte er sich uneingeschränkt der Truppenaus-
bildung für den „entscheidenden Schlag" widmen, wie er es gegen-
über General Washington bezeichnete.
Am Abend des 27.Juni bat ihn dieser zu einem Gespräch unter vier
Augen. Mrs. Washington begrüßte Fritz auf das herzlichste und
führte ihn persönlich zum Arbeitszimmer ihres Ehemanns. Der
General bat Fritz an den Kartentisch, auf dem eine detaillierte Land-
karte lag, die den unteren Verlauf des Hudsons zeigte.
„Baron, ich plane, die Position der Briten am Hudson zu schwächen.
Dazu müssen wir ihnen das Fort Stony Point entreißen, das ein wich-
tiger Vorposten ihrer Stellungen vor New York ist", eröffnete ihm
Washington.
„Eine vortreffliche Idee, allerdings gilt das Fort als uneinnehmbar!"
gab Fritz zu bedenken.
„Nicht, wenn wir das Fort im Handstreich nehmen. Wäre die leichte
Infanterie dazu in der Lage?"
„Das kommt ganz darauf an. Besitzen wir einen Plan von Stony
Point?"
„Allerdings."
Washington entrollte eine weitere Karte, die den Grundriss der Fest-
ung und deren nächstes Umfeld zeigte.
„Das Fort befindet sich auf einem Felsplateau direkt am Hudson und
ist an drei Seiten von Wasser umgeben. Auf dem Fluss ankern
Kriegsschiffe, wodurch ein Angriff von dieser Seite nicht durchführ-
bar ist. Der Einzige Zugang führt durch diesen Sumpf hier. Wie sie
sehen, ist das Fort gut befestigt und mit schwerem Geschütz ausgestattet. Seine Besatzung umfasst siebenhundert Mann."

„Fürwahr eine Herausforderung. - Verfügen wir über Informanten, die Zugang zum Fort haben?"

„In der Tat. Es gibt einen Marketender, der dort täglich ein- und ausgeht. Er soll äußerst zuverlässig sein."

„Interessant. Lassen Sie hören."

„Mein Plan ist folgender: fernab jeder Straße, unter Führung einheimischer Kundschafter, nähert sich die Truppe auf versteckten Pfaden dem Fort. Kurz vor Morgengrauen werden ein paar Soldaten, als Zivilisten verkleidet, unter Mithilfe des Marketenders die aufgestellten Wachen am Anfang und am Ende des Weges, der durch den Sumpf führt, überwältigen. In aller Stille rückt die Truppe nach, beseitigt die Verhaue, erklimmt die Schanzen, stürmt das Fort und nimmt die Besatzung gefangen."

„Das hört sich einfach an."

„Ist es auch."

„Dennoch, es sind dabei einige wichtige Dinge zu beachten."

„Genau! Deswegen ersuche ich Sie um Ihren Rat, Baron. Sie waren selbst Mitglied eines Freicorps und, wie ich aus Preußen erfahren habe, führten Sie mehrmals Unternehmungen dieser Art durch. Hinzu kommt, dass Sie sich als einziger des hohen Offizierscorps im Festungsbau auskennen."

Fritz nahm das Kompliment mit Genugtuung zur Kenntnis.

„Mit Sicherheit gibt es Ansiedlungen im Umfeld, deren Einwohner das Fort bewirtschaften."

„Das ist richtig."

„Zuvor muss dort jeder Hund und jeder Gans getötet werden."

„Warum?"

„Sie könnten anschlagen, eine Kettenreaktion auslösen und dadurch die Besatzung alarmieren. Außerdem müssen sämtliche Personen im Umkreis von zwei Meilen bis zur Beendigung des Unternehmens in Gewahrsam genommen werden."

„Welche Zeit schlagen Sie für den Überfall vor?“

„Um Mitternacht bei Neumond, damit das Kommando flexibel agieren kann, sollten Verzögerungen eintreten – und diese werden eintreten! Denn ich habe noch nie ein Kommandounternehmen erlebt, das von Beginn bis zum Abschluss seiner Durchführung glatt verlaufen wäre.“

„Das ist ein Argument. Halten Sie das Unternehmen denn für durchführbar?“

„Durchaus. Nur muss das ganze zeitlich gut aufeinander abgestimmt sein.“

„Demnach befürworten Sie den Plan?“

„Ja, General. Bei dem Unternehmen wüsste ich gerne Wayne an meiner Seite.“

„Baron, ich weiß, wie sehr Ihr Herz mit der Armee verbunden ist, doch brauche ich Sie hier. Wayne schafft das auch ohne Sie.“

„Wayne verfügt nicht über meine Erfahrung.“

„Dank der Männer, die Sie ausgebildet haben, wird es Wayne gelingen. Ich bitte Sie, mit ihm den genauen Plan auszuarbeiten. Seien Sie nicht enttäuscht.“

„Gut. Sie sind der Oberbefehlshaber und haben zu entscheiden.“

„Dann besprechen wir uns morgen mit dem Offizierscorps.“

„Das halte ich für unklug.“

„Warum?“

„Bedenken Sei die warnenden Worte von Captain Richter.“

„Mit Verlaub, doch weigere ich mich, daran zu glauben, dass wir auf höchster Offiziersebene Verräter haben.“

„Trotzdem ist äußerste Vorsicht bei diesem waghalsigen Unternehmen angebracht, General.“

„Was schlagen Sie vor?“

„Nur wir beide besprechen uns mit Wayne, niemand außer ihm darf von diesem Unternehmen wissen. Wenn die Truppe abgerückt ist,

darf Wayne nur seine engsten Vertrauten informieren. Die Truppe selbst wird erst einen Tag vor dem Überfall in Kenntnis gesetzt. Für die Planung benötige ich das gesamte Kartenmaterial von Stony Point und dessen Umgebung, ebenso auch Karten, auf denen weiträumig das Gebiet zwischen unserer Basis und der Festung eingezeichnet ist."
„Gut, Sie haben mich überzeugt, Baron", stimmte Washington zu.
In den folgenden Tagen entwickelte Fritz mit Anthony Wayne die Details des riskanten Unternehmens, der sichtlich stolz darauf war, dass ihm das Kommando anvertraut wurde.
Am 8. Juli rückte die Truppe ab, angeblich um Manöver abzuhalten. Die Zeit des Wartens begann, die Fritz durch die Anwesenheit Marias versüßt wurde. Leider brachte sie keine guten Nachrichten. Die Briten hatten eine weitere Flotte nach Süden entsandt, um die französischen Schiffe an der Landung in Savannah zu hindern.
Am 16. Juli hatte Fritz General Washington, de Kalb, Mühlenberg, Greene und Oberst Heister zum Abendessen eingeladen. In dem Moment, als auf die Gesundheit der Anwesenden angestoßen wurde, stürzte ein Meldereiter der Life Guard in den Raum, atemlos übergab er dem Oberbefehlshaber ein Billet.
Nachdem dieser die Nachricht gelesen hatte, lächelte er erleichtert.
„Gentlemen, folgende Nachricht habe ich soeben erhalten:
'General,
wir haben Stony Point im Handstreich genommen, allein mit dem Bajonett, ohne auch nur einen Schuss abzugeben. Unsere Verluste betragen 15 Mann, die Briten haben 65 Tote, 645 Rotröcke sind in Gefangenschaft geraten.
Wayne.'
Triumphierend riss Fritz die geballte Rechte empor. „Ja, wir haben sie!"

Auch General Washington stand die Freude ins Gesicht geschrieben.
„Das waren Ihre Soldaten, die Sie geschaffen haben. Meinen Respekt,
Baron!"
Der Rest der Tischgesellschaft sah fragend in die Runde.
„Gentlemen, wir haben uns erlaubt, uns das Fort Stony Point anzu-
eignen", eröffnete ihnen Washington, „Verzeihen Sie die Geheim-
haltung, doch wollten der Generalinspektor und ich sicher gehen,
dass nichts von dem Unternehmen nach außen dringt."
Nun brach allgemeiner Jubel aus.
Nachdem auch dem Überbringer der guten Nachricht ein Glas
Whisky gereicht wurde, stieß die Gesellschaft auf den Sieg an.
„Wie ist es gelungen? Berichten Sie!", forderte Washington den
Kurier auf.
„Am 15.Juli, gegen Mittag, brachen wir von unserem Lager bei Sandy
Beach auf. Unsere Scouts führten uns über schmale Pfade durch
hügeliges Gelände. Wir überwanden Engpässe und durchquerten
Sümpfe. Wie befohlen, wurde jeder, der unserer Truppe begegnete, in
Gewahrsam genommen. Abends um acht Uhr hatten wir uns bis auf
anderthalb Meilen dem Fort genähert. Wayne ließ die Truppe lagern
und unternahm mit einigen Offizieren eine Erkundung. Gegen halb
elf Uhr rückten wir in aller Stille vor. Die Posten am Anfang und am
Ende des Weges zum Fort wurden von Soldaten, die als Bauern
verkleidet waren, unter Mithilfe des Marketenders lautlos überwältigt.
Wir trugen weiße Kokarden oder Federn an den Hüten, damit wir
nicht Gefahr liefen, uns in der dunklen Nacht gegenseitig nieder zu
stechen. In zwei Kolonnen pirschten wir uns vorsichtig heran.
Sonderkommandos beseitigten Hindernisse und Verhaue. Die Briten
bemerkten uns erst, als wir dabei waren, die Außenwerke zu stürmen.
Ihre Wachposten schossen und die Trommler schlugen Alarm. Noch
während die Briten ihre Alarmposten besetzten, hatten wir die
Außenwerke bereits genommen und die ersten Sturmleitern waren

am Hauptwerk gesetzt. Heftiges Musketenfeuer schlug uns von da an entgegen. Doch die Rotröcke waren irritiert, da wir ihr Feuer nicht erwiderten. Wir konnten sie dann in einem kurzen und heftigen Nahkampf überwältigen. Ohne nennenswerten Widerstand drangen wir nun in das Fort. Als Oberst Fleury die britische Fahne einholte und die unsere setzte, ergab sich die Besatzung. Vom ersten Schuss an hat die Erstürmung nicht länger als eine Viertelstunde gedauert."
„Wahrhaftig, welch ein Triumph!" rief Washington, lassen Sie uns feiern, Gentlemen, morgen werden wir die Einnahme offiziell bekannt geben."

Nach Verkündung des Sieges ritten Washington und Fritz nach Stony Point. Mit Begeisterung wurden sie von den Soldaten empfangen, die dem Generalinspektor versprachen, ihre Bajonette nur noch ausnahmsweise als Bratspieße zu verwenden. Woraufhin Fritz verfügte, dass fortan die Bajonette stets aufgepflanzt am Gewehr zu tragen seien.
Im Kongress und bei der Bevölkerung löste die Einnahme von Stony Point eine wahre Euphorie aus und die Presse überschlug sich wochenlang über die gut ausgebildete Armee. General Washingtons Stellung war wieder gefestigt, was seine Laune sichtlich hob, waren doch nach den Niederlagen im Süden im Kongress wieder einmal Zweifel an seiner militärischen Führung laut geworden.
Trotz des Erfolges widmete Fritz sich wieder ganz der Ausbildung der Truppe.
Auch die Besuche von Maria wurden häufiger. Sie kam jeden Monat für jeweils eine Woche, da die Briten unbedingt erfahren wollten, was die Aufständischen als nächstes im Schilde führen würden.
Aus dem Süden erreichten das Hauptquartier wieder einmal schlechte Nachrichten. An einer laborierte Fritz lange, betraf sie ihn doch ganz persönlich. Die Rückeroberung der Hafenstadt Savannah war auf-

grund der zögerlichen Haltung der französischen Flotte
fehlgeschlagen. Bei einer der Kavallerieattacken war sein Freund
Kazimierz Pulaski gefallen.
Die Süd-Armee unter Lincoln wurde abermals zum Rückzug gezwungen und die Briten gewannen mit Hilfe der mehrheitlich
loyalistisch gesinnten Bevölkerung von Georgia und South Carolina
mehr und mehr die Oberhand.
Auf diplomatischer Ebene gab es eine Neuigkeit. Der französische
Gesandte Gerard war durch den Chevalier de La Luzerne abgelöst
worden, der seinen Amtsantritt bei der Armee in West Point hatte
ankündigen lassen.
Daraufhin herrschte beim Generalstab große Aufregung, da sich
niemand in der Etikette des höfischen Zeremoniells auskannte, bis
sich General Washington erinnerte, dass der Generalinspekteur
12 Jahre das Amt des Hofmarschalls bekleidet hatte. Allerdings hielt
sich Fritz zu einer Inspektion in Providence auf. Es war Eile geboten.
Depeschen wurden aufgesetzt, der Generalinspekteur solle sich mit
dem französischen Gesandten in Hartfort, der Hauptstadt von
Connecticut, treffen, um ihn nach West Point zu begleiten.

Wie vorgesehen, traf sich Fritz mit de La Luzerne in Hartfort,
gemeinsam traten sie ihre Reise an.
De La Luzerne brachte gute Nachrichten mit: im nächsten Frühjahr
werde ein starkes französisches Corps den Amerikanern zu Hilfe
kommen. Bei ihrem Gespräch versuchte Fritz vorsichtig in Erfahrung zu bringen, was der neue Gesandte über die Umstände seiner
Anstellung bei der amerikanischen Armee und den Einfluss Frankreichs und Preußens bei diesem Vorgang wusste. Erleichtert stellte er
fest, dass der Chevalier nicht eingeweiht war. Somit konnte er davon
ausgehen, dass weiterhin absolutes Stillschweigen der Regierungen
beider Nationen seine Person betreffend gewahrt wurde.

In West Point versah Fritz das umfangreiche Amt des Zeremonien-
meisters. Zuletzt wurde eine Truppenparade abgenommen. Das
Ganze geriet so vortrefflich, dass ihm eine weitere Aufgabe übertragen wurde: er sollte zukünftig sämtliche offiziellen Empfänge nach
den neuesten Regeln und Moden gestalten.
„Was beherrschen Sie eigentlich nicht, Baron?", fragte ihn Washington, nachdem der Chevalier nach Philadelphia abgereist war.
Zunächst gewann Fritz der Frage ein geheimnisvolles Lächeln ab.
Schließlich antwortete er:" Wie Sie sicherlich aus Preußen informiert
sind, war ich über mehrere Jahre im Dienste Dienste Seiner Majestät
als Geheimagent tätig. Dazu gehört es auch, sich in jeder Situation
auf jedem Parkett zurecht zu finden."

6. Kapitel

Sommer / Herbst 1780
Maria

In New York führte Maria drei verschiedene Leben, was ganz ihren Neigungen entsprach, als Meisterin der Verwandlung beherrschte sie dies vollkommen.
Das eine Leben war das der Teilhaberin eines florierenden Handelsunternehmens. Das andere das des Captain Richter, der sowohl in britischen als auch in amerikanischen Diensten stand und in geheimer Mission reiste. Und in ihrem dritten Leben war sie Miss Astor, Besitzerin des exklusivsten Bordells der Stadt, das sie am Stadtrand in einem ehemaligen Landgut betrieb. Dort verkehrten nicht wenige Geheimnisträger beider Seiten und einige der Freudenmädchen verstanden es vorzüglich, wertvolle Informationen einzuholen.
Allein der Oberbefehlshaber der Britischen Armee, General Clinton, und sein Generaladjutant und Chef des Geheimdienstes, Major André, kannten ihre verschiedenen Identitäten und wussten sie zur rechten Zeit zu nutzen.
Major André war ein attraktiver, junger Mann, der ihr bei den Arrangements im „Maison Rouge" - so nannte sie das Etablissement – stets hilfreich zur Seite stand. Auch bei offiziellen Veranstaltungen brachte sich der gesellschaftlich gewandte Major vortrefflich ein, so glänzte er bei Aufführungen des Liebhabertheaters zugleich als Schauspieler, Regisseur und Bühnenbildner.
Der von der Damenwelt umschwärmte Major hatte mehrere Liebhaberinnen, eine davon war die bezaubernde Peggy Shippen, die in Philadelphia zur Schönheitskönigin avancierte. Sie liebte das abwechslungsreiche Leben in der Stadt und war ihrer Meinung nach

nicht für das Leben im Feld geeignet. Bei Veranstaltung und Bällen war sie ein gern gesehener Gast und wusste sie stets aufgrund ihrer Schönheit und geistreichen Charmes zu glänzen. Obwohl ihre Familie zu den eingefleischten Tories gehörte, war sie mit dem amerikanischen General General Arnold verheiratet. Ihrer Freundin Maria vertraute sie an, dass die Ehe mit Benedikt Arnold eher eine lockere sei und auf Grund gesellschaftlicher Erwägungen zu ihrer beider Vorteil geschlossen worden. Jedenfalls hatte ihr der Kriegsinvalide Arnold völlige Freiheit gelassen und so gingen André und Clinton bei ihr ein und aus.

Welche Rolle Peggy dabei spielte, blieb Maria unklar. War sie eine Spionin der Amerikaner und nutzte sie ihre engen Beziehungen zu den Briten nur, um sie auszuspionieren, oder stand sie gar ganz auf deren Seite? Immerhin war André Chef des britischen Geheimdienstes.

Maria befragte sie nie, allein schon um ihre eigene Tarnung nicht zu gefährden. Stattdessen besuchten sie die angesagten Bälle und lebten ihre sexuellen Neigungen aus.

Vor zwei Tagen hatte Maria einen frivolen Ball im "Maison Rouge" gegeben, bei dem sie jedem einzelnen Zimmer ein erotisches Thema gewidmet hatte. Um sich den Verführungen leidenschaftlich und unerkannt hingeben zu können, war das Tragen einer Maske erwünscht, was nicht nur den Genuss steigerte, sondern auch den Wechsel des Liebespartners erleichterte.

Maria und ihre Gäste liebten diese Rollenspiele – das Fest bescherte mannigfaltige Kurzweil und war ein großer Erfolg.

Hinter vorgehaltener Hand wurde noch von den Geheimnissen des letzten Balls im „Maison Rouge" geflüstert, als Maria zu General

Clinton gebeten wurde. In dessen Arbeitszimmer wurde sie von diesem und Major André formvollendet begrüßt.

„Es war eine bezaubernde Nacht, Madame, die Sie uns beschert haben." Clinton nahm ihre dargebotene Hand und deutete dezent einen Handkuss an.

„Meine Begleitung und ich haben sich ebenfalls trefflich amüsiert", bestätigte Major André.

„Sie schmeicheln mir über Gebühr, Gentlemen, ich bemühe mich nur, die Bedürfnisse der Clubmitglieder zu befriedigen."

„Die mir im orientalischen Zelt ein superbes Wesen versüßt hat", bemerkte der General, der ihr für einen Moment wissend zulächelte.

„Dieses Wesen wird das Kompliment gewiss zu schätzen wissen", gab Maria zurück.

Clinton war eine stattliche Erscheinung. Sein Gesichtsausdruck, geprägt von einer hohen Stirn, schmalen Lippen und einem markanten Kinn, zeugte von Intelligenz, Eigensinn und Ehrgeiz.

„Der Major und ich würden gern noch weiter über den letzten Abend im Maison Rouge plaudern, doch wir müssen mit Ihnen drei wichtige Angelegenheiten besprechen, die keinen Aufschub erlauben. - Der betagte Brigadegeneral Howe ist noch immer Gouverneur der Festung West Point, nicht wahr?"

„Ja, so ist es", bestätigte ihm Maria.

„Er scheint nicht besonders versiert, da ihm dieser Deutsche, der uns schon lange ein Dorn im Auge ist, als Berater zur Seite steht. - Wie heißt dieses Ärgernis noch einmal?"

„Major General Baron Friedrich Wilhelm von Steuben, Sir", ergänzte der Major.

„Genau. Dieses Subjekt, das sich im Festungswesen gut auskennt, sollte von dort entfernt werden."

„Abgesehen von seinem Beraterposten bildet Steuben in der Festung auch die Rekruten der Neu-Englandstaaten aus. Es wird schwer sein,

General Washington davon zu überzeugen, ihn aus dieser kriegswichtigen Festung zu entfernen, zumal General Howe nur der Höflichkeit halber Gouverneur der Festung ist", gab Maria zu bedenken.

„Selbst General Washington dürfte es klar sein, dass dies kein Zustand auf Dauer sein kann. Drängen Sie Washington, Howe in den Ruhestand zu versetzen und Steuben auf Inspektionsreisen zu schicken, dann kann uns diese lästige Person am wenigsten Schaden zufügen."

„Soweit ich meinen Einfluss geltend machen kann, können Sie auf mich zählen, General. Doch kommen wir nun zum zweiten Punkt."

„Wie immer! Sie reden nicht gerne um den heißen Brei, Madame. Das macht Sie so sympathisch! Nun gut, die Continental Army hat ihr Hauptquartier am linken Ufer des Hudsons bei Peekskill genommen. Wir empfinden dies als sehr dreist. Sie sollten sich tunlichst von dort entfernen und sich wieder auf das rechte Ufer zurückziehen. Wir selbst versuchen, durch die verstärkte Präsenz unserer Truppen diesem Nachdruck zu verleihen, doch erweisen sich die Aufständischen als recht hartnäckig. Machen Sie Ihren Einfluss bei Washington geltend und überzeugen Sie ihn, dass der Rückzug zum anderen Flussufer bedeutend sicherer für seine Armee sein wird."

„Das ist leichter gesagt als getan, General. Seitdem das französische Kontingent in Newport an Land gegangen ist, sind ihre Erwartungen gestiegen."

General Clinton setzte ein siegessicheres Lächeln auf.

„Wie Ihnen bekannt ist, wird Newport durch unsere Flotte blockiert. Somit sitzt das französische Geschwader im Hafen in der Falle."

„Allerdings wird in Kürze ein zweites französisches Geschwader erwartet, dass die Blockade brechen soll."

„Hoffnung, Madame, lebt von Illusionen. Das Geschwader wird nicht eintreffen, da es durch unsere Schiffe vor Brest am Auslaufen gehindert wird. Diese Nachricht hat uns vor drei Tagen erreicht."
„Wie zuverlässig ist diese Nachricht?"
„Sie stammt vom Admiral der Home Fleet."
„Kann ich das Schreiben sehen?"
„Sicher."
General Clinton nahm von seinem Schreibtisch ein Billett und händigte es Maria aus.
Der Inhalt war hieb- und stichfest, mit sämtlichen Insignien versehen.
„Es wäre sehr hilfreich, wenn ich eine Abschrift dieses Dokuments General Washington vorlegen könnte."
„Ich sehe, ich habe mich in Ihrem Scharfsinn nicht getäuscht."
„Danke, General. - Doch nannten Sie noch einen dritten Auftrag, den es zu erledigen gilt."
„In der Tat", nahm nun Major André das Gespräch auf, „abgesehen von diesen Lästigkeiten möchten wir Sie bitten, in nächster Zeit für unsere gerechte Sache des Öfteren als Kurier zu dienen, denn wir beabsichtigen, mit einer wichtigen Kontaktperson zu korrespondieren. Die Billetts werden jeweils im „Black Bear", einem Landgasthof nördlich Peekskill, sozusagen in der „Höhle des Löwen", ausgetauscht. Der Schankwirt dort heißt Lewis. Könnten Sie uns in dieser Angelegenheit behilflich sein, Madame?"
„Kein Problem, Gentlemen, sofern der Sold entsprechend ist, denn meine Aufwendungen werden erheblich sein."
„Die Krone sieht das ebenso. Daher denken wir, dass 360 Guineen angebracht sind. Sind Sie damit einverstanden?"
„Einverstanden, General."
„In Anbetracht, dass bei einem Erfolg Ihrer Bemühungen der Konflikt erheblich verkürzt werden kann, sehen wir die Summe in Sie gut

investiert. Die Hälfte davon werde ich im Voraus auf Ihr Konto transferieren lassen."

Aus seiner Rocktasche holte Major André ein Billett hervor, das er Maria reichte.'Mr. Gustavus' stand darauf geschrieben.

„Die Post, die an uns gerichtet ist, geht an einen John Anderson. Wann können Sie reisen?"

„In drei Tagen. Es gilt noch Termine einzuhalten."

„Gut, das sollte kein Hindernis sein. Peekskill liegt ja nur einen Tagesritt von New York entfernt."

Danach verabschiedeten der General und der Major sie mit den blumigsten Komplimenten.

Zu Hause angekommen, teilte sie ihren Angestellten mit, in drei Tagen abreisen zu wollen und veranlasste das Notwendige für diese Reise.

Als alles zu ihrer Zufriedenheit geregelt war, fand sie endlich Entspannung in ihrem Schaukelstuhl, den sie auf dem Balkon ihres Schlafzimmers hatte stellen lassen. Sie ließ die Eindrücke und Empfindungen der Audienz auf sich wirken. Sie wusste jetzt, dass sie eine heiße Spur hatte, um den vermuteten Verräter in den Reihen der amerikanischen Offiziere zu entlarven.

Maria brach im Morgengrauen auf. Sie hatte das Bürgerzivil eines Mannes angelegt. Die britischen Posten ließen sie ohne Visite passieren.

Hier am linken Ufer des Hudsons verwischten sich die Fronten. Eine Ortschaft, die noch gestern in Hand der Amerikaner war, konnte heute von den Briten besetzt sein und umgekehrt. Daher wunderte sich Maria auch nicht, dass sie nur eine Stunde, nachdem sie den britischen Posten passiert hatte, von vier amerikanischen Milizen angehalten wurde, die sehr gewissenhaft ihren Dienst versahen, was bei ihren abenteuerlichen Äußeren nicht unbedingt zu erwarten war.

Von ihnen erfuhr sie, dass die Kontrollen deswegen so gründlich vorgenommen würden, weil in der Gegend loyalistische Banden ihr Unwesen trieben.

Es war eine wunderschöne Landschaft, die sie durchquerte und die sie trotz ihrer erhöhten Wachsamkeit mit einer heiteren Freude betrachtete und genoss. Sie erinnerte sie an den Rhein, nur fehlten die Burgen, die beschaulichen Städtchen am Ufer und die Weinhänge. Gegen Abend erreichte Maria Peekskill, eine größere Ansiedlung am Ufer des Hudsons.

Wie angekündigt, war sie fest in der Hand der Continental Army, die nah des Flussufers ihr befestigtes Lager errichtet hatte. In Peekskill herrschte rege Betriebsamkeit und der Handel mit Lebensmitteln blühte.

Der Gasthof „Black Bear" war nicht schwer zu finden. Er lag auf einer flachen Anhöhe nördlich des Städtchens, oberhalb der Mündung eines Nebenflusses. Von dem Stallknecht ließ sie ihre Pferde versorgen.

Als Maria die Gaststube betrat, traf sie dort auf ein buntes Soldatenvolk, das sich mit Glücksspiel, Schnaps und Bier die Zeit vertrieb. Entsprechend laut ging es her.

Beim Wirt, der ein freundlicher Mann zu sein schien, mietete sie sich unter dem Namen Mr. Richter für zwei Nächte ein.

Sein Eheweib wies ihr ein Zimmer zu, das eher einer Kammer glich. Die anderen Zimmer seien zu ihrem Leidwesen von Offizieren belegt, die mit wertlosen Papierdollars bezahlten. Als Maria mit britischem Geld im Voraus das Logis beglich, hellte sich ihr Gesicht auf.

Sobald Maria sich eingerichtet und ihre Toilette aufgefrischt hatte, suchte sie die Gaststube auf. Obwohl der Wirt sämtliche Fenster geöffnet hatte, war Die Luft noch immer von dichtem Tabakqualm erfüllt.

Neben einigen Leuten von der Miliz nahm Maria Platz. Eine Magd brachte ihr Rühreier mit Speck und Salzkartoffeln, dazu einen Krug Bier.

Während sie das einfache Mahl zu sich nahm, das ihr nach dem langen Ritt besonders gut schmeckte, sah sie sich in der Wirtsstube um und warf einen kritischen Blick auf die anwesenden Gäste. Es schienen hier nur Soldaten, Milizen und durchreisende Händler einzukehren.

„Ich führe Post an Mr. Gustavus mit", wandte sie sich an den Wirt, als dieser das Geschirr abräumte, „kann ich diese bei Ihnen postlagernd deponieren?"

Mr. Lewis setzte eine ernste Miene auf.

„Sicher, das können Sie, Sir. Ihr Billett ist bei mir gut aufgehoben."

„Liegt Post von Mr. Gustavus an Mr. John Anderson vor?"

„Seit zwei Tagen, Mr. Richter."

Maria holte ein Schreiben aus ihrer Tasche und legte es dem Wirt vor.

„Von Mr. Anderson bin ich autorisiert, seine Post entgegen zu nehmen."

Mr. Lewis überflog die wenigen Zeilen, ging danach in das Hinterzimmer und kam mit einem Brief in der Hand zurück.

„Ihre Post, Mr. Richter."

Sie tauschten die Briefe aus und wünschten einander eine gute Nacht.

In ihrem Zimmer angekommen, entzündete Maria zwei Talglichter. Die Untersuchung des Billetts ergab nichts Ungewöhnliches. Lange konnte sie nicht einschlafen. Immer wieder kreisten ihre Gedanken um den Verräter. „Du musst vorsichtig sein, sehr vor-sichtig, denn das Parkett, auf dem du dich bewegst, ist gefährlich glatt", sprach sie leise zu sich. Zuletzt flogen ihre Gedanken zu Fritz.

Am Spätnachmittag des darauf folgenden Tages suchte sie in Peekskill das Hauptquartier von General Washington auf. Nach zwei Stunden wurde sie zur Privataudienz vorgelassen. Sie sprachen lange miteinander, bis weit in den Abend hinein. Sämtliche Verpflichtungen sagte der General ab.

Als sie auf der Veranda standen und versonnen den Sternenhimmel betrachteten, stellte General Washington ruhig und gefasst fest, dass aus der geplanten Offensive wohl nichts werden würde, doch solle versucht werden, sich so lange wie möglich auf dieser Flussseite zu halten. Gemäß dem britischen Auftrag hatte ihn Maria vom Rückzug überzeugt. Über ihre Ermittlungen gegen Gustavus verlor sie kein Wort.

Fritz bekam überraschenden Besuch, sein guter Freund Johann de Kalb war in West Point eingetroffen. Gemeinsam standen sie auf der Brustwehr des Außenforts "Putnam" und begutachteten das Vorfeld mit den frisch angelegten Verschlägen und Verhauen.
Im Mittelpunkt ihrer Gespräche stand allerdings die unerfreuliche Lage in Georgia und den Carolina-Staaten. Vor einem Monat war Charleston, die Hauptstadt South Carolinas, gefallen und die Briten befanden sich mit ihren deutschen Hilfstruppen weiter auf dem Vormarsch. Nach der Niederlage hatte der Kongress beschlossen, das Kommando über die Truppen im Süden dem tüchtigen General Lincoln zu entziehen und es dem Sieger von Saratoga, Generalmajor Gates, zu übertragen. De Kalb sollte ihm dabei zur Seite stehen.
„Deine Erweiterungen der Verteidigungsanlagen sind beachtlich. Wie viele Minengänge hast Du anlegen lassen?", fragte Johann.
„Es sollen elf Stollen werden. Sechs davon sind tausend Schritt weit in den Fels getrieben. Weitere fünf werden noch entstehen. Davon befinden sich bereits zwei im erweiterten Bau und mit den anderen ist begonnen worden", gab ihm Fritz Auskunft.
„Festungsbau - das ist nicht gerade mein Metier. Abgesehen von Dir kenne ich nur Kosciuszko, der sich darin versteht und der diese Festung nach seinen Plänen hat erbauen lassen."

„So ist es, er hat sie vortrefflich angelegt. Ich nehme jetzt nur noch die Feinheiten vor. Leider habe ich ihn noch immer nicht kennen gelernt, denn seine Bekanntschaft wäre für mich äußerst interessant, da ich mich mit ihm wesensverwandt fühle."
„Na ja, er kämpft zurzeit unter Gates. - Hast Du an Belagerungen teilgenommen?"
„Ja, an dreien, doch stets auf Seiten der Belagerer. Die Unternehmen sind bis auf Prag erfolgreich verlaufen."
Anerkennend klopfte ihm Johann auf die Schulter.
„Na ja, man kann nicht immer gewinnen."
„Aus Niederlagen lernt man."
„Ausgerechnet der eitle Gates", kam Johann auf das alte Gesprächsthema zu sprechen, „ich soll nun sein Handlanger sein. Mir ist aufgetragen, mit den schnell beweglichen Truppenteilen vorauszueilen, um die Übernahme mit Lincoln abzuwickeln. Gates wird erst dann eintreffen, wenn alles zu seinem Empfang bereit steht und er sich nicht mehr um Details zu kümmern braucht."
„Gates ist nun einmal beliebt, nicht nur im Senat, sondern auch bei der Bevölkerung. Wahrscheinlich mehr als Washington."
„Ich weiß - nur, mir ist der Mann suspekt."
„Nicht nur Dir. Auch ich habe genug Gründe, mich von ihm fern zu halten."
„Im Süden treffen wir auf ganz andere Gegebenheiten, als sie Gates bei Saratoga vorgefunden hat. Damals waren die Briten, Hessen und Braunschweiger in die Enge getrieben. Außerdem stand das Wetter gegen sie. Im Süden wissen wir nicht einmal, was auf uns zukommt."
„Wann musst Du reisen?"
„Bereits Morgen. In einer Woche soll die Truppe abmarschbereit sein. Washington gibt mir jeden Mann, den er entbehren kann."
„Das schwächt die Hudsonfront."
„Es ist ein Teufelskreis!"

„Demnach werde ich wohl weiterhin Rekruten für den alles entscheidenden Schlag ausbilden. Johann, Du kannst Dir gar nicht vorstellen, wie sehr ich mich nach einem eigenen Kommando sehne.“
„Deine Dispute mit dem Kongress haben sich herumgesprochen. Du wirst kein eigenes Kommando erhalten. Vorerst jedenfalls nicht. Dennoch bist Du der zweitwichtigste Mann der Armee, alter Hochstapler.“
„Manchmal muss man dem Schicksal eben nachhelfen, um in der Welt den Platz einzunehmen, der einem von seinen Fähigkeiten her zusteht“, bemerkte Fritz.
„Ja, da hast Du recht! Auch ich habe Karriere gemacht. Vom armen Bauernjungen und Kellner in einer schäbigen Kneipe bis zum geadelten Generalmajor“, gab Johann mit ernster Miene zurück.
„Meinen Respekt“, zollte ihm Fritz mit ebenso ernster Miene.
Im nächsten Moment brachen beide in schallendes Gelächter aus, bis ihnen die Tränen kamen.
Nachdem Johann wieder etwas Luft bekam, ließ er seinen Unmut freien Lauf.
„Verdammt, ich werde das Gefühl nicht los, dass uns Gates mit seiner Überheblichkeit ins Unglück führen wird und ich es nicht verhindern kann. Aus diesem Grund habe ich auch den Umweg hierher genommen, da es sein kann, dass wir uns nicht mehr wieder sehen.“
„Rede doch keinen Unsinn“, entgegnete ihm Fritz, der sich gerade die letzte Träne aus den Augen wischte, „solch ein Gedanke darf Dir nicht einmal im Traum kommen!“
„Gut, vielleicht mag es sein, dass ich einem Missklang meiner Gefühlsnerven aufgesessen bin. Dennoch traue ich Gates nicht.“
„Um Dich wieder aufzumuntern, schlage ich vor, dass wir heute Abend Pfeife rauchen und eine Flasche Whisky vom Besten leeren.“

„Eine vortreffliche Idee", bestätigte Johann, der sich mühsam zu
einem Lächeln zwang.
„Na also, Du kannst ja schon wieder lachen."
Sie durchzechten die halbe Nacht und kehrten einander ihr Leben
von innen nach außen, rauchten Pfeife und spielten Schach, so lange,
bis sie nur noch einen Zug im Voraus denken konnten.
Nach einem erfrischenden Bad im Hudson nahmen sie gegen Mittag
das Frühstück ein. Da beide recht viel vertrugen, klarten ihre Ge-
danken bald wieder auf.
Sobald Johann reisefertig war, begleitete ihn Fritz zu seiner Eskorte.
„Bereite unserer Heimat Ehre", forderte Fritz ihn auf.
„Das werde ich."
Zum Abschied umarmten sie einander.

Wochen, Monate vergingen, in denen Fritz sechs Billetts von Johann
erhielt. Waren die beiden ersten noch von verhaltenem Optimismus
getragen, so änderte sich deren Inhalt bald.
Niederschmetternd war ein Brief, der vom 2. August stammte. Am
25. Juli hatte Gates das Kommando übernommen und sofort energisch einen Vorstoß nach Süden befohlen. Johann widersprach dem
und verwies auf den schlechten Zustand der Truppe, dem zuerst
Abhilfe geschaffen werden müsse, bevor man überhaupt an eine
Offensive denken könne. Daraufhin habe der eitle Gates keine Gelegenheit ausgelassen, ihn als Fremden oder deutschen Söldner in
französischen Diensten zu bezeichnen, dem es am nötigen Patriotismus mangle.
Der letzte Brief stammte vom 14. August. Sein Inhalt erschütterte
ihn zutiefst.
'Lieber Freund,
es herrscht drückende Hitze und die niederkommenden Gewitter
bewirken kaum Abhilfe. Umso mehr plagen uns die Moskitos. Bei

der Truppe breiten sich Krankheiten aus. Dennoch marschieren wir
weiter. Sämtliche Mahnungen meinerseits schlägt Gates in den Wind
und nimmt jeden Grund zum Anlass, um mich vor den Offizieren zu
demütigen.
Die Armee besteht aus nicht ganz 3.000 Mann. Die meisten sind
Milizen und kaum ausgebildet. Wir verfügen nur über sechs Geschütze. Mit dieser halb möblierten Flickschusterei, deren Degen die
Klinge fehlt, glaubt Gates ernsthaft, die Briten in einer offenen
Feldschlacht schlagen zu können. Es ist zum Verzweifeln! Immerhin
führe ich das Kommando über die regulären Truppen aus Delaware
und Maryland, die bereits in mehreren Gefechten gestanden sind.
Viele unserer Landsleute sind darunter, die weder Tod noch Teufel
fürchten. Der Feind ist ganz nah. Er steht bei Camden, zwei Tages-
märsche weit.
Entweder werde ich siegen oder sterben.
Gott helfe uns! Sei umarmt!
Johann'
Sorgenvoll blickte Fritz von einer Anhöhe aus auf den träge nach
Süden strömenden Hudson. Im Licht der untergehenden Sonne
färbte sich der Fluss für einige Minuten blutrot.

Am späten Nachmittag des 25. August, Fritz überarbeitete gerade das
Reglement für die Artillerie, traten unerwartet General Washington
und Generalmajor Nathanael Greene in sein Arbeitszimmer. Sie
waren abgehetzt, ihre Uniformen sahen nach einem Gewaltritt aus.
Fritz ließ ihnen Limonade reichen, die sie dankbar entgegen nahmen.
„Ich befürchte, die werten Gentlemen führen keine guten Neuigkeiten mit."
„Dem ist so, Baron. In South Carolina ist es am 16. dieses Monats
bei Camden zur Schlacht gekommen, die für uns in einem Debakel

endete. Die Südarmee existiert de facto nicht mehr", antwortete Washington.

„Gibt es bereits Einzelheiten?", fragte Fritz nach einer kurzen Pause.

„Von Beginn an stand das Unternehmen unter einem ungünstigen Stern", antwortete diesmal Greene, „zwischen Gates, der unbedingt bataillieren wollte, und Johann de Kalb, der zur Vorsicht mahnte, entbrannten immer wieder heftige Dispute. Doch Gates hatte nun einmal den Oberbefehl inne, dem sich de Kalb unterzuordnen hatte." Mit diesen Worten zog Greene einen Brief aus der Innentasche seines Uniformrocks.

„Der Meldereiter überbrachte uns folgenden Bericht, dessen Inhalt ich Dir etwas gestrafft vortragen will.

'Am 14. August waren die Unseren bis auf einen Tagesmarsch an die Briten herangekommen, aber anstatt die erschöpften Truppen endlich ruhen zu lassen, befahl Gates den sofortigen Angriff. Johann de Kalb widersprach ihm vehement. Als ihn Gates vor den Offizieren einen Feigling nannte, schwieg der zu tief betroffene de Kalb und unterwarf sich den Plänen Gates.

Im Morgengrauen des 16. August stießen die beiden Vorhuten aufeinander. Eilig formierte Gates seine Truppen, um den Briten auf dem Schlachtfeld zuvor zu kommen.

Er stellte am linken Flügel und im Zentrum die Milizen auf. Den rechten Flügel nahm de Kalb mit seinen Linientruppen ein. Gates glaubte, die Briten überrumpeln zu können, und befahl, sofort zu attackieren. Aber Lord Cornwallis hatte die Schwachpunkte der Unseren schnell erkannt und befahl den Gegenangriff. Wie zu erwarten war, gerieten die schlecht ausgebildeten und unerfahrenen Milizen in Panik und ergriffen nach den ersten Salven die Flucht, allen voran Gates. Wie eilig er seine Flucht bewerkstelligt hatte, beweist die Tatsache, dass er bereits am Abend in Charlotte war, das immerhin 80 Meilen von dem Schlachtfeld entfernt liegt.

Er ließ Johann de Kalb mit seinen 1.400 Männern schmählich im Stich, die trotzdem Ruhe bewahrten und dem Ansturm der Briten standhielten. Die Kommandos des Majors General - so steht es hier - seien noch im lautesten Schlachtenlärm zu hören gewesen. Erst als die Kavallerie des Colonel Tarleton von der Flanke her in den Kampf eingriff, brach ihre heldenhafte Gegenwehr zusammen. Im folgenden Handgemenge kämpfte Johann de Kalb wie ein tragischer Held der Antike. Selbst als er von zwei Kugeln getroffen wurde, kämpfte er noch weiter. Schließlich streckten ihn ein Säbelhieb und mehrere Bajonettstiche zu Boden.' - Fritz, die Süd-Armee hat aufgehört zu existieren!"

„Oh mein Gott! Johann ist vor dem Feind geblieben!" Fritz stöhnte, seine Stimme versagte, er spürte die Tränen in seinen Augen. Abrupt stand er auf, drehte seinen Gästen den Rücken zu und ging zu dem Fenster, das nach Süden wies.

Es waren die Stunden vor der Dämmerung, das schwächer werdende Sonnenlicht brachte die Farben der Natur intensiver zum Leuchten und die Schatten wurden länger.

„Fritz, ich weiß, wie viel Dir Johann bedeutet hat", hörte er Nathanael im Hintergrund sagen.

Schwach hob er seine rechte Hand und wehrte jedes weitere Wort ab.

„Gentlemen, gestatten Sie mir einen Moment, damit ich meine Gedanken fassen kann", bat er.

Als er sich wieder seinen Gästen zuwandte, versuchte Washington ein Lächeln.

„Baron, ich weiß, wie sehr Sie sich nach einem eigenen Kommando sehnen. Nun biete ich Ihnen eines an."

„Ich höre!" Fritz blieb noch immer am Fenster stehen.

„Der Kongress hat beschlossen, gegen Gates ein Verfahren einzuleiten, und mich gebeten, einen neuen Oberkommandierenden für die Süd-Armee vorzuschlagen. Nun frage ich Sie, Baron, würden Sie

Major General Greene in den Süden begleiten? Greene wird in North Carolina die Reste der geschlagenen Armee sammeln. Sie hingegen sollen das Kommando in Virginia erhalten, der Süd-Armee den Rücken freihalten, den Nachschub organisieren und die Rekruten ausbilden."

Fritz schaute Washington mit durchbohrenden Blicken lange an, schließlich presste er die Worte heraus: „Bevor Johann de Kalb in sein Unglück zog, sagte er zu mir, dass ich aufgrund meiner Funktion der Letzte sei, dem Sie ein eigenständiges Kommando übertragen würden. Demnach muss unsere Lage verzweifelt sein!"

„In der Tat, die Lage ist sehr ernst. Und Sie, Baron, sind der geeignete Mann, um uns aus dieser Krise zu führen. Gerade gegenüber Gouverneur Jefferson setzte ich auf Ihr diplomatisches Geschick und Ihre großen Kenntnisse hinsichtlich der Truppenausstattung, denn diesbezüglich haben er und das Parlament von Virginia durch halbherzige und zögerliche Entscheidungen unserer Armee bisher mehr geschadet als gedient."

Washington schien voller Zuversicht, dass der Baron das Kommando in Virginia übernehmen und dort die Dinge zu ihren Gunsten regeln werde.

Fritz demonstrierte Gelassenheit. Er begann, in aller Ruhe seine Pfeife zu stopfen, dabei spürte er, wie die Blicke auf ihn hafteten. Im Stillen genoss er diese Situation und gedachte, es dem Oberbefehlshaber nicht zu einfach zu machen. Er hatte Oberwasser und er war es Johann schuldig, die vorteilhaftesten Bedingungen für sich und die Süd-Armee auszuhandeln.

„Nun denn, General. Ich danke für das Vertrauen, das Sie mir entgegen bringen", nahm er das Gespräch wieder auf, sah, dass der Tabak glimmte, zog genüsslich an der Pfeife und stieß mehrere Rauchwolken aus.

„Allerdings werde ich das Kommando nur unter einer Bedingung annehmen“, fuhr er fort.

„Und diese lautet?“, fragte Washington etwas irritiert.

„Sollten die Briten unsere Truppe in Virginia angreifen und ich nur unzureichende Unterstützung durch die Regierung erhalten, werde ich ohne Rücksicht verfahren.“

„Was heißt das konkret, Baron?“

„Ich erwarte, in meinen Entscheidungen absolut freie Hand zu haben. Im Notfall werde ich alles zerstören lassen, was dem Feind bei seinem Vordringen von Nutzen sein könnte. Jede Brücke, jede Farm, jedes Dorf, ja selbst jede Stadt werde ich auf meinem Rückzug niederbrennen und Verräter hängen lassen.“ Seine Worte klangen eiskalt.

„Damit machen Sie sich nicht gerade beliebt.“

„Wenn wir die Freiheit erlangen wollen, spielt das Ansehen meiner Person keine Rolle. Allein das Ergebnis zählt!“

„Sie erstaunen mich immer wieder, Baron, denn Sie äußern eine Einstellung, die bei den meisten unserer Offizieren nicht sehr populär ist. - Gut, in Virginia haben Sie von Seiten der Armee freie Hand – schlagen Sie ein!“

Der Händedruck war fest, ihre Augen blickten entschlossen.

„Gut, somit werde ich Sie dem Kongress als Befehlshaber in Virginia vorschlagen.“

„Wann werden wir reisen?“

„Ich fürchte, dass bis dahin noch einiges Wasser den Hudson hinab fließen wird, da zunächst das Untersuchungsverfahren gegen Gates abgeschlossen sein muss, der offiziell noch immer die Süd-Armee befehligt. Bis es soweit ist, werden Sie und Howe von West Point abberufen. Bei der Hauptarmee in Middlebrok sollen Sie so lange das Inspektionswesen übernehmen.“

„Wer wird der neue Festungskommandant?“

„Major General Benedict Arnold", antwortete ihm Washington.
„Warum gerade er?" Fritz war sehr erstaunt und auch wütend über diese Wahl, denn jeder wusste von dem ausschweifenden Leben Arnolds, auch dem Kongress waren dessen Geldspekulationen zu genüge bekannt, zudem war er wegen Amtsmissbrauchs bereits streng gerügt worden.
Washington räusperte sich. „Er hat selbst darum gebeten. Major General Arnold ist ein verdienter Mann der ersten Stunde, der im Kampf für unsere Freiheit ein Bein eingebüßt hat. Er scheint durch das Urteil des Kriegsgerichts geläutert und versichert glaubhaft, diesen wichtigen Posten nach seinem besten Gewissen zu erfüllen."
Nathanael Greene und Fritz warfen sich vielsagende Blicke zu.
„Bleibt zu hoffen, dass Sie die richtige Wahl getroffen haben, General", schroff beendete Fritz das Thema und bat seine Gäste mit äußerster Selbstbeherrschung zum Abendessen.
In der Nacht gehörten seine Gedanken ganz seinen gefallenen Freunden Johann de Kalb und Kasimierz Pulaski die ihm so nah wie niemals zuvor waren.

Bereits acht Mal hatte Maria den „Black Bear" in Peekskill aufgesucht. Nach Abzug der Amerikaner hatten sich dort die Briten einquartiert.
Unterdessen war Major André ihr alleiniger Auftraggeber für diese Unternehmungen, General Clinton war in den Süden gereist, um dort den Oberbefehl über die siegreiche Armee zu übernehmen. Das Kommando in New York hatte er General Knyphausen, dem Befehlshaber der hessischen Truppen, übertragen, der allerdings nicht in ihre Geheimaktivitäten eingeweiht war.
Eine Veränderung traf sie jedoch unmittelbar – Fritz war von der Festung West Point abberufen worden und versah seinen Dienst nun wieder bei der Hauptarmee in Middlebrok. Fast ein Vierteljahr hatte

sie ihn nicht mehr gesehen. Aber es war besser so, denn bei diesem gefährlichen Unternehmen durfte ihre Tarnung nicht durch vermeidbare Unachtsamkeit gefährdet werden.

Heute hatte sie das Gasthaus am späten Vormittag erreicht. Während sie zu Mittag aß, gesellte sich wie immer Mr. Lewis für einige Minuten zu ihr an den Tisch. Bei dieser Gelegenheit übergab ihm Maria ein Billett an Gustavus.

„Liegt Post für Mr. John Anderson vor?", fragte sie.

„Leider nein, Mr. Hett-Smith, der Überbringer, reist für gewöhnlich freitags an, übernachtet und bricht nach einem kräftigen Frühstück wieder auf. Vielleicht ist ihm gestern etwas dazwischen gekommen."

Mr. Lewis stand auf, da vom Tresen her seine Frau nach ihm rief. Maria überlegte, wer dieser Hett-Smith wohl sein könnte. Vom Sehen müsste sie ihn kennen, da auch sie oft an den Wochenenden im "Black Bear" genächtigt hatte. Doch so sehr sie sich auch anstrengte, ihr fiel kein Gesicht eines Zivilisten ein, das sie hier mehrmals gesehen hätte. Schließlich ging sie auf ihr Zimmer, um in Ruhe verschiedene Möglichkeiten zu überdenken, wie sie mehr über diesen geheimnisvollen Boten in Erfahrung bringen könnte. Warum hatte ihr der Gastwirt so bereitwillig den Namen genannt? Aus Unachtsamkeit? Oder handelte es sich wie bei Gustavus und John Anderson auch um ein Pseudonym?

Am Nachmittag trank sie in der Gaststube eine Tasse Kaffee und aß dazu ein Stück Apfelkuchen, den Mrs. Lewis vortrefflich zubereitet hatte.

Das erste dienstfreie Soldatenvolk hielt sich bereits in der Schenke auf. Während sie sich den Apfelkuchen schmecken ließ, betrat ein Mann mittleren Alters die Gaststube. Maria schenkte ihm die Aufmerksamkeit eines Wimpernschlags. Doch im nächsten Moment erinnerte sie sich, dass ihr dieser Mann mit diesem nichtssagenden Gesicht schon mehrmals im "Black Bear" begegnet war.

Der Mann war mittelgroß und trug braune, etwas abgenutzte Kleidung. Vielleicht ein Handwerker, dachte Maria. Eine leichte Hakennase war das Markanteste an ihm. Er ging zum Tresen, ließ sich ein Bier einschenken und, während er sich angeregt mit Mr. Lewis unterhielt, holte er ein Billett aus seiner Rocktasche hervor und reichte es über den Tresen. Danach nahm er seinen Krug Bier und setzte sich an den Nachbartisch, an dem einige Soldaten sich beim Kartenspiel die Zeit vertrieben.

Die Tochter des Hauses brachte ihm ein Steak mit Bratkartoffeln und einen weiteren Krug Bier.

Nach einer angemessenen Zeit ging Maria zur Treppe, die zu den Gästezimmern im Obergeschoss führte. Im Vorbeigehen fragte sie den Wirt, ob inzwischen Post an Mr. John Anderson abgegeben worden sei.

Während Mr. Lewis zwei Bierkrüge einschenkte, nickte er ihr zu.

„Ich hole das Billett später ab", sagte sie und ging auf ihr Zimmer.

Sie hatte ihren Gegenpart in diesem Versteckspiel gefunden.

Trotzdem war sie über ihre Entdeckung noch etwas verwirrt: wie unscheinbar dieser Mr. Hett-Smith aussieht, ein Geheimkurier könnte nicht unscheinbarer sein! Nun wusste Maria, was sie zu tun hatte.

Zeitig ging sie zu Bett, stand um fünf Uhr auf, frühstückte, machte sich reisefertig und, sobald die Pferde gerichtet waren, beglich sie die Rechnung. Dabei ließ sie sich die Post aushändigen.

Mit den besten Reisewünschen versehen, ritt sie davon.

Auf einer Anhöhe unweit des Gasthofes wartete sie hinter dichtem Buschwerk. Nach einiger Zeit näherten sich zwei britische Wachsoldaten - ihr Verhalten schien ihnen wohl verdächtig. Der Passepartout, den General Clinton ausgestellt hatte, wirkte nachhaltig. Fortan wurde sie nicht mehr belästigt.

Nach etwas mehr als einer Stunde gingen einige Männer vom Gasthaus zum Pferdestall. Es dauerte nicht lange, bis ein Reiter den

Stall verließ und in Richtung Osten ritt. Er führte nur wenig Gepäck mit sich. Die Posten kannten ihn und ließen ihn passieren. Maria zog die Glieder ihres Okulars auseinander und nahm den Reiter in Augenschein.

Es war Mr. Hett-Smith.

Sie ließ sich Zeit und folgte ihm erst, als er nach einer Wegbiegung nicht mehr zu sehen war. Vorerst gab es nur eine Straße und diese führte nach Cortland Village, wo sich eine starke Abteilung der Continental Army befand.

Vor dem Dorf kam Mr. Hett-Smith wieder in ihr Blickfeld. Der wachhabende Posten inspizierte ihn genauer. Maria wartete, bis er abgefertigt war. Dann ritt auch sie auf das Dorf zu. Dank des Passepartouts, diesmal von General Washington ausgestellt, ließ sie der Posten ohne Umstände passieren.

Inzwischen hatte der Geheimkurier die Straße nach Norden genommen.

Nachdem sie in gebührendem Abstand eine Brücke überquert hatten, führte die Straße durch eintöniges Farmland. Es herrschte reger Verkehr, es war Kirchzeit und die Menschen hier waren gläubige Methodisten.

Hinter der Siedlung Continental Village breitete sich über die hügelige Landschaft ein großes Waldgebiet aus. Die Straße wurde kurviger. Es gab nur wenige Abzweigungen.

Immer häufiger verlor Maria den Geheimkurier aus den Augen. Erst, wenn der Weg ein Stück geradeaus führte, entdeckte sie ihn wieder. Mr. Hett-Smith legte mehrere Pausen ein, was Maria sehr gelegen kam – so konnte auch sie sich vom Reiten erholen. Einmal konnte sie nicht ausweichen und so geschah es, dass sie ihre Pferde auf der gleichen Wiese grasen ließen. Maria versuchte, ihn in ein Gespräch zu verwickeln, doch Mr. Hett-Smith gab sich wortkarg.

Am Nachmittag erreichten sie die Gegend um Fort Constitution. Die
Bastion war Bestandteil der Festung West Point und sicherte mit
ihren Kanonen das linke Hudsonufer.
Sie durchquerten einen in einem Tal gelegenen verschlafenen Weiler,
in dem die sonntägliche Ruhe nur vom Rufen und Lachen spielender
Kinder unterbrochen wurde.
Am Ortsausgang war Mr. Hett-Smith auf einmal verschwunden. Zu
allem Übel gabelte sich der Weg in einem nahe gelegenen Waldstück.
Welchem sollte sie folgen? Dem linken oder dem rechten? Sie untersuchte den Boden. Die Erde war steinhart, zwecklos hier frische
Spuren zu erkennen. Maria entschied sich für den rechten Weg. Nach
einigen Minuten kamen ihr Zweifel. Sie kehrte zum Ausgangspunkt
zurück. Kein Mensch war zu sehen. Schließlich gab sie ihrem Pferd
die Sporen. Die Straße blieb menschenleer. Sollte sie das Glück verlassen haben? Die Verzweiflung nahm ihr den Atem. Nach einer
viertel Meile begegnete ihr eine Frau mit zwei halbwüchsigen Kindern, denen ein Hund hinterher trottete. Mit Gewalt brachte sie ihre
Pferde zum Stehen.
„Sagt gute Frau, ist hier in der letzten halben Stunde ein Reiter durch-
gekommen?“
„Ja, Mister“ antwortete die Frau.
„Kanntet Ihr den Reiter?“
„Sicher! Es war Mr. Joshua Hett-Smith. Er betreibt den Fährbetrieb
zwischen dieser Flussseite und Kings Ferry auf der anderen Seite. Ihr
werdet ihn sicher noch antreffen, denn diese Straße führt zur Anlegestelle. Sie befindet sich eine Meile entfernt.“
„Habt meinen aufrichtigen Dank.“
Maria ließ es nun geruhsamer angehen. Sie hatte die Fährte wieder
aufgenommen. Der Kurier kam nicht mehr in Sicht, bis sie die Anlegestelle erreichte.

Oberhalb des Flussufers lag ein kleiner Weiler, der von Fischern
bewohnt wurde. Ihre Netze und Reusen hingen an Holzgestellen.
Ungefähr zwanzig Boote unterschiedlicher Größe lagen am Ufer.
Am Steg hatte ein geräumiger Lastkahn festgemacht, der mit Hausrat, Tieren und Lebensmittel beladen wurde. Die Familien hatten
wohl aufgrund der immer zahlreicheren Übergriffe durch umher-
ziehende Marodeure ihre Heimstatt aufgegeben, um einen Neu-
anfang hinter dem rechten Flussufer zu wagen.
Mr. Hett-Smith hatte inzwischen das Kommando über die Boots-
knechte übernommen: „Ihr habt viel zu großzügig geladen. Es muss
enger gestaut werden. Immerhin soll auch noch mein Pferd darauf!“
Während Maria ihre Pferde zur Tränke führte, rief sie Mr. Hett-
Smith zu: „Sagt, könnt Ihr auch noch mich mit meinen Pferden
übersetzen?“
„Wir scheinen seit Peekskill den gleichen Reiseweg zu haben, Mister“,
gab er, finster dreinblickend, zurück.
„Dem scheint so. Was verlangt Ihr für die Überfahrt?“
„Zwanzig Dollar.“
„Kann man auch mit britischem Geld bezahlen?“
Das Gesicht von Mr. Hett-Smith hellte sich auf.
„Einen viertel Shilling und Ihr seid gebucht.“
„Einverstanden.“
Maria entrichtete die Gebühr, legte noch eine Six Pence Münze
darauf und holte danach das Passepartout der Amerikaner heraus,
den sie Mr. Hett-Smith zur Einsicht aushändigte.
„Ich denke, Ihr gehört zur richtigen Partei“, fügte sie hinzu.
Er studierte das Schreiben.
„Ich gehöre zu der Partei, die bezahlt, und Ihr habt bezahlt“, war
seine Antwort.
Es dauerte noch mehr als eine Stunde, bis der Frachtkahn beladen
und zur Abfahrt bereit war.

Als sie ablegten, herrschte große Enge an Bord. Acht Ruderer brachten den Kahn auf Kurs. Da der Wind günstig stand, konnte sogar ein Segel gesetzt werden. Sicher erreichten sie das gegenüber liegende Ufer, wo sich ebenfalls eine kleine Ansiedlung befand. Sobald die Pferde entladen waren, übergab Mr. Hett-Smith das Kommando an seinen ersten Bootsmann.

Fortan ritten Mr. Hett-Smith und Maria Seite an Seite. Sie übten sich in oberflächlichen Gesprächen. Maria fragte ihn nach seinem Fährbetrieb aus.

Bereitwillig gab er Auskunft. „Ich besitze 22 Boote für die unterschiedlichsten Transporte. Mit dem Größten sind wir heute übergesetzt. Doch Ihr habt sicher das Schwesterschiff auf dieser Seite des Flusses bemerkt. Von den Ufern aus geben wir uns jeweils Lichtsignale, wenn zusätzliche Boote benötigt werden. Die Leute hier arbeiten auch alle als Fischer. In der Festung West Point und im Fort Constitution betreiben unsere Frauen und Kinder das Marketenderwesen. Unser Fang findet dort regen Absatz.“

„Habt Ihr Euer Haus in Kings Ferry?“

„Nein, ich lebe mit meiner Familie ein ganzes Stück flussabwärts, unterhalb von Stony Point, aber wenn es erforderlich ist, übernachte ich auch mal eine ganze Woche in Kings Ferry. Im Bootshaus habe ich es mir gemütlich eingerichtet.“

„Ihr reitet aber jetzt in die entgegengesetzte Richtung.“

„Ich habe noch in Beverly meine Aufwartung bei der Continental Army zu machen, damit ich den Fährbetrieb weiter führen kann.“

„Beverly? Der Name ist mir unbekannt.“

„Es handelt sich um ein Landgut und ist der Sitz von Major General Arnold, dem Kommandanten der Festung. Wohin reist Ihr?“

„Ich muss noch etwas weiter nach Norden, mein Ziel ist Newbourgh. Geschäfte, Ihr versteht?“

„In welchen Geschäften reist Ihr?“

„Ich habe vor, dort einen Handelsposten einzurichten.“
„Dann seit Ihr wohl ein betuchter Geschäftsmann?“
„Nein, nein! Aber, na ja, vielleicht werde ich das noch.“
„Solltet Ihr handelseinig werden und genug Waren befördern, biete
ich Euch einen guten Rabatt an.“
„Gut zu wissen. Ich werde mit Sicherheit darauf zurückkommen, da
ich für den Transport den recht sicheren Wasserweg bevorzuge.“
„Solltet Ihr auf mich zurückkommen, wäscht eine Hand die andere.“
„So soll es sein.“
„In Zeiten wie diese birgt Euer Vorhaben ein großes Risiko.“
„Das stimmt, doch nur wer wagt, gewinnt.“
„Ihr sagt es. Mit meinem Geschäft ergeht es mir ebenso. Ständig
muss ich zwischen der Continental Army und den Briten hin und her
balancieren, damit mir nicht die Existenz geraubt wird.“
Nach einer halben Stunde erreichten sie eine Abzweigung. Der eine
Weg führte nach einhundert Schritt durch ein offen stehendes Tor.
Unter dem Torbogen hing an zwei Ketten ein schmiedeeisernes
Schild, auf dem „Beverley“ geschrieben stand.
Eine Ahornallee führte zu einem stattlichen Landsitz. Einige Leute
hielten sich auf dem Vorhof auf, darunter Soldaten der Continental
Army.
„Nun trennen sich unsere Wege, Mr. Richter. Ich hoffe, wir sehen
uns wieder und kommen ins Geschäft.“
„Auch ich hoffe darauf, - sofern mein Vorhaben auch gelingt.“
Sie verabschiedeten sich voneinander.
Zielstrebig ritt Mr. Hett-Smith auf das Landgut zu.
Endlich hatte Maria eine heiße Spur. Ihr lang gehegter Verdacht be-
stätigte sich, - sie wusste jetzt, wer der Verräter war.

Zwei Tage später erreichte Maria das Hauptquartier der Continental
Army.

Fritz logierte mit seinem Stab in einem Haus am Rand des Lagers. Als sie dort eintraf, hatten die Offiziere bereits gespeist und ihren Dienst wieder aufgenommen. Sie wurde von Carl willkommen geheißen, der für den unerwarteten Gast unverzüglich ein Essen auftischen ließ. Er veranlasste, dass die Pferde versorgt, ein Zimmer hergerichtet und ein Bad zubereitet wurde.

Nachdem sie sich erfrischt und ihre Uniform eines Captain der Life Guard angezogen hatte, ritt sie durch das Feldlager, um Fritz zu suchen.

Sie fand ihn bei einem Regiment aus New Jersey, das er mit einigen Offizieren inspizierte.

Seine Augen strahlten, als er sie erblickte. Maria grüßte militärisch.

„Wir haben Ihren Esprit bereits zu lange vermisst, Captain."

Maria lächelte verschmitzt.

„Es freut mich, die Armee bei guter Konstitution zu sehen, Sir."

„Na ja, Captain, Preußen sind das noch lange nicht und ich denke, sie werden es auch nicht mehr. Aber wir bringen sie schon auf Vordermann." Danach wandte er sich wieder seinen Pflichten zu.

Die Inspektion zog sich in die Länge, da der Generalinspekteur, wie es seine Gewohnheit war, sich jeden noch so unbedeutenden Gegenstand vorzeigen ließ. Zudem wechselte er mit jedem der Soldaten und Rekruten einige Worte.

Sergeant Knoepfle sah auf sein Chronometer.

„Langsam könnt' Schluss sei, Chef. I hab' Hunger", stellte er fest.

„Es ist doch gut, dass der Generalinspekteur um die Sicherheit der Soldaten besorgt ist", entgegnete ihm Maria, die die Inspektion mit großer Aufmerksamkeit begleite.

„Scho, aber net mit leerem Mage."

„Sergeant, wie oft soll ich Ihnen noch sagen, es heißt: Herr Generalmajor, oder: Sir, Major General, Sir", maßregelte ihn Fritz.

„Darüber könne wir schwätze, wenn mein Ranze wieder spannt."

Wieder einmal gab es Fritz auf, den schwäbischen Eigensinn zu bekämpfen. Indes musste sich der Sergeant noch eine ganze Weile gedulden, da eine Besprechung mit den Offizieren des Regiments anberaumt war. Fritz war über die gezeigten Leistungen und den Fortschritt der Ausbildung voll des Lobes.

In den frühen Abendstunden saßen Fritz und Maria auf der Veranda in bequemen Schaukelstühlen. Am Horizont färbte sich der Himmel karminrot. Etliche Vögel verabschiedeten den Tag.
„Jubilieren sie nicht herrlich?"
„Fürwahr - merkwürdig, ich habe hier noch nie den Gesang einer Amsel oder Nachtigall vernommen", bemerkte Fritz.
„In Amerika gibt es sie nicht."
„Schade, ich vermisse sie."
Im Heerlager herrschte noch immer Betrieb.
„Eigentlich sollte ich mit Greene schon längst in Virginia sein", fuhr Fritz nach einer Weile fort.
Maria glaubte, einen Hauch von Resignation in seiner Stimme zu hören. Sie kannte ihn lange genug, um zu spüren, dass er sich in einer Krise befand.
„Bedrückt es Dich?", fragte sie.
„Ja, sicher! Im Grunde zählt jeder Tag! Doch solange Gates vor dem Untersuchungsausschuss steht, sind Washington die Hände gebunden. Zuerst muss Gates durch den Kongress abgesetzt werden, bevor Greene und ich ernannt werden können. Und das kann dauern."
„So etwas nennt man Demokratie."
„Der König von Preußen hätte diesen Feigling in Festungshaft gesetzt und den Untersuchungsausschuss bis zum Ende des Krieges vertagt, Herrgott noch mal!! Die Briten beherrschen Georgia, Süd- und Nord Carolina und in Virginia steht Peter Mühlenberg mit

seinem Regiment und den Milizen allein auf weiter Flur. Es ist zum Davonlaufen."
Maria begann zu lachen. Fritz sah sie verständnislos an.
„Warum lachst du?"
„Willst Du etwa davonlaufen?"
Endlich kehrte der Schalk in seine Augen zurück und er fiel in ihr Lachen ein.
Sergeant Knoepfle, der sich gerade an einer Hähnchenhälfte gütlich tat, kam in diesem Moment vorbei.
„I hab' scho immer g'wusst, dass eine g'hörige Portion Humor dazu g'höre muss, für die Unabhängigkeit zu kämpfe, gell", bemerkte er im Vorübergehen. Dabei fiel ihm ein Brocken aus dem Mund. Ohne großes Federlesen hob er ihn auf und steckte ihn wieder in den Mund. Kurz darauf war ein mächtiger Rülpser zu hören.
„Warum gehört diese Karikatur eigentlich Deinem Stab an?"
„Sergeant Knoepfle ist ein liebenswertes Original und eine Art Glücksbringer. Er ist Uhrmacher und Instrumentenhersteller von Beruf. Ein filigranes Handwerk. Der Krieg hat ihn etwas verrohen lassen. Stell Dir vor, auf Grund des ständigen Umgangs mit ihm habe ich doch allen Ernstes etwas zu schwäbeln begonnen - und das in Amerika! In Hechingen war ich stets dagegen gefeit. Amüsant, nicht wahr?"
„Ich sehe schon, dass ich Dich aufrichten muss."
„Des isch koi schlechte Idee, gell."

Das Haus schlief, als Maria ihr Versprechen in die Tat umsetzte. Außer sich vor Verlangen zogen sie sich aus. Maria drückte seine Hüfte fest an sich. Sie fühlte seine Härte. Ihr schwindelte vor Lust. Sie packte seine Arme und zerrte ihn zu sich auf das Bett herab. Sie war hungrig nach ihm, immer und immer wieder, es wollte gar kein Ende nehmen.

Am Morgen lagen sie eng beieinander. Fritz streichelte ihr langes
Haar und berührte ihre empfindlichen Stellen im Nacken. Die
Flaumhärchen richteten sich vor Erregung auf.
„Es war wunderschön, mon amour. Wie sehr habe ich Deine Liebe
gebraucht“, flüsterte sie, „Du bist mein Fels in der Brandung, in einer
Welt, die nur aus Lug und Trug besteht.“
„Wann immer Du bei mir bist, weiß ich, dass alles gut wird“,
antwortete Fritz, „doch des Nachts, wenn ich alleine bin, befallen
mich oft Zweifel, mitunter kommen mir auch Tränen.“
„Warum?“
„Ich weiß nicht, ob es richtig war, nach Amerika zu kommen. Seit
drei Jahren bin ich nun hier und ich sehe kaum Fortschritte in meinen
Englischkenntnissen. Die Offiziere britischer Abstammung belächeln
mich. Bei Witzen lache ich noch immer als Letzter. Maria, Polnisch
und Russisch flogen mir förmlich zu, auch Französisch, selbst die
alten Sprachen Latein und Griechisch habe ich schnell gelernt. Aber
warum Englisch nicht? Obwohl gerade diese Sprache mit der
deutschen doch so verwandt ist? Ist das ein Zeichen Gottes, der mir
sagen will, dass es falsch war, nach Amerika zu kommen, um mich
der Revolution anzuschließen? Meine Arbeit erscheint mir oft
nutzlos, es ist einfach kein Ende abzusehen, zumal mir immer wieder
ganze Felsbrocken in den Weg gelegt werden.“
„Fritz, Du wirkst doch so souverän, bist zu jedem charmant und
selbstsicher im Auftreten, selbst wenn Du weißt, dass Dir nicht jeder
gut gesonnen ist.“
„Reiner Selbstschutz, ma chère. Gerade gegenüber den Leuten, die
einem nichts Gutes gönnen, muss man besonders freundlich auftreten, das nimmt ihnen den Wind aus den Segeln.“
„Du verstehst Dich gut darin.“
„Mag sein.“

Maria glaubte, dass der richtige Moment gekommen war. „Morgen muss ich nach New York zurück."

„Kannst Du nicht noch einen Tag bleiben?"

„Die Geschäfte warten nicht. Außerdem befördere ich eine Nachricht von Gustavus an Major André, alias John Anderson!"

„Kannst Du Dich näher erklären?"

Fritz nahm eine ihrer Haarsträhnen auf und wickelte sie sich um den Zeigefinger. Ein sicheres Zeichen, dass seine Neugier entfacht war.

„Ich weiß, wer der Verräter ist."

„Wer ist es?"

„Generalmajor Benedikt Arnold."

Fritz nahm einen tiefen Atemzug, ließ die Haarsträhne fallen, setzte sich auf die Bettkante und vergrub sein Gesicht in beide Hände.

„Weißt Du, wen Du da beschuldigst?"

„Allerdings! Und ich verfüge über genügend Beweise, dass Arnold der Verräter ist."

„Benedikt Arnold ist ein alter Weggefährte Washingtons. Für die Revolution hat er ein Bein verloren. Als er in britischer Gefangenschaft war, hat Washington aus seiner Privatschatulle Geld aufgewendet, um ihn freizukaufen. Selbst als er wegen Korruption und seines ausschweifenden Lebensstils als Stadtkommandant von Philadelphia vor dem Untersuchungsausschuss stand, sorgte Washington dafür, dass er ein mildes Urteil erhielt. Ich kann nur hoffen, das Deine Beweise stichhaltig sind."

„Mir ist es gelungen, den Geheimkurier zu enttarnen. Er heißt Hett-Smith. Er ritt nach Beverly, ein Landgut nahe West Point. Jetzt rate mal, wer das Gut bewohnt?"

„Benedikt Arnold", bemerkte Fritz, „doch, was beweist das schon. Dieser Mr. Hett-Smith kann später weiter geritten sein, zu dem wirklichen Empfänger, oder es handelt sich um eine andere Person, die ebenfalls auf Beverly Quartier bezogen hat."

„Mag sein, doch wen könnte man in Erwägung ziehen? – Ich kenne
niemanden. Die Briten geben sich doch nicht mit niederen Chargen
ab.“
„Hast Du die Briefe gelesen?“
Maria sah ihn mit einem entwaffnenden Lächeln an. „Ich befördere
doch keine Agentenpost, ohne sie zu lesen.“
„Wie sind sie gehalten?“
„Sie sind sehr kurz gefasst. Ich habe Abschriften angefertigt und sie
eingehend studiert, nur konnte ich trotz meiner Schablonen keinen
Kode entschlüsseln. Daher nehme ich an, dass sie nicht die Zeit
hatten, einen solchen abzusprechen. Allerdings habe ich das Billett,
dass ich jetzt befördere, noch nicht gelesen.“
„Dann lass uns das Billett öffnen.“
Fritz stand auf, nahm die beiden Kerzenleuchter vom Nachttisch und
stellte sie auf den Sekretär. Maria warf sich einen Morgenrock über.
Aus ihrer Tasche zog sie ein Billett und ein Etui. Sie nahm am Se-
kretär Platz und, gleich einem Ritual legte sie das Etui neben das
Billett auf die Schreibfläche. Sie öffnete das Etui, es enthielt mehrere
Klingen, Pinzetten, schmale Pinsel, ein Fläschchen und drei kleine
Schwämme. Mit dem Inhalt des Fläschchens befeuchtete sie einen
der Schwämme.
Damit bestrich sie das Siegelwachs.
„Die Tinktur weicht das Wachs auf, ohne das Papier anzugreifen.
Man muss nur auf den richtigen Moment achten“, erklärte sie.
Nach einigen Minuten nahm das glänzende Siegel eine stumpfe Farbe
an. Maria griff nach einer dünnen Klinge, schob sie unter das Wachs
und trennte dieses vorsichtig ab. Außer einem Graustich an der Stelle,
an der sich zuvor das Siegel befunden hatte, blieb das Papier unbe-
schädigt.
„Gelernt ist gelernt“, befand Maria, als sie das Billett öffnete.
Gebannt lasen sie den Inhalt.

'Der 21. September liegt günstiger, da Neumond, treffen auf Vulture bestätigt. Doch nicht bei Objekt, sondern zwei Meilen unterhalb von S.P. auf der linken Seite – Gustavus'.

„Interessant" stellte Fritz fest.

„So ist es", bestätigte Maria, die sich nun sicher wähnte, Fritz auf die Fährte angesetzt zu haben.

„Nur, wer ist 'Vulture'?", fragte Fritz, „wie lauten die Inhalte der anderen Billetts?"

„Welche? Die von Benedikt Arnold alias Gustavus oder Major André alias John Anderson?"

„Alle."

„Ich führe die Abschriften der letzten vier mit", antwortete sie. Maria entnahm ihrem Täschchen die einzelnen Abschriften, breitete sie vor sich aus und nahm das erste in ihre Hand.

„Gustavus an Anderson: 'Der Vorteil sollte 12 000 Pfund Wert sein' ",las sie vor. „Anderson an Gustavus: 'Chief betrachtet die Summe als Verhandlungsbasis'", fuhr sie fort. „Gustavus an Anderson: 'Benötige Details zwecks Übergabe' und als letztes „Anderson an Gustavus: 'Müssen uns treffen, da Einzelheiten zu besprechen sind. Schlage den 15. September vor, nahe Objekt 'Vulture'." .

„Wer ist 'Chief'? Welchen Sinn ergeben 'Objekt' und 'S.P.' und wer, um alles in der Welt, ist 'Vulture?', fragte Fritz.

„Lese Dir in aller Ruhe nochmals die Mitteilungen durch, dann wirst Du schon dahinter kommen."

Maria beobachtete, wie angestrengt er nachdachte. Dabei kniff er die Augen zusammen. Auf seiner sonst glatten Stirn bildeten sich Falten. Im nächsten Moment hellten sich seine Gesichtszüge auf und er begann, über das ganze Gesicht zu strahlen.

„'Chief' ist General Clinton, 'Objekt' bedeutet West Point und da sich die Festung am Hudson befindet, kann es sich bei 'Vulture' nur um

ein Schiff handeln. Demnach wird 'S.P.' wohl Stony Point bedeuten -
mein Gott, ich hatte wohl Schuppen auf den Augen!"
„Du bist ein kluges Kerlchen", lobte sie ihn, „im Hafen von New
York liegt ein Kanonenboot, das diesen Namen trägt", ergänzte sie
seine Feststellung.
„Woher weißt du das?"
„Fritz", klang es vorwurfsvoll, „wie lange kennst Du mich schon?"
„Du hast mich überzeugt. Nur, wie wollen wir das Washington er-
klären?"
„Ich denke, die Beweislast ist eindeutig, das wird auch General
Washington einsehen."
„Gut, nach der Lagebesprechung werde ich ihn um eine Unterredung
bitten."
Die anberaumte Lagebesprechung zog sich über zwei Stunden hin.
Es stand der Rückzug über den Hudson zur Debatte. In drei Wochen
sollte mit dem Übersetzen der Truppen begonnen werden. Es gab
noch immer einige Generäle, die sich dagegen aussprachen, zumal
inzwischen ein starkes französisches Kontingent unter General
Rochambeau zu ihrer Entlastung auf Rode-Island gelandet war.
Fritz und Washington argumentierten dagegen: auch die Briten
hätten erhebliche Verstärkungen erhalten, außerdem sei den umher-
streifenden Loyalistenbanden einfach nicht beizukommen und die
Franzosen müssten zuerst einmal Fuß fassen. So schwer es auch
jedem fallen würde, die Offensive müsse auf das nächste Frühjahr
verschoben werden, sollten sie nicht Gefahr laufen, alles zu verlieren.
Schließlich siegte die Vernunft über den Patriotismus und der Rük-
kzug wurde beschlossen.
Allerdings sollten mit Unterstützung durch die Milizen weiterhin
starke Verbände links des Hudsons verbleiben.
Das neue Hauptquartier musste an einem strategisch günstigen Ort

errichtet werden, um die Briten in New York zu binden. Die Wahl
fiel auf Tappan, das am unteren Hudson nahe New York lag.
Washington ordnete an, dass ein Vorauskommando dort die nötigen
Vorbereitungen treffen solle. Anschließend wurden die Tagesbefehle
ausgegeben.

Während die Offiziere den Raum verließen, bat Fritz den Oberbefehlshaber um eine Unterredung.

„Haben Sie meinen Dank, Baron, dass Sie mir stets den Rücken
stärken, sonst würde ich nicht selten in Verlegenheit geraten."

„Ich äußere nur meine Meinung, die mit der Ihren meist konform
geht. Bei unterschiedlicher Auffassung pflege ich die Angelegenheit
nur mit Ihnen zu besprechen, General."

„Womit kann ich Ihnen behilflich sein, Baron?"

„Captain Richter und ich möchten Sie in einer dringenden Angelegenheit um ein Gespräch bitten."

„Wann?"

„Sogleich, ich bitte darum."

„Gut, in einer Stunde. Wünschen Sie und Captain Richter Irish
Coffee und etwas Gebäck dazu?"

„Gerne."

„Ich werde es richten lassen."

In seinem Quartier wartete Maria auf ihn. Bewundernd stellte er fest,
dass sie als Offizier der Continental Army vortrefflich anzusehen
war.

Sie überbrückten die Wartezeit mit Geplauder über die neuesten
gesellschaftlichen Ereignisse in New York, deren Bedeutung sie
gleich wieder vergaßen.

Zur vereinbarten Zeit fanden sie sich bei General Washington ein.
Nachdem der General Maria mit einigen Komplimenten geschmeich-
elt hatte, nahmen sie an dem Beistelltisch Platz, auf dem der Irish
Coffee und Gebäck serviert waren.

„Nun denn, Baron, was gibt es denn so Wichtiges, das nicht auf sich warten lässt?“, eröffnete Washington das Gespräch.

„General, seitdem General Clinton aus dem Süden zurückgekehrt ist, deutet alles darauf hin, dass die Briten ein großes Unternehmen vorbereiten.“

„Welche Position wollen sie uns denn streitig machen?“

„Ihr Ziel, General, ist die Festung West Point“, antwortete Fritz mit fester Stimme.

„Unmöglich, Baron, West Point ist gut befestigt und verfügt über eine starke Besatzung. Außerdem führt Benedict Arnold das Kommando. Er wird den Briten schon die Hölle heiß machen, sollten sie es wagen“, antwortete Washington.

„Vertrauen Sie ihm?“

„Voll und ganz, Baron.“

„Captain Richter verfügt über Beweise, dass Major General Arnold geheime Verbindungen zum Feind unterhält.“

Washington, der bis jetzt recht entspannt gewirkt hatte, richtete sich im Sessel auf. Sein Unbehagen war ihm förmlich anzusehen.

„Miss Richter hatte mich schon vor geraumer Zeit mit diversen Verschwörungstheorien behelligt.“

„Von denen sich bis jetzt jede bewahrheitet hat. Als Beispiel möchte ich nur General Lee erwähnen, der bei Monmouth beinahe den Briten die Armee auf einem Silbertablett serviert hätte“, entgegnete Maria.

„Benedikt Arnold ist ein alter Waffengefährte und persönlicher Freund. Ihn des Verrats zu beschuldigen, ist infam“, entgegnete Washington verärgert.

„Ich kann Ihren Unmut verstehen, General, doch sollten Sie sich anhören, was Ihnen Captain Richter zu sagen hat und Schwarz auf Weiß vorlegen kann.“

„Nun gut, meinetwegen.“

Maria hatte sich ihre Worte wohl zurechtgelegt. „General, seit geraumer Zeit bin ich regelmäßig im Auftrag des britischen Oberkommandos auf Reisen und befördere die Korrespondenz zwischen Major André, dem Leiter des Geheimdienstes und Generaladjutanten General Clintons, und einer Person, die den Decknahmen 'Gustavus' trägt. Als Übergabeort dient ein Gasthaus in Peekskill. Vor wenigen Tagen gelang es mir, den Kurier von 'Gustavus' zu enttarnen, und ich musste feststellen, dass er ein Landgut aufsuchte, das unterhalb der Festung West Point liegt. Dieses Landgut trägt den Namen „Beverley" und dient Major General Arnold als Quartier."
„Das besagt überhaupt Nichts, Miss Richter", entgegnete Washington gereizt.
„Dieses Schreiben hier ist das letzte Billett, das 'Gustavus' an Major André alias John Anderson gerichtet hat", fuhr Maria fort. Sie entfaltete das Billett und überreichte es Washington.
„Bitte, lesen Sie, General", forderte sie.
Seine Augen überflogen das Schreiben.
„Es ist sehr unverständlich, ja in Rätseln geschrieben und nichts ist darin enthalten, das auf Benedikt Arnold hinweist, zumal es sich auch nicht um seine Handschrift handelt", bemerkte Washington mit einem müden Lächeln.
„General, er hat seine Handschrift verstellt und sie nach links gerückt. Auch sollten Sie sich die Abschriften der anderen Billetts einmal ansehen. Vielleicht werden Sie dann zu einer anderen Schlussfolgerung kommen."
„Miss Richter, ich bedauere, aber ich werde mir diese Mühe ersparen."
„General", ergriff nun Fritz wieder das Wort, „Miss Richter äußert dies nicht aus Leichtsinn. Ihrer Behauptung liegt eine monatelange Recherche zu Grunde und die einzelnen Mosaiksteine ergeben ein klares Bild. Die Briten planen unter Mithilfe von Major General

Arnold die Einnahme der Festung West Point. Mit dem Verlust der Festung würde unsere gesamte Hudsonfront zusammenbrechen."

„In der Tat, das würde sie. Doch zweifele ich nicht im Geringsten an der Loyalität von Benedikt Arnold. Miss Richter, bemühen Sie sich nicht weiter! Tragen Sie mir konkrete Beweise vor, bevor ich Ihren Vorwürfen Glauben schenken kann. – Miss Richter, Baron, die Zeit wartet nicht, es stehen Termine an – ich bedauere."

Sie standen auf und verabschiedeten sich. Als sie die Tür erreicht hatten, wandte sich Fritz noch einmal an Washington.

„General, ich hoffe, Sie behalten recht. Wenn nicht, steht uns eine Katastrophe bevor."

Als Antwort erhielt er nur ein unverständliches Grunzen.

Auf der Veranda angekommen, schnappten Fritz und Maria nach Luft.

„Das war kurz und bündig", stellte Maria konsterniert fest.

„Und ging kräftig daneben", ergänzte Fritz, „ich wusste ja, dass Washington dickköpfig sein kann, aber Borniertheit war mir neu. Außerdem beginne ich an seiner Menschenkenntnis zu zweifeln."

„Gibt es noch eine Chance, den Verrat zu verhindern?", fragte Maria den Tränen nahe.

Fritz reichte ihr ein Taschentuch.

„Doch, die gibt es. Immerhin kennen wir das Datum und die Gegend, wo sich der Unterhändler mit Arnold treffen wird. Ich werde Knoepfle, North und Walker mit schriftlicher Order auf die linke Seite des Hudsons schicken, um jeden Posten zu instruieren, dass zwischen dem 20. und 24. September jeder Reisende genau zu visitieren ist. Vielleicht haben wir Glück und der Unterhändler reist über Land zurück. Auch muss das Kanonenboot observiert werden."

„Besitzt Du die Vollmacht, einen solchen Befehl zu erteilen?"

„Wo denkst Du hin!"

„Das klingt nicht viel versprechend, zumal die Milizen nicht gerade
zuverlässig sind. Am sichersten wäre es, ich würde Arnold endgültig
überführen", befand Maria.
„Lass es gut sein, Du hast Dich bereits genug vorgewagt, beende es!
Ich bitte Dich! Alles Weitere wäre zu gefährlich. In dieser Angelegenheit kann man Washington nicht überzeugen."
„Vielleicht hast Du Recht."
Über Umwegen gingen sie zu ihrem Quartier zurück, schweigsam
und in Gedanken vertieft.

Mit William und Benjamin speisten sie zu Mittag. Es gab Wildbrett
mit Cranberries, eine der Preiselbeere ähnlichen Frucht, und dazu
Spätzle, eine schwäbische Nudelspezialität, die Benjamin zur Auf-
besserung der eintönigen Speisefolge eingeführt und die Fritz bereits
in seiner Hechinger Zeit schätzen gelernt hatte.
Langsam kehrte auch bei Maria der Humor zurück und so steuerte
sie manch erheiternden Beitrag den kulinarischen Genüssen bei.
Als Maria reisefertig war, nahmen sie zärtlich voneinander Abschied.
„Ich werde Dich sehr vermissen", flüsterte Fritz.
„Mir wird es nicht anders ergehen."
„Versprich mir, dass Du keinen Unsinn machst."
„Ja, ja, mon cher."
„Ja, ja, heißt...?"
„Du kennst mich lange genug."
„Eben, deswegen. Pass auf Dich auf!"
Sie sahen sich tief in die Augen...
„Du bist außergewöhnlich."
„Auch Du bist außergewöhnlich."
Liebevoll strich Maria über seine Wangen.

Am Spätnachmittag des darauf folgenden Tages traf Maria in New York ein. Gerade noch rechtzeitig bevor sich an dem schwülheißen Tag ein Gewitter entlud.

Durch ihren Diener ließ sie um eine Audienz bei General Clinton anfragen, die ihr postum gewährt wurde.

Nachdem sie sich gestärkt und ein Bad genommen hatte, versah sie mit Jana ihren Aufputz. Während über der Hudson Bay das Gewitter niederging, nahm Maria langsam das Aussehen eines britischen Captain der Garde an.

Mit ihrer Droschke ließ sie sich zum Palais fahren. Regen prasselte gegen die Verkleidung des Wagens. Es war ein warmer Regen, der nur wenig Abkühlung versprach.

Als die Droschke die Auffahrt vor dem Haupteingang erreicht hatte, kam eine der Wachen herbei und klappte das Trittbrett aus. Der inzwischen aus dem Süden zurückgekehrte Oberbefehlshaber der britischen Streitkräfte und sein Geheimdienstchef André erwarteten sie bereits. Auf dem Tisch lagen ausgebreitete Landkarten.

Maria erstatte Meldung und händigte das Schreiben von Gustavus aus. General Clinton brach das Siegel, las das Billett und reichte es an den Major weiter. Nichts deutete darauf hin, dass er das gefälschte Siegel bemerkt hätte.

„Captain Richter, Major André, dies Schreiben hier ist Anlass genug, eine Flasche Whisky zu öffnen und auf das Gelingen unseres Vorhabens anzustoßen", befand er.

Major André schenkte ein. General Clinton stieß einen Toast auf Seine Majestät, König Georg III., aus.

Der Whisky war von vortrefflicher Güte und besaß einen weichen Nachgeschmack.

Im Laufe des weiteren Gesprächs teilte Maria mit, dass sich die amerikanischen Truppen in etwa drei Wochen über den Hudson zurückziehen werden.

„Captain Richter, an Ihnen ist ein Feldherr verloren gegangen." Der
General zeigte sich hoch erfreut. „Wir werden für seine Majestät eine
Schlacht gewinnen, ohne dass vielleicht ein einziger Schuss abge-
feuert wird. Außerdem ist dieser Steuben, der uns immer wieder be-
lästigt, aus West Point entfernt worden."
„Dafür wird er aber das Kommando in Virginia übernehmen und
Greene das in den Carolina Staaten", bemerkte Maria.
„Was sollen sie dort vorfinden? Nichts. Außer versprengten Ein-
heiten, einigen Milizen und dem Regiment dieses Pfarrers Mühlen-
berg gibt es keine Truppen der Aufständischen im Süden. Für uns
wird es ein Leichtes sein, die Staaten dort zu erobern, zumal die
Mehrheit der Bevölkerung uns gegenüber loyal gesinnt ist. Den
Nachschub für General Greene muss Steuben erst einmal von Grund
auf organisieren und das erscheint bei einem Gouverneur, der
Thomas Jefferson heißt, fast aussichtslos."
Maria kannte Jefferson, er war ein rechtschaffener Basisdemokrat, der
die Unabhängigkeitserklärung mit proklamiert hatte und das volle
Vertrauen des Kongresses besaß. Leider war er im Militärwesen
absolut unerfahren.
„In Anbetracht der kritischen Lage wird er Steuben nach besten
Kräften unterstützen", gab sich Maria unwissend.
General Clinton hüstelte dezent und wandte sich lächelnd Maria zu.
Major André als sein Alter Ego tat das Gleiche.
„Captain Richter, Jefferson ist ein Advokat und besitzt nicht die
geringste Kenntnis vom Militär. Doch er meint, sich in alles einmischen zu müssen. Er stellt eher ein Hindernis dar, als dass er für
die Aufständischen nützlich sein könnte. Im Grunde genommen
dient er wegen seiner Unfähigkeit doch eher uns", bemerkte er
erheitert, „Sie werden sehen, im nächsten Frühjahr gehört uns der
ganze Süden und, wie die Zeichen stehen, noch bei weitem mehr."
„Wie soll ich das verstehen?"

„Wir hegen ernsthafte Absichten, uns die Festung West Point anzueignen."
„Wahrhaft ein kühnes Unterfangen", stellte sie bewundernd fest.
„Das vortrefflich eingefädelt ist", fuhr der General fort.
„Ein Plan ist nur so gut, wie er ausgeführt wird", versuchte Maria
den General aus der Reserve zu locken.
„Deswegen ist ein Rendezvous zwischen Major André und Gustavus
vorgesehen. Das Treffen wird in der Nacht zum 21. September,
flussabwärts des Forts Stony Point, auf einem Kanonenboot stat-
tfinden, mit dem der Major reisen wird. Die Unterhändler be-geben
sich anschließend nach "Feller`s Point", einer Landzunge am linken
Ufer des Hudsons, wo Sie, Captain, auf die entsprechenden Personen
warten werden. Die Details dieser Unternehmung werden wir anschließend noch festlegen. Die Verhandlungen sollen in aller Stille
geschehen. Sie verstehen?"
„Ich werde dementsprechend verfahren."
„Ich weiß, auf Sie ist immer Verlass. Sollte die Rückfahrt zum
Kanonenboot aus irgendwelchen Gründen nicht möglich sein und
Major André gezwungen werden, den Rückweg über Land zu
nehmen, müsste er begleitet werden, da ihm das Terrain dort unbekannt ist. Sie sollten ein zweites Pferd mit sich führen. In wieweit
sind Ihnen die Gegebenheiten links des Hudsons vertraut, Captain?"
„Die Gegend ist mir gut bekannt."
„Vortrefflich, somit sind Sie für diesen Auftrag bestens geeignet, der
dem Staat weitere 240 Guineen Wert ist." General Clinton war von
seinem Plan und dessen Gelingen so überzeugt, dass er dies mit
seiner Ansicht nach großzügigen Zuwendung unterstreichen wollte.
„Gentlemen, Sie strapazieren erneut meine Gefühlsnerven. Termine
müssen verschoben werden, Besorgungen organisiert sein und für
eine weitere Abwesenheit muss ich meinen Haushalt bestellt wissen.
Sie sehen, es hängt ein ganzer Rattenschwanz daran. Für mich ist es

nicht einfach, mich stets nach den Wünschen der Royal Army zu richten", gab Maria mit leisem Vorwurf in der Stimme zu bedenken.

„Ich verstehe, sagen wir 480 Guineen."

„Einverstanden, sofern ich die Hälfte im Voraus erhalte."

„Wie immer um die Geschäfte bemüht", bemerkte General Clinton lächelnd.

„Ein jeder muss zusehen, wie er im Leben zurechtkommt."

„Major, veranlassen Sie, dass die entsprechende Summe auf das Privatkonto von Madame Richter transferiert wird", ordnete General Clinton an.

„General, darf ich daran erinnern, dass mein Honorar für den letzten Kurierdienst noch offen steht?"

„Oh, fürwahr, wie konnte ich dies nur vergessen – Major, fügen Sie den ausstehenden Betrag hinzu."

Die Unterredung dauerte noch eine gute Stunde, in der sie die notwendigen Details besprachen.

Als Maria sich verabschiedete, geleitete sie Major André zu ihrer Droschke. Der Regen hatte nachgelassen. Aus dem Pferdestall eilte ihr Diener herbei und klappte das Trittbrett aus. Galant bot ihr der Major beim Einstieg seinen Arm.

„Sehe ich Dich mit Peggy am Samstag zum Diner?", fragte Maria.

„Nur zum Diner? Bietest du uns denn keinen delikaten Nachtisch?"

„Euch beiden steht wohl der Sinn nach einer ménage à trois?"

„Es wäre verlockend, meine innere Spannung wird unerträglich."

„Übe Dich in Geduld."

„Auch Peggy wirst Du auf die Folter spannen."

„Wenn sie nicht bereits meine beste Freundin wäre, würde ich alles daran setzen, sie zu verführen", antwortete Maria mit einem reizenden Lächeln.

Zwei Wochen später, in den Morgenstunden des 20. Septembers, brach Maria auf. Sie hatte das bürgerliche Gewand eines Handwerkers angelegt.

Es war ein schöner Tag, um zu reisen, das Wetter versprach, über Tage stabil zu bleiben.

Maria führte ein Packpferd mit, das neben Proviant zwei Kisten transportierte, die Kleidung, Zaumzeug und einen Sattel für Major André enthielten.

Die Wälder waren bereits herbstlich geprägt. Der Ahorn zeigte verschwenderisch seine farbenreiche Vielfalt, was Maria ein stetes Glücksgefühl bereitete.

Den britischen Posten legte sie das von General Clinton ausgestellte Passepartout vor.

Maria folgte dem Ufer des Hudsons, der sich in seinem unteren Verlauf zu einem mächtigen Strom ausdehnte.

Seit dem Rückzug der Continental Army hatten sich die Fronten noch mehr verwischt und das Reisen zu einem unsicheren Unternehmen werden lassen. Daher entschloss sich Maria, den Umweg über Peekskill zu nehmen. Zum einen kannte sie den Weg gut, zum anderen war sie gespannt, wie sich die Lage dort verändert hatte. Außerdem bestand noch immer die Möglichkeit, dass im „Black Bear" eine Nachricht an Major André eingegangen war.

Auf halbem Weg stieß sie auf ein Kontingent amerikanischer Milizen. Etwa einhundert Bewaffnete biwakierten neben der Straße. Sie musterten sie argwöhnisch. Mehrere Loyalistenbanden würden die Gegend durchstreifen, teilte ihr der Anführer mit. Sie würden von Indianern unterstützt, die auf beiden Seiten des Hudsons bereits etliche Farmen überfallen hätten. Erst als das Passepartout, das ihr General Washington ausgestellt hatte, durch mehrere Hände gegangen war, wurde es ihr erlaubt, die Reise fortzusetzen.

Maria nahm einen Höhenweg, der ihr atemberaubende Ausblicke bot.
Mehrere Male hielt sie inne, um die Großartigkeit der Natur auf sich
wirken zu lassen.

Nahe dem Fort Lafayette, das von amerikanischen Milizen besetzt
war, traf sie auf einen Außenposten, der das Fort zu sichern hatte.
Auch die Milizen hier waren auf der Hut. Ein Offizier begutachtete
ihren Pass, nahm Haltung an und wies sie darauf hin, dass sich in
Peekskill die Briten mit einer Loyalistenbande eingenistet hätten.
Am frühen Abend sah sie von einem Hügel auf das Städtchen
Peekskill hinab.

Wohin wird wohl Morgen das Pendel des Schicksals ausschlagen?
Wie angekündigt, war die Stadt von einer Kompanie Rotröcken und
Loyalisten besetzt. Maria quartierte sich im "Black Bear" ein. Vor
dem Gasthaus lagerten Indianer, die an ihren Speeren frische Skalps
ihrer hellhäutigen Gegner befestigt hatten.

Maria übergab ihre Pferde dem Stallburschen, für drei Pence wusste
sie die beiden Stuten gut versorgt.

In der Gaststube vertrieben sich Loyalisten bei Karten- und Würfelspiel die Zeit. Mr. Lewis wies Maria ihr gewohntes Zimmer zu. Er
war in bester Stimmung, da seine neuen Gäste mit gutem britischem
Geld bezahlten.

Als der Hausknecht sich anschickte, ihr Gepäck zu tragen, kam ein
Mann in Trapperkleidung auf sie zu, der sich als Captain Hooker
vorstellte. Er roch nach Brant wein und begann, sie forsch auszu-
fragen. In diesem Fall hatte er die Rechnung aber ohne den Wirt, Mr.
Lewis, gemacht, der dem Captain ins Wort fiel und ihm deutlich zu
verstehen gab, dass sein Stammgast absolut loyal und über jeden
Verdacht erhaben sei. Dennoch verlangte der Captain die Dokumente.

Bei der Lektüre des Passepartouts, das Captain Richter als Kurier
Seiner Majestät in geheimer Mission auswies, verschlug es ihm die

Sprache. Er gab das Papier zurück, murmelte etwas Unverständliches und trottete davon.

„Es ist wohl besser, dass sich der werte Herr von diesem groben Volk fern hält. Durch Bier und Whisky werden sie bereits heroisch im Kopf. Letzte Woche sind die Kerle mit den Indianern auf das andere Ufer übergesetzt, haben einige Farmen überfallen und die Bewohner niedergemetzelt. - Das Abendbrot werde ich dem Gentleman wohl besser auf sein Zimmer bringen lassen. Was wünschen Sie?"

„Eine Tagessuppe, Rühreier mit Schinken und Brot dazu", antwortete Maria.

„Einen Krug Bier, wie gewöhnlich?"

„Ja bitte, guter Mann."

Sie stieg die Treppe hinauf und machte es sich in ihrem Quartier bequem. Von ihrem Fenster aus hatte sie einen weiten Blick über den Hudson, auf dem mehrere britische Kriegsschiffe ankerten.

Die bestellte Mahlzeit brachte ihr die Frau des Wirtes, die sehr besorgt aussah, doch verlor sie außer einigen Höflichkeiten kein unnützes Wort.

Das Essen war wie immer schmackhaft zubereitet und sie verspürte einen ordentlichen Hunger. Als das Geschirr abgetragen war, begann sie mit der Abendtoilette und suchte zeitig ihr Bett auf, denn der lange Ritt und die Hitze des Tages hatten sie doch erschöpft.

Als Maria am nächsten Morgen erwachte, kündigte sich erneut ein schöner Tag an. Das Frühstück wurde ihr auf das Zimmer gebracht. Am späten Vormittag rückten die Rotröcke mit ihrem Anhang endlich ab, was Maria zum Anlass nahm, das Mittagessen in der Gaststube einzunehmen.

Es war keine Post hinterlegt worden und so entschloss sie sich zum Aufbruch.

Der Hausknecht besorgte ihr Gepäck, sattelte und belud ihre Pferde. Nachdem sie ihre Zeche großzügig beglichen hatte, begleite sie Mr. Lewis zu den Pferden, deren Zaumzeug, Riemen und Gurte sie mit sicherer Hand überprüfte.

„Ich wünsche Ihnen, dass Sie in diesen unruhigen Zeiten einen guten Reisetag gewählt haben, Mr. Richter", klangen die Worte des Wirts recht sorgenvoll zum Abschied.

„Manchmal kann man ihn sich nicht aussuchen", erwiderte Maria.

„Seien Sie auf der Hut, denn zwischen Glück und Leid ist die Brücke nicht breit."

„Ich werde darauf bedacht sein, Mr. Lewis."

Ein kurzer Wink, dann gab sie dem Pferd die Sporen.

Bald waren die Straßen von dichten Wäldern gesäumt, die gelegentlich von Lichtungen unterbrochen wurden. Manchmal lag in Sichtweite eine Farm, die entweder niedergebrannt oder deren Türen und Tore von den Marodeuren einfach offen gelassen worden waren. So ging es gut zwei Stunden, bis sie auf einen Posten der amerikanischen Milizen stieß.

Dem anführenden Leutnant legte sie das Passepartout General Washingtons vor.

„Befanden sich viele Briten in Peekskill?"

„Eine Kompanie Regulars mit zwei Dreipfündern. Gut 50 Loyalisten und etwa die gleiche Anzahl an Indianern. Heute Morgen sind sie mit unbekanntem Ziel abgerückt", antwortete Maria.

„Mal sehen, was die Rotröcke vorhaben. Weiter als Fort Constitution kommen die jedenfalls nicht. Unsere Aufklärer halten Kontakt zu den Rotröcken. Halten Sie bitte die Augen offen. Es können immer wieder Loyalistenbanden auftauchen."

„Danke für den Rat, Lieutenant."

Anscheinend zeigen die Anweisungen von Fritz Wirkung, hoffentlich sind alle anderen Posten genauso wachsam wie dieser, dachte Maria, als sie ihren Ritt fortsetzte.

Sie begegnete keinem Menschen, die Gegend schien ausgestorben zu sein. Farmen, ja ganze Ortschaften waren niedergebrannt. Erst als sie von einem Hügel aus wieder den Hudson erblickte, fiel die Beklommenheit von ihr ab.

Unterdessen hatte der Strom die Fläche eines Sees angenommen. Nördlich, auf der anderen Flussseite, wo sich der Strom an einer Landenge verjüngte, lag das Fort Stony Point, das den Briten in einem spektakulären Handstreich entrissen worden war.

Maria nahm das Okular aus der Satteltasche und hielt flussabwärts nach der „Vulture" Ausschau. Noch war Flut, der Flusspegel hatte sich um mehrere Fuß gehoben, denn selbst noch hier, etliche Meilen von seiner Mündung entfernt, wirkten sich die Gezeiten auf den Hudson aus. Von der „Vulture" fehlte jede Spur. Wahrscheinlich wird sie ankern, um im Schutz der Nacht flussaufwärts zu gelangen, dachte sie.

Die Straße endete an einer Anlegestelle. Der Steg war verwaist. In beide Richtungen führte am Ufer ein schmaler Weg entlang. Sie folgte dem, der nach Süden führte.

Maria ritt gut eine Meile, bis sie eine Landzunge erreichte, die Feller`s Point genannt wurde. Dort sollte sie Position beziehen. Trauerweiden säumten das Ufer. Sie stieß auf eine kleine Lichtung, in deren Mitte eine Sumpfeiche in vollem Herbstlaub stand. Darunter schlug Maria ihr Lager auf. Sie stieg ab, befreite die Pferde von ihrem Gepäck und führte sie zum Tränken an das Flussufer.

Danach richtete sie sich für die Nacht ein. Trockene Äste für ein Lagerfeuer fanden sich reichlich. Mit einem Spaten hob sie ein Loch aus und befestigte den Rand der Grube mit großen Kieseln. Sie entschloss sich, den Reisestaub vom Leib zu waschen.

Nachdem sie die Pferde versorgt hatte, zog sie ihre Kleidung aus und badete ausgiebig. Das Wasser streichelte ihre Sinne. Viel zu selten habe ich Gelegenheit dazu, dachte sie.

Später legte sie sich auf das sandige Ufer und ließ ihre Haut von der Sonne trocknen. Es dauerte nicht lange und die ersten Stechmücken fielen über sie her. Daraufhin rieb sie ihre Haut mit einem Öl ein, das die Insekten fern hielt, und zog sich an. Langsam setzte die Dämmerung ein, wie ein goldener Schleier lag sie über den Hügeln. Maria entfachte das Lagerfeuer.

Die Nacht zog herauf und bald wurde der Sternenhimmel sichtbar. Der Flusspegel fiel stetig. Es vergingen Stunden. Gegen Mitternacht setzte die Flut wieder ein und sie bemerkte einen Schatten, der ohne Positionslichter flussaufwärts fuhr.

Wie abgesprochen, zündete Maria eine Sturmlampe mit roter Blende an und schwenkte sie mehrmals hin und her.

Es dauerte nicht lange und das Zeichen wurde vom Schiff aus erwidert. Maria löschte das Licht. Kurz darauf hörte sie einen schweren Gegenstand ins Wasser fallen, dem das rasselnde Geräusch einer Kette folgte. Die „Vulture" hatte Anker geworfen.

„Das Spiel kann beginnen", flüsterte sie.

Nach einer halben Stunde hielt ein Ruderboot auf die „Vulture" zu. Maria erkannte drei Gestalten darin. Zwei Ruderer und einen Mann, der am Heck saß. Dieser, so vermutete sie, müsste der amerikanische Unterhändler sein. Das Boot bewegte sich fast lautlos. Längsseits der „Vulture" machten die Bootsleute fest.

Der Mann, der am Heck saß, stieg über das Fallreep an Bord. Wieso geht der Unterhändler an Bord? Maria war verunsichert, waren die Pläne in letzten Moment geändert worden? Zehn Minuten später stiegen zwei Männer – der eine müsste Major André sein - in das Ruderboot, das kurz darauf ablegte. Mehrmals setzte Maria das rote Lichtzeichen.

Doch anstatt nach Feller`s Point zu rudern, wie es der Plan vorsah, steuerten die Ruderer das Boot zum rechten Flussufer, wo Maria es vor dem dunklen Uferwald aus den Augen verlor.

Über Stunden ereignete sich nichts. Inzwischen hatte sich dichter Nebel gebildet. Von der „Vulture" waren nur noch die Masten schemenhaft zu erkennen.

Zwischendurch aß sie etwas und legte Holz ins Feuer nach. Da es merklich kühler wurde, hüllte sie sich in eine Decke ein. Die ganze Nacht blieb sie wach.

Major André hatte mit einem Lichtsignal auf ihre Signal geantwortet, aber wer war der andere Mann, der an Bord ging? War der Plan entdeckt worden und die Amerikaner haben André verhaftet? Sie konnte sich aus dem nächtlichen Geschehen keinen Reim machen.

Schließlich begann sich am Horizont die Morgendämmerung abzuzeichnen.

Immer noch schwebte, einem Teppich gleich, der Bodennebel über dem Fluss. Von dem Ruderboot war nichts zu sehen. Spätestens jetzt müssten André und der amerikanische Unterhändler vom Ufer ablegen, denn bald würde das Sonnenlicht den Nebel aufgesogen haben.

Vom anderen Flussufer hörte sie plötzlich Kanonendonner. Die Luft rauschte von dem herannahenden Geschoss. Gut einhundert Schritte vor dem Kanonenboot schlugen die Kugel ein. Kurz darauf erfolgten drei weitere Abschüsse, deren Einschläge bereits wesentlich näher lagen. Daraufhin lichtete die „Vulture" die Anker und trieb ein Stück flussabwärts, um abermals Anker zu werfen. Die Kanonen verstummten.

Unterdessen war es fast Tag geworden. Sollte sie das Unternehmen abbrechen? Das Ruderboot blieb weiterhin verschollen. Das Risiko, entdeckt zu werden, wurde ihr langsam zu groß. Sie entschloss sich,

den Posten aufzugeben und nach New York zu reiten. Der mit allen Wassern gewaschene Major André würde schon durchkommen.
Maria löschte das Feuer, sattelte die Pferde und verstaute das Gepäck.
Die Pferde wurden unruhig. Im nahen Gebüsch raschelte es.
Maria lauschte.
Da war es wieder - vielleicht ein Tier, dachte sie - nein, die Geräusche kamen aus verschiedenen Richtungen.
Langsam zog sie aus der linken Satteltasche eine der Pistolen, spannte den Hahn und zog den Degen blank.
In diesem Moment kamen sieben Männer aus dem Unterholz hervor. Sie sahen zerlumpt aus und trugen mehrere Tage alte Bärte. Ihre Bewaffnung mutete abenteuerlich an. Neben langen Messern, Säbeln und Pistolen besaßen sie drei Jagdflinten. Einer hielt eine Kentucky Rifle im Anschlag.
„Ei, wenn haben wir denn da?", fragte der Mann mit der Rifle forsch. Er sprach mit einem starken irischen Akzent, daher vermutete Maria, dass es sich um eine Streife der amerikanischen Milizen handelte.
„Von welcher Partei?", fragte sie.
„Von der richtigen", gab ihr der Mann zurück.
Das war die gängige Losung der Loyalisten.
„Ich für meinen Teil halte mich aus dem Konflikt heraus. Als Handelsreisender sollte man auch tunlichst darauf bedacht sein", gab sie sich vorsichtig.
„Wir sind angewiesen, jeden zu kontrollieren, den wir antreffen", beschied ihr der Mann mit der Rifle, den Maria inzwischen für den Anführer hielt.
„Nur zu, ich habe nichts zu verbergen. Doch senken wir die Waffen."
Zunächst sah sie der Anführer skeptisch an. Dann gab er seinen Männern Zeichen, die Waffen zu versorgen.
Auch Maria versorgte ihre Waffen. Die Pistole ließ sie entsichert.
„Was führt Er im Gepäck?", fragte der Anführer.

„Kleider, Stiefel zum Wechseln, das übliche für den Aufputz, einen Reservesattel mit Zaumzeug, Verpflegung, Geschäftsunterlagen und Pässe von beiden Parteien, die mir ungehindert zu reisen erlauben. Wollt Ihr sie sehen?"

„Nicht nötig. Wir können nicht lesen - gute Pferde hast Du da."

„Danke, für meine Zwecke reichen sie."

„Du wirst künftig auf sie verzichten müssen."

„Wie soll ich das verstehen?"

„Sie sind kofiderziert."

„Wie?"

„Es heißt konfisziert, Boss", verbesserte ihn einer seiner Leute.

„Egal. Also rück' die Pferde heraus."

„Besitzt Er einen Fourageschein?"

Der Mann stieß ein grunzendes Lachen aus. Auch seine Kumpane konnten kaum an sich halten.

Maria sah zur Pistolentasche. Zwei Schritte, der Degen wäre schnell gezogen. Sie musste handeln, jetzt, denn es war der einzige Moment, diesen Strauchdieben gebührend zu begegnen.

Sie drehte sich zu ihrem Pferd, riss die entsicherte Pistole aus der Tasche, visierte den Anführer an und schoss. Von der Wucht der Kugel getroffen, stürzte er rücklings zu Boden. Daraufhin schleuderte sie die abgefeuerte Pistole ihren Angreifern wie ein Tomahawk entgegen und traf dabei den Nächsten mitten auf die Stirn. Maria sprang hinter ihr Pferd und zog die zweite Pistole und nutzte den Pferderücken als Deckung. Auch diesmal traf sie mitten in den Kopf eines der Banditen. Sie zog den Degen blank. Er lag gut in ihrer Hand. In der anderen behielt sie die Pistole als Kolben.

Der nächste Angreifer kam hinter ihrem Pferd hervor. Er war mit einem Säbel bewaffnet: Er kam nicht weit. Marias Degen durchbohrte ihn. Plötzlich packten sie zwei Hände von hinten um den Hals. Ein kräftiger Stoß mit dem Ellenbogen in die Magengrube, dem ein Tritt in sein Geschlecht folgte, befreite sie von ihrem Angreifer. Mit einem lauten Aufschrei stürzte er zu Boden. Maria bohrte den Stahl ihres Degens in ihn. Doch nun stürzten sich die drei Verbliebenen gemeinsam auf sie. Einer hatte eine große Platzwunde auf der Stirn. Verzweifelt setzte sie sich zur Wehr, doch es waren zu viele, gegen die sie sich wehren musste. Bei dem Handgemenge griff einer der Männer an ihre Brust.

„Das ist ein Weib!", rief er erstaunt.

Mit grober Gewalt warfen ihre Feinde sie zu Boden. Schnell war sie entwaffnet.

In gespannter Erwartung rissen ihr die Banditen die Kleider vom Leib. Nackt war Maria ihnen ausgeliefert. Ihre gellenden Schreie verhallten ungehört. Ein Knebel stellte sie ruhig.

Einer der Banditen rammte seinen Säbel tief in den Boden.

Sie zwangen Maria auf die Knie und banden ihre langen Haare um den Säbel. Sie bogen ihre Arme auf den Rücken und banden die Handgelenke mit einem Lederriemen zusammen.

Maria war verzweifelt. Sie versuchte, ihre Hände zu befreien, es war unmöglich, je mehr sie zerrte, umso straffer zog sich der Gurt zusammen. Sie konnte ihre Gedanken nicht ordnen. Die Bedrohung, der sie ausgesetzt war, hinderte sie, einen Plan zu ihrer Befreiung zu fassen.

In ihrer Lage war auch ein Feilschen um ihr Leben aussichtslos. Aber verteidigen wollte sie sich, solange noch ein Funken Leben in ihr war, wollte sie kämpfen.

Aus den Augenwinkeln heraus beobachtete sie ihre Peiniger, die erst einmal nach ihren Kumpanen sahen. Offensichtlich waren drei von ihnen tot. Den Vierten schleppten sie mit, der allerdings nach wenigen Minuten leblos legen blieb.

Den Mann mit der Wunde auf der Stirn legten sie Verbandszeug an, das sie in Marias Satteltasche gefunden hatten. Sobald er versorgt war, wurde es still. Maria spürte die abschätzenden und begehrlichen Blicke dieser Wüstlinge, dieser Räuber, dieser verrohten Bestien. Es war demütigend.

„Was für ein schönes Weib, etwas mager vielleicht, dafür aber handlich", befand einer.

„Echt geil, vor allem die Pussy, sie ist rasiert", stellte ein anderer fest, „wer darf zuerst?"

„Spielen wir es aus."

Ein Würfelspiel sollte darüber entscheiden, wer zuerst über sie herfallen durfte.

Verzweifelt sah Maria zur „Vulture" hinüber, doch kein Ruderboot legte von dort ab. Sie hatte Angst, unbeschreibliche Angst - Todesangst. Es ging um ihr Leben, sollte sie sich den Banditen hin-geben? Würde sie das vielleicht gnädig stimmen?

„Drei Würfel, wer die meisten Augen wirft, darf zuerst", entschieden die Männer.

Die Würfel fielen. Erwartungsvoll kam der Sieger des Spiels auf sie zu.

„Hey, heb' Deinen Arsch, ich will Dich von hinten ficken und Dir zeigen, was ein richtiger Kerl ist!"

Maria beugte sich nach vorne, dabei drehte sie den Kopf zur Seite so, dass sie ihn sehen konnte.

Ihr Peiniger onanierte, bis sein Glied steif war.

Als er nah genug war, trat sie mit ihrem rechten Fuß so fest sie konnte gegen sein Geschlecht.

Er schrie laut auf, sank zu Boden und krümmte sich vor Schmerzen.

„Ich mach das Weibsbild kalt", röchelte er.

„Gut, doch bis Du soweit bist, nehmen wir beide uns die Lady vor. Wenn Du sie erledigt hast, können wir uns noch weiter mit ihr vergnügen. Vor allem sollten wir sie skalpieren. Ihr blonder Skalp, mit den langen Haaren, bringt sicher gutes Geld."

„Macht mit dem Luder, was ihr wollt. Nur leiden soll sie."
Zu zweit machten sich beide Banditen über Maria her, die sich verzweifelt zur Wehr setzte – vergebens.
Als der Erste in sie eindrang, verspürte Maria einen stechenden Schmerz, den sie in den Knebel schrie, dann verlor sie das Bewusstsein und erwachte erst wieder, als auch der Zweite seine Bedürfnisse befriedigt hatte.
Nun kam der Dritte auf sie zu, der während der Tortur sein Geschlecht im Fluss gekühlt hatte.
„Jetzt bist du fällig, Kleine."
Maria betete.
Zwei Hände legten sich um ihren Hals, die erbarmungslos zudrückten.
Ihre Halsmuskeln spannten sich bis zum Äußersten. Maria kämpfte, sie wollte leben.
Der Druck gegen ihren Hals wuchs ins Unerträgliche. Ihr Herz hämmerte bis in die Schläfen, ihr Kopf schien zu platzen. Noch einmal nahm Maria alle Kräfte zusammen. Doch blieb es bei einem letzten Aufbäumen. Die kräftigen Hände schnürten ihr das Leben ab. Ihr Kehlkopf brach.
Ihre Mörder verfuhren mit Marias Leichnam, wie sie es sich vorgenommen hatten. Als ihre Körper erschöpft waren und Maria kaum mehr wie ein Mensch aussah, warfen sie ihre Leiche achtlos in den Fluss, der sie in die Weiten des Ozeans mitnahm.

7. Kapitel

Herbst 1780
Der Verrat

Major André, in Bürgerzivil gekleidet, saß in der Kapitänskajüte und
blätterte im Logbuch, als ihm gemeldet wurde, dass sich ein Ruderboot näherte. Er stieg an Deck und stellte sich neben den Kapitän.
Nicht weit entfernt hielt ein Boot auf die „Vulture" zu.
Die Ruderer hatten Felle um die Ruderblätter gebunden, so konnten
sie sich fast lautlos fortbewegen.
Kurz darauf legte das Boot leeseits an und wurde von einem Matros-
en der „Vulture" an der Reling befestigt. Der Mann, der am Heck
saß, kletterte das Fallreep hinauf und stellte sich als Mr. Joshua Hett-
Smith vor, Major André seinerseits unter seinem Pseudonym John
Anderson.
„Wir müssen die Absprache ändern, Mr. Anderson. Aus Sicher-
heitsgründen wünscht Generalmajor Arnold, dass die Zusammen-
kunft auf dem rechten Flussufer stattfindet."
Major André zögerte, denn von beiden Seiten war das Treffen auf
dem linken Flussufer bei Feller's Point vereinbart worden.
„Warum soll das erforderlich sein?"
„In letzter Zeit sind links des Ufers von beiden Parteien viele Farmen
überfallen worden. Selbst einige Ortschaften wurden ausgeplündert
und niedergebrannt. Er hält es für zu gefährlich."
„Solche Vorfälle sind im Hinterland des rechten Flussufers doch auch
geschehen."
„Doch nicht in diesem Ausmaß. Daher besteht der Major General
darauf, dass das Treffen an einem Ort nahe des rechten Flussufers
erfolgt."

'Was soll dieses Machtspiel?', fragte sich der Major.

„Gut, einverstanden." Widerwillig stimmte er der Änderung zu und stieg, Mr. Hett-Smith folgend, von Bord in das Ruderboot.

Auf gleicher Höhe am linken Flussufer bemerkte der Major den Schein eines Lagerfeuers und ein rotes Lichtsignal, das mehrmals aufleuchtete. 'Das konnte nur Maria sein, die auf die Unterhändler wartete.' Major André musste sie enttäuschen, der Plan war abgeändert worden. Sie fuhren dem rechten Flussufer entgegen. Die Lichtsignale brachen ab.

Sie legten an einem dicht bewaldeten Uferabschnitt an. Nachdem er und Mr. Hett-Smith ausgestiegen waren, fuhr das Boot weiter, nordwärts, in Richtung Stony Point.

Der Kurier führte ihn auf einem schmalen Pfad zu einer Lichtung. In der Dunkelheit erkannte er die Umrisse einer Fischerhütte, in der das Licht einer Lampe schimmerte.

Vor der Hütte waren zwei Pferde angebunden. Die finstere Neumondnacht, der dichte Wald, dazu das einsame Licht, vermittelten dem Major das Gefühl eines verwunschenen Ortes.

Auf der Veranda standen, auf Krücken gestützt, der beinamputierte Generalmajor Arnold, etwas weiter entfernt, von der Dunkelheit fast verschluckt, ein Diener. Sie stellten sich einander kurz vor, wobei der Major seine Tarnung wegen der Anwesenheit des Dieners und des Kuriers beibehielt.

„Mr. Hett-Smith und David", wie er den Diener nannte, „würden Sie beide sich nun zurückziehen, wir benötigen Sie nicht mehr." Arnolds Aufforderung war unmissverständlich.

„Wir werden zu meiner Farm gehen, Major General, sie liegt ja nicht weit."

„Gut, machen Sie das. - Mr. Anderson, lassen Sie uns hineingehen, dort ist es weitaus bequemer für mich, wie Sie sehen." Arnold deutete mit einer Kopfbewegung auf seine Krücken.

An einem Tisch, auf dem die Lampe stand, nahmen sie Platz.

„Major General, mein Name ist Major John André, ich bin von General Clinton beauftragt, die Verhandlungen mit Ihnen, Sir, hier vor Ort zu führen“, eröffnete der Major das Gespräch und überreichte Arnold ein Billett. „Meine Legitimation als Unterhändler der britischen Krone in dieser Angelegenheit, bitte lesen Sie, Sir.“

Major General Arnold brach das Siegel.

„Endlich kommt Bewegung in die Sache“, stellte Arnold nüchtern fest, nachdem er den Inhalt des Dokuments gelesen hatte, dieses zusammen faltete und in seine rechte Rocktasche steckte.

„Sie gestatten doch, Major, es dient nur Ihrer eigenen Sicherheit.“

„Gewiss.“

Zunächst tauschten sie einige Höflichkeiten aus, bis sie auf den Grund ihres konspirativen Treffens zu sprechen kamen.

„In einem Monat könnte die Übergabe erfolgen, Major.“

„Vortrefflich, Sir, gehen wir den Plan noch einmal durch.“

„In der Tat, das sollten wir. Doch zuvor gedenke ich, einige Änderungen meinen Vertrag betreffend vorzunehmen.“

„Inwiefern, wir waren uns doch handelseinig?“ Unerfreuliches befürchtend nahm der Major eine reservierte Haltung ein.

„Die nun konkret werdende Situation lässt mich um meine Sicherheit und meine finanzielle Zukunft fürchten.“

„Wir haben 12.000 Pfund vereinbart! Das ist wahrhaft eine stattliche Summe, die Sie unbeschwert leben lässt, Sir“, stellte der Major nüchtern fest.

„Ich wünsche, nicht in Gefangenschaft zu geraten, sondern als Brigadegeneral in die britische Armee mit dem entsprechenden Gehalt übernommen zu werden. Zudem ist mein Honorar für die Übergabe der Festung und die damit verbundene gefährliche Vorbereitung bei Weitem viel zu gering angesetzt. Außerdem wird der Besitz der wichtigsten Festung für die Krone kriegsentscheidend sein.“

„Was verlangen Sie für die Übergabe, Sir?“ Der Major sah sein Gegenüber mit fragendem Blick an.

„30.000 Pfund.“

„Diese Forderung halte ich im Namen der Krone für unangemessen“, gab er entschlossen zurück, „meine Instruktionen sind klar vorgegeben, Major General.“

„Bedenken Sie die Vorteile! Ein Krieg mit absehbarem Ende oder einen Krieg, der nicht enden will.“

„Erörtern wir Ihre persönlichen Bedürfnisse später. Kommen wir nun auf den Plan zu sprechen. Wie sehen Ihre Vorschläge aus, Major General?“

„Gut, einige Tage vor der Kapitulation der Festung lasse ich einen Großteil der Garnisonstruppen mit leichtem Geschütz auf das linke Flussufer übersetzen, um dort die Loyalistenbanden zu bekämpfen. Für eine verstärkte Präsenz derselben haben Sie dort zu sorgen. Die Loyalisten sollen einige Untaten verüben, damit ich die Expeditionstruppe rechtfertigen kann. In der Zwischenzeit fährt die britische Flotte den Hudson hinauf. Wenn sie in Sichtweite ist, lasse ich Boote und Fährschiffe zerstören, damit für niemanden die Flucht möglich ist. Diese Aktion muss zeitlich sehr gut aufeinander abgestimmt sein. Sobald Ihre Marineinfanterie an Land gegangen ist und vor dem Fort Stellung bezogen hat, wird nach kurzer Belagerung die weiße Fahne gehisst und die Festung durch mich an die Generalität seiner Majestät übergeben.“

„Ein vortrefflicher Plan, Sir.“

„Der sein Geld wert ist.“

„In der Tat, doch nicht mehr als die vereinbarten 12.000 Pfund. Die Summe ist ausgereizt. Ich verfüge über keinen weiteren Spielraum, Sir.“

Die Verhandlungen drehten sich immer wieder im Kreise. Jeder trug seine Argumente und Gegenargumente vor.

Schließlich brach die Morgendämmerung an. Auf dem Fluss hatte
sich Nebel gebildet, schon längst hätte sich Major André zur
„Vulture" zurück begeben sollen.
Ein Kanonenschuss wurde abgefeuert. Laut schlug das Geschoss auf
dem Wasser auf. Wenige Minuten darauf erfolgten drei weitere Ab-
schüsse.
Es dauerte nicht lange und Mr. Hett-Smith erschien.
„Die „Vulture" ist unter Feuer geraten und hat die Anker gelichtet",
meldete er.
Gemeinsam gingen sie zum Ufer hinunter und sahen, wie die
„Vulture" flussabwärts trieb. Nach einer halben Meile machte sie
wieder fest.
Einige Ruderkähne der Amerikaner begannen, auf dem Fluss Prä-
senz zu zeigen, doch waren die Boote nicht groß genug, um eine
Kanone zu tragen.
„Meine Frau hat ein Frühstück für die hohen Herren angerichtet. Ein
Übersetzen von Mr. Anderson zur „Vulture" ist bei Tageslicht un-
durchführbar."   „
Sie haben Recht, Hett-Smith. Ein Frühstück wird uns bestimmt gut
tun, zumal ich mit Mr. Anderson noch einige wichtige Einzelheiten
zu besprechen habe."
Wieder an der Fischerhütte angekommen, benötigte der Generalmajor trotz seiner Behinderung keinerlei Hilfen um auf sein Pferd zu
steigen. Nur bat er darum, dass ihm Mr. Hett-Smith seine Krücken
abnehmen und in die leeren Gewehrtaschen seitlich des Sattels versorgen sollte.
Als sie den nahe gelegen Hof erreichten, schickte der Hausherr seine
Kinder, von denen sie neugierig beäugt wurden, in den Stall, um das
Vieh weiter zu versorgen. Er selbst folgte ihnen, um sicher zu gehen,
dass sie ihre Arbeiten auch ordentlich verrichten würden.

Mrs. Hett-Smith, mit der der Generalmajor wohl gut bekannt war, führte die beiden Gäste in die Wohnstube und wahrlich, sie erwies sich als eine gute Gastgeberin, denn der Frühstückstisch war reichhaltig gedeckt.

„Sollten die hochwohlgeborenen Gentlemen noch etwas wünschen, finden Sie mich in der Küche.“

Die beiden Gäste dankten und widmeten sich fortan ganz dem Frühstück.

In der Ferne hörten sie zwei Schüsse, da keine weiteren fielen, maßen sie der Begebenheit keine Bedeutung zu.

Nach dem Frühstück wurden sie endlich handelseinig.

Für 20.000 Pfund und einen Posten als Brigadegeneral war Benedikt Arnold, Major General der Continental Army, bereit, die Festung West Point an die Briten auszuliefern.

Sobald das Geschirr abgetragen war, rief Arnold nach seinem Diener und trug ihm auf, eine seiner Taschen zu bringen.

Der Tasche entnahm Arnold eine Mappe und Schreibmaterial sowie mehrere schmale Bündel Briefe, zuletzt ein gefaltetes Papier von größerem Format.

„Es handelt sich um Briefe an meine Frau und General Clinton und einen genauen Lageplan der Festung West Point.“

„Haben Sie meinen aufrichtigen Dank, Major General. Kann ich den Plan der Festung einsehen, um zu prüfen, wie aussagekräftig er ist?“

Der Major war sehr erfreut, dass der erste Schritt des Unternehmens zu beider Zufriedenheit und Vorteil abgeschlossen war.

„Wie Sie wünschen.“

General Arnold breitete den Lageplan auf dem Tisch aus. Und wirklich, er war sehr detailliert und enthielt sämtliche Aufzeich-nungen der Verteidigungsanlagen, die Anordnung der Festungs-geschütze und der Minengänge mit ihren Sprengkammern, die an taktisch wichtigen Punkten angelegt worden waren.

André erkannte sofort, dass hier ein sachkundiger Militär gewirkt hatte.

„Wer hat diesen Plan entworfen und wie alt ist er?"

„Er stammt von Major General von Steuben und ist gerade einmal vier Monate alt. Er selbst hat große Anstrengungen unternommen, um die Festung mit ihren Außenwerken auch links des Hudson weiter auszubauen."

Major André war beeindruckt.

Über den Festungsplan breitete der General ein weiteres Dokument aus, das über die Besatzungszahl – annähernd 3.000 Mann – sowie Art und Menge der Vorräte Auskunft gab.

Major André war von der Bedeutung dieser weitsichtig geplanten und ausgebauten Anlage und der Notwendigkeit, dass sie unter britisches Kommando stehen muss, jetzt vollends überzeugt - der Besitz dieser Festung würde kriegsentscheidend sein. Und dass die Festung ohne blutigen Kampf in britische Hände fallen wird, Dank des Plans General Arnolds, war Grund genug, die ausgehandelten Bedingungen zu bekräftigen.

Er ließ sich Papier und Schreibzeug geben und setzte den Vertrag auf, der den Verrat besiegelte.

Beide zeichneten ihn gegen.

Danach stellte Arnold einen Passierschein für Mr. Anderson aus.

„Man kann nie wissen, Major, vielleicht werden Sie ihn noch benötigen."

„Danke, Major General, es beruhigt."

„Major, ich muss mich zum Fort Stony Point begeben. Die Anwesenheit der „Vulture" hat genug Aufmerksamkeit erregt. Ich wünsche Ihnen eine gute Reise, lassen Sie sich in der nächsten Nacht von Mr. Hett-Smith auf das Kanonenboot übersetzen. Dann werden Sie in Sicherheit sein."

„Das wäre sehr vorteilhaft, Major General."

Arnold rief seinen Diener und Mr. Hett-Smith zu sich.
„Mr. Hett-Smith, ich wünsche, dass Mr. Anderson in der nächsten
Nacht auf die „Vulture" übergesetzt wird. Ist Ihnen das möglich?"
„Durchaus, Major General, sofern die Milizen mit ihren Booten auf
dem Fluss nicht überhand nehmen und ihren Ring um das Schiff
enger schließen."
„Ich verlasse mich auf Sie, dass Mr. Anderson wohlbehalten auf die
„Vulture" kommt."
Nach einem letzten Gruß brach Arnold mit seinem Diener nach
Stony Point auf.

Den Tag über verbrachte Major André mit einem ausgedehnten
Spaziergang entlang des Flussufers. Immer wieder traf er auf Milizen
und kleinere Soldateneinheiten, die das Geschehen auf dem Hudson
beobachteten. Die Anzahl der Ruderboote ober- und unterhalb der
„Vulture" nahm im Laufe des Tages zu. Sie waren mit vier bis sechs
Mann besetzt und hielten einen gebührenden Abstand zu dem Kanonenboot. Gegen Abend zogen sich die meisten Milizen wieder an
das Flussufer zurück, um ihre Nachtlager zu errichteten.
Als er wieder das Haus von Mr. Hett-Smith betrat, war dieser sehr
beunruhigt.
„Sir, aufgrund der Anwesenheit der vielen Milizen kann ich Sie unmöglich zur „Vulture" übersetzen. Es ist viel zu gefährlich."
„So war es aber abgesprochen! Ich bestehe darauf!"
„Das kann ich nie und nimmer verantworten, Sir, wir sollten nicht
leichtsinnig unser beider Leben aufs Spiel setzen. Stattdessen schlage
ich Ihnen vor, Sie morgen auf einer meiner Fähren von Kings Ferry
aus auf das linke Flussufer überzusetzen. Sie erhalten auch ein
frisches Pferd von mir und ich werde Sie so lange in Richtung New
York begleiten, bis Sie in Sicherheit sind."

Der Major überdachte den Einwand. Er hatte hoch brisantes Material zu befördern. Die „Vulture" lag nur eine Meile flussabwärts. Der Landweg war gefährlich, die Milizen beider Parteien machten die Gegend unsicher. Doch was blieb ihm anderes übrig? Schließlich willigte er ein.

Er dachte an Maria. Befand sie sich noch an dem vereinbarten Platz? Wohl kaum, Geduld war keine ihrer Tugenden.

Er ging früh zu Bett und schlief bald darauf ein, hatte er doch in der Nacht zuvor kein Auge zugemacht.

Nach dem Frühstück, brach er mit Mr. Hett-Smith nach Kings Ferry auf, wo sie mit der Fähre zum linken Ufer übersetzten. Das Wetter blieb ihnen wohlgesonnen, es sollte sich in den nächsten Tagen auch nicht ändern.

Sie schlugen den Weg nach White Plains ein.

Wegen des andauernden Kleinkrieges war die Gegend inzwischen vollständig verweist. Auf der Straße hatte sich Unkraut ausgebreitet. Die Felder waren von Soldaten abgeerntet worden, da war sich der Major sicher, denn ein Farmer hätte niemals so oberflächlich gearbeitet.

Gegen sieben Uhr abends wurden sie von einer Abteilung der Continental Army angehalten.

Der befehlshabende Captain fragte nach den Papieren. Der Passierschein von Major General Arnold genügte.

Der Captain empfahl ihnen, während der Nacht nicht weiter zu reisen, da Loyalistenbanden die Gegend unsicher machten. Diesen Rat nahmen sie an und so besorgte er ihnen in einer nah gelegenen Farm Unterkunft.

Sie waren in Sicherheit, vorerst jedenfalls, obwohl sie sich mitten unter Feinden befanden. Essen wurde ihnen gereicht und ihre Pferde versorgt, doch war ihnen nicht wohl zumute, zumal im ganzen Haus Soldaten einquartiert waren.

„Lassen Sie uns in aller Frühe aufbrechen, Mr. Hett-Smith, nicht, dass wir wegen einer Unachtsamkeit noch unnötig aufgehalten werden.“

„Sie sagen es, auch mir ist die Sache nicht geheuer. Ich habe mit all dem hier nichts zu tun. Es ist mir egal, unter welchem Herrn ich diene. Ich führe nur die Befehle des Festungskommandanten aus.“

Nach einer kurzen Nacht verabschiedeten sie sich von dem Captain und dankten ihm für die gebotenen Annehmlichkeiten und die damit verbundene Mühe.

Zur Mittagszeit überholten sie mehrere Wagen, die mit Mobiliar und Kleinvieh beladen waren.

Wieder einmal hatte eine Familie ihre Farm aufgegeben, um in New York Zuflucht zu suchen.

Sonst begegnete ihnen kein Mensch.

Am frühen Nachmittag waren sie bereits nahe New York.

„Sir, ich denke, dass Sie sich von nun in Sicherheit befinden“, wandte sich Mr. Hett-Smith an Major André.

„Denken Sie das wirklich oder fürchten Sie sich nur?“

„Mr. Anderson, bis zu den britischen Linien kann Ihnen nichts mehr geschehen. Die amerikanischen Vorposten und deren Milizen liegen hinter uns und ich habe nicht das Bedürfnis, den Loyalisten zu begegnen. Bitte verstehen Sie, Sir, mir geht es allein um mein Geschäft, mit dem ich meine Familie ernähre.“

„Ich akzeptiere das, Mr. Hett-Smith, kehren Sie zurück, Sie haben Ihrer Aufgabe genüge getan. Den Rest des Weges werde ich schon alleine bewältigen. Haben Sie meinen aufrichtigen Dank für alles, was Sie für mich geleistet haben.“

„Es war mir eine Ehre, Mr. Anderson.“

Als sie voneinander Abschied genommen hatten, sah ihm der Major eine Zeitlang nach. Sollte Hett-Smith wirklich Recht behalten und er sich in Sicherheit befinden?

Nur wenig später, nachdem der Major eine Brücke überquert hatte,
trat ihm ein Mann mit einem Gewehr im Anschlag entgegen. Kurz
darauf kam ein zweiter ebenfalls bewaffneter Mann aus dem Ge-
büsch.
Der Major war sich sicher, dass es sich um Loyalisten handelte.
„Gentlemen, ich hoffe, Sie gehören zu unserer Partei", eröffnete er
das Gespräch.
„Zu welcher Partei?", fragte der Mann mit dem Gewehr.
„Zur richtigen Partei." Das war die Parole der Loyalisten.
„In der Tat."
„Ich bin britischer Offizier und in besonderen Geschäften unterwegs.
Ich hoffe, Sie halten mich nicht auf. Mein Auftrag eilt!"
Um seinen Worten Nachdruck zu verleihen, holte der Major seine
goldene Uhr aus der Rocktasche hervor und öffnete den Deckel. Auf
der Innenseite war am oberen Rand, in einem kleinen Schriftzug, der
Name des Uhrmachers eingraviert: „Knoepfle, Bosten 1774", stand
dort geschrieben. Der Major zog das Uhrwerk auf.
Die Augen der beiden Männer hefteten sich auf die Uhr. Goldene
Uhren waren sehr selten und nur hochgestellte und vermögende
Herrschaften besaßen sie.
„Steigen Sie ab!", forderte ihn der Anführer auf, „wir sind amerikanische Milizen und bis auf Weiteres sind Sie unser Gefangener."
Sein Herz stockte, ein kalter Schauer lief ihm über den Rücken, doch
im nächsten Moment hatte der Major sich wieder gefangen und
versuchte, sich als guter Schauspieler nichts anmerken zu lassen.
„Gentlemen, in der heutigen Zeit muss man manchmal zu einer List
greifen, um durchzukommen. Ich bin Offizier der Continental Army
und befinde mich auf dem Weg nach Dobbs Ferry, um im Auftrag
von Major General Arnold die Lage am unteren Flussverlauf zu
erkunden." Mit diesen Worten händigte er dem Anführer seinen
Passierschein aus, der sich das Dokument genau durchlas. Ein kurzer

Wink desselben und ein weiterer Mann kam aus dem Gebüsch, der das Pferd des Majors am Zügel fasste.

„Steigen Sie ab, Mr. Anderson! Und das sage ich kein drittes Mal!"

„Wenn Sie mich weiterhin aufhalten, geraten Sie mit ihren Männern in ernsthafte Schwierigkeiten."

„Ernsthafte Schwierigkeiten haben wir hier genug, Mister. Wir werden Sie nicht hindern, weiter zu reisen. Aber es befinden sich zu viele schlechte Menschen in dieser Gegend und wir möchten feststellen, dass Sie nicht dazu gehören."

Major André stieg vom Pferd und musste den beiden Milizen folgen, die ihn abseits der Straße in ein kleines Gehölz führten, während der Dritte beim Pferd zurück blieb.

„Ziehen Sie Ihren Rock und Ihre Weste aus, Mr. Anderson!" ordnete der Anführer an, der anschließend die Kleidungsstücke untersuchte.

Außer der goldenen Uhr, einem Beutel mit achtzig Papierdollars und einem Taschentuch befand sich nichts Verdächtiges darin.

„Ich bitte um ihre Stiefel, Mr. Anderson."

Der Major erstarrte für eine Sekunde, hoffte aber, dass die Männer ihm diese Regung nicht ansahen.

Es war das geschehen, was der Major am meisten befürchtet hatte, denn in seinen Strümpfen hatte er die Geheimunterlagen versteckt.

„Gentlemen, meine Reitstiefel sind sehr eng und lassen sich nicht ohne Stiefelknecht abziehen. Es wird sehr schwierig sein. Erlassen Sie mir bitte diese Prozedur."

„Immerhin sind wir zu zweit und gemeinsam werden wir das schon bewerkstelligen können. Setzten Sie sich auf den Baumstumpf dort."

Äußerlich gelassen, aber innerlich höchst angespannt, folgte der Major der Aufforderung.

Es dauerte nicht lange und er war seiner Stiefel entledigt. Die ausgepolsterten Strümpfe fielen den beiden Milizen sofort auf.

„Was ist das, Mr. Anderson?"

„Es sind nur Auspolsterungen, damit ich mir die Waden nicht wund reite.“
Er hoffte, dieser Hinweis auf seine intime Befindlichkeit könnte weitere Entkleidungswünsche verhindern.
„Ziehen Sie die Stümpfe aus.“
Widerwillig zog er seine Strümpfe aus und gab sie dem Anführer, der nacheinander schmal gebundene Päckchen ans Tageslicht beförderte. Zuletzt fand er ein einzelnes Billett von größerem Umfang, das kein Siegel trug. Er faltete es auseinander.
Es handelte sich um den Lageplan der Festung West Point.
„Woher haben Sie diesen Plan, Mr. Anderson?“
„Von einem Händler aus Pines-Bridge. Sein Name ist mir nicht bekannt.“
„Mr. Anderson oder wie immer Sie auch heißen mögen, Sie sind ein Spion. Wir werden Sie jetzt zum Armeestützpunkt nach North Castle bringen, um Sie dort der Continental Army zu übergeben.“
Nachdem sich Major André wieder angezogen hatte, griff er zum letzten Mittel.
„Gentlemen, ich biete jedem von Ihnen 100 Guineen dafür, dass Sie mich meinen Auftrag ausführen lassen. Ich bin bereit, mit Zweien von ihnen hier zu bleiben, während der Dritte auf meinem Pferd nach New York reitet, um die entsprechende Summe bei der Bank abzuheben.“
„Mr. Anderson, ersparen Sie uns Ihre Angebote, auch wenn Sie uns tausend Guineen bieten würden. So wahr ich hier stehe, schwöre ich bei Gott, dass ich Sie nicht freilassen werde, denn nicht immer regiert das Geld die Welt.“
„Wie steht es mit Ihnen, Gentlemen?“
Ihre Antwort bestand nur aus einem abfälligen Lächeln.
Für den Moment sah sich der Major gezwungen, sich in die veränderte Situation zu fügen.

„Gut, Wie weit ist es nach North Castle?“

„Zehn Meilen und diese werden Sie schon zu Fuß zurücklegen müssen, Mr. Anderson.“

Der Anführer hing sich das Gewehr über und stieg auf das Pferd. Die beiden anderen Milizen zwangen ihn, im Abstand von fünf Schritt vor ihnen zu gehen.

Bald hatte sich Major André wieder gefangen und versuchte, einen Fluchtplan zu schmieden. Zwar wären die Dokumente verloren, doch würde wenigstens er sich in Sicherheit bringen können.

Bei Tageslicht besaß er nicht die geringste Chance, aber während der Nacht müsste eine Flucht möglich sein. Deswegen, so war sein Plan, durften sie keinesfalls vor Einbruch der Nacht North Castle erreichen, für Verzögerungen würde er schon sorgen.

Immer wieder gab er vor, Schmerzen im linken Knie zu haben, und bat darum, ruhen zu dürfen. Die Männer gewährten ihm die Pausen. Es kam ihnen sogar gelegen, denn der frühe Herbsttag war ungewöhnlich heiß.

Durch sein Simulieren gewann er gut zwei Stunden und als die Abenddämmerung einsetzte, hatten sie erst sechs Meilen zurückgelegt.

Jetzt brauchte er nur noch auf die richtige Gelegenheit zu warten und die würde sich mit Sicherheit ergeben.

Doch auch die Miliz erhöhte ihre Wachsamkeit.

Am Nachthimmel zeichnete sich der zunehmende Mond als schmale Sichel ab. Immer wieder führte sie die Straße durch dunkle Wälder und selbst noch hier war die Hitze des vergangenen Tages zu spüren. In dem nächsten Waldstück wuchs am Wegesrand dichtes Buschwerk. Es war eine gute Gelegenheit zu entkommen, zumal der Anführer auf dem Pferd einen Umweg hätte reiten müssen.

Der Major fasste all seinen Mut zusammen, stieß den Mann rechts neben sich zu Boden, sprang auf einen der Büsche zu und versuchte,

sich durch das Geäst zu kämpfen, bis er hörte, dass hinter ihm der
Hahn einer Schusswaffe gespannt wurde.
„So nicht, Mr. Anderson, eine falsche Bewegung und ich erschieße
Sie", hörte er die entschlossene Stimme des Anführers.
Vorsichtig sah er sich um. Inzwischen hatten auch die beiden anderen
Männer ihre Waffen gespannt und auf ihn gerichtet.
Er gab auf, kam heraus und hob die Hände.
„Isaak, binde seine Hände auf den Rücken."
„Gentlemen, ich bitte Sie, als Offizier versichere ich Ihnen, keinen
weiteren Fluchtversuch zu unternehmen."
„Ihr Wort in Ehren, doch möchte ich lieber auf Nummer Sicher
gehen – Isaak, mach, was ich gesagt habe."
Ihm wurden die Hände auf den Rücken gebunden. Von nun ab gab
es kein Entrinnen mehr.
Widerstandslos fügte er sich in sein Schicksal. Innerlich wurde er
ganz ruhig, ja fast gleichgültig und dachte, was von nun an geschehen
würde, wohl seine Bestimmung war und einfach geschehen sollte.

Gegen elf Uhr in der Nacht erreichten sie den Militärstützpunkt
North Castle.
Dem Dienst habenden Wachoffizier stellten sich die Milizen als John
Plauding, David Williams und Isaak van Wart vor und forderten mit
Nachdruck, den Kommandeur sprechen zu wollen.
Als sie dem Offizier die beschlagnahmten Unterlagen vorlegten,
begriff dieser die Brisanz der Angelegenheit und ließ Oberstleutnant
Jameson wecken, der das Kommando über den Stützpunkt führte.
Anschließend sorgte er dafür, dass die Männer und ihr Gefangener,
dem sie inzwischen die Fessel abgenommen hatten, verpflegt wurden.
Nach einer dreiviertel Stunde erschien Oberstleutnant Jameson in
Begleitung eines Majors, der sich dem Wachoffizier als Major

Tallmadge vorstellte und der erst vor wenigen Minuten in North Castle eingetroffen war.

Auf dem Arbeitstisch lag ausgebreitet der Plan der Festung West Point. Daneben die Briefe. Ein Blick auf die Karte und das Lesen einiger der Billetts, die General Arnolds Handschrift trugen, genügten, um die Offiziere misstrauisch zu machen.

Jameson ließ die Milizen mit ihrem Gefangenen kommen und bat sie, von der Gefangennahme zu berichten.

„Sir“, ergriff John Plauding das Wort, „am 18. September suchte uns ein Kurier mit einem Befehl des Major General von Steuben auf, welcher angeordnet hatte, dass zwischen dem 20. und 25. September jede uns fremde Person genau zu visitieren sei. Der Kurier stellte sich als Sergeant Knoepfle vor, fragte nach dem Standort des nächsten Postens und ritt daraufhin gleich weiter.

Gestern haben wir am frühen Nachmittag diesen Mann angehalten und ihn durchsucht. Dabei sind wir auf die Ihnen vorliegenden Unterlagen gestoßen. Der Herr behauptet, den Namen John Anderson zu tragen und gibt abwechselnd vor, amerikanischer oder britischer Offizier zu sein. Er hat auch jedem von uns 100 Guineen versprochen, damit wir ihn freilassen.“

„Entspricht das den Tatsachen, Mr. Anderson?“

„In der Tat, dem ist so.“

„Welcher Armee gehören Sie nun an, Mr. Anderson, und welchen Dienstrang bekleiden Sie?“

„Darüber möchte ich an dieser Stelle keine Auskunft geben.“

„Gut, Mr. Anderson, Sie haben das Recht dazu. Woher haben Sie diesen Plan?“

„Wie ich bereits den Milizen mitgeteilt habe, erwarb ich ihn von einem Mann in Pines-Bridge, dessen Name mir unbekannt ist.“

„Zu welchem Zweck?“

„Ich bin Ingenieur und interessiere mich für das Festungswesen.
Auch aus der Karibik, Mexiko und Europa habe ich Pläne zusam-
mengetragen und studiert. Es ist nichts von Bedeutung."
„Ich denke schon. Mr. Anderson, Sie bleiben vorläufig in unserem
Gewahrsam. Morgen lasse ich Sie zur Festung West Point bringen,
um dort die Angelegenheit mit Major General Arnold zu regeln."
In Major André keimte wieder Hoffnung. Ihm und Arnold würde
schon etwas einfallen, um die Amerikaner zu täuschen.
Oberstleutnant Jameson ließ den Gefangenen abführen und bat die
Milizen, in aller Frühe die Schreibstube aufzusuchen, um dort ihre
Aussage zu Protokoll zu geben.
„In der Tat, der Plan ist sehr detailliert. – Was halten Sie davon,
Major?"
„Sir, dieser Mann ist zweifelsfrei ein Spion und dazu noch ein hoher
britischer Offizier. Auch wenn er Zivil trägt, sieht man ihm das sofort
an. Ich halte es für äußerst unklug, ihn zu Major General Arnold
nach West Point bringen zu lassen, da sie beide mit großer Wahr-
scheinlichkeit unter einer Decke stecken."
„Unmöglich, Major! Arnold ist ein verdienter Offizier und Kriegsheld. Ich kann nicht glauben, dass er ein Verräter ist."
„Allein die wenigen Billetts, die wir flüchtig gelesen haben, tragen
sämtlich seine Handschrift! Und was gibt es bei der Brisanz ihres
Inhaltes noch zu zweifeln? Daher schlage ich vor, den Gefangenen
zunächst nach Old Salem zu bringen, ihn dort Oberst Sheldon zu
übergeben und sämtliche Unterlagen dem Oberbefehlshaber zur
genauen Prüfung zustellen zu lassen", entgegnete Major Tellmadge.
Jameson dachte lange über das Für und Wider nach.
„Sie haben recht, Major, ich akzeptiere Ihren Vorschlag. Doch werde
ich ein Billett an Major General Arnold aufsetzen, in dem ich ihm
mitteile, dass bei uns ein gewisser John Anderson unter Arrest gesetzt wurde, bei dem man verdächtige Unterlagen gefunden habe."

„Das halte ich für einen Fehler, Sir!"

„Meine Offiziersehre verlangt es."

„Bitte, warten Sie mit der Post an Arnold wenigstens noch drei Tage, bis dahin hat General Washington die Dokumente geprüft und wird seine Order erteilt haben, Sir", bat Tellmadge.

„Es ist eine Sache der Ehre, einen verdienten Offizier nicht zu hintergehen. Ich werde augenblicklich die entsprechenden Billetts verfassen."

„Sir, ich bitte Sie!"

„Ich danke Ihnen, Major. Sie können sich zurückziehen. Ich wünsche Ihnen gut zu ruhen."

Nachdem Jameson die Schreiben aufgesetzt hatte, fand er keinen Schlaf mehr.

Major André erging es nicht anders.

Am frühen Morgen brachen zwei Kuriere auf. Einer ritt mit den brisanten Unterlagen nach Hartford, wo sich General Washington zu einem Treffen mit Vertretern der Neu Englandstaaten aufhielt, der andere nach West Point zu Generalmajor Arnold.

Als Major André in den Hof geführt wurde, stand dort ein offenes Fuhrwerk bereit. Hinter den beiden Kutschern saßen vier Infanteristen auf der Ladefläche. Acht Berittene hatten Aufstellung genommen, wovon einer, ein Captain, ihn förmlich begrüßte.

„Mr. Anderson, ich bin Captain Muller. Sie werden nach Old Salem zum dortigen Armeestützpunkt eskortiert und dort Oberst Sheldon übergeben. Steigen Sie auf und nehmen Sie auf der Ladefläche Platz."

Der Major war überrascht.

„Ich dachte, dass ich nach West Point zu Major General Arnold gebracht werde."

„Pläne können sich ändern, Mr. Anderson."

Am Nachmittag traf der Transport in Old Salem ein.

Ein Kurier in dringender Mission wurde Generalmajor Arnold
gemeldet, den er in seinem Arbeitszimmer empfing.
„Sir, Major General, Sir, mit den besten Empfehlungen von Lieute-
nant Colonel Jameson."
Als Arnold das Siegel brach und das Billett las, packte ihn das blanke
Entsetzen. Der ganze Komplott war aufgeflogen.
Augenblicklich befahl er seinem Adjutanten, ein Boot klar zu
machen.
Mit seinem Diener packte er in aller Eile die nötigsten Habselig-
keiten. Nach kurzer Zeit lag ein Boot bereit, das für eine schnelle
Fahrt mit sechs Ruderern besetzt war. Am Bug wehte die weiße
Flagge, am Heck das Sternenbanner.
In der Annahme, dass mit dem Boot ein hoher Offizier unter der
Parlamentärsflagge auf die „Vulture" zuhielt, blieben sie von den
Milizen unbehelligt.
Dort angekommen, ließ der Generalmajor das Boot festmachen und
ging an Bord, wo ihn der Kapitän mit seinen Offizieren erwartete.
Arnold und der Kapitän stellten sich einander vor.
„Das Unternehmen ist gescheitert. Major André ist gefangen ge-
nommen worden, Captain, dabei sind sämtliche Unterlagen in die
Hände der Amerikaner geraten. Sie müssen mich schnellstens nach
New York befördern. Meine Bootsmannschaft übergebe ich Ihnen
als Gefangene", kam Arnold sogleich auf das Desaster zu sprechen.
„Gut, ich lasse das Schiff klar machen. Das Boot nehmen wir in
Schlepptau."
Daraufhin befahl Arnold die Bootsbesatzung mit seinem Gepäck an
Bord.

Die Soldaten, die noch immer glaubten, einer diplomatischen Mission anzugehören, konnten ihr Schicksal nicht begreifen, als sie von dem Kapitän erfuhren, dass sie von nun an Gefangene seien.

„Sir, Major General, Sir, Sie sind doch kein Verräter!", empörte sich einer.

Arnold wandte sich ab. Er blieb die Antwort schuldig.

„Lassen Sie die Männer unter Deck bringen und in Gewahrsam nehmen", befahl der Kapitän seinem ersten Offizier.

Kurz darauf setzte die „Vulture" Segel und fuhr den Fluss hinab. Die Blockade durch die Milizen in ihren Ruderbooten war schnell durchbrochen.

Als Benedikt Arnold an der Bordwand stand und den Flusslauf beobachtete, stellte sich der Kapitän neben ihn.

„Major General, Sir, die Ehre schenkt sich jedermann selbst und Ihre Tat wird Ihnen keinen Ruhm einbringen."

Am Abend des gleichen Tages erreichte der Eilkurier nach einem Gewaltritt Hartfort und übergab, abgekämpft und verstaubt wie er war, persönlich die Dokumente an General Washington, der sich mit den empfangenen Unterlagen in sein Privatzimmer zurückzog. Nachdem er die Briefe gelesen hatte, brach für ihn eine Welt zusammen. Erst langsam wurde ihm die Tragweite dieses ungeheuerlichen Vorgangs bewusst. Der genaue Lageplan und die Auflistung der Besatzung sowie die zur Verfügung stehende Bewaffnung nebst dem eingelagerten Proviant, alles hätte den Briten in die Hand fallen können.

Zweifelsfrei, einer seiner besten Freunde war ein Verräter und dieser Mr. Anderson ein Spion, bei dem es sich nur um einen hohen britischen Offizier handeln konnte.

„Oh, mein Gott! Das ist unfassbar!" Sein Herz war getroffen, seine Freundschaft verraten, sein Vertrauen missbraucht.

Um Haltung ringend, vergrub er sein Gesicht in beide Hände.

„Ich hätte auf Miss Richter und den Baron hören sollen, sie haben mich bereits vor Monaten gewarnt. Aber ich - in meinen Glauben an Ehre und Treue - habe ihnen kein Gehör geschenkt! Mein Gott, was war ich für ein Idiot", sprach er zu sich.

Es dauerte einige Zeit, bis er sich wieder gefasst hatte, um die notwendigen Befehle aufzusetzen.

Anschließend ließ er Major von Heer, den Kommandeur der Life Guard kommen.

„Major, etwas Unfassbares ist geschehen. Ein detaillierter Plan der Festung West Point sollte gemeinsam mit Geheimpost den Briten zugespielt werden. Glücklicherweise wurde der Kurier abgefangen und festgesetzt. Major General Arnold war bereit, für 20.000 Pfund Sterling die Festung an die Briten auszuliefern. Diese Unterlagen belegen es eindeutig. Für die Treue von Benedikt Arnold hätte ich meine Hand ins Feuer gelegt. Ich kann es noch immer nicht glauben, doch es ist so.

Major, ich übergebe Ihnen hiermit zwei Order von äußerster Dringlichkeit. Dieses Billett enthält den Befehl, den Spion von Old Salem unter strenger Bewachung in das Hauptquartier nach Tappan zu überführen. Mit der zweiten Order beauftrage ich Sie persönlich. Sollte sich Benedikt Arnold noch in der Festung befinden, haben Sie ihn umgehend festzunehmen und ebenfalls in das Hauptquartier zu bringen. Leider hat Jameson ein Billett an Arnold geschickt, in dem er ihm mitgeteilt hat, dass ein gewisser John Anderson aufgegriffen worden sei, der geheime Unterlagen mit sich geführt habe. In seinem Brief bittet er Arnold um Klärung der Angelegenheit. Durch diesen voreiligen Schritt ist zu befürchten, dass Arnold bereits geflohen ist. Stellen Sie für jeden der beiden Aufträge zehn ihrer zuverlässigsten Leute zusammen!"

„General, auf jeden meiner Männer ist Verlass."

„Ich weiß, verzeihen Sie mir. Morgen werde ich selbst ins Haupt-
quartier reisen und erwarte Sie dort. Sollten Sie vor mir in Tappan
eintreffen, richten Sie bitte meine besten Empfehlungen an meine
Gemahlin aus - Sie können abtreten."
Daraufhin ließ Washington sämtliche Termine absagen und traf seine
Reisevorbereitungen.

In West Point angekommen, musste Major von Heer feststellen, dass
sich die Vermutung des Oberbefehlshabers bestätigte. Generalmajor
Arnold hatte die Festung nach Eintreffen der Nachricht von Oberst-
leutnant Jameson fluchtartig verlassen und sich an Bord der
„Vulture" begeben, die inzwischen New York erreicht haben musste.
Unverrichteter Dinge begab sich Major von Heer nach Tappan.

Unterdessen traf Captain Muller mit seiner Einheit in Old Salem ein.
Oberst Sheldon legte er seine Order vor und übergab ihm den Gefangenen.
Sobald Major André abgeführt und unter Arrest gesetzt worden war,
bat Oberst Sheldon den Captain in sein Amtszimmer.
„Captain, kurz vor Ihrer Ankunft erreichte mich durch Eilkurier
dieses Billett von General Washington. Bitte lesen Sie." Er händigte
ihm das Billett aus.
Darin ordnete der Oberbefehlshaber an, dass besagter „Mr. Anderson" schnellstmöglich ins Hauptquartier nach Tappan gebracht
werden solle, damit dort, aufgrund der erdrückenden Beweise, der
Prozess gegen ihn eröffnet werde.
„Captain, ich bitte Sie, diesen Transport mit Ihren Männern zu übernehmen, da ich durch die Aktivitäten der Briten und ihrer Loyalistenbanden in dieser Gegend beim besten Willen keinen Mann
entbehren kann."

„Sie haben mein Wort. Wir werden den Gefangenen unverzüglich ins Hauptquartier transportieren.“
„Heute kommen Sie nicht mehr weit, Captain. Es reicht morgen früh. Stärken Sie sich und Ihre Männer und nehmen Sie eine Mütze voll Schlaf, bis es für Sie weiter geht. Für den Transport des Gefangenen stelle ich Ihnen einen vergitterten Gefängniswagen zur Verfügung.“
„Ich danke Ihnen für Ihre Unterstützung und Ihre Gastfreundschaft, Colonel, Sir.“
„Das ist doch selbstverständlich in einer solch brisanten Situation, Captain.“

Am nächsten Morgen suchte Captain Muller den Gefangenen in seiner Gefängniszelle auf.
„Mr. Anderson, Sie werden durch meine Eskorte in das Hauptquartier der Continental Army nach Tappan überführt“, eröffnete er ihm.
„Ich denke, dass ich nach West Point zur Anhörung gebracht werde?“
„Da Sie unter dem dringenden Verdacht stehen, ein Spion zu sein, wird keine Anhörung erfolgen, sondern der Prozess gegen Sie im Hauptquartier der Continental Army eröffnet. Können Sie es einrichten, in einer Stunde reisefertig zu sein?“
„Mir bleibt wohl nichts Anderes übrig.“
„Dem ist so, Mr. Anderson.“
Bis zuletzt hatte Major André gehofft, doch noch zu entkommen. Er hatte verloren und als er sogar in einen Gefängniswagen steigen musste, wurde ihm klar, dass ihm nur noch die Flucht nach vorne blieb.

Während der Fahrt zum Hauptquartier kam Major André zu der
Überzeugung, dass er als Kriegsgefangener behandelt werden müsse
und General Clinton ihn bald freikaufen werde.

Als der Transport in Tappan ankam, wurden sie bereits von Major
von Heer erwartet, der den Gefangenen in einem soliden Haus, in
dem eine Gaststätte betrieben wurde, die den Namen „Mabie`s Inn"
trug, unter strenger Bewachung festsetzen ließ. Zusätzlich wurden
um das Haus doppelte Wachen aufgestellt.

Tags darauf traf General Washington ein. Bereits von Hartford aus
hatte er durch Eilkuriere die vierzehn höchsten Offiziere der Armee
über den Stand der Dinge unterrichtet und sie, sofern sie nicht bereits in Tappan ihren Dienst versahen, ins Hauptquartier einbestellt.
Noch während er sich einrichtete, bat er Fritz zu sich.

„Baron, ich habe einen meiner größten Fehler begangen und dem
Verräter Arnold, der einmal mein Freund war, blind vertraut. Aus
tiefstem Herzen möchte ich mich aufrichtig bei Ihnen und Miss
Richter für mein schlechtes Betragen in dieser Angelegenheit entschuldigen. Ich hätte Ihre Feststellungen prüfen müssen."

„Es ist ja noch einmal gut gegangen, General."

„Dank Ihren Anweisungen, die Sie in unbefugter Weise an die Posten
links des Hudsons haben ausgeben lassen."

„Auch in dem Bewusstsein, Sie, General, damit zu übergehen,
empfand ich es als meine Pflicht, den schlimmsten Schaden von der
Armee abzuwenden."

„Sie haben recht gehandelt, Baron, und ich verzeihe Ihnen Ihr kleines
Vergehen. Künftig werde ich Ihrem Wort noch mehr Gehör schenk-
en, als ich es ohnehin schon tue. Bedauerlich ist nur, dass diesem
Verräter die Flucht gelungen ist."

„Sie sagen es."

„Baron, auch wenn Sie ein Ausländer sind, ist es mein ausdrücklicher
Wunsch, dass Sie in dem Prozess gegen diesen hochrangigen Spion

dem Gericht angehören, das aus den vierzehn höchsten amerikanischen Offizieren bestehen wird. Sie werden mit Major General Greene und Brigadegeneral Knox den Vorsitz führen. Das bin ich Ihnen schuldig."

„General, ich danke Ihnen für diese Ehre, der Gerechtigkeit dienen zu dürfen. Doch weiß ich nicht, ob meine Englischkenntnisse dazu ausreichen."

„Inzwischen sprechen Sie besser Englisch, als Sie glauben, seien Sie sich dessen gewiss. Bei Witzen lachen Sie inzwischen auch nicht immer als Letzter und Sie lernen ja jeden Tag neu hinzu. - Wie Sie sehen, befinde ich mich noch beim Einrichten. Ich würde mich freuen, Sie Morgen mit Greene und Knox gegen ein Uhr zum Mittagessen begrüßen zu dürfen."

Am 28. September fand in der reformierten Kirche von Tappan der erste Verhandlungstag im Prozess der Vereinigten Staaten von Amerika gegen John Anderson unter dem ersten Vorsitzenden Major General Greene statt.

Als Zeugen waren Oberstleutnant Jameson, Major Tallmadge, John Plauding, David Williams, Isaak van Wart und Joshua Hett-Smith geladen, der sich selbst als Zeuge gemeldet hatte.

Gelassen und ruhig saß Major André auf der Anklagebank vor den erhöht sitzenden Richtern und lauschte aufmerksam den Worten des ersten Vorsitzenden, der die Anklageschrift verlas.

Die Anklage lautete auf Spionage in besonders schwerem Fall.

Als Greene ihn nach seinen Personalien befragte, lächelte er ganz leise. Nicht ohne Stolz in seiner Haltung und Stimme antworte er:

„Mein Name ist John André, ich wurde am 2. Mai 1750 in London geboren, ich bin Major im Dienst seiner Majestät, des Königs von Großbritannien, Generaladjutant des Oberkommandierenden der Truppen des Vereinigten Königreichs in den nordamerikanischen

Kolonien und Leiter des britischen Nachrichtendienstes daselbst und verlange, nicht als angeklagter Spion sondern als Kriegsgefangener zu gelten."

„Ob Sie als Kriegsgefangener anzusehen sind, Major, wird in dieser Verhandlung festgestellt werden", antwortete ihm Greene.

Für den weiteren Prozessverlauf hatte sich Major André entschlossen, freimütig alle Fragen zu beantworten und sämtliche Details der Verschwörung zu benennen.

Nur als er nach den Namen der beauftragten Kuriere befragt wurde, sprach er von wechselnden Kurieren, von deren Namen er keine Kenntnis besitze, da General Clinton allein die Auswahl getroffen habe. Auf keinen Fall wollte er Maria enttarnen, zumal er der festen Überzeugung war, dass sie der Krone diene.

Die Befragung der Zeugen war bereits am Nachmittag abgeschlossen, da Major André, in der Gewissheit ein Kriegsgefangener zu sein, deren Aussagen wahrheitsgemäß und in vollem Umfang bestätigte. Damit war die Beweisaufnahme abgeschlossen und der Major um sein Schlusswort gebeten.

„Hohes Gericht", begann er, „in diesem Verfahren gegen mich habe ich dem hohen Gericht meine gesamten Handlungen in dieser Sache offen gelegt. Bei meiner Gefangennahme stand es mir zu, als Soldat meine Identität zu verweigern. Seit Beginn dieses Verfahrens wissen Sie nun um meine wahre Identität und meine Funktion in der Armee des Vereinigten Königreiches von Großbritannien. Sie kennen all die Befehle, die ich in dieser Angelegenheit von dem Oberkommandierenden der Truppen des Vereinigten Königreiches in den Nordamerikanischen Kolonien erhalten habe. Ich habe auf Befehl gehandelt und nicht aus freien Stücken, weder erhielt ich Geld für diesen Auftrag, noch wurde es mir in Aussicht gestellt. Daher be-trachte ich mich nicht als Spion sondern als Soldat, der den Befehlen gehorchte und der versuchte, diese in treuem Gewissen gegenüber seinem Vaterland auszuführen."

Die Vorsitzenden des Gerichts nahmen die Aussage ungerührt zur Kenntnis und setzten die Urteilsverkündung auf den nächsten Tag, zehn Uhr, fest. Anschließend zog sich das Gericht zur Beratung zurück.

Fritz war aufs tiefste betroffen. Auch die Gesichter der anderen Offiziere verrieten ihre Beklommenheit, Knox standen gar Tränen in den Augen.

Fritz fasste sich als erster.

„Gentlemen, es ist sehr bedauerlich, einem solch jungen, sympathischen und aufstrebenden Offizier, der wahrhaft ein Gentleman ist, nicht helfen zu können. Er hat alles gestanden, aber er wurde in Zivilkleidung aufgegriffen. So schwer es mir auch fällt, kann es nur ein Urteil geben."

„Tod durch Erhängen", führte Greene seine Gedanken zu Ende.

„Er ist Offizier, kann er denn nicht wenigstens durch ein Erschiessungskommando exekutiert werden, das wäre seiner Ehre gerecht", warf Knox ein.

„Die Briten hängen jeden der gefangenen Milizen, da sie keine Uniform tragen. Sollen wir nur, weil er Offizier ist, anders handeln? Es würde als Zeichen gedeutet werden, dass wir im Geheimen die Briten noch immer als unsere Obrigkeit anerkennen. Wir müssen ein deutliches Zeichen setzen", stellte Anthony Wayne fest.

„Gut, wie lautet Ihr Urteil, Gentlemen?", fragte Greene.

„Tod durch Erhängen", antwortete Knox.

„Tod durch Erhängen", schloss sich Fritz an.

Auch die anderen Offiziere sprachen sich für die Todesstrafe durch Erhängen aus.

„Somit beschlossen – dem Gerichtsschreiber werde ich die Urteilsbegründung diktieren. Das Gericht trifft sich morgen um zehn Uhr
zur Urteilsverkündung in der Kirche."
Auf dem Flur wurden sie von General Washington erwartet.
„Hohes Gericht, sind Sie zu einem Urteil gekommen?"
„Das sind wir, General", antwortete Greene.
„Gentlemen, ich muss Sie nochmals in den Besprechungsraum
bitten, da mich gestern eine Nachricht Generals Clinton erreicht hat,
die ich Ihnen jetzt, nachdem Sie das Urteil gefällt haben, nicht vor-
enthalten möchte."
Nachdem sie wieder Platz genommen hatten, holte Washington ein
Billett aus seiner Rocktasche, entfaltete es und reichte es in die
Runde.
In diesem Schreiben drohte der britische Oberkommandierende, er
werde, sollte Major André auch nur ein Leid widerfahren, die vierzig
angesehensten Bürger South Carolinas hängen lassen.
„Diese Drohung ist unerhört und unakzeptabel. Wir lassen uns doch
nicht erpressen!", empörte sich Fritz.
Auch die anderen Offiziere äußerten ihre Empörung und stimmten
Fritz uneingeschränkt zu.
„Gentlemen, genau diese Haltung habe ich von Ihnen erwartet. Wie
immer das Urteil des Hohen Gerichts auch ausgefallen sein mag, so
werde ich es morgen ratifizieren."

Am nächsten Morgen eröffnete Generalmajor Greene den zweiten
Prozesstag.
„Major John André, das Gericht ist zu einem Urteil gekommen,
treten Sie vor", forderte Greene den Angeklagten auf.
Sobald sich der Major vor den drei Vorsitzenden postiert hatte, verlas
Greene das Urteil.

„John André, Major in der Armee des Vereinigten Königreiches von
Großbritannien, Sie sind der Spionage in besonders schwerem Fall
für schuldig befunden worden und hiermit zum Tode verurteilt. Sie
werden solange am Halse aufgehängt, bis sie tot sind.
Ihre Hinrichtung ist auf den 2. Oktober festgesetzt.
Die Urteilsbegründung lautet wie folgt:
Um den Vereinigten Staaten von Amerika großen Schaden zu zufügen, haben Sie als Spion versucht, geheime Dokumente von äußerster Wichtigkeit, die Sie von dem flüchtigen Verräter Major General
Benedikt Arnold erhalten haben, an Ihren Auftraggeber, dem brit-
ischen Oberkommandierenden General Clinton, zu überbringen und
ihm diese auch auszuhändigen. Bei diesem Versuch wurden Sie in
Zivilkleidung aufgegriffen und nach Überprüfung der vorgefunden
Beweise festgenommen. Major André, obwohl das Gericht Ihre
aufrichtigen und freimütigen Aussagen würdigend zur Kenntnis
genommen hat, kann es dennoch zu keinem anderen Urteil kommen.
Haben Sie zu dem gegen Sie verhängten Urteil noch etwas zu sagen,
Major?“
„Hohes Gericht, ja, das habe ich. Als Offizier, der nur treu nach
seinen erhaltenen Befehlen gehandelt hat, bitte ich darum, von einem
Exekutionskommando erschossen zu werden, damit mir der schänd-
liche Tod am Galgen erspart bleibt“, antwortete Major André standhaft, dem nicht die geringste Gefühlsregung anzusehen war.
„Ihrem Wunsch kann nicht entsprochen werden, Major. Das Militär-
gerichtsverfahren gegen Sie, Major André, ist hiermit abgeschlossen
– Gott sei Ihrer Seele gnädig!“

Der Major wurde zurück ins „Mabie's Inn“ gebracht, wo er die
letzten drei Tage seines Lebens verbrachte. Während dieser kurzen
Zeit nahm er in vielen Briefen Abschied von seiner Familie und

Freunden und regelte in seinem Testament gewissenhaft seinen Nachlass.

Jeden Tag suchte ihn der Pfarrer der reformierten Kirche auf. Bei diesen Besuchen kam kein Wort der Klage über seine Lippen, da er in Frieden mit seinem noch jungen Leben abschließen wollte.

Nur einmal äußerte er gegenüber dem Pfarrer: „Lieber Pfarrer, in Kriegszeiten muss man als Soldat stets mit dem Tod rechnen. Ich hoffte, dass mir diese kleine Eitelkeit aufrecht stehend, durch Kugeln zu sterben, vergönnt sei und nicht wie ein gemeiner Verbrecher am Galgen zu enden."

Oft lasen sie gemeinsam in der Bibel und diskutierten über das Gelesene. Dabei war der Major, als bekennender Calvinist, dessen Vorfahren aus dem katholischen Frankreich in das britische Asyl hatten fliehen müssen, sehr vom Geist seines Glaubens geprägt.

Der Morgen des 2. Oktober brach an.

Dunstschleier schwebten über dem Boden, es sollte nicht mehr lange dauern, bis sie von der Sonne vollends aufgesogen wurden.

Auf dem Exerzierfeld war der Galgen aufgebaut worden. Sämtliche im Lager anwesenden Regimenter waren in einem Karree um die Hinrichtungsstätte herum angetreten.

Vor dem Schafott hatten die vierzehn Mitglieder des Militärgerichts zu Pferd Aufstellung genommen und erwarteten den Delinquenten, der in einer Droschke saß und von dem Pfarrer und einer berittenen Eskorte der Life Guard auf seinem letzten Gang begleitet wurde.

Zu seinem Henker war ein gefangener Loyalist verpflichtet worden, dem man für die Vollstreckung der Strafe die Freiheit versprochen hatte.

Nachdem die Droschke vor dem Galgen anhielt und Major André sowie der Pfarrer ausgestiegen waren, beteten sie gemeinsam das „Vater Unser".

Danach musste der Major den Karren besteigen, der unter dem
Galgen stand und vor dem ein Esel eingespannt war, dessen Zügel
von zwei Soldaten gehalten wurden. Auch der Pfarrer stieg auf den
Karren. Laut las er den 23. Psalm "Der Herr ist mein Hirte....".
Als der Henker dem Major die Hände auf den Rücken binden wollte,
sah ihn dieser entrüstet an.
„Ich bitte Sie, das wird nicht nötig sein.“
Fragend blickte der Henker zu Generalmajor Greene hinüber. Ein
Kopfnicken bestätigte ihm, der Bitte des Majors zu entsprechen.
Bereitwillig stellte sich der Major unter die Schlaufe des Stricks.
Bei der Prozedur, die nun begann, zeigte sich der Delinquent weitaus
gelassener als sein Henker, dem die Hände zitterten.
„Es ist wohl Ihre erste Hinrichtung, Mister“, bemerkte der Major.
„Ich bin ein gefangener Loyalist und man hat mir für diesen Dienst
die Freiheit versprochen, um nicht selbst am Galgen zu enden, Sir,
Major, Sir.“
„Ihrer Freiheit möchte ich nicht im Wege stehen. Darf ich Ihnen
behilflich sein?“
„Wie meinen Sie das?“
„Geben Sie dem Strick zwei Yards Spiel, das dürfte reichen, damit
mein Genick auf der Stelle bricht.“
Mit zittrigen Händen verfuhr der Henker, wie ihm der Major aufge-
tragen hatte.
„Sie gestatten?“
Nun geschah etwas, womit niemand gerechnet hatte. Major André
legte sich die Schlinge selbst um den Hals und zog sie fest.
„Damit Ihnen kein Fehler unterläuft.“
„Ich danke Ihnen Sir, Major, Sir – vergeben Sie mir?“
„Ich vergebe Ihnen von ganzem Herzen und wünsche Ihnen viel
Glück in Ihrer neu gewonnen Freiheit.“

Generalmajor Greene entfaltete ein Dokument und verlass noch einmal das Urteil.

„Haben Sie ein letztes Wort, Major?"

„Alles, was ich zu sagen hatte, habe ich während des Prozesses gesagt – ich bin bereit."

„Gott sei Ihrer Seele gnädig, Major."

„Das denke ich, wird er sein, Major General."

Der Pfarrer betete erneut den 23. Psalm, doch der einsetzende Trommelwirbel übertönte seine Worte, dennoch fuhr er unverdrossen fort.

Der Trommelwirbel brach ab.

Die beiden Soldaten führten den Esel mit der Karre vom Galgen weg.

Major André tanzte keinen Galgentanz, nur sein linkes Bein zitterte für einige Augenblicke. Er musste auf der Stelle tot gewesen sein.

Tief berührt zog Fritz vor dem Toten seinen Hut und beugte sein Haupt. Die Offiziere des Kriegsgerichts folgten seinem Beispiel.

Danach verließen sie schweigend die Richtstätte. Jeder war betroffen von dem Geschehen, aber auch voll Bewunderung für den Major, der bis zuletzt Haltung und Würde bewahrt hatte.

Für die Dauer einer Stunde blieb der leblose Körper am Galgen hängen. Nach der festgesetzten Zeit wurde der Strick mit einer Axt durchtrennt.

Ein Regimentsfeldscher stellte den Tod fest, der Leichnam wurde in eine einfach gezimmerte Holzkiste gelegt. Anschließend wurde die sterbliche Hülle des Majors John André in einer Ecke des Kirchhofs beigesetzt.

8. Kapitel

Herbst/Winter 1780/1781
Auf Messers Schneide

In den darauf folgenden Tagen wartete Fritz vergebens auf eine
Nachricht von Maria. Major André hatte ihren Namen während des
Prozesses nicht genannt. Das nährte seine Hoffnung, dass sie sich bei
den Briten in Sicherheit befand. Jetzt wartete er sehnsüchtig auf ein
Lebenszeichen von ihr, zumal die Tage näher rückten, um mit
Generalmajor Greene in den Süden aufzubrechen.
Von dort hatte er mehrere Briefe von seinem Freund Peter Mühlen-
berg erhalten, der mit dem 8. Deutschen Regiment Pennsylvania
Virginia verteidigte und dringend um Verstärkung bat, da inzwischen
die Briten an der Chesapeake Bay, nördlich der Mündung des
Rappahannock Rivers, mit einem Kontingent von 3.000 Mann unter
General Leslie gelandet waren.
Die kümmerlichen Reste der bei Camden vernichtend geschlagenen
Süd-Armee und die Milizen Süd-Carolinas leisteten unter verschie-
denen lokalen Anführen den vordringenden Briten in einem Guerillakrieg Widerstand, sie wurden aber mehr und mehr zum Rückzug
gezwungen und die Nachrichten, die von dort beim Hauptquartier
eingingen, waren reinste Hilferufe.
Als Fritz noch immer kein Lebenszeichen von Maria erhalten hatte,
sandte er im Geheimauftrag seinen Adjutanten Benjamin Walker
nach New York, um Nachforschungen anzustellen.
Ohne Erfolg kehrte Benjamin von dort zurück.
Marias Teilhaber und Geschäftspartner waren selbst erstaunt über
dieses Verhalten von Miss Richter, das sie von ihr nicht gewohnt

waren. Von ihnen erfuhr Benjamin auch, dass der britische Geheimdienst ebenfalls Nachforschen über ihren Verbleib angestellt hatte.
So war seine Hoffnung, Maria könnte in New York unter dem Schutz der Briten ihren gewohnten Verpflichtungen und Interessen nachgehen, verflogen.
In größter Sorge um sie brach Fritz schließlich mit Greene und einem kleinen, aber gut ausgebildeten Kontingent in die Ungewissheit nach Süden auf.

Mitte November trafen sie im Bundesstaat Virginia ein.
Dieser Staat galt wegen seiner fruchtbaren Böden als Kornkammer Amerikas. Dies und seine Lage zwischen den Kriegsschauplätzen im Norden und Süden sowie seine ungeschützte Küste mit den großen, tief ins Land reichenden schiffbaren Flüssen lud die Briten geradezu ein, von See her einzufallen, was sie bereits mit der Anlandung am Rappahannock River demonstriert hatten. Ihr Ziel war ohne Zweifel, die Continental Army an neue Kriegsschauplätze zu binden, um so deren Positionen im Norden und Süden zu schwächen.
Um sich eine Basis zu schaffen, hatte ein durch Fritz beauftragtes Vorauskommando in Chesterfield, nahe der derzeitigen Hauptstadt Richmond gelegen, sein Hauptquartier eingerichtet. Doch was die Ankommenden dort vorfanden, spottete jeder Beschreibung. Anstelle der 5.000 Mann, die Gouverneur Jefferson der Armee versprochen hatte, trafen sie gerade einmal 400 Rekruten an, darunter waren auch 62 Sklaven, die an Stelle ihrer Besitzer geschickt worden waren.
Auf Nachfrage erfuhr Fritz, dass diese Methode in diesem Staat durchaus legitim sei.
Erwartungsgemäß besaß keiner der Sklaven Erfahrung im Umgang mit Schusswaffen. Außerdem weigerten sich die weißen Rekruten, ihre Zelte mit einem Schwarzen zu teilen und drohten gar, ihren Dienst zu quittieren, sollten diese „Nigger“ an Schusswaffen ausge-

bildet werden. Die Sklaven seien noch immer Eigentum ihrer Herren
und allein dazu da, die niederen Arbeiten zu verrichten. Sie verlang-
ten außerdem, dass die Sklaven nicht die gleiche Verpflegung erhalten
und keine Uniform tragen dürften.
Fritz war außer sich und beschwerte sich daraufhin bei Greene.
„Und diese Menschen wollen Christen sein? Diese Schwarzen sollen
anstelle ihrer Herren für die Freiheit dieser Staaten kämpfen, das
einzige, was sie dabei von uns unterscheidet, ist ihre Hautfarbe. Sie
haben ihr gutes Recht, gleich behandelt zu werden wie die Weißen!“
„Du musst verstehen, dass im ganzen Süden die Wirtschaft auf
Sklavenarbeit aufgebaut ist. Man darf ihnen nicht im Geringsten den
Anschein geben, auch nur annähernd einem Weißen gleichgestellt zu
sein. Man muss sie wie Kinder behandeln, und wenn sie nicht ge-
horchen, bekommen sie eben Schläge.“
„Glaubst Du das wirklich, was Du da sagst?“ Fritz war entsetzt.
„Ja, so ist das nun einmal im stolzen Süden.“
Notgedrungen musste Fritz nachgeben und die Schwarzen in ge-
sonderten und abseits errichteten Zelten unterbringen. Er wurde
sogar genötigt, Wachen für sie abzustellen, um sie an der Flucht zu
hindern.
Am nächsten Morgen ließ Fritz die 62 Sklaven antreten.
„Gentlemen! Um keinen Unfrieden zu stiften, wurde ich zu diesen
Maßnahmen gezwungen. Ich bedaure das, aber vielleicht ändern
sich diese Umstände für Sie ja bald.“
„Massa, darf ich sprechen?“ fragte einer von ihnen.
„Ich bitte darum. Außerdem heiße ich nicht „Massa“, sondern Major
General von Steuben.“
„Nichts wird sich ändern, Massa. Sie sind Ausländer und kennen die
Verhältnisse hier nicht. Es wird immer so bleiben.“
„Wir werden sehen, Gentlemen. Und seien Sie sich dessen gewiss,
dass ich ein wachsames Auge darauf werfen werde, wie man Sie

behandelt. Noch eines, Gentlemen, gewöhnen Sie sich an, mich nicht
„Massa" zu nennen. – Wegtreten!"
Unter diesen widrigen Umständen sah sich Fritz außerstande, das
Regiment von Brigadegeneral Mühlenberg und die Süd-Armee zu
verstärken.
Trotz der misslichen Lage in Virginia marschierte Greene seinem
Auftrag gemäß mit seinem Kontingent weiter zu den Truppen der
Süd-Armee, die sich inzwischen nach North Carolina zurückgezogen
hatten und ihn dort dringend erwarteten.
Aus Sicherheitsgründen war der Sitz der Regierung und des Parla-
ments nach Richmond verlegt worden, da die Hauptstadt
Williamsburg wegen ihrer exponierten Lage am schiffbaren Unter-
lauf des James River durch Angriffe der Briten gefährdet war.
Als Oberbefehlshaber der Truppen des Staates Virginia stattete Fritz
eine Woche nach seiner Ankunft dem Gouverneur des Staats,
Thomas Jefferson, pflichtgemäß seinen Antrittsbesuch ab.
Trotz aller diplomatischen Höflichkeiten war es ihnen von Beginn an
nicht möglich, ihre unterschiedlichen Anschauungen und Vorgehens-
weisen zur Kriegsführung zu überbrücken.
Fritz wies darauf hin, dass vom Kongress der Notstand für die
Vereinigten Staaten von Amerika ausgerufen sei. Die Kriegszeiten
zwängen dazu, dass er als Oberbefehlshaber der Truppen in diesem
Staat nicht nur absolute Handlungsfreiheit sondern auch die volle
Unterstützung des Parlaments von Virginia verlangen müsse. Die
Regierung habe ihm zu zuarbeiten, damit er eine handlungsfähige
Armee aufbauen könne, um mit dieser die Verteidigung des Staates
zu garantieren.
Diese strikten Forderungen verärgerten den Republikaner Jefferson
vollends. Er lehnte nicht nur sämtliche Forderungen ab, sondern
bestritt auch, dass der Major General irgendwelche eigenmächtige
Befugnisse hier in Virginia habe. Nur das demokratisch gewählte

Parlament könne kriegerische Handlungen beschließen, die der
Oberbefehlshaber der Truppen dieses Staates dann umzusetzen habe.
Daraufhin beschloss Fritz, ihm die gefährliche Lage des Staates
bildhaft darzulegen.
„Gouverneur, waren Sie jemals ein Militär?"
„Zu meinem Glück war ich das nie."
„Dann sollten Sie den Rat eines erfahrenen Soldaten beherzigen,
damit der Staat Virginia weiterhin von Bestand bleibt und ihn sich
nicht die Briten aneignen. Darf ich Ihnen anhand einer Karte auf-
zeigen, in welch schwieriger Lage wir uns befinden?"
„Sie dürfen."
Auf dem geräumigen Konferenztisch breitete Fritz eine Karte von
Virginia aus.
Zunächst wies Fritz auf die Invasion der Briten an der Chesapeake
Bay hin und versuchte, Jefferson davon zu überzeugen, dass auf-
grund dieser gefährlichen Bedrohung wirkungsvolle Gegenmas-
snahmen eingeleitet werden müssen, um Brigadegeneral Mühlenberg
und sein Regiment in ihrem Abwehrkampf zu unterstützen.
„Außerdem ist es absolut erforderlich, dass in Virginia eine starke
Basis für die Süd-Armee aufgebaut werden muss, von wo aus dieser
regelmäßig Nachschub zugeführt werden kann. Dies ist eine Anord-
nung sowohl der Regierung der Vereinigten Staaten als auch die des
Oberbefehlshabers General Washington. Ich benötige für meine
Entscheidungen keine Genehmigungen der Regierung oder die des
Parlaments des Staates Virginia. Um dem Befehl General Washing-
tons Folge zu leisten, verlange ich alleinige Befehlsgewalt über die
Truppen in diesem Staat und deren Vorgehensweise."
Wie zu erwarten war, lehnte Jefferson diese Forderung kategorisch
ab.

Bis diese Angelegenheit von der Regierung der Vereinigten Staaten und durch General George Washington endgültig geregelt ist, werde ich das Armeedepot in Chesterfield öffnen lassen."

„Wie ich bereits erwähnte, benötigen Sie dazu die Genehmigung des Parlaments das Staates Virginia."

„Bis wann kann ich mit dem Beschluss rechnen?"

„Ich denke, dass Sie in einer Woche über das Arsenal verfügen können."

„In einer Woche!" rief Fritz entrüstet.

„Sie müssen sich eben gedulden, Major General."

Als sie auseinander gingen, wusste Fritz, dass er in Virginia nicht nur in den Briten einen Gegner hatte.

Zurück in Chesterfield erfasste ihn beim Anblick der Truppe das kalte Grauen. Ein armseliger Haufen, der sich Musterkompanie nannte, wurde im strömenden Regen von Benjamin Walker und Sergeant Knoepfle gedrillt. Imaginär übten die Leute mit Stöcken das Laden und Schießen.

„Tag, Chef", begrüßte ihn der Sergeant, „könne wir über des Magazin verfüge und werden wir mit Nachschub versorgt?"

„Nichts dergleichen, allerdings mit den besten Empfehlungen von Gouverneur Jefferson."

„Und mit was sollen wir jetzt kämpfen? Außerdem muss der Ranze spanne, gell, Chef."

„Irgendwas wird uns schon einfallen. Im Organisieren und Improvisieren sind wir ja geübt."

„Klar, Chef."

„Gibt es Nachrichten von Captain Richter?", fragte er Benjamin.

„Keine, Herr Generalmajor."

„Sergeant Knoepfle!"

„Chef?"

„Fluchen Sie auf Englisch für mich und schleifen Sie mir diesen erbärmlichen Haufen."

„Wird erledigt, Chef."

Als der Sergeant loslegte, setzte Fritz ein zufriedenes Lächeln auf. Am folgenden Tag befahl er, trotz fehlender Genehmigung des Parlaments, das Militärmagazin von Chesterfield öffnen zu lassen, um die wenigen Männer, die ihm zur Verfügung standen, wenigstens ausrüsten zu können.

Mit dem Verwalter des Magazins, der zugleich Bürgermeister und Hauptmann der Miliz war, die bis dahin das Arsenal gesichert hatte, führte er eine Inspektion der Waffenkammern durch. Dort lagen Waffen, Munition und Ausrüstung für mehr als 1.000 Mann bereit. Aber das Arsenal war in einem desolaten Zustand. Die Waffen hatten Rost angesetzt, ebenso die vier Kanonen, die noch aus dem Kolonialkrieg zwischen den Briten und Franzosen stammten. Allein das Werkzeug, die Fuhrwerke und das Schießpulver hatten keinen Schaden genommen.

„Wie kann so etwas geschehen?", Fritz konnte es nicht fassen, dass die Verteidigung des Staates so vernachlässigt werden konnte.

„Major General, seit Ausbruch des Krieges habe ich siebzehn Eingaben beim Parlament eingereicht und auf die Mängel des Magazins hingewiesen. Aber ich wurde stets mit leeren Versprechungen abgespeist. Inzwischen haben die Bürger, die der Miliz angehören, mit ihren privaten Mitteln zur Selbsthilfe gegriffen, um wenigstens das Nötigste instand zu halten."

„Ich verstehe, Herr Bürgermeister. Ich bitte Sie im Namen der Vereinigten Staaten um Ihre tatkräftige Unterstützung, damit wir die Waffen wieder in gebrauchsfähigem Zustand versetzen können."

„Inwieweit kann ich Ihnen dabei behilflich sein?"

„Wir benötigen Schleifpapier und Schmiermittel, und das in großen Mengen, sowie Bauholz für die Blockhütten, damit die Männer ein festes Dach über dem Kopf haben und über eine Feuerstelle verfügen.“

„Gut, ich werde an die Einwohner der Stadt und die der Umgebung appellieren, die Armee mit dem, was sie entbehren können, zu unterstützen.“

„Haben Sie meinen aufrichtigen Dank, Herr Bürgermeister, doch kann ich den Bürgern nur mit Quittungen dienen, deren Wert sie nach dem Krieg bei der Regierung einfordern können.“

„Ich verstehe, Sir.“

Am Abend setzte Fritz ein Schreiben an Gouverneur Jefferson mit der Frage auf, ob sich die anderen Militärmagazine des Staates in einem ähnlich erschreckenden Zustand befänden.

Sobald die Gemeindediener den Appell des Bürgermeisters ausgerufen hatten, staunte Fritz über die Resonanz, die daraufhin erfolgte. Teilweise standen die Leute Schlange, nicht nur um das dringend benötigte Material sondern auch um Lebensmittel oder warme Kleidung und Decken abzugeben. Quittungen verlangte kaum jemand. Viele Familien nahmen sogar Rekruten in ihre Häuser auf. Jedem, der die Armee unterstützte, dankte Fritz persönlich, führte das eine oder andere Gespräch und ließ sich auch gerne zum Essen einladen, zumal es für seine Gastgeber eine große Ehre war, einen solch bedeutenden Mann wie ihn bewirten zu dürfen.

Außer mit stundenlangem Exerzieren verbrachten die Rekruten die folgenden Wochen mit der Reinigung und Instandsetzung der Waffen sowie dem Errichten der Blockhütten.

Fritz hatte einen unerfreulichen Brief von Gouverneur Jefferson erhalten, was ihn nicht weiter erstaunte, eine solche Reaktion hatte er erwartet, ja geradezu herausgefordert.

Jefferson und der Vorsitzende des Parlaments, der den Brief mit unterzeichnet hatte, warfen ihm darin Amtsmissbrauch vor. Um die Position des Parlaments des Staates von Virginia und ihres Gouverneurs zu untermauern, seien jeweils eine Abschrift des Briefes an den Kongress der Vereinigten Staaten und an General Washington geschickt worden.

In seinem Antwortschreiben beharrte Fritz auf seine Forderungen der alleinigen Befehlsgewalt, der Überstellung der zugesagten 5.000 Rekruten, der Lieferung von Waffen und weiterer Armeeausrüstung. Auch er sandte zwei Abschriften an den Kongress und an General Washington.

Es folgten Beschwerden und Gegenbeschwerden, der Ton wurde rauer, mit der Zeit blieben die Umgangsformen der Diplomatie immer mehr auf der Strecke.

Schließlich platze Fritz der Kragen. Die Bedrohung durch die anwesenden britischen Truppen am Rappahannock, denen Peter Mühlenberg mit dem 8. Deutschen Pennsylvania an Zahl weit unter legen war, zwang ihn, sich über die Beschlüsse und Gegenbeschlüsse der Regierung des Staates hinwegzusetzen. Er beschloss, selbst anwerben zu lassen. Seine Maßnahmen zeigten Wirkung, denn jeden Tag meldeten sich neue Rekruten, mit deren Ausbildung unverzüglich begonnen wurde.

Weil auch die Lieferung der Lebensmittel in unregelmäßigen Abständen erfolgte, hatte Fritz keine andere Wahl, als gegen Quittungen fouragieren zu lassen, um so die wachsende Armee am Leben zu erhalten.

Endlich erreichte Fritz auch einmal eine gute Nachricht. Mühlenberg war es mit seinem Regiment und den angeschlossenen Milizen in einem erbittert geführten Kleinkrieg gelungen, die Briten zum Rückzug zu zwingen, die sich daraufhin wieder eingeschifft hatten. Allerdings stand für Fritz fest, dass dies nur ein kleiner Vorgeschmack dessen war, was ihnen noch bevorstand. Denn wer Virginia besaß, der würde den Krieg gewinnen.

Die große Invasion der Briten, sie würde kommen und das bald, da war er sich ganz sicher. Doch wo sollte sie erfolgen? Strategisch gute Gegebenheiten gab es an den Küsten Virginias genug.
Fritz entschloss sich zu einer breit gefächerten Küstenverteidigung an den besonders für den Feind lohnenden Landungsmöglichkeiten.
Das inzwischen in Virginia eingetroffene Corps Lafayette beorderte er an seine nördlichste Verteidigungslinie, nahe des mittleren Verlaufs des Potomac Rivers, und Mühlenberg mit seinem kampferprobten Regiment südlich davon an das Ende des Rappahannock Fjords. So aufgestellt konnten diese beiden Kontingente, wenn notwendig, einander innerhalb von zwei Tagen zu Hilfe eilen.
Ihm selbst blieb die Aufgabe, am Unterlauf von James- und York River so schnell wie möglich eine starke Basis zu schaffen, damit er die strategisch wichtigen Städte Williamsburg, Richmond und Petersburg verteidigen konnte. Der Winter stand vor der Tür und das Wetter zeigte sich seit Wochen von seiner schlechten Seite.
Die leidigen Auseinandersetzungen mit Gouverneur Jefferson und dem Parlament hatten ihm einfach zu viel Zeit gekostet.
„Wenn nur dieser Dickschädel von Gouverneur Jefferson nicht wäre, dem sämtlicher Weitblick fehlt", bemerkte er nicht nur einmal im Kreis seiner Vertrauten.

Am ersten Tag des Jahres 1781 erreichte Fritz die durch Eilkurier überbrachte Nachricht, dass 27 große britische Transporter, von Kriegsschiffen begleitet, vor Gloucester Point gesichtet worden seien. Zwei Tage später erhielt er die Meldung, dass die Größe der Flotte beträchtlich sei und es sich um mehr als 60 Schiffe handle, darunter eine große Anzahl stark bewaffneter Kriegsschiffe, und dass die Flottenführung wohl beabsichtige, den breiten Unterlauf des James River hinauf zu fahren.

Es war Fritz klar, dass ihr Ziel die Hauptstadt Williamsburg ist, die
bei ausreichender Besatzung erfolgreich verteidigt werden könnte,
aber er verfügte nicht einmal annähernd über die Mittel dazu.
Trotzdem hieß es, in dieser kritischen Lage zu handeln.
Als Erstes schickte er ein gut ausgerüstetes Bataillon von 360 Mann,
das drei leichte Kanonen mit sich führte, nach Williamsburg zu
General Nelson, dem Befehlshaber der dort stationierten Virginia-
Miliz, mit dem Befehl, sobald die Briten sich näherten, sämtliche
kriegswichtigen Anlagen zu zerstören und solange hinhaltenden
Widerstand zu leisten, bis weitere Verstärkungen eintreffen würden.
Als Nächstes sandte er Peter Mühlenberg, der mit seinem Regiment
bei Fredericksburg stand, eine Depesche, dass er auf Richmond
marschieren solle.
An Weedon, der sich mit seinen Milizen südöstlich des 8. Deutschen
Pennsylvania Regiment am Rappahannock River nahe Tappahannock
befand, gab er den Befehl, Nelson umgehend zur Hilfe zu eilen.
Zuletzt sandte er eine Depesche an Lafayette, dessen starkes Corps
bei Woodbridge am mittleren Potomac River im Winterquartier lag,
mit der dringenden Bitte, in Eilmärschen ebenfalls auf Richmond zu
marschieren.
Sobald Fritz die ersten Anweisungen geregelt wusste, ritt er nach
Richmond zu Gouverneur Jefferson, der ihn mit seinen Beratern
empfing.
„Gouverneur, die Invasion ist da und wir haben den Briten nichts
entgegenzusetzen", konfrontierte er nach den Begrüßungsformali-
täten die anwesenden Honoratioren.
„Haben Ihre Bemühungen in Chesterfield denn nicht mehr erreicht?"
Jefferson sah ihn mit hochgezogenen Augenbrauen an.
„Unter den gegebenen Umständen habe ich ein Bataillon von 360
Mann nach Williamsburg befohlen, wo sie unter dem Befehl von
General Nelson stehen."

„Das ist nicht viel, - und zu welchem Zweck?", wollte der Gouverneur wissen.

„Um dort jede kriegswichtige Einrichtung zerstören zu lassen, sofern die Briten Anstalten treffen, die Stadt zu nehmen."

„An eine Verteidigung haben Sie nicht gedacht?"

„Womit denn?"

„Ihr Handeln ist eigenmächtig, Major General, und geschieht ohne Billigung der Regierung."

„Sie dient allein dem Zweck, diesen Staat und die Errungenschaften der Revolution zu erhalten. Eine Verteidigung von Williamsburg wäre in Anbetracht unserer Lage fatal. Nelson ist nicht einmal im Besitz eines Okulars."

„Major General von Steuben, wir werden uns und unseren Staat nicht in Ihre Hände geben, sondern wir glauben, das Recht zu haben, für uns selbst zu urteilen. Daher erwarten wir, dass jedes Unternehmen, das Sie planen, mit der Regierung dieses Staates abgesprochen wird."

Fritz sah in die Runde. Da saßen Juristen, Kaufleute und Plantagenbesitzer, deren Wohlstand auf Sklavenarbeit beruhte.

„In der Tat, Gentlemen, das wäre auch der Idealfall. Doch haben wir nun einmal Krieg, der einen Soldaten entsprechend der Gegebenheiten zwingt, unverzüglich zu handeln."

„Wie sehen Ihre weiteren Pläne aus, um der Invasion zu begegnen?"

„Es müssen umgehend Soldaten rekrutiert werden. Jede Familie soll dazu verpflichtet werden, wenigstens einen wehrtüchtigen Mann zu stellen."

„Mit Verlaub, Major General, die Exekutive hat nach den Gesetzen dieses Staates nicht das Recht, einen freien Mann ohne dessen Zustimmung, selbst im Sinne des Allgemeinwohls, zum Dienst einzuberufen und ebenso wenig können wir einen Sklaven ohne die Einwilligung seines Herrn dazu zwingen. Doch werden wir die zehn

Kreise des Staates anweisen, für die Armee bis zum 12. Februar 3.000 Mann zu stellen, die achtzehn Monate Dienst leisten sollen."

„Und wie gedenken die Kreise, die erforderliche Zahl aufzubringen?"

„Man wird an die Vernunft und ihren Patriotismus appellieren."

„Ist das Ihr Ernst?" Fritz konnte nicht glauben, was er da hörte.

„Allerdings, und die Mehrheit des Parlaments geht mit mir darin konform."

„In Anbetracht der Lage sollte man die Stimmen abwägen und nicht zählen."

„Wir sind eine Demokratie, Major General, und in einer Demokratie entscheidet nun einmal die Mehrheit."

„Darf ich Ihnen dennoch raten, Richmond umgehend in Verteidigungszustand versetzen zu lassen."

„Warum?"

„Wir müssen den Tatsachen ins Auge sehen und, mit Verlaub, weiß ich nicht, wie wir die Briten aufhalten sollen."

Gouverneur Jefferson sah ihn nachdenklich an. Zweifel lag in seinen Augen.

„Gut, für die Einkleidung und Waffen mag gesorgt werden", gab er zögerlich seine Zusage.

„Bis wann?"

„Sobald es möglich ist."

„Bis zu welchem Zeitpunkt ist das möglich?" Sein spöttischer Unterton war nicht zu überhören.

„Wie ich es gesagt habe."

„Wenn die Not am größten ist, bleibt der Verstand stets nur bei wenigen. Bedenken Sie das, Gentlemen, immerhin geht es um Ihren Hals!"

Mit losen Versprechungen im Gepäck kehrte Fritz im Morgengrauen nach Chesterfield zurück. In der Nacht hatte es zu schneien begonnen, gegen Morgen ging der Schneefall in einen Dauerregen über.

'Wenigstens steht das Wetter auf unserer Seite', dachte er.

Sergeant Knöpfe schleifte gerade eine Kompanie Rekruten, um ihnen die Grundbegriffe von Ordnung und Disziplin beizubringen.
„Gute Morge, Chef. Wie ist es g´wese?"
„Den Weg hätte ich mir sparen können. Sergeant Knöpfle, schleifen Sie mir die Leute, bis sie nicht mehr wissen, ob sie Männlein oder Weiblein sind und fluchen Sie auf Englisch für mich und das wie ein Heftchenmacher."
„Es heißt "Heftlemacher", gell, Chef", bemerkte der Sergeant.
„Egal, tun Sie es."
„Wird erledigt, Chef."
Als der Sergeant loslegte setzte Fritz ein zufriedenes Lächeln auf.
In seinem Quartier erwarteten ihn seine bewährten Mitstreiter Oberst Davis, sowie Oberst Gibson, William, Benjamin und Duponceau.
Fritz warf seinen nassen Mantel über einen Stuhl.
„Können wir mit Verstärkung rechnen?", fragte ihn Oberst Davis.
„Bedauere, Gentlemen, wir können mit gar nichts rechnen! - Gibt es Neuigkeiten?"
„Allerdings", antworte ihm William, „die Briten sind nahe Williamsburg an Land gegangen und haben General Nelson aufgefordert, die Stadt zu übergeben."
„Was hat er ihnen geantwortet?"
„Dass er die Stadt bis zum letzten Mann verteidigen werde."
„Wer führt die Briten?"
„Ein alter Bekannter, Sir, - Benedikt Arnold."
„Ha, der Verräter kann seine Rechnung mit dem Hölle machen! Gut, dass ich den Kerl so schnell vor die Klinge bekomme. Wo steht ihre Hauptmacht zurzeit?"
„Bei Westover, Sir."
„Wie stark sind sie?"

„Gut 4.000 Mann. Inzwischen ist noch ein weiterer Flottenverband gesichtet worden."
„Für die Briten ist Williamsburg nur eine Zwischenstation, ihr Ziel wird Richmond sein, um die Regierung gefangen zu nehmen - William, zum Diktat, es müssen Order ausgegeben werden."
Auch ohne Bewilligung der Regierung ordnete Fritz an, das Militärmagazin von Chesterfield auf dem Wasserweg nach Petersburg zu verlegen. Die Stadt lag am unteren Lauf des Appomattox River, einem Nebenfluss des James River, und wurde durch einen großen Wasserfall und einer Vielzahl von Stromschnellen geschützt. Oberst Gibson erhielt die Aufgabe, den Transport zu führen und den dortigen Stadtkommandanten Smallwood zu unterstützen. Zu den Bootsbesatzungen sollten auch sämtliche Sklaven gehören, denn Fritz wollte vermeiden, dass die unbewaffneten Schwarzen in mögliche Kampfhandlungen hineingezogen werden.
Das Unternehmen war nicht ungefährlich, da der James River wegen des seit Tagen andauernden schlechten Wetters leichtes Hochwasser führte.
Captain Schmidt schickte er voraus, um Boote für den Transport aufzutreiben.
Die Milizen, die vor Petersburg lagerten, wies er an, bei Hopewell, nahe der Mündung des Appomattox in den James River Stellung zu beziehen, damit sie die Verlegung des Magazins sicherten. Zur Unterstützung schickte er 70 Mann mit zwei Kanonen den Fluss hinab, um die Einheit bei Hopewell zu verstärken. Sie sollten mit ihren Kanonen das Feuer eröffnen, sobald sich die Briten zeigten.
Zuletzt verfasste er einen Aufruf, um auf diese Weise ein Corps Freiwilliger zu gewinnen, die den vorrückenden Feind von günstigen Punkten aus hartnäckig bekämpfen sollten.

Er selbst beabsichtige, solange in Chesterfield zu bleiben, bis er sicher wusste, wohin die Briten sich wenden würden, und um den Kontakt zur Regierung aufrecht zu erhalten.

Trotz des erhöhten Wasserstandes trafen zu seiner Überraschung unerwartet viele Boote und Lastkähne ein, die von Ortskundigen geführt wurden und die das leichte Hochwasser für unbedenklich hielten.

Der andauernde Regen hatte inzwischen die Wege im Lager in morastige und schlammige Pfade verwandelt, was den Soldaten und den Zugpferden sehr zu schaffen machte. Trotzdem herrschte den ganzen Tag über rege Betriebsamkeit, denn Eile war geboten. Immer wieder trieb Fritz die Leute an, koordinierte das Verladen und packte, wenn nötig, selbst mit an. Die Verlegung des Magazins musste abgeschlossen sein, bevor die Briten die Mündung des Appomattox erreicht hatten.

Das Unternehmen glückte, schneller als es Fritz erwartet hatte und ohne dabei auch nur ein Boot zu verlieren.

Drei Stunden nach der Ankunft des letzten Bootes in Petersburg blockierten die Briten mit vier Kanonenbooten die Mündung des Appomattox. Zuvor hatten sie ein starkes LandungsCorps unterstützt, das südlich der Verteidigungsstellung der Amerikaner an Land ging, welche sie in kürzester Zeit überrannten, da die dortige Miliz es versäumt hatte, sich rechtzeitig zurück zu ziehen. Ungefähr 100 Mann und sämtliche Geschütze fielen den Briten in die Hände, der Rest floh nach Petersburg, das inzwischen der Stadtkommandant in Verteidigungszustand hatte setzen lassen.

In Chesterfield konnte Fritz bis zum Abend von den erhofften Freiwilligen gerade einmal 100 Männer empfangen, bis zum nächsten Morgen waren es kaum mehr geworden. Das Kommando über diese Truppe gab Fritz dem ortskundigen Major Dick. Sie sollte auf das

linke Flussufer übersetzen, um Nelson zu unterstützen. Vor ihrem Aufbruch nahm Fritz noch eine Inspektion vor, nicht ohne den Männern einige aufmunternde Worte mit auf den Weg zu geben.
Als die Milizen schließlich in ihren gewachsten Mänteln, im Dauerregen abrückten, blickte er ihnen nachdenklich nach.
„Es ist mir unbegreiflich, der Feind steht vor ihrer Haustür und die Bevölkerung wehrt sich nicht", bemerkte er gegenüber Oberst Davis.
„Sie müssen verstehen, Major General, man weiß von der gewaltigen Übermacht der Briten und sie kennen unsere Unzulänglichkeiten. Viele der Einwohner in diesem Staat stehen zur Krone und sind eingefleischte Tories, der Rest will einfach nur in Ruhe gelassen werden. Außerdem ist das Wetter schlecht."
„Das Wetter ist schlecht! Wenn das alles ist!?" rief Fritz verächtlich.
„Chef, wir befinde uns in Virginia und als Uhrmacher sag ich Ihne, dass die Leut' hier ganz anders ticke", bemerkte Sergeant Knoepfle, der neben ihnen stand.
„Sergeant Knöpfle, unterlassen Sie ihre vorlauten Bemerkungen und sprechen Sie mich nur dann an, wenn Sie gefragt werden! Außerdem haben Sie mich mit Sir, Major General, Sir, oder Herr Generalmajor anzusprechen."
„Klar Chef! Aber wenn Sie einen Rat brauche, wisse Sie ja, wo ich zu finde bin."
„Bei Bedarf werde ich darauf zurückkommen. – Warum müssen Sie immer das letzte Wort haben?"
„Des isch halt so."

Der nächste Tag verlief, wie es Fritz befürchtet hatte. Die Einheiten der Milizen versagten auf der ganzen Linie und lösten sich beim Anblick des Feindes schnell auf. Allein nur die Truppe um General Nelson hielt sich tapfer. Seine Milizen versetzten den Briten immer

wieder Nadelstiche, konnten sie aber nicht am weiteren Vordringenden hindern.

Gegen Abend erhielt Fritz die Meldung, dass sich die Milizeinheit um
Major Dick bei General Nelson eingefunden habe, dieser nunmehr
über etwas mehr als sechshundert Mann verfüge und sich mit der
Truppe zwölf Meilen nördlich von Williamsburg in Tuchfühlung zur
britischen Hauptmacht befände, um diese aus dem Hinterhalt zu
bekämpfen.

Die Briten, die am Vortag die Verteidigungsstellung bei Hopewell
überrannt hatten, setzten zur Mittagszeit auf das linke Flussufer über.
Nun war es gewiss, ihr Ziel war Richmond.

Fritz berief seinen Kriegsrat ein. Er wählte dafür ein örtliches Wirtshaus. Ihm waren noch 98 Rekruten, die sich zur Continental Army
gemeldet hatten, und 121 Milizen geblieben.

Zusammen mit Oberst Davis, Captain Schmidt, seinen Adjutanten
Duponceau und Benjamin Walker sowie mit seinem Sekretär William
North stand er um einen ausladenden Tisch, auf dem er die Umge-
bungskarten ausgebreitet hatte.

„Gentlemen, durch die Ereignisse des heutigen Tages wissen wir alle,
wie ernst die Lage ist", eröffnete er die Besprechung, „unsere
Position in Chesterfield geben wir auf. Die 98 Mann der Continental
Army werden auf das linke Flussufer übergesetzt, um die Truppen
von General Nelson zu verstärken. Das Kommando wird Captain
Schmidt führen. Sobald er mit seiner Truppe sicher das linke Flussufer erreicht hat, fahren die Boote umgehend mit den Milizen unter
dem Kommando von Colonel Davis nach Richmond, wohin ich mit
meinen Adjutanten und meinem Sekretär reiten werde. Den eingehenden Meldungen nach zu urteilen, hat man dort inzwischen wohl
jegliche Haltung verloren. Sollten sich die Berichte bewahrheiten,
werde ich auch ohne Bewilligung der Regierung das Magazin in
Richmond auf dem Wasserweg nach Hoods transportieren lassen.

Durch den mächtigen Felsen verengt sich der James River an dieser Stelle erheblich."

„Aber Sir, bei der Geschwindigkeit, mit der die Briten vorrücken, werden sie Hoods bereits passiert haben oder stehen kurz davor", gab Oberst Davis zu bedenken.

„In der Tat, das ist anzunehmen. Doch gedenke ich, dem Verräter Arnold das Feld nicht kampflos zu überlassen. Im Rücken des Feindes zu operieren, habe ich mehrfach praktiziert, so dass ich genügend Erfahrung darin besitze. Über mein Vorgehen werde ich Mühlenberg, Smallwood, Nelson, Weedon und Lafayette in Kenntnis setzen."

„Wie sieht Ihr Plan aus, Herr Generalmajor?", fragte Benjamin Walker.

„Bei Hoods werden wir mit einer starken Einheit und den Geschützen, die wir aus Richmond mitnehmen können, Stellung beziehen und den Fluss abriegeln. Das wird die Briten vorsichtig stimmen."

„Wie stellen Sie sich das vor, Sir? Wie kommen wir denn unbemerkt an den Briten vorbei."

Fritz betrachtete die Karte, die den mittleren und unteren Lauf des James River darstellte und steckte mit einem Zirkel Entfernungen ab.

„Gentlemen, bei diesem Unternehmen wird das Wetter auf unserer Seite sein. In den letzten Tagen ist die Temperatur gefallen, so dass sich in der Nacht Nebel über dem Fluss bildet. Er wird die Boote decken. Wir haben uns nur nah genug am rechten Ufer zu halten und, Gentlemen, unter Umständen müssen wir in dieser Nacht mehrmals an den Briten vorbei."

„Was ist, wenn die Briten in der Zwischenzeit den Felsen selbst besetzt haben?", gab Oberst Davis zu bedenken.

„Dann werden wir ihn im Handstreich nehmen, doch noch ist dort kein britischer Soldat gesichtet worden. Zur Sicherung des Platzes habe ich eine berittene Einheit von 30 Milizen dorthin beordert, die

mit Vorarbeiten zur Befestigung beginnen soll. Peter Mühlenberg
wird uns mit seinem Regiment zur Hilfe eilen, wir müssen nur durch-
halten. Gibt es Fragen oder Einwände?"
„Darf ich eines bemerken, Sir?" wandte sich Oberst Davis an ihn.
„Sie dürfen."
„Ihr Plan ist kühn."
„Er ist tollkühn, Gentlemen. Es gibt viel zu tun, gehen wir es an."

Kurz darauf brach Fritz mit William, Duponceau, Benjamin und
Sergeant Knoepfle auf dem Landweg nach Richmond auf. Zur
Sicherung des Lagers in Chesterfield blieben 40 Milizen zurück, die
restlichen Milizen sollten unter Oberst Davis nach dem Übersetzen
der Kompanie Schmidt auf dem Wasserweg folgen.
Inzwischen hatte der Regen aufgehört, dafür war es empfindlich kalt
geworden.
In der Hauptstadt angekommen, trafen sie auf das erwartete Chaos.
Überall wurden Wagen beladen. Wer sich offen zur Revolution be-
kannte, ergriff die Flucht. Eine Polizeigewalt, die Plünderern hätte
Einhalt gebieten können, existierte nicht mehr.
Fritz ritt zum Sitz der Regierung, wo er zu seiner Erleichterung
Gouverneur Jefferson antraf. In aller Eile wurde auch hier gepackt.
„Gut, dass Sie kommen, Major General", empfing ihn der Gouver-
neur.
Er ging zu seinem Schreibtisch, holte aus einer Schublade ein Doku-
ment und verlas mit feierlicher Stimme:
„Im Auftrag der Regierung des Staates Virginia übertrage ich Ihnen
hiermit den Oberbefehl über die Milizen unseres Staates und erteile
Ihnen das Kommando zur Verteidigung von Richmond. Des Weiter-
en besitzen Sie fortan die Vollmacht des Parlaments, dass Sie zum
Wohle dieses Staates sämtliche militärischen Maßnahmen selbststän-

dig ohne vorherige Billigung durch die Regierung oder des Parlaments treffen können."

Fritz sah den Gouverneur entgeistert an, fast zögerlich nahm er das Dokument entgegen.

'Wie kann man so weltfremd sein', war sein erster Gedanke. Nur jetzt die richtigen Worte finden.

„Es ist mir eine große Ehre und wird meinen Dienst für den Staat Virginia erheblich erleichtern, Gouverneur, dadurch ist es möglich, dass die Truppen der Continental Army und die Milizen dieses Staates besser miteinander kooperieren. Aber an eine Verteidigung von Richmond ist nicht zu denken."

„Aus welchem Grund?" Erstaunt sah ihn Jefferson an.

„Da morgen die Briten hier sein werden und sie niemand daran hindern kann."

„Warum nicht?"

„Unsere geringen Kräfte reichen dazu nicht aus."

Langsam schien Jefferson zu begreifen.

„Was schlagen Sie vor?", fragte er unsicher.

„Die Stadt zu räumen. Wir müssen die Magazine und Mannschaften nach Hoods verlegen. An der Landenge von Hoods werden wir versuchen, den Fluss abzuriegeln."

„Gut, Sie sind der Oberbefehlshaber."

„Der Regierung rate ich, sich nach Petersburg zu begeben. Dort wird sie sich in Sicherheit befinden, vorerst jedenfalls. Wählen Sie den Landweg, der Wasserweg ist nicht mehr sicher", bemerkte er.

„Major General, könnten Sie der Regierung eine Kompanie zu ihrem Schutz abstellen?"

„Mit Verlaub, Gouverneur, ich kann Ihnen nur mit meinen besten Empfehlungen dienen."

„Ich verstehe."

Zum Abschied reichten sie sich versöhnlich die Hand, wünschten einander viel Glück und Gottes Segen.

Trotz des heillosen Durcheinanders, das in der Stadt herrschte, konnte Fritz den Oberst der Milizen ausfindig machen. Dieser wusste nicht einmal, über wie viel Mann er verfügte.
Fritz konnte es nicht fassen: Nichts, weder eine rechtzeitige Evakuierung der Frauen und Kinder noch irgendwelche Verteidigungsmaßnahmen waren ergriffen worden, um der drohenden Gefahr eines britischen Angriffs zu begegnen.
Zunächst entband er den Oberst von seinen Aufgaben und übernahm, gemäß dem Regierungsauftrag, das Kommando über die Stadt und die anwesenden Milizen.
Binnen Kürze standen 78 Mann bereit.
Fritz teilte sie in Gruppen ein und gab Befehl, sämtliche Waffen und Proviant aus den Magazinen zum Flussufer zu schaffen.
Der Anblick des Arsenals trieb ihm den blanken Zorn ins Gesicht; denn die Waffen, die darin lagerten, hätten ausgereicht, ein ganzes Regiment auszurüsten. Er konnte es nicht fassen, dass sie ihm nicht rechtzeitig zur Verfügung gestellt worden waren, zumal sie sich in hervorragendem Zustand befanden.
Er beauftragte Benjamin und Duponceau mit der Beschaffung von Booten. Noch vor Mitternacht hatten sie acht Flusskähne requiriert, mit ihnen erschienen aber auch deren Besitzer, die sich heftig darüber beschwerten, dass man ihnen ihr Eigentum beschlagnahmt hatte.
Fritz bedauerte die Unannehmlichkeit, die ihnen widerfahre, appellierte an ihre nationale Pflicht und ließ Quittungen ausstellen. Doch erst der Anblick entsicherter Gewehre und einige Warnschüsse über die Köpfe hinweg, brachten die Leute zur Vernunft.
Inzwischen war auch Oberst Davis mit seinen Milizen wohlbehalten in Richmond eingetroffen. Mit dem Verladen konnte begonnen

werden. Eile war geboten. Fritz gab allen ein Beispiel und packte selbst mit an.

Gegen zwei Uhr wurde ihm gemeldet, dass fünf Meilen südöstlich von Richmond britische Verbände ein Feldlager errichtet hatten.

Fritz wusste, dass die Zeit bis zur Morgendämmerung nicht reichen wird, um das Gros der Waffen und die Munition nach Hoods zu transportieren. Schnell hatte er seinen Entschluss gefasst. Er gab den Befehl, das Magazin zu sprengen und sämtliche Lagerhäuser in Brand zu setzen.

Detonation nach Detonation erfolgte, deren mächtige Feuerbälle weithin sichtbar waren.

Duponceau erhielt den Befehl, mit einigen Milizen die Rückführung ihrer Pferde nach Chesterfield zu übernehmen, anschließend das Feldlager dort endgültig aufzulösen und mit den dort verbliebenen Milizen, sämtlichen Pferden und dem Gepäck nach Hoods zu marschieren.

„Nichts darf den Briten in die Hände fallen, Duponceau, Sie bürgen mir dafür."

„Jawohl, Herr Generalmajor, sollen wir auch die Musterblockhütten niederbrennen?"

„Sie haben es gut gelernt, wie ich zu verfahren pflege. Doch dieses Mal lassen wir sie stehen, denn wir gedenken, wieder zu kommen."

Mit dem letzten Boot verließ Fritz die Stadt.

Im Schutz des Nebels fuhren sie auf den Fluss hinaus. Gleichmäßig tauchten die mit Fell umwickelten Ruderblätter ins Wasser.

Über Richmond leuchtete der Himmel karminrot.

Begünstigt durch die Strömung, kamen sie gut voran und die Auswirkungen des Hochwassers waren nicht so gefährlich, wie sie im Geheimen befürchtet hatten.

Kaum jemand sprach ein Wort und wenn, so wurde es geflüstert.

Auf halber Strecke sahen sie die britischen Lagerfeuer durch den Nebel schimmern.

In banger Erwartung blickte Fritz zum gegenüber liegenden Flussufer. Nichts geschah. Kein Kommando erschallte. Kein Schuss wurde abgefeuert. Unbemerkt kamen sie an den Briten vorbei.

„Sie rechnen nicht mit uns", sprach er leise.

Eine halbe Meile vor der Landenge bei Hoods, ließ Fritz die Boote anlanden und beauftragte ein Kommando, die nahe Umgebung und den Felsen zu erkunden.

Nach einer knappen Stunde kehrte der Spähtrupp zurück, ihnen waren keine Briten begegnet. Wie angekündigt, seien die eigenen Milizen seit zwei Tagen mit dem Aufbau des Lagers beschäftigt, das im Schutze des Felsens landeinwärts entstehen sollte.

Fritz war erleichtert und ließ daraufhin die Boote mit ihrem Gepäck bis zu ihrem Bestimmungsort treideln, da durch die starke Strömung an eine Weiterfahrt mit den vollbeladenen Booten nicht zu denken war.

Vor der Nordflanke des Felsens machten sie die Boote fest und transportierten Ausrüstung und Munition auf das Plateau des Felsens. Dies gelang ohne große Schwierigkeiten, da der Aufstieg über die Nordflanke nicht sonderlich schwer war.

Allein der Transport der drei Sechspfünder, die Fritz in Richmond zerlegen und auf die Boote hatte verladen lassen, erwies sich als Herausforderung, doch Stück für Stück transportierten sie die schweren Kanonenrohre hinauf.

Fritz war zuversichtlich und glaubte, an alle Notwendigkeiten gedacht zu haben.

Nach Übergabe der Stellung an ihn verschaffte er sich einen ersten Überblick. Von dem Plateau auf dem mächtigen Felsen aus bot sich ein hervorragendes Schussfeld, da der Fels gut sechzig Fuß hoch war und wegen seiner markanten Lage die Flussenge beherrschte.

Vor allem war ihm dabei wichtig, dass der Felsen nur von seiner
Nordflanke und von der Landseite her zugänglich war. Zum Fluss
und nach Süden hin fiel der Felsen steil ab.
Sobald sich die Truppe eingerichtet hatte, ließ Fritz zum Appell
antreten. Er sah in müde, ausgemergelte Gesichter. Die Zählung
ergab, dass ihm 214 Mann zur Verfügung standen.
In seiner Ansprache fand er Worte des aufrichtigen Dankes und hob
anerkennend ihre Bereitschaft hervor, selbst unter diesen widrigen
Umständen für die Freiheit der Vereinigten Staaten zu kämpfen.
Als Vordringlichstes müsse jetzt der Platz weiter befestigt werden,
damit man den Briten auch ordentlich einheizen könne.
Er teilte Arbeitstrupps ein und stellte einen Spähtrupp zusammen,
der über den Fluss setzte, um die Bewegungen der Briten zu observieren.
Bäume wurden gefällt, die Barrikaden weiter verstärkt, die drei zer-
legten Kanonen wieder zusammengesetzt und an den günstigsten
Positionen in Stellung gebracht.
Besonders den Zugang von der Landseite her ließ Fritz stark befestigen und sandte in diese Richtung weiträumig Aufklärer aus.

Als der Morgen anbrach, stieg aus den Töpfen und Pfannen über den
Feuerstellen bereits der Duft von gebratenem Fleisch und Fisch auf.
Als sich Fritz vergewissert hatte, dass alle seine Anweisungen befolgt
worden waren, stieg er zum Fluss hinab und setzte sich auf einen der
Felsen, die an dieser Stelle das Ufer einfassten. Er glaubte sich unbe-
obachtet. Langsam fiel die Anspannung, unter der er die letzten Tage
und Stunden gestanden hatte, von ihm ab. Tränen, die er nicht be-
zwingen konnte, stiegen in seine Augen.
Jemand reichte ihm ein Taschentuch.
„Welch eine Schmach für einen Preußen, bei einer Invasion ohne
Gegenwehr zu retirieren, chérie, wie unehrenhaft“, schluchzte er.

„Ich bin`s, Chef."
Erschrocken fuhr Fritz aus seinen Gedanken.
„Verzeihung, Sergeant", stammelte er.
„Sie habe an Ihre Liebste gedacht, gell, Chef?"
Der Sergeant sah ihn verständnisvoll an und setzte sich neben ihn.
„In der Tat, Sergeant", fand Fritz seine Stimme wieder.
„Manchmal ist es gut, wenn man jemanden zum Reden hat."
Schweigend sahen sie auf den Fluss hinaus.
„Wissen Sie, Sergeant, bei den Weibern war ich in meinen jungen
Jahren ein munterer Galan und betrachtete die Liebe als Misthaufen
und ich war der Hahn, der ihn bestieg. Doch gab es in meinem Leben
nur zwei Frauen, die für mich wirklich bedeutend waren, aber ich
habe sie beide verloren. Zuletzt fand ich noch einmal die große
Liebe, die so süß und köstlich ist, wie ich sie wohl niemals mehr
wieder finden werde. Sie ist meine Zukunft - meine Zuversicht, in
meinem unsteten Leben."
„Sicher meinen Sie Captain Richter, Chef."
„Woher wissen Sie?"
„Chef, unter uns. Ich hab' schon lange gewusst, dass der Captain
Richter in Wahrheit ein Weib ist."
„Ja, so ist es, Sergeant. Ich vermisse sie sehr und ich fürchte, dass sie
für immer für mich verloren ist."
„Ich will ja nichts beschönigen, Chef, aber ich glaub', Sie haben
Recht. Mir nichts, dir nichts ist sie plötzlich verschwunden und nie-
mand weiß, wo sie geblieben ist."
Fritz senkte den Kopf und stieß einen tiefen Seufzer aus.
Tröstend legte Sergeant Knoepfle seinen linken Arm um seine
Schultern und drückte ihn fest an sich.
„Der Verräter, Sergeant Knoepfle, der für ihren vermutlichen Tod
die Verantwortung trägt, ist als Kommandeur der britischen Invasion
an Land gegangen, sein Name ist Benedikt Arnold! - Und ich kann

nichts gegen ihn unternehmen! Welch eine Schmach für einen
Preußen, Sergeant."
„Abwarten, Chef! Kommt Zeit, kommt Rat, wie der schwäbische
Volksmund so sagt."
„Wissen Sie eigentlich, wie weit uns die Briten überlegen sind? Sollte
nicht innerhalb der nächsten drei Tage Verstärkung eintreffen, sind
wir am Ende."
„Immerhin sind wir den Briten entwischt, gell."
„Fürs Erste vielleicht, Sergeant - Sie sind doch Uhren- und Instru-
mentenmacher. Mein Chronometer versagt seit gestern seinen
Dienst. Könnten Sie es wieder richten?"
„Geben Sie mal her, Chef, mal sehen, was sich machen lässt.
Werkzeug hab' ich dabei. Es ist halt das für unterwegs. Das Bessere
hab' ich daheim."
Fritz reichte ihm seine Uhr. Das Gehäuse bestand aus Silber, auf
dessen Deckel die abgenutzte Gravierung seines Familienwappens zu
erkennen war.
Der Sergeant öffnete den Deckel des Uhrwerks und betrachtete die
Mechanik.
„Die hat schon etliche Jahr auf dem Buckel, gell?"
„Ich habe sie zu meiner Konfirmation von meinen Eltern erhalten
und sie hat mir mehr als 30 Jahre stets treue Dienste geleistet. Ich
besitze noch eine Uhr mit goldenem Gehäuse, die mir der große
König von Preußen als Anerkennung überreicht hat, doch trage ich
diese nur zu offiziellen Anlässen."
„Ich bekomme das schon wieder hin, Chef. Jetzt sollten wir uns aber
zuerst einmal stärken, ich lad' Sie zum Frühstück ein. Mein Koch
wird das Essen inzwischen wohl schon gerichtet haben.
Sie wissen doch, Hauptsache, der Ranze spannt. Wenn er genug
spannt, legen wir uns auf's Ohr. Denn schlafen sollten wir schon mal
eine Weile, gell."

„Danke, Sergeant, Ihr Angebot nehme ich gerne an. Wie schaffen Sie es eigentlich, einen Koch, zwei Burschen und zwei Dienstmägde zu unterhalten? Ich hingegen verfüge nur über einen Diener, einen Koch und eine Dienstmagd.”
„So etwas nennt man Organisationstalent, Chef”, klärte ihn Sergeant Knoepfle auf.
Noch eine Zeitlang saßen sie wortlos nebeneinander und sahen auf den Fluss hinaus.

Am Nachmittag bekam Fritz seine Uhr zurück.
„Sie geht wieder, Chef, vorerst jedenfalls. Ins Uhrwerk hab' ich eine neue Feder eingesetzt. Die hab' ich zuerst einmal zurecht schneiden müssen. Sie passt grad` so. Drehen Sie das Uhrwerk nie zu weit auf, etwas mehr als die Hälfte ist grad` gut, das merke Sie am Widerstand, sonst spannt die Feder zu stark und ist bald wieder hin. Das heißt, am Morgen, zu Mittag und am Abend, bevor Sie zu Bett gehe, aufziehe. Daheim hät' ich sie generalüberhole könne.“
„Vielen Dank, Sergeant Knoepfle. Was bin ich Ihnen schuldig?“
„Wolle Sie mich etwa beleidige, Chef?“
„Vergeben Sie mir. – Sergeant, zwei Dinge an Ihnen sind mir unbegreiflich. Auf der einen Seite sind Sie ein Mensch, der sich in einem filigranen Handwerk, der Kunst der Zeitmessung versteht, sich gegenüber der Bevölkerung freundlich, ja zuvorkommend verhält, und auf der anderen Seite sind Sie grob, respektlos und einer der härtesten Schleifer, über den ich in der Armee verfüge.“
„Alles zu seiner Zeit, Chef, ich hab' viele Seite in mir und ich hol' halt die raus, die ich grad' brauch'.“
„Das ist bemerkenswert, Sergeant.“
„Chef, wenn Sie einmal an Rat brauche, wisse Sie ja, wo ich zu finde bin.“

„Danke, Sergeant, ich werde darauf zurückkommen und wenn Sie
einmal einen Rat brauchen, wissen Sie ja, wo ich zu finden bin."
„Danke, Chef."

Während des ganzen Tages sicherte die Truppe ihre Stellung, sie
fällte Bäume, schlug die Stämme zurecht und verstärkte damit die
Brustwehren.
Gegen Abend traf auch Duponceau mit den restlichen Milizen, den
Pferden und der gesamten Ausrüstung, die auf neun Fuhrwerken
verteilt war, aus Chesterfield ein.
Erschöpft gingen die Leute zeitig schlafen, hatten die meisten doch
in den letzten Tagen kaum ein Auge zugemacht.
Nachdem Lagerruhe ausgerufen worden war, machte Fritz seinen
letzten Rundgang und suchte die Posten auf. Alle zwei Stunden sollte
gewechselt werden. Danach legte auch er sich schlafen.

Am nächsten Morgen erreichten kurz nacheinander zwei Kuriere das
Lager. Sie berichteten, dass sich die britische Streitmacht geteilt hätte.
Ein Kontingent sei nach Westham marschiert, habe dort die Eisen-
gießerei zerstört und die öffentlichen Gebäude in Brand gesetzt,
während das größere Truppenkontingent unter Arnold in Richmond
verblieben sei.
Kurz darauf kehrte einer der Aufklärer zurück, der in Richtung
Nordwesten erkundet hatte und meldete, dass sich eine Abteilung mit
etwa 30 schwerbewaffneten Reitern nähere.
„Sind es Briten?"
„Das ist nicht zu bestimmen, sie tragen Fellmützen und das Wildleder der Waldläufer. Nach Petersburg reiten sie sicher nicht, sie
halten auf uns zu."
„Wie weit sind sie noch entfernt?"

„Etwa fünfzehn Meilen, Sir, bevor ich in starkem Galopp nach hier zurück geritten bin. Bei der Geschwindigkeit, mit der sie vorrücken, dürften es inzwischen sieben oder acht Meilen sein, Herr Generalmajor."

„Ich muss Sie dennoch bitten, noch einmal zurück zu reiten. Sie erhalten ein frisches Pferd. Ich gebe Ihnen einen zuverlässigen Mann mit."

Fritz ließ Sergeant Knöpfle kommen, dem er die Situation erklärte.

„Sergeant, begleiten Sie den Aufklärer in Richtung der gesichteten Abteilung. Wir müssen wissen, um wen es sich handelt. Bringen Sie es heraus und erstatten Sie mir umgehend Bericht."

„Klar, Chef."

„Seien Sie vorsichtig", ermahnte ihn Fritz zum Abschied.

„Chef, Sie wisse doch, wir Schwabe sind wahre Meister im Abhauen, gell", antwortete ihm der Sergeant, der im Gegensatz zu dem Aufklärer ohne militärischen Gruß das Zelt verließ.

„Sergeant, es ist Ihnen bekannt, dass man seinen Vorgesetzten vor dem Abgang zu grüßen hat", rief ihm Fritz hinterher.

„Scho recht, Chef", hörte er den Sergeant sagen, der sich dabei nicht einmal nach ihm umdrehte.

Am späten Vormittag zeigte sich am gegenüber liegenden Flussufer eine britische Kavallerieabteilung, die ihre Stellung in Augenschein nahm.

„Gentlemen, zeigen wir Präsenz. Wir brauchen uns nicht zu verbergen", forderte Fritz die Männer auf und wandte sich an den Geschützmeister des Sechspfünders, der auf das gegenüber liegende Flussufer ausgerichtet war.

„Mr. Dempsey, geben Sie mir Meldung, sobald Sie die Briten im Korn haben."

„Jawohl, Sir."

Fritz zog sein Okular auseinander. Es waren mehr als 20 Berittene,
angeführt von zwei Offizieren.
Nach kurzer Pause, in der sich die Offiziere miteinander besprachen,
ritten sie weiter.
„Der Feind ist in sicherer Schussweite, Major General, Sir", meldete
der Geschützmeister.
„Gut. Geben Sie Feuer, Mr. Dempsey!"
Einen Augenblick später erfolgte der Abschuss. Das Geschoss traf
die Eskadron unerwartet, die Pferde tänzelten erschrocken und einige
konnten nur mit Mühe am Ausbrechen gehindert werden, zwei
Pferde stürzten, die kurz darauf erschossen wurden. Einer der Reiter
war offensichtlich tot, ein anderer musste schwer verwundet sein.
Beide wurden auf die Kruppen zweier Pferde gelegt und der befehlshabende Offizier gab das Zeichen zum Rückzug.
Fritz holte sein repariertes Chronometer aus der Westentasche, es
war kurz vor elf Uhr.
„Jetzt wissen sie, wo wir sind. Das ist gut so! Dadurch binden wir
ihre Truppen und entlasten Nelson. Morgen werden sie uns angreifen. Doch befürchte ich, dass wir die Stellung nicht so lange halten
können, bis Mühlenberg mit seinem Regiment eintrifft. Allerdings
habe ich für diesen Fall bereits einen Plan", bemerkte er Benjamin
gegenüber.
Eine Stunde später erschien sein Diener und teilte mit, dass das
Essen angerichtet sei.

Wie stets, versuchte Fritz, während der Mahlzeit gute Laune zu ver-
breiten, nur mit wenigen Worten sprach er die bevorstehende Auseinandersetzung an.
Als sie beim Dessert angelangt waren, erreichte ein Kurier in einem
Kanu den Felsen, der umgehend den Oberkommandieren zu sprech-
en verlangte.

Er stellte sich als Melder der Milizen des Generals Weedon vor und übergab Fritz ein Billett von äußerster Dringlichkeit.

'Sir!

Bin mit 580 Mann und vier Kanonen bis King William vorgedrungen. Da der Feind uns den direkten Weg nach Williamsburg verwehrt, werden wir die Briten weiträumig umgehen, um uns mit Nelson zu vereinen. Denke, dass wir in zwei Tagen bei ihm sind, sofern uns die Briten keinen Strich durch die Rechnung machen.

Von Brigadegeneral Mühlenberg soll ich Ihnen ausrichten, dass er Ihnen, Sir, mit seinem gesamten Regiment nebst 400 Mann Milizen im Eilmarsch zur Hilfe eilt.

Auch soll sich Major General Lafayette mit seinem Corps zu Ihnen auf dem Marsch befinden.

In vorzüglicher Hochachtung,

etc.'

Als er die Mitteilung seinen Offizieren vorlas, machte sich Erleichterung breit.

„Gentlemen, ein Hoffnungsschimmer zeigt sich am Horizont, doch bleibt er solange nur ein Silberstreif, bis die Verstärkungen auch wirklich eingetroffen sind, solange müssen wir durchhalten."

Seinem Koch gab er Order, den Kurier zu bewirten. Nach einem "Hoch" auf Mühlenberg, Lafayette, Nelson und Weedon befahl er die Offiziere auf ihre Posten. Benjamin und Oberst Davis bat er zu bleiben.

„Gentlemen, begutachten wir das Gelände im Vorfeld unserer Stellung. Mal sehen, wie wir die Briten ärgern können."

Nördlich des Felsen war das Vorfeld frei von Baumbestand, stieg leicht an und bestand aus festem, felsigen Untergrund. Seitlich davon, zur Landseite hin, stand ein lichtes Wäldchen, an dessen Rand Buschwerk wuchs und gute Deckung bot. Eine halbe Meile weiter in Richtung Norden begann der Untergrund etwas morastig zu werden.

„Von hier werden sie kommen", stellte Fritz nüchtern fest.
Als sie auf ihrem Rückweg wieder das Wäldchen erreichten, betrachtete Fritz noch einmal die Gegebenheiten.
„Oberst Davis, wenn uns morgen die Briten angreifen, wünsche ich,
dass Sie hier den Rotröcken mit Teilen unserer Infanterie einen
Hinterhalt legen."
„Sie haben einen Plan, Sir?"
„In der Tat, Gentlemen."
„Reiter kommen, Reiter kommen!", rief ein Melder bereits von
weitem, „es sind die unseren, Sergeant Knoepfle befindet sich unter
ihnen!"
„Gott sei Dank", rief Fritz erleichtert.
Mit seinen Begleitern erwartete er die Neuankömmlinge vor dem
Kommandeurszelt. Sie führten schwere Bewaffnung mit sich und
ihre Bekleidung gab ihnen ein furchtloses und verwegenes Aussehen.
Sergeant Knoepfle und der Kommandant der Truppe ritten gemeinsam auf Fritz zu. Der Sergeant strahlte über das ganze Gesicht.
„Leutnant Otto Oberle, Herr Generalmajor, mit 27 Mann", stellte
sich ihm der Anführer auf Deutsch vor, um sogleich im schwäbischen Tonfall fortzufahren, „wir kommen von Brigadegeneral
Mühlenberg. Er braucht noch zwei Tage, da die Wege aufgeweicht
sind. Daher hat er uns schon mal vorausgeschickt, gell, Herr Generalmajor."
„Chef, das sind alles Schwaben, - oder Badener", frohlockte Sergeant
Knoepfle, als ob er sich in der Kirche beim Gottesdienst befände.
„Das ist unser Ende", kam es Fritz über die Lippen.
„Ach was, Chef, jetzt geht's erst richtig los."
Langsam fand Fritz seine Haltung wieder.
„Sagen Sie, Leutnant Oberle, über wieviel Mann verfügt Mühlenberg?"

„Er rückt mit dem gesamten 8. Deutschen Pennsylvania Regiment an, das sind mehr als 1.700 Mann und die sind gut ausgerüstet und kampferprobt. Es haben sich auch viele Milizen angeschlossen und täglich kommen neue an."

„Führt Mühlenberg Kanonen mit?"

„Ha, das will ich wohl meinen, Herr Generalmajor, gell."

„Werden Sie bitte konkret, Leutnant."

„Das, was ich zuletzt gesehen habe, waren es drei schwere Haubitzen, vier Sechspfünder und vier Dreipfünder, Herr Generalmajor! - Ah, fast hab' ich es vergessen! Hier ist ein Billett von meinem Chef an Sie, Herr Generalmajor, gell."

„Unterlassen Sie bitte künftig dieses unnötige Wort "gell", Leutnant Oberle. Es ist unnütz und geradezu unmilitärisch", forderte Fritz den Leutnant auf, während er das Schreiben dankend entgegen nahm.

„Jawohl, Herr Generalmajor, gell."

„Was habe ich soeben zu Ihnen gesagt?"

„Dass ich das Wort "gell" künftig in Ihrer Gegenwart zu unterlassen habe, Herr Generalmajor."

„Dann halten Sie sich auch daran."

„Jawohl, Herr Generalmajor."

„Gut, Sie können wegtreten."

Sergeant Knoepfle ließ es sich nicht nehmen, die Neuankömmlinge persönlich einzuweisen, und begann für Fritz eine nicht mehr verständliche Konversation in breitem Schwäbisch.

Endlich waren sie außer Hörweite. Fritz stieß einen tiefen Seufzer aus, zog sich in sein Zelt zurück und öffnete das Billett.

'Altes Schlachtross,

als ich durch Deinen Eilkurier erfahren habe, dass Du mit Deinem letzten Aufgebot am Felsen bei Hoods Stellung bezogen hast, bin ich mit meiner Truppe sofort zu Dir aufgebrochen. Wir kommen nur schlecht voran. Durch das Wetter sind die Wege morastig. Manchmal

stecken wir knietief im Schlamm und müssen uns gegenseitig heraus
helfen. Da die Briten in Richmond stehen, werden wir die Stadt
nordwestlich umgehen und dann zu Dir stoßen. Vorab schicke ich
Dir 27 Mann. Du kannst auf sie zählen, das sind abgebrühte
Burschen, auch wenn man es bei ihrem lächerlichen Dialekt nicht
glauben mag. Ich denke, wir brauchen noch zwei Tage, bis wir bei Dir
sind. Halte durch, alter Freund!
Sei umarmt, Peter'
Fritz ging alleine zum Felsen hinüber. Während seine Augen über den
Fluss und das Gelände schweiften, ging er in sich und wägte sämt-
liche Maßnahmen ab, die es für den Fall der Fälle zu ergreifen galt.
Nach einer halben Stunde berief er Oberst Davis, Leutnant Oberle
und seine Adjutanten zur Lagebesprechung ein.
Auf dem Klapptisch lag eine Karte, auf der die Gegebenheiten der
Umgebung eingezeichnet waren.
Zunächst informierte Fritz über die aktuelle Situation.
„Gentlemen, der Verräter Arnold verbleibt mit einem Großteil seiner
Truppen weiterhin in Richmond. Ein Teil befindet sich auf dem
Rückmarsch nach Williamsburg. Wie wir wissen, wird Weedon
General Nelson zur Hilfe kommen - wenn alles gut geht.
Mit Ankunft der schwäbischen Reiter des 8. Deutschen Pennsylvania
habe ich die Mitteilung von Peter Mühlenberg erhalten, dass er, be-
dingt durch das schlechte Wetter, noch mindestens zwei Tage benötigt, bis er zu uns stoßen kann. Solange können wir die Stellung hier
nicht halten. So Gott will, werden wir den ersten Angriff zurük-
kschlagen, doch keinen zweiten; denn dann werden die Briten mit
großer Macht angreifen, der wir mit unseren geringen Kräften nichts
mehr entgegen zu setzen haben.
Daher werden wir wie folgt verfahren: Sollte es uns morgen gelingen,
den Angriff abzuwehren, werde ich noch in gleicher Nacht mit dem
Gros der Truppe auf dem Landweg dem 8. Regiment entgegen eilen.

Dafür benötige ich vier der neun Fuhrwerke, auf denen nur das Notwendigste mitgeführt wird, da wir schnell vorankommen müssen. Sobald wir uns mit Mühlenberg vereinigt haben, werden wir versuchen, Richmond zurück zu erobern.

Sie, Colonel Davis, bitte ich, mit 120 Mann und den Geschützen auf dem Felsen zu verbleiben. Täuschen Sie die Briten und geben Sie vor, dass wir die Flussenge noch immer mit unserer ganzen Macht verteidigen und bis zum Letzten entschlossen sind.

Lassen Sie zudem weiträumig aufklären und, sobald die Briten landen, ziehen Sie sich mit Ihren Männern umgehend über den Landweg nach Petersburg zurück. Smallwood wird Ihre Einheit dort dringend benötigen. Mit den Ihnen zur Verfügung stehenden Fuhrwerken transportieren Sie unsere Verwundeten, in Petersburg wird für sie gesorgt werden, ansonsten nehmen Sie nur leichtes Gepäck und die Munition mit. Die drei Kanonen werfen Sie in den Fluss, da wir für diese über keine Protzen verfügen. Vielleicht können die Kanonenrohre später bei Niedrigwasser wieder geborgen werden.

Mein Schlachtplan für morgen ist folgender: In dem Wald, der sich im Vorfeld des Felsens erstreckt, legen wir einen Hinterhalt. Das Kommando über diese Einheit führt Colonel Davis. Dafür stelle ich Ihnen 100 Mann zur Verfügung.

An einer günstigen Stelle soll sich die Kavallerie unter Leutnant Oberle verbergen. Eine Abteilung, die Benjamin Walker anführt, beobachtet die Briten, gibt Feuer bei deren Landung, wird danach retirieren und lockt den Feind in den Hinterhalt. Wir bringen unterdessen an unserer Nordflanke die drei Geschütze in Stellung und laden sie mit Kartätschen.

Sobald die Briten das nördliche Vorfeld des Felsens erreicht haben, werden sie vom Felsen aus mit einem Geschosshagel empfangen. Zeitgleich eröffnen Ihre Männer, Colonel, das Feuer von der Flanke her. Anschließend brechen unsere Reiter aus dem Wald hervor und greifen den Feind im Rücken an.

Dieser Plan, Gentlemen, erfordert äußerste Disziplin und ich kann nur hoffen, dass die Milizen den Plan auch umsetzen können. Wenn nicht, bedeutet das unser Ende; denn wir werden gegenüber den Briten bei weitem in der Unterzahl sein.

Gibt es Fragen oder Einwände, Gentlemen?"

„Was ist, wenn die Briten nach ihrer Landung nicht auf das Gelände nördlich der Felsen marschieren, sondern unseren Hinterhalt umgehen und von der Landseite aus angreifen? Dort ist unsere Stellung leicht zugänglich?", warf Benjamin ein.

„Nicht umsonst habe ich unsere Befestigungen zu dieser Seite hin verstärken lassen. Außerdem wird ein Erkundungstrupp von 20 Mann ausgesandt, der die Gegend aufklärt und uns unterrichtet, so-bald sich dort Briten zeigen. Natürlich besteht die Möglichkeit, dass die Briten uns von beiden Seiten aus angreifen, zeitgleich oder zeit-versetzt, wie auch immer. Entsprechend muss dann gehandelt werden. Doch glaube ich nicht daran; denn sie denken, leichtes Spiel mit uns zu haben. Gibt es noch weitere Fragen?"

Es gab keine.

„Gentlemen, ich danke Ihnen für Ihr Vertrauen. Gehen wir es an."

Inzwischen war es Nacht geworden. Lagerfeuer brannten. Mit Benjamin, Duponceau und Oberst Davis inspizierte er das Lager. Dabei trafen sie auf einen halbwüchsigen Jungen, der aufstand und versuchte, Haltung anzunehmen.

„Haben wir eine Chance, Sir, Major General, Sir?"

„Man hat immer eine Chance, junger Freund. Woher kommt Er?"

„Nahe Richmond, Sir."

„Ich sehe Ihn zum ersten Mal, seit wann ist Er hier?"

„Seit heute Nachmittag, Sir."

„Wie lautet sein Name?"
„Samuel Fisher, Sir."
„Wie alt ist Er?"
„Fünfzehn, Sir."
Forschend sah ihn Fritz an. „Übertreibt Er da nicht etwas?"
„Äh, dreizehn, Sir, aber ich sehe aus wie fünfzehn."
„Damit kommen wir der Sache schon näher. Haben Ihn Seine Eltern denn so einfach ziehen lassen?"
Der Junge lächelte verlegen. „Ich bin ihnen davon gelaufen, Sir."
„Man soll seinen Eltern gegenüber gehorsam sein, dass weiß Er wohl. Ich müsste Ihn eigentlich zurück zu Seinen Eltern schicken."
„Ja, Sir, ich war auch immer gehorsam, doch jetzt steht doch der Feind im Land."
Fritz lächelte verständnisvoll.
„Auch ich war in meinen jungen Jahren ein Heißsporn, Mr. Fisher. Morgen ist Er zu meinem persönlichen Schutz abbestellt und während der Schlacht darf Er nicht von meiner Seite weichen. Das ist ein Befehl, junger Freund."
„Jawohl, Sir, Major General, Sir!", rief er freudestrahlend.
„Nicht so laut, sonst weckt Er noch die anderen. Bis morgen früh, Mr. Fisher. Nehme Er jetzt eine Mütze voll Schlaf, damit Er für den bevorstehenden Kampf auch ausgeruht ist."
„Jawohl, Sir, Major General, Sir! Major General, Sir, können sich voll und ganz auf mich verlassen, Sir!"
Artig begab er sich in sein Mannschaftszelt.
Mit seinen Begleitern, die amüsiert dieser Unterhaltung gefolgt waren, setzte Fritz den Rundgang fort.

Um sechs Uhr schlugen die Trommeln zum Reveille. Die Truppe trat zum Morgenappell an.

Mit dem Befolgen der militärischen Regeln betraten die Mehrzahl der Männer Neuland, und auch diejenigen, die schon mehrere Tage bei der Truppe waren, standen damit noch erheblich auf Kriegsfuß.
Mit Oberst Davis, Benjamin und Duponceau schritt Fritz die Front ab. In Preußen hätte er an jedem der Männer gleich mehrfach etwas auszusetzen gehabt. Inzwischen hatten ihn aber seine Erfahrungen gelehrt, dass hier in Amerika andere Maßstäbe galten.
„Guten Morgen, Männer!", begrüßte er sie, „seid Ihr ausgeruht?"
Einige antworteten ihm mit "yes", mache mit "jawohl" und andere gar nicht.
Fritz ging davon aus, dass letztere schlecht geschlafen hatten, und er versuchte, in möglichst einfachen Sätzen ihnen die Lage und seine weitere Vorgehensweise zu erklären.
Danach ließ Fritz die Leute Essen fassen, während er selbst mit seinen Offizieren das Frühstück einnahm.
Den Vormittag über kamen die Arbeiten gut voran, Fritz war allgegenwärtig und sprach jedem aufmunterte Worte zu.
Benjamin zog mit 30 Männern in geringer Entfernung zum Fluss in Richtung Norden.
Über Stunden war von ihnen nichts zu hören.
Leutnant Oberle suchte mit der Kavallerie nach einer günstigen Stelle für den Hinterhalt.
Aus der Ferne war Gewehrfeuer zu hören.
Fritz ließ die Mannschaften antreten, die er Oberst Davis zugeteilt hatte, und ermahnte sie, nicht ohne Kommando des Obersts das Feuer zu eröffnen. Mit Gottes Segen schickte er sie ins Vorfeld hinaus.
„Hoffentlich behalten sie die Nerven", besorgt sah ihnen Fritz nach.
Ihm selbst waren noch 100 Mann geblieben. Er befahl, die drei Sechspfünder mit Kartätschen zu laden und auf mittlere Distanz auszurichten. Jede Kartätsche enthielt 80 Bleikugeln. Er selbst über-

prüfte die Geschütze noch einmal. Die Kanonen sollten nacheinander feuern, ausgehend vom linken Flügel, entsprechend erhielten
sie die Nummern eins bis drei. Hinter der Palisade nahmen die Leute
Aufstellung und luden ihre Gewehre. Im Zentrum postierte sich Fritz
mit Sergeant Knoepfle und dem jungen Samuel Fisher. Duponceau
stand am linken Flügel, William am rechten.
Der Gefechtslärm kam näher.
Bald sahen sie die fliehende Truppe um Benjamin. Vereinzelt gaben
sie Schüsse auf ihre Verfolger ab. Diszipliniert folgten die Leute der
vorgesehenen Route, die in den Hinterhalt führen sollte.
Die ersten Rotröcke kamen in Sicht. Zunächst waren es etwa 100,
dann 300 Mann, es wurden immer mehr, bis Fritz ihre Stärke auf ein
ganzes Bataillon schätzte.
Benjamins Männer schlugen sich seitlich in die Büsche. Wie erwartet,
verfolgten die Briten sie. Fast hatten die ersten Briten den Hinterhalt
erreicht, als einzelne Milizen das Feuer eröffneten, was eine Kettenreaktion auslöste, doch die Entfernung zum Feind war viel zu groß.
„Verdammt, den Leuten gehen die Nerven durch!“
Aus dem Wäldchen sah Fritz eine Gruppe von etwa 40 Mann
kommen, die Front gegen die Rotröcke bildete. Durch sein Okular
erkannte er, dass Oberst Davis sie anführte. Sie gaben eine Salve auf
die Angreifer ab, von denen einige zu Boden stürzten, aber die Briten
formierten sich erneut und pflanzten ihre Bajonette auf. Trotz der
großen Entfernung vernahm Fritz jedes Kommando ihrer Offiziere.
„Artillerie! Habt Acht! Geschützmeister, haben Sie die Briten im
Korn?“, rief er.
„Jawohl, Sir!“
„Machen wir aus den Briten Kleinholz, hier kommen sie nicht rauf,
nicht, ohne dass wir bis zuletzt gekämpft haben!“ rief er den Männern auf Deutsch zu. „Erstes Geschütz, gebt Feuer!“, anschließend
auf Englisch.

Kurz darauf erfolgte der Abschuss. Die Kartätschen flogen dem
Feind entgegen.
„Nachladen!"
„Zweites Geschütz, gebt Feuer!", der Abschuss krachte. „Nachladen!
Drittes Geschütz gebt Feuer - nachladen!"
Die Kartätschen zeigten Wirkung. Die Reihen der Briten hatten sich
erheblich gelichtet, dennoch formierten sie sich aufs Neue.
Beim Anblick der aufgepflanzten Bajonette verloren die Milizen im
Wäldchen endgültig ihren Mut. Obwohl die Briten noch nicht einmal
eine Salve auf sie abgefeuert hatten, nahmen sie Reißaus und liefen in
Panik den Felsen hinauf. Einige warfen sogar ihre Flinten weg, um
schneller voran zu kommen. Doch das Schlimmste war, dass die
meisten bei ihrer Flucht in das eigene Schussfeld gerieten. Den Sieg
vor Augen setzten die Rotröcke zum Bajonettangriff an.
In aller Ruhe gab Fritz seine Befehle und ließ die Geschütze auf
Nahdistanz ausrichten.
„Männer! Wir geben gezieltes Einzelfeuer. Sobald Ihr einen Feind
aufs Korn genommen habt, schießt! Sucht Euch die schönsten Uni-
formen aus. Die Artillerie feuert erst, wenn auch der Letzte von uns
hier oben ist! Bleibt ruhig Männer und habt Vertrauen in Gott!"
Als Fritz sich umsah, stand bis auf Sergeant Knöpfle, der sich in aller
Ruhe ein Stück Kautabak zwischen die Zähne schob und anschlies-
send den Hahn seiner Muskete spannte, jedem die blanke Angst ins
Gesicht geschrieben.
Samuel Fisher öffnete im Anblick anstürmender Bajonette seinen
Hosenlatz und musste Wasser lassen.
Sergeant Knoepfle sah ihn verächtlich an.
„Gut, dass Er sich nicht in die Hose gemacht hat, Mr. Fisher. bleibe
Er tapfer und laufe Er nicht weg. Denn neben mir ist Er am sicher-
sten", bemerkte Fritz, ohne seine Miene zu verziehen.

„Ich werde nicht davonlaufen, Sir, Major General, Sir. Ich verspreche es.“

„Gut, ich vertraue Ihm“.

Fritz entsicherte seine Pistole, zog den Degen blank und betete:

„Oh Herr, mein Gott, ich bin unverzagt, ich habe es gewagt und will das Ende erwarten, Amen!“

„Chef, was reden Sie denn da. Noch ist nicht aller Tage Abend, gell.“

„Sergeant Knoepfle! Diese Worte pflege ich vor jeder Schlacht zu beten und sie besagen in keiner Weise, dass ich mich geschlagen gebe, sondern, dass ich bis zum Letzten kämpfen werde! Außerdem haben Sie in meiner Gegenwart dieses unnütze Wort „gell“ zu unterlassen!“

„Schon recht, Chef.“

„Hingegen muss ich festzustellen, dass Ihre tapferen Schwaben und Badener bislang durch Abwesenheit glänzen.“

„Abwarten, Chef.“

Als die letzten Briten das Waldstück passiert hatten, brach die 27 Mann starke Kavallerie aus dem Gehölz hervor, ritt zwischen die Rotröcke und begann, einen nach dem anderen abzuschießen. Bis deren Offiziere der Gefahr in ihrem Rücken gewahr wurden, lagen bereits mehr als 40 Briten niedergestreckt am Boden. Die Avantgarde der Briten geriet in Unordnung, da ihnen nun auch das gezielte Einzelfeuer vom Felsen aus entgegen schlug.

Sobald die Kavallerie ihre Schusswaffen abgefeuert hatte, schleuderten sie Tomahawks, warfen Messer oder metzelten die Rotröcke mit dem Pallasch nieder, bis sie, wie von Geisterhand gelenkt, wieder im Wald verschwanden.

„Schwaben, Chef! Und das nennt man einen Schwabenstreich und im Abhauen sind wir eh die Besten.“ Der Sergeant strahlte über das ganze Gesicht.

„Bemerkenswert“, stellte Fritz fest.

Unterdessen erreichten die ersten fliehenden Milizen das Plateau.
Hinter der Barrikade brachte sie Fritz mit energischen Worten zum
Stehen, laut und klar durchdrangen seine Befehle den Gefechtslärm.
Beim Anblick der geordneten Linie und der Kanonen fassten sie
neuen Mut. Nicht einer setzte weiter zur Flucht an. Sie luden ihre
Waffen nach und wer seine Waffe bei der Flucht verloren hatte, er-
hielt eine neue, auch wenn es nur eine Pistole war.
„Haben Sie die Briten im Korn, Mr. Dempsey?“, fragte er den
Geschützmeister der zweiten Kanone, als Oberst Davis und Benja-
min Walker als Letzte die Barrikade erreicht hatten.
„Mitten drin, Sir.“
„Gut, geben Sie Feuer, Mr. Dempsey!“
Die Lunte wurde angelegt, ein kurzes Zischen, dann krachte der
Abschuss. Die Räder stemmten sich gegen die Keile. Im nächsten
Moment standen sie in dichtem Pulverdampf. Die Bedienungsman-
nschaft wischte das Rohr aus und begann, nachzuladen.
Kurz darauf gaben auch die beiden anderen Geschütze Feuer.
Die Wirkung der Kartätschen und des darauf folgenden Gewehr-
feuers war verheerend. Der größte Teil der Briten, der versuchte, den
Felsen herauf zu stürmen, war getroffen.
Aufgrund der hohen Verluste zog sich der Feind zum Wäldchen am
Fuße des Felsens zurück. Kaum dort angekommen, brach die schwä-
bische Kavallerie erneut hervor. Von diesem unerwarteten Angriff
überrascht, flohen die Briten ungeordnet am Flussufer entlang in
Richtung Norden. Erbarmungslos setzte ihnen die Kavallerie nach.
Immer wieder waren aus der Ferne Schüsse zu hören.
Der Jubel der Männer, die auf dem Felsen den Angriff abgewehrt
hatten, war groß. Fritz gab ihnen Zeit für ihren Siegestaumel, bis sie
sich wieder beruhigt hatten und er sie zur Ordnung und Disziplin
rief.

Er ließ das Vorfeld absuchen und die Waffen einsammeln. Die Verwundeten, ob Amerikaner oder Briten, wurden in das Lager gebracht und versorgt. Fritz ermahnte seine Männer, dass es eines jeden Christen Pflicht sei, sich auch um seine Feinde zu kümmern, ebenso habe es der barmherzige Samariter getan. Bei den strenggläubigen Amerikanern zeigten die Worte Wirkung.

Als die Kavallerie zurückkehrte, wurden sie von den Männern mit lautem Hurra empfangen. Nur ein Mann hatte eine leichte Verwundung erhalten.

„Meinen Respekt, Leutnant Oberle, das war sehr kaltblütig und hat mich an meine eigene Zeit beim Freicorps Mayr erinnert."

„Herr Generalmajor, wir haben nur das gemacht, was Sie uns gesagt haben, gell."

„So 'was nennt ma einen...",

„Schwabenstreich, Sergeant Knoepfle, ich weiß. - Leutnant Oberle, Sie und Ihre Männer werden in meinem Bericht lobende Erwähnung finden", fuhr er fort, „Ihre Tomahawks und Messer befinden sich bei den erbeuteten britischen Waffen. Sie verstehen vortrefflich damit umzugehen."

„Danke, Herr Generalmajor, die sind lautlos, das Beste für den Nahkampf, gell."

„Wie ich gesehen habe. Im Übrigen existiert das Wort „gell" in der Preußischen Dienstvorschrift nicht. Sie und Ihre Männer können wegtreten. Fassen Sie Essen und gönnen Sie sich etwas Ruhe. Heute Nacht gibt es noch viel zu tun. Wir müssen in aller Heimlichkeit unseren Ausbruch vorbereiten. - Sergeant Knoepfle, nehmen Sie sich ein Beispiel an Ihrem Stammesbruder. Er weiß wenigstens, wie man den Oberkommandierenden des Staates Virginia anzusprechen hat."

„Ha, der kann des halt, Chef."

„Und warum Sie nicht?"

„Chef ist einfacher, Chef, gell."

Wieder einmal gab es Fritz auf.

Am Abend standen die Kochkessel in den Feuerlöchern, gefüllt mit einem Eintopf aus Fleisch und Wintergemüse. Bevor Fritz mit dem Gros der Truppe abrückte, sollten sich die Leute noch einmal kräftig stärken, denn wer wusste schon, wann sie wieder etwas Warmes in den Magen bekommen würden?
Mit Sergeant Knoepfle und Duponceau suchte Fritz das Lazarettzelt auf, wo die beiden Feldscher mit ihren Gehilfen alle Hände voll zu tun hatten. Auf dem Operationstisch schrie ein Verwundeter, bis er vor Schmerzen in Ohnmacht fiel. Trotz der unzulänglichen Umstände wurden die Verwundeten gut versorgt. Fritz ging zu jedem, der bei Bewusstsein war, und sprach tröstende Worte.
Die Anzahl der eigenen Verluste und Verwundeten war überraschend gering geblieben. Der Blutzoll der Briten, unter denen sich auch mehrere Offiziere befanden, war bei weitem höher.
„Major General Baron von Steuben, Sie sind ein ausgekochter Fuchs! Meinen Respekt! Ich ziehe meinen Hut vor Ihnen, Sie haben uns nach allen Regeln der Kunst hereingelegt.“ Trotz der Schmerzen, die ihm eine tiefe Schnittwunde am Oberarm verursachte, konnte ein britischer Captain nicht umhin, seine Bewunderung für den Gefechtsplan seines Gegners auszudrücken.
„Haben Sie Dank für Ihr Kompliment, Captain, das ich sehr zu schätzen weiß. Morgen könnte das Kriegsglück eher Ihnen gewogen sein, doch werden wir uns schon zu verteidigen wissen.“
Zum Abschied wünschte er gute Genesung.
Während des Abendessens drückte Fritz seine Zufriedenheit über den Verlauf der Auseinandersetzung aus, die er mit ungeübten Milizen hatte führen müssen. Ausdrücklich lobte er Benjamin und Leutnant Oberle und fand auch anerkennende Worte für Oberst Davis.

Fritz versprühte Optimismus. Dank des erfolgreichen Gefechts
hätten sie mindestens einen Tag gewonnen, denn jetzt würden sich
die Briten auf Hoods stürzen, weil sie annehmen mussten, dass der
Felsen durch eine starke Einheit gesichert sei, die den Fluss abriegele
und dadurch den Wasserweg nach Richmond versperre.
Aufgrund dieser günstigen Lage beschloss Fritz, mit dem Großteil
der Truppe unbemerkt an den Briten vorbei Mühlenberg entgegen zu
marschieren, um sich mit dessen Regiment zu vereinigen, mit der
Absicht, gemeinsam gegen Richmond vorzurücken.
„Gentlemen, da bislang keine anders lautenden Meldungen eingetroffen sind und auch die Befragung der britischen Gefangen nichts
Gegenteiliges ergeben hat, gehe ich davon aus, dass Weedon inzwischen an den Briten vorbei ist und Nelson zur Hilfe kommt.
Sobald sie sich vereinigt haben, Mühlenberg zu uns stößt und das
Corps Lafayette eintrifft, habe ich die Briten dort, wo ich sie haben
will - in der Zange", schloss Fritz seine Ausführungen ab.
Noch einige Details wurden besprochen und nach einem Toast auf
ein gutes Gelingen zogen sich alle zurück, um vor dem frühen Aufbruch noch einige Stunden zu schlafen.

Um zwei Uhr in der Nacht ließ Fritz die Truppe antreten.
In seiner Ansprache war Fritz voll des Lobes, obwohl ein Teil der
Milizen in einem wichtigen Augenblick die Nerven verloren habe.
Den Aufbruch der Truppe legte er auf vier Uhr fest. Er sollte in aller
Heimlichkeit erfolgen, damit britische Aufklärer nichts von ihrem
Abmarsch bemerkten.
Er ließ Leutnant Oberle kommen.
„Leutnant, reiten Sie mit sieben Ihrer Männer voraus und infor-
mieren Sie Mühlenberg über meine Absichten. Sollten Sie unterwegs
auf Briten stoßen, schlagen Sie sich durch. Doch schicken Sie mir
einen Mann zurück, der mich darüber in Kenntnis setzt.

Einer Ihrer Männer bricht umgehend mit dem Befehl nach Petersburg auf. Smallwood soll Oberst Davis eine starke Einheit entgegen schicken, um dessen Rückzug zu decken. Die entsprechenden Order an die Empfänger sind bereits aufgesetzt.

Der Rest Ihrer Leute marschiert mit mir. Als Aufklärer werden sie gute Dienste leisten – haben Sie dazu Fragen?"

„Keine. Ich denk', dass alles klar ist, Herr Generalmajor."

„Gut, hier sind die Befehle, die zu überbringen sind, Leutnant Oberle - Gott sei mit Ihnen und Ihren Männern."

Die vier Fuhrwerke, die Fritz zum Transport zur Verfügung hatte, wurden nur mit dem Notwendigsten beladen. Gegen vier Uhr war die Truppe Abmarsch bereit. Samuel Fisher hatte er mit seinem persönlichen Schutz beauftragt, er sollte stets an seiner Seite bleiben.

Trotz des schlechten Wetters und der aufgeweichten Wege kamen sie gut voran und bis zum Tagesanbruch hatten sie bereits eine ordentliche Wegstrecke zurückgelegt.

Die berittenen Aufklärer leisteten gute Dienste, beinahe stündlich erhielt Fritz Meldung. Bislang waren sie keinen Briten begegnet, ihr Abmarsch blieb, wie Fritz gehofft hatte, unbemerkt.

Am späten Vormittag ließ Fritz kurz rasten, um die Pferde an einem der vielen Wasserläufen trinken zu lassen, anschließend marschierten sie bis zur Abenddämmerung weiter, erst dann befahl Fritz, das Lager aufzuschlagen. Nachdem alle Zelte errichtet waren, krochen die Männer in ihre Unterkünfte und versuchten, sich notdürftig einzurichten.

Unterdessen traf in Begleitung einer seiner Aufklärer ein Kurier von Peter Mühlenberg im Lager ein, der ihm ein Billett des Brigadegenerals überreichte.

'Altes Schlachtross,
soeben ist nach einem Gewaltritt einer Deiner Aufklärer bei mir
eingetroffen. Er ist keinem Briten begegnet.
Ich beglückwünsche Dich zum erfolgreichen Gefecht bei Hoods.
Wir befinden uns inzwischen 12 Meilen nordwestlich von Richmond
und rücken weiter gegen die Stadt vor.
Den bei mir eingehenden Meldungen zufolge unternehmen die
Briten Anstalten, die Stadt zu räumen, allerdings beeilen sie sich nicht
sonderlich.
Ich denke, dass wir uns morgen wieder sehen werden.
Sei umarmt,
Peter'.

In aller Frühe setzten sie ihren Marsch fort. Unterwegs begann der
Himmel etwas aufzuklaren, zumindest war vorerst weder mit Regen
noch Schnee zu rechnen.
Zur Mittagszeit trafen sie auf die Vorhut Mühlenbergs, bei der sich
auch Leutnant Oberle mit seinen Männern befand. Sie hatten den
Auftrag, Fritz und seine Truppe in das Feldlager zu begleiten, das
sich inzwischen fünf Meilen nordwestlich von Richmond befand.
Bei seiner Ankunft eilte ihm Peter Mühlenberg entgegen, erleichtert
fielen sie sich in die Arme.
„Na, alter Kämpe! Arnold dachte, wohl leichtes Spiel zu haben, doch
er hat die Rechnung ohne den Wirt gemacht", begrüßte ihn Peter.
Beide waren froh, sich nach langer Zeit gesund wieder zu sehen.
„Es ist gerade noch mal gut gegangen. Doch sobald Weedon mit
seinem Kontingent bei Nelson eintrifft, wir beide auf Richmond
vorrücken, die Stadt nehmen und wir Verstärkung durch das Corps
Lafayette erhalten, haben wir den Verräter."
„Weißt Du, was ich an Dir so schätze?"
„Das wäre?"

„Deine grenzenlose Zuversicht."

„Selbst wenn die Lage aussichtslos erscheint, bleiben dennoch der Glaube und die Hoffnung, alter Prediger."

„Das ist wahr; denn schon in der Bibel steht, dass der Glaube Berge versetzen kann - und dazu sind wir ja hier."

„Sag, wie ist es Dir und Deinen Männern auf dem Marsch ergangen?"

„Das Wesentliche habe ich Dir ja schon geschrieben. Bis jetzt hatten wir noch keine Feindberührung. Die Briten beschränken sich auf die Kontrolle des linken Flussufers. – Wie hat sich mein schwäbisches Freicorps gehalten?"

„Das sind tapfere und eiskalte Burschen! Ich weiß nicht, wie es ohne sie ausgegangen wäre, da etliche der Milizen die Nerven verloren haben. Wie kommt es, dass diese effizienten Kerle allesamt Schwaben oder Badener sind?"

„Mehr oder weniger geschah das durch Zufall. Meine Absicht war, eine Eskadron zu schaffen, die den Berittenen Hessischen Jägern gleich kommt. Zunächst wurde ich auf zwei Forstleute aufmerksam, die aus dem Schwarzwald stammen. Sie versprachen mir, einige Leute anzuwerben. Nach zwei Wochen trafen sie mit 30 ihrer Landsleute bei mir im Feldlager ein, so ist das ganze entstanden. – Ich gehe davon aus, dass Du hungrig bist."

„Ich habe sogar einen Bärenhunger!"

„Dem kann Abhilfe geschaffen werden. In einer Stunde nehme ich mit meinen Offizieren das Mittagessen ein. Auch muss ich Dir die Geschäfte übertragen. Als mir gemeldet wurde, dass Du mit Deiner Truppe bald bei uns eintreffen wirst, habe ich meine Köchin und die Dienstmägde angewiesen, für einige Portionen mehr zu sorgen."

„Hab vielen Dank für Deine Fürsorge, Peter. Im Anschluss an das Essen berufe ich eine Lagebesprechung ein. Es muss eine Menge erörtert und entschieden werden. Gibt es Neuigkeiten von Lafayette?"

„Allerdings, doch komm' zuerst einmal an und richte Dich ein, wir sehen uns beim Essen, dann erfährst Du Näheres."

Für die Verhältnisse im Feld fiel das Mittagessen üppig aus, das in der Wohnstube eines Bauernhauses stattfand. Es gab Eisbein mit Sauerkraut und Kartoffelbrei. Sie waren voll des Lobes über die gelungene Mahlzeit, so dass Peter seine Köchin und Dienstmägde kommen ließ, die von den Anwesenden einen kräftigen Applaus erhielten.

Schließlich ging man zur Lagebesprechung über, die auf Deutsch abgehalten wurde. Auch Sergeant Knöpfle als Ordonanz wurde hinzu gezogen.

Peter Mühlenberg übergab das Kommando an Fritz, legte einen kurzen Rechenschaftsbericht ab und informierte über die aktuelle Lage.

„Heute erhielt ich Nachricht, dass die Briten Richmond geräumt haben, allerdings nicht ohne zuvor große Schäden anzurichten. Wie erheblich diese sind, werden wir ja bald feststellen. Inzwischen marschieren die Briten in Richtung Williamsburg. Nachrichten von Weedon oder Nelson gibt es keine. Aber ich gehe davon aus, dass sich die beiden Kontingente inzwischen ohne Zwischenfälle vereinigen konnten, zumal bislang auch keine Meldungen über Kampfhandlungen eingegangen sind.

Dagegen erhielt ich vorgestern ein Billett von Lafayette, in dem er mitteilt, dass sein Corps noch eine Woche benötigt, um bei uns zu sein."

„Was? Ich ging davon aus, dass er morgen oder spätestens übermorgen hier sein wird! Hat er sich überhaupt von der Stelle gerührt? Lafayette hat rechtzeitig Depeschen von mir erhalten, dass wir dringendst seine volle Unterstützung benötigen und er uns mit seinem gesamten Corps in Gewaltmärschen entgegen eilen soll!"

„Der Herr wünscht wohl nicht, dass Dir der Sieg gehört; denn er hat eine Depesche an General Washington geschickt. Er besteht darauf, dass bei diesem Feldzug ihm, als dem dienstälteren Generalmajor der Oberbefehl der Truppen in Virginia zusteht. Hier ist eine Abschrift der Depesche, die er an mich weiterleiten ließ."
Entgeistert nahm Fritz das Schreiben entgegen, ohne einen Blick darauf zu werfen.
„Was soll dieser Standesdünkel von diesem aufgeblasenen, selbstherrlichen französischen Hähnchen, dem man wegen seiner Inkompetenz den Hals umdrehen müsste, seine Federn rupfen, ihn ausweiden, um ihn anschließend genüsslich über dem Feuer zu braten. Der Kerl ist gerade einmal erwachsen geworden und will einem alten Kämpen wie mir, der in vielen Schlachten gestanden hat, nicht nur den Rang streitig machen, sondern auch dessen getroffene Massnahmen boykottieren. Lafayette gehört auf der Stelle suspendiert und vor ein Kriegsgericht gestellt! - Der ganze Plan, den Briten eine empfindliche Niederlage beizufügen und den Verräter Arnold in die Hände zu bekommen, ist damit hinfällig", empörte sich Fritz, der seine Gefühle kaum noch zu beherrschen wusste und eine Verwünschung nach der anderen gegen Lafayette im Speziellen, den Franzosen im Gesamten, nebst sämtlichen Briten, sowie gegen die Regierung von Virginia im Besonderen ausstieß, bis er sich endlich wieder gefangen hatte und aufnahmefähig war.
„Hier eine Abschrift des Antwortschreibens von General Washington an Lafayette, die mich bereits gestern erreicht hat. Anscheinend hat der Marquis wohl mehrere Tage verstreichen lassen, bis er die Abschrift seines Briefes an Washington zu uns auf die Reise geschickt hat," bemerkte Peter vorsichtig, der sich nach Übergabe des Dokuments möglichst unauffällig etwas zurück zog, um bei der zu erwartenden Reaktion nicht unmittelbar neben Fritz zu stehen, der,

nach dem Studium des Billetts, zur Verwunderung aller, dieses nur achtlos beiseite legte.

„Meine Herren, der Oberkommandierende der Streitkräfte der Vereinigten Staaten von Amerika, General George Washington, ordnet in diesem Schreiben hier an, dass bei einer Zusammenkunft unserer Truppen mit dem Corps des Generalmajors Marquis de Lafayette, besagter Marquis de Lafayette bis auf Widerruf das Oberkommando der Streitkräfte im Staate Virginia führt.

Mit dieser Anordnung im Rücken muss er sich ja endlich zu uns in Bewegung setzen. Wir haben umsonst auf sein Corps zur rechten Zeit gehofft, nun ist es zu spät! Wir sind weder in der Lage, die Briten in einer offenen Feldschlacht zu stellen, geschweige denn, den Verräter Benedikt Arnold vor der Justiz zur Rechenschaft zu ziehen! Damit ist mein gesamter Plan gescheitert.

Aufgrund der veränderten Lage lassen wir die Leute bis morgen früh ruhen, sie haben es sich redlich verdient. Danach rücken wir in Richmond ein. Gibt es Fragen oder Einwände?“

„Allerdings, die gibt es, Fritz!“, warf Peter ein, „wir sind in der Lage, einen entscheidenden Sieg zu erringen, bevor dieses aufgeblasene französische Hähnchen hier das Kommando übernimmt. Wir stellen die Briten noch vor Williamsburg zur Schlacht und das, während sie sich auf dem Marsch befinden. Wir müssen jetzt nur entschlossen genug nachsetzen.

Nelson und Weedon verfügen inzwischen über mehr als 1.200 Mann und werden den Feind durch schnellen Angriff und schnellen Rückzug fortwährend beschäftigen, bis mein Regiment die Briten eingeholt hat und von beiden Flanken aus unvermittelt angreift, überrennt und ohne Pardon jeden niedermacht, bis wir zu Arnold vorgedrungen sind und ihn gefangen nehmen. Das Ganze muss nur zeitlich gut aufeinander abgestimmt sein. Aber dazu verfügen wir ja über unsere zuverlässige Schwäbisch-Badische Reiterei, die bei der

gesamten Aktion zwischen Nelson, Weedon und uns die Kurier-
dienste übernehmen wird. – Fritz, wir vernichten sie! Wir haben die
Chance dazu, lass die Truppe unverzüglich abrücken und den Briten
im Eilmarsch folgen."
Nach den eindringlichen Worten seines Freundes ging Fritz zu einem
der Fenster und betrachtete schweigend die trostlose, vom Regen der
letzten Tage gezeichnete Landschaft. Auch der Himmel zeigte ein
einheitliches Grau, eine Wetterbesserung war nicht in Sicht.
Er hatte seine Entscheidung getroffen.
„Gentlemen, aus nachhaltiger Erfahrung weiß ich die unerschrockene
Tapferkeit meiner Landsleute zu schätzen und ich habe es nur zu oft
erlebt, wie sie mit großem Gottvertrauen und frommen Liedern auf
den Lippen gegen eine vielfache Übermacht in die Schlacht und in
ihren sicheren Untergang gezogen sind. - Peter, wir alleine können
die Briten nicht schlagen, sie sind uns an Zahl, Ausrüstung und Bewaffnung weit überlegen! Unsere Streitmacht dagegen besteht, bis
auf Dein 8.Deutsches Pennsylvania, aus einfachen Milizen, die über
keinerlei Ausbildung verfügen. Auch wenn ich den Verräter Arnold
an den Galgen wünsche, ich bin der Letzte, der seine ihm anvertrauten Männer sinnlos in den Tod schickt!"
Eine Zeitlang sah ihn Peter nachdenklich an.
„Du hast Recht, Fritz. Alleine können wir es nicht wagen und das
nur, weil uns Lafayette mit seinem Standesdünkel schmählich im
Stich gelassen hat."
„Genauso sehe ich das auch und bin sehr verbittert darüber! Doch
wir werden eine neue Gelegenheit bekommen, wir müssen nur Geduld haben. Durch gutes strategisches und taktisches Geschick wird
sich diese mit Sicherheit ergeben und dann schlagen wir erbarmungslos zu.
Der Plan wird geändert. Von Richmond aus marschieren wie am
rechten Ufer auf Portsmouth zu und riegeln die Briten von der

Landseite her ab. Denn Portsmouth mit seinem geschützten Hafen wird gewiss ihr Ziel sein, um dort eine sichere Basis zu errichten. Über genügend Schiffe, um ihre Truppen vom linken Flussufer nach Portsmouth überzusetzten, verfügen sie ja reichlich.

Bevor wir morgen in Richmond einmarschieren, habe ich heute noch eine Aufgabe zu erledigen. In unserem Gefolge befindet sich ein sehr junger Enthusiast, der in seinem jugendlichen Eifer seinen Eltern davongelaufen ist und sich der Truppe angeschlossen hat. Seine Eltern leben in dieser Gegend. Ich werde ihn dorthin zurück bringen, wo er hingehört. - Meine Herren, bis heute Abend bin ich unabkömmlich, solange führt Brigadegeneral Mühlenberg das Kommando. Hiermit ist die Lagebesprechung beendet. Begeben Sie sich auf Ihre Posten."

„Jawohl, Herr Generalmajor", riefen die Offiziere einhellig und traten ab.

„Sergeant Knoepfle zu mir!"

„Chef, Sie wisse doch, dass ich da bin."

„Egal, dass hier ist wahres Preußentum. Nehmen Sie sich ein Beispiel daran!"

„Hä?"

„Egal, folgen Sie mir!"

„Zuerst will ich wisse, wohin, damit der Weg für mich nicht umsonst ist."

„Wir werden jetzt Samuel Fisher aufsuchen, mit ihm sprechen und ihn danach seinen Eltern überbringen."

„Warum sage Sie das nicht gleich, Chef."

„Alles zu seiner Zeit. Außerdem heiße ich nicht Chef, sondern Herr Generalmajor!"

„Klar, Chef."

Es dauerte nicht lange und sie erreichten das Mannschaftszelt, in dem Samuel Fisher untergebracht war. Der Junge saß vor dem Zelt und war damit beschäftigt, seine Muskete zu reinigen.
Als er die beiden Männer bemerkte, sprang er auf und versuchte, Haltung anzunehmen. Dabei fiel ihm die Muskete aus der Hand.
Verstört über sein Missgeschick hob er sie auf und nahm vorschriftsmäßig Haltung an.
„Verzeihung, Sir, Major General, Sir! Es wird nicht wieder vorkommen, Sir!"
„Er wird es noch lernen, junger Freund, auch wie man eine Muskete innerhalb von zwanzig Sekunden nachlädt, denn darin sind unsere ausgebildeten Soldaten inzwischen um zehn Sekunden schneller, als es die Briten vermögen," munterte ihn Fritz auf, „doch jetzt nenne Er mir den Wohnort Seiner Eltern, damit ich Ihn dorthin zurükkbringen kann. Er hat im Kampfe Seine Pflicht mit großer Tapferkeit erfüllt und soll jetzt in diesen schweren Zeiten Seinen Eltern beistehen. Damit dient Er seinem Lande mehr als in der Armee."
„Aber Sir, Major General, Sir, ich habe mich doch zur Miliz gemeldet und es gab keine Beanstandungen wegen meines Alters. Ich habe auch eine Muskete mit dreißig Patronen vom Zeugmeister erhalten. Außerdem wird es zu Hause eine Tracht Prügel setzen", fügte er leise hinzu.
„Um dies zu vermeiden, werden Sergeant Knoepfle und ich Ihn begleiten. Ich selbst werde bei Seinen Eltern vorsprechen, damit Ihm verziehen wird."
„Ist das ein Befehl? Sir, Major General, Sir?"
„Ja, das ist ein Befehl, Mr. Fisher, ich trage die Verantwortung für Ihn. Wo befindet sich das Haus Seiner Eltern?"
„Sie besitzen eine Farm, nicht einmal fünf Meilen von hier, in Richtung Norden, nahe des James River, der Name der Farm lautet "Fishers Ground"".

„Kennt Er den Weg?“

„Sir, Major General, Sir, ich bitte Sie, Sir! Ich bin hier aufgewachsen, die Gegend kenne ich wie meine Westentasche!“

„Gut, in einer halben Stunde steht ein Pferd für Ihn bereit, danach brechen wir gemeinsam zu Seinen Eltern auf.“

Wie befohlen fand sich der Junge mit seinen wenigen Habseligkeiten zur vereinbarten Zeit vor dem Zelt des Generalmajors ein, wo ihn Fritz und Sergeant Knoepfle bereits erwarteten.

Als sie das Lager verlassen hatten, spürte Fritz die innere Unruhe, die Samuel Fisher vor dem Wiedersehen mit seinen Eltern erfasste, und so begann er, einige Geschichten aus seiner Zeit als Kadettenschüler, Student und junger Offizier zum Besten zu geben, der mit seinen Kumpanen das Nachtleben der Stadt Breslau unsicher gemacht und deswegen nicht nur einmal im Karzer gesessen habe. Aufgrund des jugendlichen Alters von Samuel erwähnte er seine mannigfaltigen Frauengeschichten nicht, dafür aber kurzweilige Räuberpistolen aus der Zeit, als er zu Beginn des Siebenjährigen Krieges als junger Leutnant im verwegenen Freicorps Mayr viele Abenteuer zu bestehen hatte.

Die ganze Zeit über hing Samuel an seinen Lippe, und nicht nur er, ausnahmsweise auch Sergeant Knoepfle, der kein einziges Mal ein vorlautes Wort fallen ließ. Doch als sie schließlich vor dem Eingangstor zur Farm „Fishers Ground“ standen, konnte er sich nicht mehr zurück halten.

„Heidenei, Chef, Sie sind ja ein Teufelsbraten, so kenne ich Sie ja noch gar nicht.“

„Na ja, so war das damals – das dazu – gut. Nun denn, Mr. Fisher“, wandte er sich an seinen jungen Begleiter, „gehen wir es an, sei Er ein Mann.“

Sie ritten auf das Gelände der Farm, deren gewaltiges Ausmaß schon auf den ersten Blick zu erkennen war.

„Mr. Fisher, ich kann Ihn nur beglückwünschen, denn in meiner
kleinen Heimat gibt es nur wenige Güter von dieser beachtlichen
Größe. Jetzt im Winter liegen die Felder ja brach, daher würde ich
gerne wissen, von welchen Produkten Seine Familie den Lebens-
unterhalt bestreitet?“
„Getreide und Tabak. Außerdem besitzen wir 28 Milchkühe und 87
Rinder. Wir haben auch 74 Schweine, viele Hühner und Kaninchen.
Was wir an Milch nicht benötigen, wird an die Molkerei in Richmond
geliefert“, antwortete Samuel nicht ohne Stolz.
„In der Tat, das Leben eines Farmers ist von harter Arbeit geprägt“,
bemerkte Fritz.
„Das will ich wohl meinen, denn ohne die Großeltern und unseren
23 Sklaven würden wir das auch nie bewältigen können.“
„Sklaven? - Ja sicher, ich vergaß.“
„Ohne die geht es doch gar nicht, wir sorgen ja auch gut für sie,
dadurch müssen sie sich selbst um nichts kümmern. Wegen der
nahrhaften Kost, die sie von uns erhalten, vermehren sie sich auch
gut. In nächster Zeit erwarten wir zwei Neugeborene. Die Nigger
sind doch unser Kapital.“
„Das werde ich wohl nie verstehen – hat Er noch Geschwister?“
„Ja, drei jüngere Schwestern, zehn, acht und sechs Jahre alt und einen
kleinen vierjährigen Bruder.
Inzwischen hatten sie das Wohnareal der Farm erreicht. Vor einem
repräsentativen Wohnhaus hielten sie an. „Steige Er ab, Mr. Fisher“,
forderte ihn Fritz auf.
Samuel folgte der Aufforderung und befestigte die Zügel seines
Pferdes an einem Querbalken vor der Veranda.
Bei den Stallungen, die etwas abseits lagen, sahen sie einen Sklaven,
der bei ihrem Anblick einen mit Eiern gefüllten Korb absetzte, nach
seinem Herren rief und zu eine der Scheunen lief, aus der kurze Zeit

später eine weiße Frau und ein weißer Mann herauskamen. Die Frau stieß einen Schrei der Erleichterung aus und lief auf sie zu.

„Meine Mutter und mein Vater, jetzt wird es was geben", kommentierte Samuel das Geschehen.

„Nur mit der Ruhe, junger Freund."

Wie erwartet, fiel die Mutter ihrem Sohn um den Hals und drückte ihn fest an sich.

„Mach so etwas nie wieder, Sam", schluchzte sie mit tränenerstickter Stimme.

Inzwischen hatte sich auch der Vater genähert, der, im Gegensatz zu seiner Frau, seinen Sohn kaum beachtete.

„Sie sind also der Bastard, der uns das ganze Unglück eingebrockt hat", herausfordernd sah er Fritz an. „Ist mein Sohn für diese elende Revolution nun auch noch Soldat geworden und uns genommen?"

„Mr. Fisher, ich bin Major General von Steuben, Oberkommandierender des Staates Virginia, mein Begleiter ist meine Ordonanz, Sergeant Knoepfle."

„Vor drei Tagen kamen schon Soldaten von diesem deutschen Hurensohn Mühlenberg. Die Hälfte der Hühner und ebenso viele Kaninchen haben diese Krautfresser uns weggenommen, von den sechs Wagenladungen an Heu und Stroh nebst Getreide ganz zu schweigen. Zuletzt konfiszierten sie noch unsere fünf besten Pferde! Und das Ganze gegen einen Fetzen Papier, auf dem alles schön aufgelistet ist! Allen Farmern in der Gegend erging es nicht anders. Zuvor hatten uns schon die Briten beehrt. Die nahmen aber nicht einmal die Hälfte davon mit."

„Ich kann Ihnen nur mein Bedauern ausdrücken, Mr. Fisher. Gemäß den Vorschriften wurde Ihnen eine Quittung ausgestellt, damit Sie Ihren Verlust nach Beendigung des Krieges einfordern können."

„Diese Zusagen sind das Papier nicht wert, auf dem sie geschrieben sind."

„Ich hoffe, dass Sie nicht Recht behalten, Mr. Fisher, denn Ihre Familie hat mit Ihrem Opfer der Revolution einen großen Dienst erwiesen."

„Ersparen Sie sich diese Worte. Wir waren immer gute Tories und treue Bürger der Krone. Diese Revolution mit ihren verrückten Ideen bringt uns nur um Hab und Gut. Ihre Verrücktheiten haben sogar meinen Ältesten angesteckt. Erschießen Sie uns jetzt oder lassen Sie uns hängen?"

„Ich bringe Ihnen Ihren Sohn zurück, Mr. Fisher, der im Gefecht tapfer an meiner Seite gekämpft hat, Sie können sehr stolz auf ihn sein."

Für einen Moment sah ihn Samuels Vater entsetzt an, während seine Frau ihren verloren geglaubten Sohn weiterhin liebkoste, dem dies sichtlich peinlich war.

„Ich gehöre zur Miliz, Mama, lass bitte ab, was wird nur Major General von Steuben von mir denken", flehte er sie an.

„Hat er getötet und sich damit versündigt?", fragte der Vater.

„Das weiß nur Gott allein."

Die Haustür öffnete sich und ein älterer Mann mit einer entsicherten Jagdflinte im Anschlag trat auf die Veranda, dem kurz darauf eine Sklavin folgte.

„Massa, nicht!", bat sie.

„Geh ein paar Schritte zur Seite, Mary." Er richtete den Lauf seiner Waffe auf Fritz.

Im nächsten Moment hörte Fritz, wie Sergeant Knoepfle eine seiner Pistolen entsicherte und damit auf den Farmer zielte.

„Rückt meinen Enkel heraus, Bastarde, und verschwindet von unserem Grund und Boden!", rief der Farmer.

„Mister, ich empfehle Ihnen, augenblicklich Ihr Gewehr zu senken und es zu sichern, ansonsten schieße ich Sie über den Haufen", drohte ihm Sergeant Knoepfle in bestem Englisch mit einem leichten deutschen Akzent.

Samuel riss sich von seiner Mutter los.

„Großvater, mach, was er sagt! Der Mann ist ein Scharfschütze! Ich habe ihn im Gefecht erlebt, der kennt kein Pardon", flehte Samuel, der, das Schlimmste befürchtend, auf die Knie sank, seine Hände vor sich faltete und in Tränen ausbrach.

„Pa, es ist genug! Lass es gut sein!", rief Samuels Vater entschlossen.

„Mr. Fisher, auch ich lege Ihnen nahe, nicht länger Ihre Waffe auf mich zu richten, da zum einen meine Ordonanz, Sergeant Knoepfle, sonst dazu verleitet wäre, seine Androhung in die Tat umzusetzen. Ich gehe davon aus, dass wir uns hier unter Gentlemen befinden und kultiviert miteinander umgehen, daher bitte ich Sie, dass Sie die gegen mich gerichtete Waffe senken und sichern. Durch diese Geste würden Sie mit Sicherheit auch Sergeant Knoepfle dazu bewegen, ebenfalls seine Waffe, mit der er, wie ich sehe, noch immer auf Sie zielt, von Ihnen abzuwenden, zu sichern und diese wieder in seiner Pistolentasche zu versorgen. – Sind Sie mit dieser Vorgehensweise einverstanden, Mr. Fisher?"

„Gut, Ihr Krautfresser, an mir soll es nicht liegen", entgegnete Großvater Fisher, senkte seine Waffe und sicherte sie. Sergeant Knoepfle verfuhr daraufhin ebenso.

„Warum seid Ihr Krautfresser hier?", fuhr Großvater Fisher barsch fort, „damit wir uns von unserem Enkel und Sohn verabschieden dürfen und ihr uns nur noch mehr nehmt, als ihr ohnehin schon genommen habt?"

„Mr. Fisher, wir sind nur gekommen, um Ihren mutigen Enkel in den Schoß seiner Familie zurück zu bringen, nichts anderes ist unser Ansinnen.

Sergeant Knoepfle, ich denke, dass wir unsere Pflicht erfüllt haben, reiten wir! – Mr. Samuel Fisher auf ein Wort noch."

„Sir, Major General, Sir, Samuel Fisher meldet sich zur Stelle, Sir!"
„Er hat es gut gelernt und ist ein tapferer Mann, Mr. Fisher.
Doch nun hat Er in dieser schwierigen Zeit bei Seiner Familie, die so
viel für unsere Freiheit geopfert hat, als Angehöriger der Miliz des
Staates Virginia Seine Pflicht zu erfüllen. Sofern ich Seine Hilfe be-
nötige, komme ich auf Ihn zurück. Ich weiß ja, wo Er zu finden ist.
Das Pferd, auf dem Er hierher geritten ist, überlasse ich Ihm als
Anerkennung für Seine Verdienste. – Meine Ladies, Gentlemen, ich
wünsche Ihnen noch einen guten Tag und für Ihre Zukunft Gottes
Segen."
„Der General hat "Lady" zu mir gesagt." Die Sklavin Mary, die
sichtlich mit einer Ohnmacht kämpfte, hatte eine derartige Anrede
wohl noch nie gehört.
Als sie ihre Pferde wendeten, kam Samuels Vater auf Fritz zu und
hielt dessen Pferd am Zaumzeug fest.
„Major General, haben Sie meinen aufrichtigen Dank, dass Sie mir
meinen Sohn wohlbehalten zurückgebracht haben. Sie sind ein guter
Mensch, Mr. Steuben, auch wenn Sie ein Krautfresser sind und zu
dieser verdammten Revolution gehören."
„Ich habe nur das getan, was ich als meine Pflicht erachtet habe, Mr.
Fisher. Seien Sie bitte milde zu Ihrem Sohn, er hat es verdient."
Zum Abschied tippte Fritz kurz an seinen Hut, dann ritt er mit Ser-
geant Knoepfle davon.
„Danke", bemerkte Fritz nach einer Weile, „das war sehr geistes-
gegenwärtig von Ihnen, Sergeant."
„Schon recht, Chef, jemand muss ja schließlich auf Sie aufpassen,
gell."
„Manchmal mag das vielleicht angebracht sein."
„Die Kerle hier in Virginia ticke halt ganz anders, das sag' ich Ihne
als Uhrmacher."

Auf ihrem Ritt zurück ins Feldlager wechselten Fritz und Sergeant Knoepfle kaum ein Wort, jeder hing seinen Gedanken nach. Inzwischen hatte es wieder zu schneien begonnen. Fest hüllten sie sich in ihre gewachsten Mäntel ein.

Wie gewohnt nahm Fritz das Abendessen mit seinen Offizieren ein. Während er den Ablauf für den folgenden Tag festlegte, wurde ihm ein Kurier von Oberst Davis gemeldet, den er augenblicklich herein bat.
Der Kurier war von dem Gewaltritt gezeichnet. Er berichtete von weiten Umwegen, die er hatte nehmen müssen, um nicht den Briten in die Hände zu fallen. Von Oberst Davis konnte er melden, dass dieser seinen Auftrag erfüllt habe und sich seine Einheit auf dem Weg nach Petersburg befände, ohne von den Briten verfolgt zu werden.
Fritz dankte dem Kurier und veranlasste, dass er und sein erschöpftes Pferd gut versorgt wurden.
Zum Ausklang des Abends trank man noch einige Toasts auf General Washington, Oberst Davis und auf die Gesundheit aller Anwesenden.

Beim ersten Tageslicht erklang das Signal zum Sammeln.
Nach dem Appell ließ Fritz den Tagesbefehl verlesen. Anschließend frühstückten die Männer und rüsteten sich zum Aufbruch.
Zwei Stunden später erreichten sie Richmond.
Über der Stadt lag Brandgeruch, viele Gebäude lagen in Schutt und Asche. Die Einwohner waren mit Aufräumarbeiten beschäftigt und beachteten sie kaum, nicht einer hieß sie willkommen, nur einige neugierige Kinder standen am Straßenrand.

Bedrückt und schweigsam ritten Fritz und Peter Mühlenberg durch
die ausgeplünderte Stadt, durch die tief hängenden, grauen Wolken
wurde die bleierne Trostlosigkeit noch verstärkt. Vor ihrem Abzug
hatten die Briten ganze Arbeit geleistet und weite Teile der Bevölkerung ihrer Lebensgrundlage beraubt. Ordnungshüter, die eine Ko-
ordinierung der ersten Hilfsmaßnahmen hätten übernehmen können,
gab es keine, sie waren vor den Briten geflohen.
Daraufhin beschlossen Fritz und Peter, die allseits herrschende Not
mit den ihnen zur Verfügung stehenden Mitteln wenigstens etwas zu
lindern. Für die Notleidenden wurden ein Rind, vier Schweine,
mehrere Hühner und Kaninchen geschlachtet und den Obdachlosen
Zelte zur Verfügung gestellt.
Nachdem Fritz die Befehlsgewalt über Richmond Captain Faller
übertragen hatte, dessen Organisationstalent Peter sehr zu schätzen
wusste, zog das Regiment mit den Milizen in Richtung Portsmouth
weiter.
Auf ihrem Marsch hielten sie sich vom Ufer des James River fern
und nahmen weite Umwege in Kauf, um von den Briten nicht bemerkt zu werden. Gleich in der ersten Nacht setzte Frost ein und es
begann stark zu schneien. Die vom Regen aufgeweichten Wege gefroren zu einem festen Untergrund, doch der aufgetürmte Schnee
behinderte die Truppe am zügigen Vorankommen, nur wenige Meilen konnten sie zurücklegen.
Am zweiten Tag traf aus Williamsburg ein Kurier von Weedon ein,
der sich als Mr. Gray vorstellte und Fritz ein Billett überreichte, in
dem ihm Weedon mitteilte, dass inzwischen auch die britische
Nachhut Williamsburg in Richtung Newport News verlassen habe,
doch nicht ohne zuvor die Hauptstadt Virginias ein weiteres Mal zu
plündern. Viele Einwohner besäßen nicht einmal mehr ein Dach über
den Kopf. Im näheren Umland sähe es nicht besser aus. Er selbst
werde zunächst mit einem kleinen Kontingent in der Stadt verbleiben

und versuchen, der dort herrschenden Not Abhilfe zu schaffen, während Nelson mit dem größten Teil der Truppen den Briten folgen werde.

„Mr. Gray, Sie kommen ja direkt aus Williamsburg, wie ist dort die aktuelle Situation?"

„Sir, Major General, Sir, wir bemühen uns redlich. Die Lage ist sehr ernst, viele Menschen leiden äußerste Not und ihre Ernährung kann nur bedingt gewährleistet werden."

Fritz beriet sich umgehend mit dem Quartiermeister und dem Bäckereiinspektor. Es wurde entschieden, dass anderntags sieben mit Proviant, Decken und Zelten vollbeladene Versorgungswagen in Marsch gesetzt werden sollen, um erst einmal die schlimmste Not zu lindern.

„Was denken sich eigentlich die Briten? Sie meinen wohl, uns mit dem Ausplündern des Landes in die Knie zu zwingen? Wir werden uns schon zu ernähren wissen, selbst wenn die Wege lang sein mögen. Sobald wir vor Portsmouth sind, muss eben mehr gefischt werden", resümierte Fritz.

Am nächsten Morgen ritt der Kurier mit dem Antwortschreiben zu Weedon zurück, in dem ihm Fritz nicht nur seine besten Wünsche übermittelte, sondern ihn über den neusten Stand seiner Unternehmung unterrichtete und mitteilte, dass mit dem Eintreffen des Corps Lafayette vor Portsmouth frühestens in einer Woche zu rechnen sei und Lafayette dann das Oberkommando übernehmen werde.

Schließlich, nach fünf beschwerlichen Tagen, erreichte die Truppe ihr Ziel. Von einem der vorgelagerten Hügel aus sahen sie die schneebedeckte Hafenstadt Portsmouth vor sich liegen.

Allem Anschein nach traf das unerwartete Auftauchen der Amerikaner die Briten völlig unvorbereitet. Sie zogen sich hinter ihre Befestigungen zurück und unternahmen keinerlei Anstalten, das

Regiment an seinem weiteren Vorgehen zu hindern. Fritz und Peter
schlossen daraus, dass sie auch über ihre wahre Truppenstärke, die
weit geringer als die der Briten war, keinerlei Kenntnis besaßen.
„Nun denn, wenn dem so ist, bestärken wir sie in dem Glauben!
Greifen wir in die Trickkiste! Gaukeln wir ihnen vor, dass wir mehr
als doppelt so stark sind", beschloss Fritz und ließ entsprechende
Maßnahmen ergreifen. So wurden über Nacht aus ihren 11 Geschützen 28. Die Attrappen bestanden aus frisch gefällten Bäumen
aus einem nahe gelegenen Wald, deren geschälte Stämme mit Pech
und Teer bestrichen wurden und die in ihren vorgetäuschten Stellungen durchaus echt wirkten.
Die Landblockade begann entlang einer Hügelkette etwas mehr als
eine Meile vor der Stadt, wobei der äußerste, dem Fluss zugewandte
Flügel, nur soweit vorgelagert war, dass er nicht in Reichweite der
schweren Schiffsartillerie geriet.
Tagsüber übte ein Teil des Regiments seine Manöver, während der
andere damit beschäftigt war, ihre Stellungen auszubauen. Durch den
ständigen Umtrieb des Regiments und des angeschlossenen Trosses,
zu dem auch viele Frauen mit ihren Kindern gehörten, hoffte Fritz,
die Briten solange täuschen zu können, bis endlich das Corps Lafayette eintreffen würde, denn dann wären zumindest die Kräftever-
hältnisse zu Lande neu verteilt.
Am Abend des vierten Tages der Landblockade stellte sich uner-
warteter Besuch bei Fritz und Peter ein. Es waren die Kommandeure
der Milizen Nelson und Weedon, die, als Fischer verkleidet, nach
mehreren Stunden Fischfang zwischen den britischen Kriegsschiffen
am rechten Ufer festgemacht hatten.
Fritz und Peter begrüßten sie auf das Herzlichste und ihr frisch
eingebrachter Fang wurde durch die Köche umgehend zubereitet,
was dem Abendessen des OffiziersCorps eine besondere Note verlieh.

Nach einigen Toasts auf das Wohl der Anwesenden und das des Oberbefehlshabers der Armee berief Fritz seinen Kriegsrat ein. Zunächst stellte er eine Bestandsaufnahme der aktuellen Lage vor. Die Briten mit inzwischen mehr als 4.000 Mann an Land und wahrscheinlich 3.000 Mann an Bord der Schiffe würden den gesamten unteren Lauf des James River bis über Hopewell kontrollieren, wodurch ein Übersetzen ihrer eigenen Truppen zum gegenüber liegenden Ufer unmöglich würde. Vor Portsmouth seien vier große Linienschiffe, eines davon mit drei Kanonendecks, vor Anker gegangen, die mit ungefähr 280 schweren Schiffsgeschützen die britischen Stellungen weiträumig absichern würden. Zusätzlich erhielten sie noch die Unterstützung durch die Kanonen der zahlreichen Fregatten und Korvetten. An Land hätten die Briten 32 Feldgeschütze in Stellung gebracht.

Ob die Landblockade der eigenen Streitkräfte aufrechterhalten werden könne, hänge nun ganz von dem rechtzeitigen Eintreffen des Corps Lafayette ab.

Nelson berichtete, dass es ihm und Weedon gelungen sei, am linken Ufer des unteren James River etwa 1.600 Milizen zu sammeln, die in zwei Bataillonen aufgeteilt wären und das Land auf dieser Seite des Flusses sicherten. Der Wiederaufbau von Richmond und Williamsburg käme den Umständen entsprechend voran, auch sei die Versorgung der Bevölkerung zumindest für die nächsten zwei Wochen gesichert.

Während der nachfolgenden Erörterung ihrer Lage und ihrer eingeschränkten Möglichkeiten stieß seine bisherige Vorgehensweise bei Nelson und Weedon auf unerwartete Kritik.

„Major General, wir sind verwundert darüber, dass Sie bei Ihrer Vorgehensweise keinen besonderen Wert auf Eile gelegt haben, denn dann wäre es möglich gewesen, die Briten zu einer Schlacht zu zwingen, noch bevor sie auf ihrem Rückmarsch Williamsburg erreicht hätten. Wir wären dazu in der Lage gewesen, Arnold zu besiegen und ihn gefangen zu nehmen", warf ihm Nelson vor.

„Ich danke Ihnen für Ihre offenen Worte, General Nelson, doch ein solches Unternehmen wäre von vorne herein zum Scheitern verurteilt. Mit gut ausgebildeten Truppen hätte ich es auch gewagt, doch nicht mit Milizen, die über keinerlei Ausbildung verfügen, geschweige denn in Dingen wie Disziplin bewandert sind. Die einzige Einheit, die für ein solches Unternehmen

geeignet ist, ist das 8. Deutsche Pennsylvania Regiment und das ist, mit Verlaub gesagt, einfach zu wenig, um die Briten in einer offenen Feldschlacht zu schlagen. Ganz im Gegenteil, wir hätten nur die Existenz unserer Streitkräfte leichtfertig aufs Spiel gesetzt. Glauben Sie den Worten eines erfahrenen Soldaten, Gentlemen! Wir können den Briten nur dann eine offene Feldschlacht aufdrängen, wenn wir sicher sind, dass wir sie auch gewinnen können. Bis es soweit ist, bleiben uns nur der hinhaltende Widerstand und die Landblockade ihres Stützpunktes in Portsmouth. Zu mehr reichen unsere Kräfte einfach nicht aus!"

„Major General, Sie sind Ausländer und können unsere Gefühle für dieses Land nicht mit uns teilen", antwortete ihm Weedon, dessen Überheblichkeit in seinem Tonfall nicht zu überhören war.

„Gentlemen", entgegnete ihm Peter Mühlenberg, „nie und nimmer kann man Major General Baron von Steuben bezichtigen, unserem Staate weniger zu dienen, als wir es tun. In Deutschland hat er alles zurück gelassen, um als Freiwilliger für unsere Freiheit zu kämpfen!"

„Sind Sie nicht auch ein Deutscher?" fragte Nelson mit hochgezogenen Augenbrauen.

„Ich bin in Pennsylvania geboren. Meine Eltern sind deutsche Einwanderer. In Pennsylvania bin ich evangelischer Pfarrer einer deutschen lutherischen Gemeinde."

„Es wird erzählt, dass Sie in Deutschland Theologie studiert und während des Siebenjährigen Krieges als Offizier einem preußischen Dragonerregiment angehört haben.“

„Das ist wahr. Meine Eltern haben mich für das Studium in ihr Heimatland nach Halle geschickt. Im Siebenjährigen Krieg, der auch hier in Amerika als Kolonialkrieg gewütet hat, habe ich mich der preußischen Armee angeschlossen und zuletzt als Leutnant bei den leichten Dragonern gedient.“

„Verzeihen Sie, Gentlemen, mein überschäumendes Temperament“, lenkte nun Nelson ein, „Ihre beider Verdienste für unser Land sind unbestritten. Wie gedenken Sie nun, weiter zu verfahren, Major General?“

„Vielen Dank für Ihre Anerkennung unserer Verbundenheit mit dem amerikanischen Freiheitskampf“, bemerkte Fritz trocken und bemühte sich um einen sachlichen Ton. „Meine Herren, heute habe ich ein Billett von Lafayette erhalten, das er in Richmond vor drei Tagen aufgesetzt hat und in dem er mir mitteilt, dass er mit seinem Corps am folgenden Tag in Richtung Portsmouth aufbrechen und nach seinem Eintreffen das Oberkommando in Virginia übernehmen werde. Abgesehen von unserer weit unterlegenen Artillerie, werden wir dann zumindest an Mannschaftsstärke zu Lande ebenbürtig sein.“

Nelson und Weedon sahen sich verwundert an.

„Über die Ankündigung, dass Lafayette nach seinem Eintreffen das Oberkommando übernehmen werde, wurden wir ja bereits durch Ihr letztes Billett in Kenntnis gesetzt! Doch warum geben Sie den Oberbefehl über Virginia so einfach an diesen unerfahrenen Grünschnabel ab?“ fasste sich Weedon als erster.

„Es ist vom Oberkommandierenden der Vereinigten Staaten von Amerika, General George Washington, so angeordnet worden, da von uns beiden der Marquis de Lafayette der dienstältere Major

General in der Armee der Vereinigten Staaten ist. Gentlemen, ersparen Sie mir bitte jeden Kommentar dazu! Wir alle haben unsere Pflicht für die Freiheit der Vereinigten Staaten zu erfüllen, dabei spielt es keine Rolle, welchen Posten wir dabei einnehmen."

Trotz seiner eindeutigen Worte spürten alle eine nicht fassbare Besorgnis vor dem, was unter Lafayettes Führung auf sie zukommen könnte.

Nelson und Weedon entschlossen sich, noch während der Nacht wieder auf das linke Flussufer überzusetzen. Fritz und Peter begleiteten sie mit einer kleinen Eskorte zur Anlegestelle des Fischerkahns, bei dem ihre drei Bootsmänner Wache hielten.

Als sie sich voneinander verabschiedeten und einander viel Glück wünschten, wandte sich Wedoon mit einem persönlichen Wort an Fritz.

„Sir, im Namen von Nelson und meinem bitte ich Sie, dass unsere Landsleute nicht durch Lafayette leichtfertig in den Tod geschickt werden."

„Sie haben mein Wort, Gentlemen, soweit es in meiner Macht steht, werde ich es zu verhindern wissen - General Nelson, wie ich weiß, verfügen Sie über kein Okular, hier haben Sie eines. Es vergrößert um das Sechsfache und ist von gediegener Art."

Unter seinem Mantel holte er das Okular hervor und überreichte es Nelson.

„Aber Sir, ein solch wertvolles Instrument kann ich unmöglich annehmen."

„Sie können es beruhigt annehmen, ich besitze noch ein zweites."

„Vielen Dank, Sir, ich kann es wahrhaft gut gebrauchen."

„Kommen Sie heil hinüber, Gentlemen."

„Das werden wir, Sir", gab Wedoon zur Antwort.

Nachdem sie auf der Bank im Heck des Kahns Platz genommen hatten, legten die Bootsleute ab, ein kurzer Wink, dann fuhr der Fischerkahn in die finstere Nacht hinaus.

Drei Tage später kam Major General Lafayette mit etwas mehr als 2.400 Mann im Feldlager an, die ihre Blockade mit vier Sechspfündern und sechs Dreipfündern verstärkten.
Der neue Kommandeur steckte voller Tatendrang und hatte die Absicht, die Briten in Portsmouth zu attackieren. Doch nachdem er sich einen Überblick verschafft hatte, musste er seinen Plan notgedrungen fallen lassen, zu offensichtlich war die Überlegenheit des Gegners. Daraufhin verlor er zunehmend das Interesse an einer langwierigen Landblockade, was zu Auseinandersetzungen mit Fritz und Peter Mühlenberg führte. Beide waren davon überzeugt, dass die Briten auf Verstärkung aus New York warten würden, um sich dann im Frühjahr mit der Armee von Cornwallis zu vereinen. Dem müsse entschieden entgegen gewirkt werden.
Am Ende der darauf folgenden Woche geschah etwas völlig Unerwartetes: die Briten begannen, unter dem Schutz ihrer mächtigen Schiffsartillerie ihre Basis aufzugeben und sich einzuschiffen.
Der ehrgeizige Lafayette erwachte aus seiner Lethargie und wollte sofort angreifen, um den Briten bei ihrem Rückzug möglichst hohe Verluste zuzufügen.
„Mit Verlaub, Marquis, doch was haben wir davon?“, gab Fritz zu bedenken, „wir laufen dabei nur selbst in Gefahr, sehr hohe Verluste hinnehmen zu müssen, da ihre Schiffsartillerie uns in Stücke schießen wird. Dieses vergossene Menschenblut ist die Sache nicht Wert. Zu gegebener Zeit bekommen wir sie noch früh genug vor die Klinge, bei der uns die Umstände günstiger gewogen sind - wir müssen nur die nötige Geduld aufbringen.“

„Baron, es scheint mir, dass es Ihnen an Kampfeswillen fehlt“,
entgegnete ihm Lafayette.

„Marquis, Ihre Unterstellung, Major General Baron von Steuben der
Feigheit zu bezichtigen, ist infam!“, empörte sich Peter Mühlenberg.
Ungeachtet des Vorwurfs, der einer Beleidigung gleichkam, fuhr Fritz
mit der Beurteilung der Lage fort.

„Marquis, ich möchte noch einmal nachdrücklich darauf hinweisen,
dass unmittelbar vor dem Hafen vier gut positionierte Linienschiffe
mit etwa 280 schweren Geschützen vor Anker liegen. Diese würden
unseren Angriff im Keim ersticken, von der Gegenattacke der noch
verbliebenen britischen Landstreitkräfte ganz zu schweigen. Es
würde für uns eine vernichtende Niederlage zur Folge haben und die
Existenz der gesamten Süd-Armee aufs Spiel setzen! Bedenken Sie
das bitte! Allerdings wundert es mich, warum die Briten so unverhofft abziehen? Ihre Position ist hervorragend gewählt und von See
her gut gesichert.“

„Wir könnten den Angriff bei Nacht durchführen, lautlos, allein nur
mit dem Bajonett, wie Sie, Baron von Steuben, es den Leuten beigebracht haben. Wir werden damit die Briten überrumpeln.“

„Marquis! Das hier ist kein Fort, das nicht mit einem Angriff rechnet.
Der Gegner ist auf uns vorbereitet und hat weiträumig Wachen
postiert. Jede Bewegung von uns wird von ihnen augenblicklich
weiter geleitet. Die Sektoren für ihre Schiffsartillerie sind abgesteckt. Außerdem haben die Briten vor der Stadt in Abständen von
200 bis 300 Schritt große, mit Pech und Teer durchtränkte Scheiter-
haufen aus dem Holz abgerissener Häuser errichtet, die vom Schnee
regelmäßig befreit werden, und diese, Marquis, werden gut brennen!
Ihre Leuchtkraft wird durch den Schnee zusätzlich verstärkt werden.
Ein Angriff würde für uns in einem Blutbad enden!“

Diesen Argumenten, die von Peter Mühlenberg uneingeschränkt
unterstützt wurden, konnte sich der Marquis nicht verschließen. Zur

Erleichterung beider erkannte auch Lafayette, dass ein Angriff unter den gegebenen Umständen wohl aussichtslos war.

In den folgenden Tagen konnten sie beobachten, wie sich die in Portsmouth zusammen gezogenen britischen Landstreitkräfte einschifften, ohne dass dafür ein ersichtlicher Grund erkennbar war. Schließlich setzte die Flotte Segel und fuhr in Richtung Norden ab, mit dem voraussichtlichen Ziel New York.

Als die amerikanischen Truppen unter der Führung von Lafayette Portsmouth in Besitz nahmen, hatten die Briten vor ihrem Abzug sämtliche öffentliche Gebäude und die Häuser der notorisch Aufständischen in Brand gesteckt. Die treu ergebenen Loyalisten hatten sie mit an Bord genommen, da diese befürchteten, von den aufgebrachten Revolutionären nach dem Abzug der Briten gelyncht zu werden.

In ihrer Wut über die Zerstörung ihres Eigentums plünderten jetzt die Revolutionäre die Häuser der Loyalisten und die Streitkräfte hatten alle Hände voll zu tun, um der wütenden Menge Einhalt zu gebieten. Besonders Fritz ließ hart gegen die Plünderer vorgehen, wobei es auch zu standrechtlichen Erschießungen kam.

„Chef, so wie Sie hier verfahren lassen, laufen Sie Gefahr, von einem Heckenschützen erschossen zu werden, ist es das wert?", warf ihm Sergeant Knoepfle in einem günstigen Augenblick vor.

„Ich danke für Ihren Hinweis, Sergeant, aber es gilt, Exempel zu statuieren, damit die Bevölkerung wieder zur Raison kommt."

„Sie haben ja Recht, Chef, doch übertreiben Sie es nicht!"

„Ich werde Ihre Worte überdenken, Sergeant, und verdammt noch mal, es heißt nicht Chef, sondern Sir, Major General, Sir, oder auf Deutsch, Herr Generalmajor, merken Sie sich das endlich!"

„Klar, Chef", antwortete der Sergeant, wendete sein Pferd und ritt davon.

Innerhalb von zwei Stunden war die Ordnung wieder hergestellt.

Bei einer Unterredung mit dem Hafenmeister erfuhren Lafayette, Fritz und Peter Mühlenberg, dass die Briten auf Befehl von General Clinton Portsmouth geräumt hätten, da anscheinend ein Angriff auf New York bevorstünde. Über den Befehl zum Rückzug sei General Arnold sehr ungehalten gewesen, da er fest mit der ihm zugesagten Verstärkung gerechnet habe.

Konnte sich Fritz den unerwarteten Abbruch der britischen Invasion bisher nicht erklären, setze ihn die Begründung hierfür umso mehr in Erstaunen. Denn ein Plan eines Angriffs auf New York war ihm gänzlich unbekannt, da die amerikanischen Streitkräfte auch nicht im Geringsten dazu in der Lage gewesen wären.

Doch wer hatte den Briten die falschen Informationen zugespielt? War Maria am Leben?

Nichts wünschte er sich mehr und die Hoffnung keimte wieder in ihm auf, seine große Liebe in die Arme zu schließen und nach dem Krieg den Rest seines Lebens mit ihr verbringen zu können. In den Nächten wurde er ganz besoffen von dem Gedanken und jeden Tag hoffte er auf ein Lebenszeichen von ihr.

9.Kapitel

März 1781
Heinrich

Aus dem Berittenen Hessischen Jäger Heinrich Christian Müller war
inzwischen der Cornett Heinrich Christian Müller geworden. Er
diente in der Schwadron des Hauptmanns Ewald, Sohn des Mannes,
bei dem er einst in die Forstlehre gegangen war.
Der Hauptmann war ein verdienter Mann, der von seinen Unterge-
benen wegen seiner Tapferkeit, seiner Zuverlässigkeit und Fürsorge
sehr verehrt wurde.
Aber auch Heinrich besaß einen guten Ruf, da er mehrfach erfolgreich durchgeführte Kommandounternehmen angeführt hatte und
auch eine wichtige Stellung mit einer Handvoll Männer über Stunden
gegen mehr als 500 Amerikaner halten konnte.
Die Berittenen Hessischen Jäger versahen ihren Dienst in der
britischen Süd-Armee, die unter dem Befehl von General Cornwallis
stand und dienten als Aufklärer, die bis weit hinter den feindlichen
Linien selbstständig operierten. Um dabei erfolgreich und unentdeckt
zu bleiben, hatten sie bereits zu Beginn ihres Dienstes in Amerika
ihre unpraktischen Uniformen gegen das robuste Wildleder der
Waldläufer getauscht.
Hauptmann Ewald operierte mit seiner Schwadron im Bereich der
Hauptarmee, während die „Group Muller" der „British Legion" des
berüchtigten Dragoneroberst Banastre Tarleton zugeteilt worden war,
einem genialen Offizier mit weit reichenden Ideen, aber rücksichtslos
und brutal in seinem Vorgehen. Die Aufständischen nannten ihn den
„Bloody Bam" oder „Butcher" und seine Truppe „Tarleton`s
Raiders".

Der Oberst hatte für Heinrich eine Stabsstelle eingerichtet, so dass er nur ihm direkt unterstellt war. Doch soweit es möglich war, vermieden Heinrich und seine Männer den Aufenthalt im Feldlager, um nicht in die Gräueltaten, die an der Bevölkerung verübt wurden, verwickelt zu werden.
Von Beginn des Feldzuges an hatte Cornwallis die Armee durch die Carolina-Staaten in Richtung Virginia geführt, allerdings ohne einen entscheidenden Sieg zu erringen. Obwohl sie bei den Gefechten stets das Feld behaupteten, wurden sie zunehmend von den Amerikanern bedrängt und Cornwallis lief langsam Gefahr, die Initiative zu verlieren.

In einem der vielen Wälder nördlich von Greensboro saßen an einem fast erloschenen Lagerfeuer drei Männer und eine Frau, fest in ihre Wolldecken gehüllt. Das Feuer entwickelte kaum Rauch. Über den glimmenden Holzscheiten stand auf einem Rost eine verbeulte, vom Ruß geschwärzte Kanne, in der Wasser leise köchelte.
Abseits der Gruppe beschäftigte sich ein großer, wolfsähnlicher Hund mit den Essensresten, die ihm die Frau zugeworfen hatte. Plötzlich hob er seinen Kopf und sah zum Unterholz hinüber, aus dem kurz darauf ein Mann heraus trat und sich dem Feuer näherte.
„Die Nacht wird ruhig. Die Späher sind mit der Vorhut durch. Sie wähnen sich sicher.“
Der Mann setzte sich zu den anderen ans Feuer.
„Das hört sich gut an. Morgen früh rückt Ihr ab. Sobald ich ihre Marschrichtung festgestellt habe, folge ich nach. Wir treffen uns dann in Tarletons Feldlager“, ordnete Heinrich an.
„Die Amerikaner werden auf kürzestem Weg zu Greene stoßen wollen“, vermutete einer der Männer am Lagerfeuer.

„Das ist mir klar, aber ich möchte wissen, mit wem wir es zu tun haben, einem "Greenhorn", oder mit jemandem, der sich auf sein Fach versteht.”
Heinrich teilte die Wachen ein und beschloss, die letzte Wache selbst zu übernehmen. Nach einer Katzenwäsche hüllten sie sich in ihre wärmenden Ziegenfelle ein. Zu Heinrichs Füßen machte es sich wie immer der Hund bequem. Liebevoll strich er ihm über den Kopf. Er hatte ihn als Welpe kurz nach seiner Ankunft von einem Indianer gekauft und ihm den Namen "Benno" gegeben. Je älter Benno wurde, desto mehr nahm er das Aussehen eines Wolfs an. Heinrich verwandte viel Zeit für die Erziehung und Ausbildung seines Hundes und so entstand zwischen ihnen im Laufe der Zeit eine sehr enge Bindung, ja, sie brauchten einander nur in die Augen zu sehen, um sich zu verstehen. Einen zuverlässigeren und treueren Freund konnte er sich nicht wünschen.
In der Gewissheit, dass Benno zu jeder Zeit wachsam war, schlief Heinrich beruhigt ein.

„Henry, es ist drei Uhr.“
Es war Walter, den er als Wache ablösen sollte.
Heinrich brauchte einige Momente, um wieder bei sich zu sein, nur Benno war sogleich hellwach.
„Wie sieht es aus?“
„Alles ruhig. Die Amerikaner schlafen oder sitzen vor den Feuern. - Ich hab frischen Kaffee aufgebrüht.“
„Danke.“
Heinrich zog seine lederne Waldläuferkleidung an, trank einen Becher Kaffee, goss den Rest in seine Feldflasche, steckte einen halben Laib Brot in seinen Proviantbeutel und versorgte sich mit seinen Waffen.
Antje schlief unruhig und bewegte, wie so oft, unablässig ihren linken Arm über die Felldecke.

Ein leiser Pfiff und Benno folgte ihm.

Unter einer Buche am Waldrand bezog Heinrich Posten. Auf der gefrorenen Erde breitete er seine Decke aus. Seit einer Woche taute es zwar tagsüber etwas, doch sobald die Sonne untergegangen war, wurde es wieder bitterkalt.

Am klaren Nachthimmel leuchtete die schmale Sichel des abnehmenden Mondes, umgeben von einem Meer funkelnder Sterne. Von seinem Platz aus konnte Heinrich das Tal gut überblicken.

In der Talsohle erkannte er ein dunkles Band. Das war die Straße, auf der die Aufständischen ihren Nachschub transportierten. In nördlicher Richtung war der Lichtschein ihres Feldlagers zu sehen. Die Vorhut hatte ihr Quartier eine halbe Meile südlich neben einer Farm aufgeschlagen.

Heinrich wusste, dass die Aufständischen im Laufe der letzten drei Monate zunehmend Verstärkung erhalten hatten. Die Truppen, die aus Virginia kamen, waren gut ausgebildet und diszipliniert. Die Zeiten, als die Amerikaner nach dem zweiten Schusswechsel in Unordnung gerieten und die Flucht ergriffen, gehörten der Vergangenheit an.

Vor drei Tagen war Heinrich mit seinen Leuten zur Erkundung in nördliche Richtung aufgebrochen und gestern auf den Transport der Amerikaner gestoßen.

Der schwerfällige Tross des Gegners würde noch mindestens drei Tage bis zur Süd-Armee benötigen, die Dragoner des Banastre Tarleton standen hingegen nur einen Tagesritt entfernt.

Nachdem er den Umfang des Trosses einschätzen konnte, stellte er sich die Frage, ob er ihn dem Schlächter Tarleton ausliefern soll.

Es war nicht sein Krieg. Er würde nie das Unrecht vergessen, das man ihm angetan hatte, als ihn die hessischen Werber überfielen, gefangen nahmen und an die Briten verkauften.

Heinrich goss sich Kaffee in eine große, henkellose Tasse, riss das
Brot in kleine Einzelteile, tunkte diese in den Kaffee und verzehrte
das Kaffee-Brot mit Genuss. Dieses französische Frühstück, als das
es allgemein bekannt war, war ihm zur Gewohnheit geworden.
Im Unterholz hörte er Äste knacken. Für einen Moment hob Benno
aufmerksam den Kopf, um ihn wieder auf seine Vorderpfoten zu
legen. Die Schritte waren ihm vertraut.
„Henry?", rief leise eine Frauenstimme.
„Ja."
„Wo bist Du?"
„Unter der Buche links von Dir", antwortete er ebenso leise.
Antje trug eine Decke um ihre Schulter. Sie sah sich um.
„Ein guter Platz, von hier aus kannst Du das Tal gut einsehen."
Mit einem Lächeln setzte sich die junge Frau neben ihn.
„Warum schläfst Du nicht?", fragte er sie besorgt.
„Ich hatte einen bösen Traum, aus dem ich aufgeschreckt bin."
„Wieder einmal."
„Es geht schon, mit der Zeit werden sie weniger."
Ihre Sprache hatte einen angenehmen melodischen Klang, der ihre
Herkunft vom Niederrhein verriet.
Heinrich stopfte sich eine Pfeife.
„Kannst Du Deine Decke davor halten?" Geschützt vor möglichen
feindlichen Blicken konnte er mit dem glimmenden Docht seines
Feuerzeugs den Tabak anzünden. Er klappte den mit Zuglöchern
versehenen Blechdeckel der Pfeife herunter, so konnte er rauchen,
ohne dass die Glut zu sehen war.
„Komm, leg Deinen Kopf auf meinen Schoss", forderte er sie auf,
„vielleicht schläfst Du wieder ein."
Antje lächelte und folgte seiner Aufforderung.
Während er ihr dunkelblondes Haar streichelte, summte er Melodien
aus der Heimat und hoffte, dass sie einen ruhigen Schlaf finden

würde. Liebevoll betrachtete er ihr Gesicht, das trotz allen Kummers
und Leidens, aller Mühsal und Plackerei, die sie in den wenigen
Jahren, die sie mit ihrer Familie auf ihrer Farm verbracht hatte,
ertragen musste, einen fast kindlichen Liebreiz behalten hat.
„Sei nicht traurig, Henry, sicher wirst Du heil nach Hause kommen",
murmelte Antje.
„Man weiß nie. - Was wirst Du machen, wenn der Krieg vorüber ist?"
„Leben, Henry. Ich weiß noch nicht, wie, aber das ist gewiss, das
Leben wird immer weiter gehen und wir müssen das Beste daraus
machen. Einmal ist natürlich Schluss und bis dahin geht es eben
weiter."
„An Dir ist ein Philosoph verloren gegangen", bemerkte er lächelnd.
Nach einer Weile wurden ihre Worte leiser, bis sie ganz aufhörten
und Antje eingeschlafen war.
Heinrich sah in die Ferne zu den Amerikanern hinüber, dabei flogen
seine Gedanken fort zu dem Tag, an dem Antje zu ihnen gekommen
war.

Es war im Frühsommer letzten Jahres gewesen, nachdem die Briten
mit ihren gekauften Deutschen das Gebiet um Charleston eingenommen hatten.
Heinrich erkundete mit seinen Männern ein dünn besiedeltes Terrain,
das an ein großes Sumpfgebiet grenzte und von den Indianern
"Waccamaw" genannt wurde. Die wenigen Farmen, auf die sie trafen,
lagen in Schutt und Asche. Von den ermordeten Bewohnern beer-
digten sie das, was die wilden Tiere von ihnen übrig gelassen hatten.
Die Leichen waren skalpiert, sie fanden aber keinen Hinweis, dass
hier Indianer gewütet hätten.
Nach mehreren Tagen erreichten sie eine Farm, wo die Toten
bestattet worden waren. Demnach musste es Überlebende gegeben
haben. Einige Balken rauchten noch. Der Überfall konnte nicht

länger als zwei Tage her sein. Zwischen verkohlten Balken und verstreut herumliegenden Hausrat fanden sie nichts, außer ein paar erschossene Hunde, deren Kadaver von Wildtieren angefressen waren. Das gesamte Vieh hatten die Banditen abtransportiert. Der Verdacht lag nahe, dass sich die Überlebenden in der Umgebung versteckt hielten. So beschloss Heinrich, nach ihnen suchen zu lassen. Er ließ seine Leute in verschiedene Richtungen ausschwärmen. Als Wache blieben zwei Männer bei den Pferden zurück.

Mit Benno an seiner Seite folgte Heinrich einem Weg, der an einem See endete. Dort entdeckte er, hinter hohem Schilf bestens getarnt, ein Bootshaus.

Als er vorsichtig unter das Dach des Bootshauses trat, fand er ein vertäutes Boot, in das Benno sofort hinein sprang und aufgeregt an einem Segeltuch zu schnuppern begann. Heinrich rief ihn zu sich. Unter dem Segel vernahm er ein Wimmern. Er zog den Pallasch blank, hob damit das schwere Tuch an und warf es mit einem kräftigen Ruck zur Seite.

Auf dem Boden des Bootes lag zusammengekauert, als wolle sie sich unsichtbar machen, eine junge Frau mit einem kleinen, vielleicht drei Jahre alten Mädchen im Arm, das leise weinte. In den aufgerissenen Augen der Frau sah er Todesangst. Mit der rechten Hand umklammerte sie ein stabiles Jagdmesser, das sie ihm drohend entgegen hielt. Sie warf ihm Worte zu, wie sie nur jemand gebrauchte, der bis zum Letzten entschlossen war.

Heinrich verstand die Sprache nicht. Er vermutete, dass es sich um Flämisch oder Niederdeutsch handelte.

„My Lady", sprach er sie daraufhin auf Englisch an, „haben Sie keine Furcht. Ich bin ein hessischer Jäger und ein Mann von Ehre."

„Verschwinde, Du Strauchdieb, bevor ich Dich absteche", drohte sie ihm nun auf Deutsch mit einem Akzent, der Heinrich ein Schmunzeln entlockte.

„Vertrauen Sie mir, ich möchte Ihnen und Eurer Schwester nur
behilflich sein.“
„Schwöre zuerst bei Gott, dass Du die Wahrheit sagt“, verlangte sie.
Heinrich versorgte den Pallasch und hob die Schwurhand.
„Hiermit schwöre ich bei Gott, dass ich reinen Gewissens bin und
ich nicht die Absicht hege, gegen Euch noch gegen Eure Schwester
meine Hand zu erheben.“
„Du weißt, dass Du in der Hölle schmoren wirst, solltest Du nicht
Wort halten.“
„Nichts wünsche ich mir weniger, als in der Hölle zu schmoren.“
„Gut, so geschwollen wie Du daher redest, glaube ich Dir sogar.“
Sie steckte das Jagdmesser in den Schaft. Mit Mühe gelang es ihr, in
dem schwankenden Boot aufzustehen. Dabei fiel die Decke herab, in
die sie das Kind gewickelt hatte. Das Mädchen klammerte sich am
Hals der Frau fest. In seiner Hand hielt es eine Stoffpuppe. Als ihnen
Heinrich aus dem Boot half, stellte er entsetzt fest, dass dieses kleine
Geschöpf keinen linken Arm mehr hatte, sondern nur einen Stumpf,
der ihm bis zum Ellenbogen reichte. Der Armstumpf war mit
Wickeln verbunden. Aus fiebrigen Augen sah ihn das Mädchen an.
Wie heißt Du, mein Mädchen?“, fragte er.
„Anna“, flüsterte das Kind.
„Was ist geschehen?“
„Die Banditen haben ihr den Arm abgeschlagen.“
Ihr jugendliches Gesicht wirkte versteinert.
„Gibt es weitere Überlebende?“
Die Frau schüttelte den Kopf.
Heinrich stieg ins Boot, holte die Decke und reichte sie der Frau, die
das Kind behutsam wieder darin einwickelte.
„Heinrich Christian Müller, Cornett bei den Berittenen Hessischen
Jägern“, stellte er sich vor.
„Antje Bethge, seit zwei Tagen Witwe, Anna ist meine Tochter.“

„Es tut mir leid."

„Dir braucht nichts Leid zu tun, Du warst ja nicht dabei."

„Doch, ich bin dabei, in einem Krieg, in dem mit menschenverachtender Grausamkeit das letzte menschliche Mitge-fühl verloren gegangen ist."

Es war ihm klar, wer für diesen und all die anderen Überfälle, von denen sie gehört oder deren Zerstörungen sie selbst vorgefunden hatten, verantwortlich war: Es war das Werk von Francis Marion und seiner gottlosen Bande, den Mann, den sie suchten, der bei den streng gläubigen Siedlern, die den Krieg nicht unterstützen wollten, auf brutale Weise fouragieren ließ. So begann das Plündern, Vergewaltigen, Niederbrennen und Morden.

Die junge Mutter begann zu weinen. Ihre Hände zitterten.

„Sie brauchen sich nicht weiter zu erklären. Ich kann es mir denken."

Als sie zu der niedergebrannten Farm kamen, versuchten sie, das Leben der kleinen Anna zu retten. Sie verbanden ihre Wunde neu, kühlten mit Wasser den glühenden Kopf und legten nasse Wadenwickel an - vergebens - das kleine Wesen hatte keine Widerstandskräfte mehr.

„Mama, sorge Dich nicht. Mir wächst bestimmt ein neues Ärmchen nach", flüsterte es im Fieberwahn.

„Sicher, mein Schatz, mit Gottes Hilfe wird er wieder wachsen."

Zärtlich drückte sie ihr Kind an ihr Herz und unter Tränen küsste sie immer wieder das kleine heiße Gesicht.

Auch einigen der hartgesottenen Jäger standen Tränen in den Augen.

Im Morgengrauen, als die Vögel den Tag begrüßten, schlief die kleine Anna Bethge friedlich ein.

Zwei Männer hoben ein kleines Grab aus. Ihre Mutter, unverständliche Worte murmelnd, legte sie mit der Puppe hinein. Still betend stand die kleine Schar neben der weinenden Frau.

Als sich Antje ins Bootshaus zurückzog, um in ihrer Trauer alleine zu
sein, schaufelten sie das Grab zu und bedeckten es mit großen
Steinen.

Heinrich erwachte aus seinen Erinnerungen. Am Horizont zeichnete
sich der neue Tag ab.
Sanft weckte er Antje aus dem Schlaf. Benno hob aufmerksam seinen
Kopf.
Sie gingen zurück zur Lichtung, wo Heinrichs Männer bereits die
beiden Packpferde beluden. Sie frühstückten ausgiebig, oft war es für
sie die reichhaltigste Mahlzeit am Tag.
Nachdem sie sich ein letztes Mal besprochen hatten, brach Heinrichs
Truppe auf.
Zum Abschied sah ihn Antje mit ernstem Blick in die Augen.
„Pass auf Dich auf.“
„Du auch.“
Nachdenklich sah er ihnen nach, bis sie im Wald verschwanden.
Während der Nacht war in ihm ein Entschluss heran gereift, den er
heute in die Tat umsetzen wollte.
Schließlich packte er seine Habseligkeiten, sattelte sein Pferd und
führte es zu einem ausgetretenen Pfad, den Generationen von
Waldbewohnern geschaffen hatten. Diesem folgte er bis er nach einer
guten Stunde offenes Land erreichte. Von den Amerikanern war
nichts zu sehen. Heinrich vermutete den Transport hinter dem rechts
vor ihm liegenden Hügel. Er bestieg sein Pferd und ritt, so lange es
ihm möglich war, nahe am Waldrand, um schnell Deckung zu finden.
Er war auf der Hut, ständig ließ er seine Augen über das Gelände
schweifen.
Benno blieb mit gespitzten Ohren stehen und knurrte leise, ein un-
missverständliches Zeichen, dass sich etwas Unbekanntes näherte.

Heinrich stieg ab und zog sich mit seinem Pferd und Benno soweit in den Wald zurück, dass er das Gelände noch gut überblicken konnte. Wenig später tauchten auf dem gegenüber liegenden Hügelkamm sechs Reiter auf, die Pelzmäntel und Fellmützen trugen. Zügig ritten sie in Richtung Süden.

Bei den Reitern musste es sich um Aufklärer handeln. Der Amerikanische Kommandeur verstand wohl sein Geschäft.

Sobald sie nicht mehr zu sehen waren, verließ er sein Versteck und ritt in die Richtung, aus der die Reiter gekommen waren.

Als Heinrich den Hügelkamm erreichte, entdeckte er den lang gezogenen Tross, zu dem, wie er schätzte, mehr als 500 Mann gehörten und der etliche Fuhrwerke und acht Kanonen mitführte.

Heinrich zog seine Rifle aus dem Schaft und befestigte ein weißes Tuch am Lauf, stützte das Gewehr auf seinen rechten Oberschenkel und ritt den Hügel hinab.

Kurz darauf lösten sich drei Reiter aus dem Tross und hielten auf ihn zu.

Auf halbem Weg trafen sie sich. Die Leute begutachteten ihn argwöhnisch.

Heinrich spürte ihre Unsicherheit.

'Das sind Anfänger', dachte er, demnach war Vorsicht geboten.

„Was ist Sein Begehr?", fragte der Ranghöchste.

„Parlamentär, mit der Bitte um freies Geleit zu Ihrem Kommandeur."

Die Reiter sahen sich kurz an, wohl unschlüssig darüber, wie sie nun handeln sollten.

„Knallen wir den Kerl ab, das ist einer dieser deutschen Waldläufer, die in britischem Sold stehen, das hört man schon an seinem Akzent. Er will uns nur ausspionieren", schlug einer vor, vom Tonfall zweifellos ein Ire.

„Gentlemen, mein Ansinnen ist aufrichtig und keinesfalls von niedrigen Gedanken geprägt. Ich bitte einzig um freies Geleit zu Ihrem Kommandeur und denke, dass es allein nur ihm obliegt, auf welche Art und Weise mit mir verfahren werden soll."
Wieder sahen sich die Amerikaner unschlüssig an.
Unterdessen bemerkte Heinrich, dass inzwischen ein hoher Offizier, eingerahmt von fünf Begleitern, heran geritten kam.
„Gentlemen, wie ich soeben festgestellt habe, erübrigen sich Ihre Bedenken - sehen Sie selbst."
Die Posten sahen sich um, die Situation war unmissverständlich.
„Genehmigt", erhielt er vom Ranghöchsten zur Antwort.
„Ich danke Ihnen, Gentlemen."
Während der Wortführer voraus ritt, um ihn dem Offizier zu melden, nahmen ihn die beiden anderen in ihre Mitte.
Als Heinrich dem Offizier gegenüber stand, sah er sofort, dass es sich bei dem Kommandeur des Transports nicht nur um einen hohen Offizier, sondern gar um einen General handeln musste. Seine Brust schmückte ein Stern mit Lateinischer Aufschrift, um seinen Hals hing an einem Ordensband der "Pour Le Mérite", der höchste preußische Tapferkeitsorden.
„Was führt Sie zu mir?", wandte sich Fritz auf Englisch an ihn.
„Mich führt eine wichtige Angelegenheit hierher", antwortete ihm Heinrich auf Deutsch, „ist es mir erlaubt, Herrn Kommandeur unter vier Augen zu sprechen?"
Der Offizier musterte ihn. Für einen Moment bemerkte Heinrich ein leichtes Erstaunen in dessen Augen.
„Gut, folgen Sie mir", forderte ihn Fritz auf, auch er sprach jetzt deutsch.
Sie ritten ein wenig abseits, so dass ihre Unterredung nicht mitgehört werden konnte.
„Mit wem habe ich die Ehre?"

„Mein Name ist Heinrich Christian Müller, Cornett bei den Berittenen Hessischen Jägern.“

„Generalmajor Friedrich Wilhelm von Steuben, im Dienste der Vereinigten Staaten von Amerika. Was ist Ihr Anliegen?“

„Herr Generalmajor sollten die Marschrichtung ändern.“

„Weshalb?“ Erstaunt und mit hochgezogenen Augenbrauen sah er Heinrich an.

„Etwas mehr als einen Tagesmarsch südlich von hier steht Oberst Tarleton mit der British Legion. Er hat Aufklärer ausgesandt, um diesen Transport aufzuspüren. Ich bin einer von ihnen. Vier aus meiner Gruppe befinden sich bereits auf dem Rückweg ins britische Feldlager.“

„Wie stark sind die Briten?“

„360 Dragoner und 400 Mann leichte Infanterie. Hinzu kommen noch 200 Loyalisten.“

„Führt Tarleton Kanonen mit?“

„Vier Dreipfünder, Herr Generalmajor.“

„Was schlagen Sie mir vor?“

„Wenden Sie sich nach Südosten in Richtung Durham und weiter nach Raleigh. Senden Sie einen zuverlässigen Kurier zu Generalmajor Greene. Er soll Ihnen eine schnelle und starke Abteilung als Sicherung entgegen schicken. Das Feldlager von Tarleton befindet sich gut 10 Meilen südlich von Chapel Hill, jedenfalls befand es sich noch vor drei Tagen dort. Ein Großteil seiner Legion nimmt Fourage. Somit wird er gut einen Tag benötigen, um seine verstreuten Truppen zu sammeln.“

„Wo steht Cornwallis mit der Hauptmacht?“

„Bei Salem, er kann Ihnen nicht gefährlich werden, da er hart von den Truppen Morgans bedrängt wird.“

„Wer sagt mir, dass Sie die Wahrheit sagen und nicht versuchen, mich in eine Falle zu locken?“

„Wenn es Herr Generalmajor wünschen, werde ich Ihren Transport
als Geisel begleiten, bis Ihre Aufklärer meine Worte bestätigen.“
„Woher wissen Sie von meinen Aufklärern?“
„Vor einer knappen Stunde sind einige von ihnen an mir in Richtung
der British Legion vorüber geritten.“
„Sie wurden nicht entdeckt?“
Heinrich lächelte vielsagend.
„Gut, ich nehme Ihr Angebot an. Begleiten Sie unseren Transport.“
„Dazu müsste ich allerdings mein Äußeres ändern, da mit weiteren
Aufklärern zu rechnen ist. Bei Tarleton`s Raiders bin ich bekannt wie
ein bunter Hund.“
„Warum gehen Sie das Risiko?“
„Das ist nicht mein Krieg. Ich bin nicht freiwillig hier.“
„Sie sind doch Offizier und beziehen gutes britisches Geld als Sold.“
„Ich hatte gerade die Forstmeisterschule absolviert, als ich mit einem
Freund von hessischen Werbern überfallen und an die Briten ver-
kauft worden bin.“
„Warum wechseln Sie wegen des an Ihnen begangenen Unrechts
nicht die Seite? Die Vereinigten Staaten bieten Ihnen die Freiheit.“
„Herr Generalmajor müssen verstehen, für mich gibt es keine Fahne,
keinen König und auch keinen Kongress. Für mich gibt es nur meine
Freunde und Kameraden.“
„Das ist sehr ehrenhaft, meinen Respekt. Auch für mich gibt es
Ideale. Die Freiheit und Gleichheit aller Menschen, egal welche
Hautfarbe sie haben, welcher Rasse oder Religion sie angehören.“
„Das sind wahrhaft noble Ziele, Herr Generalmajor.“
„Leider zu meinen Lebzeiten in diesem Land nicht durchsetzbar.
Doch die Zeit wird die Menschen und ihre Ansichten ändern."
„Welchen Sold beziehen Sie, Herr Generalmajor?“
„Inflationäre Papierdollars, wenn sie mich überhaupt erreichen“,
antwortete Fritz bitter lächelnd.

„Die Briten würden Ihnen sicher gute Guineen bieten, sollten Sie die Seite wechseln."

„Dafür bin ich nicht den weiten Weg hierher gereist. Es gibt kein Judasgeld der Welt, das mich dazu bewegen könnte! - Sie haben die Möglichkeit, sich in meinem Wagen umzukleiden. Mein Sekretär William North hat wohl Ihre Konfektionsgröße."

Sie ritten zum Tross. An einem der Fuhrwerke, das ihm der Generalmajor zuwies, band er sein Pferd an.

Ein junger Mann, der sich als besagter William North vorstellte, versah ihn mit Bürgerzivil.

Benno und Azor jagten einander. Benno besaß nicht die geringste Chance gegen den wendigen und schnellen Windhund.

Unterdessen war es Zeit für das Mittagessen. Die Leute griffen in ihre Brotbeutel. Ohne ihren Marsch zu unterbrechen, aßen und tranken sie, erst zur Dämmerung sollte wieder gerastet werden.

Als Heinrich wieder seinen Platz neben dem Generalmajor eingenommen hatte, betrachtete ihn dieser mit kritischem Blick.

„Es ist bereits lange her, dass ich Bürgerzivil getragen habe, Herr Generalmajor", entschuldigte sich Heinrich.

Fritz lachte.

„Mit dieser Kleidung wird mit Sicherheit keiner Ihrer Aufklärer Sie erkennen."

„Ich hoffe darauf. "

„Im Übrigen habe ich zwei schnelle Kuriere zu General Greene beordert."

„Das ist eine weise Entscheidung, Herr Generalmajor."

„Bei der nächsten Wegkreuzung werden wir uns nach Südosten in Richtung Durham wenden. Damit gewinnen wir Zeit und hoffentlich ein für uns vorteilhaftes Terrain."

„Das ist gut."

Heinrich bemerkte, dass er von dem Generalmajor immer wieder gemustert wurde.

„Ihre Gesichtszüge erinnern mich an jemanden, der mir einmal sehr nahe stand. Darf ich fragen, woher Sie stammen?“

„Ich bin in Northeim geboren, doch aufgewachsen in Rinteln, das zur Landgrafschaft Hessen gehört.“

„Ist Ihr Vater dort Kantor und Ihre Mutter eine gefeierte Musikerin?“

„Ja, das sind sie.“

Heinrich sah, dass der General tief Luft holte.

„Heißen sie Matthäus und Elisabeth Müller.“

„Ja, so heißen sie.“

„Wird Ihre Mutter auch Nanni genannt?“

Merkwürdig leise stellte der General diese Frage.

„Woher wissen Sie das?“

Dieses Mal war es Heinrich, der den Generalmajor fragend ansah.

„Die Welt ist klein“, antwortete Fritz nach einer Pause.

„Wie darf ich das verstehen?“

„So, wie ich es gesagt habe.“ Dabei sah ihn Fritz unverwandt an.

Kurz darauf wandte er sich von ihm ab, um ein Stück abseits der Kolonne zu reiten.

Nach etwa einer halben Stunde kehrte er zurück und begann, den Tross zu inspizieren.

Bis zum Abend wechselte er mit Heinrich kein weiteres Wort mehr.

Heinrich dachte lange über dieses seltsame Gespräch nach und fragte sich, woher der General seine Eltern kannte.

Während die Truppe das Nachtlager aufschlug, kehrten nach einem Gewaltritt die ersten Aufklärer zurück.

Ihre Pferde waren schweißnass und atmeten schwer.

Als die Männer absaßen, konnten sie sich kaum mehr auf den Beinen halten und mussten gestützt werden.
Sie berichteten von der Sichtung einer starken Abteilung britischer Dragoner in grünen Uniformen. Um welche Einheit es sich dabei handelte, hatten sie nicht feststellen können.
Kurz darauf fand im Kommandeurszelt eine Lagebesprechung statt. Heinrich wurde angewiesen, außer Hörweite vor dem Zelt zu warten. Nach kurzer Zeit kamen die Offiziere heraus, um ihre angeordneten Posten einzunehmen.
Eine der Wachen rief Heinrich in das Zelt.
„Unsere Aufklärer bestätigen Ihren Bericht, Cornett Müller. Allerdings befindet sich die Vorhut der British Legion nur noch 15 Meilen entfernt. Im Übrigen habe ich meine Offiziere in Unkenntnis gelassen, um wen es sich handelt. Ich möchte sie nicht schon jetzt beunruhigen, sie erfahren es noch früh genug.“
„Demnach ist es wohl für mich an der Zeit aufzubrechen.“
„Es reicht morgen früh, seien Sie heute mein Gast. Speisen Sie mit mir und meinen Offizieren zu Abend und frühstücken Sie auch mit uns. Diese Art von Arbeitsessen ist bereits Tradition. Ich esse nur ungern alleine, da ich sonst keinen Appetit habe. Den Offizieren werde ich Sie als Kurier in geheimer Mission vorstellen, dann werden keine neugierigen Fragen an Sie gerichtet. - Sie können in meinem Fuhrwerk nächtigen. Vergessen Sie nicht, sich vor Ihrer Abreise mit ausreichend Proviant versorgen zu lassen. Entsprechendes ist für Sie bereits arrangiert. Fühlen Sie sich bei uns wohl, Cornett Müller.“
Bereits eine Stunde später wurde zu Tisch gebeten.
Während des Essens wurden Einzelheiten über den Zustand der Truppe und aufgrund der neuen Bedrohung die Strategie für die nächsten Tage besprochen.

Fritz sprach in einer Offenheit, als ob Heinrich der Armee der Vereinigten Staaten angehören würde. Nach einem kurzen Umtrunk verabschiedete man sich.

Nur Heinrich wurde von Fritz gebeten zu bleiben.

„Cornett Müller, ich wäre Ihnen sehr verbunden, wenn Sie in Ihrem Rapport, den Sie Colonel Tarleton erstatten, etwas übertreiben und unsere wahre Truppenstärke um fünfhundert Mann herauf setzen würden. Auch wenn Tarleton der Ruf anhaftet, tollkühn zu sein, wird ihn diese Information gewiss vorsichtiger stimmen."

„Gut, ich werde versuchen, Ihnen Tarleton vom Leib zu halten. Herr Generalmajor haben mein Wort darauf."

„Danke - spielen Sie Schach?"

„Gewiss, allerdings habe ich schon lange keine Gelegenheit mehr dazu gehabt."

„Dann ist es an der Zeit, Ihre Kenntnisse aufzufrischen – geben Sie mir das Vergnügen auf einige Partien mit Ihnen?"

„Es ist mir eine Ehre, Herrn Generalmajor als Gegner zu haben."

„Das hoffe ich doch! – Nehmen Sie bitte am Spieltisch Platz. Wie Sie sehen, ist bereits alles eingerichtet. Mein Diener Carl wird uns mit Getränken und einem kleinen Imbiss versorgen. Ich gedenke nicht, früh schlafen zu gehen. Das Leben ist kurz genug."

Heinrich schlug sich wacker und bot über Stunden Fritz die Stirn, jedoch gewann er nur die letzte von fünf Partien, wobei er den Eindruck hatte, dass dies nur aus Höflichkeit geschah. Immerhin war er an Erfahrung reicher geworden.

Gegen Mitternacht verabschiedeten sie sich und wünschten einander, gut zu ruhen.

Im Planwagen richtete sich Heinrich für die Nacht ein.

In der Morgendämmerung, als das Lagerleben erwachte, zog Heinrich wieder das Wildleder der Waldläufer an. Nachdem er William

North für das Ausborgen der Kleidung gedankt, sein Pferd versorgt und gesattelt und seinen eigenen Proviant eingepackt hatte, suchte er den Generalmajor auf, um sich von ihm zu verabschieden.
Fritz saß bereits mit seinen Offizieren beim Frühstück. Er hatte die Einladung an Heinrich nicht vergessen und bat ihn, sich zu ihnen an den Tisch zu setzen.
„Bevor Sie reiten, stärken Sie sich, Cornett.“
Bei Spiegeleiern mit Speck und geröstetem Brot genoss er das Zusammensein mit den Offizieren der Freiheitsarmee.
Als diese nach dem Frühstück zu ihren Einheiten zurückgingen, verabschiedete sich auch Heinrich von seinem großzügigen Gastgeber.
In herzlicher Sympathie füreinander reichten sie sich die Hände.
„Haben Sie meinen aufrichtigen Dank und richten Sie Ihren Eltern meine besten Empfehlungen aus.“
„Seien Sie versichert, dass ich das tun werde, Herr Generalmajor.“
„Danke, Gott sei mit Ihnen, Cornett Müller.“
„Gott sei mit Ihnen, Herr Generalmajor.“
Danach schlug Heinrich den Weg zu den Briten ein.
Nach einem zweistündigen Ritt traf er auf eine Abteilung Dragoner und wenig später erreichte er eine Farm, die von Tarleton`s Raiders heimgesucht wurde und der ansässigen Familie ihre Lebensgrundlage beraubte. Eine Scheune brannte bereits. Vieh wurde zusammen getrieben und Wagen mit Stroh und Heu beladen. Hilflos und verängstigt standen die Bewohner, um Fassung ringend, von vier Männern mit angeschlagenen Karabinern bewacht, neben dem Wohnhaus.
Zorn und Wut überkam ihn beim Anblick dieser Willkür. Er war noch nicht abgebrüht genug und würde es wahrscheinlich auch nie werden, um diese Verbrechen zu ertragen.
Was konnte er ausrichten? - Nichts. Resigniert ritt er weiter. Kurz darauf hörte er zwei Schüsse fallen -.

Während seines Rittes zurück ins Feldlager gingen ihm die ein-
schneidenden Erlebnisse, die ihm in diesem Krieg widerfahren
waren, durch den Sinn. Er hatte so viele Tote gesehen, Soldaten und
Zivilisten, Alte und Junge, viel zu viele Kinder darunter, und er hatte
auch erkennen müssen, dass die amerikanischen Freischärler des
Francis Marion an Grausamkeit Tarleton`s Raiders in Nichts nach-
standen.
Er wollte nach Hause – ja, nach Hause! - mit Antje, die er liebte, um
mit ihr eine gemeinsame, glückliche Zukunft aufzubauen. Er hoffte,
dass das, was er gestern getan hatte, auch das Richtige war, um seinen
kleinen Teil dazu beizutragen, diesen Krieg abzukürzen.
Im Feldlager angekommen, meldete er sich zuerst bei seinen Männern zurück. Danach suchte er Colonel Tarleton auf.
Das Hauptquartier befand sich auf einer nahe gelegenen Farm.
Heinrich musste lange warten, bis er vorgelassen wurde.
Hinter einem ausladenden Tisch stand ein recht junger Offizier, in
der Uniform eines Oberst der Dragoner, der sich interessiert über
eine Landkarte beugte.
„Was gibt es Neues?“, fragte er, ohne sich aufzurichten.
„Gut 30 Meilen nordwestlich von hier sind wir auf den angekündig-
ten Transport gestoßen. Ich habe noch einen Tag länger observiert,
um sicher zu gehen, in welche Richtung die Truppen marschieren.
Unser Gegner hat den Weg nach Südosten in Richtung Durham
eingeschlagen. Inzwischen stehen Teile unserer Vorhut etwa 15
Meilen von ihm entfernt.“
Jetzt erst richtete sich der Colonel auf und sah ihn herausfordernd
an.
„Wie stark sind sie?“
„Mehr als 1.200 Mann, davon 300 Berittene. Es befinden sich nur
wenige Milizen darunter. Außerdem führen sie sieben Sechspfünder

und eine schwere Haubitze mit, Sir", übertrieb Heinrich, wie er es mit Steuben vereinbart hatte.

„Ein verlockendes Ziel", stellte Tarleton fest.

„Mit Verlaub, Sir, wir sind ihnen an Zahl unterlegen. Zudem werden sie von einem Mann geführt, dessen Ruf ihm weit vorauseilt und den ich glaube, erkannt zu haben, Sir."

„Um wen handelt es sich?"

„Um niemand Geringeren als Major General von Steuben, Sir."

„Gut, Sie können wegtreten", antwortete Tarleton ungerührt.

Heinrich blieb stehen.

„Was gibt es noch?"

„Gestatten Sie mir eine Bemerkung, Sir?"

„Die wäre?"

„Die Gräueltaten, die Sie an der Bevölkerung verüben lassen, sind unehrenhaft, Sir."

Tarleton legte ein überlegenes Lächeln auf.

„Ihnen kann man nur gratulieren zu solch billig erworbenen Idealen. Doch die Ehre, Cornett, liegt im Ergebnis und nicht in den Mitteln. Die Geschichte aller Kriege lehrt, dass sie stets von der Goldfeder der Sieger geschrieben wird. Entweder werde ich eines Tages hoch geehrt oder verflucht sein."

„Die Ehre schenkt sich jeder Mann selbst, Sir."

„Haben Sie noch eine weitere Anmerkung zu machen?"

„Ich denke, dass alles gesagt ist, Sir."

„In der Tat, das ist es. - Gehen Sie sich stärken, Cornett und halten Sie sich bereit. Ich werde die Offiziere zur Lagebesprechung einberufen."

Die arroganten Worte Tarletons noch im Ohr ging Heinrich in die Garküche, wo ihm eine der Sklavinnen eine Kartoffelsuppe mit Speck und Brot reichte.

Während er mit großem Appetit aß, vernahm er das Trompetensignal, das die Offiziere, also auch ihn, herbei rief. Er ließ sich Zeit, verlangte noch einen ordentlichen Nachschlag Suppe und widmete sich mit Genuss dem Nachtisch.
Als Heinrich die Wohnstube betrat, waren erst wenige Offiziere versammelt, der Rest traf nach und nach ein. Es fehlten nur diejenigen, die sich mit ihren Einheiten auf Fourage befanden.
Als Letzter erschien Colonel Tarleton.
„Gentlemen“, eröffnete der Oberst die Besprechung, „einen Tagesritt entfernt versucht der Feind, einen Nachschubtransport zu General Greene durchzubringen. Sie sind in Richtung Südosten abgebogen und bewegen sich auf Durham zu. Um wieviel Uhr war das noch einmal Cornett Muller?“
„Gestern, gegen drei Uhr, Sir.“
„Sie führen großes Gepäck und wie viele Sechspfünder mit sich, Cornett?“
„Einen großen Tross mit mehr als 60 Fuhrwerken, sieben Sechspfünder und eine schwere Haubitze, Sir!“
„Demnach sind sie in der Bewegung schwerfällig und somit eine leichte Beute für uns, wenn wir sie auf dem Marsch angreifen.“
„Darf ich dazu eine Bemerkung machen, Sir?“, warf Heinrich ein.
„Nein, Sie dürfen nicht! Antworten Sie nur, wenn Sie gefragt sind!“, entzog ihm Tarleton das Wort. „Was uns Cornett Muller sicherlich mitteilen möchte, ist, dass sie uns an Zahl etwas überlegen sind. Doch handelt es sich mit Sicherheit um frische, kaum ausgebildete Truppen, die im Kampf gänzlich unerfahren sind.“
„Hört, hört!“, riefen einige Offiziere.
„Gentlemen, wir haben schon mehrmals eine Übermacht überrumpelt und diesmal wird uns ein dicker Fisch ins Netz gehen: Major General von Steuben! Der uns schon lange ein Dorn im Auge ist, er führt den Transport.“

Tarleton hatte das Jagdfieber gepackt. In zwei Stunden sollte sich die leichte Infanterie in Marsch setzen, ebenso die Hessischen Jäger, um das Vorfeld zu erkunden. Zuletzt sollten die Dragoner aufbrechen.

Von einer der Wachen wurde Fritz aus dem Schlaf gerissen.
„Herr Generalmajor, wachen Sie auf. Einer der Aufklärer ist zurück. Er hat wichtige Neuigkeiten!"
Fritz sprang aus dem Feldbett und warf sich seinen Mantel über.
„Der Aufklärer soll herein kommen", befahl er.
Bei dem Aufklärer handelte es sich um Korporal Mayer, einen erfahrenen Soldaten der badischen Reiter.
„Was haben Sie zu melden?"
„Herr Generalmajor, der Feind unternimmt Anstalten aufzubrechen. Eine Abteilung Dragoner erkundet bereits in unsere Richtung. Sie tragen rote Uniformen mit grünen Revers und Aufschlägen."
„Wie weit ist ihre Vorhut noch entfernt?"
„Bei letzter Sichtung etwa zehn Meilen. Herr Generalmajor. Es handelt sich eindeutig um Tarleton`s Raiders. Wir haben es mit der British Legion zu tun."
„Danke! Ich möchte das dies unter uns bleibt und sagen Sie das auch ihren Männern – absolutes Stillschweigen - Wache! Wecken Sie meinen Koch und meine Magd, der wackere Mann soll gut versorgt werden, bevor er mit mir erneut auf Erkundung reitet."
Fritz griff nach seiner Taschenuhr. Es war kurz nach halb fünf. Er versah seine Morgentoilette, ließ sein Pferd satteln, kleidete sich an und frühstückte eine Kleinigkeit. Das Kommando vor Ort übertrug er Oberst Davis. Anschließend unternahm er mit Leutnant Oberle und Korporal Mayer einen ausgiebigen Erkundungsritt. Am Himmel zogen kleine Wolkenfelder gen Osten. Die letzten Sterne verblassten, der neue Tag dämmerte heran.

Gestern Nachmittag hatte Fritz den Weitermarsch abbrechen lassen und Stellung auf dem flach ansteigenden Südhang eines Hügels bezogen, der sich nördlich der Straße erstreckte und die Umgebung beherrschte. Bis tief in die Nacht war an den Verschanzungen gearbeitet worden.

An den Flanken hatte er die Artillerie postiert und die Schwadron Kavallerie hinter den Hügel beordert. Dort hatte sich auch der Tross zu einer Wagenburg formiert - ihrer letzten Verteidigungslinie.

Der Truppe hatte er mitteilen lassen, dass die Vorsichtsmaßnahmen notwendig seien, da sich eine stärkere britische Einheit in ihrer Nähe befände. Ansonsten hüllte er sich in Schweigen. Nur wenige Eingeweihte wussten, dass es sich um den Butcher mit seinen Raiders handelte. Nichts sollte die unerfahrene Truppe beunruhigen.

Nachdem sie über längere Zeit in gebührenden Abstand mehrere Abteilungen Dragoner beobachtet hatten, kehrte Fritz mit seiner kleinen Eskorte in das Feldlager zurück.

Die Soldaten nahmen gerade das Mittagessen ein.

Wie gewohnt, speiste Fritz mit seinen Offizieren an einem großen Klapptisch vor dem Kommandeurszelt und versuchte, geistreich gute Laune zu versprühen, bis er auf ihre Lage zu sprechen kam.

„Gentlemen, meine Herren, im Laufe des morgigen Tages wird uns Colonel Tarleton mit seiner British Legion aufwarten."

Unruhe machte sich unter den Offizieren breit, sorgenvoll sahen sie ihn an.

„Major General, wäre es dann nicht ratsamer, im höchsten Tempo Major General Greene entgegen zu eilen, statt uns hier mit diesen frisch ausgebildeten Männern zum Gefecht zu stellen?", fragte Oberst Davis.

„Ein guter Einwand, doch an Geschwindigkeit ist unser schwerfälliger Transport der British Legion weit unterlegen und wenn sie

uns auf dem Marsch angreifen, ist unsere Artillerie wertlos. Meinen Informationen nach sind uns die Briten an Zahl leicht überlegen, sie verfügen jedoch nur über vier leichte Dreipfünder. Sollten sie einen Angriff wagen, werden sie sich an unserer Stellung die Zähne ausbeißen. Die Truppe ist nach meinen Richtlinien ausgebildet und besitzt mein volles Vertrauen. Wir werden hier solange ausharren bis bis die Verstärkung eingetroffen ist. Gibt es noch Fragen?"
Fritz sah in die Runde. Niemand erhob das Wort.
„Nun denn Gentlemen, begeben sie sich auf ihre Posten."
Die Offiziere verließen das Zelt, nur Dupanceau blieb zurück.
„Sie wünschen?", fragte Fritz seinen Adjutanten.
„Haben Sie schon einmal ein Gefecht verloren geben müssen?"
„Nicht nur eines, junger Freund, doch stets gegen eine vielfache Übermacht. Vielleicht mag das mein deutsches Schicksal sein. Aber vor Tarleton brauchen wir uns nicht zu fürchten, er ist mit seinen Raiders nicht stark genug um uns vernichten zu können und wenn er es dennoch wagen und schließlich siegen sollte, werden wir ihm zuvor die Hölle auf Erden bereiten – ist das klar?"
„Alles klar, Herr Generalmajor."
„Auf Ihren Posten, Dupanceau."
„Jawohl, Herr Generalmajor."

Den ganzen Tag über wurde die Stellung weiter ausgebaut. Unentwegt überwachte Fritz die Schanzarbeiten, sprach den Leuten Mut zu und ließ am späten Nachmittag Manöver abhalten. Während die Truppe das Abendessen einnahm, kehrte ein Teil der Aufklärer zurück. Fritz bat den Verantwortlichen der Abteilung, Leutnant Oberle, in sein Zelt.
„Wie nahe ist uns inzwischen der Feind, Leutnant?"
„Noch zwei deutsche Meilen, Herr Generalmajor, morgen früh sind sie hier."

„Wie viele von uns befinden sich noch auf Erkundung?“

„Acht, jeweils zu zweit, Herr Generalmajor. Sie werden auch die ganze Nacht über draußen bleiben und die Briten beobachten. Sollte sich etwas Neues ergeben, erhalten Herr Generalmajor umgehend Meldung.“

In diesem Moment betrat Sergeant Knoepfle unangemeldet das Zelt. Der wachhabende Soldat folgte ihm auf dem Fuße und sah Fritz dabei hilflos an.

„Herr Generalmajor, Sergeant Knoepfle bittet um Einlass“, meldete der Wachhabende trotzdem, der Dienstvorschrift gemäß.

„Das sehe ich.“

„Chef, gegenüber auf dem Hügel steht ein Aufklärer. Also von uns ist das keiner“, platzte Sergeant Knoepfle sogleich los.

„Sergeant, Sie wissen doch, dass man sich zunächst beim wachhabenden Posten anzumelden hat. Außerdem erwarte ich eine anständige Meldung.“

„Klar, Chef, aber sollen wir uns das Bürschle nicht schnappen?“

„Nicht notwendig, die feindlichen Aufklärer sollen Colonel Tarleton ruhig melden, dass wir gewappnet sind.“

„Meinen Sie etwa den „Butcher“ und seine Mordbrenner?“

„In der Tat, Sergeant.“

„Heidenei, das ist aber eine harte Nuss, Chef.“

„Wir werden ihnen schon die Stirn zu bieten wissen, Sergeant.“

„Ha, nicht, dass wir Prügel beziehen und uns mächtige Beulen einfangen, Chef“, gab der Sergeant zu bedenken, dabei schüttelte er seine rechte Hand, als ob er sich gerade die Finger verbrannt hätte.

„Sergeant, ich erwarte etwas mehr Vertrauen in meine Person.“

„Wie Sie meine, Chef.“

„Sergeant, es heißt: Jawohl, Herr Generalmajor, oder wenn Sie es auf Englisch bevorzugen, lautet die Anrede „Sir, Major General, Sir“. Merken Sie sich das endlich!“

„Scho recht, Chef“, antwortete der Sergeant, drehte Fritz den Rücken
zu und verließ das Zelt.

„Der Kerl lernt des nimmer“, murmelte Fritz auf schwäbisch.

„Herr Generalmajor, Sie können ja Schwäbisch“, stellte Leutnant
Oberle erfreut fest.

„Ich war mehr als ein Jahrzehnt lang Hofmarschall in Hohenzollern-
Hechingen, dort wurde ich zu genüge mit diesem lächerlichen
Dialekt und seiner Verstümmelung der deutschen Sprache konfron-
tiert. Besonders dieser Sergeant Knoepfle wirkt geradezu ansteckend
- wie eine Epidemie.“

„Sind wir wirklich so schlimm, Herr Generalmajor?“

„Ihr seid das Beste, das ich den Briten entgegen stellen kann.“

„Herr Generalmajor, können sich voll und ganz auf uns verlassen,
wir schaffen das! Und wenn es denn sein muss, kämpfen wir bis zum
bitteren Ende.“

„Das weiß ich zu schätzen! Gönnen Sie sich und Ihren Männern
etwas Schlaf. Sie können wegtreten, Leutnant.“

Den Abend über vertrieben sich Fritz und Duponceau die Zeit bei
einigen Partien Schach, genossen Rotwein und die ein oder andere
Pfeife. Um Mitternacht begaben sie sich zur Ruhe.

Im Morgengrauen weckte ihn sein Kammerdiener, in seiner
Begleitung befand sich einer der Wachen.

„Herr Generalmajor, uns gegenüber befindet sich die Vorhut des
Feindes", meldete der Soldat, „außerdem ist heute Nacht ein
Leutnant von General Greene eingetroffen.“

„Gut, der Kurier und sämtliche Offiziere sollen kommen – Carl,
richte mir meine Paradeuniform und pudere meine Perücke. Wenn
uns der Feind seine Aufwartung macht, gedenke ich, ihm gebührend
zu begegnen.“

Für die Morgentoilette ließ sich Fritz Zeit. Sobald er seine beste Uniform angelegt hatte, empfing er die Offiziere und den angekündigten Kurier, der ihm als Leutnant Danner vorgestellt wurde.

„Guten Morgen, Gentlemen ", begrüßte er sie und an den Kurier gewandt, „Leutnant Danner, haben Sie unseren besten Dank, dass Sie den beschwerlichen Ritt auf sich genommen und den Weg zu uns so schnell gefunden haben. Wann wird der Entsatz eintreffen?"

„So Gott will, wird er übermorgen hier sein, Herr Generalmajor."

„Wer führt ihn?"

„Major Heister."

„Über wieviel Mann verfügt er?"

„Eine Schwadron von 460 Dragonern und eine Batterie mit vier Dreipfündern, Herr Generalmajor."

„Gut, so lange können wir die Stellung halten - Benjamin, damit der Feind weiß, wer diese Truppen hier führt, lassen Sie neben meinem Zelt die preußische Flagge hissen und auf dem Exerzierplatz einen Sternenbanner."

„Soll Alarm gegeben werden?"

„Wo denken Sie hin? Wir werden uns doch nicht von ein paar britischen Dragonern nervös machen lassen. Der Tagesablauf soll wie gewohnt vonstatten gehen. Im Anschluss an den Morgenappell werde ich einige Worte an die Truppe richten. Leutnant Oberle, hätten Sie die Güte, meine Ansprache ins Englische zu übersetzen?"

„Jawohl, Herr Generalmajor."

„Danke - Leutnant Danner, wie lauten Ihre weiteren Order?"

„Mir ist befohlen, unverzüglich zu Major Heister zurück zu kehren, um der Truppe den Weg zu Ihnen zu weisen."

„Suchen Sie sich aus meinem persönlichen Bestand ein gutes Pferd aus und seien Sie vorsichtig. Reiten Sie in einem großen Bogen um die Briten. Lieber verlieren Sie etwas Zeit, aber kommen dafür heil

an. Richten Sie bitte Major Heister meine Empfehlung aus und teilen Sie ihm mit, dass wir Feindberührung haben."
Mit den besten Reisewünschen versehen verließ Leutnant Danner das Zelt.
„Nun denn, Gentlemen, dann wollen wir einmal einen Blick auf den Feind werfen", beendete Fritz die Besprechung.
Gefolgt von seinen Offizieren trat Fritz selbstbewusst vor das Zelt. Inzwischen hatte sich eine starke Abteilung der Dragoner auf dem gegenüber liegenden Hügel eingefunden. Durch sein Okular entdeckte Fritz auch einige Reiter, die das Wildleder der Waldläufer trugen. Neben dem Offizier, der die schönste Uniform trug, erkannte er den jungen Cornett wieder, der ihn gewarnt hatte und sein Gast gewesen war.

Auch Colonel Tarleton hatte Maßnahmen ergriffen. Sämtliche britische Truppen und Loyalistenverbände, die sich in der Gegend befanden, ließ er zusammenziehen und schickte einen schnellen Kurier nach Salem zu General Cornwallis mit der Bitte um Verstärkung, da ihnen ein großer Fang ins Netz gehen würde.
Zur Demonstration seiner Überlegenheit hatte sich auch der Colonel in seine prächtigste Uniform gekleidet und als sichtbares Zeichen seines Ranges einen Schimmel satteln lassen, saß nun auf diesem an der Spitze seiner Dragoner neben seinen Adjutanten und dem Berittenen Jäger Cornett Muller und betrachtete durch sein Okular die Stellungen der Rebellen.
„Unser Gegner hat sich verdammt gut eingerichtet. Wie kann das in der kurzen Zeit nur möglich sein? Den geplanten Überraschungsangriff können wir unter diesen Umständen vergessen."
„Bitte bemerken zu dürfen, Sir, dass es sich bei Major General von Steuben um einen erfahrenen Offizier handelt", warf Heinrich ein.
„Das weiß ich selbst."

Durch sein Okular erkannte der Colonel, dass auch er vom gegnerischen Kommandeur in Augenschein genommen wurde. Umgeben von einigen Offizieren stand dieser neben einem großen Zelt, das von der preußischen Flagge flankiert wurde. Auf dem Exerzierplatz sah er ein Sternenbanner wehen.

Der Generalmajor zog seinen Dreispitz zum Gruß, den der Colonel mit großer Geste erwiderte.

„Der Mann besitzt Stil“, bemerkte er, als er den Tschako der Dragoner wieder aufsetzte.

Auf amerikanischer Seite wurde zum Morgenappell geschlagen. Der größte Teil der Soldaten trug die Uniform der Continental Army und zeigten sich durchaus diszipliniert. Tarleton schätzte die Zahl der Amerikaner auf nicht ganz 600 Mann, davon etwa 100 Berittene.

„Was soll diese Parade? So kann ich seine Truppenstärke ja bestens beurteilen! Jedenfalls ist die Anzahl der Soldaten bei weitem geringer, als Sie es mir mitgeteilt haben, Cornett. So wie ich sehe, benötigt dieser Steuben allein ein Fünftel seiner Fußtruppen, nur um die Geschütze zu bedienen.“

„Vielleicht zeigt er uns auch nur das, was wir sehen sollen, Sir. Wer weiß, was sich alles noch hinter dem Hügel oder im angrenzenden Wald verbirgt?“

„Ein gutes Argument, Cornett, und um das herauszufinden, werden Sie mit Ihren Männern heute Nacht das Terrain eingehend erkunden.“

„Mit Verlaub, Sir, doch scheint das kaum möglich. Steuben wird seine Stellung sicher weiträumig mit starken Außenposten sichern. Außerdem führen die Amerikaner Hunde mit die sicherlich angerichtet sind. Unter Umständen werden sie anschlagen, sollten wir uns zu nahe heran wagen.“

„Die Franzosen behaupten, ihr Deutsche würdet nach Schweinen
stinken. Demnach haben Sie durchaus eine Chance, die amerikanischen Hunde zu täuschen, nicht wahr?“
Der Colonel lachte trocken, setzte sein Okular ab und versorgte es in
der Satteltasche.
„Wenn dem so sein sollte, ist zu vermuten, dass genau aus diesem
Grund die Briten uns Deutsche als Aufklärer brauchen, Sir!“
„Noch immer stolz. Das gefällt mir. Melden Sie sich vor Ihrem
Aufbruch heute Abend mit Ihren Männern bei mir im Hauptquartier
ab! - Cornett, auch wenn nur einer von ihnen lebend zurück kommt
und mir Meldung über die wahre Stärke des Gegners machen kann,
war das Unternehmen ein Erfolg.“

Vor seinem Zelt nahm Fritz gemeinsam mit seinen Offizieren das
Mittagessen ein. Es gab über Feuer gebratene Hühnchen und Ka-
ninchen mit Gemüsebeilage, dazu wurde Wein gereicht.
„Bedienen Sie sich, Gentlemen“, forderte er seine Gäste auf,
„Colonel Tarleton soll sehen, dass wir es uns gut gehen lassen. Und
Duponceau, sobald Colonel Tarleton sein Okular auf uns richtet,
teilen Sie es mir bitte mit.“
Es dauerte keine fünf Minuten, bis ihm Duponceau meldete, dass sie
von dem Offizier mit der schönsten Uniform in Augenschein ge-
nommen werden.
„Vielen Dank! Gentlemen, erheben wir uns und bringen einen Toast
auf General Washington aus.“

„Der Kerl besitzt nicht nur Stil, er ist dreist, meinen Respekt“,
bemerkte Tarleton, als er das Okular wieder absetzte, „schade nur,
dass er auf der falschen Seite kämpft. Daher werde ich ihn vernichten müssen.“

„Gentlemen", fuhr Fritz nach dem Toast fort, „nehmen Sie bitte wieder Ihre Plätze ein."

Bei gutem Essen und einigen weiteren Toasts verging fast eine Stunde, bis Fritz die Lagebesprechung eröffnete.

„Gentlemen, meine Herren", begann er, „wir haben das Glück, dass heute Nacht Neumond ist und der Himmel dazu noch stark bewölkt sein wird. Daher werden wir um Mitternacht das Lager abbrechen und der Verstärkung entgegen marschieren und das – wohlgemerkt - in aller Heimlichkeit."

„Das ist ein gefährliches Unterfangen", gab Oberst Davis zu bedenken, „wir könnten überrumpelt werden."

„Nachdem der Feind unsere gut befestigte Stellung in Augenschein genommen hat, rechnet er nicht mit unserem Aufbruch, daher in aller Stille. Die Soldaten mit den verschlissensten Uniformen sollen diese abgeben und gegen neue eintauschen - wir führen ja welche mit, - gegen Quittung natürlich, wir sind ja ordentlich. In die alten Uniformen wird Stroh gestopft und als Attrappen neben den Lagerfeuern postiert. Die Zelte, die nah den Feuerlöchern aufgebaut sind, bleiben stehen. Alles muss echt aussehen. Auf jeden Fall darf nicht der geringste Lärm zu den Briten dringen. Daher werden Decken um die Wagenräder befestigt und die Pferdehufe mit Fellen umwickelt und festgeschnürt. Wenn alles gelingt, werden wir einen Vorsprung von fünf bis sechs Stunden haben und spätestens am frühen Nachmittag werden wir auf die uns entgegen eilende Kavallerie stoßen und dann, Gentlemen, müssen die Briten ihre Absicht aufgeben, diesen Transport in ihre Hände zu bekommen. Treffen Sie Ihre entsprechenden Vorkehrungen, Gentlemen. Bis es hell wird, darf nichts, aber auch rein gar nichts darauf hinweisen, dass wir unsere Stellung verlassen haben."

„Warum haben Sie uns erst jetzt in Ihre Pläne eingeweiht? Und wozu die umfangreichen Schanzarbeiten?" Wieder war es Oberst Davis, der sich von Fritz überrumpelt fühlte.

„Alles zu seiner Zeit, Gentlemen. Tarleton sollte wissen, dass wir in der Lage sind, uns zu verteidigen und das wir gedenken die Stellung zu halten. Das macht den Feind in seiner Observierung nachlässig. Außerdem hatten die Männer eine gute Beschäftigung und haben weiter hinzugelernt."

„Wie gedenken Herr Generalmajor beim Retirieren zu verfahren?"

„Zunächst rücken unsere Aufklärer ab. Zwei von ihnen werden im Gewaltritt zu Major Heister stoßen um ihn über unsere Vorgehensweise zu informieren. Die Infanterie mit der Artillerie und der Tross folgen. Die Kavallerie reitet Flankenschutz und deckt die Nachhut. Gibt es noch Fragen?"

„Sobald die Verstärkung eingetroffen ist, wären wir doch in der Lage, die Briten zu schlagen." Oberst Davis zweifelte immer noch an dem Gelingen dieses abenteuerlichen Vorhabens.

„Gentlemen, unser Auftrag besteht darin, den Transport unbeschadet an seinen Bestimmungsort zu führen und uns nicht auf ein verlustreiches Gefecht mit dem Butcher einzulassen. Er wird uns noch früh genug in die Hände fallen, seien Sie sich dessen gewiss."

„Gibt es weitere Fragen?"

Es gab keine.

„Nun denn, gehen wir es an. Ich verlasse mich auf jeden von Ihnen, denn nur so kann das Unternehmen gelingen – auf Ihre Posten Gentlemen."

Noch vor Einbruch der Nacht meldete sich Heinrich mit seiner 18 Mann starken Abteilung bei Colonel Tarleton ab.

Sobald sie das Feldlager ein gutes Stück hinter sich gelassen hatten, nahm Heinrich all seinen Mut zusammen, versammelte seine Leute in der Nähe eines Waldstücks und befahl, abzusitzen.

„Männer, wir sind schon lange zusammen und haben Einiges miteinander durchgemacht. Wir haben viel Ehre errungen aber auch etliche Gräuel mit ansehen müssen. Doch selbst in größter Not sind wir stets zusammen gestanden. Heute bitte ich Euch, hier an dieser Stelle einen Eid zu leisten", eröffnete er ihnen.

„Der wäre?", fragte sein Adjutant.

„Dass jedes Wort, das innerhalb dieses Kreises gesprochen wird, auf immer und ewig darin verbleibt. Wer diesen Eid nicht zu leisten bereit ist, hat nun die Möglichkeit, sich außer Hörweite zu begeben. Es wird ihm nicht übel genommen und niemand verliert seine Ehre." Heinrich sah in die Runde.

Fragend sahen ihn seine Leute an. Mit solch ernsten Worten hatte ihr Anführer noch nie zu ihnen gesprochen. Neugierig auf das, was Heinrich ihnen Wichtiges und Geheimes mitteilen würde, beschloss jeder, zu bleiben.

Nach ihrem geleisteten Schwur fuhr Heinrich mit seiner Ansprache fort: „Männer, Tarleton hat uns auf ein Himmelfahrtskommando geschickt. Heute Nacht sollen wir gegen die Amerikaner aufklären, um ihre genaue Stärke festzustellen.

Zu unserem Vorteil haben wir Neumond, dazu nimmt die Bewölkung immer mehr zu. Doch die Aufständischen führen viele Hunde mit. Außerdem werden die Amerikaner in unmittelbarer Nähe des Feindes äußerst wachsam sein. Selbst einem erfahrenen Indianer würde eine genaue Aufklärung unter diesen Umständen nicht gelingen."

„Was schlägst Du vor?", fragte sein Adjutant.

„Ich trage die Verantwortung für jeden von Euch. Bei diesem aussichtslosen Befehl sehe ich mich nicht mehr an meinen Fahneneid

gebunden und stelle jedem frei, zu den Amerikanern überzugehen.
Noch nie war die Gelegenheit so günstig. Jeden, der fehlt, kann ich
als vermisst melden."
Lange herrschte Schweigen.
„Demnach wirst Du bleiben", mutmaßte sein Adjutant schließlich.
„Ja, das werde ich."
„Warum?"
„Ich habe Verpflichtungen."
„Du meinst Antje."
„Ja."
„Vergiss das Frauenzimmer. Sobald sie etwas Besseres gefunden hat,
hast Du sie gesehen. Du bist ihr nur so lange wichtig, wie sie Dich
braucht. Was sind wir denn für die Frauen? Verkaufte Kreaturen, die
das Meer hierher gespült hat."
„Ich bin ein Mann von Ehre."
„Gut, es ist Deine Angelegenheit. Du musst es wissen. - Ich jeden-
falls werde gehen. Was habe ich schon zu verlieren? Zu Hause gibt es
nur weitläufige Verwandtschaft und Zimmermänner kann man auch
hier gut brauchen. Überlege es Dir gut, Henry, ob Du nicht auch
gehen willst. Du hast allen Grund dazu!"
„Auch ich werde gehen", entschied sich ein weiterer Jäger.
„Ich auch", schloss sich der nächste an, „zu Hause wartet niemand
auf mich. Ich saß im Gefängnis, weil ich vor lauter Hunger Mund-
raub begangen hab. Von dort haben mich dann die Werber geholt.
Meine Familie verachtet mich, da sie mich für einen Verbrecher
halten. Aber das bin ich doch gar nicht. Ich wollte nur etwas zu essen
haben, da ich in meiner Not schon drei Tage lang nichts mehr gegessen hatte."
Noch zwei weitere meldeten sich, um zu den Amerikanern überzulaufen.

Auch die, die bleiben wollten, brachten ihre Gründe vor. Einige hatten eine vielköpfige Familie zurück gelassen und sahen in dem Dienst bei den Briten für sich ein gesichertes Einkommen. Andere waren auf verschuldeten Höfen zu Hause, von dort waren sie zwangsweise von Werbern ausgehoben worden, um für die Briten in Amerika in den Krieg zu ziehen. Von dem angesparten Sold wollten sie nach ihrer Rückkehr in ihre Heimat die Schulden ablösen.

„Gut, derjenige, der gehen möchte, kann das jetzt tun", wandte sich Heinrich an die Überläufer, „bindet weiße Tücher an die Mündungen Eurer Gewehre. Werdet Ihr nach der Losung gefragt, so antwortet: Kuriere, wir wollen zu Major General Steuben. Wir kommen von Cornett Heinrich Müller - Gott sei mit Euch!"

Eine letzte Umarmung, dann sah Heinrich den fünf Männern nach, bis sie auf ihren Pferden langsam in der hereinbrechenden Dunkelheit verschwanden.

„Wie geht es weiter, Henry?", fragte Peter Petersen in die entstandene Stille hinein.

„Wir suchen uns einen guten Platz für das Nachtlager. Im Morgengrauen reiten wir zu den Briten zurück. Tarleton werde ich melden, dass die Amerikaner fast doppelt so stark sind wie wir und sich ihr Gros hinter dem Hügel befindet. Die Deserteure melde ich als vermisst. Seid ihr damit einverstanden?"

„Klar", kam es einstimmig zurück.

„Gut, dann sei es so besiegelt."

Nur wenige schliefen.

Mitten in der Nacht erwachte Benno. Er knurrte leise.

„Ich geh' nachsehen. Benno nehme ich mit", raunte Heinrich seinen Kameraden zu.

Vorsichtig bahnte er sich den Weg durch das Unterholz des Waldes. Am Waldrand angekommen, blieb Benno stehen, knurrte und nahm Platz. Heinrich verstand.
Es dauerte nicht lange und er erkannte durch die Zweige die schemenhaften Umrisse von etwa 30 Reitern. Bald schluckte sie die wolkenverhangene Neumondnacht.
Das waren keine Aufklärer, da war sich Heinrich sicher, es musste sich um Flankenschutz handeln. Aber wozu dieses Aufgebot?
Heinrich wartete, bis er sicher war, dass keine Nachzügler folgten. Dann beschloss er, der Sache auf den Grund zu gehen.
Hinter der nächsten Anhöhe konnte er schemenhaft die Straße erkennen. Erstaunt sah Heinrich auf ein gespenstisches Szenario. Die Amerikaner retirierten, diszipliniert und fast geräuschlos.
Als er schließlich ihr Feldlager erreichte, deutete zunächst Nichts darauf hin, dass es verlassen war. Die Lagerfeuer brannten, dem Anschein nach kauerten Soldaten davor oder lagen schlafend in deren Nähe. Im Lichtschein erkannte Heinrich etliche Zelte.
Auch die Vorposten der Briten schienen den Abmarsch der Amerikaner nicht bemerkt zu haben.
„Vor diesem Fuchs muss man tief den Hut ziehen, denn so etwas nennt man: „klassisch hereingelegt", stellte Heinrich bewundernd fest,'nur was sage ich jetzt Oberst Tarleton?'

Heinrich erhielt einen strengen Verweis wegen grober Nachlässigkeit im Dienst, dem ein Beschwerdebrief an seinen Kommandeur, Oberstleutnant Emmerich folgte.
Dabei blieb es und Heinrich war froh, dass die ganze Angelegenheit für ihn so glimpflich endete, denn man hätte ihn auch durch ein Standgericht wegen Hochverrats „an die Wand" stellen, oder hängen können. Er wurde nicht einmal degradiert. Im Gegenteil, Tarleton

benötigte ihn und seine Männer als seine Augen die in die Ferne
reichen - mehr denn je.

10. Kapitel

Oktober 1781
Entscheidungen

General Cornwallis hatte mit seiner 8.500 Mann starken Armee
Virginia erreicht. Trotz hoher Verluste konnte er in den Carolina-
Staaten sämtliche Gefechte gewinnen und näherte sich jetzt dem
Unterlauf des James River. Dort, in dem Gebiet zwischen Richmond,
Petersburg und der Hafenstadt Portsmouth, wusste er die amerikanischen Streitkräfte unter Lafayette und Steuben. Sein Ziel war es,
diese unter allen Umständen zu zerschlagen.
Was er bereits in den Monaten zuvor erfahren musste, widerfuhr ihm
auch hier: Immer häufiger wurde er von kleinen amerikanischen
Verbänden angegriffen und wiederholt von diesen in Bedrängnis gebracht. Zu seinem Erstaunen musste er feststellen, dass besonders
der Baron von Steuben sein Metier bestens verstand; denn die Soldaten waren überraschend gut ausgebildet und trugen ihre Attacken
sehr diszipliniert vor, zogen sich, sobald sie selbst unter Druck gerieten, schnell zurück und wichen seinen nachsetzenden Einheiten
geschickt aus.
Nach mehreren erfolglosen und verlustreichen Gefechten entschloss
sich Cornwallis, eine gut befestigte Basis anzulegen, um dort auf
Verstärkung zu warten, die ihm von General Clinton zugesichert
worden war.
Seine Wahl fiel auf Yorktown, einer kleinen, aber weitläufigen Hafenstadt auf einer Landzunge an der Mündung des York River in die
Chesapeake Bay gelegen. Am gegenüber liegenden Flussufer hatte
Banastre Tarleton bei Gloucester Point bereits starke Befestigungen
anlegen lassen. Diese mächtigen Stützpunkte würden das gesamte

Mündungsgebiet des York Rivers beherrschen und die gegnerischen
Truppen auf gebührenden Abstand halten. Deren Aktivitäten schien-
en sich allein darauf zu beschränken, Williamsburg, Hampton und
Newport News zu decken.

Im Gegensatz zu den britischen Offizieren bereitete die exponierte
Position des gewählten Standortes Heinrich Kopfzerbrechen; denn
die amerikanischen Verbände könnten den Stützpunkt in kurzer Zeit
vom Hinterland abschneiden. Der gesamte Nachschub wurde jetzt
schon auf dem Seeweg befördert und sollte es dem Gegner gelingen,
sie auch von dieser Seite von der Versorgung abzuschneiden, würde
es das Ende der britischen Süd-Armee bedeuten. Bei einer Lagebesprechung brachte er seine Bedenken Colonel Tarleton gegenüber
zum Ausdruck.
„Mein lieber Cornett, wenn Sie einen ihrer Finger in das Wasser am
Strand tauchen und daran lutschen, was schmecken Sie?"
„Salzwasser, Sir."
„Das ist der Geschmack des Empire! Wer sollte uns die Weltmeere
schon streitig machen?", wurde er belehrt.
Von den britischen Offizieren war er ja einiges an Überheblichkeit
gewohnt, doch diese arrogante Äußerung war nicht nur dumm,
sondern sie ließ auch jeden Ansatz einer kritischen Betrachtung der
eigenen Lage vermissen. Tarleton beleidigte mit seinem Hochmut
jeden in dieser Sache vernünftig denkenden Menschen.
Eine entsprechende Entgegnung lag ihm auf der Zunge, doch er hielt
es für besser, seinen Mund zu halten. Denn was hätte sein Einwand
bewirkt, als nur weitere ignorante Bemerkungen.
Seine Befürchtungen sollten wahr werden. Der von Tarleton so hoch
gelobten britischen Seemacht gelang es in einer fünf Tage dauernden
und verlustreichen Seeschlacht nicht, das Anlanden einer starken
französischen Marineinfanterieeinheit nördlich von Cloucester Point

zu verhindern. Die französischen Einheiten konnten sich mit Teilen
der Virginia Miliz vereinen und so die britischen Stellungen um
Cloucester Point fest in den Würgegriff nehmen.
Statt der von Tarleton und Cornwallis erwarteten britischen Kriegs-
schiffe ankerten an der Mündung des York Rivers jetzt französische
Kriegsschiffe. Deren Admiral de Grasse unternahm vorerst keine
Anstalten, die britischen Stellungen zu beschießen, sondern be-
schränkte sich auf die von Heinrich erwartete Seeblockade.
Doch für die Briten war es nur eine Frage von Tagen, bis sie die
französische Flotte von dort wieder vertrieben haben werden.

Unterdessen hatte General Washington das von den Einheiten
Lafayettes und Steuben kontrollierte Williamsburg erreicht. Dem
General folgte eine fast 15.000 Mann starke kombinierte Armee aus
Franzosen und Amerikanern. Das Kommando über die Franzosen
führte General Rochambeau der mit seinem Kontingent im August
letzten Jahres auf Rhode Island gelandet war, doch sich erst vor
wenigen Monaten mit den Streitkräften Washingtons vereinigen
konnte. Die Hälfte dieser Armee bestand aus deutschen Regi-
mentern, darunter auch das Regiment "Zweibrücken", das vom
Kronprinzen des Herzogtums Pfalz-Zweibrücken, Christian von
Forbach, selbst geführt wurde.
Direkt nach seiner Ankunft bat der Oberbefehlshaber Fritz zu einer
Besprechung unter vier Augen. Da der General die amerikanischen
Offiziere und besonders den Marquis de Lafayette nicht verärgern
wollte, trafen sie sich in einer abgelegenen Fischerhütte am James
River.
„Mein lieber Baron, Sie sind mein erfahrenster Offizier. Bevor ich die
Kommandeure zur Lagebesprechung einberufe, möchte ich gerne
von Ihnen erfahren, wie Sie die Lage einschätzen."

„Ich danke für ihr Vertrauen, General“, antwortete Fritz, der schon längst keinen Dolmetscher mehr benötigte, „ich bin überzeugt, um nicht zu sagen ganz sicher, dass wir die britische Süd-Armee in Yorktown entscheidend schlagen können, da sie sich selbst in eine Falle manövriert hat.“

„Wie soll ich das verstehen?“, fragte Washington.

„Yorktown liegt am Nordufer einer Landzunge, die den James River vom York River trennt. Auf den ersten Blick eine sehr gut gewählte Position, zumal die Stadt über einen gut ausgebauten Hafen verfügt, über den sie leicht mit Proviant, Soldaten, Waffen und Munition versorgt werden kann. Des Weiteren ist es für die Briten vorteilhaft, dass die Häuser recht weit auseinander stehen und das lockere Erdreich das Errichten von Verschanzungen erleichtert.

Doch dank der Verstärkung aus Frankreich, die wir vor allem unseren guten Freunden Saint-Germain und Beaumarchais zu verdanken haben, verfügen wir inzwischen über genügend Feldkanonen, Haubitzen und Mörser. Sobald wir unsere Laufgräben nahe genug an die Stadt vorangetrieben haben, werden wir aus den Mörsern das Bombardement eröffnen. Entscheidend bei dem ganzen Unternehmen ist allerdings, dass den Briten die Versorgung von See her abgeschnitten bleibt. Wenn nicht, wären wir zwar noch immer in der Überzahl, allerdings müssten wir uns dann auf eine Belagerung einrichten, die sich über Monate hinziehen wird. Und genau das, gilt es, zu vermeiden.“

„Inwiefern, Baron?“

„Ich denke an die Wankelmütigkeit vieler unserer Mannschaften. Außerdem haben sich etliche Männer nur für kurze Zeit zur Armee gemeldet. Eine lang andauernde Belagerung wird sich daher negativ auf die Moral der Truppe auswirken und den Briten große Vorteile verschaffen.“

„Was schlagen Sie demnach vor, Baron?“

„Wie stark ist die französische Flotte von de Grasse? Ist sie in der Lage, uns die britischen Schiffe vom Leib zu halten?“, wollte Fritz zuerst wissen.

De Grasse verfügt über 28 Schiffe, wie er mir mitteilen ließ. Es befänden sich einige leicht bewaffnete Transporter darunter, die übrigen Schiffe seien Korvetten, Fregatten und Linienschiffe mit zwei oder gar drei Kanonendecks. Auch sei die Verpflegung der Matrosen über einen längeren Zeitraum gesichert.“

„Das ist gut zu hören.“

„Genau so sehe ich das auch, Baron. Darf ich ein Anliegen an Sie richten?“

„Jeder Zeit, General.“

„Sie sind bekanntermaßen der einzige meiner Offiziere, der sich im Belagerungswesen auskennt.“

„Dem ist so, General, ich habe es auch gründlich gelernt. Wie Sie wissen, habe ich an der Universität von Breslau Ingenieurwesen studiert und die Studien mit einem Diplom abgeschlossen. Am Ausbau der Festung Schweidnitz war ich an zwei Bauphasen beteiligt; zudem habe ich auch an mehreren Belagerungen teilgenommen und hierbei praktische Erfahrungen in allen Belangen einer derartigen Kriegsführung erworben.“

„Mein lieber Baron, ich habe Ihnen schon mehrmals gesagt, dass Sie uns der Himmel geschickt hat. Wären Sie bereit, den Belagerungsplan auszuarbeiten?“

„Dazu benötige ich aber Befehlshaber, die meine Anweisungen ohne Widerrede an die ausführenden Einheiten weiterleiten, und genau darin sehe ich die Schwierigkeiten.“

„Ich weiß, dass Sie als Ausländer noch immer nicht das volle Vertrauen der in Amerika geborenen Offiziere besitzen. Außerdem ist der Marquis de Lafayette nicht besonders gut auf Sie zu sprechen, das ist mir nicht verborgen geblieben. Ich weiß auch, dass seine militärischen Fähigkeiten begrenzt sind. Entweder fällt er wegen seines Übermutes oder wegen seiner Nachlässigkeit auf. Doch ich brauche ihn, er wird protegiert von den höchsten französischen Kreisen. Aus Dankbarkeit gegenüber dem französischen Staat bin ich dem Marquis verpflichtet. Ich werde ihm schon die Fußfesseln anlegen, damit er Ihnen nicht in die Quere kommt. Das ist sicher in Ihrem Sinn."

„Voll und ganz, General. Allerdings benötige ich einen kompetenten Offizier, der den Befehl über die Artillerie übernimmt, während ich die Laufgräben an die Stadt vorantreiben lasse."

„An wen denken Sie, Baron?"

„Stellen sie mir Henry Knox zur Seite, er ist ein Meister im Führen der Artillerie."

„Aber mein lieber Baron! Er ist ein sturer katholischer Sohn sturer irischer Einwanderer und ein Widersacher Ihrer ausländischen, dazu protestantischen deutschen Person. Möchten Sie sich das wirklich antun?"

„Ich benötige den Besten. Wir werden uns schon zusammen raufen. In welcher Kirche wir getauft worden sind, spielt für mich keine Rolle."

„Ein weises Wort, Baron. – Also, ich werde die Armee in drei Flügel aufteilen. Abgesehen von Ihren speziellen Aufgaben, sollen Sie mit Ihrer deutschen Division das Zentrum bilden, dort ist das Terrain wohl am problematischsten. Ihre zwei Brigaden übernehmen Wayne, von dem ich weiß, dass er fließend Deutsch spricht, und Gist, der eh ein Deutscher ist. Links von Ihnen schließt sich die französische Armee unter Rochambeau an, beginnend mit dem Regiment Zweibrücken. Rechts von Ihnen folgt die Division Lafayette. Seine Brigaden übernehmen Hazen und, als die erwähnte Fußfessel, Ihr Freund Peter Mühlenberg. Es folgt Lincoln mit den Brigaden Clinton und Dayton. Die Virginia Miliz führt Nelson mit den Brigaden

Weedon, Lawson und Stevens, die unsere Reserve bilden. Sind Sie damit einverstanden?"
„Ihre Entscheidungen sind sehr gut überlegt und weitsichtig. Haben Sie vielen Dank, General."
„Gut, dann gehen wir es an, Baron."

Bei der Lagebesprechung, die am nächsten Tag stattfand und an der auch Rochambeau mit seinem Generalstab teilnahm, brachten einige Brigadegeneräle zum wiederholten Male ihre Bedenken gegenüber dem Ausländer General von Steuben zum Ausdruck, der nicht einmal richtig Englisch sprechen könne.
„Versteht sich jemand von Ihnen in der Belagerungstaktik?" fragte sie Washington, wobei er sie herausfordernd ansah.
Betretenes Schweigen war die Antwort.
„Sehen Sie, auch ich nicht. Damit hat sich wohl Ihre Kritik erübrigt, Gentlemen."
„Gentlemen, ich plädiere dafür, die Stadt im Sturm zu nehmen, dadurch ersparen wir uns eine langwierige Belagerung und werden die Briten und ihre deutschen Vasallen überrumpeln und zur Kapitulation zwingen", warf Lafayette ein.
„Mit Verlaub", entgegnete ihm Fritz, „die höchste Pflicht eines Kommandeurs besteht darin, das Leben seiner ihm anvertrauten Soldaten zu erhalten und nicht leichtfertig aufs Spiel zu setzen. Der Versuch, Yorktown im Sturm zu nehmen, könnte für uns, abgesehen von den vielen Toten und Verwundeten, fatale Folgen haben, da dieses waghalsige Unternehmen auch mit einer Niederlage für uns enden kann. Denn wir müssen die Stärke der Briten in Betracht ziehen und außerdem Vorkehrungen für einen möglichen Rückzug treffen. Mein Vorschlag ist weiterhin, dass wir Yorktown belagern und die Briten so lange zermürben, bis sie aufgeben müssen. Ich hoffe, dass Sie mit mir darin konform gehen, Gentlemen."

„Ich pflichte dem Baron von Steuben voll und ganz bei, Marquis. Wir werden Yorktown von Land und See her belagern, bis wir Cornwallis zur Kapitulation zwingen“, entschied Washington, dem auch der französische Oberbefehlshaber Rochambeau uneingeschränkt zustimmte.

Dem jungen Marquis war die Enttäuschung über die Zurückweisung seines Vorschlags deutlich anzumerken, seine zornigen Blicke trafen unverhohlen seinen Kontrahenten. Dessen Aufmerksamkeit wurde in diesem Moment von Generalmajor Lincoln in Anspruch genommen.

„Wie tief gedenken Sie die Laufgräben ausheben zu lassen, Baron?“

„Sieben Fuß tief und an der Basis neun Fuß breit. Der seitliche Neigungswinkel wird 70° betragen. An den Seitenwänden werden Stützpfeiler mit starken Verstrebungen befestigt, um auch heftigem Beschuss standhalten zu können. Im vorderen Teil der Gräben werden in regelmäßigen Abständen Plattformen mit zwölf Fuß Durchmesser errichtet, auf denen unsere Mörser platziert werden, die von dort aus ihre Bomben werfen. Zudem werden im Abstand von drei Schritt Leitern postiert, von denen aus unsere Infanterie schießen kann. Außerdem müssen wir uns auch auf schlechtes Wetter einrichten. Damit man trockenen Fußes in den Gräben laufen kann, werden am Sockel Querbalken
verlegt, auf die wiederum Bretter gelegt und mit den Balken am Grund vernagelt werden. So kann man auch die Mörser leicht in ihre Position ziehen. Das Gelände fällt etwas zur Stadt hin ab, das heißt, dass die Briten bei Regenwetter mehr mit dem Wasser zu kämpfen haben als wir.“

„Woher wollen Sie wissen, wie sich das Wetter entwickeln wird?“, wollte Lafayette wissen.

„Ich habe mit den Menschen in dieser Gegend gesprochen. Sie haben mir berichtet, dass es hier jedes Jahr heftige Herbststürme mit starken Regenfällen gibt. Da diese bis jetzt im größeren Ausmaß ausgeblieben sind, würde es mich wundern, wenn der endgültige Wetterwechsel nicht innerhalb der nächsten Woche einsetzen sollte. Auch die derzeitig herrschenden unbequemen Wetterverhältnisse legen diese Schlussfolgerung nahe."

„Doch woher soll bei solch einem enormen Erdaushub das viele Holz für die Befestigungen der Gräben kommen?", erkundete sich Rochambeau.

„800 Männer aus meiner Division schlagen bereits seit gestern im Vorland von Williamsburg das nötige Holz und transportieren es hierher, vor Ort werden sie es gemäß den Gegebenheiten zurecht sägen und in den Gräben verlegen."

„Haben Sie auch in Erwägung gezogen, Tunnels bis unter die britischen Redouten vorantreiben zu lassen, um Minenkammern anzulegen?" Rochambeaus Fragen ließen erkennen, dass ihm die Möglichkeiten einer Belagerung durchaus bekannt waren.

„Gewiss, doch das Erdreich ist für einen Tunnel viel zu locker. Sogar der wenige Regen während der vergangenen Tage hat den Boden merklich aufgeweicht. Ich erwähnte bereits, dass die Wetterverhältnisse sich verschlechtern werden, so dass ein Tunnelbau völlig unmöglich sein wird, es wäre für unsere Mineure viel zu gefährlich."

„Ihr Plan ist klug durchdacht, Baron." Rochambeau war von der Weitsicht des Barons beeindruckt.

„Wie denken Sie über die Fortschritte unseres Gegners?", Lafayette schien wohl nach einem Schwachpunkt in den Analysen zu suchen, doch Fritz gab sich keine Blöße.

„Sie haben sich gut verschanzt. Ihre 10 Redouten sind hervorragend angelegt. Zurzeit werden ihre Verteidigungsstellungen nicht weiter ausgebaut. Die erste Verteidigungslinie haben sie bereits nach wenigen Scharmützeln aufgegeben. Somit muss etwas eingetreten sein, das sie an ihren Aktivitäten hindert. Um das zu erkennen, müssen wir die Gesamtlage der Briten betrachten."

„Worin könnten die Ursachen dafür liegen?", fragte Christian von
Forbach, der den Ausführungen aufmerksam gefolgt war.
„Die Briten haben nicht damit gerechnet, dass wir zahlenmäßig so
stark sind und auch weit mehr Geschütze einsetzen können als sie.
Sie verfügen auch nicht über genügend Bauholz, um ihre Stellungen
weiter zu befestigen. Deswegen haben sie bereits Häuser abgerissen,
um an Baumaterial zu kommen. Entscheidend ist allerdings, dass
ihnen die Versorgung über den Seeweg versperrt bleibt. Und das
haben wir der französischen Flotte zu verdanken." Fritz verneigte
sich leicht vor Rochambeau.
„Auf die französische Flotte können Sie zählen, Baron", versprach
dieser, „de Grasse ist ein sehr erfahrener Admiral und wird mit dem
Beschuss von Yorktown und Gloucester Point bald beginnen."
„Haben Sie meinen aufrichtigen Dank, General."
Im weiteren Verlauf der Besprechung legte Fritz mit Rochambeau
und Brigadegeneral Knox fest, wo die Geschützstellungen der
schweren Feldartillerie angelegt werden sollten, deren Verlässlichkeit
Fritz einforderte, solange die Mörser in den Laufgräben noch nicht
einsatzbereit waren.
Mit dem Ergebnis dieser ausführlichen Lagebesprechung, bei der die
fundierte Sachkenntnis des Generalmajors überzeugte, waren die
Offiziere sehr zufrieden und entschieden, dass Fritz mit der Ausarbeitung des Belagerungsplanes beginnen solle.
Bereits am nächsten Tag überreichte er seinen Plan General
Washington, der ihn aufmerksam studierte und mit größtem Wohlwollen an Rochambeau weiterleitete, um mit ihm die weitere Vorgehensweise zu besprechen.

Es war kurz vor Mitternacht.

Von Gloucester Point war Heinrich mit seinen Leuten glücklich nach Yorktown übergesetzt worden. Sie waren auf Befehl von General Cornwallis hierher beordert, da sich die Lage der eingeschlossenen Briten immer mehr zuspitzte und er dringend gut ausgebildete Scharfschützen benötigte. Ihre Aufgabe war, den Ausbau der gegnerischen Laufgräben zu behindern, den die Amerikaner mit einer beängstigenden Geschwindigkeit vorantrieben.

Die Überfahrt über den York River war nicht ungefährlich gewesen, da Teile der französischen Flotte zwischen Yorktown und Gloucester Point ankerten und die Boote gezwungen waren, einen großen Umweg zu nehmen.

Vom Meer hatte eine starke Brise von Norden her geweht. Alle waren sich sicher, dass in wenigen Tagen das Wetter umschlagen würde.

In Yorktown bezogen sie in einem überfüllten Haus notdürftig Quartier, in dem sie sich, den Umständen entsprechend, einzurichten versuchten. Auch Hauptmann Johann Ewald hatte hier mit dem letzten Aufgebot seiner Jäger Quartier genommen.

„Wie viele seid ihr?", fragte Heinrich den Hauptmann, dessen Äußeres dem eines verwegenen Piratenkapitäns glich, neben mehreren Schmissen im Gesicht bedeckte auch eine schwarze Augenklappe die linke Augenhöhle - er hatte das Auge in einem Duell verloren. Doch das, was er sehen musste, sah er mit seinem rechten Auge scharf genug.

Bei einem ihrer Trinkgelage hatte ihm der Hauptmann, obwohl fast zwanzig Jahre älter, das 'Du' angeboten, was ihren Respekt voreinander in keiner Weise minderte.

„42 und ihr?"

„Wir sind nur noch 10, drei Verwundete musste ich in Cloucester Point nach dem gescheiterten Ausbruchversuch Tarletons zu-

rücklassen. Wir bringen noch vier Dienstmägde mit. Wo können sie
unterkommen?"

„Unten im Keller, dort wohnen auch unsere Dienstmägde. Das ist
der sicherste Platz, wenn das Bombardement beginnt - Willkommen
im verlorenen Haufen, Henry."

„Dann sind wir ja wieder die alte verschworene Bande."

„Ja, bis zum bitteren Ende."

„Johann, kannst Du mit mir und meiner Mannschaft die Verteidi-
gungslinien abgehen?"

„Es ist mir ein Vergnügen, Euch die klassische Kunst des Belager-
ungskrieges näher zu bringen. Später werden wir wohl keine Zeit
mehr dazu haben, denn es könnte sehr ungemütlich für uns werden."
Kurz darauf gingen sie die Laufgräben und die zehn Redouten ab,
die als kleine vorgelagerte Forts mit tiefen Gräben, Verhauen und
einer Igelpalisade gesichert waren.

Vor sechs Tagen hatte der Feind an seinem rechten Flügel mit dem
Bau der Laufgräben begonnen und trieb diese zügig voran, indem er
Tag und Nacht unablässig daran arbeitete.

„Das Ganze haben wir General Steuben zu verdanken und wenn sie
in diesem Tempo weiter graben, können sie in drei Tagen ihre
Mörser in den Laufgräben in Stellung bringen und das Bombardement auf uns eröffnen", kommentierte Johann die Fortschritte des
Feindes, „allerdings habe ich Order, dass wir nächste Nacht als Ablenkung bei den Franzosen stören sollen."

„Das alles sind vortreffliche Aussichten, Johann. Sollte die Verstärkung aus New York nicht rechtzeitig eintreffen, ist es aus mit uns."

„Du sagst es, doch komm zuerst einmal an, iss etwas und schlaf
Dich aus. Es gibt Kartoffelsuppe mit Würstchen als Einlage.
Vielleicht haben wir bald nichts mehr und müssen bei den Welschen
und den deutschen Vasallen oder bei den Amerikanern klauen

gehen. Ich habe bereits auf Dreiviertelration setzten lassen, obwohl
die Belagerung noch nicht einmal richtig begonnen hat."
„Wir sind doch auch deutsche Vasallen, nur eben auf der anderen
Seite."
„Ich will nicht weiter ein Vasall fremder Herren sein."
Johann zog Heinrich zur Seite, bis sie außer Hörweite der Männer
waren.
„Die Briten und ihre Überheblichkeit wird sie noch ins Grab bringen,
aber ohne uns", unterdrückter Zorn war aus seiner Stimme zu hören.
„Wie soll ich das verstehen?"
„Wenn sich die Möglichkeit ergibt, werden wir abhauen und zu den
Amerikanern übergehen. Viele Soldaten dort sind unsere Landsleute.
Die amerikanische Regierung hat jedem gemeinen Deutschen 50
Acker Land in Pennsylvania oder Virginia versprochen und ein
Offizier, der 40 Männer mitbringt, soll sogar 800 Acker Land, vier
Ochsen, einen Bullen, zwei Kühe und vier Schweine erhalten. Weißt
Du, was das heißt? Hier kann jeder neu anfangen und seine Zukunft
finden."
„Auf unserem Abschnitt liegen uns aber Franzosen gegenüber."
„Das ist ja das Problem! Zu den Welschen will keiner. Uns bleibt nur
der Durchbruch und dann ab durch die Mitte. Vom ersten Ameri-
kaner, dem wir begegnen, lassen wir uns gefangen nehmen. Bist Du
dabei?"
„Was denkst Du Dir eigentlich? Sobald Du Dich erhebst, um zu den
Amerikanern überzulaufen, wirst Du entweder von den Amerikanern
oder den Briten niedergeschossen. Schlage Dir solche Gedanken
schnell wieder aus dem Kopf. Im freien Gelände hat man immer eine
Chance, aber nicht hier. Meine Männer wollen bei der Fahne bleiben,
ihre Höfe sind verschuldet. Deshalb wurden sie auch zwangsausgehoben."

„Das ist bei vielen der Fall. Dennoch kann sich hier jeder eine neue
Zukunft aufbauen und nach wenigen Jahren das erwirtschaftete Geld
nach Deutschland zu seiner Familie schicken. Wir sind doch fleißige
und zuverlässige Leute und dumm sind wir auch nicht. Komm, lass
es uns wagen!“
Mit festem Blick sah Heinrich den Hauptmann an.
„Nein, das werde ich nicht, denn ich habe Verpflichtungen. Es gibt
eine Frau in meinem Leben, die nicht gut auf die Amerikaner zu
sprechen ist. Ihre gesamte Familie wurde von den Mordbrennern des
Banditen Marion niedergemetzelt.“
„Ich verstehe, jeder kennt die Untaten von Marion und seiner
Räuberbande, die von sich auch noch behaupten, Freiheitskämpfer
zu sein. Ha! Sich Freiheitskämpfer nennen, aber wehrlose Frauen,
Kinder und Sklaven abschlachten. Aber sie wird schon sehen, dass
nicht alle Amerikaner wie Marion und seine Spießgesellen sind.“
„Sie weiß das.“
„Hast Du es schon mit ihr getrieben?“
„Nein.“
„Dann wird es aber Zeit.“
„Weißt Du, sie hat so viel durchgemacht. Ich muss auf den richtigen
Zeitpunkt warten, ob sie mit mir einverstanden ist. - Sprechen wir
von etwas anderem. Können wir uns irgendwo waschen?“
„Aber ja. Wir wollen doch nicht ganz auf die Annehmlichkeiten
verzichten, die einem das Leben bieten kann. In der Waschküche im
Keller stehen einige Bottiche mit warmem Wasser. Allerdings darf
das Wasser so lange nicht abgelassen werden, bis auch der letzte
gebadet hat, wir müssen sparen.“
Als sie wieder in ihre Unterkunft zurückkamen, wurde der Mannschaft die angekündigte Kartoffelsuppe vorgesetzt. Anschließend
erklärte Heinrich seinen Leuten den Einsatzbefehl für die kommende

Nacht und verordnete ihnen, um für dieses Vorhaben ausgeruht zu sein, noch einige Stunden Schlaf.
Er selbst bezog sein Quartier in der Kammer von Hauptmann Ewald.

Im schwachen Licht der Abenddämmerung bereitete sich Heinrich mit seinen Männern auf den Einsatz vor. Zuletzt schwärzten sie ihre Gesichter mit Ruß. Sobald die Nacht hereingebrochen war, sollten sie breit gefächert ins Niemandsland schleichen und als Scharfschützen unvorsichtige Feinde aufs Korn nehmen.
Mit ihren Waffen ausgestattet, machte sich die Truppe zum Ausrücken bereit.
Ein letzter sorgenvoller Blick von Antje, flüchtig küssten sie sich.
„Jetzt bist du schwarz im Gesicht." Heinrich lächelte sie an.
„Das macht nichts, pass' auf Dich auf."
„Du kennst mich doch."
„Eben darum."
Sie hielt Benno zurück, der seinem Herrn folgen wollte. Ein kurzer Befehl und er fügte sich.
Nach der Einweisung durch Hauptmann Ewald machte sich die Mannschaft auf den Weg. Langsam, ein großes, dunkles Rinderfell über sich gezogen, robbte Heinrich in Richtung der französischen Stellung.
'Für wen mache ich das eigentlich alles', dachte er dabei, 'allein für Antje, nur für sie. Wenn ich zurückkomme, muss ich mit ihr sprechen und ihr sagen, dass ich in Amerika bleiben werde und die Freiheit wähle. Ob sie trotz meiner Entscheidung bei mir bleibt? Die Briten können mich kreuzweise und der Landgraf von Hessen kann das schon lange.'
Bei den Franzosen brannten etliche Lagerfeuer, sie schienen nichts zu befürchten, nicht einmal Vorposten hatten sie aufgestellt.

Heinrich verbarg sich unter dem Fell, stieß die kurze Gewehrgabel in
die Erde, legte den vorderen Lauf seiner Rifle auf die Gabel und
wartete auf eine sich lohnende Gelegenheit.
Gut eine halbe Stunde verging, bis ein Offizier recht unvorsichtig an
der vordersten Feuerstelle erschien. Neben dem Feuer kauerten
einige Soldaten, um sich dort zu wärmen.
Heinrich visierte den Kopf des Mannes an.
Für einen Moment hielt er inne, bis er sich sicher war. Zwischen zwei
Atemzügen schoss er. Die Wucht der Kugel warf den Offizier
rücklings zu Boden. Er bewegte sich nicht. Die Soldaten sprangen
auf und versuchten,
ihm zu helfen - umsonst.
Zunächst standen sie im Feuerschein ratlos herum. Einige sahen in
die Dunkelheit hinaus, konnten aber Nichts erkennen.
Unter dem Fell lud Heinrich seine Rifle nach. Er ließ sich Zeit und
vermied jede unachtsame Bewegung, die ihn hätte verraten können.
Sobald die Waffe wieder scharf war, legte er sie auf die Gewehrgabel.
Regungslos verharrte er, beobachtete das Gelände und wartete.
Auch aus den anderen Abschnitten waren jetzt einzelne Gewehr-
schüsse der Jäger zu hören.
Ein Unteroffizier mit einem Feldscher kam zur Feuerstelle, um den
Getroffenen zu untersuchen.
Heinrich entschied sich für den Unteroffizier. Auch ihn traf er mitten
in den Kopf.
Jetzt erst löschten die Soldaten das Feuer. Die Zeit, bis sich ihre
Augen an die Dunkelheit gewöhnt hatten, nutzte Heinrich, um gut
200 Fuß zurück zu kriechen.
Die Trommler schlugen Alarm. Heinrich sah, wie die Gewehrmäntel,
unter denen sich die Musketen befanden, herabgelassen wurden und
sich die Franzosen bewaffneten.

Er beschloss, zur eigenen Stellung zurückzukehren. Bei Redoute drei
kannten sie sein Losungswort.
„Wie viele hast Du erwischt?" fragte einer der Briten, nachdem er
eingelassen worden war.
„Zwei."
„Nur?"
„Wir können gerne tauschen und Ihr geht raus", gab er zur Antwort.
In seiner Unterkunft angekommen, staunte Heinrich nicht schlecht.
Das Haus war voll mit fränkischen Grenadieren aus Ansbach-
Bayreuth, die sich notdürftig auf Strohlagern eingerichtet hatten. Die
meisten schliefen und manch einer schnarchte erbärmlich. Benno lief
umher und beschnupperte jeden. Sobald er Heinrichs Geruch wahr-
nahm, sprang er auf ihn zu und begrüßte ihn freudig.
Aus der Garküche kam ihm ein angenehmer Duft entgegen.
Mit Schürze und Kopftuch versehen, stand Antje mit anderen
Mägden am Herd und bereitete das Essen für die vom Einsatz zu-
rückgekommenen Männer und für die Neuankömmlinge vor.
Erleichtert, dass auch er unversehrt von diesem nächtlichen Einsatz
zurückgekehrt war, begrüßten ihn seine Männer.
Als Antje seinen Namen hörte, drückte sie der neben ihr stehenden
Magd den Kochlöffel in die Hand, drängte sich durch eine Gruppe
herein drängender Grenadiere, bis sie endlich vor Heinrich stand und
ihm freudestrahlend um den Hals fiel.
„Gut, dass Du wohlbehalten wieder hier bist."
„Jetzt bist Du schon wieder schwarz im Gesicht."
„Macht nichts."
„Was gibt es zum Essen?"
„Brotsuppe mit dem Rest Kartoffeln und Karotten, die haben wir in
den Gärten ausgegraben. Ab Morgen gibt es nur noch Brotsuppe",
rief ihm Antje noch zu, denn ihre Hilfe wurde wieder am Herd
verlangt.

„Warum sind so viele Leute da?“

„Wir erwarten eine ganze Kompanie, mehr als die Hälfte ist schon hier“, antwortete ihm einer der Jäger.

„Wie viele von uns sind noch draußen?“

„Noch drei.“

Sobald sie sich gestärkt hatten, ging Heinrich in seine Kammer und reinigte sorgfältig seine Rifle.

Da sein Gesicht noch immer rußgeschwärzt war und er bei seinem letzten Einsatz fast ausschließlich über die nasse, aufgeweichte Erde hatte robben müssen, beschloss er seinen Körper einer ausgiebigen Reinigung zu unterziehen.

Noch bevor er die Tür zur Waschküche öffnete, hörte er lachende Männer- und Frauenstimmen. Als er den Raum betrat, sah er durch den Wasserdampf, der aus den Bottichen aufstieg, einige Soldaten und Marketenderinnen bereits in den Zubern sitzen, andere zogen sich gerade aus oder saßen, in gewärmte Laken gehüllt, auf den Waschtischen. Die Frauen waren hübsch anzusehen. Und wo Männer und Frauen auf engstem Raum zusammen leben mussten, da verlieren sie schnell ihre Hemmungen voreinander.

Im offenen Kamin wurde in einem Kessel Wasser erhitzt, gleichzeitig sorgte das Feuer für eine wohltuende Wärme.

Nachdem auch er sich ausgezogen hatte, säuberte er seine Lederkleidung und wachste sie gründlich ein.

In das Wasser eines Bottiches warf er zwei Handvoll getrockneter Lindenblüten, stieg hinein und genoss mit allen Sinnen das warme Wasser.

Bald darauf erschien Antje. Sie hatte sich in ein großes Leintuch gewickelt. Ein zweites Leintuch und einen Schwamm legte sie auf einen Hocker. Sie nahm das Tuch von den Schultern, tauchte es in das Wasser und legte es in dem Bottich aus.

Schon oft hatte er sie nackt gesehen und jedes Mal erregte es ihn. Er liebte sie, doch war er nicht fähig, ihr seine Liebe zu gestehen.

Sie badete lange. Heinrich traute sich nicht aufzustehen. Sein Glied war hart und er konnte seine Erregung nicht unterdrücken.

Als sie sich schließlich aus dem Bottich erhob, glänzte ihr nackter Körper im Feuerschein. Wie schön sie war. Unverhohlen sah er sie an, Antje warf ihm selbstbewusste Blicke zu.

Sie schlüpfte in ihre Pantinen, nahm das nasse Leinen aus dem Bottich, wrang es aus, legte sich das trockene über und verließ die Waschküche.

Es vergingen gut fünf Minuten, bis er sich aus dem Wasser traute.

Er ging nochmals in die Garküche und erfuhr dort zu seiner Erleichterung, dass inzwischen auch die letzten Jäger von ihrem Einsatz wohlbehalten zurückgekehrt waren.

In seiner Kammer angekommen, hatte Ewald es sich dort bereits mit einer der Marketenderinnen gemütlich gemacht. Auch der Hauptmann der Bayreuther, der bei ihnen eingezogen war, teilte sein Lager mit einer jungen Magd. Heinrich legte sich auf seinen Strohsack, wickelte sich in seine Decke und drehte dem Geschehen den Rücken zu.

Allerdings war bei all den Liebeslauten an Schlafen nicht zu denken. Eine Hand berührte ihn sanft. Es war Antje. Sie war noch immer in das Leinen gehüllt. Sie beugte sich zu ihm hinab. Heinrich durchfuhr ein erregender Schauer. Sie küssten sich, tief und innig. Vom Bann der Begierde gefangen, lernten sich ihre Körper kennen, bis ihre Lust aufeinander immer heftiger wurde und in einem Sturm der Leidenschaft endete.

Erst im Morgengrauen ließ ihre Gier aufeinander nach.

Gegen Mittag erwachten sie. Noch immer lagen sie eng umschlungen beieinander. Antje hatte ihren Kopf auf seine Schultern gelegt. Er roch den sinnlichen Duft ihrer Haut.

„Du bist der Mann, nach dem ich mich in meiner Not immer gesehnt habe. Du gibst mir Schutz und Zuversicht", flüsterte Antje zärtlich.
„Gibt es noch mehr?"
„Du meinst Liebe?"
„Ja."
„Ja", antwortete sie.
„Ich liebe Dich." Liebevoll und zärtlich streichelte er ihr Gesicht.
„Wie schön Du das sagst. - Glaubst Du, wir kommen durch?"
„Sicher, wo so viele durchkommen, da kommen auch wir durch. Wir müssen nur fest daran glauben, dann wird alles gut."
„Meinst Du?"
„Gott legt schützend seine Hand über uns, Antje."
„Warum hat er das nicht bei meiner Familie getan, als wir von Marion und seiner Bande heimgesucht wurden?"
„Gottes Wege sind unergründlich und er hatte wohl beschlossen, die Deinen heim zu holen."
„Dann ist Gott grausam."
„Nicht Gott, der Mensch ist grausam."
„Sollten wir nicht aufstehen? Der Dienst beginnt bald."
„Es gibt Wichtigeres."
„Was meinst Du?"
„Uns, Antje."
Noch einmal liebten sie sich - .

Es war eine finstere, stürmische, kalte Nacht und das Erdreich von dem seit Tagen andauernden Regen völlig aufgeweicht.
Vorsichtig robbte Heinrich zu dem vordersten Laufgraben der Amerikaner. Er hatte sich zu der gleichen Taktik entschlossen, die er auch gegen die Franzosen angewandt hatte.
Aus den Gräben leuchtete Fackelschein, die Amerikaner arbeiteten unablässig daran.

In den bereits befestigten Abschnitten sicherten Soldaten, wohl auf Leitern stehend, die Gräben. Sie waren kein lohnendes Ziel, denn er könnte durch sie selbst in Gefahr geraten. Vielmehr konzentrierte er sich auf diejenigen, die die Gräben vorantrieben.

Auf sichere Schussweite herangekommen, legte er den Lauf seiner Rifle auf die Gewehrgabel und wartete, unter dem Rinderfell verborgen, auf einen Soldaten, der bei seinen Arbeiten unvorsichtig wurde.

Er hatte seinen Gegner ungefähr eine Viertelstunde beobachtet, als ein hoher Offizier mit seinem Gefolge im vordersten Stichgraben erschien, der noch nicht vollständig ausgehoben war und ihnen gerade bis zur Brust reichte. Ein weißer Federbusch zierte seinen Hut. Heinrich staunte nicht schlecht – es konnte sich nur um einen General handeln.

Sie gingen halb gebückt. Nur ihre Köpfe und Hüte ragten aus dem Graben hervor.

Heinrich nahm den General aufs Korn und wartete - der Treffer sollte einfach zu setzen sein. Der Moment kam, der General richtete sich auf, der Lichtschein einer Fackel fiel auf seine Brust, für einen kurzen Augenblick traf er auf einen Ordensstern, der unter dem geöffneten Mantel zu erkennen war - vor ihm, in bester Schussposition, stand sein Landsmann, Generalmajor von Steuben.

Heinrich zögerte - dann wusste er, wie er sich zu entscheiden hatte.

„Herr Generalmajor sollten sich mit seiner Gefolgschaft tiefer in Deckung begeben, denn ich habe Herrn Generalmajor fest im Visier!", rief er auf Deutsch.

Augenblicklich warf sich der Hintermann des Generals über ihn. Niemand war mehr zu sehen.

„Mit wem habe ich die Ehre?", kam es aus dem Graben zurück.

„Ich bin der Sohn von Elisabeth und Matthäus Müller, Herr Generalmajor".

„Habt meinen aufrichtigen Dank, Cornett."
„Seien Sie auf der Hut, es sind noch mehr Jäger unterwegs."
„Ich werde darauf bedacht sein. Gott sei mit Ihnen, Heinrich."
„Gott sei mit Ihnen, Herr Generalmajor."

„Das war aber knapp", bemerkte Sergeant Knoepfle, als er sich vorsichtig aufrichtete und unter ihm Fritz zum Vorschein kam.
„Ich danke Ihnen."
„Einer muss ja auf Sie aufpassen, Chef, und besser eine verdreckte Uniform als eine Kugel im Kopf, gell."
„Sie sagen es, Sergeant."
„Sie kenne den, darum hat er nicht geschossen."
„Ja - er ist ein Freund."

Auch diesmal kehrten alle Jäger unbeschadet von ihrem Einsatz zurück. Einer von ihnen sah Heinrich fragend an und nahm ihn zur Seite.
„Warum hast Du ihn verschont? Ich lag nur hundert Schritt entfernt und habe jedes Wort gehört."
„Er ist ein Freund."
„Bleibt er auch ein Freund, wenn es mit uns zu Ende geht?"
„Ja, das wird er."
Die letzten Stunden der Nacht verbrachte er mit Antje.

Am späten Vormittag hörten sie einen Kanonenschuss, dem in kurzen Abständen weitere folgten. Es klang wie ein heftiges Gewitter. Im selben Augenblicklich war lautes Pfeifen zu hören. Eine ganze Serie von Einschlägen erschütterte die Erde. Die schweren Feldgeschütze der Franzosen hatten das Feuer eröffnet. Kurz darauf waren auch die Kanonen der Amerikaner zu hören. Noch waren es Vollkugeln, die den vorgelagerten Redouten galten. Vom Fluss her

vernahmen sie ebenfalls das Geschützfeuer der schweren Schiffsartillerie, das ihnen in der Stadt galt.

Alle, die sich in den beiden oberen Stockwerken aufgehalten hatten,
versammelten sich jetzt im Erdgeschoß oder im Keller.

Dichtgedrängt erwarteten sie die Einschläge.

Noch war der Beschuss ungenau, trotzdem, obwohl sie Derartiges
gewohnt waren, zerrten das Pfeifen der Geschosse und die Deto-
nationen an den Nerven.

Die Briten und ihre deutschen Hilfstruppen schossen zurück, doch
die meisten ihrer Geschütze verfügte nicht über die Reichweite der
schweren Kanonen und Haubitzen, mit denen die Amerikaner und
Franzosen auf sie feuerten.

Trotz der einsetzenden Kampfhandlungen hatten die Amerikaner
den Bau eines zweiten parallel verlaufenden Grabens, der in weniger
als 500 Schritt Entfernung vor dem linken Flügel der Briten verlief,
zum größten Teil fertig gestellt.

In dieser Nacht machte Heinrich mit seinen Leuten ernst - siebzehn
Männer streckten sie zu Boden.

Dennoch gruben die Amerikaner unverdrossen weiter, obwohl sie
von der britisch - hessischen Artillerie unaufhörlich unter Feuer
genommen wurden.

Am nächsten Tag war es dann soweit, die Mörser in den Laufgräben
waren eingerichtet. Im Morgengrauen begannen die Amerikaner mit
dem Bombardement auf die Stadt. Bereits in den ersten Stunden
richteten die Bomben großen Schaden an, so dass sich Hauptmann
Ewald und Heinrich entschieden, die vorderen Mörserstellungen in
der folgenden Nacht zu überfallen.

Zwar gelang es ihnen, bei dem Überraschungsangriff zwei der
Stellungen zu nehmen und einen der schweren Mörser zu sprengen,
doch wurden sie von der Übermacht der Amerikaner in einem
kurzen, aber heftigen Gefecht wieder zurück geworfen. Einer ihrer

Männer, ein Forstmann aus dem Weserbergland, kehrte vom Einsatz nicht zurück, drei weitere wurden leicht verwundet.

Die Männer waren erleichtert, als sie nach ihrer Rückkehr ihre Unterkunft mit ihren vielen Bewohnern trotz des heftigen Beschusses unversehrt vorfanden, – sie hatten mit dem Schlimmsten gerechnet.

Während einer Feuerpause wagten sich Heinrich und Antje am frühen Vormittag in den angrenzenden Stall, um die restlichen Hühner einzufangen, die als Grundlage für eine Suppe dienen sollten.

Als Heinrich die Stalltür öffnete, flog das Hühnervolk erschreckt auf, dabei entwischte eines der Hühner und floh, von Antje und Benno verfolgt, aus dem Stall.

„Komm zurück! Das ist gefährlich!", rief Heinrich.

Antje hörte ihn nicht, zu sehr war sie mit dem Einfangen des Huhns beschäftigt.

Im nächsten Moment vernahm er ein Pfeifen in der Luft, das schnell näher kam.

Nahe dem Stall schlug eine Bombe ein. Die Zündschnur brannte noch.

Wie gelähmt blieb Antje stehen. Das Huhn flatterte weiter. „Antje, wirf Dich zu Boden!"

Sie reagierte nicht.

Heinrich sprang auf. Vielleicht gelang es ihm noch, die Zündschnur rechtzeitig herauszuziehen.

Gerade als er los laufen wollte, explodierte die Bombe. Die Wucht warf ihn um. Er spürte den Hitzeschwall der Detonation im Gesicht. Seine Ohren wurden heiß und dröhnten. Dachlatten und Schutt fielen auf ihn herab.

Sobald er wieder zu sich gekommen war, schob er die Trümmer über sich beiseite. Noch fühlte er keine Schmerzen. Halb betäubt stand er auf und sah sich um. Der Stall existierte nicht mehr. Durch den Staub und Qualm, der über den Trümmern lag, konnte er Antje nicht sehen. Hustend und nach Luft ringend lief Heinrich dorthin, wo er sie vermutete - nichts.

Verzweifelt suchte er sie unter den Trümmern, riss sich dabei die Hände auf, immer hektischer suchte er. In der Nähe schlugen weitere Bomben ein - Heinrich nahm es kaum wahr. Endlich, unter Ziegeln und Balken begraben, fand er sie.

Durch die Explosion war Antje gut dreißig Schritt fort geschleudert worden. Sie rührte sich nicht, schien aber bei Bewusstsein. Als er den letzten Balken beseitigt hatte, sah er, dass ihr linker Arm abgetrennt war. Pulsierendes Blut schoss aus dem Stumpf. Unterhalb ihrer linken Brust steckte ein langer Metallsplitter, der tief eingedrungen war.

Ihr Gesicht war schneeweiß. Mit weit aufgerissenen Augen sah sie ihn an.

„Mein Arm wird mir doch wieder wachsen, nicht wahr?", flüsterte sie mit schwacher Stimme.

Zu keiner Antwort fähig, versuchte er, mit seinem Ledergürtel den Armstumpf abzubinden, es gelang, der Blutfluss hörte auf. Doch die Verletzung unterhalb ihrer Brust war lebensbedrohend. Heinrich griff zum letzten Mittel, er öffnete ihr Kleid und riss, soweit es eben ging, den Rock in einzelne Streifen, die er mit geübten Fingern aneinander knotete. Mit einem Ruck zog er den Splitter heraus. Sofort schoss Blut aus der Wunde. Mit den verknoteten Streifen legte er einen Druckverband an.

Unweit von ihnen lagen Bennos zerfetzte Überreste.

„Es ist gut so, Benno, - lieber ein schnelles Ende.", flüsterte er.

Um sie herum schlugen weitere Bomben ein. Holzbalken, Splitter und Mauerwerk flogen durch die Luft. Es war ihm einerlei.

„Ich habe doch gerufen, dass Du Dich hinwerfen sollst."

„Ich konnte nicht", röchelte sie.

„Liebste, liebste Antje, was machst Du für Sachen." Zärtlich streichelte er ihr Gesicht.

„Danke, Henry."
Er wusste, dass sie sterben würde - leise begann er zu beten.....
Blut rann aus ihrem Mund. Langsam verlor sie das Bewusstsein,
zärtlich streichelte er ihr Gesicht, bis er spürte, dass Antje in seinen
Armen gestorben war.
Wie betäubt kauerte er auf der blutgetränkten Erde und hielt ihren
leblosen Körper in seinen Armen. Tränen liefen ihm über die
Wangen, ohne dass er es verhindern konnte oder wollte. Er war
verzweifelt, nahm Nichts mehr wahr, nicht den Lärm, nicht das
ununterbrochene Bombardement, nicht die Zerstörung, er war taub,
sein Herz raste und schmerzte, wie er es noch nie gefühlt hatte.
„Oh, Herr, mein Gott, warum gibt es denn keine Bombe für mich?!",
schrie er in die Explosionen hinein - es gab keine.

Gegen Mitternacht des gleichen Tages inspizierte Fritz mit kleinem
Gefolge die Laufgräben. Am nächsten Tag sollte im Morgengrauen
der Angriff auf die Redouten 9 und 10 erfolgen, die sich am rechten
Flügel dicht an der Mündung des York Rivers befanden und eine
Schlüsselstellung zur Eroberung von Yorktown einnahmen. Bereits
seit zwei Tagen belegte die Artillerie die beiden gut befestigten
Schanzen mit Dauerfeuer.
Fritz hatte für den bevorstehenden Angriff einen Plan ausgearbeitet,
dem die beiden Oberkommandierenden Rochambeau und Washing-
ton vorbehaltlos zugestimmt hatten.
Zunächst würde das Regiment Zweibrücken mit einem Ablenkungs-
angriff auf die Stadt beginnen, um so die Streitkräfte der Briten zu
binden, während die leichte Infanterie des 8. Deutschen Regiments
Pennsylvania in den Laufgräben mit aufgepflanztem Bajonett auf ihr
Angriffssignal zur Erstürmung der Redoute 10 wartet, bis das
Regiment Zweibrücken plötzlich auf die Redoute 9 einschwenkt und

zum Sturmangriff ansetzt. Daraufhin sollte die leichte Infanterie aus den Gräben stürmen und zeitgleich die Redoute 10 nehmen.

Es regnete stark und von See her wehte ein Sturm mit heftigen Böen. Der Angriff konnte noch verschoben werden, aber da Fritz vermutete, dass sich das Wetter in den nächsten Tagen noch weiter verschlechtern würde, hielt er an dem vorgesehenen Plan fest.
Die leichte Infanterie hatte bereits die Laufgräben bezogen.
Auf beiden Seiten wurden aus Mörsern unaufhörlich Bomben geworfen, ihre Flugbahnen waren an den brennenden Zündschnüren leicht zu erkennen. Die Abschüsse und Explosionen der Bomben durchzuckten wie in einem Blitzgewitter die Nacht.
Während seiner Inspektion der vorderen Laufgräben mussten Fritz und seine Begleitung immer wieder in Deckung gehen oder solange hinter einem der Mörser warten, bis dieser wieder eine Bombe gegen den Feind geworfen hatte.
Hinter Fritz gingen, wie stets bei seinen Inspektionen der Laufgräben, Sergeant Knoepfle und Leutnant Oberle.
„Da komme zwei direkt auf uns zu - runter Chef!“, rief ihm der Sergeant zu, der Fritz augenblicklich zu Boden stieß und sich schützend über ihn warf. Die Bomben explodierten in unmittelbarer Nähe. Splitter flogen durch die Luft. Die linke Grabenwand gab nach und verschüttete sie halb.
Benommen vernahm Fritz zunächst keinen Laut, bis er endlich, langsam - unendlich langsam, sein Gehör wieder fand. Sein Kopf dröhnte. Hustende und keuchende Laute waren das erste, was er wahrnahm. Der Pulverdampf raubte ihm fast den Atem.
Hinter ihnen warf einer ihrer Mörser seine nächste Bombe gegen den Feind. Noch immer lastete der Körper von Sergeant Knoepfle auf ihm. Schnell wurden sie von Soldaten freigegraben.

„Chef, ich kann nur noch meine Arme und den Kopf bewegen, ich spüre nichts mehr!", rief Sergeant Knöpfle verzweifelt.
Als die Männer versuchten, ihn aufzurichten, brach er augenblicklich in sich zusammen.
Abgesehen von Sergeant Knoepfle hatte es noch weitere Verwundete gegeben, darunter auch Leutnant Oberle, doch deren Blessuren waren bei Weitem nicht so schwerwiegend wie die des Sergeanten, in dessen Rücken mehrere tief eingedrungene Metallsplitter steckten. Er blutete kaum. Augenblicklich befahl Fritz, ihn sofort zum General-feldscher zu transportieren und dass dieser ihn unverzüglich oper-ieren solle.
„Sie haben mir das Leben gerettet, Sergeant, ich danke Ihnen. Die Feldscher werden sich Ihrer annehmen, damit Sie schnell wieder auf die Beine kommen. Ich brauche Sie doch! Für mich sind Sie uner-setzbar!"
„Klar Chef, aber ich spüre nichts mehr. Was ist bloß los mit mir? Sagen Sie es mir - was ist das für ein Scheiß!"
„Machen Sie sich keine Sorgen und geraten Sie nicht in Panik. Sobald ich die Erkundung abgeschlossen habe und die Einsatzbesprechung mit den Kommandeuren beendet ist, komme ich zu Ihnen, das ver-spreche ich."
Als ihn einer der Männer zum Transport auf seinen Rücken nahm, wusste Fritz, dass seine Verwundungen nichts Gutes verhießen, denn er kannte diese zu genüge aus all den Gefechten und Schlachten, an denen er teilgenommen hatte.
„Ich muss weiter, Sergeant, Morgen nehmen wir die beiden Redouten und dann geben wir den Briten den Rest."
„Klar Chef, diesmal machen wir die Briten doch fertig, gell?"
„In der Tat, Sergeant, diesmal machen wir aus ihnen Kleinholz - mein Wort darauf."
„Bis bald, Chef."

Nach der Einsatzbesprechung, die im Hauptquartier von General
Washington stattfand und bei der nochmals die Einzelheiten für den
bevorstehenden Angriff erörtert wurden, suchte Fritz das Lazarett
auf und verlangte als Erstes, den Generalfeldscher zu sprechen.
Dieser befände sich in einer dringenden Operation und wäre somit
unabkömmlich, wurde ihm mitgeteilt.
„Dann warte ich eben."
Nach einer Viertelstunde erschien der Feldscher mit zwei Gehilfen,
ihre Kittel waren blutverschmiert.
„Wie geht es Sergeant Knoepfle?"
Der Feldscher warf ihm einen bedenklichen Blick zu und schüttelte
den Kopf.
„Es tut mir Leid, aber wir können ihn nicht retten."
„Warum nicht?"
„Seine Wirbelsäule ist unterhalb der Schulterblätter durchtrennt, auch
waren einige Splitter tief in beide Nieren eingedrungen, glücklicher-
weise spürt er keine Schmerzen, sie wären sonst kaum zu ertragen.
Wir haben alle Splitter entfernt, die Wunden ausgebrannt und ver-
sorgt, doch besteht der berechtigte Verdacht, dass er nach innen
blutet und das können wir nicht unterbinden. Sein Körper wird nach
und nach vergiftet, bis sein Herz versagen wird."
„Ich verstehe. - Ist Sergeant Knoepfle bei Bewusstsein?"
„Zuletzt war er das."
„Wie lange geben Sie ihm noch?"
„Schwer zu sagen, zwei bis drei Stunden, vielleicht auch mehr."
„Veranlassen Sie, dass er in mein Zelt gebracht wird, seien Sie bitte so
gut."
„Selbstverständlich, aber sobald er tot ist, benötigen wir das Feldbett
wieder, da bei dem bevorstehenden Angriff mit einer großen Zahl an
Verwundeten gerechnet werden muss."

„Davon ist auszugehen - Danke."

Um sich abzulenken, ging Fritz nochmals die Laufgräben ab, um den Männern, die dort auf ihren Angriffsbefehl warteten, Mut zuzusprechen.
Zuletzt suchte er Henry Knox auf, mit dem er sich trotz aller Vorbehalte Washingtons während der Belagerung schnell angefreundet hatte, zumal Knox auch über einen gediegenen Sach- und Menschenverstand verfügte und sich sich mit Fritz hervorragend ergänzte.
„Alles klar, Henry?", fragte ihn Fritz nach kurzer Begrüßung.
„Wir sind bereit. In zweieinhalb Stunden stellt die Artillerie den leichten Beschuss ein, um im ersten Morgengrauen gemeinsam mit den Franzosen das massive Feuer auf Yorktown zu eröffnen. Allein bei uns hier liegen dafür 12.000 Geschosse bereit und die Kanonen und Haubitzen sind vortrefflich auf ihre Ziele ausgerichtet."
„Das ist gut - das ist sehr gut, Henry. Ebnen wir Yorktown ein."
„Auf unsere Artillerie kannst Du Dich verlassen. Wir pflügen bei den Briten die Erde um! Das verspricht Dir ein guter katholischer, irischer Rebell! Lass uns einen irischen Whisky genehmigen, dieses Gold Irlands ist mehr als 30 Jahre alt."
„Gerne, doch kann ich nicht lange bleiben."
„Warum? Was hindert Dich daran?"
„Ein guter Freund von mir liegt im Sterben und auf seinem Weg möchte ich ihn begleiten."
„Wer ist es?"
„Einer meiner Adjutanten, Sergeant Knoepfle."
„Ein wackerer Mann!"
„Das will ich wohl meinen. Heute Nacht hat er bei einer Inspektion der Laufgräben mein Leben gerettet und das seine für mich gegeben."

„Ich verstehe. Solche Verluste treffen uns immer wieder, obwohl wir
es ja gewohnt sein müssten. Verschieben wir eben das Gold Irlands
auf später."
„Das wäre angebracht, Henry. Danke für Dein Verständnis, alter
Rebell."

Als Fritz sein Zelt betrat, war Sergeant Knoepfle bereits auf einem
Feldbett hierher transportiert worden. Erstaunlicherweise lag er
rücklings, befand sich bei Bewusstsein und in bester Verfassung.
Neben dem Feldbett stand auf einer Munitionskiste eine halb ge-
leerte Whiskyflasche.
Neben ihm saß Carl, zu seinen Füßen lag Azor, der augenblicklich
aufsprang, um Fritz freudig zu begrüßen. Carl legte das Buch, aus
dem er dem Sergeanten vorgelesen hatte, auf die Kiste - es war die
Bibel - diskret zog er sich zurück.
„Chef, sie haben mir Windeln angelegt, damit ich nicht ins Bett pisse
oder scheiß', das ist mir so peinlich, aber ich spüre doch nichts mehr.
Es ist nur gut, dass ich besoffen bin - Ihr Whisky ist gut, Chef, gell."
„Das ehrt mich. Hat man Ihnen mitgeteilt, wie es um Sie steht?"
Der Sergeant schüttelte den Kopf. „Aber ich kann es mir denken,
sonst würde ich ja nicht auf dem Rücken liegen, damit es schneller
geht."
„Haben Sie Schmerzen?"
„Keine, Chef, das ist es ja! Trotzdem geht es mir dreckig."
Fritz setzte sich auf den Stuhl neben dem Feldbett.
„Darf ich offen zu Ihnen sein?" Besorgt sah Fritz seinen altgedienten
Sergeanten an, der einen ordentlichen Schluck Whisky zu sich nahm.
„Klar, Chef." Anschließend stieß er einen ordentlichen Rülpser aus.
Fritz räusperte sich und versuchte, mit scheinbar teilnahmsloser
Stimme fortzufahren.

„Ich habe Sie in mein Zelt bringen lassen, da die Feldscher nichts
mehr für Sie tun können. Im Laufe der nächsten Stunden werden Sie
sterben. Abgesehen davon, dass Sie querschnittsgelähmt sind, bluten
Sie nach innen, Ihr Körper wird dadurch langsam vergiftet, bis Ihr
Herz nicht mehr schlagen kann."
Der Sergeant seufzte tief und wandte sein Gesicht von ihm ab.
Lange Zeit schwiegen sie.
Als er sich wieder Fritz zuwandte, standen Tränen in seinen Augen.
„Verzeihen Sie, Chef, es ist nur eine Träne im Laufe meiner Zeit auf
Erden, die nun für mich zu Ende geht. - Wissen Sie, was ich an Ihnen
so schätze, Chef? Dass Sie immer direkt sind und nie um den heißen
Brei herum reden, gell."
„Wir kennen uns ja schon sehr lange und sind es ja gewohnt, die
Dinge ohne Umschweife beim Namen zu nennen, auch wenn es
Ihnen dabei meistens an Respekt mangelte. – Haben Sie Ihren
Nachlass geregelt?"
„Klar Chef! Bevor ich in den Krieg gezogen bin, hab' ich bei einem
Notar mein Testament hinterlegt, gell! Nur möcht' ich, dass meine
persönlichen Sachen an meine Familie zurück gehen und dass sie
wissen sollen, wo ich begraben lieg'. Außerdem sollen meine Köche
und Dienstmägde ihr letztes Gehalt ausbezahlt bekommen, gell."
„Ich werde mich persönlich darum kümmern und auch dafür sorgen,
dass Ihr Leichnam nicht in ein Massengrab kommt, Sie haben mein
Wort darauf. - Sergeant Knoepfle, wir sind in den letzten vier Jahren
gemeinsam durch Dick und Dünn gegangen - darf ich Ihnen das
"Du" anbieten?"
„Das ist aber eine ganz hohe Ehre, Chef."
„Mein Name ist Friedrich Wilhelm, doch meine Freunde nennen
mich Fritz, wie Sie wissen und ich wünsche mir, dass auch Sie dazu
gehören, sofern Sie es mir gestatten."

Gerührt wandte Sergeant Knoepfle sein Gesicht zur Seite und, als er
sich wieder Fritz zuneigte, standen abermals Tränen in seinen Augen.
„Danke, Chef. Mein Vorname ist Georg."
Um ihren Bund zu beschließen, tranken beide einen kräftigen
Schluck Whisky. Fritz beugte sich zu ihm herab, sie gaben sich den
Bruderkuss und umarmten einander.
„Soll ich Dir aus der Bibel vorlesen, Georg?"
„Fritz, ich bitte Dich, mir das Johannes Evangelium vorzulesen, das
hab' ich scho immer sehr g´mocht, gell."
„Gerne, Bruder."
Er nahm Georgs Rechte in seine Hand und während er ihm vorlas,
spürte er, wie das Fieber im Körper seines Freundes stieg.
„Danke", flüsterte Georg mit bereits geschwächter Stimme, als Fritz
am Ende des Evangeliums angekommen war, „so lang' ich noch klar
bei Verstand bin, lies mir bitte die Psalme vor und, bitte, spar' den 23.
Psalm für mein Ende auf und bet' danach das „Vater Unser", bis ich
verschieden und nicht mehr auf Erden bin. Machst Du das für
mich?"
„Gerne, Georg, doch nimm zuerst mal einen kräftigen Schluck
Whisky – gell."
Um sechs Uhr schwieg auf einmal das Geschützfeuer. Nach einer
Viertelstunde gab ein Kanonenschuss das Signal zur geballten Kan-
onade auf Yorktown.
Im nächsten Moment brach das Inferno los. Mehr als 400 schwere
Kanonen, Haubitzen und Mörser hatten von Land und See her zeit-
gleich das Feuer eröffnet.
Für einige Zeit war Sergeant Georg Knoepfle hellwach. Fritz las mit
ruhiger Stimme weiter.
Brigadegeneral Anthony Wayne betrat das Zelt.

„In einer halben Stunde beginnt das Regiment Zweibrücken mit dem
Ablenkungsangriff, Fritz, Du solltest Dich auf Deinen Posten be-
geben.“
„Ich bleibe bei meinem Freund, übernimm Du solange die Division.
Der Angriffsplan steht fest, daran gibt es jetzt nichts mehr zu ändern.
Das Trommelfeuer läuft und unsere Sturmeinheiten befinden sich in
den Laufgräben. Ich übernehme wieder das Kommando, sobald es
mir möglich ist.“
Sorgenvoll sah der Brigadegeneral auf den Sergeanten, bestätigend
nickte Fritz leicht mit dem Kopf.
„Du kannst ruhig gehen, Chef, die Pflicht ruft doch. Meinen Frieden
mit Gott finde ich auch allein."
„Ich bleibe bei Dir, keine Widerrede - gell.“
„Ich beeil` mich auch auf meinem Weg zum Herrgott.“
„Gut, Fritz, ich übernehme solange die Division. Gott sei mit Ihnen
auf Ihrem Weg, Sergeant Knoepfle.“
„Gott sei mit Ihnen, Herr Brigadegeneral.“
Anthony tippte kurz an seinen Hut und verließ das Zelt.
„Bei allen anderen kannst Du es doch, warum nur bei mir nicht?“
„So ist das eben, für mich bist Du halt der „Chef“, der alles regelt
und gerecht ist und nicht einer von den Herren Offizieren, die uns
nur gering schätzen. Fritz, Du hast uns von Beginn an immer mit
Respekt behandelt und warst zu jeder Zeit ein leuchtendes Vorbild
für alle.“
„Ich habe mich stets bemüht, dies für die Männer auch zu sein. Aber
ohne Eure Hilfe und ohne Euren Willen wäre es mir nie gelungen,
aus lauter Bauern und Bürgern eine Armee zu schaffen, die der
Weltmacht Großbritannien das Fürchten lehrt.“
„Warum bist Du eigentlich nach Amerika gekommen?“
Fritz lächelte verlegen.

„Nach bösen Intrigen gegen mich habe ich in Europa keine Zukunft
mehr für mich gesehen und bin auf Fürsprache meiner Freunde in
der französischen Regierung, preußischen Vermittlern und schließlich
auch von der amerikanischen Gesandtschaft in Paris für diesen
Posten empfohlen worden.
Alles, was ich vorgebe zu sein, ist entweder von meinen Freunden
oder den französischen und preußischen Unterhändlern oder von mir
selbst manipuliert worden. Selbst mein König war daran beteiligt. Ich
war niemals preußischer Generalleutnant, sondern Stabskapitän und
Brigademajor zur besonderen Verwendung. Ich bin auch kein Baron,
zudem ist meine adelige Herkunft sehr schleierhaft und liegt im
Dunklen, um nicht zu sagen, sie sei unwahr. Und den Stern, den ich
trage, habe ich mir mit Hilfe meiner Gönner erschlichen, zumal er
einer der höchsten Orden ist, den das Heilige Römische Reich
Deutscher Nation zu vergeben hat und nur an Adelige von einwandfreiem Leumund verliehen wird, den ich gewiss nicht besitze. Es
gibt jeweils dreizehn Träger dieses Ordens und nur wenn einer der
Träger stirbt, darf der Orden erneut verliehen werden. Im Grunde
bin ich als "Geheimkurier in besonderer Mission", im Auftrag meines
Königs hier. Abgesehen von Captain Richter weiß in Amerika nie-
mand von den Umständen, unter denen ich hierher geholt wurde,
aber erzähle nur Gott davon. Wie Du siehst, habe ich bereits früh
gelernt, es mit der Wahrheit nicht so genau zu nehmen."
„Heidenei, was bist Du für ein Teufelskerle! Meinen Respekt, Chef! -
Du glaubst noch immer, dass sie am Leben ist?"
„Wahrscheinlich werde ich das bis zu meinen Tod glauben, Leutnant
Georg Knoepfle."
„Ich bin Sergeant, Chef."
„Mit sofortiger Wirkung ernenne ich Dich hiermit zum Leutnant der
Continental Army. Deine Ernennungsurkunde werde ich General
Washington zur Unterschrift vorlegen und beantragen, dass Deiner

Witwe eine Rente auf Lebenszeit zusteht. Und wenn dieser Krieg vorüber ist, wird es auch wieder eine stabile Währung geben."
„Mein Geschäft in Boston geht doch gut. Auch wenn ich ins Gras beiß', es ist in den besten Händen."
„In die Zukunft kann niemand blicken, Georg, daher ist es von Vorteil, dass Deine Familie für alle Notfälle abgesichert ist."
„Danke, Chef."
Fritz fuhr fort, aus der Bibel zu lesen.
Nach einigen Minuten setzten bei Georg Krämpfe ein, die in immer kürzeren Abständen auftraten. Fritz spürte, dass es mit ihm zu Ende ging.
„Möchtest Du, dass wir gemeinsam den 23. Psalm beten?"
„Das wäre ganz gut, Fritz, denn ich geb' gleich meinen Löffel ab – mein Herz, es sticht so", röchelte Georg.
Während sie beteten, wurden die Krämpfe immer heftiger, bis Georgs Hand die seine mit einer solch heftigen Kraft umklammerte, dass es ihn schmerzte, um im nächsten Moment jäh zu erschlaffen. - Das Herz von Georg Knoepfle, Leutnant der Continental Army, hatte aufgehört zu schlagen.
Fritz las den Psalm zu Ende. Mit sanfter Hand schloss er die starren Augen seines Freundes, faltete dessen Hände und betete das „Vater Unser".
Noch einige Zeit saß er neben dem Toten und hielt innere Zwiesprache mit seinem schwäbischen Freund – unablässig feuerte die Artillerie.

Als er von Georg Abschied genommen hatte, rief er nach Carl und trug ihm auf, die persönliche Habe von Leutnant Knoepfle in sein Zelt bringen zu lassen und dass der Leichnam seines Freundes in ein festes Leinen eingenäht werden soll. Anschließend ging er auf seinen

Posten, wo ihn Gist, Wayne, Lafayette, Lincoln, Peter Mühlenberg und General Washington erwarteten.

„Ist es zu Ende?", fragte Anthony.

„Ja. - Wie ist die Lage?"

„Binnen Kürze beginnt das Regiment Zweibrücken unter der Führung des Kronprinzen mit dem Ablenkungsmanöver gegen die Stadt, um schließlich zum Angriff gegen die Redoute 9 einzu-schwenken."

„Sind unsere Männer in den Gräben zum Sturm auf die Redoute 10 bereit?"

„Das sind sie."

„Nun denn, es gilt."

„Brigadegeneral Wayne hat mir mitgeteilt, dass Sie verhindert waren. Gut, dass Sie wieder bei uns sind. Darf ich den Grund Ihrer Abwesenheit erfahren, Baron?", wandte sich Washington an ihn.

„Ich habe einen Freund auf seinem letzten Weg in diesem Leben begleitet, das er für die Freiheit dieses Landes geopfert hat, General."

„Wie bedauerlich! Wie lautet sein Name?"

„Sergeant Georg Knoepfle, und ich bitte darum, dass er postum zum Leutnant befördert wird und seine Witwe eine Rente erhält."

„Mein lieber Baron, momentan habe ich gewiss andere Sorgen, als mich um solche Kleinigkeiten zu kümmern."

„Mit Verlaub, General, für mich ist sein Tod keine Kleinigkeit! Er war mein treuer Weggefährte und Freund."

„Entschuldigen Sie, Baron, ich wollte Ihnen nicht zu nahe treten. In manchen Momenten liegen eben auch bei mir die Nerven blank. Legen Sie mir den Antrag zu seiner Ernennung noch heute vor und er wird mit der Witwenrente genehmigt werden. Allerdings muss dem noch der Kongress zustimmen."

Haben Sie meinen aufrichtigen Dank, General."

Auf der französischen Seite wurde ein grüner Leuchtkörper abgeschossen - das Regiment Zweibrücken begann, unter starker Artil-
lerieunterstützung gegen Yorktown vorzurücken.
Die Briten begegneten dem Angriff mit heftigem Abwehrfeuer.
Davon unbeeindruckt setzte das Regiment seinen Angriff fort, bis es
die vereinbarte Position erreicht hatte und nach rechts in Richtung
der Redoute 9 einschwenkte.
„General, ich denke, dass es an der Zeit ist, unserer leichten Infan-
terie das Angriffssignal zu geben", wandte sich Fritz an Washington.
„In der Tat, Baron, es ist soweit."
General Washington gab den Kanonieren der nächststehenden
Haubitze Zeichen, die kurz darauf einen roten Leuchtsatz abfeuer-
ten, das Signal für die leichte Infanterie zum Sturm auf die Redoute
10 anzusetzen.
Mit aufgepflanztem Bajonett stürmten die Männer aus den Gräben.
Die Briten leisteten heftige Gegenwehr, dennoch gelang es den
Angreifern, bereits im ersten Ansturm in beide Redouten einzu-
dringen, in denen es zu einem erbitterten Nahkampf kam. Doch im
Angesicht der gewaltigen Übermacht und der vergeblichen Hoffnung
auf einen Entsatzangriff aus der Stadt ließen die beiden Kommandeure der Redouten die britische Fahne einholen und Signal geben,
dass sie sich in dieser aussichtslosen Lage ergeben werden. Wenig
später wurden ein Sternenbanner und die Fahne des Regiments
Zweibrücken gehisst.
Die Einnahme der beiden Forts hatte nicht länger als eine Stunde
gedauert. Umgehend wurden die eroberten Geschütze gegen
Yorktown gerichtet, die amerikanischen und deutschen Kanoniere
begannen, das Feuer auf Yorktown zu eröffnen.
„Baron, ich beglückwünsche Sie zu diesem Unternehmen", wandte
sich Washington anerkennend an Fritz, „durch die Einnahme dieser
wichtigen Redouten besitzt Cornwallis keinen Spielraum mehr, da er

von Land und See her in die Enge getrieben ist. In Anbetracht seiner aussichtslosen Lage muss er kapitulieren."

„Dieser Überraschungsangriff mag uns gelungen sein, General. Doch wird sich Cornwallis nicht so ohne weiteres geschlagen geben, sondern eine offene Feldschlacht wagen. Ihm bleibt gar keine andere Wahl, denn dazu sind seine Regimenter noch stark genug. Uns obliegt es derweil, aus allen Rohren den Beschuss fortzusetzen und unsere Truppen für den Ernstfall in Alarmbereitschaft zu halten. Erst dann, wenn uns die Abwehr ihres Angriffs gelingt, haben wir sie, General! Dann bleibt Cornwallis kein Ausweg mehr."

„Sie haben mich überzeugt, mein lieber Baron, ohne Sie wären wir nie so weit gekommen."

„General, Sie loben mich weit über Gebühr."

„Mitnichten, Baron, denn ich sage es so, wie es ist."

„Noch haben wir nicht gesiegt. - Allerdings befinden wir uns auf einem guten Weg dorthin, General."

Nach dem Frühstück nahm Fritz die Habseligkeiten von Leutnant Knöpfle in Empfang, dessen Leichnam inzwischen in ein Leintuch eingenäht worden war.

Nah einer Eiche hatten einige der gefangenen Briten sein Grab ausheben müssen.

Am späten Vormittag wurde Leutnant Georg Knoepfle unter großer Anteilnahme beigesetzt. Die Grabrede hielt Fritz in deutscher Sprache, bei der er im Namen aller von dem treuen Kameraden Abschied nahm. Peter Mühlenberg sprach ein letztes Gebet.

In seinem Zelt setzte sich Fritz an seinen Schreibtisch, richtete das Schreibzeug, nahm einen leeren Bogen Papier und schrieb, nachdem er einen Moment seine Gedanken geordnet hatte:

'Hochverehrte Madame Knoepfle,
mir obliegt die traurige Pflicht meinem treuen Freund gegenüber,
Ihnen, hochverehrte Madame, leider mitteilen zu müssen, dass Ihr
treuer Ehemann, Leutnant Georg Knoepfle, am 14. Oktober,
morgens gegen viertel vor sieben Uhr, bei Yorktown in Virginia vor
dem Feind geblieben ist....'

Am 16. Oktober - Regen und Sturm hatten nicht nachgelassen –
versuchten die Briten mit ihren deutschen Hilfstruppen einen Aus-
bruchsversuch auf der Seite des vermeidlich schwächeren französischen Flügels, der zunächst erfolgreich verlief.
Zwei Stellungen konnten genommen werden, doch wurden sie in
einem Gegenangriff mit Unterstützung der Division Steuben und
den Milizen Nelsons wieder zurückgeworfen.
Verzweiflung machte sich unter den britischen Truppen breit.
Trotz besseren Wissens wagte Cornwallis in der folgenden Nacht mit
der Armee den Ausbruch über den Fluss nach Cloucester Point, bei
dem die hessischen Jäger zur Nachhut gehören sollten.
Doch soweit sollte es gar nicht kommen.
Zwar wurde wegen des schlechten Wetters der Fluchtversuch der
ersten vollbesetzten Boote weder von den Amerikanern noch von
den Franzosen bemerkt, aber gerade dieses schlechte Wetter und der
immer stärker werdende Nordost-Sturm machten es den Bootsbesatzungen unmöglich, das gegenüber liegende Ufer zu erreichen,
der Sturm trieb sie unweigerlich nach Yorktown zurück. Nur zwei
Booten mit Verwundeten an Bord gelang es, unter größten Anstrengungen nach Cloucester Point überzusetzen.

Am Morgen des 17. Oktobers verstummte auf einmal das Artilleriefeuer.

Fritz wurde eine parlamentarische Abordnung der Briten gemeldet, die sich nach gegebenem Signal unter der Parlamentärs-Flagge auf seinen Abschnitt zubewege. Es waren drei Offiziere und zwei Korporale. Einer der Korporale trug den Union Jack, der andere die Parlamentärs-Flagge.

Fritz ließ sie in sein Quartier bringen, wo ihm der ranghöchste Offizier, ein Major, ein Schreiben übergab, das an General Washington gerichtet war.

„Ihr Flügel hat uns am meisten zugesetzt, Major General Baron von Steuben. Daher ist es uns eine Ehre, Ihnen dieses Dokument, das Kapitulationsangebot unseres kommandierenden Generals, Sir Cornwallis, auszuhändigen.“

„Ich bin Ihnen sehr verbunden für die mir entgegen gebrachte Ehre, Gentlemen, und aufgrund Ihrer gezeigten Tapferkeit in diesem Kampfe ist es für mich ebenso eine Ehre, dieses Schreiben Ihres kommandierenden Generals, Sir Cornwallis, unverzüglich General Washington persönlich auszuhändigen.“

Nach einer förmlichen Verabschiedung ging Fritz mit dem Dokument zu Washington, der bereits über die Ankunft der drei Offiziere informiert worden war.

Obwohl sie sich täglich mehrmals sahen, fiel diesmal die Begrüßung besonders herzlich aus.

Fritz überreichte ihm das Schreiben des britischen Kommandeurs.

„Ich denke, wir haben sie soweit.“ Stolz und eine Spur von Genugtuung klangen aus seinen Worten.

„Dann lassen Sie uns sehen, Baron.“

Washington brach das Siegel. Während er den Brief las, erhellte sich seine Miene.

„In der Tat, Baron! Cornwallis bittet um 24 Stunden Waffenruhe,
damit in dieser Zeit die Übergabeverhandlungen abgewickelt werden
können."
„Es zeichnet ihn aus, dass er die Lage realistisch einschätzt und nicht
weiter unnötiges Leben aufs Spiel setzt", bemerkte Fritz.
„Dennoch ist mir die Zeitspanne zu lang."
„Warum?"
„Traue nie einem Engländer! Ich gebe Cornwallis zwei Stunden, das
reicht."
„General, die Briten sind am Ende und die Aussichtslosigkeit ihrer
Lage hat Cornwallis mit dem Kapitulationsangebot anerkannt.
Geben Sie ihm unter Gentlemen die Frist, damit sein Ehrgefühl
erhalten bleibt."
„Ich danke Ihnen für Ihren Rat, mein lieber Baron, doch genügen
zwei Stunden. Danach werden die Kampfhandlungen bis zur offizi-
ellen Kapitulation fortgesetzt."

Am Morgen des 19. Oktobers erschien Lafayette bei Fritz und ver-
langte die Übergabe des Kommandos über die amerikanischen
Truppen, da er turnusgemäß den Tagesbefehl innehabe.
Höflich aber entschieden lehnte Fritz dies ab und verwies den
Marquis auf die militärische Sitte, dass der Befehlshaber, der das
Kapitulationsangebot entgegen genommen habe, das Kommando
über die Truppen bis zur endgültigen Kapitulation behalte.
Das Geltungsbewusstsein des jungen Marquis war zutiefst getroffen.
„Ich verlange eine Unterredung bei General Washington, er wird
meine Forderung unterstützen, wenn er sich die Gunst Frankreichs
erhalten will."
„Gerne, das können wir, Marquis."
Unverzüglich ritt Lafayette ins Hauptquartier zu General Washing-
ton. Für die kurze Wegstrecke folgte ihm Fritz gemächlich zu Fuß

und zwang so den Marquis, sich bis zu seinem Eintreffen in Geduld, seiner schwächsten Tugend, zu üben.

Aufgrund des errungenen Sieges empfing Washington die unerwarteten Gäste in bester Stimmung, die auch durch das eitle Ansinnen des jungen Marquis nicht getrübt werden konnte.

„Marquis, das amerikanische Volk ist Ihnen und unseren französischen Verbündeten überaus dankbar für diesen außerordentlichen, brüderlichen Beistand in unserem Kampf um unsere Unabhängigkeit. Jeder von Ihnen hat in diesem Krieg große Ehren errungen, was zur rechten Zeit auch gewürdigt werden wird. Der Krieg ist aber noch nicht beendet und solange werden die Kriegssitten auch eingehalten. Des Weiteren gebührt dem Baron aufgrund seines großen Verdienstes als Planer und Organisator der erfolgreichen und kurzzeitigen Belagerung die Ehre, als Erster mit seiner deutschen Division in Yorktown einzumarschieren."

Der Marquis konnte seine Wut über diese Zurechtweisung kaum unterdrücken, doch behielt er solange die Contenance, bis er wieder zu Pferde saß.

„Das werde ich Ihnen niemals vergessen", zischte er Fritz zu und ritt ohne Abschiedsgruß davon.

Ab 11.00 Uhr desselben Tages schwiegen auf beiden Seiten die Waffen.

Hauptmann Ewald ließ die Hessischen Jäger antreten.

Heinrich meldete Vollzähligkeit.

Seine Emotionen zwangen den Hauptmann, seine Ansprache mehrmals zu unterbrechen.

„Legt Eure Waffen und Patronentaschen ab. Für 2 Uhr ist der Ausmarsch in die Gefangenschaft festgelegt. Sämtliche militärischen Ehren sind uns dabei verwehrt worden. Doch darf jeder seinen

persönlichen Besitz behalten. Wir marschieren hinter dem Regiment
Hessen-Kassel und vor dem Regiment Ansbach-Bayreuth. Ich
erwarte Gleichschritt und äußerste Disziplin. Ich danke jedem für
seine Opferbereitschaft und Tapferkeit, auf die jeder von Euch stolz
sein kann. Es war mir eine große Ehre, an Eurer Seite gekämpft zu
haben. Wer weiß, ob wir uns wieder sehen. Gott sei mit Euch!"
Nach seiner Rede ließen ihn die Männer hochleben. Vielen standen
die Tränen in den Augen.
Ergriffen zog er seinen Hut und beugte vor seiner Truppe tief sein
Haupt.

Pünktlich um 2 Uhr standen die britischen Einheiten und ihre
deutschen Hilfstruppen zur Übergabe von Yorktown bereit.
Nur der britische Kommandeur General Cornwallis und der Verräter
Benedict Arnold fehlten, letzteren hatte man rechtzeitig über den
Seeweg nach New York evakuiert.
Die britischen und deutschen Hoheits- und Regimentsfahnen wurden
eingerollt und unter schwarzem Tuch verhüllt. Während dieser
Zeremonie spielte die Militärmusik das Volkslied: „The World
Turnend Upside Down - Die Welt steht Kopf".
Mit General O`Harah und den Generaladjutanten an der Spitze
marschierte die Truppe vor die Stadt. Zwischen dem Spalier, das die
Sieger gebildet hatten, nahmen sie Aufstellung.
General O`Harah übergab den Degen des britischen Befehlshabers,
der ausrichten ließ, unpässlich zu sein, an Generalmajor Lincoln, den
Washington als seinen Stellvertreter hierfür bestimmt hatte, da er
selbst den Degen nur aus der Hand von Cornwallis annehmen wollte.
Für den amerikanischen Oberbefehlshaber war es eine Genugtuung,
die Briten aufgrund ihrer maßlosen Überheblichkeit bis zuletzt zu
demütigen.

Im Anschluss an die Übergabezeremonie marschierte Fritz mit seiner Division in die eroberte und völlig zerstörte Stadt ein.
Als er auf seinem Weg die Kompanie der Hessischen Jäger passierte, grüßte ihn die Truppe mit stolzer militärischer Würde.
Fritz hielt sein Pferd, zog seinen Hut und neigte sein Haupt vor ihnen. Als er den Augen Heinrichs begegnete, nickte er ihm wohlwollend zu.

Die gefangenen Mannschaften biwakierten in notdürftig errichteten Zeltstätten.
Als Cornett wurde Heinrich in einem stabileren Zelt einquartiert, das er mit Hauptmann Ewald und drei Leutnants vom Regiment Hessen-Kassel teilte.
Die höheren Offiziere erhielten weitaus bessere Unterkünfte und wurden täglich abwechselnd von Washington, General Rochambeau oder Admiral de Grasse zum Essen eingeladen. Mit einer Ausnahme - Banastre Tarleton, er blieb von sämtlichen Einladungen ausgeschlossen.
Bei diesen Gelegenheiten tauschten die Offiziere Artigkeiten aus, ansonsten blieben sie höflich reserviert.
General Cornwallis war bereits zwei Tage nach der Kapitulation von seiner wohl vorgetäuschten Krankheit überraschend schnell genesen und zeigte bei den Empfängen einen durchaus gesunden Appetit. In seinen Kommentaren über die Geschehnisse der vergangenen Tage gab er allein dem Wetter die Schuld für die britische Niederlage.
Noch immer konnte er sich nicht eingestehen, dass der deutsche Baron nicht nur die amerikanischen Streitkräfte zu einer disziplinierten und schlagkräftigen Armee geformt hatte, sondern auch über hervorragende Kenntnisse in der Kriegsführung verfügte.
Fritz nahm dies mit Gleichmut zur Kenntnis und schrieb dessen diverse Äußerungen dem besonderen britischen Humor zu.

Als sich das Wetter langsam besserte und sich Fritz mit seiner
Division für den Abmarsch vorbereitete, der in Richtung New York
erfolgen sollte, ließ er den gefangenen Hessischen Jäger Cornett
Heinrich Christian Müller zu sich bringen.
Fritz hatte gewohnheitsgemäß mit seinen Offizieren gefrühstückt
und die morgendliche Dienstbesprechung abgehalten, als Heinrich
sich bei ihm meldete.
Er forderte Heinrich auf, Platz zu nehmen und orderte ein Frühstück
für ihn.
Carl reichte ihnen einen frisch aufgebrühten Tee.
„Wie geht es Ihnen, Heinrich? Ist es mir erlaubt, Sie so zu nennen?“
„Es ist mir eine Ehre. Darf ich offen zu Ihnen sein, Herr General-
major?“
„Ich bitte Sie darum, Heinrich.“
„Seit den letzten Tagen spielt sich mein Leben wie ein Albtraum ab
und ich nehme nur noch halb daran teil.“
„Wie darf ich das verstehen?“
„Während des Bombardements habe ich in Yorktown meine große
Liebe verloren und weiß nun nicht mehr, wie es in meinem Leben
weiter gehen soll.“
Nachdenklich und voller Mitgefühl sah Fritz seinen jungen Landsmann an.
„Ich kann gut mit Ihnen fühlen, denn auch ich habe vor noch nicht
allzu langer Zeit meine große Liebe in diesem Krieg verloren. - Ich
möchte Ihnen ein Angebot unterbreiten. In absehbarer Zeit werde
ich einen neuen Sekretär benötigen, der die englische Sprache in
Wort und Schrift beherrscht, da mein jetziger Sekretär William North
beabsichtigt zu heiraten. Als Privatperson steht es ihm jederzeit frei,
seinen Abschied zu nehmen. Solange William noch seinen Dienst bei
mir versieht, könnte er Sie als meinen künftigen Sekretär einarbeiten.

Ich frage Sie hiermit: Möchten Sie mein neuer Sekretär werden? Für Ihre Freilassung als Gefangener auf Ehrenwort wird gesorgt werden, dafür bürge ich."

„Was veranlasst Sie, mir dieses Angebot zu unterbreiten?"

„Einmal haben Sie meiner Truppe gedient und ein anderes Mal mein Leben verschont. Zudem fühle ich mich Ihrer Familie gegenüber verpflichtet."

„Weshalb?"

„Das ist eine lange Geschichte, die ich Ihnen ein andermal erzählen werde."

Heinrich dachte für einige Minuten über das unerwartete Angebot nach. -

„Gut, ich gehe auf Ihr Angebot ein und stehe Ihnen sehr gerne zu Diensten. Doch behandeln Sie mich bitte nicht wie einen Gefangenen, wie Sie wissen, bin ich nicht freiwillig hier."

„Seien Sie unbesorgt, Heinrich. Sie werden auch ein angemessenes Gehalt für Ihren Lebensunterhalt beziehen."

Erst nachdem er das Zelt verlassen hatte, wurde ihm bewusst, dass der Generalmajor und Generalinspekteur der Truppen der Vereinigten Staaten von Amerika ihn wie einen Freund behandelt hatte.

Sobald Heinrich wieder im Gefangenlager war, bat er Hauptmann Ewald um eine Unterredung außer Hörweite der anderen Mitgefangenen.

„Johann, ich habe die Möglichkeit aus der Gefangenschaft auf Ehrenwort entlassen zu werden, um Generalmajor Baron von Steuben vorerst als Hilfssekretär zu dienen."

„Das ist sehr gut für Dich, meinen Respekt."

Trotz der zustimmenden Worte vernahm Heinrich die Traurigkeit in seiner Stimme.

„Du bist mein Vorgesetzter. Erteilst Du mir die Erlaubnis, mich von
der Truppe auf Ehrenwort zu entfernen?"
„Es ist Dein Wille und dem möchte ich nicht entgegenstehen.
Hiermit ist es Dir erlaubt, Dich von der Truppe auf unbestimmte
Zeit und Ehrenwort zu entfernen. Möchtest Du nach Friedens-
schluss in Amerika bleiben?"
„Das weiß ich noch nicht, wie das Schicksal mit einem so spielt. Was
wirst Du machen?"
„Ich kehre nach Deutschland zurück. Was mich dort erwartet, steht
in den Sternen."
„Was ist aus Deinem Traum, in Amerika zu bleiben, geworden?"
„Henry, das war doch nur so eine Idee, aus der Not heraus geboren,
fern jeder Realität. Wer von meinen Leuten nach Friedensschluss hier
bleiben will, dem stelle ich es frei. Für mich selbst gibt es hier keine
Zukunft. Das Land ist weit und zum größten Teil noch unerschlos-
sen. Niemand braucht hier einen Forstmeister, geschweige denn
einen gewesenen Offizier, der dazu noch auf Feindesseite gekämpft
hat. Und zum Farmer bin ich gewiss nicht geboren, eher zu einem
Piraten, wie Du allein schon an meinem Äußeren siehst."
„Erforsche doch in einer Expedition den noch unbekannten Westen,
Du bist doch auch Landvermesser und Kartograph. Befahre die
Flüsse und lerne neue Kulturen kennen. Unsere Männer sind hart
gesottene Burschen, sie werden gewiss bei Deinen Erkundungen
felsenfest an Deiner Seite stehen. Wenn es mir das Schicksal erlaubt,
bin ich auch dabei. Wir Jäger sind doch eine verschworene Gemein-
schaft."
„Ein verlockender Gedanke, den ich auch gerne umsetzen würde.
Doch wer finanziert mir das? Vergiss es! Die gefangenen Jäger sollen
auf Farmen verteilt werden.
Ein Teil, zu dem auch ich gehören soll, wird in der Festung Westpoint festgesetzt. Du solltest auch dazu gehören.

Aber Du bekommst jetzt bei Steuben diese Chance!
Meinen Glückwunsch! Ich bewundere Dich, mache das Beste
daraus!"

Post skriptum:

„The German Battle" - „Die Deutsche Schlacht" - unter diesem
Namen ging die Schlacht von Yorktown in die Geschichte ein wegen
der hohen Anzahl der auf beiden Seiten daran beteiligen deutschen
Soldaten.

In den folgenden zwei Jahren kam es zu keinen größeren
Kampfhandlungen mehr, denn die Amerikaner konzentrierten sich
ganz auf die Landblockade von New York, das die Briten zu einem
immer fester werdenden Bollwerk ausbauten.
Am 3. September 1783, wurde in Paris Frieden geschlossen und die
britischen Kolonien in Nordamerika wurden in die Unabhängigkeit
entlassen.
Preußen war der erste Staat, der die Vereinigten Staaten von Amerika
in vollem Umfang diplomatisch anerkannte.

Am 23. Dezember desselben Jahres schrieb General Washington an
den ersten Generalinspekteur der Truppen der Vereinigten Staaten
von Amerika, Generalmajor Friedrich Wilhelm Baron von Steuben,
folgenden Brief:

Mein lieber Baron,

obgleich ich öffentlich und privat schon vielfach Gelegenheit gehabt
habe, Ihre großen Fähigkeiten, Ihren nimmermüden Eifer und Ihre
verdienstvolle Tätigkeit in der Ausübung Ihrer Pflichten anzuer-
kennen, möchte ich doch diesen letzten Augenblick meines Wirkens
nutzen, um Ihnen mit den stärksten Worten kundzutun, dass Ihre
Amtsführung meine volle Zustimmung findet, und zugleich mein
Gefühl für die Dankbarkeitspflicht zum Ausdruck bringen, die Ihnen
unser Land für die geleisteten treuen und ausgezeichneten Dienste
schuldet.

Ich bitte Sie, überzeugt zu sein, dass ich mich über nichts mehr
freuen würde, wenn ich Ihnen einen wesentlicheren Dienst leisten
könnte, als Ihnen den bloßen Ausdruck meiner Achtung und Zu-
neigung zu übermitteln.

Indessen werden Sie, wie ich hoffe, gewiss dieses Abschiedszeichen
meiner aufrichtigen Freundschaft und Wertschätzung freundlich
aufnehmen.

Dies ist der letzte Brief, den ich noch im Dienste meines Vaterlandes
schreibe. Die Stunde meiner Amtsniederlegung ist für heute zwölf
Uhr festgelegt. Ich bin dann wieder einfacher Bürger an den Ufern
des Potomac, wo ich mich glücklich schätzen werde, Sie zu umarmen
und Ihnen meine große Achtung und Anerkennung zu bezeugen.

Ich bin, mein lieber Baron,
Ihr gehorsamster und zugetaner Diener

George Washington

Epilog

Im Angesicht der vielen unversorgten, invalide gewordenen Veteranen, der Kriegswitwen und Waisen gründete Fritz kurz vor Friedenschluss in seinem Hauptquartier in Fishkill die "Society Of The Cincinnati", deren Mitglieder die verarmten Soldatenfamilien finanziell unterstützten und um sich um die Bildung deren Kinder zu kümmern. Zu den Gründungsmitgliedern gehörten seine Freunde Peter Mühlenberg und Henry Knox, erster Präsident des Ordens wurde George Washington.
Die Satzung dieser Gesellschaft war sehr an die Regeln und Sitten des Freimaurertums angelehnt, zumal Fritz selbst sehr aktiver Freimaurer war. Auch besaß die Satzung europäisch aristokratische Züge. So durfte nur der älteste lebende Sohn eines verstorbenen Mitglieds selbst Mitglied werden. Die Sitzungen wurden im Geheimen abgehalten. Daher geriet die Gesellschaft bald in den Ruf verschwörerischer Umtriebe, woraufhin keine weiteren Mitglieder mehr aufgenommen wurden und sie mit dem Tod des letzten Mitglieds, des Marquis de Lafayette, erlosch.
Bis auf Brigadegeneral Peter Mühlenberg, Anthony Wayne und Generalmajor Knox, die als Bürger der Vereinigten Staaten wieder ihren alten Beruf ausüben konnten, waren die meisten hohen Offiziere Großgrundbesitzer, die Sklaven ihr Eigen nannten oder Handel mit ihnen trieben, oder sie waren erfolgreiche Geschäftsleute. Für sie bedeutete der Friedensschluss kein wirtschaftlicher Einschnitt.
Fritz dagegen stand, als er aus dem Dienst entlassen wurde, vor dem Nichts. Er erhielt weder eine Abfindung noch eine Pension, obwohl der Finanzausschuss des Kongresses feststellte, dass ihm noch mindestens 8.500 Dollar in Gold an Gehalt zustehen würde. Als

Anerkennung für seine Dienste und sein erfolgreiches Wirken in der
Armee erhielt er vom Kongress einen goldenen Degen verliehen, den
er bald verkaufen musste, um seine Schulden begleichen zu können.
Immer wieder organisierte er kostspielige Wohltätigkeitsveranstal-
tungen, um mit dem Erlös die Arbeit der Cincinnati-Gesellschaft zu
unterstützen. Zur Finanzierung dieser Ereignisse veräußerte er das
Land, das er während des Krieges anstelle von Geldzahlungen von
einzelnen Bundesstaaten erhalten hatte.

Das letzte Geld, das Fritz besaß, gab er einem schwarzen, invalide
geworden Soldaten der Continental Army und ehemaligen Sklaven,
der für seine Verdienste die Freiheit erlangt hatte, aber kein Geld
mehr besaß, um mit der Fähre zu seiner Familie auf die andere Flussseite zu gelangen.

Fritz ließ überall anschreiben und hoffte auf baldige Auszahlung
seines ausstehenden Gehaltes durch den Kongress.

Das einzige Geld, das Fritz regelmäßig erreichte, war die jährliche
Pension aus Preußen, die aufgrund seiner Verdienste in Amerika
nochmals angehoben worden war. Sie reichte allerdings nicht aus, um
seinen kostspieligen Lebensunterhalt zu bestreiten, da er, abgesehen
von seiner Tätigkeit für die Cincinnati-Gesellschaft, von seinen
Freunden und Landsleuten in viele Ehrenämter berufen wurde, die
mit weiteren aufwändigen gesellschaftlichen Verpflichtungen verbunden waren.

Fritz liebte solche Festlichkeiten, die er als Mann von Welt ganz in
Manier eines Hofmarschalls inszenierte, zu denen er immer viele,
meist deutschstämmige Gäste einlud, die er fürstlich bewirten ließ.
Ein Orchester, das bei diesen Gelegenheiten die Diners begleitete
und anschließend zum Tanz aufspielte, galt ihm als selbstverständlich.
So lebte er fortwährend in finanziell sehr beengten Verhältnissen.

Zunächst quartierte er sich mit Heinrich und seinem Kammerdiener
Carl bei Benjamin Walker in New York ein, der in der Wallstreet
lebte. Doch bald fand Heinrich für sie eine preiswerte Wohnung in
einem Mietshaus im Stadtteil Bronx. Um für Miete und Unterhalt
aufzukommen, verdingte sich Heinrich als Hafenarbeiter und Carl
fand eine Stelle als Kellner. Fritz hielt Vorträge, für die er gelegentlich
ein Honorar erhielt, und führte den Haushalt, denn eine Zugehfrau
konnten sie sich nur gelegentlich leisten. Auf diese Art und Weise
hielten sie sich gemeinsam über Wasser. Es war eine verkehrte Welt.
Ihre Nachbarschaft stammte größtenteils Teil aus dem Mittelmeer-
raum und gehörte nicht gerade zur Creme der Gesellschaft.
Streitigkeiten um große und kleine Bagatellen, Diebstahl und
Schlägereien waren an der Tagesordnung, was mehr als einmal die
Polizei auf den Plan rief.
Wann immer Fritz, in seiner Paradeuniform bestens ausstaffiert, eine
Droschke vorfahren ließ, um wieder einmal einer Einladung zu
folgen oder zu einer seiner eigenen Empfänge zu fahren, schritt er
durch ein groteskes Spalier der Hausbewohner, die ihn belächelten
oder gar ihren Spott mit ihm trieben.
Hin und wieder wurden seine Eingaben um Entschädigung vom
Kongress mit kleinen Beträgen abgegolten, die aber bald wieder
aufgebraucht waren.

Nicht anders erging es Beaumarchais, mit dem er bis zu seinem
Lebensende im Briefverkehr stand. Sein französischer Freund hatte
einen großen Teil seines Privatvermögens geopfert, um die Ameri-
kanische Revolution zu unterstützen und erhielt als Dank nicht einen
einzigen Dollar.
„Undank ist der Welten Lohn!", kommentierte Fritz all die schlechten
Nachrichten. „Was nützen mir die Ehrenbürgerschaft der Stadt New
York, die Präsidentschaft über die Universität, der Vorsitz der

Deutschen Gesellschaft und meine Beraterfunktion in militärischen
Angelegenheiten vor dem Kongress. Das sind alles nur Ehrenämter,
die mich nur Geld kosten."
Und genau das war das Problem. Fritz konnte leben wie der ein-
fachste Soldat, doch wenn gesellschaftliche oder repräsentative Verpflichtungen erfüllt werden mussten, konnte er einfach nicht anders.
Er war dann wieder ganz der Mann von Welt, der diesseits und
jenseits des Atlantiks Anerkennung erworben hatte. Sein Ruf als der
eines charmanten und vorbildlichen Gesellschafters war legendär.
Immer und immer wieder nahm er neue Schulden auf, um die viel-
fältigen Aufwendungen zu finanzieren.
Heinrich und Carl fürchteten zurecht derartige Veranstaltungen.
„Fritz, achte bitte bei der Speisefolge darauf, dass diese nicht zu
üppig ausfällt, ebenso mit den kredenzten Weinen, außerdem muss
das Orchester nicht so groß sein und halte mit der Anzahl der Gäste
Maß, sonst sind wir gleich wieder pleite", ermahnte ihn Heinrich
stets.
„Henry, wie soll ich das, ohne nicht jemanden zu brüskieren? So
etwas ziemt sich nicht, es würde meinen Ruf ruinieren! Dann essen
wir Drei eben Brotsuppe, Kraut, Kartoffeln, Mais und Steckrüben,
im Krieg haben wir ja auch kaum von etwas anderem gelebt.
Außerdem gibt es ja immer wieder Notschlachtungen, dadurch
kommen wir billig an Fleisch. Wir könnten auch ein Boot anmieten
und zum Angeln fahren, gute Angelruten besitzen wir ja. Vielleicht
gesellen sich ja noch einige Freunde hinzu, mit denen wir die
Charterkosten teilen. Den Überschuss an eingebrachtem Fang verkaufen wir an die Fischhändler. Außerdem werde ich den Rest meiner
Ländereien veräußern, auch wenn sie in der Wildnis liegen und
keinen großen Wert besitzen, so kommt wenigstens wieder etwas
Geld in unsere Kasse." Fritz hielt Wort und verkaufte nach und nach

die ihm noch verbliebenen Ländereien. Doch bald lebten sie wieder
am Existenzminimum.
Ihre Angelausflüge wurden bald zur Gewohnheit und immer mehr
Freunde und Bekannte schlossen sich ihnen an. Aufgrund des guten
Ertrags erzielten sie anfänglich auch einen Gewinn, aber mit der Zeit
entwickelten sich die Angeltouren zu gesellschaftlichen Ereignissen,
weswegen die gecharterten Boote immer größer, komfortabler und
folglich auch teurer wurden.

Nach der Rückkehr von einem ihrer ertragreichen Fangzüge über-
raschte Heinrich seine Wohngemeinschaft mit einem tollkühnen
Plan.
„Fritz, wir sollten nochmals Schulden aufnehmen, einen guten,
stabilen, hochseetauglichen Kutter chartern und ihn für den Fischfang ausrüsten, mit einer guten Mannschaft und einem erfahrenen
Kapitän, die zur ertragreichen Neufundlandbank fährt. Dort gibt es
Kabeljau und Schellfisch im Überfluss, wir müssen ihn nur holen.
Mit dem Golfstrom und bei gutem Wind braucht man drei bis vier
Tage dorthin und ist noch schneller mit dem Labradorstrom wieder
zurück. Für das Unternehmen könnten wir drei eine Handelsgesel-
lschaft gründen, die uns alle wohlhabend macht. Du weißt doch, wie
sehr ich die See liebe! Daher schlage ich vor, bei unseren Fangzügen
als einer der Eigner der Kompanie stets mit an Bord zu sein, um
nach dem Rechten zu sehen und um weitere Erfahrungen in der
Seefahrt zu sammeln. Denn mein größter Traum ist es, eines Tages
Kapitän eines stolzen Schiffes zu sein. Was hältst Du davon?“
Im Überschwang der Gefühle war Fritz ganz begeistert von der Idee
und auch Carl als gewissenhafter Kammerdiener, der stets auf
Haltung bedacht war, brachte in einem zurückhaltenden, schlichten
Kommentar sein Wohlwollen zum Ausdruck..

Aus ihrem verwegenen Plan wurde nichts; denn keine Bank war bereit, ohne Sicherheiten einen Kredit für ein solch riskantes Geschäft zu geben, dazu noch für Fahrten zur Neufundlandbank, die für die dort häufig auftretenden Orkane berüchtigt war.
Somit blieb es bei ihren gewohnten Angelausflügen.

Monate später, bei der Vorbereitung für einen der vielen Vorträge, fand Heinrich in einer Schublade, die sonst verschlossen blieb, ein Medaillon mit dem Bildnis einer jungen Frau. Verwundert sah er Fritz an.
„Fritz, es war nicht meine Absicht, aber ich habe ein Portrait meiner Mutter gefunden, das sie in jungen Jahren zeigt."
Zunächst sagte Fritz kein Wort, stand dann auf, ging zum Fenster und sah hinaus, ohne etwas Bestimmtes ins Auge zu fassen.
„Fritz, Du bist mir eine Erklärung schuldig."
Heinrichs Worte rissen Fritz aus seinen Gedanken.
„Gut, Du sollst es erfahren, Henry. Ich habe Deine Mutter einmal sehr geliebt. Es war während des Siebenjährigen Krieges, eine schreckliche Zeit, in der ganze Landstriche unserer Heimat in bitterste Not und in den Ruin gestürzt wurden. In den ersten Jahren gehörte ich dem verwegenen Freicorps Mayr an, dessen Chefadjutant ich bald wurde. Nach Mayrs Tod ernannte mich mein König zu einem seiner Geheimkuriere. Während einer dieser geheimen Missionen lernte ich Deine Mutter kennen. Wir liebten uns sehr, doch war der Graben zwischen uns viel zu tief um ihn zu überwinden. Schließlich kehrte sie nach Northeim zurück, wo sie Deinen Vater heiratete. - Als ich Dich das erste Mal sah, erkannte ich sofort das Antlitz Deiner Mutter in Dir und Henry, ich weiß nicht ob ich Dein Vater bin."

Es dauerte eine Weile, bis Heinrich realisierte, dass er hier von einer Zeit aus den Jugendjahren seiner Mutter erfuhr, nach der zu fragen ihm nie in den Sinn gekommen war.
Überwältigt von seinen Empfindungen über das Gehörte, ging er auf Fritz zu, der ihm einen Schritt entgegen kam – im Überschwang der Gefühle fielen sie sich in die Arme und es lag ihnen weit fern ihre Tränen zu unterdrücken.

Endlich erhielt Fritz einen Vorschuss auf eine Entschädigung von 10.000 neue amerikanische Dollar in Gold. Damit ermöglichte er Heinrich das Studium der Nautik, das dieser sich so sehr gewünscht hatte. So war es ihm auch möglich, nach Jahren der erzwungenen Trennung seine Familie in Rinteln wieder zu sehen.
Zunächst fuhr Heinrich als Volontär auf einem Vollschiff, bis er nach zwei Jahren das Steuermannspatent erhielt. Nach weiteren vier Jahren wurde ihm das Kapitänspatent verliehen. 22 Jahre fuhr er zur See und lernte auf seinen Fahrten die Ströme der Meere und die Gefahren der Küstengewässer kennen. Er überstand die schlimmsten Stürme und fürchtete die Windstille, die ihn zum Nichtstun zwang. Während der napoleonischen Kriege überstand er viele Gefahren als Blockadebrecher und Schmuggler. Bei all seinen Fahrten ließ er niemals ein Schiff auf See und besaß stets „eine Handbreit Wasser unter dem Kiel".
Antje und das kurze Glück mit ihr konnte er nie vergessen. Die See gab ihm Trost. Dort gab es weder Ecken noch Kanten, keine Vergangenheit und Zukunft, nur den Moment. Die Arbeit an Bord erfüllte ihn ganz und er hatte über Jahre nicht das Bedürfnis nach einer neuen Beziehung.
Bei seinen Aufenthalten in Deutschland besuchte er regelmäßig seine Eltern und Geschwister, in Dänemark Johann Ewald, der dort seine Dienste genommen hatte, geadelt wurde und bald zum General

aufgestiegen war. In Amerika war er immer wieder Gast bei Fritz auf dessen Landgut in Oneida-County.

Anlässlich einer Fahrt nach Königsberg in Ostpreußen lernte er die Tochter eines Kaufmanns kennen. Sie war eine junge Witwe, die ihren Mann auf See verloren hatte. Bei seinem nächsten Aufenthalt dort heirateten sie.

Um sein junges Glück nicht zu gefährden, wurde Heinrich sesshaft und nahm eine Stelle als Oberforstmeister bei der Verwaltung der preußischen Staatsforste an.

Im Alter von 69 Jahren starb er im Jahr 1827 an einem Herzinfarkt, der ihn bei einer Treibjagd ereilte.

Seine Liebe zur Natur und zur See vererbte er an seine männlichen Nachkommen, sie fuhren zur See oder waren Förster im Staatsdienst oder bei einem der großen Adelsgüter in Ostpreußen.

Seit dem Jahr 1945, als es in Ostpreußen während des Einmarsches der Roten Armee zu erbitterten Abwehrkämpfen, zu Mord, Massakern, Massenvergewaltigungen, Flucht, Verschleppung und Vertreibung kam, haben sich die Spuren der Nachfahren von Heinrich Christian Müller verloren.

Bereits 1802 starb Heinrichs Mutter Elisabeth Müller, geb. Libius, „Nanni" genannt, an Krebs.

Sein Vater Matthäus Müller überlebte sie um viele Jahre, er starb 1814 im hohen Alter von 84 Jahren an Entkräftung.

Heinrichs Onkel Johann Christian Müller wurde in seiner Funktion als Gefängnisdirektor von Magdeburg 1794 bei einem Fluchtversuch französischer Kriegsgefangener tödlich verwundet.

Aus dem kleinen August Eberhard, von dem ganz am Anfang in dieser Geschichte die Rede war, Heinrichs jüngstem Bruder, wurde bald ein ganz Großer. In Leipzig versah er die Ämter des Kantors an

der Thomaskirche mit der angegliederten Knabenschule und das des
Dirigenten des berühmten Gewandhausorchesters.
Herzogin Maria Pawlowna, eine Schwester des russischen Zaren,
berief ihn auf Empfehlung von Johann Wolfgang Goethe als Hofkapellmeister nach Weimar. Mit seinen eigenen Kompositionen und
seinem Einsatz für das musikalische Erbe von Bach, Haydn und
Mozart, die damals fast vergessen waren, wurde er zu seiner Zeit weit
über die Landesgrenzen hinaus bewundert und berühmt.
Er verstarb mit nur 49 Jahren in Weimar und hinterließ seine gleichaltrige Frau Katharina, eine begnadete Pianistin und acht Kinder.

Julius Schulze, der angehende Jurist und ebenfalls unter Zwang ge-
worbene ehemalige Studienfreund Heinrichs, starb als Füsilier 1780
in der Garnison New York an der Cholera.

Als General Washington im Jahre 1789 zum ersten Präsidenten der
Vereinigten Staaten von Amerika gewählt wurde, erhielt Fritz endlich
die angemessene Entschädigung und eine jährliche Pension von
2500,- Dollar in Gold zugesprochen. Er konnte es sich aussuchen,
wo er sich ansiedeln wollte. Seine Wahl fiel auf einen Landstrich
südlich des Ontariosees. Der Boden dort war fruchtbar und so
konnte er eine Farm aufbauen, der ihn, seinen Dienern und Mägden
ausreichend mit allem versorgte. Er bot ganz im Sinne der 'Society of
Cincinnaty' verdienten Soldaten an, die wie er in Not geraten waren,
sich mit ihren Familien auf seinem Grund und Boden anzusiedeln.
Die Hautfarbe spielte dabei keine Rolle.

Vor seiner Niederlassung im Land der Oneida wurde ihm vom Kongress geraten, die Indianer von dort vertreiben zu lassen. Als Gegner
der Sklaverei und der Vertreibung der Ureinwohner gab er gegenüber
dem Überbringer dieses Vorschlags seine Empörung zum Ausdruck.

„Richten Sie den Sklavenhaltern im Kongress aus, dass sich die Indianer weit vor uns auf diesem Kontinent befunden haben und er ihre Heimat ist. Die Oneida haben die Armee, als sie sich in Valley Forge in größter Not befand, mit Proviant versorgt und dafür weite Wege zurückgelegt. Sie sollen dort leben, wo sie geboren wurden und ihre Jagdgründe sind. So und nicht anders wird es geschehen."

„Fürchten Sie denn nicht, dass Sie gemartert und skalpiert werden?", fragte der Abgeordnete voll Skepsis.

„Es kommt immer darauf an, wie man miteinander umgeht. In die Gefahr, skalpiert und gemartert zu werden, komme ich nur dann, wenn ich meine Zustimmung zur Vertreibung der Oneida gebe. Außerdem ist es für mich ein großes Privileg, das mir die Oneida gestatten mich auf ihrem Land niederzulassen."

Mit Shennendoah, dem Häuptling der Oneida, den er seit den Tagen in Valley Forge kannte, verband ihn bald eine enge Freundschaft. Im Gegensatz zum Englischen lernte er die Sprache der Irokesen recht schnell. Oft pirschte er mit den Indianern auf der Jagd durch die Wälder und nahm an ihren Stammesfesten teil.

Im Gegenzug lud er die Stammesoberen zu sich zum Essen ein und unterrichtete sie in europäischer Kultur, dabei lernten sie auch, mit Messer und Gabel zu essen und sich bei Tisch geziemend zu benehmen.

„Ihr müsst Euch dem weißen Mann anpassen, sonst seid Ihr dem Untergang geweiht, doch bewahrt Euren Glauben, denn das ist das Fundament auf dem Eure Kultur beruht", betonte er stets, „hütet Euch vor den Missionaren, denn sie wollen Euch das Letzte nehmen, Euren Glauben. Schon mein König hat gesagt, dass jeder nach seiner Façon selig werden kann. Beruft Euch darauf, sobald die Missionare erscheinen. Schickt sie zu mir, ich werde ihnen schon sagen, dass sie die Oneida in Ruhe zu lassen haben."

Immer wieder fanden sich Indianer auf seiner Farm ein, um
Pflugscharen und die Technik des Pflügens zu studieren. Manchmal
auch um zu stehlen; denn der Diebstahl bei Fremden galt für sie
nicht als Vergehen. Glücklicherweise kam es dabei zu keinen größer-
en Zwischenfällen. Die Ertappten verurteilte Fritz, im Ackerbau oder
bei der Vieh- und Pferdewirtschaft zu helfen und das unter Bewachung. So trugen die schließlich freigelassenen Indianer dazu bei, das
Erlernte an ihren Stamm weiter zu geben und fortan "Dein und
Mein" zu unterscheiden.
Kurz vor seinem Tod setzte Fritz vor dem Kongress durch, dass die
Oneida niemals aus ihrem Stammesgebiet vertrieben werden dürfen.
Am 11. November 1794 ratifizierte Präsident George Washington
den Vertrag.

Mit seinen Freunden George Washington, Pierre Duponceau,
Benjamin Walker, William North, Beaumarchais, St. Germain und
den Generälen Wayne, Mühlenberg und Knox, sowie dem Prinzen
Heinrich von Preußen blieb er zeitlebens in regem Briefverkehr.
Washington besuchte er mehrmals auf dessen Wohnsitz „Mount
Veron".

Am 25. November, nur zwei Wochen, nachdem Washington den
Vertrag mit den Oneida unterzeichnet hatte, ereilte Fritz ein schwerer
Schlaganfall. Zur Mittagszeit des 28. Novembers 1794 verstarb der
ehemalige Generalmajor und Generalinspekteur der Truppen der
Vereinigten Staaten von Amerika.
Am Tag darauf, der stürmisch und regnerisch war, fanden sich an
seinem Grab seine Bediensteten und die Nachbarn ein. Nach der
christlichen Zeremonie erschien Häuptling Shennendoah mit einer
Abordnung seiner höchsten Krieger und Schamanen. Sie stimmten
den Totengesang der Oneida an.

In seinem alten preußischen Offiziersmantel gehüllt, fand Fritz seine
letzte Ruhe.

Nach seinem Tod geriet Fritz bald in Vergessenheit.
Trotz massiver Proteste der Anwohner und Bürger der Gemeinde
Ramsen, zu der seine Farm gehörte, wurde direkt neben seinem Grab
eine Straße gebaut und seine Gebeine zu Trophäen der Andenken-
händler.
Im Jahr 1824 entdeckte Benjamin Walker den erschreckenden Zu-
stand des Grabes des Mannes, der die Revolution der Vereinigten
Staaten gerettet hatte.
Seine wenigen Überreste wurden schließlich abseits der Straße in
einem angemessenen Grab beigesetzt.

Die Oneida sind heute Bürger der Staaten New York und Wiscon-
sin/USA und Ontario/Kanada. Sie haben ihre Kultur bewahrt,
obwohl sie im 19. Jahrhundert von der vertragsbrüchig gewordenen
Regierung der Vereinigten Staaten enteignet und in die Armut getrieben wurden. Missionare trieben ihr Unwesen und steckten ihre
Kinder zur Umerziehung in Internate. Dennoch haben sie sich behauptet. Heute sind sie in der neuen Gesellschaft fest integriert. Viele
von ihnen sind gut situierte Angestellte und Unternehmer. Unter
anderem betreiben sie in ihren Reservaten mehrere Spielkasinos, die
Filmgesellschaft „Four Direction Entertainment" und die Flugge-
sellschaft „Four Direction Air". Mit den Gewinnen aus diesen Unternehmen versuchen sie, Stück für Stück ihrer alten Heimat zurück zu
kaufen, die ihnen trotz des noch heute bestehenden Vertrages mit
den Vereinigten Staaten von Amerika von diesen Staaten gestohlen
wurde.

Anmerkung:

Von den 30.000 Mann vermieteten deutschen Hilfstruppen an die
Briten, kehrten etwa 17.000 in ihre Heimat zurück.
1.200 fielen bei Kampfhandlungen.
Mehr als 4.000 Mann desertierten während des Krieges zu den
Amerikanern und siedelten sich in den neu geschaffenen Staaten an.
Der große Rest starb an Seuchen und Krankheiten.

Heute leben in den Vereinigten Staaten von Amerika etwa
45 Millionen Bürger mit direkter deutscher Abstammung und bilden
die größte ethnische Gruppe.
62 Millionen geben an, dass zumindest ein Elternteil deutscher
Abstammung ist.

Personenverzeichnis

Die Amerikaner

Generalmajor Benedikt Arnold (1741 – 1801)

Im Kolonialkrieg kämpfte er auf britischer Seite.
Als der Unabhängigkeitskrieg ausbrach, trat er als Offizier der
Continental Army bei und stieg dank seiner militärischen Erfolge
schnell zum Generalmajor auf.
Im Feldzug gegen die Briten in Kanada verlor er ein Bein.
Als Stadtkommandant von Philadelphia stürzte er sich ins gesellschaftliche Leben und gab rauschende Feste, die ihn an den Rand
des Ruins brachten, heiratete die bezaubernde Peggy Shippen und
erhielt das Kommando der Festung Westpoint mit seiner 3.000 Mann
starken Besatzung. Danach trat er mit Hilfe des britischen Majors
John André in Geheimverhandlungen mit General Clinton und bot
den Briten an, die Festung Westpoint samt seiner Besatzung zum
heutigen Gegenwert von 2.000.000 $ kampflos zu übergeben. Der
Plan wurde kurz vor seiner Ausführung vereitelt. Arnold konnte
fliehen, während Major André gefangen und zum Tod durch den
Strang verurteilt wurde.
Nach den Gefechten bei Richmond wurde er zur eignen Sicherheit
nach London versetzt.

Generalmajor Horatio Gates (1726 – 1806)

1745 erhielt er in der britischen Armee eine Leutnantsstelle und
diente während der ersten Österreichischen Erbfolgekriege in
Deutschland. 1753 wurde er zum Hauptmann befördert und nahm

am Kolonialkrieg in Amerika teil. Später diente er auf den West-
indischen Inseln.
Als 1775 der Amerikanische Unabhängigkeitskrieg ausbrach,
ernannte ihn der Kontinentalkongress zum Brigadegeneral und
Generaladjutanten der Continental Army.
1776 wurde er zum Generalmajor befördert. 1777 erhielt er das
Kommando über das Nördliche Departement und siegte in der
Schlacht von Saratoga über den britischen General Burgoyne.
Noch im gleichen Jahr wurde er vom Kongress in den Kriegs-
ausschuss berufen, ohne dass er sein Kommando verlor. Gates
intrigierte gegen General Washington, da er sich für den besseren
Oberkommandierenden hielt, und versuchte, Conway als General-
inspekteur durchzusetzen.
Nach der Ankunft Steubens trat Gates aus dem Kriegsausschuss
zurück und erhielt das Kommando über den Östlichen Distrikt.
Nach dem Fall von Charleston übernahm er im Mai 1780 das
Kommando über die Süd-Armee und führte trotz ständiger Warn-
ungen seines Stellvertreters Johann de Kalb die Truppen in die
Schlacht von Camden. Die Schlacht geriet zum Desaster. Das einzig
Bemerkenswerte ist, dass Gates bei seiner Flucht innerhalb von drei
Tagen 274 Kilometer zurücklegte. Ein Untersuchungsausschuss
entband ihn von allen militärischen Pflichten.

Generalmajor Nathaneal Greene (1742 – 1786)

Er war der Sohn eingewanderter Quäker, die ihn, als er sich der
Continental Army anschloss, aus ihrer Gemeinde ausstieß. Zuvor war
er Abgeordneter von Rhode Island gewesen.
Im Unabhängigkeitskrieg wurde er ohne größere militärische
Vorbildung zum Brigadegeneral ernannt und war an vielen Kampf-
handlungen beteiligt. 1776 wurde er zum Generalmajor befördert.

Nach der Niederlage von General Gates bei Camden wurde ihm und Steuben das Kommando im Süden übertragen. Obwohl Greene in den Carolina-Staaten jedes Gefecht verlor, zwang er die Briten durch die ständige Präsenz seiner Armee nach Virginia, wo die gut ausgebildeten Truppen Lafayettes und Steubens die Briten fortwährend bedrängten und sie bis an die Küste trieben.
Nach Friedensschluss schied er aus dem militärischen Dienst aus.

Generalmajor Henry Knox (1750 – 1808)

Henry Knox war der Sohn irischer Einwanderer, verließ mit zwölf Jahren die Schule und lernte bei einem Buchhändler. Später eröffnete er in Boston seine eigene Buchhandlung. Henry Knox war sehr belesen, wobei sein Interesse besonders militärischen Sachbüchern galt.
Als Anhänger der Unabhängigkeitsbewegung wurde er Augenzeuge des Boston-Massakers (1770). 1772 trat er dem Bostoner - Grenadier Corps bei, gehörte dem BeobachtungsCorps an und gab General Washington gute Ratschläge, wie die Artillerie einzusetzen sei, wurde daraufhin zum Brigadegeneral der Artillerie ernannt. Während des gesamten Unabhängigkeitskrieges gehörte er der Hauptarmee an und wurde nach der Belagerung von Yorktown zum Generalmajor befördert.
1785 wurde Knox zum ersten Kriegsminister der Vereinigten Staaten von Amerika ernannt. Dieses Amt bekleidete er bis 1789. 1794 zog er sich ins Privatleben zurück.

Generalmajor Charles Lee (1756 – 1818)

Er war einer der umstrittensten Persönlichkeiten in der Continental Army. 1773 promovierte er am College von New Jersey, der späteren

Universität Princetown. 1775 schloss er sich der Unabhängigkeitsbewegung an, erlangte in den ersten Jahren viel Ruhm, traf in der
Schlacht von Monmouth, als er die Vorhut führte, allerdings eine
Kette von Fehlentscheidungen, so dass die amerikanische Armee in
größte Bedrängnis geriet. Der gegen ihn eingesetzte Untersuchungsausschuss sprach ihn jedoch von jeder Schuld frei, trotzdem erhielt er
niemals wieder ein größeres Kommando. Nach der Belagerung von
Yorktown nahm er seinen Abschied aus der Armee.
1785 wurde er in den Kongress gewählt, von 1791 und 1794 war er
Gouverneur von Virginia und von 1799 bis 1801 gehörte er als Abgeordneter dem Repräsentantenhaus an.
Er verfasste Denkschriften und 1812 seine „Memoires of the War in
the Southern Department".
Im gleichen Jahr fiel er einem aufgebrachten demonstrierenden Mob
zum Opfer, von den erlittenen Verletzungen erholte er sich nie.

Oberstleutnant Francis Marion (1732 – 1794)

Marion entstammte einer Seefahrerfamilie und befuhr bereits als
Heranwachsender die See. Im Alter von 15 Jahren erlitt er
Schiffbruch und erreichte mit der Mannschaft in Rettungsbooten
nach sieben Tagen das amerikanische Festland. Im Unabhängig-
keitskrieg stieg er schnell zum Oberstleutnant auf und formierte in
South Carolina ein Freicorps, das den Briten durch seine Gueril-
lataktik erheblich zusetzte. In seiner Brutalität gegenüber der
Zivilbevölkerung stand er Banastre Tarleton in Nichts nach. Marion
war ein entschiedener Rassist und Befürworter der Sklaverei.
Nach dem Krieg zog er sich auf seine Plantage zurück und heiratete.
Mehrere Jahre war er Abgeordneter im Senat von South Carolina
und Kommandant des Forts Johnson.

In den Vereinigten Staaten gilt er als Freiheitsheld. Zu seinen Ehren wurden Denkmäler errichtet, Städte und Landstriche nach ihm benannt.

Brigadegeneral John Peter Gabriel Mühlenberg
(1746 – 1807)

Peter Mühlenberg wurde als Sohn eines evangelisch-lutherischen Pfarrers in Pennsylvania geboren. Zum Studium schickten ihn seine Eltern in ihre Heimat nach Deutschland. In Halle an der Saale studierte er Theologie. Zu dieser Zeit tobte in Deutschland der Siebenjährige Krieg (1756-1763). Nach einem Jahr im Internat floh er heimlich und schloss sich einem preußischen Dragonerregiment an. Nach Kriegsende kehrte er nach Amerika zurück und wurde zum Pfarrer geweiht. In seinen Predigten sprach er sich stets für die Unabhängigkeit und gegen die Sklaverei aus.
Bei Ausbruch des Unabhängigkeitskrieges gab er vorübergehend sein Pfarramt auf und stellte ein Regiment deutscher Einwanderer auf, das als 8. Deutsches Regiment Pennsylvania geführt wurde und während des Krieges im Süden sehr erfolgreich agierte.
Nach der verlorenen Schlacht bei Camden marschierte er mit seinem Regiment nach Virginia und führte dort einen erfolgreichen Kleinkrieg gegen die Invasion des britischen Generals Leslee. Das Kommando in Virginia behielt er bis General Greene und Generalmajor von Steuben eintrafen. Fortan stand er unter dem Befehl Lafayettes und Steubens, an deren Seite hatte er mit seinem 8. Deutschen Regiment Pennsylvania entscheidenden Anteil an der Einnahme von Yorktown.
Nach dem Krieg nahm er sein Amt als evangelischer Pfarrer wieder auf.

Von 1789 - 1801 gehörte er als Abgeordneter Pennsylvanias dem Kongress an.

General George Washington (1732 – 1799)

Er entstammte einer Familie aus der wohlhabenden Plantagen-besitzer-Elite Virginias.
Nach dem Tod seines Vaters erbten seine Mutter, sein Bruder und er eine 4.000 ha große Plantage mit 49 Sklaven in Mount Vernon.
Später begleitete er den Plantagenbesitzer George Fairfax bei einer Vermessungsexpedition in das Shennandoah-Tal und erlernte auf diese Weise den Beruf eines Landvermessers, den er in den folgenden Jahren mit Begeisterung ausübte.
Nach dem Tod seines Bruders vergrößerte sich der Familienbesitz um 8.500 ha, durch weitere Zukäufe großer Landflächen wurde seine Familie zu einer der größten Grundbesitzer in Virginia.
Seine militärische Laufbahn begann mit der Ernennung zum Generaladjutanten der Virginia-Miliz. Bei einer Militär-Expedition in die Appalachen und das obere Ohio-Gebiet kam es zu einem Gefecht mit einer französischen Einheit, deren Kommandant nach der Kapitulation von den ihn unterstützenden Irokesen ermordet wurde, was auch indirekt in der Kapitulationsurkunde bestätigt wurde.
Dieser Konflikt führte zu dem sog. Franzosen–Indianer-Krieg, der wiederum ein Teilkonflikt des Siebenjährigen Krieges war. Das nie geklärte Verhalten Washingtons in dieser Auseinandersetzung beschädigte nachhaltig seine Reputation.
Als Hauptmann gehörte er einer weiteren britischen Militärexpedition in das gleiche Gebiet an, die von den Franzosen und den mit ihnen verbündeten Indianern zurückgeschlagen wurde. Aus dieser Niederlage schloss Washington, dass umfangreich ausgestattete

Expeditionen in das bewaldete Appalachengebirge, auch wegen der
Kampftaktik der Indianer, aussichtslos bleiben werden.
Als Oberst baute er das Virginia Regiment auf und sammelte Erfahrung im Grenzkampf mit den Indianern. So ließ er z.B. seine
Soldaten in der später sehr erfolgreichen Waldkampftaktik der
Indianer ausbilden. Trotz seiner Erfahrungen wurde das Regiment
aufgelöst, der Kampf gegen die Franzosen verlagerte sich in die
Carolina-Staaten.
1758 erhielt er einen Sitz im Abgeordnetenhaus von Virginia, heiratete die vermögende Witwe Martha Dandrigde Curtis und adop-
tierte deren beide Kinder.
1774 wurde er Delegierter Virginias im Kontinentalkongress, 1776
erfolgte die Ernennung zum Kommandeur der Continental Army.
Washington war weniger Stratege als Organisator, er vermied die
offene Feldschlacht und bevorzugte die Guerilla-Taktik gegen die
britischen Nachschublinien. Am ersten Weihnachtsfeiertag 1777
überfiel er im Handstreich zwei hessische Regimenter in Trenton.
Kurz darauf errang er einen Sieg gegen britische Truppen.
Nachfolgende Gefechte verlor er und zog sich den Winter über in
das Lager nach Valley Forge / Pennsylvania zurück, wo ein großer
Teil der geschwächten Männer an Typhus, Ruhr und Lungenent-
zündung erkrankte, daran starb oder erfror.
Mit Unterstützung des deutschen Generalleutnants von Steuben
gelang die Reorganisierung der Armee. Die neu ausgerichtete Armee
errang im Sommer 1778 einen taktischen Sieg in der Schlacht von
Monmouth / New Jersey.
Ab 1778 unterstützte Frankreich den Kampf gegen die Briten. 1781
gelang es den verbündeten Truppen, die britische Süd-Armee unter
General Cornwallis in Yorktown einzuschließen und zur Kapitulation
zu zwingen. Dieser Sieg läutete das Ende des Befreiungskrieges ein
und trug maßgeblich zum Ruhm George Washingtons bei.

Nach dem Friedensvertrag von Paris 1783 zog sich Washington ins Privatleben zurück.

1787 wurde er vom Verfassungskonvent, an dem er als Abgeordneter Virginias teilnahm, zu dessen Präsidenten gewählt. Er nahm nachhaltig Einfluss auf die Formulierung der Verfassung, die sich in die Legislative, die Exekutive und die Judikative aufteilte.

Washington wurde am 30.04.1789 zum ersten Präsidenten auf dem Balkon der Federal Hall von New York vereidigt. Er hielt die „Inaugurationsrede", die laut Verfassung nicht vorgesehen war, aber sich für alle späteren Präsidenten als „Inszenierung des Neuanfangs" bis heute durchgesetzt hat.

Als Präsident leitete Washington das Regierungskabinett und bemühte sich um innenpolitischen Ausgleich zwischen den „Federalists" und den „Democratic-Republicans", außenpolitisch forderte er strikte Neutralität, um die Entwicklung des Außenhandels zu fördern. In seiner Amtszeit traten fünf weitere Staaten der Union bei.

1796 verzichtete Washington auf die Wiederwahl, obwohl dies nach damaligem Recht möglich war. In den Folgejahren hatte er noch nominal den Oberbefehl über die Streitkräfte inne.

Auch seine gesundheitlichen Beeinträchtigungen begründeten den Rückzug ins Privatleben. Er hatte nachweislich Malaria, Diphtherie, Tuberkulose und Pocken und litt wahrscheinlich an Diabetes und hatte viel Beschwernis wegen seiner schlechten Zähne.

Wie damals in gehobenen und intellektuellen Kreisen durchaus üblich, war er neben seinem militärischen und politischen Engagement seit 1758 Freimaurer und aktives Mitglied der „Fredericksburg Lodge No.1". 1780 wurde er zum „Großmeister der Freimaurer überall in den Vereinigten Staaten" gewählt.

Bei seiner Amtseinführung leiste er seinen Eid auf die Bibel der „St.
John Lodge No.1", auf die, mit wenigen Ausnahmen, alle nachfolgenden Präsidenten ebenfalls ihren Amtseid schworen.
Washington starb 1799 auf seinem Anwesen Mount Veron. Seine
Grabstätte ist der Öffentlichkeit zugänglich.
Nach ihm sind die von ihm gegründete Hauptstatt Washington DC
und die dortige Universität benannt, Straßen und Plätze tragen
landesweit seinen Namen ebenso auch der Bundesstaat Washington
im Nordwesten der Vereinigten Staaten.

Generalmajor Anthony Wayne (1745 – 1796)

Wayne war deutscher Abstammung, sprach fließend Deutsch und gut
Französisch. Nach dem Studium an der Hochschule von Philadelphia
arbeite er als Landvermesser. Zu Beginn des Unabhängigkeitskrieges
stellte er eine Truppe von überwiegend deutschen Milizen in
Pennsylvania auf, das als 4. Regiment Pennsylvania geführt wurde.
1777 wurde er zum Brigadegeneral ernannt und nahm am Feldzug
gegen Kanada teil. Nachdem dieser gescheitert war, kämpfte er in
den Schlachten von Brandywine, Paoli und Germantown.
In der Schlacht von Monmouth fing er den britischen Angriff im
Zentrum auf und ging daraufhin selbst zum Angriff über.
Am 16.07.1779 nahm er mit seiner leichten Infanterie das Fort
Stoney Point in einem nächtlichen Überraschungsangriff.
Im Süden focht er mit seinem Regiment erfolgreich unter Lafayette
und Steuben, siegte am Green Spring und war in der Division
Steuben an der Einnahme Yorktowns beteiligt.
Nach dem Krieg war er für ein Jahr Kongressabgeordneter der
Staates Georgia, legte aber sein Mandat wegen seinen
Konfrontationen mit der Sklavenpolitik im Süden bald wieder nieder.

Wieder im Militärdienst befriedete er die Cherokee- und Creek-
Indianer und kämpfte als Befehlshaber im Nordwesten gegen den
Bund der Zwölf Stämme, den er erbarmungslos bekämpfte. 1794
wurden die Indianer entscheidend geschlagen und ein Jahr darauf
zum Vertrag von Greenville gezwungen.

Die Briten

Major John André (1750 – 1780)

John André war der Sohn hugenottischer Eltern, die aus Frankreich
nach England geflüchtet waren. Mit 20 Jahren trat er der Armee bei,
wurde zu Beginn des Unabhängigkeitskrieges als Leutnant mit dem
26. Infanterieregiment nach Kanada verlegt. 1775 geriet er in Gefangenschaft, kam aber im Rahmen eines Gefangenenaustausches wieder
frei und wurde umgehend zum Hauptmann befördert.
Durch sein liebenswürdiges und geistreiches Wesen galt John André
als Favorit der Gesellschaft. Er sprach fließend Deutsch, Französisch
und Italienisch, konnte sehr gut zeichnen, malen und singen, beherrschte mehre Musikinstrumente, war sehr belesen, schrieb amüsante
Verse und Theaterstücke, bei denen er selbst als Schauspieler auftrat.
Er galt als Liebhaber von Peggy Arnold. 1779 beförderte man ihn
zum Major und zum Leiter des Britischen Geheimdienstes unter
General Clinton.
Bei dem Plan, die Festung Westpoint kampflos den Briten zu übergeben, war er Vermittler zwischen dem Kommandeur der Festung
Westpoint, General Arnold, und dem britischen Oberbefehlshaber
Clinton. Der Plan wurde aufgedeckt, Major André gefangen genom-
men und vor ein amerikanisches Kriegsgericht gestellt, das ihn als

Spion zum Tode verurteilte. Am 2. Oktober 1780 wurde er bei
Tappen gehängt.

General Sir Henry Clinton (1738 – 1795)

Er war der Sohn von Admiral Sir George Clinton, sein Vater war
Gouverneur von New York.
1751 siedelte Henry Clinton nach England über und begann dort
eine militärische Laufbahn.
Unter Herzog Ferdinand von Braunschweig kämpfte er im Siebenjährigen Krieg (1765-1763) in Deutschland gegen die Franzosen.
Clinton sprach fließend Deutsch und Französisch.
Als in den amerikanischen Kolonien der Unabhängigkeitskrieg
ausbrach, segelte er mit General Howe und Brigadegeneral Burgoyne
nach Amerika.
Er nahm erfolgreich an den Schlachten von Bunker Hill und Long
Island teil und war an der Einnahme von New York beteiligt.
Aufgrund seiner Verdienste wurde er zum Generalleutnant befördert
und erhielt den Bath Orden.
1778, nach der Beförderung zum General, ersetzte er General Howe
als Oberbefehlshaber und gab das eroberte Philadelphia zugunsten
New Yorks auf, das er zu einer starken Festung ausbauen ließ. Er
setzte auf eine Strategie von Überfallexpeditionen statt auf ausge-
dehnte Feldzüge. Bei Monmouth musste er sich der Armee Washingtons stellen. Die zahlenmäßig unterlegenen Briten und ihre deutschen
Hilfstruppen entkamen auf Grund der Fehleinschätzungen des
gegnerischen Generals Lee. 1779 fiel Clinton mit seinen Truppen in
South Carolina ein und eroberte Charleston. Er übergab das Kommando im Süden seinem Stellvertreter General Charles Cornwallis
und zog sich nach New York zurück.

Nach der Niederlage von Yorktown wurde er als Oberkommandierender abgelöst und musste nach England zurückkehren, wo er für
den Verlust der Kolonien verantwortlich gemacht wurde. Er verfasste
einen Bericht über den Krieg mit der Absicht, seine Reputation
wieder herzustellen.
1790 wurde er ins Parlament gewählt und 1795 kurz vor seinem Tod
zum Gouverneur von Gibraltar ernannt.

General Charles Cornwallis, 1. Marques Cornwallis (1738 –
1805)

General Cornwallis entstammte einer Familie des Hochadels und
besuchte das Eton College. 1757 trat er in die 1. Foot Guards ein und
wurde 1760 in das Unterhaus gewählt. Nach dem Tod seines Vaters
erbte er dessen Titel und wechselte in das House of Lords.
Unter dem Kommando von Herzog Ferdinand von Braunschweig
kämpfte er im Siebenjährigen Krieg   (1756-1763) in Deutschland
gegen die Franzosen. 1776 ging er freiwillig nach Amerika und nahm
als Stellvertreter des Oberbefehlshabers General Howe Philadelphia
ein.
Nach dem Fall von Charleston übernahm er das Kommando im
Süden und schlug Generalmajor Horatio Gates am 16.08.1780 bei
Camden. Er zog mit seinen Truppen weiter nach Virginia, wo seine
Truppen von den Truppen Lafayettes und Steubens in die Zange
genommen und gezwungen wurden, an die Küste auszuweichen. In
der Hoffnung auf baldige Verstärkung, die ihn aus New York er-
reichen sollte, ließ er Yorktown in aller Eile zu einer Festung aus-
bauen. Nach kurzer Belagerung durch die Armeen Washingtons und
Rochambeaus musste er sich am 19.10.1781 mit 8.000 Mann ergeben.
Am Tag der Kapitulation täuschte er eine Erkrankung vor. Seinen
Degen übergab sein Stellvertreter Generalmajor O`Harah. Er kehrte

nach England zurück, wurde 1786 mit dem Hosenbandorden ausgezeichnet und als Generalgouverneur nach Indien entsandt. In mehreren Feldzügen unterwarf er den Subkontinent und festigte die Herrschaft Großbritanniens über Indien. 1793 kehrte er nach England zurück, übernahm das Kommando in Irland, schlug einen Aufstand nieder und besiegte das französische LandungsCorps unter General Humbert.
1802 unterzeichnete er den Friedensvertrag von Amiens mit Frankreich. Erneut zum Generalgouverneur von Indien ernannt, starb er kurz nach seiner Ankunft in Indien.

Colonel Sir Banastre Tarleton (1754 -1833)

Sein Vater war ein wohlhabender Kaufmann, Schiffseigner, Sklavenhändler und mehrfach Bürgermeister von Liverpool. Banastre Tarleton studierte in London und Oxford Jura. Leichtsinnig verspielte er sein geerbtes Vermögen. Mit einer Geldzuwendung seiner Mutter kaufte er sich ein Offizierspatent bei den 1. Dragon Guards. Er zeigte sich sehr talentiert und ging 1775 unter General Cornwallis als Freiwilliger nach Amerika. Bei einem Erkundungsritt umstellte er das Haus, in dem sich General Lee aufhielt, und nahm ihn gefangen. Daraufhin wurde er zum Hauptmann befördert und zum Kommandeur der neu geschaffenen British Legion ernannt, die bald von Freund und Feind respektvoll „Tarleton`s Raiders" genannt wurde. Er war ein hervorragender und verwegener Kavallerieoffizier, von rascher Auffassungsgabe, war aber auch in Lage, die weiße Fahne zu ignorieren.
In der Schlacht von Camden trug er wesentlich zum Sieg der Briten bei. In Süd Carolina jagte er erfolglos Francis Marion und brachte durch seine unmenschlichen Maßnahmen die Bevölkerung gegen sich auf, man nannte ihn dort „Butcher" - Schlächter. Sein letztes Kom-

mando war bei der Belagerung von Yorktown die Verteidigung von Cloucester Point.

Nach England zurückgekehrt, wurde er von 1790 - 1812 als Vertreter Liverpools in das Britische Unterhaus gewählt. Während dieser Zeit setzte er sich stark für den Sklavenhandel ein, der von vielen Abgeordneten abgelehnt wurde. 1794 beförderte man ihn zum Generalleutnant, 1801 zum Generalmajor und 1812 zum General. Er führte Kommandos in England und Irland.

Die Deutschen

Hauptmann Johann Ewald, später Johann von Ewald, General in Dänischen Diensten (1744 – 1813)

Er war der Sohn eines Buchhalters und Postbeamten und verlor schon sehr früh beide Eltern. Johann war vom Militärwesen begeistert und trat mit 16 Jahren als Kadett in die Armee von Hessen-Kassel ein, wurde mit 17 verwundet und studierte nach seiner Genesung in Kassel Militärwissenschaften. Nach Studienabschluss wurde er zunächst Leutnant und später Hauptmann der Leibgarde. Mit 26 Jahren verlor er bei einem Ehrenduell sein linkes Auge, das er künftig mit einer schwarzen Augenklappe bedeckte. Als Hauptmann im Jägercorps der Landgrafschaft Hessen-Kassel nahm er am Amerikanischen Unabhängigkeitskrieg teil. Ewald war ein Spezialist des Kleinen Krieges, der von Kommandounternehmen, Hinterhalten und Überfällen geprägt war.
Bei der Kapitulation von Yorktown geriet er mit seiner Einheit in Gefangenschaft und wurde in der Festung Westpoint festgesetzt. Nach Friedensschluss kehrte er nach Deutschland zurück und veröffentlichte seine Erfahrungen über den Guerillakrieg in Amerika in

dem Buch mit dem Titel: „Über den kleinen Krieg", das unter Militärstrategen, darunter auch die des preußischen Königs Friedrich II., große Beachtung fand.

In seinem umfangreichen Tagebuch, das er während seiner Zeit in Amerika verfasste, hatte er seine Beobachtungen und Erfahrung über die beiderseitige Kriegsführung niedergeschrieben.

Trotz seiner Verdienste wurde er bei Beförderungen nicht berücksichtigt, woraufhin er in dänische Dienste trat und dort das Kommando eines Jägercorps übernahm. Mit der Aufnahme in den Adelsstand erhielt er das Kommando über Hamburg und kämpfte 1806 erfolgreich gegen das Vordringen der Franzosen. Er wurde Gouverneur von Kiel, später Kommandeur-General von Holstein.

Oberstleutnant Andreas Emmerich (1737 – 1809)

Er war der Kommandeur des Hessischen Jägercorps in Amerika. Nach seiner Ausbildung zum Jagd- und Forstmeister trat er während des Siebenjährigen Krieges (1756-1763) einem hessischen Regiment bei, das zur Unterstützung des Verbündeten nach England verlegt wurde, da man dort eine französische Invasion befürchtete. Wieder in Deutschland trat er der preußischen Armee bei und diente als Offizier in mehreren Freicorps, die hinter den feindlichen Linien operierten. Nach Friedensschluss nahm er seinen Dienst als Forstmeister wieder auf.

Nach Ausbruch des Unabhängigkeitskrieges erhielt er von der Hessischen Regierung das Patent eines Oberstleutnants. Er stellte ein Bataillon Jäger auf, das nach Nordamerika übergesetzt wurde. Dort erlangte sein Freicorps, die so genannten „Greencoats", bei Freund und Feind hohen Respekt. In Yorktown geriet eine Kompanie seines Bataillons unter Hauptmann Ewald in Gefangenschaft, für deren

„Freilassung auf Ehrenwort" er sich sehr einsetzte und diese auch
mit der Unterstützung Steubens erreichte.

Nach Deutschland zurückgekehrt, blieb sein Leben unstet. Er reiste
viel, hielt Vorträge und verfasste mehrere politische Denkschriften,
die den Idealen der Französischen Revolution sehr nahe standen.
Dadurch geriet er immer wieder in Schwierigkeiten mit der Obrigkeit.
Doch als Deutschland von den Truppen Napoleons besetzt und die
Bevölkerung der Willkür ausgeliefert war, rief er 1809 zum Aufstand
gegen den Usurpator auf.

Mit inzwischen 72 Jahren und nur 150 schlecht ausgerüsteten Männern marschierte er gegen die Universitätsstadt Marburg. Zwar
nahmen sie eines der Stadttore, doch unterlagen sie trotz massiver
Unterstützung der Studenten im Straßenkampf gegen die Übermacht
der Franzosen. Gegen ihn und den Überlebenden des Aufstandes
eröffneten die Franzosen ein Kriegstribunal und verurteilten alle
Beteiligten zum Tode. Am 2. Oktober 1809 wurde Oberstleutnant
Andreas Emmerich mit seinen Getreuen vor den Toren Kassels
standrechtlich erschossen.

Generalmajor Johann von (de) Kalb (1721 – 1780)

Johann Kalb wurde auf einem durch die vielen Kriege verarmten
Bauernhof in Hüttendorf geboren, dies ist heute ein Stadtteil von
Erlangen in Bayern.

1737 begann er, im Ausland als Kellner zu arbeiten. 1743 trat er dem
französischen Fremdenregiment Löwental bei. Mit gefälschten
Papieren gab er sich als verarmten elsässischen Adeligen aus und
nannte sich fortan „von Kalb" oder „de Kalb". Aufgrund seiner
militärischen Fähigkeiten wurde er bald zum Hauptmann, Major und
Oberst befördert und nahm mit seinem Regiment am Siebenjährigen
Krieg (1756-1763) in Europa teil.

1767 beorderte ihn die französische Regierung nach Nordamerika, um die Stimmung für einen Aufstand gegen die Briten auszukundschaften.

Bei Kriegsausbruch fuhr er mit dem jungen und unerfahrenen Marquis de La Fayette nach Amerika, um die Revolution zu unterstützen. Beide traten in die amerikanische Continental Army ein und wurden zu Generalmajoren ernannt.

Kalb erhielt das Kommando über die Truppen aus Delaware und Maryland. Er galt als sehr volksnah und war stets darum bemüht, dass seine Truppen keine Not zu leiden hatten. Seine Männer schworen auf ihn und verehrten ihn wie einen Vater. Mit General Gates wurde er nach dem Fall Charlestons in den Süden berufen. Energisch sprach er sich immer wieder gegen einen offenen Schlagabtausch mit den überlegenen britischen Kräften aus, auf die sein Vorgesetzter Gates drängte. Mehr als einmal nannte ihn Gates vor den anwesenden Offizieren einen „deutschen Feigling in französischen Diensten". Die Schlacht von Camden geriet zum Desaster für die Amerikaner. Nach der Flucht General Gates und selbst vom Rückzug abgeschnitten, leistete Kalb mit seinen Truppen aus Delaware und Maryland bis zuletzt erbitterte Gegenwehr gegen die erdrückende Übermacht. Drei Tage darauf erlag Generalmajor Johann Kalb seinen schweren Verwundungen.

Generalmajor Friedrich Wilhelm Baron von Steuben (1730 – 1794)

Steuben entstammt einer Bauernfamilie, die im Dreißigjährigen Krieg (1618-1648) ausgeplündert und mittellos wurde. Sein Urgroßvater nutzte die Nachwirren des Krieges, die Familie zu adeln, fortan nannte sie sich „von Steuben". Phantasievoll entwarf er einen Stammbaum, der bis ins Mittelalter zurückreichte.

Friedrich Wilhelm kam in Magdeburg als Sohn eines preußischen Ingenieurhauptmanns und seiner polnischen Ehefrau zur Welt. Er und seine Geschwister wuchsen zweisprachig auf.

Als sein Vater mit seiner Einheit nach Russland verlegt wurde, folgte ihm die Familie, so dass Friedrich Wilhelm schon im Kindesalter das Leben in den Feldlagern kennen lernte.

Zurück in Deutschland besuchte er auf Wunsch seiner katholischen Mutter die Jesuitenschule in Breslau.

An seiner evangelischen Konfirmation nahmen als Gäste auch seine jesuitischen Priesterlehrer teil.

Da die Familie Steuben auch Juden zu ihrem Freundeskreis zählte, wurde aus Friedrich Wilhelm bereits in frühen Jahren ein weltoffener Mensch.

Er galt als eifriger und wissbegieriger Schüler, sprach fließend Polnisch, Russisch, sehr gut Französisch und war auch in den alten Sprachen Latein und Alt-Griechisch bestens bewandert. Zu seinen Lieblingsfächern zählten Geschichte, Mathematik und Physik (damals Naturwissenschaften genannt, die Biologie, Chemie und Physik beinhalteten).

Mit sechzehn Jahren trat er als Fahnenjunker in das preußische Regiment Lestwitz ein und studierte in Breslau Ingenieurwesen und Philosophie. Beide Studiengänge schloss er mit einem Diplom ab. Zu seinen Nebenfächern zählten Latein und Alt-Griechisch.

Nach seinem Studienabschluss wurde er zum Seconde-Leutnant befördert und war in mehreren Kampanien am Ausbau der Festung Schweidnitz beteiligt.

Bei Ausbruch des Siebenjährigen Krieges (1756-1763) nahm er am Feldzug in Böhmen und an der Belagerung von Prag teil, wo er verwundet wurde. Als verwegenen, aber auch bedachten Offizier, der es hervorragend zu reiten verstand, wurde er zum Freicorps Mayr versetzt, dort wurde er mit der Taktik des Guerillakrieges vertraut. Nach dem Tode Mayrs (1759) berief ihn der König zu einem seiner Geheimkuriere „in besonderer Mission". Bei der Kapitulation der Stadt Kohlberg geriet er abermals verwundet in russische Kriegsgefangenschaft, wurde nach der Thronbesteigung des Zaren Peter III. daraus entlassen, da Russland nun mit Preußen im Bündnis stand. Friedrich der Große beförderte ihn zu einem seiner Adjutanten und zum Brigademajor „in besonderer Mission", verlieh ihm den „Pour le Mérite", den höchsten preußischen Militärorden, und nahm ihn in seine „Klasse der Kriegskunst" auf.

Danach diente er weiter als Geheimagent.

Wegen eines „Ehrenduells in Kriegszeiten" mit dem Flügeladjutanten des Königs, den Prinzen Heinrich von Anhalt, fiel er bei Friedrich II. in Ungnade und wurde in die Provinzfestung Wesel versetzt.

Nach Friedensschluss wurde er im Zuge der Demobilisierung aus der Armee als Stabskapitän verabschiedet.

1764 nahm Steuben die Stelle als Hofmarschall am Hofe von Hohenzollern-Hechingen an. Dieses Amt behielt er zehn Jahre und bewegte sich in dieser Zeit in den Kreisen des europäischen Hochadels, die ihn aus Höflichkeit mit „Baron" ansprachen. Der besseren Reputation wegen behielt er den Titel einfach bei.

Aufgrund mehrerer Intrigen verließ er den Hof in Hechingen und ging an den Hof von Baden in Karlsruhe. Mit Unterstützung der Markgräfin von Baden erhielt er den badischen Hausorden „Den großen Stern des Ordens der Treue", der nur an Adelige von einwandfreiem Leumund vergeben wurde, und der zu den höchsten Orden des Heiligen Römischen Reiches Deutscher Nation zählte, wovon es nur dreizehn Träger zu Lebzeiten gab.

Im Auftrag des Badischen Hofes reiste er viel, lernte einflussreiche Menschen kennen, so auch Geheimvertreter Frankreichs und Preußens, die ihn nach Paris einluden und ihm dort, mit Unterstütz-

ung der französischen Regierung, den Kontakt zur amerikanischen Delegation vermittelten. Ihr Ziel war, ihn auf Grund seiner Kriegserfahrung für den Unabhängigkeitskrieg der Amerikaner zu gewinnen, der ins Stocken geraten war und verloren zu gehen drohte. Steuben, der als preußischer Generalleutnant vorgestellt wurde, nahm das Angebot an und reiste im Herbst 1778, mit französischen und preußischen Empfehlungsschreiben versehen, nach Amerika, wo er mit großen Erwartungen in seine Person begrüßt wurde. Noch im gleichen Jahr trat er der Freimaurer Loge „Trinity Lodge Nr.12" bei. Die Armee traf er im Winterlager von Valley Forge in einem erschreckenden Zustand an. Mit Washingtons Unterstützung begann er, die Armee auszubilden und neu zu organisieren. Nach längeren Bemühungen wurde er schließlich durch den Kongress zum Generalmajor und zum ersten Generalinspekteur der Truppen der Vereinigten Staaten ernannt und verfasste das „Blue Book", in dem er die Ausbildungsrichtlinien für die Armee festlegte.
Steuben führte mehrere Kommandos. Als die britische Süd-Armee unter General Cornwallis siegreich die Carolina-Staaten nordwärts durchzog, erhielt Steuben den Oberbefehl in Virginia. Erfolgreich führte er dort einen Kleinkrieg gegen die inzwischen vorgedrungene britische Armee. Schließlich gelang es ihm, mit Hilfe seines Freundes Peter Mühlenberg und des jungen Lafayette, der, aufgrund seiner längeren Dienstjahre in der Armee, nun den Oberbefehl in Virginia führte, die Briten an die Küste bis nach Yorktown zu treiben. Als General Washington und der Französische General Rochambeau mit ihren Kontingenten eintrafen, begann die Belagerung der Stadt, unterstützt von der französischen Flotte unter de Grass. An der Belagerungsstrategie und der nachfolgenden Eroberung der Stadt war Steuben maßgeblich beteiligt. Aufgrund seiner Verdienste an diesem Sieg wurde ihm die Ehre zuteil, mit seiner Deutschen Division als Erster in die eroberte Stadt einzumarschieren.

In seinem Hauptquartier Fishkill gründete Steuben 1783 den Orden „Society of the Cincinnati", der sich zum Ziel setzte, Kriegsinvaliden und ihren Familien, Kriegswitwen und Kriegswaisen finanziell zu unterstützen und für die Bildung deren Kinder zu sorgen.
Nach Friedensschluss wurde Steuben, von den Amerikanern als „Father of the Army" verehrt, aus der Armee entlassen. Jetzt erst wurde er amerikanischer Staatsbürger, was sein Anrecht auf eine Entschädigung untermauerte, um die er lange kämpfen musste.
Lange Zeit lebte er in New York im Stadtteil Bronck - heute Bronx - in ärmlichen Verhältnissen.
Neben seiner Mitarbeit bei der Entwicklung der neuen Militär-strukturen hatte er die Präsidentschaft der Universität von New York inne, führte den Vorsitz der Deutschen Gesellschaft und besaß die Ehrenbürgerschaft der Stadt New York.
Nachdem General Washingtons 1789 zum ersten Präsidenten der Vereinigten Staaten gewählt wurde, erhielt er endlich eine Entschädigung in Höhe von 10.000.$ und eine jährliche Pension von 2.500.- $ in Gold, sowie einen großen Landsitz südlich des Ontariosees zu-gesprochen. Auf diesem Land in Oneida-County ließ er sich ein stattliches Gutshaus errichten, gründete eine Farm und verbrachte dort seine letzten vier Lebensjahre.
Mit George Washington verband ihn bis zu seinem Tod eine enge Freundschaft.
Steuben war ein sehr aktiver Freimaurer, der sich massiv gegen die Sklaverei und für die Gleichberechtigung der Menschen beiderlei Geschlechts und die aller Rassen und Religionen einsetzte, dessen Visionen und die dazu schriftlich eingereichten Vorschläge, der Vor-sitzende der Freimaurerloge Amerikas, George Washington, für nicht realisierbar hielt, nicht in dieser Generation, zumal er selbst durch die Sklavenwirtschaft auf seiner Plantage große Gewinne erzielte.

In den USA tragen mehrere Städte Steubens Namen, besonders in den damals von Deutschen erschlossenen Gebieten. Sowohl in den Staaten als auch in seiner Heimat Deutschland sind Straßen und Plätze nach ihm benannt und Denkmäler zu seinen Ehren errichtet. In Erinnerung an ihn wird seit 1957 an jedem dritten Samstag im September auf der Fifth Avenue in New York eine deutsche folkloristische Parade abgehalten, die „Steuben Parade". Im Anschluss daran findet im Central Park ein großes Volksfest statt, das dem deutschen Oktoberfest nachempfunden ist.

Die Franzosen

Generalmajor Marie-Joseph Motier, Marquis de La Fayette (1757 - 1834), in Amerika schrieb er sich Lafayette

La Fayette entstammte einer vermögenden Familie des Hochadels. In den Jahren 1771-1776 diente er in der französischen Armee und stieg durch seine Beziehungen gesellschaftlich schnell auf.
Als in Amerika der Unabhängigkeitskrieg ausbrach, stellte er 1777 mit seinem Mentor Johann de Kalb ein Freiwilligen-kontingent auf. Beide segelten mit der Truppe nach Amerika, traten der Continental Army bei und erhielten den Rang eines Generalmajors verliehen. Neben Steuben, Mühlenberg und Wayne war er entscheidend am Virginia Feldzug beteiligt, der schließlich zur Kapitulation von Yorktown führte.
La Fayette setzte sich Zeit seines Lebens für die Losungen Freiheit, Gleichheit und Brüderlichkeit ein. Als seine Charakterschwächen galten Überheblichkeit und Geltungssucht.
Nach dem Krieg kehrte er nach Frankreich zurück und war in den Anfangsjahren der Revolution eine treibende Kraft. Am 14. Juli 1790

war er der erste Bürger, der den Eid auf die Verfassung schwor und zum Kommandeur der Nationalgarde ernannt wurde.

Als der König mit seiner Familie in Kerkerhaft genommen wurde, protestierte er entschieden. Daraufhin erklärten ihn die Jakobiner zum Staatsfeind. 1792 floh La Fayette nach Flandern, wo er von Österreichischen Truppen gefangen genommen wurde. Bis 1797 blieb er interniert. Erst Napoleon bewirkte seine Freilassung.

Da er die Eroberungspolitik Napoleons stets ablehnte, zog er sich ganz ins Privatleben zurück. Erst als Napoleon endgültig verbannt worden war, engagierte er sich wieder in der Politik, befehligte mehrmals die Nationalgarde und unterstützte 1830 die Thronbesteigung des Bürgerkönigs Louis Philipp.

Pierre Augustin Caron de Beaumarchais (1732 – 1799)

Beaumarchais wurde als Sohn eines Uhrmachermeisters geboren und erlernte selbst dieses Handwerk. Er entwickelte einen Mechanismus, der Taschenuhren handlicher und sie genauer werden ließ. Seine Erfindung legte er dem Hofuhrmacher Lepaute vor, der sie als seine eigene ausgab. Er wehrte sich und erhielt vor der Akademie der Wissenschaften Recht. Daraufhin wurde er selbst zum Hofuhrmacher ernannt. Zu seinen Kunden gehörten König Ludwig XV. und dessen Mätresse Madame de Pompadour.

Beaumarchais kaufte sich das Amt eines königlichen Sekretärs und wurde 1762 in den Adelsstand erhoben. Er wurde zu einem erfolgreichen Geschäftsmann und verdiente ein Vermögen.

Beaumarchais wurde zweimal Witwer und verheiratete sich dreimal sehr vorteilhaft.

Als Schöngeist war er neben der Musik sein Leben lang mit der Literatur verbunden. Er schrieb viele Theaterstücke. Die bekanntesten unter ihnen sind „Der Barbier von Sevilla“ und die „Hochzeit des Figaro“, die später von Mozart und Rossini vertont wurden.

Schon früh musste Beaumarchais erleben, dass Erfolg Neider hervorbringt. Er musste eine Anzahl von Prozessen führen, die nicht alle vorteilhaft für ihn verliefen.

Als Geheimagent wurde er vom König mehrmals nach London entsannt. Dort blieben ihm die Schwierigkeiten Großbritanniens in den nordamerikanischen Kolonien nicht verborgen. Unter dem neuen König Ludwig XVI. entschied die französische Regierung, die junge amerikanische Revolution im Geheimen zu unterstützen als Revanche für den Verlust der eigenen Kolonien in Nordamerika.

Mit einer erheblichen Summe an Staatskapital gründete Beaumarchais die Reederei Rodrigue Hortalez & Cie und versorgte hierüber im Geheimauftrag die amerikanische Armee mit umfangreichem Kriegsmaterial. Für diese Unternehmungen setzte er sein gesamtes Vermögen ein. Eine Entschädigung vom amerikanischen Staat hat er nie erhalten, erst seine Enkel erstritten in einem langen Weg durch die Instanzen wenigstes eine teilweise Wiedergutmachung.

Beaumarchais war Befürworter der Französischen Revolution und Abgeordneter der gemäßigten Girondisten. Als er 1792 für die Revolution aus den Niederlanden Waffen importierte, wurde er beschuldigt, selbst ein Waffenarsenal in seinem Haus zu lagern. Obwohl die Hausdurchsuchung nichts ergab, wurde er als Verräter an der Republik inhaftiert. Durch Fürsprache einer ehemaligen Geliebten kam er jedoch wieder frei. Um sich einer weiteren Verhaftung zu entziehen, floh er zunächst in die Niederlande, dann nach England und schließlich nach Hamburg. Erst 1796 konnte er wieder nach Frankreich zurückkehren.

Jean Batiste Donatien de Vimeur, Comte de Rochambeau (1725
– 1807)

Er entstammte einer wohlhabenden Adelsfamilie. Bereits 1742 schlug
er die militärische Laufbahn ein. Während der ersten Österreichischen Erbfolgekriege diente er in Deutschland, nahm am Feldzug
gegen Menorca teil und kämpfte als Brigadegeneral im Siebenjährigen Krieg (1756-1763), abermals in Deutschland.
1780 übertrug ihm die französische Regierung das Kommando über
ein 6.000 Mann starkes ExpeditionsCorps, das die Amerikanische
Revolution unterstützen sollte. Am 10.08.1780 ging er mit den
Truppen auf Rhode Island an Land, konnte sich aber erst 1781 mit
Washingtons Armee vereinigen und marschierte, unterstützt durch
die französische Flotte, mit der Hauptarmee nach Yorktown, das
nach kurzer Belagerung zur Übergabe gezwungen wurde.
Wieder in Frankreich wurde er 1791 zum Marschall ernannt und
erhielt das Kommando über die Nordarmee. Nach der gescheiterten
Offensive gegen Belgien und dem deutschen Rheinland nahm er
seinen Abschied aus der Armee und lebte fortan als Privatmann.

Glossar (alphabetisch geordnet)

Berittene Hessische Jäger:

Die Berittenen Hessischen Jäger waren eine Eliteeinheit, die aus
berufsmäßigen Jägern und Forstleuten bestand, die sich mit Flora
und Fauna, Spurenlesen und Überleben in der Wildnis bestens
auskannten. Da sie hervorragende Scharfschützen waren, wurden sie
als Aufklärer und als kleine, selbständig operierende Einheiten
eingesetzt, die bei ihren Unternehmungen oft weite Entfernungen
hinter die feindlichen Linien zurücklegten. Kam es zur Schlacht,
bildeten sie den Flankenschutz für die Dragoner.

Bomben:

Diese Sprengladungen hatten damals die Form einer Kanonenkugel
und wurden mittels einer Zündschnur, die sich beim Abschuss entzündete, nach ihrem Aufschlag zur Explosion gebracht. Bomben
wurden meist bei Belagerungen eingesetzt und von Mörsern oder
schweren Haubitzen abgeschossen.

Brigg:

Vom Bau und Takelage unterschied sich eine Brigg wesentlich von
dem eines Vollschiffs, denn dieser Schiffstyp besaß nur zwei Masten,
den Fock- und Großmast. An beiden Masten wurden Rahsegel gefahren und der Großmast besaß zusätzlich ein großes Gaffelsegel
auch Brigg-Segel genannt. Die Form des Rumpfes richtet sich nach
der Verwendung des Schiffes. Briggs wurden sowohl als Handels- wie
auch als Kriegsschiffe mit 10-18 Geschützen - gebaut.

Captain: Hauptmann

Colonel: Oberst

Cornett: Reiterfähnrich

Deutsch-Amerikanische Gesellschaft:

Sie wurde 1784 in New York von dem deutschen Generalinspekteur der Continental Army, Generalmajor Friedrich Wilhelm von Steuben, gegründet.

Deutscher Reichstaler:

In Preußen bestand der Reichstaler aus 16,70 Gramm Feinsilber und besaß den Wert von 1/3 einer Kölner Mark. Die Kölner Mark galt im Heiligen Römischen Reich Deutscher Nation als Richtmaß sämtlicher Geldeinheiten. Bis 1872 galt in Preußen als gleichberechtigtes Zahlungsmittel zum Taler auch der polnische Gulden (Zloty).

Dollar:

In den amerikanischen Kolonien gab es vor und während des Krieges unterschiedliche Währungen. Ab 1781 wurde eine eigene Währung gedruckt, die großen Schwankungen unterlag und leicht gefälscht werden konnte. Nach dem Krieg wurde die Bank von North Amerika bzw. die Bank von Philadelphia mit der Ausarbeitung eines stabilen Finanzwesens beauftragt, seit 1785 gilt der Dollar als amerikanisches Zahlungsmittel.

Dragoner:

Die Dragoner galten als Infanterie zu Pferde, die durch ihre Bewaffnung und Flexibilität das Hauptkontingent der meisten Kavallerieeinheiten bildeten.

Drei- bzw. Sechspfünder:

Kurz-Name der damals gängigen leichten Feldkanonen der Infanterie, die an den Flanken eines Bataillons aufgestellt wurden. Die Reichweite eines Sechspfünders lag bei etwa 1.400 Metern. Ein Sechspfünder verschoss auf größerer Entfernung Vollkugeln von etwa 4 kg Gewicht, ein Dreipfünder entsprechend weniger. Die Feuergeschwindigkeit eines Sechspfünders lag in der preußischen Armee bei zwei Schuss in der Minute, der leichtere Dreipfünder konnte bis zu drei Schuss in der Minute abgeben. Auf Nahdistanz feuerten beide Geschütztypen die gefürchteten Kartätschen (Schrotladungen) ab.

Eskadron:

Sie ist die kleinste taktische Einheit der Kavallerie. Im Allgemeinen besaß sie eine Stärke von 150 Pferden, die in zwei Kompanien eingeteilt war, ihre Stärke konnte entsprechend der gestellten Aufgaben oft variieren.

Feldscher:

Feldchirurgen, die meist auf Bataillonsebene zur Versorgung der Kranken und Verwundeten zugeteilt waren.

Fourage:

Dabei handelt es sich um Versorgungsgüter für die Streitkräfte, die
bei Zivilisten unter Zwang mit oder ohne Quittungen eingetrieben
wurden.

Fregatte:

Eine Fregatte hat in der Historie unterschiedliche Bezeichnungen
und Konstruktionen, die den Bedürfnissen der Auftraggeber ent-
sprachen. Doch gilt einheitlich, dass es sich dabei um ein schnelles
Vollschiff handelte mit langem Kiel, geringer Breite und wenig
Tiefgang, das ein durchgehendes, geschlossenes Kanonendeck besaß.

Füsiliere:

Schützen, sie galten als die Truppe mit dem schlechtesten solda-
tischen Maß und geringster körperlicher Tauglichkeit. Mitunter
bestanden Teile ihrer Kompanien aus Minderjährigen oder auch aus
Rekruten, die bereits das Alter wehrfähiger Grenadiere oder Muske-
tiere überschritten hatten. Im Gefecht wurden sie als sogenannte
Plänkler im Vorfeld eingesetzt und erlitten dadurch oft hohe Verluste.
Kam es zur Schlacht, bildeten sie hinter den Grenadieren und
Musketieren die zweite Kampflinie.
Im Amerikanischen Unabhängigkeitskrieg bestanden die Regimenter,
die nach 1778 von den deutschen Fürsten an die Briten geliefert
wurden, fast ausschließlich aus Füsilieren.

Gezogener Lauf:

Bei einem "Gewehr mit gezogenem Lauf" ist der Lauf innen
spiralförmig gefräst. Das Projektil wird beim Abschuss in den Lauf
hineingepresst und dadurch in Rotation versetzt, was der Stabil-
isierung der Flugbahn dient und die Reichweite sowie die Treffgenauigkeit erheblich erhöht. Die "Kentucky Rifle" war ausschließlich
mit einem gezogenen Lauf ausgestattet.
Die ersten Jagdgewehre mit gezogenem Lauf wurden im ausge-
henden 15. Jahrhundert in Deutschland entwickelt und fortlaufend
von den Büchsenmachern weiter verbessert.

Glasen:

War neben dem Chronometer die Zeitmessung der Seeleute. Die
Bezeichnung „Glasen" leitet sich von der gläsernen Sanduhr ab, es
gibt Halbstunden- und Viertelstundengläser. Das Umwenden der
Sanduhr / Glasen-Uhr wird mit dem sogenannten Glasen-Schlag der
Schiffsglocke angezeigt, jede Vollstunde wird mit einem Doppel-
schlag, jede halbe Stunde mit einem Schlag. Acht Schläge bedeuten
den Ablauf von vier Stunden und für die Mannschaft Wachwechsel.

Glatter Lauf:

Gewehre mit glattem Lauf waren meist Massenproduktionen wie z.B.
die Muskete. Diese besaßen weder spiralförmig geformte Züge /
Läufe noch eine Zielanavisierung durch Kimme und Korn.

Haubitze:

Die Haubitze ist ein schweres Mehrzweckfeldgeschütz, das sowohl in den oberen wie unteren Winkelgruppen feuern kann.
Im 18. Jahrhundert schossen Haubitzen Vollkugeln, kleinere Bomben und Kartätschen ab. Ihre Geschosse verfügten über ein Gewicht von 12 – 24 Pfund.

Intervenieren:

sich einmischen, um seine eigene Meinung geltend zu machen.

Karabiner:

Diese Schusswaffe wurde von der Kavallerie neben zwei Pistolen und dem Pallasch als Standartwaffe verwendet. Er hatte in der Regel eine Gesamtlänge von ca. 90 cm und besaß je nach Ausstattung einen glatten oder gezogenen Lauf. Der Karabiner wurde an der rechten Flanke des Pferdes in einem Futteral mitgeführt und war im Gefecht schnell einsetzbar. Je nach Typ war seine Reichweite und Treffgenauigkeit unterschiedlich. Gute Karabiner konnten in einem Reitergefecht einen Gegner bis auf 75 Meter außer Gefecht setzen.

Kartätsche:

Die Kartätsche ist eine Schrotladung der Artillerie. Damals bestand die Ladung aus etwa 80 Schrotkugeln, die in Gips eingefasst waren und sich in einem Zylinder aus Blech befanden, der nach der Treibladung in das Kanonenrohr eingeführt wurde. Die Wirkung dieser verheerenden Schrotgeschosse reichte bis zu 600 Meter Entfernung.

Kentucky Rifle, meist nur "Rifle" genannt:

Dieser Gewehrtyp wurde von Deutschen und Schweizer Büchsenmachern als Weiterentwicklung des schwereren deutschen Pirsch-
gewehrs konstruiert. Sie besaß einen langen, gezogenen Lauf und
war hervorragend ausbalanciert. Durch ihre enorme Reichweite und
Zielausrichtung, mittels verstellbarer Kimme konnten gute Scharfschützen damit Ziele bis zu 300 Meter Entfernung exakt treffen.

Krumm geschlossen:

Dabei wurden über einem Balken dem Verurteilten mehre Stunden
die Handgelenke an den Fußgelenken gefesselt.

Marodeure: Mordbrenner und Plünderer.

Ménage à trois: erotische Spiele zu dritt.

Mörser:

Der Mörser ist ein Steilfeuergeschütz mit kurzem Rohr und großem
Durchmesser, das in der Lage ist, den Gegner hinter Hügeln oder
Geländehindernissen in einem weiten Beschussbogen von oben aus
mit Bomben zu bekämpfen. Bei der Belagerung von Yorktown
kamen u.a. schwere Mörser zum Einsatz, die bis zu 50 kg schwere
Bomben warfen.

Louis d`or / Louisdor:

ist eine französische Goldmünze, die 1640 vom damaligen König Ludwig XIII eingeführt wurde und nachfolgend jeder König prägen ließ. Sie wird aus 22 karätigem Gold geprägt und hat ein Gewicht zw. 6,7 und 8,1 Gramm. Der Wert schwankte im Laufe der Jahre und beträgt heute ca. 180-220 €.

Muskete:

Dieses Gewehr war die Standartwaffe der Infanterie und besaß wegen ihres glatten Laufs sowie fehlender Zielausrichtung durch Kimme und Korn keine hohe Treffgenauigkeit und Reichweite. Sie war eine Waffe, die bis zu einer Entfernung von 100 Meter eingesetzt werden konnte. Daher feuerten die Kompanien mit ihr in Salven, um eine möglichst hohe Wirkung zu erzielen.

Pallasch:

Der Pallasch ist ein gerades geformtes, zweischneidiges Schwert mit spitzer Klinge und wurde als Hauptwaffe von der Kavallerie geführt. Die Klinge war etwa 90 cm lang, wog mit seinem Korbgriff ca. 1,4 kg und war wegen seines geringen Gewichtes sowie seiner äußerst stabilen Beschaffenheit hervorragend für den Nahkampf zu Pferde geeignet.

Passepartout: wörtlich: überall hindurchgehen - Generalpassier-schein.

Petit déjeuner: kleines französisches Frühstück

Pikett:

Ist eine schnelle Eingreiftruppe zum Schutze der Vorposten. Bei einem Angriff feindlicher Truppen war das Pikett als Erstes am Feind, um sein weiteres Vordringen aufzufangen, bis Verstärkung eintraf.

Pour le Mérite:

War in Preußen der höchste Militärische Orden, der an verdiente Offiziere verliehen werden konnte.

Redoute:

Eine Redoute spielt im Festungsbau eine wichtige Rolle für die Verteidigung eines Ortes. Sie ist diesem vorgelagert und als gut befestigte Verschanzung mittels Erdwällen mit Holzpalisaden oder Mauerwerk ausgebaut. Je nach Notwendigkeit variiert ihre Größe und ihr Grundriss, dieser kann rund, halbrund, quadratisch oder dreieckig sein.

Réveille:

Ist das Wecksignal der Streitkräfte. Zur damaligen Zeit waren dies bei der Infanterie und Seestreitkräften Trommel- und bei den berittenen Truppen Trompetensignale.

Siebenjähriger Krieg: 1756 – 1763

(3. Schlesischer Krieg) Krieg, den Österreich im Bündnis mit
Frankreich, Russland, Schweden, Sachsen, Polen und der Mehrzahl
der Reichsstände (Reichsarmee) gegen Preußen führte und der
weltweit ausgetragene Kolonialkrieg zwischen Großbritannien und
Frankreich.

Tumber Thor: einfältiger Kerl.

Vollkugeln:

Diese massiven Eisenkugeln explodierten nicht, erzielten aber eine
erhebliche Wirkung, da sie meist vom Boden aus abprallten und
dadurch selbst noch auf große Distanz Lücken in die Reihen der
Angreifer rissen. Vollkugeln wurden auch bei Belagerungen eingesetzt, um feindliche Befestigungswerke sturmreif zu schießen.

Vorderlader:

Während des Amerikanischen Unabhängigkeitskrieges gab es bei der
Artillerie, Infanterie und der Kavallerie ausschließlich nur Vorder-
lader. Ihre Bedienung war sehr kompliziert und aufwändig: die
Treibladung mit Patrone musste nebst einem Stopfpflaster durch die
Mündung eingeführt und mit einem Ladestock in der Kammer fest-
gerammt werden. Die Zündung der Treibladung erfolgte bei einem
Gewehr oder Pistole durch das auf Zündpfanne und Zündloch
aufgestreute Schießpulver, das sich durch das Herabschlagen des
Zündhahns, in dem ein

Feuerstein eingespannt war, entzündete und dessen Funken durch
eine kleine Öffnung mit konischem Gang am Ende des Gewehrlaufs
in die Geschosskammer weitergeleitet wurde und dort die Treibladung zur Explosion brachte.

Weit unkomplizierter waren die Vorderlader bei der Artillerie zu
bedienen: dort wurde die Treibladung, die sich in der Kammer in
einem Leinensack zusammen mit dem Geschoss befand, durch das
Zündloch mit einem Nagel aufgestochen, etwas Pulver darüber
gestreut und die Lunte angelegt. Um bei der Artillerie eine höchst
mögliche Feuergeschwindigkeit zu erreichen, waren zum Laden des
Geschützes sechs Mann notwendig, wobei jeder Einzelne eine
spezielle Aufgabe wahrzunehmen hatte.

Quellenverzeichnis

Bancroft, George
Geschichte der Amerikanischen Revolution
Leipzig 1875, 7 Bände

Brandt, Armin
Friedrich Wilhelm von Steuben - Preußischer Offizier und
amerikanischer Freiheitsheld
Halle, 2006

Brüstle, Jürgen
Friedrich Wilhelm von Steuben. Eine Biographie
Marburg, 2006

Ekeling, Max von
Die deutschen Hülfstruppen im nordamerikanischen
Befreiungskriege (1776 - 1783)
New York 1863, 2 Bände

Fabian, Franz
Steuben, ein Preuße in Amerika
Berlin, 1996

Giesebrecht, Werner
Secret Aid for the Amerikans
Berlin, 1981

Giesebrecht, Werner
Friedrich Wilhelm von Steuben - Leben und Zeitgenossen
Berlin, 1980

Kapp, Friedrich Wilhelm
Leben des amerikanischen Generals Friedrich Wilhelm von
Steuben
New York, 1858

Kapp, Friedrich Wilhelm
Der Soldatenhandel deutscher Fürsten nach Nordamerika
Berlin, 1864

Kapp, Friedrich Wilhelm
Leben des amerikanischen Generals Johann Kalb
New York, 1862

Kügler, Dietmar
Die deutschen Truppen im Amerikanischen Unabhängigkeitskrieg
Stuttgart, 1980

Riedesel, Friedericke von
Mit dem Mut einer Frau - Erlebnisse und Erfahrungen im
Amerikanischen Unabhängigkeitskrieg
Berlin 1989, herausgegeben von Wolfgang Gripp

Seume, Johann Gottfried
Mein Leben
Leipzig, 1796

Weber, Rolf
Land ohne Nachtigall - Deutsche Emigranten in Amerika
Berlin, 1981

Washington, Irwin
Das Leben George Washingtons
Leipzig 1855, 5 Bände

Danksagung

Mein aufrichtiger Dank gilt den nachgenannten Behörden und Einrichtungen, die mich bei meiner Recherche tatkräftig unterstützten.

In alphabetischer Reihenfolge der Städte sind dies:

Geheimes Staatsarchiv preußischer Kulturbesitz, Berlin-Dahlem

Deutsche Staatsbibliothek, Berlin-Mitte, Unter den Linden

Badische Landesbibliothek, Karlsruhe

Evangelisches Kirchenarchiv, Magdeburg-Mitte

Landesarchiv von Sachsen-Anhalt, Magdeburg

Stadtbibliothek Offenburg, Baden-Württemberg

Wehrgeschichtliches Museum, Rastatt, Baden-Württemberg

Stadtarchiv Northeim, Niedersachsen

Stadtarchiv Rinteln, Nordrhein-Westfalen

Central Weslayan College, South Carolina, USA

Des Weiteren bedanke ich mich bei meiner Schwester Dr. Angelika
Müller für viele anregende Diskussionen zur Geschichte Amerikas
und ihrer Protagonisten sowie für die Durchsicht des Manuskripts.

Raimund Müller

Vita

Raimund Müller wurde am 16. Juni 1957 in
Konstanz/Bodensee, Baden-Württemberg,
geboren. Nach dem Schulabschluss an der
ev. Internatsschule Schloss Gaienhofen am
Bodensee folgte die Ausbildung zum
Erzieher in Berlin.

Viele Jahre arbeitete er als Streetworker in
Berlin-Kreuzberg und war Leiter einer
Wohngruppe in Berlin-Neukölln, ebenfalls
ein Problembezirk.. Danach war er 20 Jahre in einer großen sozialen
Einrichtung in Offenburg/Baden-Württemberg tätig. Später arbeitete
er als Freizeitinspekteur in der Justizvollzugsanstalt Offenburg.
Heute ist er als Rechtlicher Betreuer und Buchautor tätig.
Bereits als Jugendlicher verfasste er Lyrik und Kurzgeschichten. Im
Laufe der Jahre wurde das Schreiben zu seiner Leidenschaft, wobei
sein besonderes Interesse dem fundierten, historischen Roman
gehört.

Bisher veröffentliche Romane:

Die Ritter der Euterpe,
2004, amicus Verlag, Föritz-Weidhausen
ISBN: 3-035660-52-9
2005 im Wettbewerb um den Preis der Leipziger Buchmesse.

Kanonen und Kantaten,
2008, amicus Verlag, Föritz-Weidhausen,
ISBN: 9783944039312
E-Book: kindle edition
ASIN: BOOKYUND8

Bibliografische Information der Deutschen Nationalbibliothek:
Die Deutsche Nationalbibliothek verzeichnet diese Publikation
in der Deutschen Nationalbibliografie; detaillierte bibliografische Daten sind
im Internet über dnb.d-nb.de abrufbar.
TWENTYSIX – der Self-Publishing-Verlag
Eine Kooperation zwischen der Verlagsgruppe Random House
und BoD – Books on Demand
© 2017 Müller, Raimund
Herstellung und Verlag:
BoD – Books on Demand, Norderstedt
ISBN 978-3-7407-2764-2

© Raimund Müller